Hotel "White Angel"

Tatiana Demakova

2021

Editor Dina Hamilton

This is a work of fiction. Names, characters, places, and incidents ei-
ther are the product of the author's imagination or used fictitiously.
Any resemblance to actual persons, living or dead, events, or locales is
entirely coincidental.

Demakova, Tatiana
Hotel "White Angel"

ISBN   978-1-300-51491-6

Татьяна Демакова

Отель "Белый Ангел"

Contents

ТЕЛЕМАСТЕР

- Кто там? - за закрытой дверью все голоса чем-то похожи. Настороженные, недружелюбные.

- Кто? - вопрошает еще резче голос.

- Телемастера вызывали? - откликается Славик. Он вздыхает, зная, что сейчас его будут рассматривать в дверной глазок. И, словно перед объективом фотоаппарата, парень пытается собрать лицо.

У Славика положительный имидж, так, по крайней мере, утверждают все знакомые. Высокий лоб, открытый взгляд, спокойный рот, иными словами, доверять можно. Еще не было случая, чтобы хозяева засомневались и не открыли бы дверь Славику-телемастеру.

А вот его коллеге, Михалычу, в прошлом борцу классического стиля, двери не открывают.

- Женьк, - гудит он с лестничной площадки диспетчеру, - меня опять не пускают, нахально заявляют, дескать, морда бандитская. Звякни им, миленькая.

Диспетчер, языкастая, громкоголосая Евгения Васильевна, ядрено отчитывает бдительных хозяев, припугивая огромным денежным штрафом за ложный вызов.

Тяжеловесный телемастер с изуродованными ушами и бычьей шеей вваливается в квартиру, и начинается представление.

Михалыч успевает перекинуться парой мужских фраз с хозяином, потискать особ женского пола, почесать за ухом у какой-нибудь четвероногой зверюшки и даже спеть.

Хозяева улыбаются, размякают. Им нравится, как споро и артистично управляется великан с закапризнившей техникой. Михалыч - мужик хитрющий. Любую малозначительную поломку умеет возвести в ранг технической катастрофы.

- Да, что вы говорите? - в ужасе распахивают глаза наивные хозяева. - Неужели взрыв бы случился...

- Еще какой, - мрачнеет Михалыч. - Минут сорок промариновали бы меня за закрытой дверью, и труба дело.

- Уж спасибо, спасибо! - расчувствованные хозяева благодарно отсчитывают купюры.

Михалыч ухмыляется, небрежно рассовывая деньги по разным карманам, словно эти бумажки для него, ровным счетом ничего не значат.

- В следующий раз приглашайте напрямую, без диспетчера, - по-дружески задушевно говорит он и вручает самодельную визитную карточку.

На серой картонке выведено витиеватыми буквами. «Мастер на все руки. Борис Михайлович».

А вот Славик, несмотря на свой положительный облик, не умеет так играючись, обходиться с клиентом. За годы работы в телемастерской он так и не научился улыбаться незнакомым людям, да еще без причины. Но это еще полбеды. Самое главное, чего не усвоил Славик из уроков Михалыча, это как грамотно объегорить клиента.

- Ну, ты и простофиля! Неужели не мог напеть этим маромоям, что их агрегату место только на свалке, и пусть бы платили по полной программе за комплексный ремонт, - возмущался наставник, изучая финансовые отчеты молодого мастера. - Что это за работы такие, которые могут стоить тридцатник или полтинник? Ценить нужно себя, парень!

- Ну и говори им «спасибо» за свою же работу! - недоумевал Михалыч. - Всю жизнь нищим будешь. И они же первыми будут тебя презирать. Запомни: люди уважают сильных, преуспевающих, богатых. А об добреньких ноги вытирают…

Славик еще раз нажал кнопку звонка.

- Да, иду, иду, чего растрезвонился-то? - толстая тетка так стремительно распахнула дверь, что Славик даже попятился назад. В какое-то мгновение ему показалось, что большое тело в цветастом халате вместе с пружинящим воздухом завалится на него.

- С утра жду! - хозяйка схватила Славика за руку. - Два телевизора в доме, ни один не пашет. Давай, проходи быстрее, у меня вечером гости, видак хотели посмотреть.

- Обувь снимать? - Славик ненавидит это мгновение. Не у всех имеются в доме тапки сорок шестого размера, и чаще всего приходится шагать в носках по чужому полу. А это удовольствие, прямо скажем, не из приятных.

Был случай, когда клиентка, подвыпившая старуха, остановившись посреди комнаты, расставив ноги, начала мочиться.

- Мой дом, что хочу, то и делаю! - нахально осклабилась на молчаливое изумление побледневшего телемастера.

Вонючая жидкость добралась-таки до необутого Славика.

С остервенением срывал он с ног носки и в другой квартире, вляпавшись в собачьи испражнения, размазанные по всем коврам.

Славик уже твердо решил носить с собой привычные родные шлепанцы, но природная застенчивость нашептывала, дескать, есть что-то жлобское в этом жесте. В чужом доме развернуть пакет с тапками, тогда может еще прихватить с собой собственное полотенце и мыло?

- Сначала в ванную, - загудел над ухом голос толстой. Она проложила дорожку из газет к белой, неровно окрашенной двери. - Топай в ботинках!

- Опять фокусы, - насторожился Славик. - Причем здесь ванная? Не доктор ведь, чтобы перед осмотром руки полоскать. Ну, если эта тетка в газовой косынке, под которой сверкают металлические бигуди, фанатка чистоты, то он персонально для нее обрюхатит пылесос грязью с задней панели телевизора. - Порой, хоть в противогазе работай, такие залежи пыли вздымаются из-под рук телемастера. А тут, видите ли, сначала в ванную пожалуйте!

Но, оказывается, зря Славик перепсиховал. В помещении, куда он зашел, давно уже не совершали гигиенических обрядов. В эмалированной лохани было устроено лежбище. Матрац, простынь, подушка в цветной веселенькой наволочке, стеганое одеяло.

На постельном великолепии восседал бледный черноволосый парень. Поза его, «лотос», что ли называется, и отрешенный взгляд серых, почти прозрачных глаз, напомнили Славику картинку из книг по йоге. Когда-то он пытался научиться медитировать, чтобы вырваться из тошнотворных будней. Не получилось!

Перед юным йогом на раковине, закрытой полированной панелью, скорее всего бывшей спинкой подростковой кровати, громоздился допотопный телевизор.

- Санька! Опять на постели одетый. Стирать-то мне! - тетка втиснулась в крохотное помещение вслед за Славиком, прижав его к стене огромным, тестообразным бюстом.

Славик покраснел. Тетка ухмыльнулась, заметив искреннее смущение, и прижалась еще крепче, елозя животом.

- Мать! - бескровное лицо парнишки нервно дернулось.

- А что я-то? - хозяйка подмигнула телемастеру. - Я ничего, тесно очень. Замучил меня своей ревностью, - она картинно всплеснула руками, а мягким коленом задела джинсовую Славкину брючину. - Я ему сто раз объясняла, не хахали ко мне ходят, а коллеги по работе. Что я поделаю, если на складе у нас одни мужики. А он?! - она повернула голову, неровную от металлических колобашек, в сторону бледнолицего отпрыска, - как попугай, заладил: «Убью за папку...»

- И убью! - грозно сверкнул глазами парень. - И тебя, и твоих прихихешников.

- Ну и окажешься там, где твой папашка срок мотает, - стервозно взвопила женщина.

- Сколько ему лет? - вмешался Славик, не желая слушать семейные разборки.

- На полную катушку, восемь накрутили.

- Чего? - помотал головой Славик. - Я спрашиваю, телевизор, какого года выпуска?

- А-а-а! - цветной халат заколыхался. Это тетка засмеялась больше телом, чем голосом.

Славик вздохнул.

- Какого года? А шут его знает? - хозяйка в задумчивости почесала живот. - Кажись, еще на свадьбу заводские дарили.

- Вот видите, - по-учительски строго и назидательно произнес Славик, - у всякой техники свой срок службы. И, когда-нибудь он заканчивается.

- Что? - возмущенно вздрогнули большие, словно перезрелые сливы, губы, - мне, между прочим, в вашей дурацкой фирме сказали, что вы ремонтируете все. Ишь, заладили, блин, устаревший. Знаю я вас! С японского пылинку сдунули, выложи, хозяйка, стольник. А ты вот этот телек осиль. Тогда и поглядим - мастер ты или ломастер.

- Мать, - неожиданно подал голос паренек из ванны-кровати, - говорят же тебе, не поддается ремонту.

- А тебя не спрашивают! Сидишь здесь, как бирюк, хоронишься. Лучше уж мультики смотри, а не подслушивай, что я делаю с коллегами по работе.

- А то я не знаю, - брезгливо поморщился парень.

- Ладно, не тяни резину, - тетка решила перевести стрелки на Славика. - Время-то капает.

Славик раскрыл сумку с инструментами. Ничего хорошего подобная развалина не сулила. Возиться придется долго, а результат непредсказуем.

Бывало, ремонтируешь подобное старье: появится, наконец, и звук, и изображение, а только последний винтик скрипнет в гнезде, и бац! Опять немая ночь на экране.

Славик со злостью взглянул на допотопный телевизор. Часа два понадобится, чтобы разобраться с этой старой развалиной. Но молодости не вернуть. Ни живому, ни металлическому, измочаленному временем организму.

- Освободить помещение, - мрачно произнес телемастер, не глядя ни на толстую хозяйку, ни на ее бледнолицего отпрыска.

- Раскомандовался, - проворчала тетка, пятясь тяжелым задом.

Парень выпрыгнул из ванной.

- В баскетбол играешь? - присвистнул Славик, посмотрев снизу вверх на двухметрового акселерата.

- Не взяли, раскоординированный я, - парень заржал, словно услышал забавный анекдот.

Он встал за спиной мастера и задышал над затылком.

Славик развернул телевизор, ловко вскрыл заднюю панель. Вот это да! Все деталюшки сверкали, как зеркальные. Чтобы вычистить подобную рухлядь, долго же нужно было повозиться специальными кисточками и растворителями. Странно! Цепким взглядом профессионала Славик мгновенно оценил искусную руку мастера, соединявшего в пайке миниатюрные узелки. Что здесь может быть неисправного? Проверил один блок, второй. Порядок. А это что такое? Реле? Зачем оно здесь? От изящной катушки змеился тонкий металлический волосок. Спирально уложенный вдоль боковой стенки корпуса, проводок выходил в маленькое, с горошину отверстие и уползал куда-то под ванну.

- Чудеса какие-то, - подивился Славик вслух.

Маленьким пинцетом он подхватил проводок. - Крепко! Слушай, кто вскрывал телик, причем совсем недавно? - обернулся мастер к парню, почти прилипшему к стене, - ты, что ли экспериментируешь?

Он не успел договорить. Парень резким движением выбросил вперед руку и ударил ребром ладони между глаз. Славик дернул головой. Сверху на затылок обрушился костистый кулак.

Мир в глазах Славика покачнулся, перевернулся и исчез...

- Ну, что оклемался, мастер?

Славик приоткрыл глаза, вглядываясь в лицо в белой шапочке.

- Я в больнице что ли?

- Вот как в нашей жизни бывает! Пришел человек телевизор ремонтировать, а оказался сам в ремонте, - медсестре светлоглазой и бесцветной, как моль, понравился собственный каламбур. Она еще раз повторила с чувством. – Тебя ремонтируем теперь...

Славик потрогал голову, перетянутую бинтами.

- Я в отключке был что-ли?

Еще в какой! - бесцветная шелестела бледными губами. - Поскользнулся, видимо, да и не мудрено было в такой теснотище, ударился головой о край ванны. Еще чуть-чуть и задел бы самую важную зону.

- Сволочь! - непроизвольно вырвалось у Славика. В памяти всплыло все: развратная тетка в цветном халате, ее сын-акселерат, его костистый кулак, мелькнувший в короткое мгновение перед глазами

- Кого вы так ругаете? - белая шапочка явно не ожидала такого всплеска эмоций.

- Меня на «Скорой» привезли? - Славик поморщился. Слова отзывались тягучей болью в висках.

- Ты своим падением перепугал хозяйку. Она на весь подъезд голосила:

- Забирайте его! Не нужен мне труп в ванной! - твою сумку с инструментом в машину впихивала и, как зачумленная, насчет следаков что-то плела. А Ланочка вся извелась! У нее первое дежурство, и такой непонятный случай.

- Как вы сказали?

- А что, действительно непонятный. Хотели даже милицию вызвать. Ну вот, - медсестра размотала с головы Славика гирлянду из марли, - сейчас еще лекарством обработаем, и совсем скоро заживет.

- А-а! - взопил Славик от резкой боли. - Хотя бы предупредили, что отдирать будете, - от неожиданности из глаз брызнули слезы.

Медсестра хрипловато засмеялась.

- А я всегда так делаю, зубы заговариваю больному, а потом раз и одним быстрым движением совершаю манипуляцию. Зато уже все. Завтра Ланочка придет, обрадую, снимки хорошие, рана затягивается. Ну, отдыхай! - бесцветная медсестра вышла, прикрыв застекленную дверь.

- Ланочка придет! - эта фраза, как приятная музыка, звучала внутри, пока Славик оглядывал маленькую, на две койки больничную палату.

Из крана капала, противно капала вода. Нужно было подняться и закрутить кран покрепче. А где же сосед? На тумбочке банки, бутылки из-под минералки. На спинке кровати болтается какое-то шмотье. Ну не ждать же его? Звук падающих капель становился невыносимым, словно по голове назойливый дятел стучал и стучал

Славик, кряхтя, как семидесятилетний радикулитник, поднялся. И в то же мгновение волна острой боли захлестнула весь затылок, тягучая пелена опустилась на глаза. Парень застонал и чудом удержался на ногах. В полубредовом состоянии осел на кровать и, как куль, завалился набок.

Откуда-то из темноты, спасительным огоньком сверкнуло - «Лана, Ланочка».

Ему показалось, что он ее позвал, на самом деле захрипел и впал в беспамятство.

...Они познакомились несколько лет назад. Первого сентября дисциплинированный студент третьего курса Слава Шеромыжник встал рано, как и положено в начале учебного года. Сделал пробежку по осеннему саду, радуясь неяркому солнцу и самому себе, целеустремленному и правильному. С удовольствием позавтракал, не ехидничая, как бывало, по поводу геркулесовой каши и привычек далеких англичан.

Славкина мать, некогда школьный библиотекарь, серьезная и консервативная женщина, считала, что постоянство в мелочах рождает характер. В их доме раз и навсегда было заведено: на завтрак - овсянка, яйцо вкрутую, булка с маслом, кофе.

- Сытно, не обременительно для желудка, - вторила тетка Белла, проживающая вместе с ними и считающая, что на воспитание мальчика у нее такие же права, как и у сестры-двойняшки.

- Спасибо, маменьки! - студент еще раз проверил тетради в портфеле, ручки, карандаш.

Времени было достаточно, и Славик брел по улице, не спеша.

Неожиданно небо затянулось, и начал накрапывать мелкий дождик. Легкие влажные бусинки приятно щекотали затылок, подстриженный к первому дню занятий. Вдруг редкие дождинки зачастили, и на город обрушился осенний ливень.

- Можно к вам! - к парню под нейлоновую крышу зонта шагнула девушка, мокрая, словно на нее вылили ведро воды. - Так торопилась, что и про зонтик забыла! Прямо потоп вселенский! Хорошо, хоть не накрасилась, - простодушно выпалила, - сейчас бы в чучело размалеванное превратилась!

Она ловко взяла Славика под руку.

- Мне недалеко, я на Кирочной работаю. В Салоне красоты! - произнесла с гордостью, - жаль, тебя уже обкорнали, - девушка, прищурившись, осмотрела Славкину голову, - а то бы соорудила причесочку. Бесплатно, - она улыбнулась, - все-таки выручил, от дождя защитил.

- А подстриги! - предложил Славик, когда они уже стояли у двери с надписью «Стрижки. Укладки. Маникюр».

Непонятно, что конкретно, дождь ли внезапный или веселое простодушие, исходившее от этой мокрой девчонки, в корне изменили настроение парня. Ну, расхотелось ему идти в институт. И все тут!

- Тогда придется подождать немного вот здесь, в холле. Она скрылась за шуршащей занавеской, а он плюхнулся в кожаное кресло. Полистал рекламные буклеты. Отчего-то сладко замирало сердце.

- К Аристарховой по записи, пройдите, пожалуйста, - пропел мелодичный голос через динамик, вмонтированный где-то под потолком.

- По записи? - Славик оглянулся, в холле он один.
- Кого это вызывают? - спросил удивленно, поднявшись навстречу силуэту, отодвинувшему занавеску в дверном проеме.

- Да тебя и приглашаю!

В этой мастерице, в кокетливом голубеньком халатике, перетянутом на талии пояском, в босоножках, оплетающих на римский манер стройные ножки, он не сразу узнал спутницу из-под зонта. Та была неуклюжая, одетая во что-то невыразительно балахонистое. Да, и лицо у той девчонки было другое. Серые мокрые пряди закрывали брови и глаза, щеки и губы под синим зонтом казались землисто-сиреневыми. А это свежее румяное личико светилось каждой клеточкой, начиная от глаз цвета морской волны и заканчивая белоснежной полоской ровных зубов.

- Ты чего это, словно испугался? - девушка спросила его участливо и, как маленького мальчика, взяла за руку. - Растерялся, покраснел. Мыться будем?

- Будем, - покорно кивнул головой Славик, погружаясь в пену прикосновений легких рук.

Она смешно карябала ноготками макушку, залезала проворными пальчиками в уши и при этом что-то приговаривала. Без смысла и связки. «Так-то, так, еще чуть-чуть, ну-ну, а вот мы...» Под этот ласковый воркующий звукоряд Славик уплыл, забыв, где он находится.

- Ну, вот и все! - ловкая парикмахерша промокнула голову вафельным полотенцем. Кончиками пальцев приподняла Славкин подбородок, задумчиво глядя в зеркальную глубину, спросила, смешно сдвинув к переносице пушистые бровки.

- Какую же нам причесочку сотворить? Ежика хочешь?

- Не-а!

- Газон с дорожками?

- Не-е-т!

- Тогда под ноль! - она засмеялась, профессионально массируя мальчишеский затылок.

- Ой, у тебя две макушки!

- И что это значит? - притворился Славик. Дома ему говорили: две воронки на голове - две ласковые матушки в жизни. Но хотелось послушать, а что скажет эта девчонка.

- Не знаешь, что ли? - она уловила хитрые огоньки в его глазах, - две жены у тебя будут, - отчего-то вздохнула.

- Счастливая ты, Ланка, у тебя клиент уже с утра, - завистливо произнесла длинная, худая тетка в застиранном, некогда белом халате. Подойдя сзади, она уставилась немигающим взглядом в зеркальное Славкино отражение.

- Ничего парень, - тетка бесцеремонно заявила, - и брови густые, и глаза, такие люблю, темные в ресницах. Только вот щеки сытые.

Мымра! - взорвался про себя Славик. - На себя бы посмотрела, морда лошадиная…

- А мы массаж поделаем, - девчонка, не моргнув глазом, начала громко хлопать ладошками по Славкиным щекам.

- Так их, так их! - торжествовала лошадиная морда. - Я бы исхлестала всех мужиков с превеликим удовольствием.

- Ну, ладно, хватит! - словно обиделась Лана на злые слова своей напарницы.

- А подстригать? - Славику не хотелось уходить.

- Да, подстригать-то нечего, - искренне откликнулась Лана. - Пусть хоть немного отрастут волосенки, а там посмотрим.

Дождь прекратился. И солнце вовсю веселилось, кувыркаясь в желтых листьях, прыгая по лужам. Красота!

Славка подошел к метро, не хотелось нырять в подземелье из теплого осеннего великолепия. А про институт он и совсем забыл.

- Мороженое, мороженое! - заорала большая усатая дама в ярко-красном берете.

- Пожалуйста, два. Крем-брюле и смородиновое.

В кресле у Ланы сидел рыжий косматый мужик. Мастер щелкала ножницами, и золотистые завитушки летели, как осенние листочки, к римским босоножкам. Славик замер, любуясь проворной фигуркой, порхающей вокруг грузного бородача.

Из стаканчиков, зажатых в горячей руке, закапало мороженое.

- Пацан, чего рот-то разинул. Иди и не мешай работать! - тетка с лошадиной мордой, видимо, бесилась оттого, что клиенты не желали у нее стричься. - Вон, смотри, весь пол загадил.

Лана обернулась на визгливый голос. Бросила ножницы и куда-то скрылась. Через мгновение вернулась с большой пестрой кошкой в руках.

- Лакомься, Маша, - ткнула усатую мордочку в сладкие лужицы.

- Жених? - заговорщицки подмигнул наполовину остриженный рыжий великан.

- Да! - лукаво улыбнулась Лана, найдя в зеркале глаза Славика

- Да, - он кивнул головой, не отводя глаз.

Пока Светлана подстригала, красила, завивала клиентов, Славик бесцельно шлялся по улицам, заходил в магазины, глазел на все, что попадалось на вид. Каждые полчаса смотрел на часы. Никогда раньше время не тянулось так долго.

- Наконец-то! - радостно встрепенулось сердце в три часа дня, когда Лана вышла из салона.

- Я провожу тебя, - сказал он с несвойственной ему твердостью в голосе.

- Конечно, - нисколько не удивилась девушка.

Теперь они шли уже по знакомой им обоим дороге. Лана без кокетства и недомолвок рассказала всю свою коротенькую жизнь. Живет с отцом-инвалидом и младшим братом. Мама пять лет назад попала под машину. Вот и пришлось Светлане после восьмого класса идти работать. Подъезды мыла, почту разносила, теперь вот подвезло, после курсов устроилась в салон.

- И так мне нравится там работать, особенно стрижки новые придумывать!

- Что же ты тогда надо мной ножницами не пощелкала, я бы все стерпел? - спросил Славик.

- Примета плохая. Если своего мужа подстригать будешь, от себя навеки отстрижешь…

- Вот это да, - Славик и не знал, как отреагировать на народную примету, но юморить не хотелось, это точно.

- А тебе, сколько лет? - поинтересовалась Лана.

- Двадцать один.

- Да-а, - растроенно протянула, - а мне больше на целых четыре года.

Славик удивился: такая уж она маленькая, худенькая. А, поди ж ты старше его!

Они стояли на перекрестке, там, где утром она шагнула под его зонтик. Как это было давно! И, словно совсем другой человек, здесь брел под дождем. Тогда он был одиноким, не сознавая этого, а сейчас...

- Ладно, я побегу. Дел у меня еще невпроворот.

- Может, помочь нужно? - охотно откликнулся Славик.

- Нет, нет, - она отчаянно замотала головой, словно застеснялась чего-то.

...Ну, как прошел первый день в институте? - матушка разрезала шарлотку, испеченную в честь первого сентября.

- Отлично!

- По глазам видно, весь сияешь, - тетушка наливала чай в Славкину любимую кружку с портретом усатого гасконца в залихватски сдвинутой шляпе.

- Ну, расскажи, - обе сели напротив и, одинаково подперев подбородки руками, с любовью взирали на него, уминающего хрустящие сладкие куски пирога.

- Когда я ем, я глух и нем! - отшутился он, мечтая о том, чтобы они поскорее отстали от него.

- Пойду, пожалуй, полежу, устал я что-то, - подыграл Славик своим озабоченным родственницам и скрылся в закутке, выгороженном в огромной комнате.

Как хорошо, здесь, в его царстве-государстве! Узкий диванчик, стол, наполовину заваленный инструментами и радиодеталями, стеллаж с книгами, среди них в основном фантастика, да технические справочники. Вроде все, как вчера, и в тоже время, все другое.

Парень еще не знал, как может меняться мир, когда человек влюбляется. Мокрые волосы, худенький локоть, ямочка на щеке, голос с легкой картавинкой. Славка прикрыл глаза, тихо повторив про себя: «Лана, Ланочка!»

Очнулся он, когда за окном бродили сиреневые сумерки. Впереди долгий вечер. Как он проживет эти часы? Ему было тесно, душно, невозможно находиться дома.

- Прогуляюсь немного! - бросил Славик небрежно матушке.

Тетка было открыла рот, чтобы заметить, что, дескать,темно,да и обстановка жутко криминальная, но он уже хлопнул дверью.

Как пацан-семиклассник, побежал к дому, где жила самая лучшая на свете, это понял сейчас, девушка. Сердце трепетало от предчувствия, а вдруг увижу, узнаю окошко...

От стремительного бега Славка запыхался, и, чтобы унять волнение в крови, остановился возле большущего дерева. Приложил горячие ладони к шершавой коре. Листья над вскинутой головой тихонько шуршали, будто шептались маленькие девочки. О чем-то своем, веселом, беззаботном.

- Ну, вот мы и погуляли. Сейчас крикнем Павлика.

Славик вздрогнул. Это ее голос! На освещенном пятачке перед подъездом появилась Лана, одетая в спортивный затертый костюм, в косынке, завязанной сзади на манер сельхозработниц. Перед собой девушка толкала инвалидную коляску. Подняв голову к освещенным окнам, Лана свистнула, как мальчишка. Человек, сидящий в кресле, недовольно закряхтел.

- Сейчас, папа, сейчас! - Лана свистнула еще раз. - Не откликается, паршивец.

Девушка попыталась сама вкатить неуклюжую коляску по ступеням. Славик не выдержал и вышел из тени дерева.

- Давай, помогу!

- Ой, - от неожиданности вскрикнула Лана, прикрыв рот ладошкой. - Ох, и напугал же ты меня...

Ну и коляска! Тяжелая, неудобная. Кое-как вдвоем, Славик и Лана, вкатили допотопное сооружение в лифт.

При свете тусклой лампочки Славик разглядел серое, с одутловатыми щеками и прикрытым одним глазом, лицо мужчины.

- Кто это? - хрипло прокаркал инвалид, буравя Славика единственным желтым глазом.

- Мой друг, - Светлана хотела добавить что-то еще, но тут лифт остановился. На лестничной площадке стоял паренек в клетчатой рубахе.

- Павлик, ты почему не откликался?

- В туалете был, - буркнул парень, - не слышал.

- Курил, наверное? - Лана, как бдительная мамаша, обнюхала мальчишку. - Смотри мне…

Говорят, если хочешь получше узнать человека, побывай у него дома. В своем микромире человек не играет никакую роль, навязанную извне.

Лана в своем доме была взрослой женщиной. Все нехитрое хозяйство держалось на ее плечах.

Небольшая квартирка сияла чистотой, но из всех углов беспардонно вылезала нищая убогость. Коврик, протертый до лысин, выцветшие шторы, клеенка, потерявшая давным-давно рисунок.

- Сейчас будет ужинать, - Лана засуетилась на кухне.

- Так и не смогли купить холодильник. Видишь, кастрюли выставляю за окно. Хорошо, хоть упросила соседа, дядю Толю, прикрепить дощечку. - У нас свекольник сегодня.

Славик сидел притихший. Он и не подозревал, что рядом с ним существует вот такой мир. Мир бедности. Хотя и их семья жила не в роскоши, но не до такой же степени. Постный свекольник, лук, черный хлеб. Чай, чуть тронутый заваркой. На десерт - две желтые горошины из баночки с витаминами.

Вспомнив аппетитную шарлотку, Славик проглотил слюну.

- Я сытый, спасибо. Вы пока ужинайте, а я технику посмотрю, может, кое-что подправлю.

- Это от Бога, - говорили все про Славика, наблюдая, как он ловко ремонтирует все, что попадает под руку. И действительно, рос без отца, вроде и научить некому было, а парень мог справиться и с расшалившейся сантехникой, и с заглохшим радиоприемником, и плотницким инструментом виртуозно владел.

Опытный глаз сразу заметил, в квартире Ланы мужская рука давно ни к чему не прикладывалась. Славик закрепил болтающиеся розетки, привинтил, ходившие ходуном дверные ручки, настроил старенький телевизор.

- Ты составь мне список дел,- солидно обратился к хозяйке, с восхищением взирающей на него.

После ужина отец с Павликом смотрели телевизор, который после вмешательства умелых рук мастера, не трещал и удивительно четко выдавал картинку.

Славик и Лана сидели на кухне. О чем они говорили, он не помнил, помнил лишь глаза цвета вечернего моря и влажную полоску зубов.

На следующее утро он проснулся с радостной мыслью: «У меня есть Ланочка!». Наспех позавтракал и побежал не в институт, а в квартиру номер сорок четыре.

- Во сколько занятия заканчиваются? - поинтересовалась матушка, провожая его до двери.

- Очень поздно, - ответил он солидно.

- Бедный мальчик, - вздохнула тетка, - опять без нормального обеда останется. Там бутербродики в портфеле.

Бутерброды они с Ланой умяли через два часа, после того, как съездили на рынок. По случаю выходного дня, хозяйка решила затариться основательно. У прилавка Лана смешно торговалась, вступая в спор из-за каждой копейки.

Пока Лана готовила обед, Славик сделал еще один ремонтный марш-бросок по квартире.

Ему удивительно хорошо было в этом доме. Тепло и уютно, потому что рядом крутилось с веником, со спицами, с кастрюлями, солнышко. Его нежное солнышко - Светланка.

А вскоре и к Славику здесь все привыкли. Единственный глаз Евсея Евсеевича уже не буравил парня, а смотрел одобрительно. Говорил Евсеич плохо, поэтому они общались молча. Сыграли несколько партий в шахматы. Инвалид демонстрировал завидное упорство, но ему явно не хватало теоретической подготовки. Славик принес ему книгу известных дебютов.

- Пусть папаня изучит, и тогда мы с ним сразимся по-настоящему, - подмигнул Павлику.

С пацаном Славик занимался сразу по нескольким предметам - математике, физике и английскому языку.

- Это семечки, парень! - Славка, как взрослый мужик, хлопал пацаненка по плечу. —Теперь займемся нашим главным делом.

Они вместе модернизировали коляску инвалида. Меняли колеса, переделывали управление.

Деньги, которые Славка получал дома на обеды и прочие мелкие расходы, шли в общий котел семьи Аристарховых. Однажды, он даже ухитрился притащить из тетушкиных запасников деликатесы: банку красной икры, бутылку коньяка и коробку конфет. Родственницам, он, не моргнув глазом, соврал, что все это необходимо на банкет по поводу юбилея любимого куратора группы.

* * *

Гром, как ему и положено, грянул неожиданно. Грозу в дом Шеромыжников принесла староста группы, в которой числился Славик, толстоногая и визгливая Надька Жукова. Зачем, спрашивается, притащилась? Ну, встретила бы Славика на улице, спросила бы по-дружески, раз такая сердобольная. Нет же, доложила матери и тетке, что вот уже два месяца, как ни одной минутки не присутствовал студент Шеромыжник ни в одной из аудиторий доблестного вуза.

Мать лежала с сердечным приступом, тетка с грелкой на печени.

- Когда ты научился обманывать? - кто из них простонал, Славик и не разобрал от смятения.

- Где, где ты пропадаешь все время? - мать всхлипнула.

- Там, где я действительно нужен! - заносчиво произнес Славик. - Кстати, где наш большой чемодан?

Женщины переглянулись.

- Славулечка, - тетка, кряхтя и держась рукой за бок, поднялась, - зачем такие экстраординарные меры, зачем чемодан, этот категоричный тон? Мы же тебе не чужие. Сядем вместе, дружно все обсудим. Ульяна, - она повернулась к сестре и, сделав страшные глаза, поинтересовалась голосом, не допускающим возражений:

- Мы, наконец, будем сегодня ужинать?

Пока Славик плескался под душем, родственницы накрыли стол. В центре красовалась бутылка клюквенной настойки, приготовленной по особому рецепту соседкой-огородницей, Валькой. В большом доме на Таврической, почти во всех семьях присутствовал этот огненный напиток.

Хитрая Валька в строжайшей тайне хранила секрет приготовления настойки.

- Зачем я буду зря энергию тратить, диктовать вам какие-то пропорции, все равно у вас ни у кого так справно не получится. Талант на все нужен! - отмахивалась она от особо любознательных и назойливых.

И действительно, настоечка была, что надо: в меру сладкая, тягучая и азартно-крепкая.

- От всех хворей, напастей, для настроения и откровения, - приговаривала огородница, продавая соседкам бутылки. Кое-кто охотно брал литрами, некоторые просили нацедить в аптекарские склянки.

Славик одним махом приговорил фужер. Через мгновение в голове зашумело, язык стал шустрым и неуправляемым.

- Вот, что я вам скажу, есть у нас в городе интернат для инвалидов детства. Все эти люди очень милые. Они учатся, влюбляются, женятся...

Перед его глазами всплыла фотография из семейного альбома Аристарховых. На ней Евсеич серьезный, в костюме, при галстуке. Инвалидная коляска украшена цветами. А рядом невеста - маленькая, кособокая, опирается на костыли. Платье на ней белое, с кружевами. На кудрявой голове фата плещется.

- И дети у них рождаются, - Славка зажмурился от удовольствия, представив изумрудные звездочки любимых глаз и ласковый голос Светланы.

- Ты, кушай, кушай, - побледневшая мать никак не ожидала подобного рассказа.

- Ты, что ходишь к инвалидам? - тетка решила брать быка за рога.

- Угу! - пробормотал Славик с набитым ртом.

- И что ты там находишь интересного?

- Мне, кажется, что лучше человека я не встречал. У нее имя тоже необыкновенное - Ланочка. - Славик чмокнул губами, словно кого-то поцеловал.

Матушка с теткой многозначительно переглянулись.

- Может быть, ты нас познакомишь...

- Завтра, - пробормотал Славик, чувствуя, как коварная настойка все больше и больше тяжелит голову и смыкает веки.

- А они у тебя не злые? - волновалась на следующий день Лана, поднимаясь по широкой лестнице старинного дома.

- Интеллигентные, милые, понимающие, - именно так считают все мои приятели. А я, честно признаться, и не задумывался, какие они, мои родственницы. Есть и есть...

Лица родственниц просияли, когда женщины увидели Светлану. Они готовились к костылям, инвалидной коляске, да и много чего, еще навоображали. А перед ними стояла милая, свеженькая, улыбчивая девушка. И, как оказалось, очень разумная.

Они все вместе, славно и дружно, попили чайку и обо всем договорились. Лана дала слово, что будет непременно контролировать учебу нерадивого студента.

И полетели денечки. Утром Славик шел на занятия, днем подхалтуривал ремонтом, причем, если раньше он отказывался от денежного вознаграждения, довольствуясь шоколадкой или какой-нибудь безделушкой, то теперь, как и положено мастеру, он солидно называл сумму, помня о пустом кошельке в семье Аристарховых. Вечером, и это было самое счастливое время, они с Ланочкой сидели на кухне: она что-то штопала, вязала, а он чертил, считал, делая домашние задания.

- Жил бы у нас, - сказал однажды при вечернем прощании Евсеич. - Лучшего мужа для своей Светки и не пожелаю.

Под Новый год тот же Евсеич вдруг захандрил. Стал жаловаться на бессонницу, удушье.

- Домой, в деревню хочется, - по-детски капризно повторял по нескольку раз на день. И плакал. Слезы, одинаково крупные, как из здорового, так из незрячего глаза текли по небритым щекам, застревая в пегой бороденке.

- А кто нас здесь держит, папка, - поддерживал отца Павлик, - давай уедем. В деревне простор, лошади, - он сладко жмурился, сам не ведая, чего ему больше хочется - вкусить деревенской вольницы или избавиться от опостылевшей школы.

В ответ на письмо Евсеича из деревни прикатила целая делегация. Олег, старший брат, с женой Галей, Василич, дядька по материнской линии и Афонька, троюродный племянник.

- Сенька, Сенька родненький наш! -обнимали они по очереди инвалида.

- Мы думали, ты тут в хоромах живешь? - Галя недовольно оглядывала малюсенькую квартирку. В этом курятнике любой мужик свихнется.

- А у нас полдома пустует, - подхватывал тему ее муж, блондинистый великан. - Я тебе на крыльце такую горочку организую, будешь по ней съезжать легко и подниматься сам без труда.

- А, если бы ты знал, как маманя по тебе скучает. Старенькая стала, тебя вспоминает и сразу в слезы. «Ох, не углядела сыночка!» А чего углядела бы, если тебе какой-то поганый вирус ноги съел.

- Ладно, тебе, Галя, в дебри входить. Тараторишь о чем, не попадя! - по-мужицки сердито оборвал женщину Олег. - Давай лучше сумку с гостинцами открывай.

- И то верно! - Галя засуетилась. - У нас ведь питание какое! Одни калории! Не то, что здесь в городе, - она начала выставлять на стол банки с соленьями, вареньями, промасленные свертки с ветчиной, салом, бужениной.

- Батяня, едем! - Павлик потянул носом, как голодная собака.

Архангельцы гостили три дня.

И все это время Светланка плакала. Молча глотала слезы, когда укладывала вещи отца и брата, бегала по инстанциям, собирая необходимые документы, подстригала архангельские макушки по очереди. А в голос зарыдала, когда вернулась с вокзала.

- Как же так? Как я теперь без них буду жить, а они без меня. Ой, пропадем, пропадем друг без друга…- маленькое тело сотрясалось от горьких слез.

- Ну, что ты, милая, - пытался успокоить девушку Славик. - Им там будет хорошо. На воздухе, среди родных людей. Летом поедем, навестим их. А ты ведь не одна, а со мной теперь...

- Не уходи! - Лана посмотрела на него опухшими от слез печальными глазами. - Я боюсь оставаться одна в пустой квартире, мы же никогда не расставались с папой.

Славик обнял хрупкие, совсем девчоночьи плечи, притянул к себе.

- Я всегда буду с тобой, моя любимая. И постараюсь сделать все возможное и невозможное, чтобы ты была самой счастливой женщиной на Земле, - шептал ли он признания в крохотное розовое ушко, или проговаривал про себя, не умея облечь в слова, пламя нежной страсти, опалившей все клетки тела.

- Ты с ума сошел! - ворвался ранним утром в их храм любви телефонный звонок. - Мы с мамой места себе не находим, - тетушка так кричала, что пришлось трубку держать на расстоянии от уха. - Уже обзвонили все морги, больницы, а ты бессовестный...

- А что я?

- Это у тебя нужно спросить, о чем ты думаешь?

- Я счастлив. И люблю весь этот мир.

- Что, что ты сказал?

- Через часок я буду, - Славик хотел сказать, - буду дома. - Но не смог и выпалил, - буду у вас.

- А дом мой теперь здесь, - подумал про себя, - где спит, свернувшись калачиком, его первая любимая женщина.

Два зимних месяца пролетели, как один день, большой и хлопотливый. Учился, халтурил, ремонтировал квартиру, где он был взрослым, любимым и очень нужным.

В начале марта, когда серые сугробы по-стариковски завздыхали, расползаясь на живые жилки звенящих ручейков, когда небо над Таврическим садом раскрылось и вдруг стало многоголосным, Светлана, счастливо сияя, прошептала:

- У нас будет маленький!

И что он сделал? Дурак!

Он чуть не оборвал телефонный шнур.

- Маманя! Я женюсь. У нас скоро наследник появится...

В комнате струились сиреневые весенние сумерки.

Они пришли на следующее утро. Обе в белоснежных блузках. Торжественно-чопорные и серьезные.

- О женских делах нужно разговаривать только с женщиной, - доверительно проворковала тетка, выпроваживая Славика за дверь.

Он не знал, о чем говорили три женщины, сердца которых были привязаны к нему. Волшебной ли нитью, пуповиной или тяжелой цепью, а, может, еще чем-то, без названия и имени. Но люди все до кучи именуют любовью.

- Ты еще совсем мальчик, и многое тебе трудно понять, - такие родные и знакомые до каждой крапинки глаза матери были усталыми и грустными.

- К сожалению, специалист подтвердил наши опасения. У Светланы скорее всего родится больной ребенок.

- Не может быть! - заорал Славка.

- Наука не признает эмоций, - спокойно парировала тетка. - У девочки и отец, и мать инвалиды, - она скорбно поджала губы.

- Ты не волнуйся, мы договорились с чудесным доктором. А весна повторяется каждый год! - мать посмотрела в окно. В ярко-синем небе невестились кружевные облака.

- Не нервничай, выпей немного, это снимет стресс, - тетушка пододвинула фужер с доморощенной наливкой.

Он не помнил, сколько выпил еще, что он говорил им, когда мягко и настойчиво они внушали, дескать, Светлана ему не пара, что впереди долгая-долгая жизнь, и иногда первый неправильный шаг перечеркивает судьбу.

- Я люблю, я люблю, - с этими счастливыми словами проснулся он на своем холостяцком узеньком диванчике. Не завтракая, помчался к Светлане.

Дверь никто не открыл. Но куда девался его собственный ключ из кармана?

- Где она? - заорал он с порога, запыхавшийся и злой.

- В клинике, - спокойно ответила мать. - Мы ведь все вчера с тобой обсудили. Ты сам принял мудрое решение.

- Ты действительно стал взрослым человеком, - тетка потрепала его по затылку, - Светлане мы сообщили о нашем семейном совете, и что ты остаешься ночевать дома. Через три дня поедем и вместе встретим ее.

- А что, Аристархова уже выписалась? - мать умела так задавать вопросы, что все чувствовали себя провинившимися школьниками.

Пожилая женщина из справочного начала лихорадочно листать журнал регистрации.

- Может быть, она под другой фамилией записалась? - виновато спросила у строгой посетительницы.

- Как это под другой? - возмутилась тетушка.

Ну, может, мужа фамилию сказала? - женщина чуть не плакала, ища спасения в глазах Славика.

- Какого еще мужа? - тетка отгородила Славика от лишних объяснений. - Значит, вы утверждаете, что женщины с такой фамилией не было и нет?

- Всех абортниц не запишешь! - неожиданно раздался голос из дальнего угла комнаты. Неприметная женщина с бледным лицом укладывала в мешок какие-то несвежие тряпки. -Я вот сегодня выписываюсь. И никто меня не регистрировал. Наплевать им на всех.

- Да тебя, Бушуева, стерилизовать давно пора! - пожилая регистраторша из растерянной ученицы вдруг превратилась в коммунальную склочницу. - Каждый квартал - выскабливание. Кто на тебя еще зарится?

- Боже! Ну и нравы, Славик, выйди отсюда. При мальчике такие вещи говорят...

- Где Светлана, где ключи? - бесновался он дома, носясь из угла в угол просторной комнаты, как раненный зверь.

- Я и представить не могла, что клюквенная настойка такая расслабляющая? - картинно удивилась тетушка. - Неужели так память отшибает? Ключ забрала Светлана.

- Когда? - Славику казалось, что он сходит с ума.

- В день нашего семейного совета.

- А где она сейчас? - он готов был убить обеих. За двусмысленное молчание, многозначительные переглядки и просто за то, что они могут улыбаться.

- Мы с ней согласились, что ей очень будет сейчас полезен свежий деревенский воздух. Она уехала.

- Куда? - Славик подскочил к тетушке и стал трясти ее за плечи. Глаза его лихорадочно блестели, губы тряслись.

Женщины не на шутку испугались.

- Да мы и адреса не взяли.

- К своим она поехала, в архангельскую губернию, - в голосе матери слышались плаксивые интонации.

- В губернию! - передразнил Славик. - А мне что делать?

- Жить! - хладнокровно произнесла тетка.

- Первое июня! - матушка оборвала листок настенного календаря. - Светлый праздник, День защиты детей. Я помню, как ты победил на конкурсе «Рисунок на асфальте». И знаешь, что ты нарисовал?

- И что же? - Славик завтракал дежурной овсяной кашей.

- Меня и тетю. А между нами сердечко на ножках. Так ты изобразил себя и подпись придумал. «Любовь!»

- Сколько ж мне тогда лет было?

- Лет семь

- Не семь, а восемь и два месяца, - улыбнулась тетя.

- Да, - мать скомкала листок, обозначающий день прошедший, - все забываю тебе сказать, Света замуж вышла.

- Что-о? - он чуть не подавился вязкой кашей.

- Не так давно, я встретила Анну Сергеевну, она в том же доме живет, что и Аристарховы. Мы с ней в одной школе много лет проработали, такая славная женщина. Как она умела преподнести свой предмет.

- Да, Анна Сергеевна - педагог от бога, - поддакнула тетка.

- Прекратите! Наплевать мне на какую-то Анну Сергеевну! - Славик стукнул кулаком по столу так, что подпрыгнули чашки.

- А, да, про Свету, - словно спохватилась мать. - Значит так, она приехала к отцу, а у него гостил его друг, тоже инвалид из интерната. Через неделю они расписались в сельсовете.

- Пожалела, наверное, старого больного человека, - тетка скорбно поджала губы. Потом сделала театрально-фальшивый жест, приложив руку к сердцу. - А может и любовь! Сердцу-то не прикажешь…

- Заткнитесь! - Славик выскочил из-за стола, опрокинув стул.

- Как ты могла? Как? Так быстро все забыть? - Славка прибежал в Таврический сад, развел костер под старым дубом.

- И я, и я все забуду! - он бросал в костер обрывки маленьких записок. «Убежала на работу. Люблю. Всегда твоя Лана». «Славик, тебе звонил Виктор. Без тебя прошло два часа, а мне кажется год. Умираю от тоски...»

Горячий рыжий язык лизнул голубую пластмассовую заколку, белую пуговицу, пеструю куколку, сплетенную из ниток.

- Ничего, ничего не останется...

Маленькое пламя угомонилось скоро. И, когда осталось несколько светящихся угольков, Славик достал из нагрудного кармана небольшую фотографию и положил на малиновый горячий бугорок среди золы. И заплакал. Горько, безутешно, как маленький мальчик.

Лицо на фотографии скорчилось, скукожилось и исчезло.

В этот день Славик в институт не попал, хотя был день экзамена. В какой-то забегаловке он напился так, что не мог передвигаться. Случайный собутыльник приволок его в родной подъезд, разложил газетку на ступеньках, усадил невменяемого парня.

- Отдыхай. Все пройдет!

Как болит голова! Будто кто-то огромными клещами сжимает сверху... Невыносимо. Славик застонал.

- Что за больница! - чернявый мужик крутился возле кровати, на которой лежал потерявший сознание парень. - Черт возьми, куда сгинули все сестры? Стонет, хрипит... Вот Бог соседа послал!

Чернявый выскочил в коридор и завопил:

- Лана! Твой пациент умирает...

Chapter 2

СЫН АРЕСТАНТА

Когда Славик открыл глаза, рядом с ним сидел незнакомый мужчина.

- Где Лана? - тихо спросил Славик, уверенный, что только она могла помочь ему выплыть из темного омута боли.

- Только что здесь была, - удивился незнакомец, - позвать?

Славка кивнул головой и зажмурился в ожидании невероятного.

- Что случилось? - черноволосая девица, худая и нескладная, как подросток, почти вбежала в палату, на ходу завязывая поясок халата. - У меня смена уже закончилась, я уже домой собралась, а мне сверху крикнули:

- Синицына Лана, вернись, тебя твой пациент спрашивает.

- Что скажешь, крестничек?

О чем он мог ей поведать? О том, что прошло несколько лет, сколько же - сто или тысяча? Когда он мог прошептать: «Лана!» и услышать: «Здесь я, любимый!» Каждую минуту он помнил об этом. И уж никак не мог предположить, что чужая женщина может присвоить себе нежное имя.

- Ну? - Лана дотронулась холодными пальцами до руки пациента.

От досады и отчаянья Славка покраснел. Неожиданно выручил седой незнакомец.

- Мадмуазель, окажите услугу, - он протянул медсестре фотоаппарат. - Запечатлейте нас в этом интерьере.

- Чудеса! - темные бровки поползли вверх, - в первый раз такое встречаю, чтобы в больнице фоткались.

- Все случается когда-то в первый раз, - назидательно буркнул седой.

- Ну, ладно, - согласилась медсестра Лана, - тогда попрошу изобразить улыбки, - и нажала на кнопку аппарата.

- Бред какой-то, - Славка откинулся на подушку, чувствуя, как в ушах начинает нарастать противный звон.

Лана ушла. Незнакомец откашлялся и, приблизив свое лицо почти вплотную к забинтованной Славкиной голове, горячо зашептал.

- Держись, пацан. Нам с тобой фартит. Скоро бабки считать будем и не где-нибудь, а во Франции. Предупреждаю сразу, от меня откажешься, тебе хана. Запомнил? У тебя отныне есть опекун.

- Кто? - безразличным и тусклым голосом спросил Славик. Ломило виски: бред, бред, бред.

Незнакомец поднялся со стула, выпрямился, выкатив грудь колесом и, растягивая звуки, как конферансье в сельском клубе, произнес:

- Лев Львович Махов, опекун и доверенное лицо наследника французской поданной, мадам Дюваль.

Ничего не понимаю, - с ужасом подумал Славик, - о чем говорит этот человек. Так, наверное, начинается безумие? - мысль эта вдруг обожгла болью и затянула в омут беспамятства.

- Сестра, - грубо гаркнул посетитель, - умеете вы лечить или нет? - тяжелым шагом он направился к столику дежурной медсестры в коридоре. - Теперь я вам спуску не дам! - мужчина стукнул кулаком по ветхому столу. - Живо! В палату к Шеромыжнику. И запомните, он здесь персона номер один! Вернусь и проверю! - и удалился походкой короля.

Выйдя на улицу, седой глубоко вздохнул:

- Устал я нынче, перенервничал за последнюю неделю. Так, все ли я правильно делаю? Фарт, как баба, пичуга капризная. Вспугнешь - и не поймаешь. Стоп! Думай, голова, крути назад пленку.

А день тогда был понедельник.

- Свежая почта. Распишитесь, - бородатый мужик вытянул из замызганного рюкзака несколько газет и журналов.

- Так, - Лев Львович, нацепив очки, оставил закорючку в тетрадке бородатого. - Ничего не перепутал? - нехорошо уставился глазами-буравчиками.

Почтальон раздраженно дернул плечом: нигде так дотошно не проверяли корреспонденцию, как в этом общежитии. Седой комендант глаголил, как министр, копался в газетах с нахальной важностью и бесцеремонностью. Бородатый не забыл, как в первый рабочий день патлатый сноб устроил самый настоящий допрос: кто таков, откуда, где раньше служил? Простодушный новичок многое о себе рассказал, посетовав на жизнь и на перипетии судьбы.

- Ну и тля же ты, - огорошил комендант новоиспеченного почтальона. - Подумай сам-то, ведущий специалист оборонки опустился до побегушек с почтовой сумкой. Оправдания себе ищешь? Ха! Плохому танцору, всегда что-то мешает!

И потом коменданту доставляло огромное удовольствие придираться к бородатому почтальону по мелочам.

- Ну что, главный конструктор, опять газета помята! А что за пятна на конверте, руки-то хоть моешь иногда…

Вот и в этот раз письмоносец, опустив голову, ждал обычного брюзжания. Но, что случилось с комендантом? Полистав одну из газет, он заерзал на стуле, потом вскочил с каким-то звериным рыком и, прижав к груди печатное издание, побежал по коридору в сторону своей комнаты. Потоптавшись немного, почтальон ушел.

- Не может быть! - вскрикнул Лев Львович, влетев к себе.

Громким шепотом он прочитал:

«Владелица отеля на Лазурном берегу разыскивает наследника - Шеромыжника Борислава

Андреевича, рожденного в Ленинграде, двенадцатого апреля одна тысяча девятьсот семьдесят девятого года. Мадам ожидает подробного письма с фотографией». Далее следовал парижский адрес и телефон отеля в Ницце.

- Так, спокуха, парень, спокуха, - пробормотал взволнованный мужчина сам себе. - Первым делом, бдительность! - он заглянул под кровать, открыл дверцы платяного шкафа, отдернул штору в ванной. - Никого! Теперь действовать…

Комендант подошел к зеркалу и аккуратно, как драгоценную шляпу, снял с головы седую роскошную шевелюру.

- Ну, что, Вовик, судьба - индейка! - залихватски подмигнул новому отражению.

Вместе с париком в шкаф отправился серый двубортный пиджак, шелковый пестрый галстук и штиблеты с лаковыми носами. В считанные минуты мужчина облачился в джинсы, кожаную куртку. Отодвинув тумбочку, открыл ключом дверь, ловко замаскированную обоями, тянущимися по всей стене, и вышел из общежития со стороны, противоположной главному выходу.

По тропинке, заросшей лопухами, шагал пружинистой походкой мужичок с сивым ежиком волос на яйцевидной голове, за дымчатыми стеклами очков прятались зоркие, хитрые глаза. Даже отдаленно этот человек не напоминал вальяжного, неторопливого коменданта общежития для иностранных студентов - Льва Львовича Махова. Да, и по паспорту, лежащему во внутреннем кармане кожанки, это был другой человек, Владимир Викторович Ложкин.

В жизни для Ложкина существовали два ненавистных понятия - бедность и любовь.

Любовь - так звали его мать, остроносенькую девчушку с улицы Чапаева, что на Петроградской стороне. Отец ее слесарил на заводе, мать нянькалась в детском саду. Жили Румянцевы не хуже, и не лучше других. В пятнадцатиметровой комнате два окна с ситцевыми занавесками. На одной стене коврик с лебедем, и под ним родительская кровать. На другой стене ковер с тремя медведями, которые охраняли высокую кровать с металлическими шишечками и кружевным подзором, здесь спали Любка с бабкой. Посередине комнаты стоял круглый стол. Во время обедов плюшевая скатерть накрывалась клеенкой, узор которой лишь угадывался. Любочка обожала праздничные обеды. Сытно откушав и выпив по рюмочке сладкого красного вина, взрослые начинали петь. Особенно Любке нравилась песня.

"Вот кто-то с горочки спустился…"

Девчонке всегда виделась в этот момент морозная картинка с санками, пунцовыми щеками и мальчишеским чубом, выбившимся из-под шапки.

Когда отец ушел на фронт, Любаше исполнилось семь лет, и осенью она собиралась в школу.

- К первому сентября обязательно вернусь, - шепнул батяня в маленькое дочернее ушко.

Но все перепуталось. И Люба пошла в школу, аж через год. Да, не в свою каменную с большими окнами, выходящими на тополя Певческого переулка, а в маленькую деревянную, с печкой посередине. В поселке за Уралом мать и дочь Румянцевы прожили долгих четыре года.

Бабка Нюра наотрез отказалась уезжать.

- Чего придумали? Эвакуацию какую-то? А на кого, скажите, я комнату оставлю? Если и суждено помереть, то глаза закрою в своей постели.

А умерла в трамвае. Сама напросилась. Как только затарахтели по промерзшему городу бесстрашные «американки», явилась в правление трамвайного парка.

- Ты не смотри, что седая голова, - укоризненно выговорила толстому начальнику на костылях. - Опыт-то не седеет. Стаж у меня, милый, поболе, чем у всех молодух, вместе взятых. Да и сил много!

Может, и впрямь силы были. Да, только шальные снаряды ни о чем не спрашивали.

Комната Румянцевых уцелела. Возвратившись домой, подросшая Любочка с радостью перебирала детские игрушки на нижней полке этажерки. Мать же, всхлипывая, тыкалась из угла в угол, хватаясь то за одну, то за другую вещь.

После окончания школы Любовь Румянцева поступила в педагогический институт.

- А вот наша студентка идет, - соседки, разминавшие языки на скамейке во дворе, уважительно затихали.

Маленькая, худая, в чем только душа держится, Люба подходила к женщинам.

- Вечер добрый, как дела? - за толстыми очками и глаз-то не видно, но голос сердечный, уважительный.

Любочке шел двадцатый год, когда однажды в почтовом ящике она обнаружила письмо, написанное незнакомой рукой.

«Милая и далекая Любовь! Вот и настал тот момент, когда твои нежные ручки коснулись этих грубых листков. Я обцеловал их сто раз, представляя твои розовые маленькие пальчики.

Не удивляйся, моя милая пташечка, моему посланию. Твой адрес мне дал надежный парень, Фимка. Он так и сказал: «Витек, эта девушка создана для тебя, это Ангел во плоти.»

Ангел мой, я хочу, чтобы ты знала, что в сибирской тайге плачет и стонет сердце невинно-осужденного человека. Навечно твой, Витька Ложкин».

В этот вечер долго не гасла лампа на столе, за которым сидела взволнованная девушка. Она настрочила один вариант письма, второй, третий... Нет, все не то! Какие слова отыскать, чтобы стало теплее на земле одинокому, грустному Ложкину?

А потом вслед за письмами стали отправляться в Томскую область посылки с чаем, конфетами, шерстяными носками.

Мать вздыхала:

- Что-то, Любушка, неспокойно сердце мое. Ты с этим Ложкиным совсем про себя забыла. Хотели ведь к зиме тебе новое пальто справить, а ты опять посылку собираешь.

- Мама, этот человек так несчастен и одинок, - глаза девушки заволакивались слезами.

Летом наивная заочница собралась к своему возлюбленному в гости. Боже мой, как трепетало Любино сердце, как дрожали тонкие бледные руки, когда грозный голос прозвучал.

- Ложкин, на выход!

О чем говорили на свидании очкастая замухрышка с берегов Невы и мосластый верзила, медвежатник со стажем, Витька Ложкин?

Только полетело письмецо на улицу Чапаева.

«Мамочка, родная моя! Не осуждай меня, а попробуй понять. Я люблю Виктора. Поэтому остаюсь жить рядом с ним, в поселке. Мы зарегистрировали наши отношения. Целую Любовь Ложкина».

А через год в таежном поселке имени Дзержинского на одного жителя стало больше.

Тщедушный Вовчик Ложкин появился на свет раньше положенного срока, в тот день, когда его неутомимая мамаша подняла бак с бельем. Бывшая студентка работала в прачечной, и тут же за дощатой перегородкой стоял ее топчан, тумбочка и стул. Первые три года пацан рос среди вороха грязного белья, едкого запаха мыла и соды.

Когда-то поселка, как такового не существовало. Была лишь единственная улица, которая носила имя железного Феликса. Улица эта, длинная и узкая, как змея, одним концом утыкалась в металлические ворота, за которыми начиналась лагерная зона, где отбывали срок наказания лица мужского пола.

Другой конец улицы, обогнув заросли черемухи, обрывался высоким забором с колючей проволокой, там обитали заключенные под стражу женщины.

Никто и не помнил, когда от главного тракта потянулись в разные стороны ветви улочек и переулков. С названиями особо не мудрили. Заводская, Солдатская, Банный проезд.

Дома рубились крепкие, просторные. Благо, что рядом шумела нетронутая тайга. Одна треть поселковых жителей носила фамилию Зоновы. Встречались Колодниковы и Прокуроровы.

Когда влюбленная ленинградка приехала в поселок, здесь уже имелись и магазин, и школа, и кинотеатр. Но, как и много лет назад, мальчишки на улице играли в конвоиров и смелых осужденных, срывающихся с этапа в бега. Девочки, баюкая куклешек, по-бабьи причитали:

- Вот батяня наш выйдет на свободу, и заживем!

Рядом с бараками, на территории, где жили заключенные, громоздилась уродливая конструкция кожевенного комбината. Никто толком не знал, как горбатятся там осужденные мужики. Но о жутких картинах за мрачными стенами можно было догадаться по зловонному ветру, гуляющему над деревянными крышами, по речке, давно уже ставшей коричнево-глянцевой из-за отходов, в нее сливаемых, по бисерным россыпям шевелящихся опарышей на крутых берегах.

Вскоре Любовь Геннадьевну Ложкину, как самую грамотную обладательницу круглого красивого почерка, назначили в центральную поселковую контору секретарем. День-деньской заполняла она Амбарные книги, отправляла письма-запросы в район. Могла, если нужно, и на «Ундервуде» ловко отстучать справку или отчет

Жили теперь Ложкины не в закутке прачечной, а в учительском доме.

За дощатой перегородкой с ними соседствовали супруги Наливайко. Василий Иванович, вислоусый, громкоголосый, преподавал в школе историю. Его жена, черноволосая, пышная и всегда румяная Оксана, без устали копошилась по дому: вечно что-то пекла, варила, начищала и штопала.

Их ненаглядный сынок отбывал свой второй срок. И, хотя младший Наливайко, был осужден по статье за убийство с отягчающими обстоятельствами, родители не верили ни одному слову приговора.

- Наш Данилка - хлопец горячий, но души добрейшей. Убить он и муху не смог бы!

- Мам, - как-то раз поинтересовался Вовчик. - Почему так? За колючей проволокой их охраняют с собаками, и там их называют «преступниками», а во всех домах тихо шепчут: «Такого хорошего человека еще поискать нужно». И никто не верит про грабеж и убийство.

Мать на мгновение задумалась, потрепала светлый мальчишеский затылок.

- Любовь слепа, сынок.

- Как это? - испуганно спросил Вовчик.

- А так, если по-настоящему любишь человека, то принимаешь его со всеми его грехами и потрохами.

- А зачем? - обиженно протянул пацан.

- Если бы на все были ответы, - вздохнула женщина.

Вовке объяснение не понравилось. Как это так: знать, что рядом с тобой живет гад, убийца, мразь последняя, а себе и ему говорить, нет, он хороший.

Маленький мирок мальчишки постоянно становился мутнее и мрачнее. А в детстве так нужна ясность и чистота.

На свидания с отцом мать Вовку не брала. Хватило одного раза. Мальчишке было три года, когда его в новом костюмчике-матроске она ввела в тесную комнатку. И вдруг дверь растворилась, и два человека в форме ввели огромную обезьяну. Вовка увидел мохнатые длинные руки, маленькие глазки и желтые крупные зубы. От страха паренек заорал, уткнувшись в материнскую юбку.

- Зачем ты заморыша взяла с собой? - строго выговорил Ложкин-старший.

Вовке показалось, что разрисованная обезьяна, татуировка украшала даже веки рецидивиста, сейчас пристукнет тяжелым кулаком и мать, и его. Он забился в истерике.

Люба быстро передала свертки, пакеты, узлы и потом, возвращаясь домой, всю дорогу ревела также отчаянно и горько, как пацан.

А однажды случилось ужасное. Ранним утром за матерью пришли люди с автоматами. Сонная женщина близоруко щурилась и виновато извинялась:

- Простите, я не одета. Недоразумение какое-то.

Она успела стукнуть в стенку соседям.

- Оксана, присмотрите за Вовчиком. Думаю, что скоро все выяснится, и я буду дома.

Но это «скоро» растянулось на несколько месяцев. Пацан быстро освоился у Наливаек. Ему понравилось с ними есть от пуза, отдыхать после обеда, в полудреме слушать радио, прижимаясь к ленивому теплому боку рыжего кота.

Уже на следующий день после ареста Любы Ложкиной, в поселке стало известно, что группа заключенных, убив водителя грузовика, вывозившего по ночам с кожкомбината секретный груз, усыпив бдительность прикормленной охраны, бежала.

Окрестные леса прочесывали несколько дней кряду. Вскоре были обнаружены тела двух арестантов. Оба были заколоты ножом. Ложкин на грузовике, как в воду канул.

Следствию предстояло выяснить: связана ли жена с бежавшим арестантом.

Суд состоялся тринадцатого апреля. Учитель Наливайко, сам похлопотал, чтобы делом Ложкиной занимался адвокат из Томска.

- Теперь-то я ученый, - говорил Наливайко знакомым. - О защите не позаботишься, заклюют невинного. У них план по преступникам…

Вовчика привели на суд и посадили в первом ряду на жесткую деревянную скамью. Вскоре вывели мать откуда-то из боковой двери. Она похудела еще больше, и темная кофта болталась на теле, как на деревянном огородном пугале. Бледное лицо было одутловатым и мало узнаваемым.

- Вовочка, - женщина прошептала.

Мальчишка услышал и заерзал на неудобной скамье. Зачем она так смотрит на него? Этот взгляд лихорадочно-блестевших глаз не давал ему покоя. Вон недалеко сидит соседский Толька, строит рожи, нужно бы ему ответить. А на окне жирная, сонная муха, пощекотать бы ее палочкой.

- Вовчик! - мать ждала его улыбки, а он опустил глаза и съежился.

- Подсудимая Ложкина, расскажите суду о вашем знакомстве, о последующих взаимоотношениях с заключенным Виктором Ложкиным.

Тихим, бесстрастным голосом женщина поведала о письмах в Ленинград, о первом свидании, о своем решении не оставлять одинокого человека в душевной тоске, о рождении сына.

- Что вам было известно о прошлом Ложкина?

- Практически ничего. Я считаю, если человек не хочет рассказывать, то крайне неделикатно настаивать на этом. У каждого из нас должна быть своя неприкосновенная зона в душе.

- О чем говорили вы со своим супругом на последнем свидании?

- Ни о чем особенном. Я рассказывала поселковые новости. Он ел. Он ведь мужчина крупный, а паек в лагере, вы сами знаете, на богатырей не рассчитан.

Любе задавали еще много вопросов, она отвечала, но Вовка уже не слушал. Он, наконец, поймал муху и сосредоточенно отрывал ей лапы. Потом слово взял адвокат, худой маленький человек, со смуглым лицом и азиатским разрезом глаз.

- Признаюсь честно, мне безумно жаль эту несчастную женщину, Любовь Геннадьевну Ложкину. Она стала жертвой обмана коварного человека.

Я могу привести много примеров из своей практики, которые красноречиво свидетельствуют о том, что заключенные оформляют брачные отношения по чудовищному расчету. Во-первых, новоиспеченным мужьям поступают жирные передачи от законных жен, во-вторых, женившийся заключенный воспринимается лагерным начальством, как человек, вставший на путь исправления. Отсюда и соответствующие поблажки - работа полегче, режим погибче, соседи поспокойнее. Я долго беседовал с Любовью Геннадьевной и еще раз убедился, что не могла она подготовить для своего мужа карты специальных маршрутов, удобных для побега. Для чего? Семь лет назад она приехала в поселок наивной девушкой, бросив ради своего первого мужчины, институт, оставив прекрасный город и одинокую мать. И вдруг теперь, когда остается всего-то два года, она не выдерживает. Нет, нет и еще раз нет! Она из тех натур, что будут ждать и верить долгие-долгие годы даже таким лживым людям, как Ложкин.

Я попрошу пригласить в зал заседания свидетеля Савву Петровича Редькина.

Редькин, человек с вытянутой головой (ему бы фамилию Огурцов) и выпуклыми светлыми глазами, долго кашлял, вздыхал и причмокивал губами.

- Никогда бы не стал свидетельствовать против корешей своих, если бы не оказался Витька гнидой, падалью вонючей, замочившей своих товарищей, во всем доверявшихся ему.

- Попридержите эмоции, Редькин, - строгим голосом произнесла женщина в форме. - Излагайте, по сути.

- Ладно. По сути. Я, значит, с этим Ложкиным лет что-ли десять назад познакомился. Все знают мои способности, я ведь мазила классный. Вот за чай, сигареты, сахар сочиняю недоумкам стихи, поздравления, обращения нежные. Другой раз пацаны даже переписать не могут то, что я создал. Утомляются с непривычки. Так разлетаются письма по всей стране, все, моей рукой писанные, да в моей голове сочиненные. Представляю, сколько женщин прелестных над моими завитушечками умилялись, да улыбались, а, может, порою и всплакнули. Страдания очищают. А корешки, бывало, только на конверте закорючку свою поставят.

- Ближе к нашему делу, Савва Петрович, - мягко попросил узкоглазый адвокат.

- К делу? - Редькин глубоко вздохнул. - Так вот, гнида Ложкин по пять раз просил меня переписывать одно и то же. Я думал, издевается, гад. Хотел было уже разорвать с ним все отношения. А он мне тогда фотки показал, как пасьянс разложил. Классные бабенки. Он с ними переписывался, каждой моими словами о любви врал, к себе звал. А приехала самая неприметная. Я, помню, ему еще сказал:

- Судьба значит, Витек. Не всем красивые достаются.

А он, грубиян, длинно так сплюнул:

- Запомни, Редька, я сам свою судьбу делаю, и бабы для меня ничего не значат.

- Вы понимаете, что я вам культурно говорю, он так не умел.

- Обращался ли к вам Ложкин с просьбами написать письма после того, как женился? - подал голос адвокат.

- А куда он денется? Пять баб у него в запасе имелись. К праздникам присылали посылки, но он жадный был до омерзения, все в одиночку, как крыса, сжирал. Но хочу заявить сразу, - Редькин повысил голос, - о побеге я ничего не знал. Да куда мне? Я ведь только мастак по женской части, да и то все знают, что только на словах, - Редькин покраснел. -

Бог дал такой дар поэтический, а статья-то у меня знаете, какая, сто двадцать первая…

- Свидетель Редькин, суд не интересуют детали вашей биографии, - строгая женщина смотрела с неодобрением на женоподобного поэта. - Вы все сказали?

- Да.

Смуглый адвокат поднял руку.

- Я хочу пригласить в зал еще одного свидетеля, вернее свидетельницу.

Толстая, коротконогая женщина в сером свитере и в темной юбке, засаленной и мятой, хрипло произнесла.

- Здрастьте, перед вами Капитонова Валентина.

- Отчество?

- По батьке-то я вроде, как Генриховна.

- Знакомы ли вы с Виктором Ложкиным?

Женщина хохотнула, прикрыв рот обветренной красной рукой.

- Какой знакомый, супруг он мне законный. Уж почитай, как лет двадцать.

- У вас есть общие дети?

- А то? Цельных трое.

- Вы утверждаете, что состояли в браке с Ложкиным, вместе вели с ним совместное хозяйство и нажили троих детей?

- Обижаете, начальник. Почему состояли? У нас с Витьком любовь до гроба. То, что в его ксивке штамп не стоял, так это мелочи. Сынки мои, все как один, на Ложкина походят. Обезьянки. Малыми были, ну точно, как тот пацан вертлявый, - свидетельница ткнула коротким пальцем в сторону Вовки Ложкина. Парень съежился от общего неприятного внимания.

- Где ваши дети сейчас?

- Злая судьбина нас разлучила, - заканючила женщина.

- Уточните.

- В детском доме, - женщина закусила нижнюю губу, и в этот момент стало заметно, что лицо у нее багровое и опухшее, а руки с обкусанными ногтями мелко дрожат.

- Пьете?

- Сейчас, только по праздникам. Думала, муж освободится, детей заберем и уедем к матке в деревню.

- Где проживаете сейчас?

- В городе Омске, у сестры.

- Когда в последний раз виделись с Ложкиным?

- Забыла.

- Вы состояли в переписке с ним?

- А какжись, в аккурат на мое день рождение, в январе пришла справная открыточка на маткин адрес. Я же говорю, у нас любовь до смерти. Что за чума его в бега бросила. Я же ждала...

- Спасибо, Валентина Генриховна.

- Теперь, я продолжаю, - мрачно заговорил смуглый адвокат.

- Надеюсь, вам всем стало ясно, в какую нелепую ситуацию попала интеллигентная девушка из Ленинграда. Честные люди всех окружающих мерят по себе. Любовь Геннадьевна любила, сострадала и верила человеку, подлому и лживому до мозга костей. Жестокий человек Ложкин, использовал всех женщин в своих корыстных целях, ни одну из них он не уважал и уж, конечно, не доверял своих преступных планов. Я закончил.

Любовь Геннадьевну Ложкину освободили из зала суда. Женщина брела по липкому апрельскому снегу серой мумией. Вовка бежал впереди, высоко поднимая коленки, как резвый жеребенок.

- Ну, ты чего, соседка, словно и не рада свободе? - Наливайко разгребал снег у калитки. - Жизнь продолжается... Запомни, сколько мир существует, всегда были бабы обманутые. На всех не напасешься честных и порядочных.

- Лучше бы я умерла, - прошептала Люба и больно сжала руку сыну, который крутился рядом.

- Ну, это ты брось! - Наливайко смачно высморкался в сугроб.

Несколько дней мать лежала, глядя в потолок немигающим взглядом. Вовка обедал у соседей.

- Не оклемалась? - шепотом спрашивал Василий Иванович, кивая в сторону перегородки. - Разве ж это печаль? - пожимал плечами. В этот момент Вовка не жалел, а стыдился матери. Нюня какая!

Поселковые женщины заходили в гости, кто с пирогом, кто с куском свинины.

- Ну, что ты так убиваешься, а то не знала, что на свете подлецов, что тараканов в печи?

- Не нужно так говорить, - останавливала мать слишком сердобольных. - Я увидела в нем человека, достойного любви. И ни о чем не жалею.

- Чудит мать, - бормотала очередная гостья, пихая Вовке в ладонь соленый огурец или лепешку.

После суда на улице для Ложкина-младшего началась невыносимая жизнь. С легкой руки коротконогой свидетельницы Капитоновой, мальчишки теперь дразнили его «обезьянкой». Вовка ревел, спрятавшись за сараями, пока однажды сосед не вытащил его оттуда.

- Ну, ты, парень, даешь! Как девчонка, обиду в слезы прячешь. Пожалуй, пора заняться твоим воспитанием по-мужски! - Наливайко крепко встряхнул мальчишку. - С завтрашнего дня и начнем!

И с того момента, каждое утро Василий Иванович сам лично будил соседа и заставлял бегать, прыгать, отжиматься. Первое время от физических упражнений пацан бледнел, перед глазами плыл липкий туман.

- Ничего, терпи, хлопец! - гудел Наливайко. - Придет время, тебя все бояться будут. Сила - она великая вещь! - и выливал на хлипкое потное тельце ведро холодной воды. У Вовки не было сил, чтобы ойкнуть или закричать. Сосед не отступал. Он не разрешал поблажек ни в праздники, ни в выходные. И вскоре Вовка почувствовал приятную радость от подобных физических нагрузок. Тело становилось послушным, гибким. На руках, плечах, груди обозначились бугорки мышц, а главное крепло внутри ощущение силы победителя.

- А теперь, займемся главным, - заявил однажды сосед после очередной разминки. - Я научу тебя драться. Махать кулаками - это пустое. Нужно знать, куда ударить и с какой силой.

- Добре, добре, - хвалил позже Василий Иванович драчуна, удивляясь упорству и горячему азарту подопечного.

А вскоре и походка у Вовки Ложкина стала особой. Он передвигался не спеша, вразвалочку, выкатив грудь и задрав кверху курносый нос.

Нахальную силу бойких кулаков соседские пацаны узнали довольно скоро. Кто-то не так посмотрел - удар в челюсть. Тот, кто сегодня молчал, но дразнился вчера, был тоже бит...

Учителя жаловались матери.

- Жестокий мальчик. Молотит всех без разбора. Леночку Пенкину привязал веревкой к забору, задрал школьное платьице и отстегал прутьями до кровавых волдырей.

- Что с тобой, сынок? - плакала и вздыхала мать.

- Да, знаешь, что эта Пенка говорила? - он длинно сплевывал. - Меня, тварь, назвала недоноском. А папашу моего кобелем тюремным. Я, что терпеть такое должен. Или поцеловать ее за правду? Еще раз рот откроет, прибью нафиг!

Соседи-украинцы уехали из поселка внезапно. Их сын повесился в камере. Наливайки собрались в один день. Почерневшая Оксана перестала совсем разговаривать. Она механически стягивала узлы, укладывала сковородки и кастрюли и тихо скулила, как больная собака.

Муж ее, напротив, ничего не мог делать. Он сидел на табурете возле крыльца и что-то говорил,

говорил, широко жестикулируя руками. Завидев Любу, крикнул:

- Соседка, собирайся и ты из этого проклятого места. Никто здесь счастливым не был и не будет. Правильно я говорю, малец? - он смотрел на Вовку тупым бычьим взглядом, словно не узнавая его.

- Конечно, мамка, - Вовка дернул мать за руку, - давай и мы уедем.

- Куда, милый?

- Как куда, к бабушке в Ленинград. Ты же сама рассказывала, какой это необыкновенный город.

- Достойны ли мы этого прославленного города? - у Любы повлажнели глаза.

Вовка надулся, решив про себя, что когда-нибудь один уедет. А она пусть здесь остается, раз такая ненормальная.

Местная жизнь кипела своими новостями. На центральной улице построили двухэтажное здание из светлого кирпича. На первом этаже разместили актовый зал, с дощатой сценой и бархатным занавесом, стулья завезли с мягкими сиденьями. Обещали артистов аж из самой Москвы. А пока местные таланты репетировали, пели, декламировали, даже какие-то сценки разыгрывали.

В торце новой постройки открыли библиотеку, заведовать которой доверили Любовь Геннадьевне Ложкиной. И, хотя часы работы очага культуры были регламентированы, Люба не придерживалась расписания, и до поздней ночи сидела за столиком с настольной лампой. Строчила отчеты в район о повышении морального уровня местных жителей, оформляла подшивки газет, сочиняла планы для политинформаций. Но львиную долю времени, конечно, читала. В поселковую библиотеку доставили полные собрания сочинений классиков и современных писателей. Библиотекарь даже конспектировала отдельные страницы, чтобы дома прочитать сыну или какой неторопливой гостье.

В соседнюю половину дома, где жили Наливайки, поселили одинокого Григория Антипова, который трудился охранником в женской колонии.

- Знаешь, почему я пошел туда вкалывать, - заявил он в первый день знакомства с Любой, - оттого, что баб ненавижу. Для меня, что птицу на охоте подстрелить, что бабу непутевую прикокнуть, уверяю, рука не дрогнет.

- Побойтесь бога-то, - испуганно поправила очки строгая соседка.

- Бога? - Антипов раздвинул бледные губы, обнажив желтые зубы, как прошлогодние чесночины с коричневыми отметинами. - Бога, говоришь? А, где он был, когда я свою разлюбезную женушку пришил из ружья. Прямо в койке с хахалем. Мужика не тронул. Во всех шашнях бабы заводилы. И, веришь ли, двадцать лет прошло, отсидел свое, а ни разу не пожалел. А, если во сне приснится, как я на ее развратную рожу дуло наставляю, такое блаженство на сердце опускается. Еще бы раз повторить!

- Григорий, - пыталась вразумить мужчину Люба. - Жизнь, конечно, обидела вас. Но нельзя так огульно всех женщин ругать. Все люди разные, согласитесь?

- Удивила! - Григорий сплюнул, - да, я давно знаю, что бабы делятся на две категории. Одни - это самки первобытные, другие - такие, как ты.

- Как я, это какие?

- А ни рыба, и ни мясо. Ни вида, ни запаха. Одно название, что баба.

- Понятно, - виновато улыбнулась библиотекарша, стараясь не выдать даже голосом, как обидны и неприятны для женского сердца подобные слова. Пусть даже исходили они от неказистого мужчины.

Антипов взял за правило приходить ужинать к Ложкиным. Насытившись, он не торопился уходить. Дымил папиросой, слушал, как Люба читала рассказы, переписанные днем в читальном зале.

На Вовку особого внимания новый сосед не обращал. Только однажды разразился бранью, увидев на мальчишеском запястье свежую татуировку.

- Да, че вы, дядь Гриша бушуете? Все пацаны сделали, - оправдывался Ложкин. - Шик! Кинжал, цветок и мои буквы – В. Л.

- Дурак! - продолжал негодовать Антипов. - Шик увидел, да, пойми, теперь ты меченый на всю жизнь. Морда изменится, седым станешь, а твоя картиночка, как в первый день будет сиять...

В начале зимы Антипов принес в дом собачонку. Толстый щенок барахтался в твердых широких ладонях.

- Вовка! - гаркнул Антипов. - Смотри, какой шустрый цуцик. У нашей Рыси их семь. Совсем отощала бедная от этих сосунков прожорливых. Я выбрал самого сметливого. Как назовем-то?

- Дай, Джим, на счастье лапу мне, - Люба осторожно приняла из мужских рук толстоморденького щенка, поставила на пол.

Мохнатые лапы расползлись в разные стороны, и пес плюхнулся на живот, жалобно скуля. Вместе с ним, словно заскулило Вовкино сердце от щемящей нежности.

Джим, Джимушка! Никого в жизни так не любил Вовка Ложкин, как этого пса, который очень скоро из живой плюшевой игрушки превратился в крупного серого кобеля, издалека очень напоминающего таежного волка.

Мальчишка с собакой не разлучался, разве, что с одной миски только не ели.

Спустя какое-то время Антипов, как всегда разглагольствуя после ужина, изрек:

- Пора Джима на службу определять. У меня ребята там свои в конторе. Будут ставить в ведомости закорючки, смотришь, и какая-никакая зарплата набежит. Жрет-то он, что мужик огромный.

- Скорый ты, Григорий! - возмутилась Люба. - Джимушка еще ребенок. Недавно ведь годик исполнился. И, если я правильно поняла, что на дежурстве пес должен быть с хозяином. А какой из Вовчика работник?

- Ох, и наивная ты, Люба! - засмеялся Григорий. - Джим для тебя дитя, да видела бы ты, как он вьется вокруг сучек. А твой малец, чем раньше цену копейки узнает, тем легче жить ему будет потом. Что он с утра до вечера баклуши-то бьет!

- Ладно, ладно, поживем, увидим. Давайте-ка лучше чай с брусникой пить.

Но однажды, когда Антипов, коротко стукнув согнутым пальцем в дверь, заявился чаевничать, Любовь Геннадьевна, поднявшись из-за стола, произнесла ледяным голосом.

- С сегодняшнего дня я отказываю вам, Григорий Васильевич, от нашего дома.

- Ты чего, Люба, белены объелась?

- Это вы, вы отравлены навсегда. Подлостью, цинизмом, пошлостью.- Любино лицо раскраснелось от негодования. - Сегодня я узнала, как недостойно, ужасно и мерзко ведете вы себя с несчастными женщинами, которых согласно трудовой инструкции, как будто бы охраняете!

- Ах, вон оно что! - Антипов загоготал так, что Вовке показалось, желтый абажур над столом раскачался и сейчас грохнется прямо на чашки и блюдца.

- Нужно уточнить, какая же тварь меня оговорила? - мужчина по-хозяйски прошел к самовару, налил кипятка в свою большую эмалированную кружку, громко прихлебнул и, прищурившись, спросил.

- Люба, хоть раз я имел попытку к тебе пальцем прикоснуться или посмотреть как-то по-ухажерски?

- Еще чего! - с возмущением дернула худосочным плечиком хозяйка.

- То-то же! Отсюда делай вывод, а почему? Да, потому, что у тебя в голове нет ни одной мысли про это. А те бабы так и сыплют искрами, словно призывая, обнять, потрогать и все такое прочее. Вот и выручаю их, природой порченных. Да, ведь, хочешь знать, я уединяюсь не с каждой. А только с ударницами труда при примерном поведении в быту.

Люба сникла и долго молчала. А потом вздохнула:

- Чем дольше я живу на белом свете, тем меньше понимаю саму эту жизнь…

- И никогда не поймешь, и не узнаешь, - назидательно произнес Антипов.

Слишком ты книжкам веришь. А писаки все врут. У них, как послушаешь, так кругом одна любовь неземная. Нет ее, окаянной. Выдумки все это, враки или просто бред сумасшедших лентяев.

И месяца, пожалуй, не прошло с того разговора, как вдруг Антипов, после чая раскрасневшийся, блестя глазами, застенчиво произнес:

- Люба, очень мне нужен твой совет. У нас в отряде одна бабенка есть. Занозой в сердце вошла. День и ночь о ней думаю…

- Гриша, неужели вы влюбились?

- Не знаю я, что происходит, - веснушки ярче проступили на мужском широкоскулом лице. - И ведь ничего в ней особенного нет. Маленькая, курносая. А вот посмотрю на нее, и глаз не могу отвести. Смотрел бы и смотрел. А на сердце так сладко становится, словно мед растекается.

- А она как к вам, Гриша, относится?

- В том-то вся беда, даже голоса слышать моего не хочет. Я ведь предложил ей уединиться, робел, словно пацан несмышленый. Хотел только за ручку подержать, да шепнуть на ушко, как дорога она мне, что закончится ее срок, и поженимся... - Эх, ма! - Антипов закурил. - А она мне в ответ таких оскорбительных слов наговорила. От обиды у меня чуть слеза на глазах не закипела. Еле сдержался.

Конечно, я понимаю, у нее на душе рана поболе и пострашнее моей. Пьяный муж дочь-пятилетку совратил. После похорон девчонки Зинка и пришила придурка. Она здесь, горемычная, уже третий год. Но я ее раньше не видел, она в другом бараке проживала, где Никита трудится. Вот такая, Любаша, история. Что скажешь?

- Во-первых, я за вас очень рада, Григорий, - Люба подошла к мужчине, взяла его руку в свои и пристально посмотрела в рыжие, в темную крапинку глаза.

- Во-вторых, не торопитесь. Любовь, как нежный росток, за которым нужно терпеливо ухаживать. Одно неосторожное слово, неверное движение могут, как ледяной порыв беспощадного ветра, вырвать и погубить робкий росток.

- Ох, и говоришь ты хорошо, - Антипов слушал соседку, открыв рот. - Умная.

Умная, умная! - досадовал про себя Вовка, - других только учить может. А сама жить не умеет.

Как нужно жить, Вовка еще точно не знал, но чувствовал, что книжки толстые всю ночь читают, да цветы на грядках вместо помидор выращивают, лишь блаженные.

А этот чудак Антипов! Старик ведь уже, сорок пять ему нынче стукнуло, а, как младенец, слюни распустил: любовь, любовь!

Ха! Видел он эту Зинку. Вот уж каракатица. Ноги короткие, будто бутылки раздутые, титек на пять баб хватит. Морда красная, обветренная, как у всех зэчек.

Баб Вовка презирал, а уж тех, кто за решетку попал, вообще за людей не считал. С мужиками понятно: подрался, пырнул кого неугодного, стибрил, что плохо лежит. На то он и мужик, чтобы рисковать, да приключения в жизни искать. А эти толстозадые, так называемые женщины, чего рыпались?

- Давай, живее поворачивайтесь! - грубо орал Ложкин на женщин, когда Антипов брал его в помощь сопровождать отряд. - Плететесь, как коровы беременные.

Женщин выводили на работы в поле. Они радовались этим походам на природу, как девчонки.

Аукались, смеялись, шутили. На сварливого пацана с огромной собакой не особо обращали внимание. Осеннее солнце, земля, живая и влажная в руках, ящики, полные картошкой - все это было кусочком другой, дотюремной жизни.

Антипов тоже любил эти редкие дежурства на урожае. Сколько баб отлюбил он под осенним небом! Бывало, если шибко захочется, то и под дождем, прямо в мокрую межу затаскивал женщин.

Но теперь - ни-ни! Он смотрел только на свою зазнобу, пытаясь примерным поведением, снискать ее расположение.

Зинка даже головы не поворачивала в сторону нескладного конопатого охранника.

Но выходит река из берегов от мощного властного ветра, так и желание влюбленного мужчина в какой-то миг вырывается неуправляемым потоком наружу. Что и случилось в бархатный знойный день бабьего лета. Решился-таки Антипов со своей зазнобой объясниться. Не было больше мочи скрывать свои чувства.

- Зинушка, милая моя, - он подошел вплотную к женщине, - поговорить с тобой хочу.

- Не о чем нам с тобой лясы точить! - зло сверкнула глазами Зинка.

- Да, угомонись ты! Влюбился я, понимаешь, - Антипов млел от запаха, исходившего от потного женского тела. - Я вот и стих для тебя выучил.

- Я помню чудное мгновение, передо мной явилась ты... - он запнулся, мучительно вспоминая строки, что так упорно и с чувством репетировал вчера с соседкой на кухне. - Ну, короче, пойдем, поговорим, - Антипов вспотел, утомился от напряжения. Ему казалось, что сердце выскочит сейчас из груди большой птицей.

- Бабы, - закричала Зинка. - Наш кобель, как в цирке, стихами загавкал.

Женщины засмеялись. Те, что были постарше, смеялись громко, молодые же украдкой хихикали, пряча глаза: они боялись конопатого. Многие из них прошли через его липкие руки и слюнявый рот.

- Что затих, мразь поганая? - Зинка подошла близко к побледневшему Антипову. - Забыл, как Людка от кровотечения угасла? Ты брюхатил ее, девчонку неопытную. А Ленку-инвалидку как мучил! Моя бы воля, я бы тебя живым в землю закопала и сверху бы прыгала, пока бы ноги не устали. Кобель вонючий! - выкрикнула Зинка и плюнула в прищуренные от закипающего гнева мужские глаза.

Вовка в это время находился на другой стороне поля, где мастерил себе удилище, насвистывая веселый мотивчик. Краем глаза он видел, как Антипов схватил одну из баб и поволок за кусты.

- Любовь, тьфу-ты, - осклабился брезгливо парень, отвернулся и сплюнул.

Он не слышал, как разгневанный Антипов условным свистом подозвал Джима.

Лишь чуть позже насторожило парня то, что баба начала вдруг истошно орать, потом подал голос Джим. Залаял пес как-то непонятно для Вовки, с ходу улавливающего смысл всех собачьих разговоров своего любимца. Что-то случилось? Почему Джим, словно волк голодный, зарычал?

И вдруг раздался выстрел.

Все женщины, разогнувшись, повернули головы в сторону злополучных кустов. Работницы стояли, словно окаменев, боясь двинуться. Только один Вовка мгновенно рванул с места и побежал, застревая в рыхлой земле.

Первое, что он увидел - огромный женский зад. Зинка, привязанная к березе, материлась и выла. Вся ее спина была в крови, вздувались содранные полоски кожи.

Антипов тупо смотрел под ноги, где в предсмертных конвульсиях дергалась собака.

- Вот и кобель тебе не пара...- щелкнула кнопка кобуры.

- Джимушка, - Вовка бросился к собаке, стал нежно гладить и целовать мохнатую морду. Пес не реагировал. Белесая пленка затягивала остановившиеся темные глаза. - Джим, - рука мальчишки намокла от густой крови, сочащейся из ранки на собачьем лбу. - Не умирай, умоляю. Я пропаду без тебя.

- Ишь, сопляк, псину пожалел, - седая старуха отвязывала Зинку. - Поделом, что пристрелили тварь, на людей натравленную.

Вовка медленно разогнулся. Сквозь горячий туман слез, он увидел плоское лицо Зинки, ее арбузную грудь. Никогда и никого Вовка не бил с такой яростью и злобой. Он слышал хруст, стоны, вой и над всем этим звериный рык Антипова.

- Всем стоять! А ты, гадина, получи, получи. Навсегда запомнишь этот день.

Когда баба упала, Антипов одобрительно произнес.

- Молодец, Вован, отлично отметелил. Только хватит уже, а то еще срок намотают.

- Пошел ты, козел вонючий! - Вовка повернулся к Антипову и плюнул в ненавистную рожу. Кислой слюны от отчаянья и боли собралось столько, что мутная жидкость, казалось, накрыла полностью конопатое лицо.

- Ах ты, выродок, - Антипов схватился за кобуру, - пришью, как пса...

Вовка бросился бежать к лесу. Сколько бежал, не помнил. На мшистом пригорке под раскидистым кедром свалился, не чувствуя ни ног, ни рук. Вечерняя роса пробиралась под одежду.

- Ненавижу! - парень стиснул зубы. - Гады! - он заревел в голос. Руки его еще пахли любимой собакой. - Джимушка!

В ушах зазвучал знакомый лай. Парень зажмурился, пытаясь отодвинуть жуткое видение бездыханного тела собаки.

- Как я теперь без тебя жить буду? - заскулил пацан, не стесняясь долгих слез.

Он не знал, что его ждет впереди. Только одно знал точно - в поселок он больше не вернется.

Chapter 3

ЛЕВ МАХОВ

- Я один на белом свете. У меня нет семьи. Никто мне не нужен! - так решил Вовка Ложкин в зябкую тоскливую ночь, проведенную в осенней тайге. Два дня он добирался до города. Возле страшных дощатых бараков решил передохнуть и вдруг заметил маленькую тень, которая, крадучись, выбралась из одного из сараев.

- Стой, - крикнул Вовка, быстро смекнув, что пацан намного слабее. Мальчишка от резкого крика в ночной тишине, рванул, что есть мочи. Но мог ли от разъяренного Ложкина кто-нибудь убежать! В несколько прыжков он настиг воришку, опрокинул на землю.

- Да, на, зажрись, - мальчишка разомкнул руки, и на траву из серой тряпки покатились соленые грузди и рыбина с розовым брюхом.

Вовка, два дня уплетавший лишь ягоды, почувствовав запах съестного, задрожал.

- Жрать хочу, сил нет!

Но прежде, чем вонзить острые зубы в соленую мякоть, приказал:

- Колись!

- А че сказать-то, - белобрысый пацан шмыгнул носом, - промышляем мы.

- Кто мы?

- Шайка у нас. Пахана Жорой кличут. Серьезный мужик.

- А ты?

- А я - Мишка-шестерка.

- По сараям рыщите?

- Нет, это я так. Знал, что у Маньки бочки там с солониной врыты. Ну че, не взять…

- Верно, рассуждаешь, - губы и щеки Ложкина лоснились от рыбьего жира.

- А обитаете где?

- Есть у нас малина.

Вовка быстро прикинул в голове, что на сегодняшний день для него самый удобный и верный вариант - это втереться в группу. Будет, где поспать, поесть. А уж потом, когда оглядится, поймет, что к чему, то и слинять можно.

- Так, парень, - соленые грузди звонко хрустели на зубах, - возвращаться будем вместе - Скажешь, что братана встретил. Увидев смятение в светлых глазенках, сжал кулак, сунул пацану под нос. - Не нюхал? Запомни, теперь ты не шестерка. Ото всех тебя защищать буду.

Заводские районы Томска лихорадило. Вот уже длительное время банда грабителей наводила ужас на местных жителей. В день получки в больницу доставлялись по несколько человек со страшными следами побоев. Заводские мужики сговаривались ходить группами. Бесполезно. Как только толпа распадалась на одинокие тени, спешащие к своим дверям, всего-то оставалось шагов пять до спокойствия, как откуда не возьмись, выпрыгивала эта безжалостная саранча. Десяток пацанов облепляли здоровенного мужика со всех сторон.

- Сам деньги отдашь, или помочь? - прыщавый, толстогубый парень поигрывал ножичком перед глазами бедолаги.

Если мужик взбрыкивался, его били долго и жестоко. Особенно усердствовал пахан Жора.

- Ноги свои отбил об этого костлявого старика. И чего он так дергался, если в карманах пусто - обиженно гнусавил Жора, требуя, чтобы пацаны снимали с него тяжелые ботинки. Вовка с первой же минуты возненавидел жирного вожака, который больше всего на свете любил жрать халву, спать и пиликать на губной гармошке.

...Однажды декабрьским утром в дверь районного отделения милиции поскребся блеклый паренек. Волосенки серые, словно выцветшие, глаза тоже стального цвета, но злые, холодные.

- Мальчик, ты кого ищешь? - сухопарая женщина в форменной тужурке подбодряюще улыбнулась.

- Сдаваться пришел!

- Сдаваться, так сдаваться. Давай, начинай рассказывать, да, все подробно, без утайки, - шутливым голосом предложила женщина.

- А чего это я вам буду докладывать? - Ложкин по-блатному цыкнул зубом, - мне главного нужно. С бабами какой разговор!

- Друг мой, послушай, прежде чем главного пригласить, я должна убедиться, что пришел ты не по пустяковому делу, а чтобы не сомневался, смотри сюда, - лейтенант милиции, Вера Ивановна Сухорукова, раскрыла красную книжечку-удостоверение.

- Вот, так да! - лицо мальчишки брезгливо сморщилось, - знал бы, что с бабой дело иметь буду, не пришел бы.

- Разговорчики! - вдруг жестко произнесла Сухорукова. - Фамилия? Имя? Отчество?

- Ложкин Владимир Викторович, - уныло произнес пацан. И потом поведал обо всех последних подвигах банды, в которых участвовал сам. В деталях нарисовал портреты потерпевших, указал адреса, награбленные суммы, даже перечислил все марки снятых часов.

- Завтра на химзаводе получка. Кашеварить будем на трех улицах.

- Понятно, - задумчиво протянула Вера Ивановна.- А, что же ты, гражданин Ложкин, решил подельников своих сдать.

- Надоело, - Ложкин громко шмыгнул носом, - другой жизни хочу.

Но, как ни странно, после суда в колонию для несовершеннолетних отправился только один

Ложкин. Главарь малолеток, жирный чернявый Жора состоял на учете в психдиспансере, братья-близнецы Биркины оказались племянниками какого-то городского туза, остальная мелюзга тоже рассыпалась по вдруг откликнувшимся родственникам, взявших хулиганов на поруки.

Через пять лет из колонии вышел заматеревший, окончательно возненавидевший весь белый свет, Владимир Викторович Ложкин

Сосед по нарам, Васька Трубецкой, позвал корешка ехать вместе в Ленинградскую область. Васька и не думал исправляться или как-то менять свою жизнь. Годы за решеткой он осваивал, как учебные семестры в университете жизни. Залетев на нары по хулиганке испуганным воробьем, он верил, что превратился в сильного орла, меченного татуировкой, напичканного хитроумными сюжетами и бесстрашными замыслами, почерпнутыми из рассказов бывалых пацанов. Ложкин нисколько не удивился гостеприимству Трубецкого. Кулаки Вовчика не раз выручали хлипкого и трусливого Ваську, который всегда мечтал о личной охране. Но недалекий Трубецкой недооценивал своего кореша по нарам. Неделю приятели пьянствовали в деревенском доме Трубецких. Васькина мать не скупилась на угощения.

- Отдыхайте, ребятушки. Намаялись, натерпелись, бедолаги!

Позже, когда дорожки корешков далеко-далеко разойдутся, Ложкин узнает, что Труба будет отбывать срок за убийство матери.

Нет, Вовка Ложкин не захотел барахтаться в блатном болоте. По направлению милиции он устроился на химкомбинат, получил койку в рабочем общежитии. Ему казалось, что началась другая, светлая жизнь. Ан нет! Молодые рабочие жили, как зэки. Отпашут в цехах и по койкам. Словно, кто захлопнул за ними металлические ворота. Та же скука, беспросветная тоска, скрашиваемая беломором, чифирем, водкой и халвой в день зарплаты. Чтобы отделиться от серой массы, Ложкин вступил в комсомол и записался в вечернюю школу.

Комендант рабочего общежития, огромная, в вязаном жилете и зимой, и летом, тетя Маша, очень ценила и уважала Ложкина. Молчаливый, серьезный, непьющий. Вот бы ей такого зятя! Подумаешь, отсидел за решеткой? По молодости все пацаны куролесят.

- Заходи, Вовчик, чайку попьем, - ласково зазывала женщина возвращающегося с вечерних занятий парня. - Ну, как там твои синусы и косинусы? - добродушно щурилась, подкладывая парню бутерброды пожирнее. - Вот моя-то Катька до чего способная деваха. Хочешь, позанимается с тобой перед экзаменами?

Ложкин хмыкал, иногда из вежливости разглядывал фотографии из семейного альбома тети Маши и в итоге все разговоры сводил к общежитскому хозяйству. Его интересовало все, кто ремонтирует мебель, какую зарплату получает сантехник, есть ли междугородняя связь на телефоне. Подобные разговоры наводили скуку на пожилую комендантшу.

- Устала я нынче. Пойду до дому. А ты, будь добр, за меня олухами покомандуй.

- Отдыхайте, Марь Ивановна, - кланялся Ложкин, забирая ключи от всех подсобок и кладовок.

Как выяснилось позже, зря времени молодой рабочий не терял. Он тщательно изучал документы, бухгалтерские счета, ведомости по выплате зарплат.

И, когда на комбинате состоялась партийная отчетно-выборная конференция, представитель комсомолии от транспортно-погрузочного цеха попросил слова. Ложкин неспешно поднялся на трибуну, раскрыл тетрадь в черном коленкоровом переплете и вдруг разразился эмоциональной речью о правильной организации быта и досуга молодых рабочих. Докладчик гневно говорил о том, что комендант Самсонова разлагает молодежь: торгует самогоном, предоставляет комнаты для сомнительных свиданий, развела в общежитии грязь, бардак, так как ни одна уборщица, обозначенная в ведомости, не работает, а зарплату, ясное дело, присваивает себе алчная Мария Ивановна.

Секретарь комсомольской организации, щуплый очкарик, Женя Егоров, решил уточнить:

- Простите, я не понял, кому и для чего предоставляет комнаты в рабочем общежитии комендант?

- Для пьянства и разврата! - рявкнул Ложкин. - И не прикидывайтесь наивными. Пришло время прекратить подобные безобразия!

Раскрасневшаяся тетя Маша, как рыба на суше, широко открывала рот, хваталась за сердце и ничего не могла сказать. Действительно, приезжала к Боре Федоренко его молодая жена. Ребята, год, как расписаны, а живут порознь. Он здесь, в Киришах. А она в общежитии в Тосно. Когда еще будет у молодых совместное жилье? Пожалела молодых супругов комендант, поселила вместе на праздничные дни. Что в этом криминального? Уж она-то знала, как короток век любви... А про самогон, что наплел этот краснобай? Да, имеется у тети Маши бидон с бражкой, так ведь дома, на своей кухне. А у кого нет? И не продает она никогда напиток налево. Своим бы хватило! Ну, был случай. Так ведь это сам Ложкин уговорил ее продать бутыль своему приятелю-алкашу Трубецкому. Ведь, знает бог, как не хотела женщина поддаваться на уговоры. Васька еле на ногах стоял. Ложкин своим авторитетом задавил. Ох-о-ох! Про уборщицу наплел. Хворая Светка действительно часто сидит на больничном. Когда и подзапустит территорию. Не гнать же ее? Жалеет Марья Ивановна несчастную женщину, помогает, прикрывает от контроля бестолкового, но, чтобы деньги за нее получать? Неслыханная ложь!

Но так и не успела вслух обнародовать свои мысли Марья Ивановна.

Новый секретарь партийной организации, красивый и строгий, как актер Тихонов, властным голосом подвел итог.

- Данный вопрос обсуждению не подлежит. Самсонову уволить с сегодняшнего дня с записью в трудовой книжке, «как несправившуюся с должностными обязанностями». Хотя можно было бы и до суда дело довести, - добавил устало и брезгливо.

Ложкин вновь взял слово.

- Я хорошо знаю, что скромность украшает человека, но, согласитесь, зачастую излишняя скромность граничит с серостью. Есть прекрасная кандидатура на должность коменданта рабочего общежития. Кто он? Передовик, комсомолец, постоянно повышающий свой моральный и политический уровень, пусть были у него небольшие грешки в молодости, но не ошибается тот, кто не живет! Иными словами, этот человек перед вами - Владимир Викторович Ложкин.

Зал загудел. Кто одобрительно, кто с удивлением, а кто и с иронией выслушали план первоочередных мероприятий по искоренению недостатков в деле воспитания молодых строителей коммунизма.

- Надеюсь, никто не будет оспаривать истину о том, что производительность труда на комбинате напрямую зависит от отдыха и досуга. Девиз новой жизни таков — «хорошо отдохнул - ударно потрудился»!

Ложкину аплодировали. В тот же вечер Ложкин перебрался в отдельную комнату в общежитии. Он выкинул старую рухлядь и выбрал себе мебель поновее, занавески и скатерти поприличнее, постельное белье покрепче, без дыр и пятен.

- Красота-то какая! - ликовал Вовчик. А через некоторое время пришло еще одно упоительное ощущение. В сравнении с ним, ничего не стоили ни отдельная комната, ни транзистор и телевизор в личном пользовании, ни свободный график работы. Самым ценным приобретением в новой жизни была власть.

Ложкин начал с пустяков. Назначил комендантский час. В одиннадцать вечера перекрывал двери. Стучат запоздавшие, а он не слышит. Пусть погромче поколотят, а потом попросят слезно, извиняясь через каждое слово. В полночь новый комендант вырубал электричество. А нечего свет жечь и куролесить по ночам. Режим - и баста! Хотите гостей пригласить? Только по особому разрешению, подписанному лично Ложкиным.

Новая жизнь приятна была для сердца Владимира Викторовича.

Однажды, прогуливаясь по скверику, разбитому за общежитием, увидел он, Самсонову, бывшую комендантшу. Шла она из бани, румяная, как матрешка, подмышкой тазик зажат, из сумки веник топорщится. Поклонился Ложкин.

- С легким паром, Марь Ивановна! Как поживаете?

- Ах, ты гнида поганая, язык-то твой мерзкий еще не отсох? - женщина сплюнула и отвернулась.

- Что ты прошамкала, старая? - Ложкин вплотную приблизился к багровому женскому лицу. - Повторить не желаешь? - спросил с угрозой в голосе. И тут же выдал жуткую тираду, сплошь состоящую из уголовной матерщины. Марья Ивановна, повидавшая немало на своем веку, побледнела от ужаса. Только сейчас она поняла, как опасен этот человек, который не пощадит никого на своем пути.

Да, Ложкина боялись. Вокруг него как-то незаметно образовалось тяжелое облако страха. Коменданту боялись сказать слово поперек, да что там, даже косо посмотреть опасались.

Общежитие вышло в лидеры соцсоревнования. Молодой комендант красноречиво выступал на конференциях, сыпал цифрами, чертил графики прямой зависимости роста производительности труда от полноценного отдыха. Все звучало доходчиво и убедительно.

Осенью активного комсомольца премировали путевкой в Венгрию. И, хотя валюты хватило только на жевательную резинку и брелок для ключей, и по улицам чужестранья разрешалось ходить только в сопровождении гида, Ложкина с головой накрыла волна безумной страсти. Неожиданно для себя он понял, что жить по-настоящему красиво и с размахом, он сможет лишь заграницей.

Ненависть ко всему, что ожидало дома, начала разъедать внутренности. И надо же, только порог общаги переступил, как противная вахтерша, рыжая Юркова заорала:

- Владимир Викторович, а вам из милиции звонили. Там вас какой-то пакет дожидается.

Через час его по-отечески начал журить старший лейтенант Петров.

- Ну, что же ты, человек хороший, матери родной не сообщил, где живешь, чем дышишь. Она через колонию, где ты обитал, на нас и вышла. Держи письма! Да не забывай корней своих. Дерево быстро засыхает, если хоть один корешок обрубить…

Ложкин еле сдержался, чтобы не наговорить резких слов доморощенному психологу в погонах.

- А она, тоже хороша, - со злостью подумал о матери. - Чего ей от меня нужно? Из-за нее опять мое прошлое всплыло, вон, как старый дундук про колонию сказал, будто булавкой уколол.

Сначала хотел Ложкин порвать письма, не читая. Но любопытство пересилило. Мать сообщала какую-то ерунду о новых улицах, магазинах в поселке. Он уж давно и думать-то забыл про те места! Концовка письма разъярила Ложкина окончательно.

«Все тебя давно простили. Приезжай. Дядя Гриша передает тебе привет. Вот уже три года мы живем с ним одной семьей. Человек он степенный, очень деликатный и чуткий. Мне с ним спокойно и надежно! Не забывай нас. Целую мама.»

- Одной семьей! - Ложкин сплюнул.

Обрывочными кадрами мелькнуло в памяти: голосящая баба, рыжий Антипов, мертвый пес, темный осенний лес. Мелькнуло и тут же исчезло. Ничего из прошлой жизни не волновало сердце. Ничегошеньки!

Да, как бы так сделать, чтобы одним махом отрубить от себя тот кусок жизни? Старые хвосты ведь не дадут покоя. Значит, нужна новая биография, новое имя и фамилия.

Имя Ложкин выбрал, не колеблясь. Лев! Ясно почему: грозный царь зверей, мощный красавец. А Лев в квадрате – это ого-го!

С фамилией пришлось помучаться. Что только не крутилось в голове: Умников, Смельчаков, Фартовый… Слишком в лоб, слишком прозрачно. И однажды его осенило: Махов. Коротко, зато смысл ядреный. «Одним махом – семерых убивахам».

Бывшая подружка Васьки Трубецкого сотворила для Вовчика роскошный парик. Она же свела с нужным человеком, который нарисовал ксиву.

Грандиозные планы замаячили в сознании вновь рожденного гражданина – Льва Львовича Махова.

На химкомбинате руководящая элита чрезвычайно удивилась, когда передовик Ложкин написал заявление об уходе.

- У нас на вас, Владимир Викторович, серьезные виды имелись, - заместитель партсекретаря, коротко стриженая брюнетка, говорила громко и четко, как учитель начальных классов. - Ряды коммунистической партии должны пополнять вот такие, как вы комсомольцы, честные и целеустремленные.

- Не дорос я еще до партии, - Ложкин скромно потупил взгляд. - Хочу свой интеллектуальный уровень поднять, решил поступать в техникум.

- Похвально, похвально! Но, помните, если надумаете вернуться, мы всегда примем вас с распростертыми объятиями.

Нужны мне ваши объятия, - ухмыльнулся про себя Вовчик. - К делу не пришьешь, на сберкнижку не положишь.

Через два дня   по улице Рылеева шагал элегантный седовласый мужчина в темном плаще. Питерский адресок для старта в новую жизнь опять надыбал Ложкин через связи Трубецкого.

Хозяйка, Люсьена Никитична, ласково улыбнулась, открыв дверь после слов «вам гостинцы из деревушки от племянника». Седенькая, аккуратная старушка, милый божий одуванчик, всплеснула миниатюрными ручками.

- Как я рада новостям из деревни. Милости просим!

О! Какая бурная молодость была у Люськи Синцовой. Любимая жена вора в законе, Пашки Чубатого, характер имела отчаянный и дерзкий. Не умела она нежиться на перинах, объедаться шоколадами, обожала авантюры и приключения. Вместе с мужем на дело ходили. Бывало, зажмет Пашка трясущегося от страха хозяина, а она, Люська, в брюках, пиджаке, кепке, пацан, да и только, клады разрывает. Драгоценности, деньги ищет. Интересно-то как! Куда куркули только не прятали свои сокровища, и под половицы, и в бачки туалетные, и в рожки люстр золотишко запихивали.

По всем ментовкам запросы разлетались. Рыскали следаки вора с цыганской внешностью, работающего на пару с мальчиком. Невдомек тупицам было, что цыган - это блондинистый Пашка в парике и при накладных усах, даже съемные золотые фиксочки имелись! А мальчик - женственная из самых женственных, супруга его, Люсьена Никитична.

Ловушку подстроил кто-то из своих, позавидовали, видимо, счастью семейному, в этом нисколько не сомневалась Люська.

Вот и разбросала злая судьбина мужа с женой по разным лагерям. Не свиделись больше любящие супруги. Сказывали Люське верные люди, что Пашуню подстрелили при попытке к бегству. Может, и врали. Ждать Павлушу Люська не перестала по сей день.

Чтобы с голоду не помереть, подворовывала поначалу, как с зоны вернулась. Даже в крупняках участвовала, но без любимого Паши все дела были скучными. Куража не было, один голый расчет.

После пятидесяти Люська успокоилась. Тихонько осела в своей коммуналке на Рылеева. Улица, хоть и в центре города, а в меру спокойная, приличная. Из одного конца в другой отлично просматривается. Опять же дворики проходные имеются. Не захочешь с кем-нибудь нос к носу столкнуться, всегда есть куда юркнуть.

Незаметно из густонаселенной коммунальной квартиры разъехались Люськины соседи. Кто в новый район, после многолетней очереди на улучшение жилья, кто в мир иной за райскими яблоками.

Тряхнула Люсьена старыми связями и нашла нужных людей. Вместе покумекали, похлопотали, и квартирка под номером сорок один во всех официальных бумагах стала значиться, как непригодная к проживанию мансарда. И теперь уже сюда никогда и никого не имели права подселить. Полновластной хозяйкой всех двухсот квадратных метров стала старушка Синцова.

И с тех пор, уже не грустила Люсьена в одиночестве. Комнаты мансарды сдавались надежным людям. Солидные мужики знали, здесь на Рылеева, можно надежно залечь на дно, зализать раны, отоспаться, набраться сил для больших дел.

Хозяйка лишних вопросов не задавала. Кормила знатно, на столе всегда мясо, овощи, чаек, кофеек.

- Настоящий мужчина должен быть всегда сытым, - приговаривала Люсьена, доставая серебряные приборы. А сама наблюдала за гостем, пытаясь по жестам, манерам, взглядам угадать, какого полета птица залетела в ее гнездышко.

Краснобаев и баламутов сносила с трудом. Хвастливые сопляки! Возьмут одну хату, а пируют месяц и при этом разговоров на год. К сожалению, в последнее время зачастили подобные пацаны. И все они какие-то неопрятные, недоверчивые, с мутными глазами. Из экипировки знают только чумную маску с прорезями для глаз. Опять же пьют без меры, едят без удовольствия.

Нет, не сравниться нынешним птахам с мальчиками из Люськиной юности. Бывало, и на дело орлики летали в белоснежных жилетах и галстуках-бабочках. А уж без гримера ни один уважающий себя вор не мыслил. Парички, усики, бородки, плечи накладные, деревянная колотушка инвалида. У Люсьены целый чемодан на антресолях хранится. Да, кому теперь это нужно! Не умеют люди артистично и с куражом жить!

Новый гость, который пожаловал к Люсьене Никитичне с приветом от Розки Киришской, насторожил старушку. С лица гладкий, не старый вовсе, а прячется под седым париком. Пытается манеру себе присвоить неторопливую, солидную, да не всегда получается. Вдруг забудется, брякнет что-нибудь скороговоркой или прискок на месте изобразит. Натуру-то не спрячешь!

Правда спит тихо, без храпа зычного. А вот взгляд тяжелый. Люськино сердце барометр, чует что-то недоброе. И, хотя жилец пообещал, что дела впереди большие, и в долгу он перед хозяйкой не останется, а вот неспокойно отчего-то на душе. И уж очень любопытно старушке, куда квартирант каждый вечер путь держит.

Ложкина также разъедала беспокойная тоска. К новому облику трудно привыкал. Ксива с другим именем тяжеленной гирей оттягивала нагрудный карман пиджака. Но, как сам он считал, все это были мелкие трудности. Главная беда была в том, что не было в его голове никакой идеи. Он жаждал познакомиться с иностранцами. Сам не знал для чего, но вот нужно ему было послушать их непонятное воркование, подышать запахами хорошей парфюмерии, а там смотришь, может, и вывезет куда кривая.

В гостинице Европейской при стеклянных дверях стоял Василич, седой мужик с красной рожей. Ложкин свел с ним знакомство. Василич зауважал седого писателя из Сибири.

- А чего тут непонятного, проходите, присаживайтесь в креслах, газеткой глаза прикройте, а сами срисовывайте капиталистические физиономии. Книга- дело серьезное. С кандычка не осилишь!

Вот и просидел так несколько вечеров Лев Львович. Толку никакого! Лишь сердце еще больше злобой закипело: какие они сытые, эти иностранцы, как дети раскованные, на лицах ни одной глубокой заботы, словно за них все их дела кто-то другой решает.

Все-таки Люсьена не удержалась, решила последить за своим квартирантом и в один из вечеров, одевшись поскромнее, она бесшумной кошкой кралась за широкой мужской спиной.

- Так, - размышлял Ложкин, бредя в раздражении по грязным улочкам, - сегодня сделаю еще одну попытку, подежурю в гостинице, а дальше думать нужно. Не хочет жизнь придумывать сюжет на эту тему!

Незадолго до центрального квартала Ложкин приосанился, трубку курительную из кейса достал. И, хотя курить не любил, а чего не сделаешь ради искусства. Настоящий портрет мелочи создают.

Седая грива, молодые глаза, старинная трубка, легкая усмешка. Писатель! Инженер человеческих душ.

Василич, издалека завидев знакомую фигуру, радушно руки в стороны развел.

- Привет, сибиряк! Ну как, книжку не написал еще? Про меня парочку слов вставь, расскажу тебе свою судьбу, диву дашься. Заходи, заходи, будь любезен!

Остроносенькое старушечье личико с любопытством выглядывало из-за угла. Сердце Люсьены зашлось от восторга. Зря, зря она сомневалась в новом жильце. Даже Пашка, муж ее любимый, не был вхож в эти роскошные апартаменты.

- Готовься к шику и праздникам, Люси! - прошептала сама себе старушенция и засеменила в сторону магазина Елисеева. Орла и кормить нужно по-особому?

А тот, кого в одно мгновение нарекла Люська орлом, вдруг превратился в беспомощного цыпленка, когда в креслице напротив приземлилась миловидная девица с русой косой, вздрагивающей на высокой груди.

- Мария! - представилась красавица и завела разговор о погоде, потом плавно перешла к теме иностранцев, с которыми она, студентка филологического факультета Госуниверситета, практикуется в языке, получая копейки за изнурительный труд переводчика.

- Зато длинные рубли тебе платят в другом месте, - мрачно про себя добавил Махов-Ложкин, когда девица наманикюренным пальчиком прошуровала его новую ксиву.

Это он, сметливый такой, избавил переводчицу от затруднений. Уронил случайно паспорт, когда доставал платок из нагрудного кармана пиджака.

Все зацепила наметанным взглядом: и возраст, и прописку в сибирском городке.

- Так, вы получается гость в нашем городе? - подняла тонкие бровки.

- Да, детка, в творческой командировке я. Роман мой к концу близится. Хочу в последней главе своего героя в прелести столичной жизни окунуть…

- Как интересно! Впервые вижу живого писателя. А мне найдется место в вашем романе, - кокетливо поинтересовалась Маша.

Когда же ты научилась так продаваться? - брезгливо подумал Ложкин. - Все равно тебе, видимо, с кем спать, с кэгэбэшником, с гостиничным халдеем или с писателем. А, впрочем, почему меня это задевает? Бабы, они все одним мирром мазаны.

- Я ведь тоже приезжая, - продолжала звонко щебетать девица. - В общежитии живу. Да, только не в стремном, куда русских студентов селят. А в другом, где иностранцы живут. У нас все цивильно, кухня своя, ванна.

- Неужели и такие общежития имеются? - Ложкин встрепенулся, как скаковая лошадь.

- Конечно! - небрежно произнесла Маша, удивляясь наивности провинциала - писателя. Только при нашем универе их несколько.

- И в каждом командует свой комендант?

- Угореть можно от ваших вопросов. Буду я еще интересоваться какими-то комендантами. Мне в ректорате направление выдали, вот и живу. Между прочим, у меня и соседки нет. Так, что можно продолжить беседу в более интимной обстановке.

- Обязательно навещу вас как-нибудь, - подхватил Ложкин игривый тон девицы, ухмыляясь про себя. Глазки строить научилась, сиськи отрастила, а дура дурой осталась - умного мужика от глупого отличить не может. Пусть эти простофили на твои приманки клюют, ощущая при этом себя покорителями всех женских сердец.

- Спасибо! - улыбнулся Ложкин.

- За что? - девчонка выразительно надула губки.

- Писатели за любую встречу благодарят судьбу. А здесь, еще особый случай, молодая, да красивая уму-разуму научила, - он подмигнул ей панибратски.

- Жду вас, - Маша щелкнула зажигалкой и закурила длинную коричневую сигарету.

Пока Ложкин возвращался к своему временному пристанищу на Рылеева, план изощренной операции окончательно вызрел в голове.

Люсьена встретила постояльца принаряженная.

- Сначала ванну примите? Или очень голодны, любезнейший Лев Львович?

Чего это, старая, так рассиропилась? - думал Ложкин, уминая нежнейший эскалоп, - вон уселась напротив, глазками блудливо стреляет. Неужели и с годами женская плоть не утихомиривается?

- А я вам еще и взбитые сливки на десерт приготовила. Чувствую, что вы человек деликатного вкуса. В таких высоких кругах вертитесь...

Ложкин чуть не подавился. Выдала себя, старая карга. Следила за ним, до самой Европейской довела. Мда, поосторожнее нужно быть. Этот божий одуванчик пока еще нужен, а там разберемся.

- Спасибо, мамаша, за ужин. Отдыхать пойду. Придет время - озолочу, - глаза мужчины при словах благодарности отчего-то полыхнули темным пламенем. Словно не благодарил он, а стращал и угрожал.

Люсьена вздохнула. Стара стала, вот и лезут в голову глупые мысли. Вон за окном какой дождь зарядил! Зима скоро, долгая, холодная, как одинокая старость. Тяжелое время...

И еще одна женщина в городе на Неве, Елена Викторовна Власова, всем сердцем не принимала эту позднюю слякотную осень. Совсем недавно Елене Викторовне исполнилось пятьдесят лет. Это событие ее напугало и окончательно выбило почву из-под ног. Неужели все? Молодость, а значит жизнь, прошла... Куда так быстро улетели беспечные дни, когда хотелось гулять всю ночь, читать стихи, наслаждаться ароматом каждого мгновения?

Чего не хватало женщине сейчас? Ведь с первого взгляда все благополучно и достойно в ее жизни. Есть дом, семья, работа.

В просторной квартире на проспекте Просвещения два югославских гарнитура, полки в шкафах ломятся от вещей и посуды. В холодильнике всегда есть продукты и на будний день, и к праздникам деликатесы припасены.

Муж, Анатолий, полысевший еще в молодости, пузико важное отрастил, но по-прежнему милый, рассеянный, как все ученые-математики, с книжкой ест и спит в обнимку.

Сын Егор, по стопам отца пошел, в университете на кафедре трудится над диссертацией.

Свекровь, Ираида Васильевна, тоже неплохая женщина. Бывают и попротивнее…

И собой Елена Викторовна могла бы гордиться. От лаборантки, скромница Леночка Николаева поднялась по крутой карьерной лестнице до должности заместителя ректора университета по быту. Конечно, не все ступени дались легко. Но, что было, то было. Вот уже много лет все хозяйство университета находилось под бдительным оком мадам Власовой.

И вдруг именно этой осенью, без всяких видимых на то причин, женщина почувствовала себя скверно. Устала, может быть? Ведь все время крутилась, как белка в колесе. Провинциалкам в столице самоутверждаться нелегко.

Мужа выбирала не сердцем, а умом: молодого, перспективного, наукой занятого. Ее Толя так и не догадался, какую жертву принесла красавица Леночка на алтарь семейной жизни. Ни одной секунды не любила жена своего мужа.

Стерпится - слюбится! Глупости и неправда. Чем дальше катился вагончик семейной жизни, тем труднее становилось для Елены находиться рядом с чужим для сердца человеком. Но ни разу Елена Викторовна мужу своему не изменила. Даже и мыслей подобных в голове не держала. Они вместе, руку об руку ехали в университет, вечером также дружно возвращались, выходные и отпуск проводили с сыном и бабушкой. Замечательная семья!

Вокруг мужчин крутилось немало. Но никогда даже самый отчаянный ловелас не отваживался приударять за пышнотелой красавицей. Повода не давалось, это верно. Но еще посторонние мужики были уверены, что эта гордячка слишком серьезна. А с такими женщинами даже флирт не имеет запаха и вкуса.

- Господи, Ленка, какие мы с тобой счастливые бабы, - как-то откровенничала под наливочку школьная подруга, Людка Кудрявцева. - Послушаешь иных женщин и тошно становится. То сходятся, то расходятся. А то еще любовников заводят, это, заметь, при живом муже. Зачем? Я вот своего Сергуню с шестнадцати лет люблю и мне никакой другой мужчина не нужен. На работе сижу, только про него и думаю, время тороплю, скорей бы домой, куда и мой ненаглядный спешит. Ты меня понимаешь. Любовь мужа и жены с каждым днем крепнет. Вот, дочка выросла, уехала, а мы опять, как молодые. Целуемся утром, вечером, днем.

Людкины слова долго еще мучили сердце Елены. Они звучали непонятной музыкой. Не хотелось верить, что в жизни есть чувства, которые так и не узнала она. И, наверное, тот мир так и останется для нее тайной. Видимо, всему свой час. Не могут же осенние желтые листья стать упругими и зелеными.

По всему городу стелился горький дым от костров, в которых сжигали листья. Елена Викторовна возвращалась с очередного сентябрьского совещания.

- Милая, не слишком ли вы быстро идете? - окликнул женщину хрипловатый голос.

Елена Викторовна с удивлением обернулась. Незнакомый мужчина держал в руках букет хризантем.

- Не будете же вы утверждать, что не любите цветы. Позвольте, - седовласый человек галантно протянул ей букет.

- Кто вы, что-то я вас не могу припомнить? - Елена Викторовна свела брови-ниточки к вздернутому носику.

- Лев Махов, - незнакомец раскрыл удостоверение Союза писателей, - прозаик из Сибири.

- Хм, и что же ищет сибирский прозаик здесь, на Университетской набережной?

- То же самое, что и вы?

- Интересно, и что же я ищу?

- Душу понимающую, разве не так, Елена Викторовна?

Женщина отшатнулась:

- Откуда вам известно мое имя?

- О! Мне очень многое известно... Знаете, что я припоминаю. Улицу Гагарина, а по ней девушка спешит. У нее толстая русая коса, все девчонки завидовали. И глаза, удивительные серые глаза. «До чего ж ты хороша, сероглазая!», так пел девочке папа, когда она была маленькой. А потом пришло время выпускного вечера, и о красоте необыкновенных глаз девушке поют песни два брата - Сева и Глеб. Они близнецы. Крепкие, симпатичные парни.

- Занятно, - улыбнулась Елена Викторовна. - Дежа вю, как говорят французы, или по-нашему, где-то это я уже видела...

Лицо женщины помолодело, в глазах появились лукавые огоньки.

- А дальше, что случилось, товарищ писатель?

- А дальше, - Махов глубоко вздохнул. - Не выбрала Леночка ни одного из поселковых ребят. Уехала. Душа ее стремилась в большой город, там суженого надеялась встретить. И, похоже, встретила..., - Лев замолчал так горько и обреченно, словно последнее слово, жгучей обидой обожгло сердце.

- Нет, послушайте, вы меня растревожили! Откуда, признайтесь, все эти сведения. Да, действительно были два брата-близнеца. Вы часом не знаете, где они сейчас? Глеб и Всеволод, я так хорошо помню их лица... Знаете, у Севы, у него крохотная родинка на виске была... Не томите меня!

- Интуиция гения, - тихо произнес Махов. - Я хочу, чтобы в моем будущем романе жили, любили, смеялись вот такие очаровательные женщины, как вы, Леночка. А давайте, посидим в кафе, просто поболтаем. Я, может быть, еще что-нибудь вам интересненькое расскажу...

- Почему бы и нет, - улыбнулась Елена.

Седовласый мужчина ей понравился. Романтичный, нестандартный. Глаза такие добрые и проницательные. Откуда он все-таки про нее такие подробности знает...

И ведать не ведала Елена Викторовна, какую кропотливую работу провел Ложкин, собирая на нее досье. Узнал, что родилась в Кирове, где родители ее учились в педагогическом институте. Потом молодые учителя по распределению поехали в районный городок, со смешным названием Кумены. Именно это чудаковатое название и вывело на Кумов, такая кликуха была у близнецов Уткиных. Много славных дел за плечами у этих ребят. Хорошо им было работать на пару. Один алиби зарабатывал, другой в это время квартирки чистил. Нескоро менты докумекали, что не один человек действует, а братья, как две капли воды, одинаковые с лица.

Прикинул Ложкин, школа в городишке в то время была одна. Елена ровесница Уткиным, значит, могли в одном классе учиться. Наобум сказал и в точку попал. Все остальное уже сама Елена досказывала. Женщины так устроены, им только имя назови, а они дальше сами весь сюжет выстроят.

Теперь Махов-Ложкин просто слушал. А Елена говорила, говорила. Как долго, оказывается, она молчала. Хотелось разделить с этим чутким человеком свои размышления об отце.

- Бедный папа. Он так любил маму, и когда ее не стало, он совсем потерялся. Вы представляете, в этом году ему семьдесят пять исполнится, а он по-прежнему преподает в школе. Иногда во сне я вижу наш дом, книжные полки от пола до потолка, старенькое фортепьяно. Мы с отцом играли в четыре руки. В саду папа высаживал на каждый мой день рождения яблоню. Какой роскошный сад! В этом году он посадил пятидесятое дерево! Ой! - женщина прикрыла узкой ладонью рот. Ну, и простофиля я! - подумала Елена, - свой возраст выболтала. Писатель, похоже, моложе намного. А вдруг я ему теперь не интересна буду?

- Ну, что вы так внезапно замолчали? - он прищурился. - Запомните, у красивых и умных женщин нет возраста!

Какой понимающий и нежный мужчина! Леночка буквально плавилась от внимания, от ощущения своей неповторимости и удивительного чувства сердечной близости с человеком, которого еще два часа назад не знала.

Он проводил ее до метро.

- Хотел бы до парадной… Но зачем вам, милая, лишние проблемы.

Они договорились, что ровно через неделю, опять в среду, встретятся в кафе, которое про себя Елена окрестила «Моя нечаянная радость».

Дома Елена Викторовна с большим энтузиазмом приготовила ужин. Накормила домочадцев. Все убрала. А, когда все разбрелись по своим уголкам, кто к телевизору, кто к письменному столу, улеглась на тахте и стала мечтать. Спроси ее, о чем она грезила, вряд ли смогла бы ответить. Цветные, размытые в радугу мысли весело кипели и бурлили в голове. Женщина очень хотела любить!

Прошло три недели.

Елена Викторовна преобразилась. У нее как-то по-особому заблестели глаза, стал звонким и нежным смех, даже походка приобрела кокетливую легкость.

- Мне кажется, что мы знакомы с вами целую жизнь! - признавалась смущенная Елена своему кавалеру, - никогда еще я с таким нетерпением не ждала свиданий, а главное, мне хочется все-все вам рассказать. Про детство, про юность, про все мелкие события сегодняшнего дня.

Ложкин же в отличие от расцветающей женщины, мрачнел и все больше впадал в депрессию. С каждым днем для него все труднее и труднее становилось разыгрывать роль влюбленного чудака. Кроме того, таяли и материальные запасы.

Цветы! Хоть он и наловчился выторговывать на рынке практически за бесценок растительную некондицию, но и с этими малыми суммами расставаться было просто невыносимо. Опять же трапезы в кафе по средам! И пусть совсем неслучайным был адресок, барменша своя деваха, подруга Розки Киришской, и коктейли она сотворяла из самого дешевого сырья, но убытки были неминуемы. Это и саднило душу ухажера. Пролетело еще несколько недель. Ничего не менялось в жизни Ложкина. По его сценарию все должно было развиваться более динамично. Женщина же упивалась своим новым состоянием, с наслаждением проживая все мгновения, ею же и придуманного страстного романа. Романтические встречи в кафе, прогулки по вечернему городу, трепетные и совершенно непонятные для постороннего уха, телефонные разговоры. Ах, длилось бы это вечно!

- Уезжаю я, Лена! - однажды грустно произнес Лев.

- Надолго?

- Навсегда…

- Как это так, почему? - Елена испугалась. Она уже не могла представить, как жила раньше, без этих пульсирующих токов, звенящих внутри, как в дереве, проснувшемся после долгой зимней спячки.

- Елена, я ведь от тебя ничего не скрывал. Ты знаешь, что мой друг-журналист, обещал мне помочь в этом городе с работой и жильем. Но парень, как заглянул в бутылку, так про все и забыл.

- А ты же понимаешь, Леночка, - он впервые за все время знакомства притянул ее к себе. - Зачем честному труженику пера проблемы с милицией. Мне по сути дела совсем немного нужно: тихое место и ручка с писчей бумагой. Ну и, конечно, - Ложкин потупил взгляд, как влюбленный пацан, - наши с тобой, пусть короткие, но бесконечно счастливые встречи по средам. Он вздохнул. - Значит, не судьба…

- Как это не судьба? - прошептала Елена, прижимаясь к мужской груди. - Я никогда прежде не была такой счастливой. И я не позволю никому, - в женском голосе послышались властные нотки начальницы, - слышишь, никому разрушать мое долгожданное счастье.

В этот момент она не думала ни о муже, ни о сыне, ни о свекрови.

- Левушка дорогой, я ведь тебе не говорила, а ты и не спрашивал, где я работаю. Я очень многое могу для тебя сделать.

- Нет, нет! - мужчина энергично замотал головой. - Наши поэтичные отношения не могут быть испорчены какими-то меркантильными действиями. Я отказываюсь заранее.

- Но ведь разлука еще страшнее! - Елена уговаривала его, как ребенка. - Я обязательно что-нибудь придумаю, чтобы и жилье было на законных основаниях и зарплата… Да, вот, кстати, - она наморщила лоб, - я сейчас подбираю кандидатуру на должность коменданта в общежитие, где проживают иностранные студенты. Прежнего проводили на пенсию, да и водились за ним кое-какие грешки, оставлять его не имело смысла. На эту должность у меня кандидатов - десяток. Все, в основном родные и близкие наших университетских работников. Место-то непыльное, можно даже сказать сладкое, вот драчка и идет за него. А я им, вот так, ход конем сделаю, неожиданный, - человека со стороны предложу. Хватит разводить родственную компанейшину... Разве не замечательно я придумала?! - она была довольна сама собой и своей оперативной смекалкой.

- Ну, наконец-то, - с облегчением вздохнул Ложкин, - раскололась на конкретность, а то совсем на облака залетела, как слюнявая школьница.

Об этом вакантном месте он узнал на следующий же день после встречи в гостинице со студенткой-переводчицей. Но, знающие люди так и сказали, последнее слово о новом сотруднике всегда остается за Власовой. Именно эта мегера и решает, кому и где работать. С той поры и начал Ложкин обрабатывать несговорчивую Власову.

Еще две недели ушло на оформление документов. И, хотя Ложкин в каллиграфах от братвы не сомневался, легкий мандраж присутствовал: а вдруг засветятся нарисованные ксивы.

Но, все прошло гладко. Паспорт, трудовая книжка, по которой Лев Львович Махов отработал в районной газете корреспондентом в отделе партийной жизни аж двадцать лет, патетические характеристики от коллег по журналистскому и писательскому цеху не вызвали никаких подозрений в отделе кадров.

- Принимайте теперь уже ваше, на самых законных основаниях, хозяйство, уважаемый Лев Львович! - Власова пригласила Махова в свой кабинет. - Вот здесь все документы, ознакомьтесь, - голос у проректора по хозяйственной части строгий, деловой. И сама она здесь совсем другая, совсем непохожая на ту рассиропившуюся бабенку из кафе. Ложкин даже растерялся маленько. Чуть было не вышел за рамки образа писателя-романтика.

- Ну, ну не тушуйтесь, - чуткая любящая женщина почувствовала его душевное смятение. Улыбнувшись прекрасными серыми глазами, уже помягче добавила:

- Сейчас водитель доставит вас до вашего нового места работы. Там, я думаю, у вас будет то, о чем вы мечтали. Спокойствие, гарантированный оклад, просторный письменный стол. Только никому не говорите о том, что вы работаете над романом, - на губах женщины мелькнула лукавая улыбка. - Эта наша с вами тайна.

Ложкин жестким мизинцем прикоснулся к женской руке и, оглянувшись на закрытую дверь, страстно прошептал:

- Сегодня перееду, обустроюсь, а в среду в нашем кафе отметим начало новой жизни, - он томно прикрыл глаза, словно в предвкушении любовного восторга, который их теперь ожидает.

Ложкин ликовал от счастья! Отныне ему принадлежало шестиэтажное каменное здание, населенное арабами, индусами, французами. Теперь он здесь самый главный распорядитель и повелитель.

Как только новый комендант перевез свой небогатый скарб в двухкомнатную отдельную квартирку на первом этаже здания, он поспешил сделать несколько телефонных звонков.

Засветил в милиции адрес квартиры на Рылеева. Хватит старушке, увядающему одуванчику, жировать на гонорарах от блатных. Необходимо ликвидировать сладкую малину с корнем!

Затем Ложкин позвонил свекрови Елены Викторовны. С возмущением поведал, что Власова Е. В. - это падшая женщина, которая своим развратным поведением позорит честное имя мужа, выдающегося ученого и неутомимого труженика. Необузданный темперамент бросает Елену из одних объятий в другие. Зачастую ее любовники - спившиеся жалкие личности без определенных занятий. Матери ученого предлагалось побеспокоиться о здоровье всей семьи и посетить кожвендиспансер для профилактического осмотра. Кроме того, телефонный аноним пригласил старую женщину в среду в небезызвестное кафе, чтобы полюбоваться на невестку.

...Рабочий день подходил к концу. Елена Викторовна то и дело поглядывала на часики. В какие-то моменты ей казалось, что часовой механизм вышел из строя, уж слишком медленно тянулось время, она нервно встряхивала часы, подносила близко к уху. Тик-так, тик-так, сгорали секунда за секундой, приближая время встречи с любимым другом. На душе у женщины накопилось столько невысказанного! Хотелось и его послушать, как он там освоился на новом месте?

Она пришла в кафе чуть раньше назначенного времени. На столике, у окна, где они обычно сидели, стоял букет белых хризантем.

- Чудные цветы нашей первой нечаянной встречи, - улыбнулась про себя женщина и, расстегнув пальто, удобно расположилась на уже привычном месте.

- Еленушка! - бородатый тип, давно нестриженый и, видимо, немытый приблизился к женщине. - Наш общий друг, Лева, задерживается немного, - тип растянул губы, демонстрируя полное отсутствие передних зубов. - И он горячо попросил меня, собрата по перу и шпаге, разделить с вами, очаровательнейшая из женщин, минуты грусти и тоски.

Бородатый сел за столик, вытащил из холщового мешка бутылку с крепленым вином, ловко свинтил пробку.

- Халдеи, несите хрусталь даме! - крикнул по-свойски в сторону барной стойки.

Рыжая толстая тетка плюхнула на стол два плохо промытых стакана.

- Шибко не выступай, борода! Остальных клиентов распугаешь...

- Увы! Наш совковый сервис, - бородатый разлил вино по стаканам.

- Пригубим, красавица! И я вам неторопливо все поведаю о нашем общем любимце.

- Конечно, конечно, - Леночка подалась вперед, глядя ожидающим взором на мужчину. Ну, какая женщина откажется послушать о своем любимом человеке, ведь так хочется поглубже заглянуть к нему в душу.

- Левка - это талант, можно сказать, звезда на темном небосклоне современной литературы. Какие у него повести и рассказы! Надеюсь, вам выпадет счастье почитать эти шедевры. Ну, так вот, а сейчас я хочу, открыть вам его главный секрет. Только на ушко.

Елена засмеялась и приблизила свое лицо почти вплотную к губам странного человека.

- Лева влюблен. И не мудрено, такая женщина, как вы, встречается раз в миллион лет. Это его собственные слова. А Лева не врет ни себе, ни людям.

Слова о любви Льва нежным бальзамом наполнили Леночкино сердце. Конечно, она ждала мгновения, когда, наконец, застенчивый и молчаливый прозаик откроет ей свое сердце, переполненное любовью.

- Надеюсь, вы не играете сердцем моего друга? - тип схватил женские руки. - Вы богиня! Я поцелую только один ваш пальчик!

Елена Викторовна раскраснелась, разрумянилась. Ей хотелось шутить, петь, танцевать! Да и заветное время встречи приближалось. Спеши, любимый!

- Ну и ну, - какая безнравственность! - свекровь стояла у соседнего столика, подбоченясь. - Муж день и ночь корпит над науками, я тащу на своих плечах все хозяйство, а жена развлекается! И где?! И с кем? - Ираида Васильевна брезгливо наморщила нос, словно не могла переносить запаха, исходящего от мужчины, сидящего рядом с Еленой.

- Ленусик, пойдем домой! - из-за мощной спины мамаши выглянул Толя. - Я тебя умоляю.

- Кто это такие? - нахмурил брови бородатый писатель. - Леночка, дай мне знак, я вышвырну эту мерзкую парочку.

Елена Викторовна сидела, как изваяние. Неужели за ней следили? Как это отвратительно и низко. Еще вчера вечером она почувствовала, дома что-то происходит. Поджатые губы свекрови, пронзительный взгляд мужа. А сегодня утром, когда Елена наглаживала батистовую с кружевами блузочку, свекровь вдруг сказала:

- Ну, и простофиля мой сын!

- С чего это она? - вяло шевельнулось в голове в ответ. Но вслух ничего женщина не сказала. - Зачем? Сердце плавало в других морях. А теперь стало ясно…

- Лена! - муж шагнул вперед. - Нам нужно объясниться!

- Мужик! Ты чего-то не понял? Не твоя эта женщина, - бородатый поднялся, схватил ученого за лацканы пиджака, - сам уйдешь или помочь.

Обычно робкий Анатолий, вдруг принял стойку боксера и начал махать кулаками.

- Милиция! - завопила Ираида Васильевна. - Мощным телом она бросилась на защиту слабого сыночка. На пол полетели стаканы, тарелки. Опрокинулась бутылка и сладкая липкая жижа, образовав безобразную лужу на столе, которая стекала на сумочку Елены. Сама она пыталась разнять яростно вцепившихся друг в друга мужчин. Со стороны все выглядело убогим пьяным дебошем.

Какой мерзкий стыд испытала Елена Викторовна, когда пришлось в отделении милиции, отвечать на вопросы. Допрашивали и бородатого писателя. Он держался молодцом. Ни словом, ни жестом не выдал тайны двух сердец - Елены и Левушки.

- Что здесь криминального, зашла женщина в кафе попить кофейку, мороженого съесть. А он, мужчина еще в полном соку, решил побеседовать с соседкой по столику. Кто ж мог знать, что хилый очкарик - это законный супруг, а, если даже и так, зачем выслеживать жену, а потом грабли распускать...

- Некрасиво все это, - седой страж порядка прервал рассуждения бородатого и, укоризненно посмотрев на Елену, сказал:

- Конечно, можно предположить случайное стечение обстоятельств, но нет дыма без огня.

Из отделения милиции Елена вышла поздним вечером. Куда же пойти, чтобы спрятаться от всех? А, что с Левушкой? Не коснулась ли его вся эта гнусная история? Сейчас ему совершенно не нужны никакие неприятности.

Домой возвращаться? Ни в коем случае! Да, и, как выяснилось, призрачными оказались стены, обживаемые в течение долгих двадцати лет. Может быть, незаметно пробраться к любимому в общежитие? Неудобно и стыдно отчего-то. А как хотелось выплакаться на крутом мужском плече.

Все знакомые семейные пары исключались. Как и что могла им поведать Елена Викторовна, да и разве поняли бы они?

- Елена Викторовна, вы так поздно к нам пожаловали? - удивилась дежурная в университетской гостинице.

- Есть номер свободный? - без вежливых предисловий, поинтересовалась Власова.

Закрывшись в маленькой, пахнувшей казенной чистотой комнате, женщина, не раздеваясь, легла на узенькую деревянную кровать и мгновенно заснула.

Утром просыпаться не хотелось. Елена через силу приняла душ, выпила стакан теплой, с ржавым привкусом, воды из графина и вышла в коридор.

Как бы случайно, совсем неподалеку оказалась администратор гостиницы.

- Чайку, кофейку приготовить? - спросила у Елены Викторовны, заискивающе глядя в бледное лицо.

- Спасибо, может быть, в следующий раз. Придется, мне погостить у вас несколько дней, для того, чтобы написать полновесный отчет о гостиничном хозяйстве. Вечером ждите с чемоданом.

- Рады будем, очень рады, - администраторша встревожилась. С чего бы это?

Неужели кто-то накапал в ректорат, что в некоторых номерах проживают люди рыночного толка и уж никаким образом не связанные с науками. К вечеру нужно навести порядок. Елене придется преподнести подарок за то, что предупредила.

Дел и хлопот всегда много и у честных, и нечестных людей.

Елена Викторовна еще открывала дверь кабинета, как раздался резкий телефонный звонок.

- Зайди ко мне! – рявкнул в трубку секретарь парторганизации Иван Семенович.

- Ты, мать твою, совсем рехнулась, - краснолицый крепыш бросил веером пачку фотографий.

- Узнаешь?

На одной фотографии Елена Викторовна, загадочно улыбаясь, открывает дверь кафе. На другой - бородатый мужик придвинул плоское лицо к женскому уху и, вытянув губы трубочкой, что-то страстно шепчет. На следующем кадре фотограф запечатлел Елену со стаканом в руке. Еще несколько фотографий, запечатлевших сцены безобразной драки. И последний кадр - милиционер держит Власову под локоть.

- О господи! - выдохнула женщина. - Откуда все это?

- И ты еще и прикидываешься? Лепечешь, как маленькая девочка. Мне и заметочку по телефону зачитали, которая сегодня украсит «Вечерку». Короче пиши заявление об уходе. Поняла? Число вчерашнее.

В день инцидента ты уже у нас не работала, а потому и не будет грязных пятен на безупречной репутации партийной организации университета. Все ясно?

- Да, - кивнула женщина головой и шагнула в сторону двери.

Неожиданно черноголовый коротышка подскочил к ней.

- Слушай, а чего ты здесь комедию ломала. Недотрогу из себя изображала? - он ущипнул ее за ягодицу.

- Мерзавец! - Елена Викторовна с силой оттолкнула мужчину.

- Ах, вон оно что? - он ехидненько улыбнулся. - Тебя порядочные мужики не интересуют. Тебя на бомжей тянет. Извращенка!

Елена Викторовна сидела на каменных ступенях у Невы. От воды тянуло запахом водорослей. По мосту Лейтенанта Шмидта с грохотом неслись машины.

Как больно! Как чудовищно непонятен день! Когда-то она прочитала, что, сделав однажды неверный шаг, человек попадает в ловушку непрожитой жизни. Когда она ошиблась? Когда вышла замуж, не любя, или, когда всеми правдами и неправдами карабкалась к большой должности? Двадцать лет... Кто их прожил? Вот эта окаменевшая бледная женщина, у которой не двигаются ни руки, ни ноги от боли, сжигающей все внутри. А, где же тогда Леночка с русой косой и ласковыми глазами, милая провинциалка из городка со смешным названием Кумены...

Махов, насвистывая, прохаживался по коридору общежития. Подойдя к окну, подумал, нужно бы устроить коммунистический субботник, пусть капиталисты все намоют до блеска. Вон, какие стекла серые. И вдруг он мгновенно отскочил от окна, словно ошпаренный. По тропинке, ведущей к общежитию, медленно брела Елена. Такой он ее не видел: волосы растрепаны, вокруг глаз чернота, а лицо, бледное, как у покойницы. Махов рысью подбежал к дежурной, которую сегодня уже запугал строгим инструктажем.

- Сейчас зайдет женщина. Она сумасшедшая. Будет меня спрашивать, скажешь, уехал срочно на родину, чтобы утрясти кое-какие дела. На все остальные вопросы отвечай: « Не знаю», - он больно сжал запястье азиатке.

Только успел комендант схорониться за дверью туалета, как хлопнула входная дверь.

- Когда же он вернется? - три раза переспросила Елена Викторовна.

- Не знаю, ничего не знаю, - испуганно твердила раскосая дежурная, с нескрываемым ужасом глядя на пришедшую женщину.

Елена Викторовна, словно на ходулях, вышла из общежития. В голове нарастал шум, похожий на тот, что издает зловещая лавина, сползающая с высокой горы. Ноги, руки, спина отчаянно ныли, словно в каждую клетку тела вгрызались безжалостные буравчики.

- Я ничего не хочу. Я не умею жить, - слезы потекли сами собой.

Женщина шла к магистрали. Махов из-за портьеры наблюдал за Еленой. Что случилось с ее походкой? Шатается, словно пьяная. Нужно бы проследить, куда отправится эта ненормальная, где еще надумает его искать.

Он шел за ней на расстоянии метров пяти. Женщина часто останавливалась, вытирала слезы, сморкалась, прикладывала руку к сердцу.

- Ну, и дуры же все бабы, - сплевывал Махов.

Придумав сюжет, который развернулся в кафе, он даже не мог предположить, что дама не вернется домой. Все ей оказалось ненужным - семья, работа. На любовь она готова было променять то, что имела раньше. Разве умный человек конкретные, реальные вещи, имеющие вкус, запах и цвет поменяет на мираж, на игру подсознания? Он вспомнил свою мамашу, такую же оголтело ненормальную в проявлении чувств.

Резкие звуки - лязг и грохот вдруг ворвались в монотонный уличный мотив.

- Да, она на красный рванула! - растерянный водитель боялся сделать шаг к лежащей на дороге женщине. - У меня свидетели есть.

- Не вопи! - приказал другой. - Щас разберутся.

Остановилась «Скорая».

- Довели женщину, - заорал Махов в телефонную трубку, которую снял Анатолий. - Ты мужик, или не мужик! Скотина, баба тебя двадцать лет ублажала, а ты в один день отказался от нее. За мамкин подол спрятался. Дуй в реанимацию без лишних размышлений.

Отдышавшись, Махов зашел на почту и отослал телеграмму в Кумены. Благо, собирая досье, он надыбал все факты, адрес, фамилию отца. «Срочно приезжайте. Лена в больнице».

Махов рассчитал все на несколько шагов вперед. Он знал, что обеспокоенный сельский учитель бросит все дела и приедет. Поселится он, конечно, у родственников. Будут вместе навещать больную, переживать, там и обо всем забудется. И покатится дальше семейная жизнь Власовых.

Через три месяца из больницы выписалась женщина, лишь отдаленно похожая на преуспевающую красавицу, Елену Викторовну Власову. Коротко-стриженая, седая, с рубцами от шрамов на лице, без передних зубов, да и еще и с палочкой в руке. Правая нога абсолютно не хотела слушаться. Оставаться и жить там, где все вокруг знали ее иной, Елена не захотела.

- Ничего, ничего, доченька, - успокаивал ее отец, - поедем на молоко, мед, чистый воздух, ты и возродишься. Если захочешь, сюда вернешься. А нет, так будем вместе век коротать. Есть ли на белом свете души роднее, чем наши с тобой.

- И то верно, - вяло откликалась женщина.

Всю зиму и весну приходили из Кировской области увесистые конверты на имя Махова Льва Львовича. Один только вид бумажных пакетов, обклеенных марками, приводил коменданта в бешенство.

- Когда угомонится эта ненормальная баба! - он, не вскрывая, с ожесточением рвал конверты.

- Не знаю и знать не хочу, - бормотал, сжигая обрывки, на которых мелкие буковки были похожи на кружевные завитушки.

Chapter 4

ОТЛИЧНИЦА

Осенний вечер опускается на город внезапно. Еще мгновение назад гулял по улицам, пусть серый, пусть дождливо-колючий, но все же день. И вдруг все: дома, деревья, люди опрокинулись во мрак.

Подслеповатые, еще не разогревшиеся фонари едва освещают улицу, по которой спешит ломкая девичья фигурка. На осеннем ветру волнуются, как беспокойное пламя, светлые волосы. Белые кроссовки, словно сноровистые зверьки, видящие в темноте, перепрыгивают через лужи и рытвины. Улица неожиданно утыкается в бескрайний мрачноватый пустырь, в центре которого торчит, как одинокий зуб во рту старухи, кривой киоск. К его освещенному окну и направляется девушка.

- Тук-тук, Даша, просыпайся! - тонкие пальцы отыграли быстрое стаккато на стеклянной форточке.

Скрипнула задвижка, и тотчас в кособоком проемчике возникло круглое безбровое личико с глазами-изюминками. Колобок, да и только!

- А, это ты, Настя! - просиял колобок. - По тебе хоть часы сверяй.

- Что у вас сегодня есть вкусного? - белокурая покупательница окидывает взглядом полки со снедью.

- Твоим гаврикам, - продавщица причмокнула губами, - очень понравятся вот эти сладкие крендельки.

Полиэтиленовый пакет наполнился ароматным хлебным духом.

- Спокойной ночи!

- Какая уж тут спокойная! Каждую минуту от страха умираю. Вчера вон у рынка на два киоска наехали. Сколько раз говорила хозяйке, что невыгодно ночью торговать. А ей все упущенная прибыль покоя не дает. Уйду я отсюда, - продавщица громко вздохнула и закрыла окошечко, - холодно становится, - крикнула из-за стеклянного барьера.

Вот уже много-много раз слышит Настя, как круглолицая Даша собирается изменить свою жизнь. Порою, так долог путь от слов к поступку. Вот и Анастасия изменить ничего не может... Хотя нет, каждый вечер, открывая двери двухэтажного, крепкого, говорят, еще немцы строили, дома, она надеется на чудо. А вдруг?!

В помещении, как всегда, пахнет хлоркой и чем-то еще казенно-сиротским. Стараясь не шуметь, Настя проходит в маленький закуток, выгороженный сразу же у входа. Быстро скидывает уличную одежду, надевает мягкий спортивный костюм, бесшумные тапочки, затягивает волосы в высокий хвост и покрывает голову белой косынкой. Еще несколько минут она тщательно моет руки, сердясь на водопроводчика, который никак не может отремонтировать кран, и он гундосит, как старый брюзга. Легкой тенью поднимается она на второй этаж.

В коридоре тихо и темно. Лишь из-под одной двери выбивается световая полоска.

- А вот и тетя Настя пришла, - горбатая низенькая женщина поднимается с дивана. - А мы уже соскучились, да? - обращается горбунья к ребенку, которого держит на руках.

С первого взгляда невозможно определить, кого держит женщина на руках - мальчика или девочку. Крупная безволосая голова ребенка нелепо закинута назад, словно есть что-то интересное на потолке для блуждающего бессмысленного взора.

- Сегодня наша красотуля никак не успокаивается, - горбунья осторожно кладет ребенка в кроватку. И тут же маленькое тельце начинает биться в конвульсиях, и не детский плач, а протяжное рычание разрывает тишину. На тревожные звуки откликаются плачем другие малыши.

- У Сережи сегодня настроение тоже плохое! - горбунья, кряхтя, присела на корточки, - ну, иди к нам, - она поманила сухим пальцем мальчика, ползущего по ковру. Он изо всех силенок стал перебирать руками, пытаясь подтянуть безжизненные ноги, тяжелым хвостом лежащие сзади. Головенка его то и дело утыкается в ковер. Кожа на подбородке, щечках истерта в кровь. Но мальчонка упорно пробирается к манящему пальцу, издавая булькающие нечленораздельные звуки.

- Ба-ба-ба, - неожиданно подала голос, сидевшая до этого каменным истуканом, девочка. Сморщенная, скрюченная, как маленькая старушка, она начала методично качаться из стороны в сторону.

- Натка очень плохо ела, - горбунья расстегнула белый халат. - Да, впрочем, я все зафиксировала в журнале дежурства. Пойду, устала что-то. До завтра...

- Отдыхайте, Наталья Николаевна, - Анастасия с нежностью посмотрела на маленькую женщину с кукольным личиком.

Какой же очаровательной и шаловливой была Наталочка много лет назад. И имя-то выбрали ей родители не случайно. Нарекли в честь первой красавицы прошлого века, предвосхищая интересную судьбу. А не случилось. Ни блистательных балов, ни вдохновенного поэта, ни дуэли из-за прекрасных глаз. В новогоднюю ночь подвыпивший отец сел за руль. Из всего семейства Гончаровых чудом выжила только черноокая трехлетняя Натали.

Искореженное тельце переносилось из одной клиники в другую. Пока, наконец, заведующая Домом ребенка, суровая и решительная Людмила Игоревна, не грохнула мужицким кулаком по столу на какой-то очередной комиссии, заявив, что девчонке нужен постоянный дом, и забрала ее к себе.

И вот уже тридцать пять лет плывет в космосе планета Натальи Гончаровой. Планета, где плачут, стонут, смеются и часто умирают крохотные существа, невиновные в своих уродствах и нездоровье. Другого мира у горбуньи не было и нет. Здесь выросла сама, теперь выращивает других.

Дверь за ушедшей Натальей Николаевной закрылась, и Настя встала посреди комнаты.

- Детки! Посмотрите, что я вам принесла, - она подняла над головой пакет, в котором румянились крендельки. - Ей очень хотелось верить, что все питомцы ее видят, слышат и понимают.

- У-у, - заурчал кучерявый пацанчик, схватив смуглой ручкой кренделек.

Жорику уже пять годков. Его благополучные сверстники где-то играют в солдатиков, знают буквы и героев мультфильмов. А Жорик навсегда останется годовалым несмышленышем.

- Да, почему же навсегда! - злилась заведующая, когда молодая пара - она филолог, он - сын африканского народа, изучающий в России высшую математику, принесли своего цветного первенца.

- Будьте гуманны, - худосочная очкастая переводчица увещевала заведующую, - у Жоржа на родине больной мальчик не выживет. Там нравы суровые...

- Там суровые, а здесь? - Людмила Игоревна затянулась «Беломориной», - твари вы бессердечные, чтобы никогда я вас здесь не видела.

Она поставила в шкаф еще одну папку с документами на отказного ребенка. Филологиня возмущенно фыркнула, а антрацитовый папаша еще больше выкатил глаза, не понимая, почему седая плечистая женщина так сердится.

Жорик жмурится, как котенок, высасывая из кренделька сахарок. Золотоволосая Сонечка пытается отобрать лакомый кусочек у мальчишки. Она шустрая, эта маленькая бестия. Быстро заглотив выданный ей сюрпризик, выискивает добавки. О Сонечкиных родителях ничего не известно. Четыре года назад приволокла замусоленный кричащий сверток местная бомжиха Валька, крестясь и божась, что услышала писк в мусорном контейнере. Одноглазая Валька, давно вышедшая из детородного возраста, пыталась сама провести расследование, чтобы выявить самку бесстыжую. Но ни в одном из притонов новоиспеченная следачка ничего не обнаружила. Кто-то, видимо, очень не хотел, чтобы девчонка появилась на свет. Еще в утробе ее травили, обливали, жгли химикатами. А девчонка оказалась живучей. Только весь комочек плоти получился сотканным из изуродованных клеток. Патология важных внутренних органов часто погружает малышку во мрак боли.

- Костик, а ты как себя чувствуешь? - воспитательница серьезно спрашивает у малыша, с безучастным видом лежащего в кроватке.

Никто не знает, сколько будет жить эта маленькая душа на Земле. Еще час? День, месяц, год? Его папаша, некогда газетно-известный токарь с Кировского завода, начисто пропил мозги. Да, только не свои, а всех своих наследников. В прошлом году похоронили еще одного Сидорова, с тем же диагнозом - микроцефалия.

Настя обходит всех малышей и тем, кто может удержать в ручке, дает кренделек.

- А ты чего притих? - она склоняется над просторным деревянным манежем. - Иди-ка ко мне, - она пытается оттащить малыша, грызущего перегородку. Он кричит. Маленькое бледное личико искажается в гримасе ужаса и страха. С трудом Настя вытаскивает мальчика, прижимает к себе. Малыш кричит еще надсаднее. Все его раскординированное тело изгибается.

- Тихо, тихо, мой маленький! Ванечка, сыночек, - женщина слышит, как отчаянно и гулко трепещет маленькое сердечко рядом с ее, вздрагивающим от боли сердцем.

Вот так оно заболело, заныло и навсегда сбилось с привычного ритма, слетев со спокойной орбиты, несколько лет назад, когда Ванечка еще был невесомой капелькой. Настя зажмурилась, чтобы задержать непрошенные слезы, глубоко вздохнула и сама себе приказала: «Не раскисать, отличница»!

Усадив Ванечку рядом, она бодрым голосом звонко произнесла:

- Детки, сейчас я прочитаю вам забавную считалочку.

- Карнакова! - в открытой двери появилась коренастая женщина с красным обветренным лицом, - чего ты перед ними изгаляешься? Все равно не понимают. Сейчас помоем, молока дадим, да и пусть спят.

- Зинаида Агеевна, - строго говорит Настя, - у нас занятия по развитию речи.

- Ну, ну, - хмыкает санитарка, шлепая тряпкой по подоконнику, - скорее собаку научишь говорить, чем этих чудиков.

Зинаида не церемонится ни с кем. Язык у нее, что помело. С ней лучше не разговаривать. А вот руки у бабы золотые. Легкие, сноровистые. Никто не может так ловко перепеленать, помыть малышей.

- Чего разорался и зенки вылупил? - грозно гундосит Зинаида. А руки, словно отдельно живут от голоса. Они гладят, ласкают, успокаивают. И даже самые беспокойные дети затихают в больших обветренных ладонях.

Бывало, другие санитарки начнут причитать да плакать. Волна отчаянной жалости захлестывает больных детишек, и они, как беззащитные травинки под ураганным ветром, начинают кричать и беспокоиться еще пуще прежнего.

Вот и сейчас Зинаида, словно котят, берет ребятишек, ополаскивает попки под краном.

Не дергай ногой, - с возмущением упрекает недержащую головку Светочку. - Опять целый день мокрая, щас пудрой присыплю. Не хрюкай, - встряхивает девчонку.

- Можно я Ванечку сама помою, - Насте руки санитарки кажутся грубыми и тяжелыми.

- Попробуй, - лыбится Зинаида, прекрасно зная, чем заканчиваются Настины старания.

- Маленький мой, нежный, самый лучший! - Настя пытается взять малыша на руки. Он рычит, скалит зубы. Тело его деревенеет, еще мгновение, и начнется припадок.

- Да, не таких мужиков Зинка укрощала! - санитарка в мгновение ока подхватила детское тельце. Ванюшка расслабился и затих. - То-то, характер чувствует! - она бесцеремонно пятерней проходится по детской мордашке. Мальчик фыркает, как щенок, и бессмысленно хохочет, глядя в багровое женское лицо.

Несколько лет назад Зинаида приехала в Петербург откуда-то из Сибири. Все ее имущество было на ней: черная юбка, серый свитер, выцветшее драповое пальто и резиновые сапоги.

- Ну, Людка, как и договорились с твоей сеструхой, царство ей небесное, после отсидки я тебе ее заменю, - развернула замусоленную тряпку. - Вот деньги, восемь лет копила.

В Доме ребенка Зинаида по совместительству и дворник, и уборщица, и санитарка. Хозяйство свое держит в идеальном состоянии.

Наконец, всех ребятишек помыли, переодели в пижамки. Пижамки штопанные-перештопанные, но, словно сияющие чистотой. Зинаида – мастерица стирать и гладить.

- Попробуйте только погадить, испачкать мою работу, - гудит санитарка, разливая молоко по бутылочкам. - Ну, кажись, Карнакова, мне и отбой пора трубить. Зинаида собирает ведра, тряпки, грязное бельишко.

- Стопку опрокину и на боковую. Красота! - она жмурит темные раскосые глаза. - И дом мой рядом, чем не рай.

Живет санитарка тут же на первом этаже.

Анастасия выключает большой свет, нажимает кнопку маленького ночника, достает из сумочки бумагу и ручку.

«Здравствуйте, милые мои папа и мама! Я живу замечательно. Моя студенческая жизнь полна приключений и веселых романчиков. Сегодня Вовка...» Настя отрывает взгляд от каллиграфических, изящных строчек и смотрит на Вовочку Егорова, который даже во сне весь трясется, будто кто-то невидимый дергает за веревочки, привязанные к детским ручкам и ножкам. Мамаша Егорова, хроническая алкоголичка, недавно куражилась под окнами.

- Сколько хочу, столько и рожаю. Видали! - побарабанила по выступающему животу, - еще одного Вовку ждите.

«Сегодня Вовка пригласил меня в театр», - Анастасия морщит лоб, пытаясь вспомнить какую-нибудь афишу. «Мужчина и женщина. Вечер старинного романса». Заманчиво, правда? Скорее всего, я пойду. А вот Ванечка...» Анастасия склонилась над спящим мальчиком. Легкая улыбка на мгновение осветила детское личико. Что он видит во сне? Может быть, себя, но совсем другим? Крепким смышленым мальчуганом рядом с любящими папой и мамой? Настя осторожно прикасается губами к розовым пальчикам.

- Сыночек мой, - слезы наворачиваются на глаза.

... Отличница!

Так про Настю говорили с тех пор, как она себя помнит. В детском саду она отличалась разумностью и мгновенной реакцией на пожелания воспитателей.

- Дети, будем собираться на прогулку! - еще фраза висит в воздухе, еще копошатся мальчишки с машинками, еще кто-то из девочек застрял в горшочной, а светленькая, румяная Карнакова уже в шубке, шапочке и готова спешить во двор. Как пришла в первый класс раньше всех, села за первую парту, сложив перед собой аккуратно ручки, так и отучилась десять лет на одни пятерки, не спуская внимательного взгляда с учителей.

Воспитывала Настю бабушка, Инна Алексеевна. Родители работали врачами в Ираке, Индии и еще каких-то жарких странах. Инна Алексеевна гордилась своим сыном и невесткой. Игорь и Ирина учились в одном классе. Один раз выбрали друг друга и на всю жизнь! И в институт они пришли сдавать документы, крепко держась за руки. Даже после окончания медицинского тема диссертации у них была одна. Когда родилась Настя, Инна Алексеевна уволилась из школы, где директорствовала много лет.

- У ребенка должна быть хоть одна бабушка, и разговор окончен!

Другая бабушка, с маминой стороны, нянькой быть не желала. Поменяв в третий раз мужа, она с упоением переживала «ягодный возраст».

- В сорок пять можно все начинать сначала: влюбляться, открывать в себе таланты, - радостно делилась успехами со сватьей. - Мы с Толиком придумали необыкновенную программу. «Алла и Анатолий Заславские. У камина. Гитара, вокал». Афишами была обклеена вся квартира. Первая бабушка ничуть не осуждала певицу. С гордостью говорила внучке:

- У тебя замечательные корни! Вот только жаль, что ты дедушку не помнишь.

Дед умер, когда Насте было три года. Нелепо погиб от пьяного ножа, пытаясь утихомирить горланящую ватагу в электричке.

Два раза в год приезжали родители. С годами они все больше походили друг на друга. Смуглые, худые, быстрые. Вся их жизнь была подчинена работе. Все остальное оставалось за бортом. Наспех выслушивались сообщения о достижениях дочери, здоровье бабушек, провинциальные новости. И опять в путь! К звезде открытий и успеха.

Они уезжали, оставив дома кучу цветного тряпья, побрякушек, валюты. Наряды дарились бабушке-актрисе. Она с удовольствием примеряла перед зеркалом экзотические прикиды, звенела браслетами и длинными серьгами. Нарядившись, убегала, оставив терпкое облако духов.

- Молодец! - радовалась независтливая Инна Алексеевна, - умеет жить со вкусом.

Деньги относились в сберкассу, на черный день. Хозяйство бабушка вела экономно, научив Настю обходиться минимумом.

- Запомни, моя девочка, счастье в тебе самой. Никакие богатства мира не сделают тебя счастливой, если ты разочаруешься в себе.

Была ли золотая медаль, полученная Карнаковой на торжественном вечере в честь окончания десятилетки, счастьем? Нет. Это была точка, закономерная точка в школьном сочинении.

А счастьем была мечта. Поехать в город, где набережные помнят порывистый лик Пушкина, где золотой купол Исаакия хранит тайну жизни французского солдата Огюста, где улицы захлебываются от дождей и ветра, а осень предупреждает «Осторожно, листопад».

- Мне будет спокойнее, если ты поедешь на поезде, - бабушка достала с антресолей огромный коричневый чемодан.

- Может, я никуда не поеду? - Настя с ужасом представила, как вернется бабушка домой. Одна. И будет ее вечер одиноким и бесконечно долгим. А потом утро, и каждый новый день она будет одна.

- Никогда не отказывайся от своей мечты! - Инна Алексеевна приложила руку к груди. - Третий день болит, окаянное…

Настя вошла в вагон. Шумный, гитарный, молодой.

- Карнакова, да проснись ты! - санитарка трясет Настю за плечо.

- Ой, как это я заснула? - Настя потерла руками виски.

- А что случилось-то?

- Там дьявол в дверь барабанит, - в обычно нахальном голосе Зинаиды трепетали нотки страха.

- О чем ты говоришь? - Настя еще не проснулась окончательно.

- Да, елы-палы, только сон поймала. Такой сладкий, светлый. Мамку видела молодую, доченьку свою живую и невредимую... Спать бы и не просыпаться. И вдруг слышу, стучат. Встала, матюгнулась, телогрейку накинула. Спрашиваю, кто там. Молчок. Ну, я к окну, а там, веришь ли, живой дьявол. Рожа черная, глаза, что блюдца - белые, а рот синий. Я замерла, боюсь шевельнуться и вдруг слышу, будто чудище это твое имя называет.

Настя быстро побежала вниз. Отодвинула тяжелую щеколду.

- О-ла-ла! - маленькая негритянка бросилась с объятиями и, обхватив Настю за шею, как веселая обезьянка, задрыгала ногами.

- Шерами, Шерами! - визжала негритянка, темпераментно обнимая Настю.

Звонко целуя бледные щеки подруги, темнокожая девушка, то и дело обращала взор к звездам, бормоча на своем наречии благодарение небесам за встречу.

- Франсуаза! - Настя немного опешила от неожиданного визита. - Как ты здесь оказалась?

- Я прямо с самолета, на минутку забежала в общежитие, тебя нет, ну я и подумала, что ждать не могу, и сюда понеслась, - крупные зубы перламутрово сверкали в полумраке коридора. - Я так рада, - она то отодвигала, то прижимала Настю, громко смеясь.

- Да, будет тебе, - Настя взяла за руку гостью. - Пойдем наверх, чайку попьем. Ты, я вижу, устала. Как пружинка дрожишь, то смеешься, то плачешь.

- Это я от радости сама не своя! - Франсуаза опустилась на колени и начала молиться, воздев руки наверх.

- Во, чучело гороховое, - бесцеремонно прошептала Зинаида, выглядывая из-за шкафа. - Перепугала до смерти. До сих пор отойти не могу. Смотри, Карнакова, твои чудики от такой страшнючей бабы в штаны наложат, а мне стирать!

- Сама баба дикая, - живо отреагировала негритянка. Она повернулась в сторону Зинаиды и состроила устрашающую мину-— выпучила глаза, оскалила зубы и при этом издала душераздирающий вопль.

Видавшая виды, Зинаида юркнула в каморку, успев прошипеть:

- Бестия чернозадая.

Настя засмеялась. За пять лет знакомства с Франсуазой, она привыкла к самым неожиданным поворотам в поведении темпераментной дочери африканского племени.

- Пойдем, пойдем. Чайку попьем, поболтаем.

Настя достала из пакета термос, бутерброд с плавленым сырком. Разломила пополам. Заплакала Светочка. К ее реву присоединился еще один голосок.

- Я сейчас, я быстро, - Настя знала, упусти минутку, и проснутся все. И задрожит воздух от тревожных детских криков.

Пока поменяла простынку под Светочкой, напоила водой Жоржика, проверила, как спят Ванюшка и Вовик, Франсуаза, выпив чашку чая, заснула на узком диванчике, поджав ноги в клетчатых брюках почти к самому подбородку.

- Устала, - Анастасия прикрыла спящую байковым одеялом.

Глядя на лицо, словно вылепленное из шоколада, на черные непослушные кудряшки, переплетенные разноцветными ленточками, на тонкие пальцы с лепестками светлых ногтей, Настя закусила губы. Так больно ей было вспоминать прошлое. И эта чужестранка тоже была частицей тех далеких, безотрадных дней... Хотя, маленькая Франсуаза, одна из немногих, окружавших тогда людей Настю, помогала и согревала озябшую душу. Как горячий черный уголек!

Настя всхлипнула, и как не старалась сдержаться, расплакалась.

...- Ну, чего ты слезы льешь? - весело крикнул ей с полки белозубый солдатик, когда поезд тронулся, и Настя, прижав к окну лицо, смотрела на родные силуэты, уплывающие вместе с перроном.

Впервые Настя видела своих близких, как бы со стороны. Сердце сжималось: когда же так успела состариться ее главная бабушка? Не в один же миг тяжелые косы превратились в одуванчиковую пушистость коротких волос? И она ли, эта по-детски щуплая старушка была некогда статной и уверенной женщиной.

- Пиши! - вторая бабушка-актриса побежала, догоняя исчезающий лик за мутным стеклом. Развевался малиновый шарфик, небрежно повязанный вокруг шеи, из-под длинного плаща мелькали лакированные туфли на модном квадратном каблуке. Вдруг она внезапно остановилась, оглянулась: ее моложавый муж участие в спектакле не принимал, стоял, покуривая сигарету.

Маленькая старушка не отнимала мокрого платка от глаз, словно не желая видеть этот грохочущий состав, увозящий часть ее жизни.

- Бабушка родная, - Настя не могла сдержать слез.

- Ну, ты, доложу тебе, настоящий детский сад, - солдатик ловко спрыгнул сверху и приобнял плачущую девушку сзади. - Ревешь, будто по чужой воле в тьму-таракань едешь. В Питер, в Питер ведь едем! - прокричал восторженно.

Петербург обрушился на юную провинциалку низким серым небом, громкоголосым многолюдством и безысходным чувством потерянности.

- Алло, это Анастасия Карнакова! - она набрала номер телефона, который на маленьком листочке начиркала ей бабушка-актриса.

- Замечательные люди. Остановишься у них. Творческая атмосфера их дома соответствует божественному городу. Ах, как бы я хотела очутиться на твоем месте!

- Настюха! - мгновенно откликнулась трубка сочным мужским голосом. - Твои родственники уже нас оповестили о твоем визите. Дуй к нам немедленно. Что? Эта оторва не дала тебе координаты? Рисуй. Станция «Горьковская». Переход. А там рукой подать. Малая Посадская. Встречаю у подъезда через полчаса.

Действительно, через тридцать минут Анастасия шла по небольшой улочке, которую высокие тополя щедро осыпали пухом.

- Мадмуазель, не меня ли вы ищите? - бородатый великан обхватил волосатыми ручищами девушку. - Какая же ты вся гладенькая, крепенькая!

- Чемодан возьми лучше, а не девчонку лапай! - откуда-то сверху раздался женский голос.

- Это моя ревнивая супружница волнуется, подними прекрасную голову, Анастасия, и ты сможешь лицезреть недремлющее око любви.

В оконном проеме третьего этажа маячила стриженая вихрастая голова. Квартира, в которой жили Ивановы, когда-то была коммуналкой. В длинный и узкий, как чулок, коридор выходили пять дверей. Постепенно соседи выехали, кто, дождавшись ордера в очереди квартирного отдела горисполкома, кто после изнурительного режима экономии скопил на первый взнос в кооператив.

- Идиоты! Нашу петроградскую сторонку променяли на кран с ржавой горячей водой, - Иванов не замечал отсутствия необходимых удобств, как и всего хаоса, царящего в полуразрушенном жилище.

- Идиоты или не идиоты! - звонко парировала его маленькая, стриженая под мальчика жена, - уехали и хорошо, зато мы в отдельных хоромах живем теперь и можем достойно принимать у себя гостей.

Двери в квартиру к Ивановым не закрывались. Постоянно кто-то забегал, ночевал, жил неделю, месяц, год. Гости, как водится, приходили не с пустыми руками. Хозяин, Александр Иванов, был всегда под хмельком.

- Для творческой души, - а работал он художником при кинотеатре, - винный градус, что солнце для цветов, - патетически восклицал Шурик, накрывая на стол.

Жена его сделала карьеру в театре. Начав с контролера билетов, она пробралась в помощницы главного гримера, а потом стала появляться в массовках на сцене. В ТЮЗе всегда не хватало маленьких тощеньких женщин, легко превращающихся в мальчишек-семиклассников или влюбленных нимфеток. Позже появились рольки с репликами. А потом больше - имя Елизаветы Ивановой уже значилось в театральных программках. Эта перемена в судьбе, очень отразилась и на женском характере.

- Не смейте так со мной разговаривать! - заносчиво заявляла она где-нибудь в магазине или на почте. - Я не какая-нибудь обыкновенная служащая. Я - актриса! - и выразительно сдвигала нарисованные брови к короткому, уточкой, носу.

Детей у Ивановых не было, и поэтому, что часто бывает в бездетных семьях, отношения между супругами складывались неровно, как в молодости, с бурными ссорами и примирениями, со жгучей ревностью и страстными порывами.

Лиза врывалась домой, как ураган.

- Шурка! - дико орала с порога, - возьми меня на руки, я соскучилась. Еле домой доехала, даже живот разболелся.

- Сейчас полечим! - бородатый великан подхватывал жену на руки и во всей уличной амуниции уносил в спальню.

Визг, стоны, смех разносились из маленькой комнаты по всей квартире. Первое время Настя пугалась и порывалась бежать на помощь. Вдруг великан задушит или изувечит тщедушную Елизавету.

- Ну, ты и чокнутая, - раскрасневшаяся травести выглядывала на деликатный стук в дверь. - Страстями нужно жить...

Страстным натурам Ивановых, видимо, друг друга не хватало. У Шурика были приходящие подружки. У Лизы - друзья актеры.

- Настюха, роток на замок, и молчок! - подмигивал бородач девушке, подталкивая очередную натурщицу в спальню.

- Я без ума от вашего безразмерного таланта, - Лиза в прозрачном пеньюаре усаживалась на колени к седовласому светскому льву, чей монументальный профиль Настя видела во многих кинолентах.

Прожив неделю на Малой Посадской, сдав на «отлично» единственный, положенный медалистке экзамен, провинциалка с радостью собиралась переезжать из «артистической студии» в студенческое общежитие. В последнюю ночь в странной квартире, насквозь пропахшей вином, табаком и любовью, Насте не спалось. За стеной, как всегда шумели, пели, плясали и декламировали. Потом ругались азартно и театрально, со швырянием стульев и тарелок. Кто-то убегал, хлопая дверями, возвращался, громко грозя самоубийством с разоблачительным прощальным письмом. Внезапно все стихло. А, может, наконец, затянул девушку в омут крепкий молодой сон.

- Милая, моя девочка, дай-ка, я тебя покрепче обниму!

Поначалу Настя не сразу поняла, что кто-то очень тяжелый не во сне, а на яву навалился на нее.

Винный перегар липким облаком навис над лицом девушки.

- Кто это? - в ужасе прошептала Настя.

- Да, это ж я, почти твой родственник, - огромные руки нахально залезли под ночную рубашку.

- Шура! Шура! - закричала ошалевшая Настя, - вы с ума сошли.

- Сошел, сошел с ума, детка! Как я ждал этой минуты! Как мечтал, когда ты, как птичка, забьешься в моих объятиях.

Конечно, она была слабее его. И, как не извивалась, не напрягалась, скинуть с себя сто с лишним килограммов не могла. Жадные нахальные руки больно мяли тело, слюнявый рот извергал хрипы и горячие стоны на бескровное Настино лицо.

От бессилия, ужаса и боли, Настя потеряла сознание. Она ничего не чувствовала, не понимала, словно пошла ко дну мутной, страшной реки.

Неожиданно Шура резко вскочил.

- О, черт, что же я наделал? Ты жива, моя девочка?

Он выбежал, на ходу поддергивая спортивные штаны. Через мгновение вернулся с мокрым серым полотенцем. Укрыв Настю одеялом, начал обтирать безжизненное лицо.

Ресницы девушки встрепенулись. Открыв глаза, она громко и протяжно вздохнула и, сосредоточенно глядя на потолок, спросила кого-то наверху:

- Почему? Зачем?

- Да, я и сам не знаю, зачем! - Иванов громко скреб ногтями бороду. - Это Лизка, змея подколодная, завела мужика и убежала.

- А вот и не убежала, - хитрая лисья мордочка высунулась из-за косяка, - слышу, слышу, как вы здесь полюбовничаете. А ты, развратница, - Лиза подскочила к Настиной кровати, содрала одеяло. - Живо собирайся и вон из моего дома. Ишь, скромницей прикидывалась, а сама только и думала, как бы моего любимого демона соблазнить.

Демон закашлялся:

- Пойду, покурю, пожалуй.

Летняя ночь окутала Настю, сидящую во дворе на скамейке, ознобным туманом. Все тело ныло каждой клеточкой. Но еще страшнее была боль, сжимающая сердце. Едва рассвело, она, еле передвигая ноги, побрела в сторону переговорного пункта. Еще вчера она вбежала на почту сияющая и отстукала телеграмму.

«Бабушка! Я студентка. Пять. Целую. Люблю.»

Сейчас она шла и в голове стучала фраза: «Уехать! Уехать!». А горячий комок сердца, сбиваясь с привычного ритма, просил: «Умереть. Умереть.»

Переговорный пункт только открылся.

Анастасия бледная, с черными тенями вокруг глаз, вошла в прохладный вестибюль, пошатываясь. Уборщица, худая, как швабра, женщина неопределенного возраста, злобно зыркнула.

- Ну, деревня! С чемоданом в приличное место чего тащишься? Не видишь, люди моют пол.

Настя заплакала. Длинные гудки встревожили Настю. Куда бабушка могла пойти так рано? Настя вспомнила, как бабушка даже просто выходя на прогулку, пришивала белоснежный кружевной воротничок и освежала губы помадой. Милые родные привычки… Как хочется домой! Нужно собраться с силами и добраться до вокзала. Купить билет и навсегда избавиться от мира чужих людей. Может, соседке позвонить? Насте было необходимо услышать любой голос из родного края.

- Тетя Тамара, это я, из Петербурга!

- Слышу, слышу, - скорбно отозвалась соседка. Обычно голос ее словно искрился. Хохотушка, выдумщица, любимица всего двора, бездетная тетка Тамара вынянчила не одно поколение ребятишек, проработав в яслях. - Мы твоим уже отстучали телеграмму. Успеют, наверное, на похороны.

- Что вы сказали, я не поняла?

- Я думала, ты уже знаешь, - тетя Тамара всхлипнула, - Инночка сегодня ночью умерла. Мы ведь с ней почитай сорок лет дружили...

Настя уже ничего не слышала. Трубка выскользнула из обессилевших рук.

- Не хотела же ее пускать, не хотела, - мрачная уборщица обернулась на шум. - Сразу видно наркоманка. Бледная, мятая, глаза без жизни. Вот и свалилась от ширяний.

- Замолчите! - почти приказала маленькая, по-мальчишески стройная телефонистка, подбегая к лежавшей на полу девушке. - У меня отец так умер, упал на улице, и все брезгливо стороной обходили, якобы протрезвеет и встанет. - Она осторожно взяла руку Насти. - Пульс очень слабый. Девочки, в «Скорую» звоните.

Студенты первого курса филологического факультета начинали, как и водится, учебный год с сельхозработ в пригородном совхозе. Настя же первую петербургскую осень встретила в клинике неврозов.

На один день на берега Невы залетели родители, по-прежнему наркотически опьяненные работой, они отрапортовали, что бабушку похоронили, квартиру сдали хорошим людям за символические деньги, лишь бы был присмотр. Настиной победой - поступлением в университет, они были довольны, не понравилась им реакция внучки на смерть бабушки. Ведь в жизни все закономерно, и старые люди рано или поздно умирают. Думающий человек должен уметь философски воспринимать неизбежность. А Настин первый срыв - не что иное, как кисейная неподготовленность избалованной барышни. Так что, мужайся, отличница! И только вперед, к новым вершинам!

«Призрачно все в нашем мире бушующем», - напевал врач, высокий плотный человек с крупной головой, украшенной завитками молочного цвета и большими очками в старомодной оправе. Совершая ежеутренний обход по палатам, он присаживался на краешек кровати, брал в свои мягкие шершавые ладони руки пациентов и, пристально глядя в глаза, вел неторопливые беседы.

- Ну, что, деточка, - в очередной раз спросил у Насти, - вы все обдумали? Берем академический отпуск и отдыхаем. Да? Живем вкусно, светло, радостно! Нельзя же, милая, так себя загонять. Десять лет в школе не щадили себя. Не возражайте! Золотую медаль просто так на шею не вешают. Выпускные экзамены. Университет... Ох, уж эти мне отличницы! Сколько я встречал здесь бедолаг, пытающихся обогнать самих себя. А в итоге, - он вздохнул, долго смотрел на облака, плывущие в оконном проеме. - Нет, Настенька, я вас не пугаю. Я хочу, чтобы все девушки были здоровыми, счастливыми и рожали крепких сыновей. Через два дня выписываем! - он заботливо поправил одеяло.

«Есть только миг между прошлым и будущим», - задушевный баритон зазвучал у соседней кровати.

Ликовал и золотился сентябрьский день, когда Анастасия вышла из больничного двора. С большим кожаным чемоданом в руке, с белой сумочкой через плечо, она медленно брела по улице, не зная, что ей предпринять и куда податься.

Душа пребывала в невесомости. Так неприкаянно парит желтый лист между небом и землей. «Осторожно, листопад». Глаза не верили написанному. Неужели нужны подобные предостережения?

- Приезжая, да? - из маленькой будки, на которой красовалась щемяще-непонятная надпись, высунулась рыжая, как этот осенний день, голова. - Я поначалу тоже дивилась. Ну, летят себе листья и летят. А теперь вот командую листопадом. Ты сама-то не рязанская будешь? У нас все девчата светловолосые и светлоглазые. Румянца бы тебе поболе...

Засигналила и остановилась возле будки синяя машина-каблук.

- Привет, земляк! – словоохотливая рязанка повернулась к водителю.

Настя опять побрела в осенний день. Дрожали на деревьях солнечные блики, рассыпаясь по листьям, которые цеплялись тонкими ножками за ветки, словно утомленные акробаты, пытаясь из последних сил предотвратить неизбежность падения.

- Эй, девчонка, - притормозил рядом тот самый «каблук». - Куда подбросить? - кудрявый белозубый парень широко улыбнулся. - С таким багажом сама далеко не утопаешь...

- Куда? На Университетскую набережную, - произнесла Настя, первое, что пришло в голову.

- А ты у будки с Нюшкой калякала, из одной деревни с ней, что ли? Моя там недалеко. «Зеленая поляна», слышала, наверняка.

Настя промолчала, чтобы не разочаровывать водителя. И он всю дорогу с упоением вспоминал родные места.

- Здесь живу, будто в чужих одеждах. Я и в тоже время не я. Может, уехать, а? Баранку я и там крутить могу...

- Если есть к кому, - Настя спрыгнула с подножки, - то торопись. Нет разлук коротких.

Он лихо газанул, словно выполняя пожелание - поторопиться.

В приемной деканата за большим полированным столом сидела розоволицая женщина с блондинистым барашком на голове. На столе лежали новогодние игрушки, и блондинка пожирала глазами сверкающее великолепие. Настя кашлянула.

- Не кашляй, - приглушенным голосом произнесла женщина, - у меня визуальный сеанс.

Через несколько минут она, наконец, перевела взгляд на стоящую у дверей девушку.

- С чемоданом, все ясно. За направлением в общагу явилась. Фамилия? - она кряхтя, поднялась со стула и, переваливаясь, подошла к шкафу. Под широким сарафаном, как глобус, выделялся живот.

- Давайте, я достану, - Настя вытащила с верхней полки тонкую картонную папку.

Блондинка развязала тесемки.

- Ага, Карнакова. Потеряли мы тебя. Экзамены сдала и пропала…

- Так, получилось, в больнице я была, - Настя покраснела, протягивая секретарше медицинскую карту, густо исписанную неторопливой рукой седого доктора с певучим баритоном. - Академку советуют брать…

- А ты, чего, немножко рехнулась после экзамена? - блондинка покрутила пальцем у виска, с любопытством вглядываясь в девицу, ставшую от подобного вопроса пунцовой.

- Да, не стесняйся. У нас тут у многих нервишки разболтаны. А учеба, она никуда не убежит. Врачей нужно слушаться. А, знаешь, мне в голову идейка замечательная упала. Хочешь, на мое место? Я через две недели в декретный ухожу…

Настя растерялась:

- Мне кажется, что я не готова.

- Ты действительно с шизой, что ли? - выпучила глаза блондинка. - Чего готовиться-то? Не экзамен ведь… А где ты еще такую работенку сыщешь?

Она стала торопливо перечислять круг обязанностей секретаря, ликуя про себя. Как ловко она обставит нудную Воронину, которая спит и видит, чтобы местечко освободилось. Доченьку свою хочет пристроить, как будто бы временно. Ха! Марина Юрьевна видала эту оторву. Хваткая! Фиг ее потом отсюда уберешь.

- Ну, чего ты еще не согласилась? - Марина Юрьевна с возмущением смотрела на молчащую Настю. - Да, ты подумай хорошенько, - решила подступиться с другого бока.

- Возьмешь академический отпуск, как умные врачи советуют, и в то же время при университете останешься. В суть учебного процесса вникнешь. Преподавателей опять же будешь знать, как облупленных, - блондинка начала заводиться от нерешительности Насти.

- Все, решено! - секретарь хлопнула маленькой рукой по столу. Один из новогодних шариков подпрыгнул, покатился и разлетелся по полу сверкающими брызгами.

- Ладно, - кивнула Настя, с сожалением глядя на хрустящие осколки.

- Так, - Марина Юрьевна носком туфли запихнула осколки под стол. - Сейчас тебе и общежитие устроим.

Пролистав записную книжку, секретарша пробежалась пальцами по кнопкам телефона, словно виртуозно сыграла пассаж на пианино.

- Неужели это вы у аппарата, Лев Львович? Мне всегда везет на настоящих мужчин, - защебетала кокетливо в трубку. - Как вы там, мебель получили? Это я постаралась, нажала на Ивашкина. Он почему-то хотел отправить эти шикарные столики к Кузьмичу. Что еще? Стулья? Записываю, - она и впрямь сделала вид, что фиксирует в блокноте какие-то цифры. - Да, да. Обязательно. Лев Львович, а у меня к вам тоже небольшое дельце. Нужно нашу работницу у вас разместить. Какая? - Марина подмигнула Насте. - Отличница, красавица, спортсменка. Да, знаю я, что у вас иностранки. Наша не хуже. Есть местечко с француженкой. Очень славно! Вы - душка! И мы, весь наш коллектив деканата в долгу не останется. Через час она и прибудет. Да, о стульях помню, - она сморщилась. Видимо, въедливый комендант опять начал толковать о своих нуждах. Положила трубку и торжествующе посмотрела на Настю.

- Видала, как деловые женщины обтяпывают сложные вопросы!

Анастасия еще не могла опомниться от такого стремительного поворота событий. Она растерянно смотрела на беременную секретаршу, на листок с адресом будущего пристанища.

- Ну, и чего ты медлишь, как там тебя, Карнакова, ноги в руки и вперед, - блондинка собирала в пакет разбежавшиеся по столу серебристые шары.

- Простите, а что у вас за сеанс такой был, когда я вошла? - обычно не очень любопытная Настя не удержалась от вопроса.

- К целительнице бабе Ане ходила, она и посоветовала - смотреть на все красивое.

- Зачем?

- Ну и непонятливая ты. Чтобы дитя родилось красивым. Вот и смотрю. Дома все стены завесила картинками, где розы, где закат над морем, где котята в корзинке. А, знаешь, как назову? - будущая мамаша мечтательно прищурилась. - Иванушкой. Помнишь, в сказках? Все Иванушки голубоглазые, светловолосые, добрые. Ой! - она встрепенулась. - Услышал, что про него говорят, ножкой толкается. Хочешь, потрогай. Марина взяла Настину руку и положила на выпуклый живот. Под осторожной ладонью, словно ожил горячий источник. Настя засмеялась.

До общежития она добралась быстро. На сердце было легко и хорошо.

- Придется подождать, - комендант без интереса окинул взглядом Настю с головы до ног. - Вон там, - махнул рукой в сторону обшарпанных кресел.

Ждать пришлось долго.

- Канцелярия, мадмуазель, требует аккуратности, - наконец, комендант заполнил многочисленные талмуды и произнес. - Надеюсь, вы понимаете всю меру ответственности и серьезности события, которое последует далее. Я поселю вас с француженкой. Никаких совместных гулянок, пьянок, да и дружбу лучше бы исключить. Капиталисты и коммунисты всегда были на разных полюсах.

От этой непонятной тирады из Настиной души мгновенно улетучилась радуга, родившаяся в душе в тот момент, когда беременная секретарша разрешила потрогать свой беспокойный живот. И Настя почувствовала под своей ладонью движение новой жизни. В сумрачном настроении поднималась девушка по выщербленным ступеням к своему новому пристанищу под номером восемьдесят восемь. Будущая соседка, француженка, представлялась недоступно красивой и чужой, как Мирей Матье.

- Ой! - вскрикнула Настя, когда ей навстречу шагнула низенькая, полненькая, как резиновые пупсы, негритянка.

- О-ла-ла! - громко откликнулась негритянка на Настино приветствие. - Ты мне очень симпатична, - произнесла, четко и раздельно выговаривая русские буквы. - Будем жить, как сестры.

Потом они пили кофе, приготовленный Франсуазой по особому рецепту. Француженка-негритянка много болтала, забавно смешивая русские и французские слова.

Прошло уже месяца два после новоселья, когда гнилым ноябрьским утром Настя грохнулась в обморок. Проворная негритянка, посыпав ей на лицо какой-то пахучий порошок, привела в чувство и, выпучив глаза, прошептала в ухо, словно в комнате присутствовал кто-то посторонний: «Grossess»! И, хотя в специализированной французской школе не изучали подобных слов, Настя поняла и заплакала. Всхлипывая, рассказала негритянке и про бабушку, и про хмельного бородатого художника, и про клинику неврозов.

Франсуаза выслушав все, завыла, как большая собака, которую незаслуженно наказали. Потом она вытянула из-за пазухи образок и что-то залопотала.

- Мой бог говорит, что убивать нельзя, - горячо прошептала, обняв безутешно плачущую подругу. -

Вместе будем растить ребенка, увезем ко мне на родину. У нас там красота!

- А как же любовь? - наивно поинтересовалась Анастасия. - Я была уверена, что дети появляются только от любви...

- Любовь во всем, что окружает, - поучала мудрая дочь африканского народа. - Запомни, не мужчина дает дитя, а бог.

Вместе они подсчитали и отметили в календаре несколько дней в мае, когда ожидались роды. Имя будущему малышу негритянка не разрешала придумывать. Нарекать заранее плохая примета.

- Звезды подскажут, как будет зваться новая душа только в день рождения. Не раньше и не позже.

С этого дня Франсуаза старалась оградить Настю от всех хозяйственных хлопот. Она неутомимо стирала, убирала, готовила. И все делала шустро, радостно, напевая звонкие отрывистые песенки.

Замечательная была та зима! Снежная, пушистая, добрая. Днем Настя находилась в университете, где в аудиториях волновался молодой студенческий поток, а в деканате интеллигентные люди не судачили о ценах и магазинах, а вдохновенно мудрствовали о законах стихосложения античной литературы. И вечером она была не одна.

- Отдыхай, отдыхай, - прикрикивала для порядка подруга, кутая Настю в плед и поставив на столик блюдо с фруктами. - Будем читать.

Они читали длинные романы о любви, то на французском, то на русском языках.

Седьмого марта занятия на факультете закончились рано. Студенты-мальчишки, второпях, всучив веточки мимозы женскому составу преподавателей, унеслись к своим молодым подругам. Не ведая, что время сотрет лики девчонок, а имена учителей будут, как звездочки, мерцать в пробужденном сознании. «Звездочки» от науки решили не отставать от всего мира и тоже отметить женский праздник. Заваривался душистый чай с травами, разворачивались свертки с домашней снедью. Настя почему-то решила уйти, отговорившись неотложными делами. Лучше бы осталась! Как бы замечательно пролетел вечер. Восторженная Эмма Марковна обязательно рассказала бы что-нибудь неожиданное об импрессионистах. Где только она находила новые и новые факты? Марья Ильинична Орлова, «маленькая веточка от известнейшего Орловского древа», обязательно бы спела. «Не уходи, побудь со мною...» Ах, если бы знать, куда и с кем уходить, убегать, растворяться?

- Мадмуазель! - услышала Настя густой бас за спиной.

Этот голос она узнала бы из тысячи голосов. Страх, ужас, ненависть мгновенно всколыхнулись в душе. Не оглядываясь, она побежала по мокрой весенней дороге. Он и на этот раз оказался проворнее. Мужское хриплое дыхание трепыхалось над плечом.

- Да, стой, ты, чумная! Я тебя давно здесь караулю. У меня к тебе дельце есть...

Настя зажмурилась, поскользнулась и упала.

- Ой, ой, - застонала от резкой боли, пронзившей спину и живот. Внезапно боль отпустила, и возникло ощущение, которое она хорошо изучила по медицинским книгам, готовясь к важному событию.

- У меня отходят воды. Нужно срочно в роддом, - в голове заработал компьютер отличницы. - Любое промедление опасно для ребенка.

- Дайте руку, - приказала бородачу. - И, будьте добры, проводить меня, - сказала твердо и строго.

Он присвистнул: странная девица! Только что удирала, как полевая мышь, а теперь чуть ли не повисла на нем, как супруга, да еще командует. Что-то она отяжелела как-то. Вроде летом стройнее казалась...

- Значит так, - Настя дышала часто и отрывисто, - я сейчас зайду в эту дверь, - она махнула рукой в сторону клиники Отта, а вы тут же поедете в общежитие, - она скороговоркой назвала адрес, и скажете моей подруге Франсуазе, где я нахожусь.

- Вот это поворот сюжета! - художник Шура поскреб густую бороду. - А Франсуаза - это псевдоним или имя.

- И то, и другое! - объяснять Насте было некогда. Она вбежала в приемный покой.

- Умоляю, спасите, только спасите моего ребенка! - выдохнула в маленькие светлые глаза на сморщенном лице старой акушерки, дежурившей в приемном покое.

А Шура, прогулявшись по Университетской набережной, выпив две бутылки пива, отправился по адресу общежития. В предвкушении нового знакомства и возможного пикантного приключения, мужчина приосанился, развернул плечи под серым лоснящимся пальто, как король под мантией.

- Шерше ля фам! - промурлыкав эти знакомые французские словечки, он распахнул дверь в общежитие.

- Убивают! Фрэнси убивают! - с этим воплем непричесанная, полуодетая чешка из восемьдесят седьмой комнаты влетела без стука к коменданту.

Лев Львович не терпел бурных проявлений эмоций. Он степенно поднялся и, не спеша, последовал за взбудораженной девицей. Казалось, весь этаж колыхался от душераздирающих криков. Так, наверное, голосит в джунглях какое-нибудь экзотическое животное невероятных размеров.

- Вы слышите? - глаза чешки расползлись от страха и ужаса на пол-лица.

Неожиданно, всегда спокойный комендант напружинился, подпрыгнул и ногой резко выбил дверь.

- Лечь! Руки за спину, - заорал металлическим голосом.

Его грозный рык повис в воздухе. Посредине комнаты лежал огромный мужик в пальто, а маленькая негритянка колошматила его всем, что попадалось под руки, при этом она верещала, гундосила, вопила, выкликала какие-то ругательства и проклятия на непонятном наречии. Мужик сопел, кряхтел и пытался прикрыть голову. Холодная вода из цветочной вазы, вылитая на черную кучерявую голову, остудила ситуацию.

- Чокнутая, сумасшедшая, ей-богу, - Шура с трудом поднялся. - Я зашел, как культурный человек, начал докладывать о цели своего визита, а она вдруг вся задрожала и бросилась на меня. Темперамент, я вам доложу, о-го-го! - он с опаской бросил взгляд на негритянку.

- Свиня, сволощ, еще придешь - прибью! - от гнева Франсуаза заговорила с чудовищным акцентом.

- Мадмуазель, - Лев Львович уже вернулся в свой привычно-вальяжный облик, - а как же манеры? И за какие такие прегрешения подобная ненависть может следовать?

- Месть! - выпучила и без того огромные глаза Франсуаза и зарыдала.

- А вот этих женских штучек я не выношу, - комендант прикрыл дверь.

В коридоре он нагнал Шуру и, подозрительно глядя на художника, строго приказал:

- Попрошу проследовать в мой кабинет.

Махов чувствовал, что за всей этой, увиденной им нелепой сценой с мордобоем, кроется какая-та неординарная ситуация. Он решил, во чтобы-то ни стало, докопаться до истины и по возможности посадить на крючок неуклюжего мятого недотепу. По своему опыту, он знал, такой безвольной массой управлять достаточно легко.

Взбудораженная Франсуаза, наспех прибрав в комнате и побросав в дорожную сумку какие-то вещички, понеслась на дорогу ловить такси. Она намеревалась дежурить рядом с Настей день и ночь.

К утру Настя родила мальчика.

- Анастасия! Не в моих правилах говорить неправду, - врач-гинеколог, сорокалетняя женщина с невыразительным, словно задеревеневшим, лицом монотонно и вяло обратилась к роженице. - Состояние вашего ребенка крайне тяжелое, и мальчик должен будет находиться под медицинским наблюдением длительное время.

- А длительное, это сколько? - прошептала Настя.

- Два месяца это обязательно, - отчеканила доктор. - Ведь этот период он должен был еще находиться в утробе матери. А дальше, - она как-то странно поджала губы, - специалисты определят.

...По Дворцовому мосту шли нарядные, по-весеннему взволнованные женщины. Солнечный воскресный денек сиял улыбками на свежих лицах.

Настя шла, еле передвигая ноги, как старуха, потерявшая в тоннеле долгих лет все: здоровье, красоту, любовь. Если бы не Франсуаза, сжимавшая крепкой ладошкой вялую Настину руку, она точно бы угодила под колеса безумно шумных автомобилей или упала бы в Неву. Холодная пучина вод манила обманчивым обещаньем забытья.

- Карнакова! - вдруг окликнул звонкий веселый голос. - Навстречу вышагивала Марина Юрьевна, крепко держа под руку высокого светловолосого парня. Он, нежно улыбаясь, катил перед собой детскую коляску, как драгоценную повозку.

- А мы вот гуляем по знакомым местам! - Марина вся светилась, словно новогодний шарик.

Настя, сделав невероятное усилие над собой, попыталась отозваться на чужое счастье.

- Как Ванюшка растет?

- Тю, ты еще не курсах что-ли? Ждали мы Ванюшку, а родилась Аленушка, - экс-секретарша заливисто засмеялась. - Показать не могу, говорят, от сглаза нужно оберегать, - она посмотрела долгим взглядом, словно медом облила, кружевную накидушку, отделяющую колясочный микромир от городской суеты.

- А Иванушка пусть у тебя будет! - просто так, без всякой мысли брякнула говорливая, довольная жизнью, женщина.

- Иванушка, - повторила тихо Настя, и словно тысячи иголок вонзились в сердце, как представила беспомощное, беззащитное скрюченное тельце, лежащее в кювете для недоношенных детей.

- Не забывай, что в сказках и Иваны-царевичи были и Иванушки-дурачки, - опять засмеялась молодая мамаша, радуясь своей находчивости.

- Пойдем, нам пора, потянула негритянка Настю прочь от чужого счастья и благополучия.

Так, рука об руку и прожили безрадостную весну, засушливое лето, а когда осень вывесила вновь свои листопадные предупреждения, Иванушку Карнакова определили в Дом ребенка.

По утрам Настя ходила на занятия в Университет, а по вечерам дежурила в двухэтажном доме, под крышей которого трепетали сердечки детей, обездоленных с самого рождения.

НА УЛИЦЕ ТАВРИЧЕСКОЙ

Через три недели самочувствие телемастера Славика стало улучшаться. Из отделения чрезвычайной травматологии больного перевели на этаж реабилитации.

- Софья Иннокентьевна, к нам на отделение новенького доставили, - румяная толстушка в белом халате, который, казалось, еще чуть-чуть и лопнет по швам от весело колышущейся под ним плоти, подбежала к столику, где сидела аккуратненькая старушка.

- Фиксируйте данные больного, а то мне некогда долго ждать.

- Куда вы все время спешите, Олеся? - старушка достала из футляра очки. Надев их, долго закрепляла дужки за маленькими желтоватыми ушами. Наконец, раскрыла журнал регистрации.

Олеся явно нервничала.

- А спешу я, между прочим, жить! С черепашьими темпами ничего не успеешь, - в молодом голосе явно слышалось недовольство медлительностью коллеги. - Ладно, пишите. Фамилия... Ой, сейчас со смеху помрете. Шеромыжник! Встречались у вас еще такие?

- Встречаться не встречались, но фамилия замечательная, я бы сказала, с французскими корнями.

- Придумаете тоже!

- Вовсе не я это придумала, а история. Разве ты не знаешь, когда Кутузов погнал Наполеона, сколько их, измотанных, раненых солдат некогда Великой Гвардии приютила Россия-матушка. «Шер ами» обозначает «милый друг». С этого обращения французы начинали все разговоры, протягивая руку за куском хлеба. А бойкий русский язычок и припечатал - «вон опять Шеромыжники пришли».

- Ой, жалко, я не жила в те времена, - толстушка сладко потянулась. - Уж, я бы обогрела французика. Вылечила бы его, откормила, а потом к нему в Париж бы махнула.

- Подожди, подожди, - остановила старушка, - мы еще один пунктик не заполнили. Прописка.

- Так. Местный, питерский, улица Таврическая, дом тридцать семь.

- Таврическая, Тверская, - воскликнула старушка, - как я обожала в молодости эти места.

- А где это? - удивилась толстуха.

- Ты, Олеся, где живешь?

- На улице Народной. Классный район. Все свои кругом. А зачем мне центр? Музеи, да пенсионеры, вот и вся красота…

- Дивный Таврический сад! - старушка сняла очки и повернулась в сторону окна, словно за казенным, плохо промытым стеклом зашумел листвой сад из ее воспоминаний.

Если бы новый пациент с французской фамилией услышал бы этот разговор, он охотно поддержал бы тему. Дело в том, что Славик в самом прямом смысле слова вырос в Таврическом саду. Младенцем спал в коляске под раскидистыми дубами. Там же, на зеленой, желтоглазой от одуванчиков лужайке сделал первый неуверенный шажок. На скамейке в тенистом уголке прикоснулся губами к нежной щечке одноклассницы. Преданный Таврический сад умел хранить тайны. Первая сигарета, первый глоток пива, первая драка в кровь.

Если случалось Славику уезжать из города, то в разлуке он скучал не по пестрому калейдоскопу Невского проспекта, не по великолепию золоченых дворцов, мальчишеское сердце рвалось на планету Таврического сада.

До революции вокруг роскошного сада селились богатые люди. Жили они просторно, со вкусом. Как правило, семья занимала квартиру в восемь-десять комнат. А комнаты были уж никак не меньше тридцати квадратных метров. Потрескивали в камине березовые полешки, скользили по дубовому паркету атласные туфельки под звуки рояля, пахло ванилью и горячим шоколадом.

Непримиримые большевики отчаянно ненавидели любителей сладкой жизни. Спальня, кабинет, детская? Все это буржуазные пережитки. Разномастный рабочий люд с удовольствием въезжал в барские хоромы. Закричали, заматерились, затопали коммуналки по всему Питеру.

А потом, уже в сороковых годах, война еще раз перетасовала жилищные ордера на свой лад. В промерзшие пустые дома вбредали тени из блокадного мрака. Сначала ожили первые этажи. Подняться выше у людей не было сил.

Потом в Ленинград потянулись долгие поезда из эвакуации. Заголосили женщины у разрушенных жилищ. Чужие уцелевшие квартиры открывали двери для оставшихся без крова.

Бабка Славика, Азалия Григорьевна Шеромыжник, въехала в сорокаметровую комнату с камином, эркером и видом на Таврический сад спустя несколько лет после победного мая.

Азалия родилась в полуцыганской семье, осевшей в живописной деревушке в окрестностях Ленинграда. Мать ее, бессловесная Катерина, рано состарилась от многочисленных родов, по хате бегали помимо старшей Азалии пять черноглазиков. Отец, морщинистый бородатый цыган, когда-то отстал от кочевого племени, влюбившись в светлоглазую с золотыми косами, Катюшу. Для нее, для своей ненаглядной, Григорий срубил домишко, разбил огород и вкалывал с утра до вечера. Кузнечил, слесарил, плотничал. Бледная, анемичная жена не радовалась ничему. Часто вздыхала и плакала. Дети утомляли и раздражали ее.

Азка, худая, жилистая уже с двенадцати лет на равных со взрослыми бабами вкалывала в поле за трудодни.

- Смотри, Аза, надорвешься! - останавливали девчонку, скупые на жалость деревенские старухи, наблюдая, как упирается она, пытаясь поднять тяжеленные мешки.

- Сама справлюсь, - угрюмо бормотала девчонка, не желая принимать помощь от кого бы то ни было.

И вдруг Азка пропала.

- Катерина, где старшая-то? - любопытствовали селянки.

- Бог один, знать, ведает, - вот и весь ответ с поджатыми губами.

И забыли бы, наверное, про смуглую черноглазую девчонку, если бы однажды не растрезвонила счетовод Тамарка на всю деревню, что утром в сельсовете странная парочка узаконила свой брак. Пятнадцатилетняя смуглянка и пятидесятилетий угрюмый бобыль, лесничий Артем Шеромыжник. В деревне и не ведали, фамилия ли это лесничего или прозвище.

Артемку многие побаивались. Считали, что дружит молчаливый мужик с нечистой силой. Да и облик его, обезображенное в поединке с медведем лицо и скрюченная ссохшаяся рука, тоже память о встрече с сохатым, навевали страх.

Еще Тамарка трезвонила, что лесничий взял Азку, огулянную другим. Пожалел малолетку бесстыжую.

Но, где, когда и с кем могла нагуляться Азка? День-деньской в поле с бабами надрывалась, вечером в хате носы сопливой мелюзге утирала.

Но разве, хоть что-нибудь утаишь в деревне?

Поговаривали, что видели хрупкий силуэт на заре в березовой роще в тесную обнимку с заезжим артистом. Месяц гостила веселая труппа в селе, будоража неискушенных зрителей цирковыми трюками и чудесами.

Но кто видел? Да, и Азка ли то невестилась? Обманчиво марево сверкающего весеннего воздуха.

Азалия скоро освоилась в избушке лесничего. Артем души не чаял в молодой жене. Водил по лесу, раскрывая секреты тенистых троп. Научил силки, капканы затейливо прятать, дичь потрошить, ловить и вялить рыбу, травы выбирать.

Так и жили бы мужчина и женщина в лесном раю, если бы не вернулся в июле Артем из поселкового лабаза с лицом, темнее ночи. Приволок тяжелый мешок с продуктами, разложил все по полкам.

- Думаю, через два месяца вернусь. Тебе пока хватит. Да, и в подполе запасов достаточно: солонина, мед, зерно.

- Артем, ты о чем говоришь? - испуганная Азка тенью бродила за мужем.

- Война, Аза. Уже неделю, как немцы нашу землю топчут. А мы тут, в глуши, и не знали ничего.

- Ты же без руки, - по-бабьи завыла Азка. - Почему они тебя забирают?

За три месяца отогрелось девичье сердечко рядом с этим добрым человеком.

Что знала она раньше-то? Подзатыльники, упреки, тягучую боль во всех жилочках и мутную пелену в глазах от вечной усталости. Еще успела хлебнуть обманного любовного дурмана.

- Увези, увези меня с собой, - прошептала в васильковые глаза сладкоголосого артиста, обрушившего на девчонку ливень сказочных признаний. - Я буду тебя любить еще сильнее.

Он спокойно разомкнул кольцо ее горячих рук.

- Да, ты в своем уме? У артиста каждую гастроль должна быть новая любовь. За вдохновение спасибо, - произнес весомо и назидательно.

Встал, отряхнул травинки с рубашки.

- Пора мне. Завтра уезжаем чуть свет.

В какую чащу забрела в ту ночь Азка, словно ослепшая и оглохшая. Петлю уже смастерила из своей же рубашки, окропленной бурыми пятнышками.

- Да, погоди, милая!

Откуда он взялся этот страшный мужик? Лохматый, бородатый, шрам поперек темного лица.

- А легкая, словно пташка! - Артем принес бесчувственную девушку в дом, к печке поближе уложил.

Да, разве забудет когда-нибудь Азка, как уговаривал бородач выпить чайку с травами, как заботливо укутывал зябкие плечи, как пел ей тягучие песни, словно дитя малое, баюкая.

И теперь ей, казалось, что она переставала дышать от одной только мысли, что в жизни ее хоть один день не будет этого человека.

- Не переживай ты так, вернусь я скоро! - Артем гладил смуглые руки. - А ты к тому времени повзрослеешь, силы женской наберешь. Станем тогда уж по-настоящему, как муж и жена жить.

Аза плакала, уткнувшись в потную мужицкую рубаху.

Артем, как и большинство деревенских мужиков, не вернулся ни через месяц, ни через год.

Студеным декабрьским утром родились у Азки девчонки-близнята. Малехонькие, хрупенькие, каждая меньше двух кило. Первой глотнула терпкого хвойного духа, черноголовая, как уголек, Ульянка. Сестрица долго не подавала голосок и глаз не открывала, а когда вскинула белесые реснички, такие голубые озерца засияли. Азка аж вскрикнула, Беллочка была крохотной копией сладкоголосого артиста.

Из поселковой больницы Азка вернулась в избушку Артема в лесу. Другого дома, она считала, у нее нет. Сноровистая молодая женщина толково управлялась с мудреным хозяйством. Ученье мужа не прошла даром. В погребе всегда были съестные запасы, грибы, моченая брусника, зайчатина соленая и копченая.

Девчонки росли тихими, задумчивыми. Накупает их маманя, накормит, завернет в мужнины рубашки и положит носик к носику. Они лежат, улыбаются, словно любуются - не налюбуются друг дружкой. Попробуй, разлучи их на мгновение, вот уж крик поднимут. Когда дочки спали, Аза долгими вечерами вела неторопливые беседы с Вестой, серой мощной лайкой. Веста, проводив хозяина до сельсовета, вернулась исполнять приказ: «Ждать и охранять».

- Ну, что не придет сегодня наш Артемушка? - каждый вечер спрашивала женщина у собаки.

Веста подбегала к порогу, поднимала чуткие уши, шумно втягивая лесной воздух влажным носом, долго стояла неподвижно. Потом, тряхнув головой, словно отогнав грустные предчувствия, громко вздыхала и возвращалась к ногам Азы, сидевшей у печки на низкой табуретке и мастерившей одежку для девчонок. Охранную службу Веста несла исправно. Ранним утром и поздним вечером совершала пробег вокруг избушки: не подходили ли чужие? Яростно метила свою территорию, чтобы ни какая зверюга не надумала в гости заглянуть. Бесстрашная Веста с молодых лет с хозяином в охотничьих переделках уму-разуму набралась. Знала трусливость быстроногого зайца, ленивое равнодушие сохатого, его не тронь, он и лапой не двинет, хитрое коварство лисицы. Еще знала, в лесу голос подавать без причины не дело. Это в деревне пустобрехи живут. Насмотрелась она на них. Треснет ветка в саду, яблоко упадет или курица в траве запутается, деревенские гавкалки уже во всю глотку тревогу бьют. Ну, не тупость ли беспросветная? Был у Весты уговор с хозяином, если в лесу человек появляется, тут уж непременно нужно злобно рыкнуть. В лесу должен быть порядок, и хозяин только один.

И вот однажды молчаливая охранница вдруг подала голос, но не сердито-злобный, а удивленный.

Азка выглянула в оконце и ахнула. По неприметной тропинке, ведущей к домику, плелась, прихрамывая, странная фигура.

На приближающемся человеке была напялена одежда, явно с чужого плеча. Огромная телогрейка, подпоясанная крученой веревкой, ватные штаны, торчащие шарами над серыми валенками, и завершала двигающееся сооружение кепка, поверх которой был повязан бабий платок. Веста бежала сзади. Если идущий останавливался, собака носом его подталкивала вперед.

- Уф! - выдохнул человек возле избушки, нерешительно стукнул в дверь рукой, обмотанной каким-то тряпьем.

- Есть кто-нибудь? - осторожно спросил.

- Есть-то, есть, - воинственно настроенная Азалия вышла к незнакомцу, - ты кто, таков будешь? - за спиной женщина прятала руку, сжимавшую металлическую кочергу. - Если супостат, по голове хряпну без промедления.

- Я, Лерик, из Сосновки. С улицы Лесной, дом двадцать пять, - почти прошептал пришелец. Казалось, еще одно мгновение, и силы оставят это тело, закутанное в нелепое тряпье.

- Что!? - изумленная Азка приблизила свое лицо почти вплотную к чужой бледной физиономии.

Она знала другого Валерика, румяного пухлощекого мальчика, которого каждое лето привозили родители на парное молоко и деревенский воздух к высокой седовласой Анне Ароновне, грозной учительнице, наводившей страх не на одно поколение деревенских жителей.

- Лерик! - летел над улицей зычный голос. - Делу время, потехе час. Пора к занятиям приступать.

Кудрявый мальчик вздыхал, вежливо прощался со своими уличными дружками и возвращался в комнату, где его ждали изящная, как девочка с тонкой талией, скрипка и тетрадь, усеянная черными кружочками.

- Если ты действительно, тот мальчик Валерик, то должен помнить Азу из дома напротив. Ты еще с моими меньшими водился, Бориской, Ленькой, Юрчиком.

Мальчишка шмыгнул носом. По лицу потекли слезы, оставляя светлые полоски на сером лице.

- Ты чего это? Чего? Весь задрожал, чем я так тебя напугала? - Азка ввела парнишку в дом, и они вместе стали разматывать его одежды.

- Худущий-то какой, одни мослы торчат. Болел, что-ли?

За печкой подали голос малышки.

- Так, я пойду девчонок подкормлю, а ты за занавеской помойся, там рукомойник, таз, ведра с водой. И все грязное с себя сними. У меня мужниной одежды много.

После сытной похлебки Лерик разомлел, темные глаза подернулись сонной поволокой.

- Устал, да? Ну, расскажи, хоть чуть-чуть, - Азка с нетерпением смотрела на парнишку, - я ведь здесь, как осела в глуши, так ничегошеньки и не знаю. Вот, думала, девчата немного подрастут, и вместе отправимся в деревню.

- Пока никуда идти нельзя! - по-мужицки солидно произнес Лерик.

- А что, так страшно? - Азка открыла рот, как любопытная девчонка.

- Не то слово…

…В июле на сходке в сельсовете председатель колхоза, высокий худой с пшеничной челкой, Афанасий Петрович, обвел строгим взглядом притихших земляков.

- Мы одолеем обнаглевшего немца, если выступим всем миром. Предлагаю записаться добровольцами, - и размашисто написал на чистом листе свою фамилию.

- А, как же хозяйство, урожай? - забеспокоилась агрономша.

- Думаю, Евдокия, - произнес Афанасий уверенным голосом, - к осени вернемся на свои поля.

С первым снегом посыпались в сельсовет бумажные квитки, которых пуще всего боялись деревенские женщины. Почтальон Тамарка голосила вместе с овдовевшими бабами.

Утонула, съежилась в снегах деревушка. Кружили над темными домами печальные новости: наши войска отступают, голодает и замерзает в жестоком кольце блокады Ленинград.

Лерик отыскал в комоде у бабушки полотняные мешочки и складывал в них сухари, сушеные яблоки, засахаренные конфетки, беспечно рассыпанные еще довоенным временем на полках буфета.

- Растает снег, и отправлюсь к своим, в город, - мечтал мальчишка, засыпая.

Долгими январскими ночами приходил к нему один и тот же сон.

В их большой комнате, окнами на Мойку, светло и празднично от люстры, игриво позвякивающей хрустальными висюльками. Мама, пухленькая, черноволосая, в блузке с кружевным воротничком хлопочет возле круглого стола. Сестренка Оленька в розовом капорке агукает в кроватке. Сам Лерик в дедушкином кресле-качалке листает журнал «Вокруг света». Вдруг распахивается дверь, и отец, как всегда после концерта, нарядный, возбужденный, с букетами цветов, вбегает, белозубо улыбаясь. Целует всех по очереди:

- Как же я соскучился!

- Левушка, сейчас ужинать будем. Я твой любимый форшмак приготовила, - мама вытирает полотенцем руки.

- А, где же ваза? Сынок, будь добр, сходи на кухню.

Лерик идет по коридору, узкому, темному, который приводит его в обугленный черный лес.

Мрачными тенями полнятся липкие сумерки. И вдруг среди пепла он видит яркие контуры знакомых предметов, так выглядывают из травы порой невероятные цветные шляпки грибов. Откуда они здесь? Синяя с золотой каемочкой мамина чашка, красная в три шарика погремушка сестренки, дедушкины напольные часы. Их циферблат медно сияет, а стрелки вздрагивают, как крылья стрекозы. Сколько же прошло времени? Я ведь всего на минуту вышел из родной комнаты? Мама, папа, где вы? - кричит Лерик и просыпается, всхлипывая от тревожной тоски.

Еще долго в неутешных снах мальчик будет искать своих родных, чьи голоса навсегда затихли тем лютым январем.

Осколок снаряда, влетевший ранним утром в комнату, окнами на Мойку, угодил точнехонько в циферблат часов. Старинный механизм, содрогнувшись от жгучего удара, вдруг завел свою мелодичную песню.

Лия мгновенно вскочила с кресла, где она чуть задремала после бессонной ночи. Два дня назад муж ушел за водой и еще не возвратился.

- Олюшка! - вдруг вскрикнул женщина.

Но крохотный острый осколок оказался проворнее. На бледном детском височке вспыхнули густые красные капли. Оленька так и не проснулась.

- Бежать, бежать, отсюда! - Лия, завернув малышку в одеяло, впопыхах накинув на себя шубку, шарфик, понеслась в морозную стынь.

- Лева, Левушка! Ты где? Вы не видели моего мужа? - кричала обезумевшая от отчаянья женщина, - прижимая к себе еще теплое тельце дочери. - Он дирижер, с такими черными глазами. А с ним наш мальчик. Валерик и девочка, кудрявенькая с розовым бантиком. Скоро ужин…

Редкие встречные мрачно и тяжело проходили мимо.

Лия упала, споткнувшись обо что-то темное, холодное, большое. Бревно ли? Человек замерзший?

- Доченька, тебе не больно? - чуть вздрогнули потемневшие застылые губы.

Волнистая каракульча соскользнула с плеча. Белой змеей рядом закружилась морозная вьюга и жадно стала вгрызаться в женскую плоть.

А Левушка, совсем недалеко, в трех улицах, возвращался домой. Шел он очень медленно, опасаясь, что любое резкое движение нарушит гармонию равновесия, и драгоценный груз опрокинется.

На детских санках стояли три бидона с чистейшей водой. Но это еще не все! Вчера ему крупно подфартило: он обменял чайный сервиз, синий с золотой каемкой на пачку еще довоенного печенья «Привет», две селедки, - форшмак, Лиечка, можно приготовить, - и куль картохи, деревенская, крупная, надолго хватит. Да, еще заботливый отец семейства не пожалел своих фамильных часов на цепочке, увидев, как мордатый меняла вытащил из объемного саквояжа бутыль подсолнечного масла и два коробка спичек.

- С рынка, жидок, вернулся, да? - вдруг шагнула навстречу в подъездных сумерках тень, головы на две повыше скукоженного дирижера.

- Вася, ты меня не узнал? - хотел Левушка спросить у верзилы, очень похожего лицом на сына дворничихи Полины. На обледеневших санках и для нее был бидончик с невской водицей.

Ничего не успел спросить и сказать. В голове от тяжелого удара зазвенело, зафальшивило.

- Первая скрипка, тактовый знак пропустили, и форте приглушить. Лиечка, милая, я сейчас. Скоро лето...

Жаркая пелена наполила на глаза, кислый запах крови поплыл над ступеньками каменной лестницы.

...Весна в деревенских домах начинается с зеленых ростков на подоконниках. Еще во дворах стынут сугробы, а хозяйки хвалятся:

- Мои помидоры нынче справно поднимаются, да и огурки схватились.

Проснувшись, Лерик первым делом подбегал к домашнему огородику. Отчего-то раньше городскому мальчишке чужды были подобные волнения. Взойдет - не взойдет? А сейчас, появляющиеся зеленые новорожденные стрелки, словно несли успокоение: все будет хорошо!

- Бабуля! Ох, какой здесь смешной кругляш появился. Что у нас в этом ящике посажено? - неожиданно радостный возглас оборвался в шепот. - Солдаты.

- Немцы, - выдохнула подошедшая сзади Анна Ароновна.

Лерик глазами, расширившимися от ужаса и неизвестности, что теперь будет-то, впивался в лица проходивших совсем близко мужчин в форме. А они были совсем обычные. Молодые и постарше. Румяные, бледные, с конопушками. Лерик еще больше удивился, когда солдат со светлыми усиками подмигнул ему и улыбнулся краешком пухлого рта.

- Чего же теперь ожидать? - Анна Ароновна никак не могла успокоиться. Наспех попив чаю, начала собирать сумку, с которой раньше ходила в магазин. - Что нужно взять, что нужно? - терла виски и растерянно оглядывалась по сторонам.

- Всем жителям Сосновки собраться у сельсовета! - раздалась команда голосом, который даже через маловнятный рупор узнали все сельчане.

- Видали, - поджала губы соседка Екатерина, - наш Афоня с немцами спелся.

- Этого не может быть, - горячилась агрономша.

- На белом свете все может быть. Мы и про войну не верили...

Лерик ничего не понимал. Почему Афанасий Петрович, которого уважали и побаивались в трех деревнях, стоит рядом с автоматчиками. Председатель выкликивал фамилии. Глаз не прятал, смотрел открыто и жестко. Но Лерику показалось, что глаз вовсе не было. Стекляшки! Которые не реагируют ни на свет, ни на знакомые лица. Неровным строем двинулись по вязкому серому снегу. В соседней Пихтовке толстая баба в телогрейке, завидев председателя с двумя автоматчиками, завопила:

- Ирод, предатель! Пусть кости твоей матери перевернутся в гробу. Знала ли Машка, кого родила?

- Мальчать! - немец нацелил металлическое дуло на мощную грудь, обтянутую серым ватником.

Лерик не сводил глаз с председателя. Уж, очень облик этого человека разнился с тем, которого он видел раньше. Нет васильковых глаз, а чуб, прежде солнечно-желтый, теперь серый, словно грязным снегом присыпанный.

- Что вы, бабы, молчите? - будоражила торопливым говорком тетка в телогрейке. - Скоро уже и железнодорожный переезд, а там, поминай, как звали. В товарняк загрузят. Кто живой доедет, будет на немчуру горбатиться. Бежать нужно! Всем скопом рвануть, и была, не была!

- Прекратите паниковать, - неожиданно строго прервала смутьянку Анна Ароновна.

А через несколько минут, когда перелесок спустился к самой дороге, она наклонилась к внуку и горячо прошептала:

- Беги, родной, ничего не бойся. Ты должен жить! - и изо всех сил толкнула Лерика в тень кустов.

- Стоять! - немец, видимо, услышал какие-то посторонние звуки.

- Кто нет в список? - прищурился в сторону Афанасия Петровича и вскинул дуло автомата.

Женщины опустили головы. Лишь Анна Ароновна, не мигая, смотрела в знакомые светлые глаза.

- Ну, что, Афоня, справился?

Вихрастый затылок склонился над партой. Скрипит перышко. Ох, и трудно пишутся у непоседы буквы. Расползаются вкривь и вкось. «Ма-ма. Ро-ди-на. Са-ба-ка»

- Ну, почему у тебя опять «собака» через «а»?

- Она же лает: «Ав, ав», - сметливый паренек лукаво улыбается.

- Ах, Афоня, Афоня…

- Все по списку, - металлическим голосом доложил председатель. - В путь!

Всю ночь Лерик брел по оврагу. «Не спать, не спать», - напевал маленький скрипач про себя на все лады и тональности. В памяти оживали жуткие истории о том, как замерзали утомленные путники на снеговых подушках под коварно-сладкую музыку метели. А когда, наконец, рассвело, мальчишка обнаружил, что заблудился. Не было видно ни той вчерашней дороги, ни другого, какого-нибудь знакомого местечка. Он начал метаться в одну сторону, другую. Падал, вставал, стонал, ревел в голос. Молчал большой равнодушный лес.

- На минутку присяду, отдышусь, - решил Лерик, приметив торчащую из снега макушку широкого пня. Волна сна его накрыла мгновенно.

- Сынок, - ласково звала мать, - садись с нами за стол. Над синей чашкой поднималось ароматное облачко. Отец, сестренка протягивали руки. - Ну, иди же к нам.

Веста, встревоженная чужими следами, неслась по оврагу во всю прыть. А вон и нарушитель лесного порядка. Ну, и смешной же человечек! Зачем-то свернулся в комочек и не двигается. Горячим языком Веста начала лизать бледные щеки, тихо поскуливая. Лерик открыл глаза.

- Собача. Я тебя в деревне видел. Здравствуй!

И, как же удивился мальчишка, когда собака повела его в самую глубь леса, хотя он ей втолковывал, что ему нужно найти дорогу в Сосновку.

После долгого, путаного, с частыми передышками рассказа, Азка какое-то время передвигалась, как молчаливая тень. Немая тоска матери прорвалась отчаянным детским криком. Малыши хотели есть, а значит жить.

- Что же это я, - спохватилась Азка, внезапно очнувшись, словно после кошмарного сна. - Слезами и хандрой не верну ни мужа моего, ни родителей с братьями, а для крошек моя душевная хворь губительна. Вот уже и молоко стало пропадать... - Ну нет! - дочь цыгана страстно погрозила кому-то в небесах. - Мы выдюжим. Значит, так, Валерка. Будем пока жить здесь. Девчонки на ножки встанут, окрепнут, а там, глядишь, и война закончится, выберемся из леса. Вместе и до Ленинграда доберемся.

Все военное лихолетье прокантовались они в крепком добротном доме лесничего. Артемкин лес кормил, обогревал, охранял.

- Батюшка, свят, свят! - седой дедок приложил ладонь к прищуренным глазам, вглядываясь в странную группу, появившуюся на деревенской околице. Впереди бежала крупная лайка. За ней худая смуглая женщина толкала перед собой объемную телегу, на которой поверх тюков восседали две девчонки-куколки в пестрых платочках. Завершал процессию черноволосый паренек, тянущий за собой немыслимые сани, чем-то тяжелым груженые.

- Акимыч! - радостно окликнула деревенского старожила белозубая странница. - Ты не меняешься, сколько себя помню, ты всегда одинаковый...

- А, что мне будет? Новая нога не вырастет, - дед для пущей убедительности постучал деревяшкой, торчащей из штанины, седина в чернь не перейдет, а вот глаза, как в молодости, не обманывают. Ты никак Азалия, лесная красавица, а тот кучерявый голубчик - Анин внучок будет.

- А мы чьи? - подали голос девчонки, нисколько не испугавшись старичка, словно вышедшего из долгих сказок, слышанных от маменьки и Лерика.

- А вы? - Акимыч не смутился. - Наши, сосновские. Добро пожаловать! И айда, буду вам хозяйство сдавать.

Рачительный крестьянин, Антон Акимыч Прудников, после того, как жителей Сосновки угнали к железнодорожному переезду, обошел все опустевшие дома. Почистил, вынес все, что может сгнить, испортиться и составил списки ценных вещей. На разлинованном листке, выданном Лерику, значилось. «Опись. Балерина белая, блестящая. Взята с этажерки. Шкатулка, в ней брошь, две гребенки, колечко с камушком. Скрипка. Пять тетрадей с нотными закорючками. Книги». Акимыч не поленился и переписал все названия книг из библиотеки учительницы. Открыв дверь ключом, старик протопал вперед.

- Порядок! Все на месте. Принимаешь, хозяин? - крепко пожал руку вконец растерявшемуся пареньку.

- Мы думали, что все сгорело, ничего не осталось, - тараторила взбудораженная Азка.

- Слава богу, нашу Сосновку обошло стороной. А рядом, почитай, все деревни сгорели. Вот начнут люди возвращаться, и заживем, как прежде, - голубые старческие глаза повлажнели.

Девчонки перебегали от дома к дому и кричали «ау»! Словно боялись заблудиться. Только на картинке они видали такое количество домов.

- Азалия Григорьевна, а ты, смотрю, в свою хату не торопишься? - кашлянул в кулак Акимыч.

- Не пойду, - чистосердечно призналась Азка. - Там хозяйкой маманя была. Пусть первой и переступит порог, когда вернется.

- И то верно, - согласился дед. - Ты давно от них, как отрезанный ломоть. А его, как известно, к буханке уже не прилепишь.

В бревенчатом доме учительницы жил особый дух. Манили книги на полках, завораживали картины на стенах. И скрипка! Наконец-то она запела. Порывы человеческой души непредсказуемы. Когда-то мальчишку буквально загоняли на уроки музыки, а теперь не оторвать усердного ученика от инструмента.

- Да, мой мальчик, я доволен тобой. А не попробовать ли нам вместе вот этот концерт? - Лерик видит в нотном альбоме карандашные пометки, сделанные легкой рукой отца. Оживают в памяти разговоры, и родной голос увлекает за собой рождающуюся мелодию. Только с сумерками устает и смолкает скрипка.

- Ну, еще чуть-чуть, - тоненьким голоском просит кто-нибудь из девчонок. Сидят они на низкой скамеечке, как две притихшие птички, склонив набок головенки.

Светлые волны музыки подхватывают и Азкино беспокойное сердце.

- Ах, как в Ленинград хочется, - однажды призналась Азалия. - Буду на заводе работать, в школу вечернюю пойду, девчонок в садик определю. Потом куплю им фортепьяно.

- А я, - Лерик, задыхался от будущего счастья, зайду к себе домой и скажу: - Мама, папа, Олюшка, я вернулся!

Дед Акимыч, ходячая политинформация, по воскресеньям навещал соседей. И, откуда он, лукавый старик, все знал? Сводки с фронтов, про жизнь в Ленинграде, про грузовики на дорогах. Ближе к осени он пообещал подсобить с оказией в город.

Оказией оказался зелено-бурый грузовичок, на борту которого сидели молчаливые бородатые люди.

- Вы кто? - любопытная Беллочка вскарабкалась на колени к самому привлекательному на ее взгляд, конопатому рыжеволосому мужику.

Конопатый растянул улыбку на широкоскулом лице и прошептал, щекоча усами, ухо:

- Слово такое слышала, «партизаны»?

- Нынче уж можно не шептаться! - хохотнул высокий бородач, сверкая глазами в сторону Азки, принарядившейся по случаю отъезда в шелковую косынку цвета мака и шерстяной жакет, перехваченный на тонкой талии лаковым пояском.

Шумный экипаж балагурил, курил, насвистывал. Во время короткого привала Азка угощала всех солеными огурцами, лепешками и компотом из сушеных яблок.

Лерик так волновался перед встречей с родным домом, что не мог проглотить ни кусочка. Он сидел под золотым куполом березы, крепко прижимая к себе футляр со скрипкой.

- Эй, музыкант! - крикнул рыжий, - если ты не хочешь есть, так, может, сыграешь нам?

- Я не знаю, что вам понравится?

...Мальчик с черными локонами притушил ресницами горящий взгляд и взмахнул смычком. Вулканом вырвались звуки, которые переполняли хрупкое существо.

- Карманьола! - в восторге простонал эмоциональный зал.

Но, что сотворил с простенькой песенкой, подхваченной французской революцией, этот неизвестный мальчишка из занюханного переулка Черной кошки! О чем мечтал в день своего первого концерта тринадцатилетний Николо Паганини? Слышал ли восторженные рукоплескания изысканных залов Вены, Парижа, Берлина, ведал ли, что за неистовый и страстный талант люди обвинят его в связи с дьяволом...

Но уж точно не мог предположить застенчивый итальянец, что спустя сто с лишним лет, его ровесник, Валерка Спицын, на лесной поляне, подсвеченной золотом осени, свой необычный концерт начнет с музыки, рожденной под солнцем Генуи. И прослезятся бородатые слушатели, а сам музыкант, застеснявшись нахлынувших чувств, убежит в чащу и, уткнувшись в траву, пахнущую зрелым солнцем, будет рыдать.

Остаток дороги скоротали молча.

- Ну, вот и Питер! - бородач поднялся во весь рост, раскинул руки, словно хотел обнять все, что видел глаз.

Лерик крутил головой, узнавая и не узнавая город. Город имел вид увечного, безнадежно больного страдальца. Весь он был пропитал жуткой смесью запахов долгих пожарищ, гниющего мусора, человеческих испражнений и дуста.

- Нас где-нибудь ближе к Мойке высадите, - отчего-то испуганно попросил Лерик бородатого.

- Че, надо-то? Колотятся, как к себе домой? - тетка, замотанная по самые брови в платок неопределенного цвета, в серо-бурой телогрейке, перехваченной под грудью веревкой, крепящей фартук дворника, тяжело и шумно поднималась по лестнице.

- Где Спицыны? - Лерику казалось, что громко бухающее сердце разорвет сейчас грудную клетку.

- И-и, спохватились, - тетка высморкалась прямо себе под ноги. - Где? Уж, почитай, как года четыре на том свете. Брат покойного хозяина появлялся, кой-какие вещи забрал. Ногами топал, пошто я нотой печь топила. Как же, буду я еще перед жидами ответ держать. И комод спалила, и этажерку резную и дубовый короб от часов. Холода-то какие стояли... Сынка хотела уберечь. А его какие-то твари на рынке прирезали. Постовой, ну не дурак ли, сказал, что, дескать, парень мой в бандитах ходил. От своих и получил перо в бок. Ох, люди! Мой Васек и мухи обидеть не мог!

- А мама, где мама? - у Лерика вздрагивала челюсть.

- Чего? - не сразу поняла горластая тетка вопрос. - А, так это ты, Валерка, как это я не углядела сразу. Ну и скрыпочка при тебе. Мать твоя на улице примерзла. Спрятаться решила от бомбежки. С девчонкой вместе. Вот такая наша жизнь. Но ты не думай, моя семья квартиру по закону заняла. У меня и справка с печатями под матрацем спрятана, - тетка достала из кармана фартука связку разномастных ключей.

Лерик несколько секунд, как завороженный, не сводил глаз с ключа, проворачиваемого красной припухлой рукой. Потом парень резко развернулся и бросился бежать по ступеням.

- Лелик, Лелик! - встрепенулись девчонки, еще не выговаривающие букву «р».

Две двери, подъездная и квартирная, хлопнули одновременно. Азка с дочками остались в чужом неприветливом мире. Девчонки захныкали.

- Ничего, остынет и вернется наш Валерик. Он ведь знает, что в этом городе у нас никого нет. Может, он к своему дядьке побежал… Лерик не появился ни к ночи, ни утром. Девчонки выспались на широком подоконнике в парадной. Благо в чемодане были кофты и юбки, которые послужили периной. Перекусили холодной картошкой, запили компотом. Ну, мамка, вперед!

Удивительно устроена человеческая память! И думать забыла женщина о золотоволосом артисте из гастрольной бригады. Сколько лет минуло. Артем, война, рождение дочек отодвинули и размыли мимолетный силуэт из весеннего марева. И вдруг в сегодняшний растерянный день, когда голова начала болеть от мыслей: «куда податься, где найти ночлег?», выкарабкался из запасников тихий голос.

- А, знаешь, Азочка, какой я в Питере известный человек. Спроси на Лиговке любого, где Жора-циркач обитает? И точнехонько к дому семнадцать подведут, да под моим окошечком свистнут.

А что? Другого адреса в ее памяти нет. Попробовать? Поблуждать пришлось изрядно. Неразговорчивые прохожие вяло махали руками, указывая направление. А поди, разберись в паутине улиц! А тут еще новая досада: оторвалась ручка от фанерного чемодана, который смастерил ей в дорогу Акимыч. Остановившись посреди Невского проспекта, Азка нарыла из разноцветной кучи самые нужные вещицы, в основном детские, завернула в большой плат и перекинула через плечо. Легко-то как стало!

- Гражданка, вы ящик забыли, - окликнул кто-то сзади.

- Ай, отстань, - отмахнулась уставшая женщина. - Можешь, все себе забрать, - пробормотала, даже не оглянувшись.

Девчонки хрумкали сухари и, как обезьянки, прыгали рядом. Им все было нипочем. Наконец, улица Жуковского уперлась в Лиговский проспект.

- Ох, какой же дом семнадцать будет? - почти простонала измотанная женщина.

Мальчишка в тюбетейке подкидывал ногой полусдутый мяч и, не отрывая взгляда от своего ботинка, спросил:

- Кого ищете?

- Мне нужно видеть Жору-циркача, - растерянно произнесла Азка, сама, удивляясь нелепости этого желания.

Мяч плюхнулся мимо ноги футболиста.

- В эту арку зайдете, увидите, - мальчишка совсем не удивился.

- Вот это явление! Красотуля, ненаглядная! - мужчина со светлой шевелюрой и ясно-голубыми глазами выразительно прищелкнул языком.

- С прибытием! Присаживайтесь рядом, мадмуазель, - он картинно смахнул воображаемые пылинки со скамьи.

- А я вот отдыхаю после рабочего дня, - он набулькал в алюминиевую кружку бурую жидкость из банки.

- Скажу честно, по лицу твоему вижу, знакомы мы. А вот имечко вылетело из головы. Контузия, ничего не попишешь!

- Из Сосновки я. Азалия. А то дочи мои - Уличка и Беллочка.

- Ты мне, что ли их шьешь? - пшеничные бровки недовольно сбежались к широкой переносице.

Девчонки наперегонки бегали по дворику, собирая золотые пятачки листьев.

- Ох, и устала я, - произнесла женщина тихо, словно не обратив внимания, на вопрос.

- А ты, что думала? - Жора смастерил самокрутку. - Город не деревня. Здесь трудно всем. Я вот на передовой был. Выступал. Дух боевой солдатам поднимал. А потом под обстрел наш экипаж цирковой угодил. Живой остался, - он вдруг всхлипнул. - Только цирк закрыт для меня теперь. Ноги, руки плохо слушаются, память отказывает.

- А, где ж ты теперь? - участливо откликнулась Азка. - На заводе? - ей казалось, что все городские непременно трудятся у станков.

- Обижаешь, красотуля. Я ведь артист. Без публики жить не могу. На рынке выступаю. Пою, декламацию делаю.

- И платят? - округлила глаза женщина.

- А то! Но чаще продуктом, вот славным напитком. Хочешь? - он протянул Азке кружку.

- Нет, - покачала головой. - Я спать хочу. Всю ночь в парадной ютились.

- А мою комнатенку засыпало. Хорошо, вдовушка со второго этажа меня приютила. Живем!

- Пойду я…

- Скатертью дорожка!

Как выматывают чужие улицы! Как пьет силы унылый камень… Азка еле брела. Вдруг чуткие ноздри уловили теплый деревенский дух. Над серым неприметным строением дышало ароматное облако. Азка толкнула тяжелую дверь.

- Куда прешь, цыганский глаз, здесь тебе не табор, а хлебозавод, - из окошечка вахтерской будки, дощатой и свежевыкрашенной, высунулась лысая голова, похожая на пестрое маленькое перепелиное яйцо, на котором кто-то торопливый нарисовал черные щелочки глаз, крючок носа и волнистую нить узкого рта.

- А у нас папка на фронте погиб, - вдруг топнула ножкой Ульянка.

- И Валерик сбег. Нет у нас ничегошеньки, - вытаращила светлые глазенки сестрица.

Азка села на пол и зарыдала, вытирая слезы шелковым платком цвета мака.

- Мама! Мамочка, - девчонки прижались к худым трясущимся плечам и заревели также отчаянно громко.

- Что за представление? - в распахнутую дверь буквально влетел невысокий, ловко скроенный человек в кожаной куртке. За ним тенью мерил шаги высокий блондин в сером драповом пальто. Человек в кожаной куртке повернулся к Азке. Ревущая троица мгновенно замолкла, раскрыв рты от изумления. На широкоскулом рябоватом лице светился один глаз, другой прятался под черной повязкой.

- Вдова? Без жилья? - на короткие вопросы хриплого голоса Азка лишь кивала головой.

- Трухин! Разобраться и доложить.

Блондин вздохнул. Ну, сколько ж можно! Все эти тетки будто знали, что «Кутузыч», как за глаза называли директора завода, Владимира Владимировича Николаева, похоронил всю семью - мать, жену, двух детей. На жалости хотят сыграть. Якобы своих не уберег, другим помоги. Ну, никогда, он, Трухин, не поверит, что, будто случайно забрела на завод эта деревенская цыганка. Ох, уж это сарафанное радио! Николаеву-то, что? Распорядился и забыл. А ему, грамотному, перспективному специалисту, возись с бестолковыми бабами. Общежитие им дай, работу предоставь. Мороки сколько с бумажками разными. А у них еще дети сопливые… Фу, ты!

- Что ты умеешь делать? - высокомерно спросил Трухин у оробевшей женщины.

- Все! - Азка раскрыла ладони, твердые и шершавые от мозолей.

- Новенькая? - высокая, коротко-стриженая женщина вытирала полотняным полотенцем оловянные ложки. - У нас от обеда суп гороховый остался. Поешьте!

Вот такая шикарная жизнь началась у Азки. Ей с дочками выделили две койки с тумбочкой. Настоящее царство-государство. Позже, по примеру соседок, Азка украсит свой уголок полотняной дорожкой, расшитой цветами, и картинкой, на которой застенчивая березка склонилась над прудом. Жили женщины одной семьей, готовили, убирали, за детишками присматривали по очереди. Общими были юбки, кофты, туфли на выход.

- Хорошо, что мы сейчас все одного размера, дистрофичного, - невесело шутила коротко-стриженая Лидия, наблюдая, как Алия примеряла кофточку у осколка зеркала.

Как любила, как жалела, как гордилась Азалия своими новыми подругами.

Лидия. Седой ежик волос. Кожа желтоватая, морщинистая. Ноги тонкие с распухшими коленными чашечками. Старуха? А пять лет назад...

- Вы только посмотрите, какую красавицу наш Сеня в Белоруссии отыскал, - возбужденно зашумела коммуналка на Фонтанке, когда Арсений с женой и двумя сыновьями прикатили в отпуск.

Статная, с русой косой и кроткими серыми глазами Лидия угощала соседок розовым салом с чесночным духом, хрусткими солеными рыжиками и тающими во рту оладьями из картофеля.

- Мама, поедемте к нам жить, - ласково уговаривала Лидия свекровь, - какой дом дивный мы подняли. Малина, крыжовник, сморода. В районе Сеня на хорошем счету. Ведущий специалист по агрономии.

- Спасибо, спасибо! - искренно откликалась невысокая, хрупкая, с молочными кудряшками Валентина Павловна. - Только куда ж я без Ленинграда, без школы своей. Вот, послезавтра еще один выпускной вечер, - она любовно выглаживала утюгом кружевные оборки на блузке.

Крупный рыжий кот сидел на углу стола и пытался мохнатой лапой успокоить шевелящуюся теплую ткань кофточки.

- Мотя, ты мне не помогаешь, а мешаешь, - нарочито строго выговаривала гладильщица.

Мальчишки, розовощекие, с блестящими глазенками, звонко смеялись, наблюдая за бабусей и котом.

Похоронка на Арсения пришла в тот день, когда по довоенному календарю семья планировала после отпуска возвращаться домой.

- Это ошибка. С моим мужем ничего не могло случиться, - не поверила Лидия и спрятала бумажный квиток подальше от глаз свекрови.

Валентина Павловна узнала о гибели сына раньше невестки. Страшную весть сообщила ей бывшая ученица Ребрикова, которая после седьмого класса трудилась на почте.

- Не буду никому говорить. А тем более Лидии. Зачем травмировать молодую женщину? Ей нужны силы, чтобы растить сыновей. Вон, она, бедная, все глаза выплакала, как пришло известие о том, что родная деревня сожжена дотла. Так и молчали две женщины. Но, как это было невыносимо! Скрываемая боль выжигала сердце.

На соседней улице, в школе, где Валентина Петровна учительствовала больше тридцати лет, организовали госпиталь, куда и устроилась Лидия санитаркой. Раненые все прибывали и прибывали. Лидия по два-три дня не появлялась дома. Первая блокадная зима, лютая и безжалостная, набросилась на наивный, неподготовленный город, как прожорливое чудовище. С улиц не успевали убирать обледеневшие трупы. Старший сын Лидии, шестилетний Костик, захлебнулся в проруби, пытаясь зачерпнуть в детское ведерко невской водицы.

В новогоднюю ночь в очереди за хлебом у Валентины Павловны выхватили карточки на месяц. В незапасливом доме учительницы не осталось ни крупинки. Тоненько всхлипывал и икал от голода и жажды трехлетний Гринька, вот-вот должна была вернуться с работы невестка. Что делать? Когда Лидия часа через два переступила порог комнаты, она словно попала в иной, довоенный мир. Раскаленная буржуйка расточала африканское тепло. Серебрились стеклянные шары на тяжелой еловой ветке. А запах! Такой сытный, такой вкусный! У Лидии даже закружилась голова.

- Спалила всю немецкую классику, добавила английских романтиков, - как-то уж слишком бесстрастно сообщила свекровь. - Гриньку так накормила, что он за столом, осоловевший заснул.

- Вы, мама, наверное, на рынке что-нибудь удачно выменяли? - Лидия наворачивала суп. Наваристый, жирный, с мяском и хрящиками.

Эх, еще бы тарелочку. Но нет! Кастрюльку нужно растянуть на несколько дней.

- А вы-то хоть поели?

Свекровь вдруг затряслась, скрючилась. У нее открылась рвота.

Через день Валентина Павловна умерла.

- Уж, слишком чувствительна, - соседка бабка Граня перекрестилась, когда захлопнулась дверь за госпитальным гробовщиком.

- Мы же вместе с ней оприходовали ее котяру. Ну, подумаешь, десять лет при ней жил. Был Мотя, а стал супом и студнем. Я вон с хвоста шерсть стянула и хрящики меняю на крупу. У всех желудок переваривает...

- Душа у нее не переварила! - оборвала Лидия нахальный голос.

Теперь на работу белоруска ходила с Гриней. Не оставишь же малыша с чужой старухой, у которой глаза блестели, как у голодной волчицы. По городу уже ползли слухи о том, как пожирали маленьких детей. В госпитале Лидия познакомилась с Николаевым. Он пообещал жилье, работу. И не обманул.

...У зеленоглазой, черноволосой татарочки Алии своя была история. В Ленинград молодая женщина приехала рожать. Деревенский доктор, бородатый, серьезный и очень уважаемый человек, настоятельно советовал:

- Милая моя, если не хочешь потерять дитя и остаться здоровой, езжай в большой город. Плод крупный, расположен ножками вниз, а у тебя бедра узкие, как у мальчишки. Сама не разродишься.

- Все бабы здесь рожают и ничего! - рассердилась родная мать, когда Алия купила фибровый чемоданчик.

Молодой муж, порывистый и горячий Ильдар, влюбленный в свою зеленоглазку, и слушать не хотел никаких возражений. Раз доктор сказал: «Надо», значит надо! Весной Ильдар доставил свою королеву в клинику.

- Берегите мое сокровище, как зеницу ока! - сверкнул угольными глазами в усталое лицо регистраторши, и отбыл в свои ремонтные мастерские, готовить технику к посевной.

Шестого июня смуглый черноглазый малыш голосисто поведал миру о своем появлении. Роды были сложными. Новорожденный богатырь, словно забрал все жизненные силы у юной мамочки. Только через месяц Алия стала приходить в себя. Но уже ничего не значила маленькая планета по имени «семья» в страшной лихорадке войны, сотрясающей всю страну. В конце сентября был сформирован эшелон для эвакуации женщин с детьми. В предпоследнем вагоне расположились молодые мамочки с грудничками. Ехать предстояло несколько суток. Женщины решили укладывать малышей рядком на нижней полке с единственным на весь поезд матрацем, и дежурить по очереди. Остальные могли в это время умыться, перекусить и вздремнуть. Поздним вечером был дан сигнал к отправлению. Застучали колеса. Их мерный перестук перечеркивал вчерашние страхи и волнения. Домой! Алия вскарабкалась на жесткую верхнюю полку и мгновенно провалилась в сон. Проснулась она от резкого толчка, криков, шума. Тревога! Женщины с сонно-безумными глазами хватали плачущие свертки и неслись к выходу.

Как долго бежала Алия! Остановилась, когда почувствовала, ноги больше не держат. Пламя от горящего состава освещало перелесок. Осенние листья мерцали в отсветах страшного пламени, и, казалось, что все горит вокруг: трава, поздние соцветия, березы. Ребенок заплакал.

- Сейчас покормлю тебя, моя кровиночка!

Алия расстегнула кофточку, откинула уголок простынки и обомлела. В ее руках плакал голубоглазый розовый малыш. Детский ротик прильнул к соску, а бедная женщина зажмурилась от слез.

- Где же мой Ильдарчик?

- Не проливай слез, не гневи бога, - выговаривала ей позже сгорбленная седая бабка Груша, в доме которой нашла приют несчастная Алия.

- Ты из огня вынесла чье-то дитя. Твоего сынка другая горемыка спасла. Живи и не жалей своего сердца на любовь. Придет время, отыщешь своего кровного сынка.

Обиделась очень бабка Груша, когда Алия сухо заявила однажды.

- Все, поеду в город сына искать.

Долго маячил у покосившейся калитки сгорбленный силуэт. Прикипела одиноким сердцем старуха к мальцу, к молчаливой хворой молодухе.

Сколько деньков бок о бок пережили. А, вон оно как. Только дорога образовалась, и уехали навсегда.

Вот уже несколько лет рассылает Алия письма в детские дома и приюты. «Ищу черноглазого мальчика, с родинкой на правом виске». Светлоглазому Федьке строгая воспитательница не разрешает называть себя мамой.

- У тебя мама одна, а у меня сын один.

- Давай, поиграем, как будто ты моя мама, - просит шепотом Федя, когда Алия на работе, а за детьми присматривает тетя Юля.

- Сейчас, только Любочку поцелую и буду тебя баюкать, - раскрывает объятия маленькая женщина с волосами цвета позднего солнца.

Феденька замирает от восторга. Юля кажется ему сказочно-красивой.

Вот так же млел при виде рыжеволосой девчонки ее одноклассник Юрка Речкин. Десять лет кряду провожал конопатую егозу из школы, защищал от дворовых пацанов. И на выпускном вечере поклялся любить школьную принцессу всю жизнь. Ни одно девичье сердце не устояло бы перед этой лебединой верностью.

- Я буду твоей женой, - прошептала Юля, когда стриженый под ноль рядовой Речкин пришел попрощаться перед долгой разлукой. Они и целоваться-то толком не умели. Дети в пустой сумеречной квартире. Любовь! Любовь, она должна была родиться. Она и появилась на свет первого апреля. Крохотная, беспомощная. С золотыми колечками волос и серыми лукавыми глазами. И ничего не ведала о том, что юную маму родители выгнали в студеный февральский вечер.

- Буковские - известная фамилия в городе. Ты хочешь запятнать нашу репутацию. Шлюха! Позор! - багровый от гнева отец стучал волосатым кулаком по столу.

- У нас есть хороший врач. Что? Поздно!? А, если папу снимут с должности? И мы будем голодать и мерзнуть, как люди из толпы, - мать нервно курила.

- Ах, так! - непокорная дочь накинула беличью шубку. - Прощайте. - Она скиталась по чужим коммунальным квартирам, ночевала в подвалах, промышляла с воришками на рынках. Пока однажды не схватил ее за руку седой одноглазый человек.

- На нашего Кутузыча мы все молимся!

Еще обитательницы заводского общежития молились на светлый завтрашний день. Упрямо и наивно не веря в гибель близких, своими-то глазами не видели, ждали каждую минуту встречи с любимыми, незабытыми, единственными.

А пока вкалывали на заводе по две смены, стирали штопаное-перештопанное бельишко, накручивали челки на бумажные папильотки, готовили по праздникам винегрет и хмельную бражку. Расторопная энергичная Азка с удовольствием осваивалась в новой жизни. Дежурить с ребятней? Пожалуйста. Надраить до ослепительного сияния окна? А, кто же еще лучше справится! Шила лоскутные одеяла и выплетала разноцветные коврики. Но самым важным делом стал завод. В подсобницах Азка недолго засиделась. Скоро освоила премудрости тестомесов, формовщиков, пекарей. Директор частенько захаживал в цеха.

- Бабоньки, Кутузыч прибыл, - прошелестит взволнованный женский голос.

И тут же кто-то достанет помадный карандаш, чтобы губки освежить, кто-то на талии потуже узелок затянет.

- Идет!

Он помнил по именам каждую свою крестницу.

- Как житье-бытье, Азалия Шеромыжник? - голос серьезный, а единственный глаз, веселый, из него словно голубые искры брызжут.

- В школу вечернюю пошла, - Азка робеет. На смуглых щеках вспыхивает маковым цветом волнение.

- Рад. И уверен, с твоей пытливостью и упорством далеко пойдешь. Школа, техникум, а там, смотришь, и мое место займешь. Цель, Азалия Григорьевна, должна быть высокой и благородной, тогда и жить интереснее.

- Буду стараться, - лепетала Азка, мечтая о новых встречах с этим необыкновенным человеком. В тот день, когда она поступила в техникум, директор преподнес ей букет осенних астр.

- Я в вас очень верю, Азалия, - ласково улыбнулся.

А она неожиданно расплакалась, склонив черноволосую голову к пестрым цветам. Первым в ее жизни цветам, подаренным мужчиной.

- А потом он подарил мне дворец!

Именно так оценила передовик производства, «Ударница труда», ордер на комнату в коммунальной квартире.

- Мама, мама, а как называется наша улица?

- Ой, сейчас, опять забыла, - Азка достала из сумочки аккуратно перевязанные ленточкой бумажки. Выбрала нужную и прочитала по слогам.

- Улица Таврическая, дом тридцать семь. Вот, где мы теперь жить будем.

- Ты кто будешь? - на звонок, металлическая пипочка «прошу повернуть», кряхтя, вывалилась бесформенная фигура в бабьем платке и черном драповом мужском пальто.

- Я ваша новая соседка.

- А, с хлебозавода! Знаю. Заходи. А я так намерзлась. Цельного века не хватит, чтобы отогреться. Вот теперь и летом в валенках и драпах хожу. Я ведь сторожем тружусь.

- А что вы сторожите? - любознательная Беллочка не удержалась.

- Как это что? - возмущенно закашляла фигура. - Сад Таврический! Гляньте-ка в окно. Вон он, какой красавец раскинулся!

Chapter 6

СЕРДЕЧНЫЙ ПРИСТУП

За окном шумел Таврический сад. На новоселье к Азе пришли заводские подруги.

- Вид хороший, раздольный, - Лидия распахнула окно, облокотилась о широкий подоконник, - и воздуха много! Как я хочу домой, - закончила неожиданно и громко щелкнула металлической задвижкой.

- Нет, девочки, вы что хотите говорите, да, и паркет хорош, и потолок высокий, но главное, главное, вы понимаете, есть настоящая ванная комната, - Юля, словно вспомнив комфортные привычки своей довоенной жизни, жмурилась, как разомлевшая кошка.

- Вот дадут горячую воду, - размечталась хозяйка, - и по вторникам мы можем хоть целый день плескаться в ванной.

- Тю, а почему только по вторникам?

- Это наш день законный. Остальные дни соседские. У Спиридоновых семья большая, так им выделили два дня.

- Мама, а мне в общежитии даже больше нравилось, - Беллочка старательно протирала вафельным полотенцем фарфоровые с золотой каймой тарелки, подаренные Азалии заводским профсоюзом.

- А мы из них есть будем? - Федюшка не сводил восторженных глаз со сверкающих дисков.

- Ой! - тарелка выскользнула из детских рук, грохнулась на пол и не разбилась.

- Ну, что же ты так? - Азалия сверкнула глазами. - Не разбилась! Плохо! Неужели у нас здесь не будет счастья?

Беллочка замерла. Тарелка целой осталась, а матушка расстроилась. Разве поймешь этих взрослых?

- Все будет хорошо, - Лидия подняла стопку. - Обживетесь. Стол купите, кровать большую с блестящими шишечками, шторы с зелеными листьями, такие, как в заводском клубе. И забудешь, как сидели мы на новоселье, будто турки на полу.

- Не забуду, - глаза Азалии повлажнели.

- А потом замуж выйдешь, - Алия продолжала тянуть золотую нить повествования о будущем счастье новоселки.

- Мы ее никуда не отпустим! - с набитым ртом пробурчала Ульяна.

- Нам замуж не нужно, - как всегда поддержала сестру Белла.

Ядреная наливка лишь на короткое мгновение развеселила женщин. Посмеялись, пошутили, спели про синий платочек и темную ночь. А потом вдруг загрустили. Словно у каждой в сердце зазвучала своя, только ей ведомая песня неизбывной тоски.

- Ой, бабоньки, не могу здесь больше, так тянет к родной земле, - Лидия приложила широкую крестьянскую ладонь к груди. - Уеду я…

- И мне все постыло. Домой хочу к Ильдарчику, - всхлипнула Алия.

- А мне куда? - простонала Юлия.

Полгода назад у Любочки обнаружили врожденный порок сердца. Ласковая рыжая девочка таяла на глазах. Она уже не могла, как прежде бегать, прыгать, даже громко смеяться не хватало силенок. Тут же начинала задыхаться, губки синели, все тельце становилось влажным. Вот и сейчас Любочка прижалась к матери и тихонько вздрагивала.

- Живи с нами, - совершенно искренне предложила Азалия. - Тебе ведь так ванна понравилась. А, хочешь, я в общежитие вернусь, а ты здесь останешься?

- Мамка, не говори глупостей! - топнула крепкой ножкой Ульянка.

- И то верно, - Юля поцеловала детский золотой затылок. - У нас там свой врач рядышком.

Юля улыбнулась, вспомнив новую вахтершу, маленькую, седую тетю Дусю, вдову некогда известного фармацевта Якова Канна.

- Мой Яшенька больше всех докторов понимал в болезнях и лекарствах. А через него и я научилась.

Многое умела Евдокия Евграфовна. Готовить мази и растирания от радикулита и чирьев, ставить пиявки и специальными компрессами снимать головную боль. Одного не умела - обижаться. Мужа ее арестовали в тридцать седьмом году и отправили на строительство Беломорканала, сама она отмантулила десять лет за колючей проволокой в Сибири.

- Ну и ладно, сетовать-то зачем, такая, знать, судьба дадена!

Даже, когда троюродная племянница по мужниной линии, чернобровая, дородная Жанна прямо с порога ей заявила:

- Писем мы ваших, тетушка, не получали. И знать, не знаем ни вас, ни Якова Абрамовича. Мой муж - коммунист с чистой биографией.

Не вскричала, не затопала ногами Евдокия. Дескать, квартиру эту шестикомнатную, с камином и дубовым паркетом, с люстрами хрустальными и прочими добротными вещами, еще ее покойный папенька обживал и обихаживал. А серебряные серьги с изумрудами на Жанниных ушах элегантно поблескивающие, как и золотая брошь на пышной груди новой хозяйки, из ее Дусиной шкатулки вынуты.

- Благодарю за слово честное! - вымолвила тихо и даже постеснялась попросить стакан воды.

К вечеру прибрела к заводскому общежитию.

- У вас нет родных в городе? - поинтересовалась комендант, наливая чай старой женщине.

- Есть-то есть, да не нужна я им нынче. Говорят, что биография у меня грязная. А, кто же ее выпачкал? Время, разве только. Пусть живут и радуются. А мне и здесь хорошо. Вокруг милые женщины и ребятишки. Так и осталась в казенных стенах.

- Да, Аза, чуть не забыла, - Юля развернула небольшой сверток, - смотри, что тебе тетя Дуся прислала.

Теплым облаком распустился и закурчавился в женских руках невесомый ажурный платок.

- Прелесть какая!

- Настоящий, оренбургский, тот, что через колечко проходит.

«Дусин платок» будет долго жить на Таврической. Сначала Азалия будет накидывать ажурную шаль по праздникам, потом подросшие девчонки по очереди будут форсить в пушистой паутинке. И много позже, когда родится Славик, а на улице чуть-чуть подморозит, в доме начиналась суета: «Где Дусин платок»? Поверх шапки и воротника, как на матрешку, наматывали на пацаненка шаль, перевязывая концы платка на спине. Подрастающий мальчишка ненавидел бабский платок. И однажды он «потерял» его. Беззубая тетя Фая, гардеробщица из школьной раздевалки, с удовольствием приняла тайный подарок от упитанного ученика. И никому ни гу-гу! И опять Дусин платок был в радость.

Время, упрямое время! Оно по-своему усмотрению распоряжается вещами, событиями, людскими судьбами.

Несколько лет назад деревенская девчонка Азка не поверила бы, что так случится, расскажи ей про нынешнюю жизнь Азалии Григорьевны. На заводе - уважаемый человек, бригадир. Зарплата вровень с мужиками. Прописка в центре города. А комната - загляденье. Под потолком пятирожковая люстра, у дочерей-школьниц письменный двухтумбовый стол, в добротном шифоньере - стопки белья переложены пакетиками с душистыми травами.

Вот трюмо еще купить хочется! Не для себя, некогда ей перед зеркалами крутиться. Девчонки артистками растут. На всех праздниках стихи декламируют. Громко, смело. Азалия старается не загружать дочерей домашними делами. Пусть учатся, книжки читают, в кружки ходят.

Все-таки однажды начала трещать по швам налаженная жизнь Азалии Шеромыжник.

Самая главная неприятность случилась на работе. Всеми уважаемого Кутузыча перевели в Москву. Директором назначили бывшего заместителя, длинного блондинистого Трухина. Долго ждал этого момента энергичный карьерист. Слишком многое не нравилось ему в старомодном Николаеве.

- Развел, понимаешь, богадельню. Социалистическая действительность иного размаха требует!

Трухин считал, что на передовом предприятии должны работать молодые, образованные, перспективные кадры. Уж, никак не бабы с детьми! Увольнения следовали одно за другим. Особенно Трухин преследовал «крестниц» бывшего директора.

- Шеромыжник, почему халат не накрахмален?

- Что за отчет вы мне предоставили? Курица лапой понятнее нацарапает! А потом, вы что на особом счету? Почему, спрашивается, отказались службе контроля продемонстрировать свои карманы и белье. Знаю, я вас честных. Распустил вас, Николаев, жалеючи!

Неслыханное дело! Женщин, после смены выходящих с завода, могли осмотреть даже на гинекологическом кресле. Раньше, как было. Обрезки, крошку, нестандарт в бригадах учитывали, делили и выдавали по строгой очередности. Теперь по новому распоряжению в цехе запрещалось даже изюминку под язык положить.

- Воровство! - яростно выступал на собрании новоиспеченный директор. - Борьба с расхитителями народного добра будет безжалостной. Кому не нравятся новые порядки, пожалуйста, уходите, двери открыты!

Он сам лично перекроил рабочие графики. Азалия теперь должна была работать все ночные смены и воскресные дни.

- Но у меня же двое детей, - однажды попыталась возразить.

- Вы прежде всего труженица социалистического предприятия, - нахмурил редкие бровки Трухин. - Понарожали, понимаешь, а теперь чуть что, сразу детьми прикрываетесь.

- За что вы меня так ненавидите? - слезы навернулись на глаза женщины, издерганной замечаниями.

- Что? - удивился Трухин. - Запомните, на производстве есть только план, порядок, приказ. И нет тут места вашим дамским штучкам. Придумали тоже - «ненавидите»!

В его холодной усмешке можно было прочитать продолжение фразы.

- Да, плевать я хотел на вас, ваших сопливых детей, на все ваши ничтожные проблемы. Меня волнуют дела государственной важности!

Уволилась Азалия в апреле.

- Простофиля ты, Шеромыжник, - длинноносая, с серой челкой Людка из Отдела кадров разбирала бумажки на столе, - хотя бы май еще поработала. К праздникам, глядишь, директор бы премию отвалил.

- Да, если раньше, то я и бесплатно работала бы смены. А теперь… терпеть унижение, придирки, необоснованные замечания.

- Больно ты обидчивая, а о детях подумала?

- Перебьемся, были времена и похуже!

Азалия вышла из проходной. День ликовал чистыми весенними красками. Взбудораженные птицы откликались озорным переливом на трамвайные звонки. Но у Азалии, с каждым шагом, отдаляющим от завода, на душе становилось все муторнее и мрачнее.

Вернувшись домой, она впервые за много лет не понеслась с кастрюльками на кухню, не притронулась ни к утюгу, ни к венику. Сил хватило только на то, чтобы скинуть туфли и дойти до кровати.

- Маманя! - закричала с порога Белла, - ты в одежде на новом покрывале?!

- А что у нас на ужин? - Ульяна вытянула губы, с удивлением глядя на пустой стол.

- Что-то тошно мне, девоньки, - Азалия приоткрыла глаза. - Словно иголку вогнали в сердце. Голос потухший, виноватый.

- Ладно, уж, обойдемся! Но ты, помнишь, что скоро Первомай, а у нас блузки не дошиты?

Сквозь тягучую пелену Азалия слышала, как хлопали дверцы буфета, звенели ложки, что-то хрустело, шуршало. Наконец, девчонки улеглись, переговариваясь о чем-то своем. Через какое-то время дружно засопели.

Только через месяц Азалия нашла работу. Все каблуки стоптала, обходя конторы на дальних улицах. А подвернулось местечко в магазине на углу Тверской, в двадцати метрах от собственной парадной.

- Беги, Аза, беги, - это соседка Антиповна, запыхавшись, сообщила о вакансии. - Свято место пусто не бывает.

- Берем мы вас уборщицей, - заведующий магазином, Арон Аронович Бернштейн, - сделал многозначительную паузу. - Надеюсь, вы понимаете, какая ответственная работа вас ожидает. Заметьте, я не интересуюсь, почему вы ушли с завода. Что там было? Хищение, нарушение дисциплины? Может, какая другая причина? Не знаю и знать не хочу. Но, милочка, - он засунул маленькие, покрытые веснушками, ручки в карманы атласного жилета, обтягивающего грушевидное пузико, - вы должны знать, Арон Аронович любит чистоту и порядок. Все! Необходимый инвентарь найдете в подсобном помещении.

Там, в кладовке, белугой рыдала высокая рыхлая женщина.

- Все руки стерла, выскребая полы, - она вертела перед лицом Азалии розовыми опухшими пальцами с обломанными ногтями. - Уволили! За кусок мыла. Пожалели для фронтовички. Куда я теперь? И-и-и, - завыла она еще громче.

- Прекратите это безобразие! - картавый дребезжащий голосок принадлежал супруге директора, Ольге Михайловне. - Причем, здесь, спрашивается, мыло? Вы - пьяница! Уходите, и не мешайте людям работать.

- Видала, да? - бывшая уборщица, подбоченясь, изобразила директрису, старательно отставив зад и переваливаясь, как утка. - Плевала я на вас и ваш пол, она смачно сплюнула.

Все оказалось не так просто, как представлялось Азалии. Магазин полагалось мыть два раза в день: в обеденный перерыв и после закрытия. На покупателей Азалия не обижалась, разве заставишь людей вытирать грязную обувь у входа. Не всякий и дома-то к этому приучен. Чудили магазинные работники.

Ссориться Азалия не умела, да и не хотела. Молчала, тихо недоумевая, почему Маринка из овощного отдела скользкую гниль из ящиков разбрасывала по углам, а мясник Алик обрезанный жир и жилы затаптывал ногами.

- А за что уборщица деньгу получает? Пусть тоже покорячится, как мы цельный день за прилавком.

Невеселая работа не угнетала Азалию. Денег стало не хватать катастрофически.

Девчонки морщились:

- Маманя, опять щи постные? И к чаю нет ничего сладенького!

- Тапочки стерлись. Ходить уже стыдно! Когда ты купишь новые?

- Ты разве не поняла, что нам нужен не один альбом для рисования, а два.

Выход подсказала опять Антиповна. Не женщина, а голова советов.

- Азалия, тебе давно пора деньги за шитье брать. Хватит миндальничать. Бесплатно всех обшиваешь! Думаешь, твои «модницы» не знают, что «спасибо» на хлеб не намажешь. Ишь, зачастили. Прибедняются с тобой, а сами, знаешь, как жируют.

Антиповна и цены определила на халаты, юбки, блузки.

Заскрипела, застрекотала швейная машинка. Эту «верную помощницу» Лидуся подарила перед отъездом. Как она там в своей Белой Руси? Мыслимое ли дело, женщине целым колхозом командовать! Но Лида, крепкая, справится. Ах, девочки, девочки…

Мысли, как волны, набегают одна на другую.

- Вот у Алии дела совсем плохи. Муж ее, ненаглядный Ильдарчик с фронта жену с дитем привез и объявил поселковым:

- С Алькой у нас одно баловство было, а на войне все - сурьез.

Вот и осталась подруга без мужа и сына. От Феденьки отказалась. Может, не понимаю я чего? И ребенок от любимого мужа, особенно сердце материнское тешит?

А Федя пригрелся возле Юльки. Мамой стал ее звать. Ласковый парнишка. Ох, не могу, как Юльку вспомню, так сердце разрывается. До сих пор слышу ее голос: «Меня, меня с ней закопайте!» А Любочка в гробу, нежная, спокойная. Бантики в косичках. Спасибо тете Дусе. Она и выходила Юльку после похорон дочери, и уговорила укатить на Псковщину, подальше от грустных воспоминаний. Как они там поживают? И почему жизнь разлучает с хорошими людьми? - Азалия вздохнула, перекусила нитку крепкими белыми зубами и отложила шитье. А мысли, родившиеся под мерный перестук швейной машинки, не отпускали.

Какой славный мужчина - Кутузыч! Вот с таким бы рядом жить! Улыбка добрая, голос проникновенный. Вспомнились пестрые астры, вальс на вечере в клубе, руки его крепкие на талии.

- Не можешь ты так, не умеешь! - завопила Белла, как всегда, шумно ворвавшись, в комнату.

- О чем ты? Азалия улыбалась, еще не выплыв из теплой реки прошлого.

- У всех матери, как матери, - Белла, пунцовая от быстрого шага, тяжело дышала. - Сначала они делают все своим детям, а уж потом чужим людям. А ты, ты, - она схватила пестрый сверток. - Кому этот шелковый халат шьется? Опять директрисе-каракатице? А моя очередь когда?

Ульяна, возникшая за спиной сестры, ехидно прокомментировала.

- Зависть нашу Беллочку заела. У Тани Курочкиной новая юбка-плиссе появилась. Вот и нашей красавице точно такую же подавай.

- Не соскучишься с вами, девчонки, - Азалия взяла кухонное полотенце и пошла разогревать обед.

На кухне Антиповна тушила капусту.

- Ну чего ты, соседка, не хвалишься?

- Чем же?

- Ты ведь теперь старшая в бакалейном отделе?

- Ах, ты об этом? - отмахнулась Азалия. - Хлопот-то добавилось. Товар штучный, мелкий. Покупатель капризный. Отказывалась, честно тебе говорю. А директор с женой в два голоса:

- Молодая, красивая, с грязной тряпкой? Нехорошо! Зачем училась, школа вечерняя, техникум? Встанешь, как королева, за прилавок, может, и жених подходящий тебя разглядит!

- И то всрно! - довольно прогундосила Антиповна, по-детски открыто улыбаясь.

- Да, что вы! - подняла черные брови Азалия, - зачем мне жених? У меня дочери, скоро невестами станут.

- Балуешь ты их очень, - Антиповна сморщилась, словно клюква под язык попала. - Такие кобылицы вымахали, а тарелки за собой не помоют.

- Ой, милая Антиповна, знала бы ты, как я в детстве надрывалась. Пусть девчонки мои городскими барынями растут.

- Ну, ну, смотри, как бы тебя не выгнали, когда ненужной станешь. Много я таких историй про балованных детей знаю.

Но Азалия уже и не слышала ворчливого бормотания старухи.

Вот сейчас накормит она своих крошек, чаем напоит. Потом абажур зажгут. Ульянка тут же в книжку уткнется. Беллочка начнет танцевальные «па» перед зеркалом разучивать. Хорошо, что трюмо купили! От макушки до пяток, вся фигурка видна.

И полюбоваться-то на балерину некогда. Белье в баке замочено, пол второй день не мыт, опять же на халат пуговицы пришить нужно. И чего этот шелковый балахон так дочку разозлил?

Приходил новый день, и также быстро сгорал, как предыдущий. Шумели за окном дожди, падал снег, улетали и возвращались птицы.

После восьмилетки сестры Шеромыжник поступили в библиотечный техникум.

- Когда они успели вырасти? - мать растерянно смотрела на рослых девушек. - Они ли крохотными куколками сопели нос к носу на деревянной лежанке в лесной избушке? Она-то сама осталась прежней. Чудеса, да и только!

Ульяна, как родилась с темным хохолком, так и осталась черноволосой, кареглазой, со смуглым румянцем на скуластом лице. Нос, губы, как у Азалии по-цыгански изящно вырисованы. Руки холеные, пальцы длинные. Жаль, не сбылась мечта матери, не захотели музыке учиться дочери.

Беллочка в детстве беленькой была, как одуванчик. Головенка большая, пушистая на тонкой шейке, глазки васильками распахнуты. А сейчас другая, пышнотелая, дородная. Серые глаза поволокой затянуты, рот тонкий, неулыбчивый.

Но красавицы! Азалия от души любуется подросшими дочерьми, и старается одеть их покраше, накормить послаще. Себе-то уж и не нужно ничего. Тут, как-то ее на работе товарка из соседнего отдела спросила:

- Азка, ты чего, как старуха рядишься, тебе годков-то сколько стукнуло?

- Старая уже, тридцать три будет. Я ведь очень рано девчонок родила, - она запунцовилась от стеснения, только-только шестнадцать тогда исполнилось.

- Ба! - выпучила глаза продавщица. - Мне бы твои годы, я бы на танцы ходила, а ты себя рано в бабки записала. Спохватишься, да поздно будет. Вон, смотри, как мужики на тебя пялятся. Для кого себя бережешь?

- Для дочек! - гордо ответила Аза, искренно уверенная в том, что самое главное богатство ее жизни - это Ульяна и Белла.

Сестры Шеромыжник всегда и везде ходили вместе.

- Мы две половинки большой гармоничной души, - высокомерно заявляла Белла, когда кто-нибудь шутил:

- Вы за ручку и замуж будете выходить?

- Нам никто не нужен в нашем милом мире, - добавляла Ульяна.

Азалия слушала и улыбалась:

- Смешные! Да, как вы без меня жить будете?

Бескорыстная любовь не ведает сомнений и не требует громогласного подтверждения взаимности.

Но однажды, как-то соседка огорошила Азалию неожиданным вопросом.

- Я вот наблюдаю за тобой и никак не могу взять в толк, почему дочки совсем на тебя не похожи. Видно, муж твой шибко был непутевый.

- С чего это вы? - Азалия аж задохнулась от бесцеремонности умозаключения старухи.

- Да, с того, ты баба - хорошая по всем статьям. И уважительная, и жалостливая. Незлобивая и нежадная. Душа, у тебя, как у ребенка открытая. А работяга, такую еще поискать нужно. Девки же твои - себялюбивые, строптивые. Лентяйки! Артисток из себя корчат! Ну не в тебя же они, такие. Значит, в отца. Какой корень - такое и поднимется дерево. Разве неправду я говорю?

Промолчала Азалия. Никто на белом свете не знал той весенней тайны, когда закружилась девчоночья голова от обманных слов и ласковых прикосновений.

Вот тебе и открытая душа! Ведь, как сердечно дружили с девчатами по общежитию. Нараспашку жили. Казалось, до самого донышка друг про друга знали. И плохое, и хорошее. Но ни разу Азалия не произнесла вслух имя настоящего отца дочерей. Да, и они гордились легендарным отцом, Артемом Шеромыжником, смертью храбрых павшим на полях войны. Даже сочинение в школе на эту тему писали. Похоронную бумажку на мужа Азалия берегла, как зеницу ока. В коробочке рядом со своим паспортом хранила. Жаль не осталось ни одной фотокарточки. Смутно помнилось ей его лицо. Зато редко, но приходили сны, где бродила она в березовой роще в обнимку с голубоглазым артистом. Горели губы, обожженные первыми мужскими поцелуями, сладко ныло тело. А сердце? Куда оно летело? К звездам или в пропасть?

Азалия просыпалась и долго не могла успокоиться.

- Что за наваждение? - сердилась взрослая женщина. - Я ничего не помню, и не хочу вспоминать.

Но перед глазами упрямо вставало знакомое лицо. Оно было лукавым, ласковым, обворожительным, как тогда, в березовой роще. Потом жалким, с нервным тиком и подергиванием пухлых губ, каким увидела она уже после войны, в маленьком дворике на Лиговке. Но оно было живым! И отчего-то портрет мужчины не стирался в памяти, даже с годами.

Декабрь выдался в тот год ветреным и бесснежным. Низкое печальное небо раздражало горожан, готовящихся к новогоднему празднику.

Азалия, как могла, сопротивлялась этой серой волне всеобщей безрадостности. За неделю до новогодней ночи она принесла домой небольшую пушистую елочку. Налила в ведро чистой воды, любовно расправила зеленые лапки. В ее детстве никогда не было новогодней елки. Замотанные и затюканные тяжелой работой, родители считали это баловством и бесполезной тратой времени. Но она помнила тот восторг, который испытывала, заглядывая в соседское окно учительницы. У Спицыных всегда наряжали елку. Она нарядной принцессой высилась посреди комнаты и по вечерам сияла разноцветными огоньками. Внук учительницы, кудрявый Валерик, рассказывал мальчишкам о чудесах, которые случаются под Новый Год. Однажды Дед Мороз положил ему под елку блестящий велосипед. В это очень хотелось верить и мечтать о сокровенных подарках.

Первую новогоднюю елку Азалия нарядила в избушке лесничего. Помогал ей в этом торжественном деле тот самый Валерка. Они вместе сооружали игрушки из еловых шишек и блестящих бумажек от довоенного чая. И подарки положили под елку. Азалия девчонкам сшила нарядные платьица, а Валерику брюки и жилет, удачно перекроенные из мужниного костюма. От маленького скрипача Азалия получила листочек с нотными закорючками. Он еще до сих пор хранится среди документов. «Утренняя песня любви и добра», вот как мудрено назвал свое сочинение мальчишка.

Валерий давно уже жил в Москве. Иногда по радио Азалия слышала, как торжественным голосом объявляли:

- Предлагаем вашему вниманию выступление известного музыканта Валерия Спицына.

Начинала петь скрипка. И какая бы мелодия не звучала, веселая или грустная, она уносила Азалию в тот нарядный осенний лес, где мальчишка играл для бородатых партизан.

Азалии очень хотелось узнать, как сложилась судьба мальчика. Женился, есть ли дети? А потом она гнала от себя эти любопытные вопросы, понимая, как это мелко и несущественно для музыканта. Главное, он был счастлив. Об этом Азалии рассказывала его музыка.

Когда дочки были поменьше, они с удовольствием помогали матери наряжать лесную красавицу. А вот в последнее время разлюбили. «Некогда! Все это детские штучки и забавы! А мусора, сколько от елки летит! В некоторых приличных семьях уже давно перешли на пластмассовые деревья. Символ есть, и достаточно!»

- Нет, уж, милые мои, тут я с вами не соглашусь! - Азалия выстаивала очередь за елочкой. И, когда приносила ее домой, ей казалось, что это живое зеленое существо.

Наряжала она лесную гостью тридцатого числа. «Чтобы обвыклась девочка с нарядом»! Зато коробка с игрушками доставалась заранее. Что-то нужно было подклеить, подмазать. У каждой игрушки была своя история. Вот картонные балеринки. Их рисовали, вырезали с Лидой всю ночь, чтобы утром обрадовать ребятишек. Балеринки держали сумочки с билетом на настоящий балет.

Серебряная избушка с медовым окошком и многоцветный шар. За ними в Гостинке с Алией в очереди стояли. А этот гномик, такой забавный. Она выиграла его в лотерею на заводском вечере…

В дверь постучали.

- Войдите, - радостно пригласила Азалия, не сводя по-девчоночьи восторженного взгляда со сверкающего великолепия.

- А вот и я, красотуля, не ждала?

- Господи! - обреченно вырвалось у женщины, - а я подумала, что кто-нибудь из соседей.

- Узнала? - мужчина снял фасонистую шапку «пирожок» и пригладил рукой редкие волнистые пряди.

- А я тебя нашел через дочек твоих. Наших! - добавил весомо.

- Замолчи! - Азалия шагнула навстречу нахальному взгляду голубых глаз.

- Нет уж! - Белла выступила из-за мужской спины. - Молчать теперь никто не будет! Как ты смела, столько лет нас обманывать?

- И мы, комсомолки, честные, преданные делу партии, - Ульяна вышла на середину комнаты, как на сцену, - повторяли гадкую, противную ложь за тобой, обманывая своих товарищей по союзу.

- Придумала сказку о том, что отец погиб. А он живой. И любит нас, и мы его, - Беллочка театрально всхлипнула. - Ты узнала, что он калека, и отказалась от него. Разве не так?

- Папочка нам все рассказал, как после войны вы встретились. Ты приехала из деревни, румяная, здоровая. В лесу-то хорошо было прятаться! За плечами у тебя был целый мешок с припасами, и ты даже куска хлеба не дала человеку, познавшему все тяготы войны.

- Конечно, немудрено влюбиться было в статного красавца, а принять калеку ты отказалась. Ты предала любовь! Ты ни на минуту не подумала про нас!

Каково нам было, без отца расти! Обноски и обшивки твои носить.

- Вот так! Мы теперь отца никуда не отпустим. Он наш, родненький, любимый.

- Да, Азалия, - мужчина, посмеиваясь, прошелся по комнате. - Правду-матку никогда не спрячешь! Я ведь тебя в магазине узнал. Да, только ты взгляд отвела, сделала вид, что мы незнакомы. А я-то по твоей физиономии понял, что узнала. Обидно мне стало! Никогда девки Жорой-артистом не пренебрегали. Неужто ты забыла все? Думал я, верная ты женщина, а вон, как все получается. И сейчас смотреть на меня не хочешь. Наверное, какого женатика обихаживаешь? Не поверю, чтобы такая справная бабенка да без мужика обходилась! Так что, хочешь или не хочешь, жить будем вместе. Это судьба!

- Да, что ты, папа, словно разрешения спрашиваешь! Проходи, дорогой, проходи!

Голоса звучали громко, напористо, потом стали стихать, и вдруг неожиданно Азалия перестала их слышать.

Как больно! Прижав руку к левой груди, будто пытаясь остановить жгучий поток, женщина повалилась набок, задев полунаряженную елку, так и упала в обнимку с колючими ветками.

- Как всегда сюрпризы! - вспыхнула Ульяна и, не торопясь, пошла в коридор к телефону, вызывать Скорую помощь.

* * *

- Дорогие женщины! - лечащий врач, Ирина Николаевна, высокая, плечистая, как пловчиха-разрядница, в широком халате и шапочке, надвинутой на брови, размашисто ходила по палате.

- Я вам приказываю всем поправиться! У нас с вами сегодня новогодняя ночь, по старому календарю. А, значит нужно встретить новый год в хорошем настроении и здравии. Все грустные мысли из головы выбросить. Это я вам тоже приказываю.

Мы ваши сердца силой наполняем, лечим, восстанавливаем. А вы своими переживаниями и слезами всю нашу работу перечеркиваете. В здоровом теле - здоровый дух! Галина, все понятно? - врач остановилась возле кровати, на которой полулежала-полусидела бледная, блеклая, словно неживая женщина.

- Не слышу ответа!

Женщина, как китайский болванчик, закивала головой, но глаза оставались стылыми.

- Смотри, какой для тебя подарок! - Ирина Николаевна положила на тумбочку глянцево красное яблоко. - Как будто только что с ветки сняли, верно!

Ни один мускул не дрогнул на застывшем женском лице.

- Азалия, Аза, ну до чего же у тебя имя звонкое! Так и хочется его пропеть, да ножкой в такт притопнуть, - доктор положила шершавую ладонь на влажный лоб лежащей женщины. - Ну, вот и выкарабкались. Считай, что заново родилась. Организм у тебя крепкий, кровь горячая. Ты, девонька, не из табора ли убежала? Ишь, глазищи-то, как угли сверкают!

Не дождавшись даже подобия улыбки, врач положила на тумбочку две мандаринки.

- Моя бабушка говорила, в новогоднюю ночь в доме должно пахнуть хвоей и мандаринами. Даже в блокаду умудрилась выменять свое кольцо на несколько оранжевых душистых шариков. Все будет хорошо, милая! - врач умными серыми глазами ласково посмотрела на Азалию.

Потом Ирина Николаевна направилась к седой старушке, лежащей на койке у окна.

- А желаю я вам, - врач нагнулась и что-то прошептала в сморщенное желтое ушко. Старушка в ответ захихикала и сквозь смех прошамкала.

- Вот зубы вставлю и под венец! На сцене-то я роковая женщина, а в жизни по больницам валяться начала. Но это временно, правильно вы говорите, уважаемая Иринушка Николаевна! Вчера Васек Медведев мне такие стихи посвятил...

- Вот поэтому я и желаю вам любви! Для вашего сердца - это целебный бальзам.

- С Новым годом, бабоньки! - хрипловатый голос докторши уже слышался в коридоре. - Хватит хворать, да унывать! Дайте врачам передых.

Азалия лежала, не двигаясь. Странное оцепенение сковало все клетки тела. Не было сил говорить, есть, пить, дышать полной грудью. Хотелось забыться и раствориться в безмолвной тишине.

- Забери меня к себе, боженька, - в который раз запричитала, всхлипывая, Галина. - Хочу к мужу своему любимому, сыночку, маменьке. Без них жизнь постыла мне. Васеньку моего пуля не взяла на фронте, и мальчонку я уберегла, матушку выходила от болезни страшной. Жить бы нам вместе и радоваться. Зачем ты усадил их в машину окаянную, да дорогу ледяную снежком обманным присыпал? Не мучай меня больше, умоляю. Дай встретиться с родными!

- А мне к кому попроситься? - Азалия сухими глазами смотрела в потолок. - Неужели нет ни на земле, ни на небесах, ни одной любящей души. Одна!

Тоска острыми коготками царапалась внутри, подбираясь к беззащитному комочку сердца. Оно начинало беспокойно метаться, словно пытаясь выпрыгнуть из тягостного пристанища, потом обессиленное замирало. И десятки жгучих иголок вонзались в нежную плоть.

Сквозь горячую пелену и свои стоны, Азалия слышала, как ворковала медсестра.

- Сейчас, сейчас поможем, миленькая, - и вкалывала еще одну болючую иглу. - Будем жить, будем жить, - легкая рука с влажным тампоном проходилась по сухим воспаленным губам.

В конце февраля Антиповна, подкараулив Ульяну, выходящую из ванны с красным распаренным лицом, прижала девицу к стене.

- Ах, ты змея подколодная! Долго в молчанку играть будешь? Говори быстро, в какой больнице мать? Ишь заладили: «К сердечникам не пускают. Тяжелое отделение. Волновать нельзя». Меня пустят. Нет на земле такого места, куда Антиповне дорога заказана. Бедная, бедная Аза, каково ей там, среди чужих людей. Тут не от болезни, от тоски сердце разорвется! А, ну говори, тварь бесстыжая и черствая!

- Что вы себе позволяете? - на помощь сестре спешила Белла.

- Ты, еще будешь меня одергивать! Маманю чуть на тот свет не отправили! Халды глазастые! Ну, и где он ваш, проходимец? Дуры вы, хоть и шибко грамотные. Какой он вам отец? Ну, подумаешь, рожей схожи? Документа-то нет!

- Вы, пожалуйста, в наши семейные дела не встревайте, - Ульяна брезгливо скинула с плеча руку старухи. - Сами разберемся. - Адрес могли бы попросить и культурно, без оскорблений!

- Вас розгами хлестать надо. Говорила я Азалии, что не жди от вас добра и благодарности. А она, святая душа, жизнь на вас положила!

Антиповну снаряжали в больницу всей квартирой. Ревиковичи испекли рулет с маком, вдова Иванова дала квашеной капусты и моченой брусники, Сидоркины - сала деревенского.

- Ей все пойдет, силы набирать нужно. Знаю я больничную бурду. От нее и здоровый человек ноги протянет, - хозяйственная Антиповна скрупулезно собирала сумку с гостинцами.

Не поленилась она и в магазин зайти, надеясь у евреев перехватить что-нибудь существенное. Икорку черную или фрукт какой заморский, хорошо бы и бутылочку коньяка. Помнила она, как господа едали.

В бакалейном отделе стояла новенькая, пучеглазая блондинка, с арбузным бюстом.

- Где директор? - грозно гаркнула Антиповна.

На ее голос просеменила Ольга Михайловна.

- Жалко, жалко, как Азалию! Такой ценный кадр. Конечно, пришлось временно замену подыскать. Но куда новенькой до Азы. И ленива, и неповоротлива. И чует мой нос: подворовывать начинает. Опять же к мужскому полу неравнодушна. Арончика моего, так и буравит глазами. Глупая, не знает, какие верные мужья - евреи. Да он ее телеса и не замечает. Для него главное - родная душа.

- Ну, ладно, родная душа, - старуха не признавала церемоний, - я в больницу к Азалии иду, что передадите ценной работнице? В больнице ох, как не сладко!

- Верно, вы говорите, не сладко, - Ольга Михайловна цепким взглядом обвела витрину, - ну тогда шоколадочку для вкуса. Вот такую, с мишками на картинке. Забавно, да?

- Тьфу-ты, знала бы и не зашла, - Антиповна с презрением окинула маленькую, тяжелозадую еврейку. - С головы до ног тебя Азалия бесплатно обшивала, а ты вшивой шоколадкой отделаться решила. Быстро же вы забываете хорошее! А мишек на фантике своему верному Арончику покажи, может, развеселится и не будет в подсобке девок тискать, - и гордо подняв голову Антиповна удалилась.

Вернулась Антиповна поздно. Озябшая, измотанная.

- Через весь город на трех трамваях тащилась…

- Ну, как там наша Аза? - коммунальная кухня затихла.

- Что ну? - сердито зыркнула по сторонам. - Нет, нашей Азочки.

- Как так?

- Неделю назад выписалась. Докторам и в голову не пришло, что не домой отправилась.

- Может, в деревню, к родне покатила? - подала голос Иванова. Она мне часто сказывала: «Так, хочется, Наталка, хоть одним глазком на свой лесной домик взглянуть»!

- А мне думается, в Москву, - Жанна Ревикович тряхнула кудрявой головой. - Ведь ей присылал открытки сам Валерий Спицын. Я все время гадала, что может их связывать. Аза - простая женщина, а он такой известный человек. Можно сказать, музыкант от бога. Такие одаренные люди редкость на земле.

- Чего гадать? - перебил поклонницу скрипача Сидоркин, который мусолил во рту погасшую Беломорину, - давайте у дочерей и спросим.

- Да, что они знать могут. Эти гадины ни разу в больницу не пришли, - Антиповна покраснела от возмущения. - Все сестрички удивились, когда от меня узнали, что у Азалии есть две здоровенные дылды - дочери, и что живут они не за тридевять земель, а здесь, в городе. Азочка, бедная, все про одиночество в бреду шептала, - старуха смахнула слезу с глаза.

Вот письмо, это мне уже бывшая соседка по палате передала. Странная женщина, будто неживая. Я, говорит, договорилась с Азой, что поеду на Таврическую и отдам в руки каким-то девочкам, из комнаты с эркером. Но, видно, я уже отсюда никуда не выйду. Не хочу света белого видеть, и от людей устаю. С чужими жить, что в лесу дремучем бродить...

Да, уж в больнице чего только не наслушаешься! - Иванова поджала скорбно губы. - Мне сестра говорила, она медик, что в войну от сердечных болезней не умирали. А сейчас, как эпидемия, какая...

- Не эпидемия, а жестокость людская, страшнее пули ранит, - весомо проговорила Антиповна и обратилась к младшему Сидоркину. - Иди, Витек, стукни к Шеромыжницам в дверь.

Белобрысый паренек понесся по коридору.

- Закрыто! - звонко крикнул. - Я письмо в щелку сунул.

- Может, прочитать нужно было, - папаша Витька, наконец, расстался с папиросой.

- Не тебе же писано, - возмутилась Антиповна.

Через час квартира на Таврической угомонилась, затихла, погрузившись в ночные сны.

Chapter 7

НА КРЫЛЬЯХ ЛЮБВИ

Любовь и нищета. Эти два слова Владимир Ложкин ненавидел, не принимал и отказывался понимать.

- Бедность - не порок, а свинство, - зло шептал комендант, когда видел протянутую за подаянием руку.

Ложкин был уверен, что только лень и тупость порождают нищету.

- Покрутишься, как белка в колесе, покумекаешь извилинами, и ... зашуршат рублики в карманах. На одну зарплату живут только люди по пояс деревянные.

Себя к этой категории убогих он не желал причислять. И посему неустанно искал пути для пополнения своего кармана.

Последние пять лет ему фартило. Общежитие для иностранных студентов, где он властвовал, как король, оказалось безграничным раздольем для «предпринимателя с затеей», как Ложкин себя величал. Ну, скажите, где, например, найти приют китайцам, вьетнамцам и прочим нелегалам, промышляющим торговлей на городских рынках? В гостинице накладно, опять же с большим товаром туда не въедешь, да и стражам порядка глаза намозолишь. А у гостеприимного Льва Львовича всегда есть резервные комнаты. С местной милицией у коменданта контакт, если капнет кто, всегда заступится, отмажет.

- Мои ребята к знаниям стремятся! Торгуют из-за тяжелой студенческой доли. Разберемся, лейтенант. Примем меры.

Азиаты не скупились при расчетах. Надежный адрес общаги передавался из рук в руки, как эстафетная палочка. Комнаты никогда не пустовали.

Иногда приходилось уплотнять: по пять-семь узкоглазиков в двухместке размещать. А в горячую пору и раскладушки по коридорам ставились. Столичный город!

Свет баснословных прибылей манит доверчивых мотыльков. Пусть крутятся, торгуют, тусуются. Главное, чтобы валютой за постой под теплой крышей платили. Имелись у коменданта выкрутасы и для законных обитателей пяти этажей. В штате образцово-показательного общежития числились четыре уборщицы, но в реальности их никогда не существовало. За «мертвых душ», конечно же, получал зарплату честнейший Лев Львович. А лестницы, кухни, сортиры драили чехи, арабы, индусы. График уборки следовало соблюдать строго и неукоснительно. Если вдруг физики-алжирцы зазубрились, затюркались по библиотекам, и забыли про свой великий день чистки раковин и унитазов, они тут же штрафовались. Но подобное случалось редко. Дисциплинированных иностранных студентов трудно было раскрутить на штраф. Те, что побогаче, нанимали своих же соседей за пять долларов, но только, избави бог от административного взыскания. А у коменданта еще одна хитрость припасена. Отключит горячую воду во всем здании и на экстренном собрании жильцов взволнованно оповестит, какая сумма необходима на срочный ремонт.

- Конечно, обратись я сегодня в администрацию университета, то наше общежитие будет занесено в список очередников. Ждать придется долго. Вон, в общежитии номер два люди уже пять месяцев не только без горячей, но и без холодной воды. С ведрами к реке ходят.

Наивные иностранцы в ужасе распахивали глаза. Нет, не могли они свыкнуться с подобной русской действительностью. Как можно представить утро без горячего душа? А перед сном разве не нужна расслабляющая ванна? Тут же на сходке собиралась нужная сумма в долларах.

И о чудо! Через несколько часов можно было и стирать, и посуду мыть, и помыться нормально. Маленький праздник для тел, успевших пропотеть за несколько суток без воды. А уж, для коменданта какое торжество - пять этажей, на каждой по двадцать комнат, с жилищной точки собрано по тридцать долларов. Считать-то, как приятно!

Загруженные учебой и запуганные российской действительностью, обитатели данного общежития не знали многих простых вещей. Например, что письмо в конверте с наклеенными марками можно бросить в почтовый ящик, которых в городе тысячи. И дойдет оно, как миленькое, по назначению, хоть в Париж, хоть в Пекин.

Лев Львович убедил всех своих жильцов, что только по его особым каналам корреспонденция в целости и сохранности будет доставлена адресату. По средам он, с важностью министра связи, принимал конверты с иностранными закорючками. Заносил только ему ведомые символы в Амбарную книгу. За почтовую обработку брал по пять долларов. Потом свозил все конверты на главный почтамт и отдавал работницам.

- Смотрите, чтобы ничего не потерялось, - строго сдвигал брови.

Для своих подопечных комендант изобрел еще одну проблему.

- Учтите, в наших магазинах все продукты продаются с просроченной датой. Я видел, как они подчищают цифры, чтобы сбыть негодный товар. Молоко, сметана, йогурт все заражено бактериями. А овощи и фрукты закуплены в экологически-грязных районах по дешевке. Вы, что забыли про Чернобыль?

- А что делать? - будущие капиталисты не желали умирать от голода.

- У меня отовариваться. Мои продукты с особых баз для руководящих персон.

В дежурке с утра до вечера можно было купить печенье, водку, сметану, сигареты. Переплачивая в два, три раза, довольные иностранцы горячо благодарили заботливого русского человека.

Конкуренции русский человек не терпел. Недалеко от общежития вдруг нарисовался киоск «24 часа». Через два дня в налоговую инспекцию полетело коротенькое письмецо, о торговле недоброкачественными продуктами и паленой водкой. В санэпидемстанцию отправилась возмущенная записка о несоблюдении гигиенических норм. «Руками продавец берет хлеб, деньги, картофель. Безобразие!» В отделение милиции адресовался телефонный звонок, дескать, в киоске приторговывают веселой травкой. Месяц Лев Львович терпеливо ждал принятия строгих мер. Напрасно! Киоск пополнялся новыми товарами. Хозяин, «черный, усатый таракан», обнаглел и спросил у коменданта, нет ли в общежитии местечка под склад. И, хотя кавказец посулил неплохие деньжата, Лев Львович отказал. Король должен быть один! Три дня упрямый комендант звонил, стучал в квартиры близлежащих многоэтажек, собирая подписи под коллективным письмом-жалобой на безобразное поведение лиц кавказской национальности. Наконец, к великой радости Ложкина-Махова, злосчастный киоск убрали. И опять закапало в карман предприимчивого дельца. Но крохи, все это были крохи. Лев Львович мечтал выйти на другую орбиту и играть по-крупному.

Всего лишь одна поездка заграницу навсегда отравила сердце ядом неприятия жизни в России. Как уехать? Да чтобы легально, да чтобы не корячиться на стройках среди негров и азиатов, а жить полноправным членом капиталистического общества. Комфортно, цивильно. Хотелось виллы на берегу теплого моря, красивой машины, счетов в банке.

Бессонными ночами Ложкин скрежетал зубами и приказывал воспаленному сознанию:

- Думай, Вова, думай.

Подсказку нашел он, как всегда неожиданно.

- Поздравьте меня, Лев Львович, - худая Милка из овощного магазина сияла во все свои прокуренные до черноты зубы, - замуж выхожу!

- Эка, невидаль! - пожал плечами Лев Львович, про себя мрачно подумав, - еще одни нищету плодить будут.

- А вот и невидаль! - продавщица достала из кармана халата замызганную фотку. - Засмотрели уже моего красавчика! Прямо из рук девки вырывают, хочется взглянуть. Он не просто мужик, а миллионер из Флориды.

- Ну-ка, ну-ка! - Лев Львович протянул руку.

- Ага, и вам стало интересно! - ликовала Милка. - Ну, так и быть, вам покажу. Вы как будто человек неглазливый.

Махов прищурился. На фоне белоснежного строения, небрежно опираясь на «Ягуар» красного цвета, стоял пузатенький коротышка.

- Годков-то сколько ему?

- В самый раз, семьдесят два! - Милка засмеялась. - Нет, я его обижать не собираюсь, - быстро затараторила, наткнувшись на тяжелый взгляд коменданта из соседней общаги. - Пока жив, ни-ни, ну а потом, - она мечтательно прищурилась, - мне-то всего двадцать пять.

- Как же ты такое счастье откопала? - кровь у Ложкина горячо запульсировала в висках.

- Не поверите! С Мишкой поссорилась и дала объявление в газету. Все   честно написала, что в русских мужчинах разочаровалась, что нет у меня ни кола, ни двора, зато есть сердце большое и нежное, а тело молодое и отзывчивое. Вот он и отозвался, мой пупсик, - Милка чмокнула фотку. - Приедет через месяц, уж я постараюсь в грязь лицом не ударить! И накормлю, и напою, и спать уложу. И все! Прощайте навсегда, Мишка, магазин, сосед-алкаш. Я уже все узнала и про визу невесты. Документы начала готовить. Вот!

- Вот теперь поздравляю! - неожиданно громко гаркнул комендант и шепотком добавил:

- Газетку-то покажи, куда письмо отсылала.

- Да, вот она. Я девчонкам принесла. Они говорят, что языков не знают, зачем им иностранцы. Я тоже в школе отличницей не была. Но теперь цель есть. Выучу! И Мишке-изменнику докажу. Будет потом локти кусать.

- Ни рожи, ни кожи, да и умишко куриный, а сообразила, - выговаривал сам себе Ложкин, когда возвращался домой. - Я-то тоже не лыком шит. Найду вдовую богачку. Охмурю ее и заживу королем.

От этой мысли у Ложкина перехватило дыхание.

На следующий день он отправился в пункт приема брачных объявлений.

- Хочу жениться на иностранке, - без обиняков заявил очкастой худышке.

- Ясно, - с пониманием в голосе кивнула девушка.- Но должна вас огорчить, за то время, что я работаю в этой газете, не было ни одного запроса от женщин. Вы не расстраивайтесь, в жизни всякое случается, - она постаралась приободрить странного посетителя.

А давайте опубликуем встречное объявление?

- Это как!

- Очень просто. Опишем вашу внешность, род занятий и пожелания к избраннице.

- Верно! - обрадовался Ложкин.

Какая толковая работница. Скромная, образованная и к людям подход имеет! Он вытащил из кармана шоколадку.

- Это совершенно ни к чему, - очкастая улыбнулась. - Я вам и так помогу.

- Женщинам шоколад полезен, в нем содержится вещество, которое называют гормоном радости.

- Да? Тогда непременно угощусь. Ну, а пока о вашем деле. Вы какой страной интересуетесь?

- Честно скажу, думал я долго. И остановился на Франции.

- Замечательно! - девушка достала чистые бланки.

Не стал ей Ложкин объяснять анатомию своего выбора. А ведь действительно помучался изрядно. Но, как в любой хитрой задаче есть ответ, единственно-правильный, так и Ложкин вывел свои аргументы.

Во-первых, Франция недалеко от России, всего-то четыре часа лета. Мало ли, сколько придется летать, пока женихаться будут. Например, в Австралию не налетаешься, да и, говорят, там бабы в дефиците.

Во-вторых, из всех виденных им фильмов и разных книжек Ложкин почерпнул интересную информацию. Смазливые француженки помешаны на моде, жареных каштанах и абсолютно не умеют считать. Это не прагматичные американки или мрачные, недоверчивые англичанки, этих на худой кобыле не объедешь!

- Регион для вас важен? - девчонка, наверное, была в школе отличницей.

- Регион? - Ложкин задумался. - Хотелось бы, чтобы пальмы были.

- Понятно, так и обозначим - юг Франции.

- О себе, что желаете сообщить?

- Умен, красив и смел, - произнес он, не задумываясь ни на секунду.

-Хорошо говорите! - девушка с восхищением посмотрела на Ложкина. - Излишняя скромность иногда граничит с серостью. Это я недавно в одном учебнике по психологии вычитала. Теперь пытаюсь из себя искоренить мышиную застенчивость.

Помолчав, добавила:

- Я ведь тоже жениха за рубежом ищу. Поэтому и устроилась сюда, хотя моя профессия - биолог.

Прошло несколько месяцев. Но не было ни одного ответа на объявление Ложкина в газете. Он позванивал очкастой биологине, но та всякий раз вздыхала:

- Не расстраивайтесь, и мне тоже ничего нет...

Перед Новым годом комендант, как правило, закупал большой набор продуктов. Все рассортировывал по красивым пакетам и перепродавал своим жильцам, конечно, в несколько раз дороже.

В овощном отделе за прилавком стояла тощая Милка.

- Ба! А чего ж ты не на вилле с миллионером? - удивился Ложкин.

- Козлы они, все, - буркнула Милка. - Приезжал мой толстяк. Я думала ко мне персонально. А у него здесь десять невест по переписке. Ну и устроил смотрины. А что я? Растерялась, двух слов связать не могла. Он другую выбрал. Думаете, она краше или моложе меня. Ни фига. Одно достоинство, на английском шпарит, живее, чем на русском. Вот и уболтала мужика.

- Ты мне моркву-то поминиатюрнее выбирай, чего кормовую сыплешь? - строго одернул продавщицу комендант. Безразличным тоном, давая, ей понять, что не желает больше выслушивать слезливые откровения. Неудачников он не терпел. Но для себя получил хороший урок. Язык! Хочешь - не хочешь, а придется учить. Бабы, как известно, ушами любят. Мычанием лапшу не навесишь.

Курсы французского языка он выбирал долго и методично. Узнавал цены, сравнивал, звонил бывшим студентам. Впечатления в основном были негативные.

- Два года, как ненормальная на все занятия бегала. Какие-то упражнения в тетрадках писала. И ни гу-гу. Как не знала язык, так и не знаю. Бросила, - призналась заполошная дама.

- Я вот, что вам скажу, нет у нас в стране методики по преподаванию иностранных языков. Ну, представляете, вы ходите на ногах, а вас пытаются научить ходить на руках. Вы пыжитесь, потеете, краснеете. Ну, с поддержкой, может быть, пересечете пространство комнаты. А что дальше? - мужской голос недоумевал в телефонной трубке. - Может быть, действительно язык осваивается только в среде.

И вдруг на фоне этого недовольного хора, Ложкин услышал.

- Советую пойти учиться на курсы «Родина». Попытайтесь попасть непременно в группу Борислава Андреевича. Представляете, даже моя бабуся, которой хорошо за шестьдесят, у него заговорила на прекрасном французском языке. Этот преподаватель -харизматическая личность.

Ложкин быстро уладил бумажные дела, связанные с поступлением на курсы. Первые несколько занятий студент пребывал в шоке. До чего странный мужик - этот преподаватель! Он не заискивал, не заигрывал, да практически вообще не общался с учениками. Как телевизионный диктор, был со всеми и ни с кем. Новый материал объяснял четко, логично, коротко. Задавал очень много письменных работ на дом. Но сам даже к ним не прикасался. Учащиеся сами проверяли друг друга и ставили оценки, как в школе, по пятибалльной системе. Еще преподаватель заставлял учить огромные куски текстов, и опять же контроль осуществлял методом взаимопроверки.

Пожалуй, внедри такой метод в детском коллективе, и ребятишки охотно ставили бы друг другу пятерки. Но взрослые!? Их гордыня уже не желает признавать, что кто-то другой оказался умнее. Чужие оплошности и ошибки, вот что доставляет радость. Они с удовольствием выводят «неуды». Докладывают преподавателю. И, как оказывается, учатся. Замечательно учатся на чужих ошибках.

В своей группе Ложкин ненавидел всех. Особенно его раздражала еврейская пара Ревкиных. Но, почему-то именно каракули бывшего главного инженера приходилось проверять коменданту. Ложкин яростно чиркал красным фломастером ошибки, ставил жирную двойку, и еле себя сдерживал, чтобы не сделать какую-нибудь гадкую приписочку. Типа, «жидок вонючий, знай свое место!».

Абрам Семенович напротив был очень расположен к своему соседу по парте. Он терпеливо и тщательно проверял его домашние задания, выслушивал обезображенные жутким произношением слова и подбадривал:

- Хорошо! Замечательно! Вы, скоро, Лев Львович, будете говорить, как Вольтер или Бельмондо.

А его супруга как-то после занятий проворковала:

- Мы вас очень уважаем, господин Махов. Редкий русский человек так истово интересуется культурой других наций. А язык - это основная часть культуры, несомненно. Нет, конечно, учат иностранные языки молодые люди, но он им нужен, как инструмент, для добывания денег. А вот для души... Великая редкость. Хотите, я дам вам почитать интересный журнальчик?

Ложкин взял брезгливо журнал, притворившись, что очень обрадовался. А про себя подумал:

- Что мне твои еврейские комплименты? На бутерброд не намажешь, в сберкассу не отнесешь...

Вечером, когда входная дверь общежития была заперта на несколько засовов, - нечего по ночам шляться!, - Ложкин лениво перелистал журнал. Пробежал глазами статьи о жизни в Канаде, Израиле, Лаосе. И вдруг наткнулся на страницу объявлений «Разыскивают наследников в России». Мелким шрифтом шло перечисление одиноких богачей из Австралии, Аргентины, Англии, которые жаждали отдать свое движимое и недвижимое имущество далекому родственнику.

Ложкин замер. На мгновение он, словно выпал из ситуации, где находился. Исчезли все звуки. Не урчал холодильник, не гундосил телевизор. Цвета тоже все поблекли.

- Вот оно, где скрыто мое богатство! Нутром чую. Именно здесь я и найду мою вдовушку!

Он еле дождался утра, чтобы побежать на почтовое отделение и оформить подписку на глянцевый журнал. Интуиция не подвела Ложкина. Через несколько месяцев, наконец, он прочитал то, о чем мечтал всю жизнь.

«Франсуаза Дюваль, жительница города Ниццы (юг Франции), владелица отеля «Белый ангел», разыскивает наследника в России, о котором имеются следующие данные.

Шеромыжник Борислав Андреевич, родился в городе Ленинграде, двенадцатого апреля в одна тысяча девятьсот семьдесят девятом году».

Не обращая внимания на почтальона, комендант, подняв журнал, как знамя, вприпрыжку понесся по коридору, в сторону своей комнаты.

- Не может быть, не может быть! - шептал он, перечитывая уже в который раз объявление. Горячее волнение туманило голову, сообщало легкую дрожь рукам и ногам. Он смог успокоиться только, приняв холодный душ.

Закутавшись в сатиновый халат, униформу уборщицы общежитий, сел в кресло, открыл тетрадь и записал.

«1) Узнать адрес Шеромыжника. 2) Втереться к нему в доверие. 3) Вместе с ним поехать на встречу с француженкой. 4) Влюбить в себя, жениться. 5) Убрать наследника.»

План действий ему понравился. Мысли хаотичные и безумные еще час назад, неожиданно выстроились в стройные ряды, как солдаты, готовые к сражению. А Вовка Ложкин, он же Лев Львович

Махов, чувствовал себя отважным полководцев на белом коне. Вперед!

Он уже знал, куда сейчас же отправится.

* * *

- Кто там? - над дверной цепочкой высунулась лисья мордочка рыжеволосой девицы.

- Кларисса Сановна дома? - как будто не спросил, а кашлянул в кулак Ложкин.

- Ей привет из Самары.

- Нет ее! - девица распахнула дверь. Потянуло запахом пережаренных семечек.

- На работе? - осторожно поинтересовался посетитель.

- Умора! - девица заржала, превратившись из лисицы в лошадь с крупными желтыми зубами, - если на том свете торгуют, то наша Сановна кого-нибудь материт у прилавка.

- Вот, как, - серьезно и грустно произнес гость, - царство ей небесное.

Опустив взгляд на затоптанный, давно не мытый линолеум, Ложкин запаниковал: что делать?

Питерская баба Клара была мастерицей по добыванию нужных адресов. Никто не знал, какие звенья цепи она связывает, откуда черпает информацию. Но ни в одном архиве и адресном столе не могли выдать справок, которые добывала бывшая чекистка.

- А ты, мужик, адресок надыбать явился?

- Что? - испуганно встрепенулся Ложкин. - Неужели эта лошадиная морда читает чужие мысли?

- Сюда, за другим не ходят. Да, ты чего так сдрейфил, с лица аж сбледнул? Выручу я тебя. Больно паричок у тебя клевый. Что, не поднялся еще лагерный газон?

- Вот стерва, - чертыхнулся про себя Ложкин. Сколько лет он при парике, а не один нормальный человек не догадался про искусственность шевелюры. А эта, порченый глаз, усекла вмиг.

Вздохнул и коротко спросил:

- Сколько?

- Сто пятьдесят бачей.

- Ты, девка, одурела! - разгневался Ложкин. - Баба Клара в десять раз меньше брала. Люди же все свои...

- Не хочешь, как хочешь, - лисья мордочка брезгливо сморщилась. - Дубина стоеросовая, шпоны шлифовал, и не знаешь, какая нынче погода на дворе. Раньше старуха после запроса дней через пять бумагу выдавала, а у нас спецдискеты. Информация через полчаса.

- Ладно, - стиснул зубы Ложкин, достал из портмоне купюры. Вчера вьетнамцы за постой расплатились. Жалко-то, жалко как расставаться. До слез, до скрежета зубного, как жалко.

- Ну, ты и жмот! - захохотала девица, наблюдая за гримасами мужского лица,

- А ты, ведьма, - нахмурил брови Ложкин.

- Угадал, у меня третий глаз на затылке, а четвертый на пятке. Сиди здесь и жди.

- Вот тварь рыжая! - Ложкин вспомнил, как несколько лет назад, именно в этой обшарпанной квартирке, рыхлая старуха выдала ему полный комплект информации об университетской начальнице. Ах, Ленка, Ленка! Слаба ты оказалась на нервишки. Ну, что ж у каждого своя судьба. А сибирскому писателю ты здорово тогда помогла! И сейчас бесценная информация, подобно космической ракете, унесет Вовку-фантазера в сказочные дали. Вот только бы не проколоться!

Минут через двадцать девица принесла заветный листок.

«Шеромыжник Борислав Андреевич, родился в городе Ленинграде, в 1979 году, проживает по адресу - улица Таврическая, дом 37, квартира 7. Холост. Мать, Ульяна Артемовна Шеромыжник была прописана по данному адресу с 1950 года. В данное время проживает в деревне Сосновка, вместе со своей сестрой. Обе работают в библиотеке.

Б.А. Шеромыжник, окончив школу, поступил в Политехнический институт, через три года был отчислен за неуспеваемость. Служил в войсках связи, в Новосибирской области. В данное время работает телемастером в ТОО «Сервис плюс».

Вот это да! Ложкин, прочитав три раза информацию, расплылся в улыбке, - а ведьмы, оказывается, много чего полезного делать умеют.

- Осторожнее будь, - по-цыгански запричитала девица, не то серьезно, не то притворяясь, - чует мое сердце, что с этой бумаженцией беду тебе накликала.

- Типун тебе на язык! - мгновенно отреагировал Ложкин. Но от слов девицы капли пота выступили на висках.

- Слушай, а ты мне не лажу дала? Если, что не так, вернусь, двойную сумму за моральный ущерб потребую, да и тебя пощиплю хорошенько.

- Ой, не пугай! Не таких видали, - девица подталкивала посетителя к двери. - Шуруй живее. Ко мне скоро клиент стоящий подойдет. Свидетелей он не любит.

Ноги сами понесли Ложкина. Он даже не успел придумать, что наплетет этому наследнику. Уж, очень хотелось побыстрее удостовериться, что он существует в самом деле.

Величавый, добротный дом вызывал уважение и восхищение. Все замечательно! Ложкин оживленно потер ладонь об ладонь. А где, как не в хоромах жить наследному принцу! Ложкин любовался домом, окидывая жадным взглядом окна. За каким из них прячется французский отпрыск?

- Здравствуйте, гражданин хороший, - баба в темной юбке и мужской болоньевой куртке, лыбилась почти беззубым ртом.

- Ищешь кого? Я тебя сразу приметила. Ты видный. Вот, какие патлы отрастил. Художник что-ли? У нас тут неподалеку один живет, а в соседнем доме артист известный.

Ложкин успел только солидно кашлянуть. Бабке, видимо, ответы были не нужны.

- У нас после капремонта вся нумерация квартир спутана. Да еще новые русские, сколько этажей скупили. Видишь, какие окошки зеркальные сделали. Из коммуналок, почитай, только нашу не расселили, да Манину. Это почтальонша.

- Я-то, здесь седьмой десяток обитаю. Чего только не пережила! Но, так и заявляю волчьим агентам из недвижимости: - На кладбище только с Тавриков поеду! Никакого сладу нет с этими людьми. Так и норовят, нас, старожилов, выпихнуть в коробки хрущевские.

Бабкин монолог утомил Ложкина, он нервно посмотрел на часы.

- Тороплюсь, я, мамаша.

- Какая тебе мамаша! - рассердилась старуха. Я - Марфа Антиповна Плотникова. Блокадница, ветеран труда, - она пожевала беззубым ртом. - Пойду, сыро нынче.

Э, нет! - испугался Ложкин. - Я вот седьмую квартиру ищу.

- Ну? - старуха по-шпионски прищурилась. - И кого конкретно?

- Шеромыжника Борислава.

- А, - заулыбалась старуха. - Так бы и сказал: «мне нужен Славик»! Его многие ищут. Парень рукастый. Кому телевизор починит, кому краны покрутит, и берет плату по-божески. Совестливый! Я ведь его с пеленок знаю. Только нет его нынче. В больнице он. Кто-то по голове огрел. Время-то, знаете, какое криминальное. Звонил недавно, видно, в себя пришел. Может, поднимемся ко мне, чаю попьем, - старуха еще бы охотно поболтала с уважительным человеком.

- В следующий раз, обязательно. Но сейчас нужно бы Борислава в больнице навестить.

- Зови его, как все, Славиком. А лежит он в этих корпусах медицинских на Луначарского. Знаешь, как добраться?

- Соображу.

- От меня привет большой. У него, как бабка пропала, так я ему за нее.

- Как пропала?

- Да, и я также удивляюсь. Жил человек и не стало. Не помер. А нигде нет.

Ох, как не понравилась Ложкину вся эта информация. Неужели кто-то опередил его и хотел убрать наследника. Опять же, куда бабка пропала, может, это она во Франции окопалась. Запутанная, похоже, история-то!

- Так, и передай ему, что Антиповна очень скучает. Пусть быстрей выздоравливает, вернется, я ему любимых пирожков напеку.

- Да, совсем забыл спросить, - Ложкин уже отошел на несколько шагов.

- А папаша-то его где?

- Чей папаша? - бабка не сразу поняла. - Славика что-ли? - переспросила громко.

- Да, кто же его знает! Улька без мужа родила.

Ложкин остановился, как вкопанный.

- А фамилия Шеромыжник откуда?

- Да, это бабки его, Азалии, которая пропала. Ох, мы потешались над ней. Шеромыжница, ты наша черноглазая. Ничего, не обижалась! Значит фамилия у Славика оттуда. Я и сама не знаю, отчего так.

Ложкин достал из кармана шоколадный батончик. Антиповна обрадовалась шоколадке, как девчонка.

- Вот, уж спасибочки. Вечером чайку попью, вас вспомню. А вы заходите, как Славик выпишется, у нас с ним уважительные отношения.

Антиповна, тяжело шаркая больными опухшими ногами, поплелась в Таврический сад. Он стоял зябкий, сиротливый под серым небом осени.

- А что же это я, старая кляча, не спросила имя-отчество патлатого. Славик вернется, а я что скажу? Вот, например, вчера пацан звонил. Так и записала, Санька Лихачев. Этот Санька прямиком спросил, где телемастер лечится. Откуда-то прознал. Да ну их. Чего-то голова кружится...

Пока Антиповна добралась до своей кровати, Ложкин уже был на другом конце города. Выпросив у гардеробщицы медицинский халат, он уверенно шел по отделению. Все шло, как по маслу. Снимок с наследником сделан. Теперь нужно пленку проявить, да карточку напечатать. Справку о тяжести травмы получил. Выписку из медицинской карты попросил специально на большом листе сделать. Никто и не спросил, зачем это ему нужно. Хитрый Ложкин все предусмотрел. На незаполненной части листа он потом сделает приписочку о том, что рядом с Шеромыжником, ставшим инвалидом после травмы, непременно должен находиться опекун.

- Если врачи не помогут, я постараюсь, - ухмыльнулся Ложкин, представив Славика недееспособным дебильным парнем, с мутным взглядом и вечно-текущей слюной изо рта.

Добравшись до Большого проспекта Васильевского острова и отдав в проявку пленку, Ложкин прогуливался по скверику, сочиняя про себя любовное послание. Письмо-объяснение, которое хотел послать далекой, но уже желанной и горячо обожаемой француженке.

- Стой, стой, моя ненаглядная! - мимо Ложкина, чуть не сбив его с ног, промчался мужик в светлом плаще.

- Поаккуратней, товарищ! - брезгливо крикнул Ложкин. Не терпел он расхлябанности и распущенности в общественных местах. Для бега и прыжков стадионы имеются, для поцелуев - темные подворотни, для принятия спиртного - стол на кухне. Противно на публику нынче смотреть!

Рыжая тощая кошка юркнула между ботинок Ложкина. Мужик в плаще бухнулся на колени рядом.

- Девочка моя, испугалась, да? - он взял на руки кошку. - Это жестокие люди придумали машины, автобусы, еще черте что. А маленькие, нежные существа пугаются. Дрожишь, моя крошечка, - говорящий поцеловал замызганный кошачий нос.

- Ну и ну! - Ложкин не верил своим глазам. Но сомнений не было. Этот сумасшедший, счастливо баюкающий кошку на руках, не кто иной, как преподаватель с курсов французского языка. Ложкин пошел за ним следом, лихорадочно придумывая повод, чтобы заговорить. Этот дурачок будет моим переводчиком, решил Ложкин, уверенный в том, что чокнутый преподаватель не будет вникать в суть дела, а значит, не составит конкуренции.

Из подворотни раздалось душераздирающее мяуканье. Нахальный бабий голос возвестил:

- Эй, профессор, там не твоя любовница голосит. Похоже, в баке застряла.

Мужчина остановился, лицо его побледнело, и он с отчаянной мольбой в голосе произнес:

- Я вас не прошу, я вам приказываю, как работницу коммунальной службы, спасти несчастное животное.

Медноволосая баба оскорбилась. Подбоченясь, гордо произнесла:

- К вашему сведению, я дворник. И лазать по помойкам не обязана. Самому-то, небось, брезгливо.

- У меня руки заняты, - чуть не заплакал преподаватель.

- На бутылку подкинешь деньжат, тогда и открою бачок. А эта грязная тварь и сама выкарабкается, хотя у нее вроде все лапы перебиты. Я видела, пацаны баловались.

- О времена, о нравы! - застонал преподаватель, и у него из глаз покатились слезы.

- Ах ты, короста толстомордая, - на арену выступил, стоящий в стороне Ложкин. - Зачем ученого человека обижаешь? Борис Андреевич, чем вам нужно помочь?

- Спасите, спасите несчастное животное. Я вас умоляю!

Была, не была! Ложкин решительно шагнул к вонючему бачку, откинул металлическую крышку.

Озверевший от долгого заключения, кот выскочил из металлической тюрьмы и вцепился в ладонь своего спасителя. Ложкин взвыл. Дворничиха загоготала:

- Получил, защитничек. Еще мало будет!

- Цыц, тварь, - зыркнул злобно Ложкин на бабу.

- Не упустите, прошу вас, этого красавчика, - преподаватель зачарованно смотрел на кота.

- Куда доставить? - процедил Ложкин сквозь стиснутые зубы, думая про себя, что с удовольствием придушил бы это вонючее создание, царапающее его кожаную куртку.

- Пойдемте скорее, здесь недалеко, - засуетился преподаватель.

Пока мыли кошек, потом обрабатывали перекисью водорода царапины и укусы на руках, мужчины практически не разговаривали между собой. Только Борис Андреевич изгалялся на ласковые словечки и выражения, которые адресовались непослушным животным.

- Ягодка моя душистая! Цветочек нежный! Солнышко лучезарное! Ласковая песня сердца моего!

Отродясь, Ложкин не слышал ничего подобного. Сначала ржал про себя. А потом навострил уши: запоминать стал, авось в разговоре с француженкой пригодится.

- Ну-с, дорогой! - Борис Андреевич устало откинулся в кресле, - чем я вас могу отблагодарить, добрый человек? - он мельком взглянул на Ложкина.

- А я, между прочим, ваш ученик, - важно произнес Ложкин.

- Какая идиллия, - Борис Андреевич поглаживал мохнатую голову сытой и довольной кошки, развалившейся у него на коленях.

- Я ваш ученик, - повторил Ложкин, - и потому хотел бы попросить вас помочь мне с самостоятельной работой.

Заверещала телефонная трубка.

- Да, да! Некогда мне. У меня ученик. Прекратите ваши припадки ревности, - Борис Андреевич с возмущением отшвырнул трубку.

- О, люди, люди, как примитивны и убоги все их порывы.

- Так, вот, - Ложкин уже начинал нервничать, что теряет так много времени напрасно. - Я продиктую вам письмо, а вы изложите все мои мысли на французском языке. Суть истории я вам рассказывать не буду, она очень длинная и запутанная, - Ложкин постарался придать загадочное выражение своей физиономии.

- Вы правы, подробности мне ни к чему, - Борис Андреевич сел за письменный стол. Достал из папки лист бумаги, снял колпачок с позолоченной ручки.

- Я готов!

Ложкин встал посередине комнаты и начал декламировать, как актер в плохом театре.

- Здравствуй, моя любимая женщина, по имени Франсуаза! Ягодка моя перезрелая, цветок в пустыне сердца! Пишет тебе русский мужчина с могучим именем Лев, который мечтает заключить тебя в свои объятия. Не пугайся моего сердечного порыва, просто я человек очень чувствительный и эмоциональный. Когда я узнал, что ты, моя крошка, грустишь в одиночестве на берегу моря, душа моя облилась слезами. Знай, теперь ты не будешь одинока. Рядом будет мое надежное плечо и зоркий взгляд. Человек я порядочный и честный, потому не допускаю любовных отношений без законного супружества. Мы непременно должны оформить наши отношения, не раздумывая. И тогда я найду для тебя целую корзину ласковых слов и признаний. А пока перейдем к делу. Я разыскал наследника твоего состояния. Сегодня я был у него в больнице. Да, к сожалению, Б.А. Шеромыжник болен, и без меня он самостоятельно не может принимать решения. Я его официальный опекун, а это еще важнее, чем родственник. В этом конверте ты найдешь фото. Посмотри внимательно, но не ошибись. Парень с перевязанной головой, это и есть Шеромыжник. А рядом я. Согласись, что мужчина я видный, в самом соку. Жду от тебя новостей. Целую сто раз. Твой чистый мурлыкающий котик.

- Каково, а? - декламатор потер радостно руки. - Вот, что значит вдохновение.

Преподаватель дописал несколько слов.

- Слава богу, закончили.

- Спасибочки, - Ложкин бережно свернул листок с французскими закорючками.

- Фартовый я парень! - он посмотрел с любовью на свое отражение в большом зеркале, широко улыбнулся и притопнул ногами, словно чечетку выбил.

Фотографии, которые он получил, очень ему пришлись по душе. Славик выглядел действительно немощным. Бледный, с синевой под глазами, в затрапезной больничной пижаме, как нельзя лучше подчеркивал цветущий вид Ложкина.

От чувств на Ложкина накатила волна словесной энергии. Он решил, что нужно еще написать письмо и на русском языке. На главпочтамте он выбрал уютное местечко и начал творить.

Ласковые слова и слащавые сравнения лились из него, как вода из фонтана, журча и искрясь.

Вечером в Париж полетел экпресс-почтой конверт, на который Ложкин наклеил три марки, тщательно им отобранные. На одной изображена была могучая морда льва, на другой - алая роза и на третьей - лайнер.

- Спешу на крыльях любви! - повторил он с упоением, - вот что обозначают эти марочки. Вован парень умный, а потому во все вкладывает смысл.

В метро пахло потом, пудрой и чесночной колбасой.

Толпа не раздражала Ложкина. Иногда он любил, как выражался сам, подпитаться энергетически. Он пристраивался поближе к крепко сложенному парню или румяной женщине, раскрывал левую ладонь и про себя произносил:

- Твоя энергия, здоровье, тепло идут ко мне.

Кто его этому научил, Ложкин уже и не помнил. Да, и не мог утверждать на все сто процентов, что верит в эту процедуру. Но, тем не менее, когда оказывался среди людей, обязательно проделывал подобный фокус. А чего добру пропадать! И усилий особых не требует.

Комендант обожал зайти в свое общежитие незаметно, чтобы, как говорил сам, застать достоверную картину жизни. Вот и сейчас, бесшумно открыв дверь, он тенью юркнул в холл.

Но, к великому его сожалению, все было тихо и спокойно. За столом дежурила узкоглазая студентка из Пекина. Она сидела неподвижно, с отрешенным лицом, прикрыв глаза.

- Спишь? - рявкнул Лев Львович. - Докладывай, какие новости!

Узкоглазая встряхнула черной глянцевой головой, как внезапно напуганная птица.

- Ой, это вы! - живо откликнулась, - у нас все хорошо, все замечательно.

- Посетители были? Гости незарегистрированные?

Азиатка замешкалась. Дело в том, что к Сулейману из двенадцатой комнаты пришла девушка. Сириец всучил дежурной полтинник, чтобы молчала. Она и хотела молчать. Но разве от пронзительных глаз коменданта скроешь что-нибудь!

- О чем задумалась, дочь Востока? - Махов подошел к девушке и сжал ей локоть, как раз в том месте, где переплетаются нервные окончания.

- Больно, - прошептала дежурная.

- Будет еще больнее, если надумаешь, что-нибудь замалчивать. Говори!

- Наташа, блондинка, большая, красивая, пришла к Сулейману, - азиатка зашептала быстро и горячо. - Сулейман сказал, они заниматься будут русской литературой. Ему одному трудно стихи Пушкина читать.

- Так, - протянул Лев Львович в раздумчивости.

Дежурная, словно стала меньше в размерах, съежившись в ожидании приговора. Гнева коменданта в общежитии боялись все.

А он вдруг улыбнулся.

- Наташа, говоришь? Очень хорошо, очень кстати. Пойду, визит нанесу. Дружеский, так сказать, - он подмигнул окаменевшей азиатке. - Пока, можешь расслабиться, а позже поговорим.

И минуя свои апартаменты, насвистывая беспечный мотивчик, Махов поднялся на третий этаж.

Дверь комнаты, конечно же, была заперта изнутри. На легкий стук никто не отозвался, хотя музыка была слышна.

- Сулейман! - комендант постучал погромче, - я знаю, что вы дома. Откройте! У меня для вас хорошая новость.

Наташа, полная белесая девица, сидела на узкой деревянной кровати, свекольно-пунцовая.

- Мы занимаемся русской литературой, - Сулейман, красивый брюнет с зелеными глазами, кивнул на томик Пушкина, лежащий на прикроватной тумбочке.

Да, ладно, ладно. Чего уж там стесняться! Любовь - дело молодых, - Лев Львович изобразил подобие улыбки. - Конечно, был бы я монстром или неотесанной дубиной, то в мгновение ока выгнал бы за аморальное поведение сирийского студента из нашего образцово-показательного общежития. Но я не таков! Зачем осложнять жизнь хорошему человеку, каким является, всеми уважаемый Сулейман. Да, и вам, милая гостья, думается, огласка ни к чему. Вы учитесь?

- Работаю, - пролепетала девица, еще окончательно не придя в себя. - В Пассаже, в обувном отделе.

- Понятно, - Лев Львович прошелся по комнате. - А проживаете где?

- У родственников, я из области.

- Интересное кино, - он замолчал.

Пауза, которую любил и умел выдерживать комендант, напугала бедных влюбленных до расширения зрачков и внезапной бледности.

- Сулейман! - наконец, энергично и громко произнес комендант. - Я хочу предложить вам чудесную комнату в центре, с видом на Таврический сад. Вы ее арендуете, и тогда ни одна беспардонная личность не будет мешать вашим амурным делам. Числиться вы, конечно, будете здесь, как и положено примерному студенту, государственному стипендиату. Ну что?

Сулейман, казалось, еще плохо понял, о чем идет речь. Он молчал, нервно почесывая колючий, небритый подбородок.

- При даме о цене говорить не будем, - продолжил комендант. - Деньги женщин не любят. Так, что, милости прошу, после вашего сердечного свидания, навестить и меня в моем кабинете.

- Всего доброго, голубки! Продолжайте ворковать, - он посмотрел на девицу ехидно прищурившись, дернув одним уголком рта, словно сдержал улыбку.

Наташе его усмешка отчего-то напомнила волчий оскал.

- Как страшно! - всхлипнула девушка и прижалась большим мягким телом к мускулистой мужской груди. - Ты, думаешь, он не сообщит на мою работу? Меня могут уволить…

- Не волнуйся, солнце мое! - сириец ласково погладил свою подружку по голове. - Наш комендант человек серьезный. У него слово-закон. Сказал, значит, найдет нам комнату. Будем с тобой, как муж с женой жить! - он страстно поцеловал Наташу.

Подслушав эту тираду под дверью, Махов вздохнул с удовлетворением. Хорошо иметь дело с толковыми людьми. Вот только не забыть бы, да напомнить этому мусульманину о его невестушке из родного края. Письма-то он ей каждую неделю отсылает. А толстая Наташа рассиропилась! Все-таки, глупые создания, эти женщины! Что старые, что молодые, их с панталыку двумя заковыристыми словечками сбить можно. Про все забудут! Последнее умственное заключение привело в небывалый восторг Ложкина. Ему уже чудилось, что далекая француженка влюбилась в него по уши.

Chapter 8

ВЕЛИКИЕ ПЕРЕСЕЛЕНЦЫ

Больничная жизнь имеет свою гипнотическую силу над человеком. Кем бы он ни был - футболистом или картежником, продавщицей или актрисой, старым или юным, красивым или так себе, неважно, попав в стены лечебного учреждения, все без исключения становятся пациентами палат. Мгновенно перечеркивается добольничный уклад жизни. Нет отныне личного времени, есть одна большая река с названием Режим. Славка быстро втянулся в больничный режим.

Вот уже несколько дней Славка находился в палате один. Красота! Головные боли отступили. И можно было долгими вечерами спокойно лежать и думать. Оказалось, что слаще нет занятия на белом свете. Раньше все как-то времени не хватало: бежал, суетился, смотрел бессмысленные передачи, с кем-то тусовался, и некогда было остановиться, чтобы поразмышлять. Теперь же он даже научился задавать сюжет мыслительному процессу. Например, говорил сам себе: сейчас я подумаю о Лане, о том, как познакомились, как жили вместе, почему расстались. Себя в этом внутреннем фильме он представлял по-разному. То это был положительный герой, попавший под жестокий град обстоятельств, то легкомысленный любовник, испугавшийся страстной силы настоящей женской любви. И, чтобы разобраться с тем прежним Славкой, приходилось прокручивать все серии вновь.

На следующий день тема для размышлений была иная - работа в ремонтной конторе. В деталях и подробностях вспоминал бывший телемастер квартиры, откуда были вызовы, обстановку, хозяев, их голоса, жесты. На этот видеоряд всегда обрывался одинаково внезапно. За что ударил меня этот верзила? Хотел убить? Но зачем? Выручка от заказов была мизерной, получалось, что все драгоценности Славкины на тот момент были - это лишь сумка с инструментами. Эту непонятную ситуацию Славка решил обязательно разгадать, как только выберется из больничных стен. Длинный, бледный парень, сидящий в позе лотоса в ванне, даже приснился Славке. Эх, погоди, доберусь до тебя!

Как часто мы забываем, что все наши мысли материальны. Если постоянно держать в голове какой-то образ, то он непременно материализуется в конкретном воплощении. В субботу утром Славка услышал, как за дверью раздались и затихли шаги, словно кто-то не решался войти. Потом из коридора донесся пронзительный голос одной из медсестер:

- Молодой человек, вы к кому?

В ответ ломкий юношеский басок засмущался:

- Я, я … к Славе Шеромыжнику.

Вот это да! В проеме двери высился баскетбольного роста пацан.

- Ну, привет! - усмехнулся Славка, - не зря ты мне снился.

- Да, я хотел сразу к тебе прийти, извиниться. Но в вашей фирме такая занозистая диспетчерша.

- Не дам тебе ни телефона, ни адреса. Может, ты добить его собираешься!

- Тогда я на хитрость пошел, к приятелю телемастера вызвал. Пришел проворный мужик, два конца соединил, я их сам отпаял для пущей убедительности, и представляешь, огромную сумму зарядил! Пришлось отдать накопленные рублики, но прежде я все-таки выудил твой адрес.

- Интересно, кто это к пацанам по вызову приходил? - подумал Славка. В памяти мелькнуло лицо Михалыча, вспомнились и другие мастера из фирмы. Внутри досада чуть царапнула. Третью неделю он здесь валяется, и никто из бывших коллег даже ни на минуту не заглянул. Хотя чего там обижаться! У всех своя жизнь, свои проблемы. И каким бы не был пестрым калейдоскоп лиц, встречающихся в жизни, человек должен знать: он один есть сам у себя. Эту горькую истину Славка познал здесь, в больнице. Грустно вздохнулось.

- А ты чего приперся?

- Я тебе апельсины принес.

- Мать послала?

- Нет, я сам так надумал.

- Чего стоишь-то, проходи. Вон, стул у окна, садись. И давай все по-порядку. Рассказывай, балда стоеросовая, чего махаловку устроил. Не мог словами объяснить. Тебя, хоть зовут-то как?

- Санька я, Лихачев. Честно сказать, сам не знаю, зачем я тебя ударил. Испугался, что ты мою систему в один момент сломаешь.

- Какую еще систему?

Санька вздохнул.

- Мамка мужиков к себе водила. Противно! Я решил сделать разоблачительные фотки и отцу отослать. Пусть бы он узнал про нее все, а потом мы бы вместе с ним от нее ушли. Ну, вот, для этого я установил видеоглазок над ее койкой развратной. У меня на мониторе изображение появлялось, с него я фотки делать собрался.

- Ну, ты Эйнштейн! - Славка уважительно посмотрел на парня, - откуда такие познания?

- Да, я и сам не ведаю, - равнодушно пожал плечами Санька. - Бывает, кое-что спрошу у толковых людей, книги какие полистаю, в схемах покопаюсь, и в голове у меня все само собой выстраивается. В принципе, все ведь так просто.

- Кулибин! - Славка не скрывал своего восхищения. - А что ты еще навыдумывал?

- Да, - Санька махнул рукой. - Сразу и не упомнишь. Поменьше был, игрушки собирал. Делал машину радиоуправляемую, роботов, которые от хлопка ладони, чего только не вытворяли. А сколько мини-приемников перепаял, уж и не сосчитать. Самый маленький в спичечном коробке умещался. Пустяки все это! Только вот теперь, - Санька опустил голову и пробормотал. - Короче, ушел я из дома. К матери опять мужик заявился. Толстый, гадкий. Знаешь таких, с понтами, дескать, раз хозяин киоска, значит хозяин жизни. Ну, посидели они на кухне, бутылку литровую водки приговорили, а потом он мне заявляет:

- А не пошел бы ты, парень, погулять! Представляешь, на улице дождяра льет, а у меня кроссовки дырявые. Я ему в ответ:

- А чего это я из своего дома должен уходить, на ночь глядя?

Ну, и дальше зацепилось. Он меня оскорблять начал: «и дебил я, и ублюдок, и нахлебник». Скажи, кто такое выдержит? Я и хотел вмазать ему по его жирной харе. А тут мать вдруг резко протрезвела, да, как заорет, что нет у нее больше сил меня терпеть. Что никакой я ей не сын, и будто бы купили она меня сопливого, вшивого у парочки бомжей за ящик водки.

У Саньки задергался подбородок, повлажнели глаза, и он стал отчаянно тереть их кулаками, словно пытаясь вдавить назад непрошенные слезы.

- Да будет тебе! - Славик попытался успокоить паренька. - Может, мать-то все сгоряча наговорила. Насколько я ее помню: она женщина шумная, шебутная. Таким только дай волю, покричать. Выпустят пар, да, и успокоятся. Эмоции их захлестывают, и они сами не понимают, что плетут. Перескажи им потом их же слова, удивляются. Встречал я подобных людей.

- Нет, нет, - Санька помотал головой. – Здесь совсем другой случай. Я ведь в ту ночь в подъезде у батареи просидел. А утром, как только услышал, что дворничиха начала двор подметать, тут же выскочил. Тетя Капа, она про всех все знает. Хоть и горластая тетка, но с понятиями справедливыми.

- Тетя Капа, это правда, про меня и про... мать? - так я спросил, а сам близко-близко подошел, чтобы прямо в глаза смотреть.

Смутилась она очень и затараторила:

- Предупреждала я тогда Тоньку, что ничего путного у нее с этой затеей не получится. Не склеить семью чужим ребенком. Своего дитя бог не дает, значит, не желает, чтобы матерью была. А муженек ее тогда лыжи навострил к тетке с двумя пацанами. Тонька и решила его ребенком удержать. Ну, и выторговала тебя. Ты хорошенький был, понятливый, тихий, точно мышка. Конечно, мы за тебя переживали. И одет-то ты был скромненько всегда, да и худой.

- Не обижаешь мальца? - бывало, спрошу я у Тоньки. А она меня, куда подальше посылает. Халда! Ну, а как мужик на нары угодил, так она, словно с цепи сорвалась. Каждый день - новый кавалер. Мыслимое ли дело?

- Она бы еще говорила. А мне так тошно стало, что дальше слушать не могу. Повернулся и пошел.

- Санек, погоди! - она меня за руку схватила. - Ты куда намылился-то?

- Не знаю! А в голове все гудит, тело будто ватное. Жить не хочу.

- А вот, пока не знаешь, пойдем ко мне, - привела, значит, тетя Капа меня в свою каптерку. Там у нее метелки, лопаты, ведра хранятся.

- Сейчас чайку попьем. У меня здесь все припасено. Есть сушки, сухарики. Я, бывает, зимой так ухайдакаюсь, разгребая снег, да лед разламывая, что, веришь, сил нет до дому доплести. Зайду сюда, чай попью, вздремну на топчане, тогда уже и силы появляются дальше жить. Ты, парень, не горячись. Подумай, ну не взяла бы тебя тогда Тонька, где бы ты сейчас был? Мамаша твоя кровная, говорят, в тот же год умерла, отравившись какой-то жидкостью. В детдоме бы оказался, а там жизнь несладкая.

Я слушал ее и, веришь, такая обида внутри распирала. Почему-то вспоминалось все плохое, как ремнем драли, как куском хлеба попрекали, как моих друзей высмеивали. Уж, про пьянки и не говорю. Когда раньше думал, что родные они мне, то вроде и мирился со всем и прощал. А тут вдруг волна ненависти накатила.

- Не пойду я домой. Не могу больше!

- Ну, это ты сейчас так говоришь, а завтра запоешь по-другому. Жить, где собираешься? Да, и голод, скажу тебе, быстро гордость ломает.

А меня от чая, от тоскливых открытий, от ночи бессонной так разморило, что я уже ничего не соображал.

- Тетя Капа, можно я посплю немного? - спросил я или уже приснилось, не помню.

- Ладно. На топчане одеяло ватное. Согреешься, может и лед с сердца схлынет. Я тебя с наружной стороны закрою. Не положено здесь никого оставлять.

Я лег, укрылся с головой и будто провалился. И, хочешь верь, хочешь нет, сон мне приснился, где я себя маленьким увидел. В каком-то темном подвале, вокруг снуют полутени, полулюди. А я спокойный, счастливый на руках у женщины. Она, такая хорошенькая, кудряшки на лбу, ямочки на щечках, улыбается, меня то и дело целует и приговаривает:

- Ах ты мой пупсик, ах ты мой сладкий! Сыночек мой родненький...

Спал бы, не просыпался! Глаза я открыл, когда в замке ключ начал лязгать. Лежу, сон вспоминаю и на сердце такое блаженство. Наверное, так бывает хорошо и тепло, когда тебя любят.

- Ну, выспался? - дворничиха прикрыла дверь, щелкнула выключателем. - Я тебе пельменей принесла, сама в воскресенье лепила. Не сравнить с магазинными-то! Кастрюльку в газету завернула, в старую шапку засунула. Не остыли, небось...

Я ем, а она подперла щеку рукой и на меня уставилась.

- Почему так в жизни несправедливо устроено? Одним судьба все дает, родителей хороших, жизнь сытую, да спокойную. А другим с самого детства одни испытания и мытарства.

- Выкарабкаемся! - это я уже выспался, наелся, вроде и хорошо все стало вокруг.

- Ну, так что ты надумал?

- Туда - точно не пойду.

- Саша, я со своим стариком говорила. Он не против, чтобы ты у нас пожил. Мы ведь тоже можем и опекунство на тебя оформить, не хуже Антонины.

- Тетя Капа, спасибо. Я же к вам сто раз заходил, знаю, в какой вы тесноте ютитесь.

А я у них действительно, то одно, то другое ремонтировал. У них комната метров двенадцать, кухня без окна.

- Ну и что! - вспыхнула дворничиха, - в тесноте, да не в обиде. Я этой квартире так радовалась, когда с тремя детьми из общежития в нее перебралась. Ничего, привыкли. Помню, спать уляжемся, так сантиметра нет для прохода. Один за другим детки разлетелись. Мы со стариком в просторах, считай, остались. Давай, соглашайся. И нам будет веселее. Очень мы скучаем одни.

Я, чтобы ее не расстраивать, соврал.

- Есть у меня дружок один. У него родители в длительной командировке заграницей. Он меня давно пожить приглашал.

- Парень-то хоть хороший?

- Отличный.

- Может и правда, так-то лучше. Чего тебе со стариками затхлым воздухом дышать.

- Знаешь, - она понизила голос. - Антонина кричала на весь двор, что как только ты появишься, сразу в детприемник тебя сдаст, свинью неблагодарную.

- Не дождется! - я уже психовать начал. - Пойду
я...

- Саша, мы люди небогатые, но возьми хоть на
первое время, - дворничиха протянула несколько
денежных купюр.

- Отдам, отдам, обязательно отдам, - забубнил я,
как испорченная пластинка.

А куда податься? Сначала на Финляндский
вокзал поехал, а там ни одной скамейки, перебрался
на Московский. В зале ожидания поболтался.
Противно там. Гнусные тетки, мужики. Прямо в
открытую к себе зовут. Цены космические за любовь
предлагают. Раньше бы кто сказал, не поверил! Сам
видел, как сопливые пацаны с пузатыми дядьками
уходят. Потом паренек один подсказал, где можно
подхалтурить. У хачиков фрукты грузить,
перебирать, до глянцевого блеска натирать.

- Мда, - Славка только сейчас заметил, какой
Санька весь чумазый и запыленный, словно
припорошенный серой пудрой.

- Слушай, - встрепенулся вдруг Санька, - может,
ты мне сейчас хорошенько врежешь. Ну, как я тебе
тогда, как бы сдачи дашь. Я тут и останусь.
Отосплюсь в тепле. Достали меня вокзалы!

- Дурачок! Под два метра вымахал, а ума не
нажил. Слушай меня: сейчас вниз спустимся, там есть
телефон-автомат. Я соседке звякну, она бабка
нормальная, все поймет. Пойдешь жить ко мне в
комнату, а через неделю и я прибуду. Вместе не
пропадем.

На следующее утро Санька влетел сияющий.

- Ну, Славик, у тебя классно. Я отмылся в ванной.
Потом в лабаз смотался, продуктов закупил. Бабулька
эта, Антиповна, за мной следом ходила, все
выспрашивала: кто я такой. Я ей честно сказал, что
зовут меня Александром, что нет у меня ни матери,
ни отца, один только ты. А она меня так мудрено
спрашивает:

- А где вас судьба со Славиком свела?

Ну, я ей опять ответил все, как есть.

- При несчастном случае.

Она головой закивала, будто поняла что-то. Потом студнем меня накормила. А я ей трехпрограммник починил.

- Опять сломался? - хмыкнул Славик. - Давно этой рухляди на свалке пора быть.

- Это ты про кого? - засмеялся Санька. - Кстати, после этого приемника Антиповна меня жутко зауважала и говорит:

- Так бы сразу и сказал, что со Славиком вместе работаете, в их конторе все мастеровитые.

- Шеромыжник! - строго спросила, заглянувшая в палату пожилая медсестра, - чего этот пацан целый день здесь околачивается без дела?

- А, что дело есть? Я всегда готов, - искренне откликнулся Санька.

Медсестра выразительно посмотрела на длинные ноги, вытянутые циркулем поперек комнаты.

- С твоим ростом только лампочки вкручивать.

- Запросто. Мне и стремянки не нужно. Скажите, где?

С перегоревших лампочек началась трудовая эпопея Саньки в больничных корпусах. После того, как на всех этажах, наконец, вспыхнули все имеющиеся осветительные приборы, он приступил к починке радио и телевизионной техники, давно уже пылившейся в кладовой завхоза. Завхоз, Семен Семенович Яшкин, не мог нарадоваться.

- Эх, Александр, жаль, что по малолетству тебя нельзя в штат оформить, - сокрушался кучерявый пройдоха. - Знаешь, было время, когда за харчи работали. Так и ты, не стесняйся, уплетай на кухне за троих. Я уже поваров предупредил, чтобы откормили тебя.

- А потом не зарежут? - хихикнул Санька.

- Ты о чем?

- Ну, как поросенка. Кормят, кормят, а потом, бац! и секир - башка.

- Ха-ха! - засмеялся тоненьким голоском завхоз. Потом вдруг поморщился:

- Юмор у тебя, Шурик, скажу честно, неделикатный, подворотней отдает.

Иногда, когда Санька один не управлялся, к нему на помощь приходил пациент Шеромыжник.

В воскресенье вечером, когда медсестра сообщила Славке, что ему предстоит пробыть в больнице еще недели две, его осенило.

- Послушай, Санька, похоже, эти хитрюги меня не выпишут никогда. Не потому, что я такой больной, а потому, что у завхоза дел невпроворот. Ты посмотри, он опять принес список неисправных приборов. Давай-ка, сматывать удочки. Бумажки официальные, ну, там больничный лист и еще какая-то белиберда, мне не нужны. Голова моя давным-давно в порядке. На что мне витамины, которые они по-садистски вкалывают в задницу, она уже, как подошва, твердой стала. Утром после завтрака, выберем подходящий момент и слиняем. А чтобы не искали, так и быть, записку на тумбочке оставлю, дескать, благодарю за лечение.

В то время, когда Славка и Санька, довольные своей решительностью и предприимчивостью, бодро шли через Литейный мост, комендант Махов мерил шагами холл общежития. Неспокойно было на душе у Льва Львовича.

- И опытный зверь иногда не чует ловушку, - говорил он сам себе. - Уж как-то все подозрительно складно и быстро склеивается. Не бывает так, Вова! Вспомни, где-то было написано, что Наполеон предупреждал: «Судьба - великая распутница». Распутница, изменница, соперники. Дурацкие слова цеплялись одно за другое и хороводом кружились в голове. И неожиданно Ложкин осознал, какая заноза его беспокоила. С чего это он решил, что только он, один-единственный интересуется адресом наследника? Да, может, уже десятки предприимчивых людей к лошадиной морде тропу протоптали! А той мымре все равно, лишь бы платили, за зеленые любую информацию продаст.

- Ну и простофиля ты, Вова! - комендант ударил кулаком по столу.

В ответ испуганно, как экзотическая птица, вскрикнула узкоглазая студентка, появившаяся в холле с ведром и шваброй.

- Срочно нужно ликвидировать эту мразь! - грозная фраза выплеснулась вслух из раскаленного пекла мыслей.

- Ась? - студентка-уборщица вскинула бровки-черточки.

- Чище мой, говорю. Потом за этим столом будешь дежурить. Все фиксируй в журнал: телефонные звонки, приход, уход посетителей. Надеюсь, поняла?

- Да, да, - быстро закивала головой узкоглазая. - Мне ведь не впервой. Порядки знаю.

Она шустро задвигала тряпкой по серому линолеуму, и по ее оживившейся фигурке было видно, как она радуется тому, что надзиратель-комендант уходит.

- Распустились, лентяи паршивые! Докатились - на каждом углу нищие. Никто работать не желает, - Ложкин-Махов расталкивал старушек с протянутой рукой, чумазых детишек-попрошаек, инвалидов с перевернутыми шапками, лежащими возле обрубков ног. Он вышел на станции «Горьковская». Когда-то один из престижных ленинградских районов, где селилась партийная номенклатура и артистическая элита, сейчас выглядел убогим и по-пролетарски загаженным. Невменяемые мужики и бабы с распухшими, расцвеченными синяками лицами, то и дело обращались к Ложкину.

- Дай, гражданин хороший, рублишко на опохмел.

- Ублюдки! - сплевывал Ложкин, - еще день не начался, а они уже нажраться успели.

Как он презирал и ненавидел этих жалких людишек, эти вонючие улицы с раздолбанными дорогами и обшарпанными полуразвалившимися домами вокруг. Одна надежда на то, что совсем скоро он покинет этот презренный клочок земли, грела сердце и звала, звала к новым действиям. Иначе бы... Ох! Ложкин аж заскрипел зубами, когда увидел, как два бомжа что-то увлеченно ищут в развороченных и смердящих кучах мусора.

А вот художнику Александру городские пейзажи родной стороны никогда не портили настроения. Он восседал на скамье возле своего дома, и блаженная улыбка на красноватом лице свидетельствовала о том, что человек наслаждается жизнью.

Махов-Ложкин подошел со спины к художнику и, закрыв ему глаза ладонями, изменив голос, пискляво и протяжно спросил:

- А ну-ка, догадайся, кто это?

Александр радостно вскрикнул:

- Никак ты, Серега, объявился. Я тебя по парфюму заморскому чую. Дай-ка я тебя облобызаю, мой дорогой!

Художник обернулся, и тут с его лицом произошла заметная метаморфоза. Только что сиявшая и довольная мина вмиг потускнела, посерела и скукожилась.

- А, это вы, Лев Львович, - произнес он понуро.

- Что-то ты шибко рожу перекорчил, словно кисляк на язык попал? - ехидно поинтересовался Махов.

- То вам показалось, - вздохнул Шура.

Коменданта Шура ненавидел и еще больше боялся. После того случая, когда художник подкараулил Анастасию возле университета, а потом по ее поручению поехал в общежитие, где на него набросилась дикая африканка, Махов замучил Шуру всевозможными поручениями. То куда-то сходить, то за кем-то проследить, то подписаться под пасквильным доносом. Отказаться невозможно. В особой папочке у коменданта хранилось заявление от потерпевшей, иностранной студентки Франсуазы Жеде, о нападении на нее с целью грабежа и изнасилования. Подписи двух свидетелей, якобы скрутивших хулигана и тунеядца Александра Александрова, делали заявление убедительным и весомым.

- А дату происшествия поставим тогда, когда ты будешь плохо себя вести, - предупредил комендант художника. - Учти, если делу дать ход, оно приобретет международный размах. Я сам лично позвоню во все средства массовой информации. Господи! Сколько времени прошло с того нелепого случая, а этот паук все сосет и сосет кровь из бедной жертвы! Александр попытался изобразить жалкое подобие улыбки.

Но Махов проговорил недовольно.

- Не очень-то мне нравится, как ты своего благодетеля встречаешь. По-моему, ты начинаешь забывать, что хоть Кресты и переполнены, а для особо опасных преступников полшпонки найдется. Жена-то дома?

- Дома, я дома! - из открытого окна показалась коротко-стриженая голова. - В Париж собираюсь на гастроли, чемодан упаковываю.

- Шутить изволите, мадмуазель актриса? - у Махова от зависти аж пересохло в горле. Неужели не врет? Как, так, по какому праву не он, а эта стриженая овца поедет в город его мечты. Нужно скоренько что-то придумать, чтобы использовать болтливую дурочку по-максимуму.

- Если позволите, - комендант грациозно запрокинул седую голову, - я к вам на чашечку чая поднимусь, а потом мы с вашим благоверным сходим по интересному адресочку.

- От вас ведь все равно не отвертишься, - нахально парировала актриса, - валяйте, заходите. Только у нас шаром покати: булка вчерашняя и два яйца в холодильнике. Мы ведь творческая интеллигенция.

- И что это обозначает? - ехидно поинтересовался Махов.

- А то, что мы бедные, но счастливые, - Елизавета хихикнула.

Нищие, убогие и тупые, - добавил Махов уже про себя и отправился в сторону булочной, чтобы задобрить хозяйку каким-нибудь дешевеньким рулетиком и соевой плиткой. И то жирно будет для нее! Не любил Махов-Ложкин расставаться хоть с одним собственным рублем. Но сейчас, даже противные незапланированные траты отодвинулись на второй план.

Думай, Вова, думай! - подстегивал комендант сам себя. - Как использовать присутствие коротышки в Париже? Жаль, что поздно узнал, а так бы еще попытался пристроиться к театральной труппе. Эхма!

- Не сожалеть! - тут же приказал сам себе. Сожалеют, а значит, обижаются на судьбу только тупицы. Умные же стремятся любые обстоятельства к нужному знаменателю привести. Выйдя из булочной, он остановился, оглядываясь по сторонам. Глаза машинально скользили по вывескам. «Мясо. Рыба. Вино-Водка», «Фото», «Обувь».

- Фото! - Ложкин ударил себя по лбу вспотевшей ладонью. - Ну, конечно, коротышка-актриса сделает фото. Портрет хозяйки отеля очень пригодится. Сначала с фотокарточкой он пойдет к бабке-гадалке, пусть наколдует бешеную любовь к нему, Ложкину Владимиру. Муть и ерунда! Ну, а вдруг, что получится.

Но это еще не все. У другой он закажет порчу на французскую богатейку. Пожила и хватит. Встретит Вовку Ложкина, влюбится без памяти, оформят они отношения, а потом пусть коньки и откидывает. Со сроками бы не ошибиться. - Ха-ха! - он рассмеялся нелепой затее, пришедшей в голову. Щелкнул на цыганский манер пальцами. - Глупо, но что-то в этом есть.

Потом они вместе с актрисой чаевничали в обшарпанной замызганной кухне.

- Ты хоть когда-нибудь плиту и раковину чистишь? Нормального человека ведь и вытошнить может!

- Мы, люди творческие, нам некогда. А, кому не нравится, пусть сам уборкой и займется.

- Нахальная ты, девка! - комендант уставился на Елизавету немигающим взором и вдруг гаркнул:

- А ну повтори задание!

- Сейчас, сейчас, я живенько, - испуганно затараторила коротышка. - Значит так, наш переводчик звонит по телефону. Ой, кстати, куда я его засунула, - она лихорадочно начала ощупывать свое тщедушное подростковое тело. - Нету! - вскрикнула с таким ужасом, будто не бумажку потеряла, а удар по голове получила. - А- а! - завопила еще громче, - украли!

- Заткнись, чокнутая. Я тебе еще не сообщал данные. Телефон и имя дамы напишу на этой купюре, - Махов достал из бумажника десятидолларовую бумажку. - Как выполнишь задание, можешь тратить с беспечностью королевы.

- Да? - актриса еще не поняла, много это или мало для Парижа. Но купюрка взгляд заворожила.

- Значит так, наш переводчик говорит. - Мадам, для вас есть интересное сообщение из России. Завтра, в семь ноль-ноль ждем вас на Лионском вокзале. Правильно, все сказала, - Лиза съежилась под тяжелым взглядом гостя. - Потом, я щелк, щелк, делаю несколько снимочков. И убегаю. Понятливая я, да?

- Устал я от твоей трескотни. Бывают же такие невыносимые бабы! - Махов давно уже не церемонился с этой парочкой. - Где твоя пьянь подзаборная? Сейчас он мне нужен…

- Что за дело? - лениво поинтересовался художник, который по-прежнему восседал на дворовой скамейке, но уже в окружении двух размалеванных женщин.

- Шурик, какой у тебя корешок симпатявый, - давно нечесаная блондинка сделала глазки Ложкину.

- А не желает ли, гражданин хороший, прогуляться с приличной барышней? - она сделала попытку подняться.

- Сидеть! - рявкнул взбешенный Ложкин. Его привела в ярость мысль о том, что эта старая, пропитая швабра посмела предположить, что он одного круга с убогим и замшелым мазилой. Ложкин с омерзением посмотрел в безобразное синевато-желтое лицо и выпалил ядреную матерную тираду.

Художник тут же молча поднялся и, понурив голову, поплелся за комендантом.

* * *

- Лиговский проспект. Двери закрываются! - объявил машинист поезда.- Будьте осторожны!

Шура следовал за Маховым, словно прикованный невидимой цепью.

Толкнуть бы этого гада на рельсы, - мелькнула злая мысль в голове. - Как он смеет топтать, унижать свободолюбивую творческую натуру!

Но весь протест художник вылился в зловещий шепот.

- Хоть бы стакан налили. На дело без горючего не ходят.

- Имей терпение, - брезгливо поморщился комендант, - из метро выйдем, тогда и подзаправлю малость.

В каменном дворе-колодце одинокое крохотное дерево тянулось откуда-то из-под полуразрушенного дома.

- И посидеть негде, - вздохнул Шура,

- Там, дальше детская площадка, - Махов был в раздражении.

- А ну, малявки, дайте взрослым людям потолковать, - мужчины бесцеремонно вытурили стайку пацанов с единственной скамейки, возле песочницы. Художник оживился, когда Махов достал из портфеля бутылку портвейна.

- Уважаю я вас, Лев Львович, - произнес довольным голосом после того, как сделал несколько звучных и затяжных глотков из темно-зеленой бутылки. - Уважаю за энергию, деловую хватку, за умение с кадрами работать.

- Кадр, это ты что-ли? - усмехнулся комендант. - Впрочем, философствовать будешь со своими собутыльниками. Слушай сюда. Вон ту дверь видишь? Войдешь, поднимешься на второй этаж. Позвонишь в квартиру номер десять. Препротивная девка дверь откроет. Ты ей с порога скажешь:

- Надыбай мне,ясноглазая, адресок один. Фамилия опупенная. И по слогам произнесешь. Шеромыжник! Запомнил?

- А че там? - Шура с удовольствием отхлебнул портвейн. - Я и не такие фамилии знавал. Например, был у меня дружок. Вот уж умора. Бабьяляха. Серега Бабьяляха! Вслушайтесь только, как чудно звучит.

- Слушай, заткнись. Тебе слово не давали. Значит, так дальше, девка начнет артачиться, будет денег просить. А ты в нахаловку при.

- Дура, перо в бок давно не получала?

И вот этим ножичком перед носом гадкой твари помаши. Ну-ка, щелкни пару раз.

Шура с детским удивлением разглядывал стальное лезвие, выскакивающее из цветной наборной ручки.

- Классная работенка. Где такие куют?

- Там, где тебя давно ждут, - мрачно ответил Махов. Ох, как ему сегодня не нравился Шура! Квашня бесполая, не мужик.

- А дальше-то что? - Шура явно начинал дрейфить.

- Ты бугай еще тот. Девку в глубь квартиры гони.

- А вдруг она не одна?

- Проверено. Одна, - убедительно произнес Махов, хотя был совершенно не осведомлен по этой части. - В прихожей пакетик этот вывернешь. Пусть травка по полу разлетится. И все. Сделаешь, бутылка водки за мной. «Дипломат» устроит?

Шура вдруг разрумянился, плечи развернул.

- Ну, я пошел…

Притаившись у почтовых ящиков, Махов слышал, как художник громко сопя, поднимался по ступеням.

- Кто там? - раздался стервозный голос за дверью.

- По делу. Открывай, - рявкнул Шура, очевидно, войдя в роль. Не зря в артистической тусовке пьянствовал.

- А, привет, красотка, - Шура громко рыгнул. - Адрес Шеромыжника треба…

- Откуда ты, чума болотная? - усмехнулась девка во всю свою лошадиную морду. - Один урод уже приходил за твоим Шаромыгой. Ты опоздал. И Ваню Грозного из себя не строй. Глазенки-то, как у младенца, бессмысленные. Хочешь, на урода в парике бумажку сбацаю? Не ты, так другие его пришьют. Зеленой фальшивкой со мной расплатился.

- Вот твари! - от услышанного Ложкина заколотило. Эта лошадиная морда сдала его в одночасье. А какая же скотина липу подсунула? Не паршивая ли азиатка из общежитского коридора? Доберусь до всех…

- Ну чего, долго квасить меня будешь? - зевнула девица.

- Перо в бок получи! - неожиданно заорал Шура, видимо, вспомнив слова из роли.

Услышав щелчок выскочившего лезвия, Ложкин в считанные секунды взбежал на площадку и толкнул художника в спину изо всех сил.

- Козел, куда прешь! - завопила девка, не поняв, отчего огромное тело приняло устрашающее движение с ускорением.

Пока захмелевший Шура падал на пытающуюся вывернуться тощую девицу, Ложкин захлопнул дверь ее квартиры. Прежде, чем выбежать во двор, он позвонил во все соседние двери. Пусть люди носы высунут на лестничную площадку.

На улице он остановил девушку комсомольского вида, с открытым взглядом, толстой косой и расправленными широкими плечами.

- Милая, там, за углом отделение милиции. Пусть срочно в квартиру номер десять наряд вызывают. Драка там. Поножовщина. Я за «Скорой» помчался.

Девчонка резво завернула за угол. И буквально через минуту спешила с двумя молодцеватыми пареньками в форме.

- Десятая квартира, десятая... Что-то мне про нее Колек говорил. Не помнишь, Сева?

Белобрысый щуплый Сева, пытаясь изобразить перед хорошенькой девушкой бывалого опера, нахмурив пшеничные брови, оживленно произнес.

- Сдается мне, что были заявления от жильцов. Речь о торговле наркотических веществ шла. Но за слухи арест не наложишь...

- Ой, я боюсь туда идти! - девушка-комсомолка прикрыла рот ладошкой. - Там, наверное, трупы. Тот человек за Скорой побежал.

- Какой человек? - белобрысый насторожился.

- Ну, такой большой, серьезный, седой...

- Похоже, кто-то из соседей.

Ложкин ликовал. Все складывалось удачно. Девку эту, с лошадиной мордой, давно мусоркам потрясти следовало. Если захотят, то кроме пакетика в прихожей, много еще заначек найдут. Девкин дружок срок мотает, а она его дело продолжает. И об этом только глухой не слышал.

А что с Шурой придурочным делать? В милиции ему незачем светиться. Расколется быстро. Трусливый гад с потрохами может и Ложкина выдать.

Комендант нашел уединенный телефонный автомат и, оглянувшись несколько раз по сторонам, набрал номер одного из милицейских начальников. Знакомы они были давно, еще по комсомольской заводской юности, выручали друг друга по мелочам.

- Пал Палыч! Нижайший поклон. Комендант Махов беспокоит. Художник один. Чего спрашиваешь? Известный? Еще какой, известный да популярный, в беду попал. Деваха одна на улице приглянулась, хотел на картине изобразить. Говорит, лицо мадонны. А мадонна, видимо, криминальная. Обоих забрали. Звякни им, пусть творческих людей не обижают. В долгу не останусь. Мои иностранцы кое-что интересное привезли. Конфисковал все. Храню для тебя, дорогой. Да, отделение недалеко от Лиговки. Как догадался? По таксофону? У тебя ума палата.

Через несколько минут красный потный Шура замаячил возле двери отделения. Заметив Махова, осклабился.

- Во влип! Она меня чуть не убила. Как нож-то увидала, заверещала, как свинья недорезанная.

- Где перышко взял? Это Вадьки моего игрушка была.

И прямо к горлу лезвие подставляет. Я тоже орать начал, чуть не обмочился от страха. У меня такое с детства. Думаю, может, ты на помощь придешь. Хорошо, что ребята подоспели.

- Где она сейчас? - строго спросил Махов.

- Кто? Эта бандитская жена? Куда-то повели. Ой, трубы горят. Где моя премия.

- Держи, - Махов достал из портфеля бутылку. - Привет супруге. Устал я от вас, - и почти побежал в сторону метро.

В вагоне он отдышался и подвел итоги. Все, теперь, если кто и захочет найти адрес наследника, то придется подождать. Год, второй, третий. Ха! К тому времени он, Владимир Викторович Ложкин, то бишь Лев Львович Махов, не пора ли французский псевдоним придумать?, будет проживать с законной супругой на Лазурной берегу.

Так ему понравилась эта мысль, что непроизвольная улыбка мелькнула на губах, и он совсем не обиделся, когда девчушка лет десяти сказала ему застенчиво:

- Садитесь, дедушка! Вы такой милый.

А милый дедушка спешил на Таврическую улицу.

- Нужно бы соседку потрясти, да всю информацию про наследника выудить. Где бабки, дедки, какие близкие родственники еще имеются. Хорошо бы парочку фотографий слямзить в свой архив. Короче, поработать основательно нужно.

А на Таврической уже появились хозяева.

- Вот теперь, здесь и жить будем, - Славка окинул знакомую комнату хозяйским взглядом. - Ты, Санек, говорил, что тебе понравилось здесь, и мне тоже по душе. Но сначала объявляю генеральную уборку. Пылищи-то налетело.

- Конечно, - радостно согласился Санька, - мы ведь в больницах к чистоте привыкли.

- Дружно вы, ребята, работаете? - Антиповна заглянула в комнату. - Славик, а от матери-то не было вестей?

- Не-е-а! - Славка плюхнул мокрую тряпку на пол.

- Хоть бы сам съездил, навестил, - не унималась старая женщина. - Не болеют ли? Врать не буду, никогда ни к Белле, ни к Ульяне не была я сердечно расположена, а все равно беспокойство гложет. Вот, такие мы люди! Они тебя растили, ласкали, как с торбой писаной носились, а ты от них, считай, отказался. Из-за девчонки ведь. Помнишь? Славненькая такая с виду, и имя чудное какое-то носила.

- Хорошее имя, - буркнул Славик, - Лана, Светлана.

- Ну да, ты им Лану свою не простил. А я им Азалию не простила. Ту историю ты поди-ка много раз слышал?

- Слышал, слышал, - соврал Славка, мечтая поскорее закончить тягостный разговор.

А когда соседка, наконец, ушла, он, протирая фужеры и тарелки из серванта, подумал, что нужно бы поподробнее про бабку узнать. Тогда, может, что-нибудь проясниться в той истории, о которой толковал мужик с шевелюрой. Франция, наследник, старая мадам. А, кстати, как он себя назвал? Смыков, Фраков или Маков?

И тут раздался звонок в дверь. Санька вернулся в комнату с человеком, о котором только что вспоминал Славик.

- Привет, привет, подопечный! Ты, я вижу, окончательно в себя пришел. Хорошо! А малец, кто таков будет?

- Санька, мой родственник.

Гость как-то насторожился, в глазах его мелькнули злые искры.

- И много родни у Шеромыжника? - Махов прикусил губу, мрачно подумав. «Черт возьми! А, если этот Славик не единственный наследник, а их целая орава? Что на всех деньги делить?» От этого предположения у Махова скулы свело.

- Родни много ли? - Славка задумался. - По материнской линии, с фамилией Шеромыжник, я, получается, один. А по отцовской - хватает.

- Ясно, - Махов немного успокоился. - Папашка, значит, погулять любил и везде в подарок детей оставлял. Встречал я подобных типов. Да, ребята, жизнь сложная штука, - он прошел к круглому столу, накрытому плюшевой скатертью. – Давайте, с уборкой заканчивайте. Сядем, чаю попьем, разговор есть серьезный.

- Опять про Францию? - усмехнулся Славка.

- Зря лыбишься, дело настоящее, без понтов, - Ложкин побарабанил пальцами по столу.

Пока парни по очереди принимали душ, потом закипал чайник, а Славик на правах хозяина собирал нехитрый стол: сушки, сухари, засахарившееся варенье из крыжовника, гость стоял у окна. Он не видел ни стройного ансамбля палат дворца, ни зеленое волнующееся море Таврического сада, он мрачно размышлял. Все мысли сводились к тому, что эти шустрые родственнички - Санька и Славка должны быть под бдительным присмотром опекуна. Мало ли чего им придет в голову? Насобирают денег на дорогу и адье! Укатят во Францию без него, заживут там припеваючи, а он, Вовка Ложкин, так и останется в проклятой русской дыре. Ну, нет! Такому не бывать!

- Прошу к столу! - Славка склонил голову, как учтивый официант. Санька радостно заржал:

- Кушать подано! Жрать садитесь.

Лев Львович улыбнулся по-отечески ласково.

- Значит так, ребятишки. И мне повезло с вами, и вам повезло со мной. Завтра на работу выходите. Слава - администратором общежития для иностранных студентов, а Александр его заместителем.

- Вот здорово! - по-детски искренне обрадовался Санька, - а что делать-то будем?

- Работа творческая, интеллигентная. Как сами понимаете, непыльная. Все конкретные инструкции и распоряжения на месте получите.

- А зарплата? - подал голос Славик, уже имеющий трудовой стаж.

Махов отлично понимал, что иногда в этой жизни нужно уметь не мелочиться. Хотя бы в обещаниях. Он выдержал паузу, кашлянул в кулак и, понизив голос, произнес.

- Так как работа будет связана со специфическим контингентом, то бишь с иностранцами, то и оплата труда будет производиться в валюте. Все надежно и заметано. Завтра в восемь ноль-ноль вам необходимо быть на рабочем месте. Адрес я вот здесь написал. Мне пора. Время - деньги. Прощайте!

Как только за гостем захлопнулась дверь, Санька вскочил и начал вытанцовывать что-то типа ламбады или праздничных плясок африканского племени.

- Ай, да мы! Ай, да здорово! Ой, ля-ля! Три рубля!

- Угомонись, пострел! - солидно произнес Славик, чувствуя себя очень взрослым и опытным рядом с бесшабашным пареньком.

- Если честно, мне этот Махов не очень нравится. Мутный он какой-то. Ты ведь не знаешь, что он ко мне в больницу притаскивался, плел невероятную ахинею. Будто я единственный наследник богатой француженки, и что мы с ним скоро поедем в Париж, как только будут решены все вопросы с документами.

- И я с вами поеду! - выкрикнул Санька. А потом вдруг лицо его скуксилось, глаза погрустнели, уголки пухлых губ обиженно опустились вниз. - Ты ведь меня не бросишь?

У Славки в носу защипало от нежной жалости к доверчивому пареньку.

- Дурачок ты, я ведь и Махову сказал, что ты мой брат. Вместе и поедем.

- Ура! - Санька опять запрыгал, как папуас.

Действительно, только дети так открыто и эмоционально реагируют на все события вокруг них. Славка с умилением наблюдал за прыжками и гримасами двухметрового ребенка.

Будильник заверещал в шесть тридцать. Санька не мог продрать глаза.

- Может, ну ее к лешему эту работу, - вяло пробормотал, утыкаясь носом в подушку, как замерзший котенок.

- Нет, уж, парень! - строго произнес Славик. Он бы и сам, конечно, часика два еще покемарил. Но... теперь расслабляться нельзя. Он ведь за старшего. - По чашечке кофею и вперед!

Общежитие они нашли быстро. Комендант мерил шагами просторный холл.

- А, работнички, явились! И даже не опоздали. Похвально! Сейчас будете хозяйство принимать, - он широко развел руки, словно показывая принадлежность всего здания новичкам. - Вот, оно, все ваше пространство. Пройдем налево, вот эта уютная комнатка отныне ваша. Для жизни есть все: две кровати, две тумбочки, стол, шкаф. Холодильник в холле. Удобства в коридоре.

- Мы, что здесь жить будем? - удивился Санька.

- А почему бы и нет. Удобно, работа и жилье все рядом.

- Я как-то больше предпочитаю у себя дома ночевать! - Славка явно был недоволен.

- Ну, ну! Не делать преждевременных выводов! - комендант похлопал парня по плечу и достал бумажник из брючного кармана.

- Держи, это аванс за комнату, - он протянул стодолларовую купюру. - Я ее хорошему человеку уступил на время. Он аспирант. Над диссертацией работает. Ему тишина, уединение нужны. А, здесь, то дискотека, то дни рождения. Молодежь, одним словом. А тебе, друг мой, валюта в новой жизни, ты понимаешь, о чем я глаголю, очень пригодится.

- Да?— Славка растерялся. С одной стороны, не хотел он по чужим койкам валяться, комнату он свою любил, почитай, больше четверти века в ней прожил. С другой стороны - глупо отказываться от денег. Сумма-то приличная.

Слаб и грешен человек! Ложкин это хорошо понимал. Эта же мысль была у него в голове, когда он запросил с любвеобильного Сулеймана за аренду комнаты на Таврической триста долларов. Знал Ложкин, что не осмелится спросить сириец, отчего так высока плата. Потому, как не за метры квадратные платил, а за грех и тайну. Вот и сейчас, чувствовал комендант, как только зашелестела купюра в Славкиных руках, забыл парень про гордость свою питерскую. А то развыступался, дескать, и стены чужие, и атмосфера непривычная.

- Когда переезжать? - тихо поинтересовался Славик.

- Сегодня вечером. И не забудь соседке сказать, что отправляешься в длительную командировку, а вместо тебя твой друг поживет.

- Ладно, все так и сделаю, - кивнул головой, отчего-то совсем поникший Шеромыжник.

Зато Саньке все было нипочем. Он пронесся по всем этажам. Заглянул на кухню, где венгерки готовили гуляш. Посидел рядом с поляком у телевизора. Заглянул в прачечную, там китаянки затеяли великую стирку. Паренька все забавляло, удивляло, приводило в восторг.

- Слава, классно мы здесь заживем!

- И заработаем. Ты забыл добавить весомую фразу, - назидательно проговорил комендант. - А теперь об обязанностях. Будете по очереди на вахте дежурить. Почту получать, вести журнал регистрации посетителей. Ну, конечно, участвовать в уборке, как помещений, так и территории вокруг общежития. Здесь мы все делаем сами.

- А, что в штатном расписании нет должностей дворника, уборщицы, кто там еще может быть, сантехник, электрик? - без всякой задней мысли спросил Славик.

- Лишних вопросов я не терплю и не приемлю! - жестко оборвал комендант. - Что за манера у русских людей до всего докапываться? До чужих зарплат, документов. Свои обязанности знаешь, ну и выполняй их, как можно лучше. Так, нет же, все мнят себя правдолюбцами.

- Вы правы, - согласился Славик, - сам не знаю, отчего меня в дебри бумажные потянуло.

- Газет, видно, много читаешь.

Вскоре, через неделю, другую парни втянулись в новую жизнь. Спокойные, дружелюбные, готовые откликнуться на любой призыв о помощи, и Санька, и Славик вызвали чувство симпатии и уважения со стороны всех обитателей беспокойного большого дома. Да и надо признаться, комендант, затевая переселение, не ожидал, что приобретет таких бесценных работников. Выяснилось, что оба парня просто физически не могли переносить неисправности и технического беспорядка. Вечно они что-то подкручивали, прибивали, паяли. И все дела сотворялись, словно играючись, для своего удовольствия и приятного заполнения времени. Комендант быстро просек ситуацию, когда к безотказным паренькам шли с просьбой, то фен починить, то телевизор настроить. Он выступил кассиром в новом мероприятии, помпезно названном им фирма «Золотые руки».

В общежитии, как в любом российском очаге культуры имелся еще со старых времен, так называемый Красный уголок. Махов переоборудовал эфемерное заведение в конкретно-полезное. Он организовал библиотеку. Его горячие воззвания имели резонанс. И общежитская библиотека поражала своей масштабностью и наполненностью. Здесь имелись собрания сочинений классиков всех времен и народов, а также современная литература, редкие учебники, и даже конспекты бывших студентов.

Конечно, интеллектуальные порывы мало интересовали коменданта. Библиотека служила еще одним источником дохода. Книги выдавались на руки только за деньги. Махов не ленился и, как в былые советские времена подшивал прочитанные газеты и журналы. В его арсенале имелись подшивки разной направленности – секс, юмор, криминал. На подобное чтиво даже существовала очередь. Теперь главным библиотекарем числился Славик.

- Я капиталистов просвещаю, - смеясь, рассказывал он вечером Саньке. - Рассказываю им, кто такой Пущин, Кюхельбеккер, почему Некрасов был самым богатым из писателей-демократов.

- А сам-то ты откуда знаешь все это? - таращил глаза Санька.

- Действительно, откуда? Ах, да я же воспитывался двумя интеллигентками.

- Это ты про кого говоришь?

- Были у меня мать и тетка.

- Умерли, да? - Санькино лицо приняло жалобное выражение. – Давай, хоть на могилку сходим. Я вот еще чуть вырасту, обязательно разыщу мамкину могилку. Оградку сделаю, незабудки посажу, а, может, и анютины глазки.

Славка смотрел на пацаненка с удивлением. Откуда у подкидыша-сироты такая тяга к родной крови? Даже за себя стало обидно. Он-то почему такой сухарь! Или, как там говорится, Иван, не помнящий родства.

- Слушай, а давай попросим у коменданта выходные, ну на два-три дня и съездим к моим в гости. Они теперь в деревне живут. Слышал я, что там красиво.

- Ура! - заорал Санька. - Они живы! И мы их скоро увидим.

- А ты, чего так радуешься?

- Я за тебя радуюсь. Просто такой уж я шумный родился, - засмущался пацан.

ДЕДУШКА ЮБЕР

Французы - народ сентиментальный. Чуткие сердца трепетно реагируют на любые жизненные коллизии, будь-то помолвка племянника или кончина двоюродной бабушки.

А уж как, они чтят семейные традиции!

В каждой семье бережно хранится альбом, в котором собраны портреты предков.

Обычно семейную книгу памяти предвосхищает генеалогическое дерево, вырисованное по всем классическим канонам. Из поколения в поколение взволнованно передаются рассказы о жизни, характерах, привычках и пристрастиях прапрадедушек и их женах.

Фамильные легенды семьи Дюваль, как впрочем, все родовые истории гордой и романтичной нации - это удивительная и завораживающая смесь людей и событий. Это маленький осколок зеркала, в котором трепещут земля и небо. Небо и земля Великой Франции.

Прапрадед Франсуазы, Юбер Дюваль родился в то время, когда в Версале серебрились и вкрадчиво журчали причудливые фонтаны, когда музыка шальных балов пьянила, как терпкое виноградное вино, а любвеобильный король Луи Четырнадцатый сладострастно вглядывался в разомлевшие от танцев и интриг женские лица.

Проказник король самозабвенно увлекался охотой, женщинами и париками. Этой королевской прихоти были отведены просторные залы. Ежедневно искусные парикмахеры ублажали волосяные уборы для королевского чела. Накручивались и завивались локоны на разнообразный манер - «шальная волна», «мелкий бисер», «классический каскад». Высчитывались по геометрическим формулам стрелки проборов. В особых скляночках готовился порошок для припудривания прически. Время года, возраст, важность события определяли цвет и запах пудры.

Для мессы, бала, охоты были предписаны особые парики, очень разнящиеся друг от друга.

Королевские прически сочинялись, как поэмы!

И надо же такому случиться, незаметная девчонка по имени Тереза, прислужившая одному из великих королевских цирюльников, вместо того, чтобы сметать щеткой выпавшие волосины или замачивать кисточки после окраса, взяла да и придумала новый сюжет для королевской головы.

Объемные, как крупные виноградины, локоны в два ряда живым каскадом струились от изящной стрелки пробора, наведенной точнехонько посредине чела.

Был нюанс и в окрасе. Завиток имел три оттенка - серебристый, сиреневый и стальной. Эта переливчатость создавала дополнительный зрительный объем. А золотистая душистая пудра таинственными бабочками взлетала наверх из-под локонов.

Примерив новый парик, Луи обрадовался, как дитя. Он стоял перед зеркалом, крутил головой, улыбался и посылал воздушные поцелуи своему отражению. До чего ж красив и пригож!

С того дня забыты были прочие волосяные украшения.

Говорили, что король щедро отблагодарил талантливого цирюльника. А тот, не будь дураком, поторопился сплавить с глаз долой дерзкую девчушку. Вдруг придумает еще что-нибудь!

А может, была и другая причина?

В одночасье судьба поменяла декорации жизни бледной парижаночки с фиалковыми глазами. Еще вчера изящные ножки спешили по чистеньким, благоухающим улицам аристократического квартала Дю Марэ, а сейчас она брела по самому гнусному району, где рядом соседствовали рынки и кладбища. В сточных канавах зловонили гниющее мясо и протухшие овощи. Дети здесь были похожи на больных стариков-карликов, грязные нечесаные женщины не имели возраста, и именно в этом месте проживала единственная родственница Терезы, двоюродная тетка по отцовской линии. Когда-то она сдала малышку в приют после гибели родителей во время пожара, потом прокутила все наследство племянницы. Кто же ведал, что смышленой девочке выпадет честь попасть в Версаль, в королевскую цирюльню.

- На какой ляд ты мне нужна? - недовольно прошамкала Адель, когда легким перышком залетела в грязную лачугу нежнолицая блондинка, - догадываюсь, что у тебя в кармане ни гроша, а мне самой жрать нечего.

- У меня есть сбережения, - Тереза простодушно протянула старухе кожаный, расшитый бисером мешочек.

Три ночи пьяная Адель куролесила по гостям, где, скорее всего, принимали ее только потому, что старая приносила с собой вино. Днем она храпела там, где валила ее с ног хмельная усталость, то у канавы с отходами, то на пороге своей лачуги. Как не силилась Тереза, не могли тонкие девичьи руки перетащить опухшее грузное тело на топчан с лохмотьями.

- Девка, - прохрипела как-то старуха, - сегодня к нам пожалует важный гость. Ужин свархань посытнее.

Как истинное дитя Нормандии, Тереза считала самым шикарным угощением паштет из гусиной печени и потрошки, тушеные с капустой.

Что за вкуснейший запах витал над котелками, у которых колдовала девчонка!

Она успела многое, и отскоблить деревянный пол, и начистить незамысловатые столовые приборы и даже прикрепить свою кружевную накидку на крохотное мутное оконце лачуги. Чем не изящная занавеска!

- Адка! - взвопил неожиданно трескучий мужской голос у двери. - Ну, показывай девку, которую ты мне приготовила. Товар нужно оценить.

В дверном проеме обозначилась несуразная фигура. Огромная грушевидная голова с седыми патлами, казалось, насажена была сразу на пузо, выпирающее, как переполненный бурдюк. Короткие кривые ноги с трудом удерживали булькающее и хрипящее тело, источающее жуткий запах. Словно у визитера гнили не только обломки коричневых зубов, но и все внутренности.

- Заходи, заходи, Жеромчик! - Адель, кряхтя, поднялась с топчана. - Уж и заждались дорогого гостя.

- Ну, иди, поздоровайся! - старуха резко толкнула Терезу в сторону толстяка.

- Тетя, - девушка закусила нижнюю губку, - он мне не нравится, - слезы ужаса, отчаянья наполнили глаза фиалкового цвета.

Старуха выругалась.

- Нравится, не нравится - нашла, что твердить. Вижу я, ты в дворцовых залах давно порчена. Да, только напомаженные тараканы - мужики разве? Вот он настоящий красавчик! - она сладострастно причмокнула языком.

Кривоногий «красавчик», пошатываясь, подошел к Терезе.

- Какая ласточка к нам залетела? Я забираю у тебя, старая, эту крошку. заплачу сразу…

- Хитер ты больно, - хихикнула старуха. - Мы еще поторгуемся. У меня на очереди Волчья Губа, да Сэм одноглазый. Они толк в девках знают. И какой мне резон отдавать ее навсегда, такой товарец не часто встречается…

- А мы сейчас у милашки спросим, с кем ей больше хочется жить со старой каргой Аделью или бравым парнем Жеромом, который будет с нее пылинки сдувать, - выпуклые глаза говорящего затянулись томной поволокой, желтая слюна стекала с толстых губ.

Не говоря ни слова, Тереза оттолкнула старика и в чем была, босиком выбежала из убогой лачуги. Она мчалась, пока несли ноги. Кто-то хватал беглянку за руки, щипал за бедра, улюлюкал вслед, швырял гнилые помидоры и увядшие цветы. Наконец, жалкие вонючие строения стали все реже и реже, и дорога, обогнув кладбищенскую ограду, уткнулась в небольшую рощицу.

Тереза упала на землю и заплакала в голос.

- Заплакал и я, - в этом месте рассказа Юбер стыдливо опускал очи долу, как застенчивая девушка, - я не сказал самого главного, Терезу удалили из Версаля, узнав, что она в положении...

Так и унесла она в могилу тайну - кто же был моим отцом. Главный цирюльник? А, может, и сам Луи. Ведь известно, король не пропускал ни одной смазливой мордашки. А моя мамочка была прелестной, как весенний цветок.

- А что же дальше было? - детская ладошка гладит большую жилистую руку сентиментального повествователя.

А дальше...

Ранним утром крохотная босоногая женщина постучалась в двери таверны с впечатляющим названием «Морской волк».

- Сударь, я умираю от голода, - прошептала в сонное лицо хозяина. - Не гоните меня, ради бога. Я много умею - стирать, готовить, шить, делать парики и...- она заплакала, - любить. Отчаявшаяся Тереза, которую мутило от голода и усталости, готова была на все.

- Ну и ну! - воскликнул высокий костистый старик. - Уж не снится ли мне это? - он отступил в глубину комнаты, посреди которой стоял огромного размера овальный стол, окруженный деревянными табуретками.

- Мари, иди-ка, посмотри, какое чудо посетило нас, за несколько минут до того, как пропоет петух Жоржеты.

Пока Мари натягивала кружевной чепец, искала впотьмах шаль, спускалась по лестнице, всего-то в пять ступеней, но для ног, съедаемых подагрой, то был долгий путь. Последние силы оставили Терезу. Тихо охнув, она осела и не грохнулась на пол, а как-то тихо вытянулась. Заботливое женское тело оберегало новый росток жизни.

Костистый хозяин жилистыми руками поднял бесчувственную незнакомку и озабоченно пробормотал:

- Без подогретого вина здесь не обойтись...

После этой фразы следовала долгая пауза, и рассказчик поднимал фужер с вином цвета спелой малины, вдыхал аромат и, чуть-чуть пригубив хмельной напиток, с блаженством на лице добавлял:

- С тех времен и я считаю, что в мире нет ценнее лекарства от любой хвори и тоски, чем наше доброе французское вино.

Резвятся крохотные золотые звездочки в бокале. Откуда они, шаловливые блики в густой киновари? Может быть, это всего лишь отражение горячего язычка свечи или солнечные зайчики? Попробуй, спроси подобное у винодела! Вот уж будет повод для возмущенных возгласов, потому как, золотые блики в глубине напитка не отражение чего-то внешнего, это живые клетки зрелых виноградин, напоенных солнцем. Именно они и рождают одно из чудес Франции - знаменитые вина.

Через семь месяцев Тереза разрешилась крупным горластым мальчуганом.

- Юбер, - нежно протягивала звуки юная мама, и слышался ей в этом имени мерный рокот волн, набегающих на прибрежную гальку. Тереза обожала море. Фамилию новорожденному дали бездетные супруги - Мари и Густав Дюваль. Старики беззаветно привязались к озорной, трудолюбивой блондиночке, считая, что сам Господь Бог послал им ранним утром одного из своих ангелов.

С появлением Терезы таверна преобразилась. Все сияло вокруг проворных рук: медные котелки, глиняные кружки, деревянные полы. Посетители нахваливали кухню молодой стряпухи. И если раньше в «Морской Волк» мужчины забегали лишь на кружку пива или бокал вина, то теперь они приходили отобедать плотно, сытно, степенно.

А неуемной Терезе хотелось еще что-нибудь придумывать, сотворять. И вспомнилось искусство парикмахерское!

Эка невидаль! В маленьком городке открылась мастерская по изготовлению париков. Ах, какие прически выдумывались здесь для невест и женихов, для бравых гвардейцев и для дам почтенных лет.

Однажды в таверну зашел сановитый господин, возвращающийся в Париж после охотничьей вылазки. Пока слуга занимался лошадьми, плешивый Ришар, вытянув ноги к огню камина, потягивал вино и лениво перебрасывался ничего не значащими фразами со старым хозяином «Морского волка».

- Ах, сударь, вас-то я и искала! - миниатюрная блондинка слетела с лестницы, как душистый ветерок.

- Вы ко мне? - удивился Ришар этому непосредственному горячему вниманию к своей персоне.

- Да! - блондинка лукаво сверкнула фиалковыми глазами. - Только прошу вас не вертеть головой, - она почти с разбега нахлобучила на лысеющую голову Ришара легкий пышный парик.

- Чудесно! - хлопнула в ладошки. - Вы представляете, - обратилась к Ришару, как к старому знакомому, - наш сосед Лоран решил жениться. Заказал парик для церемонии, а на примерку ему не дойти. - Мастерица прыснула в кулачок. - Ему в этом году семьдесят стукнуло.

- А вы, что же, мадмуазель, изготавливаете прически? - деревянным голосом спросил, внезапно вспотевший Ришар.

- Еще какие! - вмешался в разговор костистый седой хозяин и стал живописать произведения Терезы.

- А цена какова? - поинтересовался умеющий считать и копить деньги, сановитый посетитель.

Услышав до смешного мизерные цифры, гость, как открыл рот, так до конца встречи не смог собрать губы в привычную надменную складку.

Через два дня Ришар Бугер, торговец солью из Бордо, дернул шнурок колокольчика, весело трещащего над входом в таверну.

- Ах, это вы, сударь, - миловидная блондинка замешивала тесто. - Сегодня вечером хочу угостить наших завсегдатаев диковинным пирогом. Может, и вам перепадет кусочек, - она звонко засмеялась. - А, ну-ка, капните мне сюда немного оливкового масла, вон из той бутылки. Да, да, молодец. А то у меня руки в муке…

Ришар, обычно степенный, важный, от робости и желания угодить этой шустрой хозяйке вспотел.

- Я вот почему к вам заехал, - начал он говорить, переминаясь с ноги на ногу. - Хочу парик у вас заказать. Я специально объехал несколько парижских цирюлен. И должен признать ваш несомненный талант. Там я видел не волосяные уборы, а неуклюжие шапки. А цены! Они все посходили с ума!

- Спасибо, сударь за доброе слово. Я обязательно придумаю для вас что-нибудь интересненькое. Только нужно уточнить, для какого случая будем искать силуэт. Для свадьбы? - Тереза не могла сдержать лукавой улыбки. Уж, очень забавно выглядел, красный, как рак, смущающийся посетитель.

- Да, - хрипло выдавил из себя вконец растерявшийся мужчина.

- Хорошо, сударь. Я очень люблю колдовать над праздничными прическами. Согласитесь, это намного интереснее, чем придумывать образ покойнику. Да, и такое бывает. Подождите меня у камина, я сейчас управлюсь скоренько на кухне и займусь вашей головой. Знаете, в нашем деле, главное - это точные размеры...

Через несколько минут, когда Тереза поднялась в свою комнату, чтобы взять ленту для обмера жениховской головы, за ней следом вбежал Юбер.

- Мама, мамочка, - мальчик обнял женские колени.- Не выходи замуж. Не бросай меня.

- Глупенький, что это ты надумал? У меня и мыслей таких нет в голове.

Но Юбер не успокоился и проплакал весь вечер. Давно уже затих цокот копыт лошадей всех поздних посетителей, давно были потушены свечи, а Юбер, прижимаясь к сонной матери, всхлипывал:

- Не уезжай, мамочка!

Через две недели парик был готов. Чуть-чуть видоизменила Тереза тот королевский силуэт. Пробор посередине, а от него густым каскадом локоны, словно гроздья винограда. Она и в пудру присыпала серебра и сирени.

- Сударь, вас право не узнать, - Густав посмеивался в седые усы, наблюдая, как Ришар распетушился перед зеркалом. - Уверен, ваша невеста еще больше в вас очаруется.

- Мда, теперь и под венец пора! - Ришар, выпив бокал вина, свекольно разрумянился.

- А что Тереза, согласились бы вы стать моей законной супругой? - выпучив светлые глаза, Ришар схватил руку молодой женщины, раскладывающей на столе приборы.

- Вот, послушай, дорогая, - он усадил ошеломленную предложением Терезу рядом с собой. - У меня огромное поместье. Доходы мои растут день ото дня. Я удачлив и хитер. Я обещаю тебе, мы будем жить с тобой в роскоши, и нам будут завидовать все соседи.

- Но видит Бог, - вмешался хозяин таверны, - большие деньги приносят большие несчастья, тем более, что времена сейчас неспокойные.

- Ха! - вино развязало язык хвастливому мужчине. - Для умных и оборотистых людей нынешняя ситуация помогает набивать карман.

- Я не совсем поняла, - это уже подала голос Мари, - вы предлагаете нашей девочке деньги или любовь?

- Я серьезный человек, а значит, я отвечаю за свои слова. Я предлагаю этой милой барышне счастливое будущее, ей и ее сыну. Заметьте, как человек деликатный, я даже не спрашиваю, кто его отец.

Тереза молчала. Только глаза странно заблестели, словно в них замелькали шальные фейерверки над фонтанами Версаля.

- Конечно, - вздохнула старая хозяйка, - не век же красивой, молодой женщине угробляться в таверне, да готовить пир для пьяных моряков, - она замолчала, скорбно поджав сухие темные губы, словно вспомнила что-то свое, потаенное, о чем и по сей день жалела.

- Ну что, моя рукодельница, ты согласна? - Ришар осмелел и положил руку на женскую талию.

- Так вот, что я надумала, - Тереза обвела всех присутствующих прищуренным взглядом потемневших глаз. - Я поеду в гости к Ришару, но не как невеста, а как обычная знакомая. Посмотрю дом, сад, поговорю со слугами. И только после этого дам окончательный ответ. - Ну, а теперь я тебя спрошу, согласен, дорогой друг? - игриво спросила у Ришара.

Вот это да! Разве ожидал кто-нибудь, что в светлой пушистой головке могут быть такие разумные и дальновидные мысли? А голос! Спокойный, расчетливый.

Даже Ришар оторопел. Он ожидал, чего угодно - отказа, кокетливого согласия, но никак не предполагал такого жесткого варианта.

- И поеду я прямо сейчас. Только необходимые вещи соберу, - молодая женщина вздернула подбородок и с вызовом посмотрела на растерявшегося жениха.

- Я вернусь через неделю, - она сухо поцеловала притихшего и еще ничего не понявшего Юбера.

Что порою правит женщинами? Ах, если бы знать, в каком обличье приходит беда в дом?

Той неласковой весной Юберу исполнилось шесть лет. Как только мать уехала, мальчик спросил у Густава, сколько часов осталось до дня ее возвращения. Старик не поленился и, перемножив цифры, накарябал календарь ожидания. Каждый вечер, перед тем, как затушить свечу, Юбер с замирающим сердцем вычеркивал прошедший день. Уже совсем скоро!

А, когда весь столбик был перечеркнут, Юбер вынес за ворота крохотный стульчик и сидел, сгорбившись, как маленький старичок, от зари до зари, вглядываясь и прислушиваясь к дорожной суете. Тереза не появилась ни через неделю, ни через месяц, ни через три.

И кто это придумал, что детская память коротка?

Юбер до самой старости помнил, как тогда, в грустную пору ожидания матери, ночью он проснулся от звука хлопнувшей калитки. То лишь был порыв ветра, но в этот момент мальчик вдруг понял, что он никогда не услышит милый голос, не увидит ласковые глаза цвета весенней фиалки. Это горькое озарение пронзило маленькое существо жгучей болью. Мальчик потерял сознание.

Несколько дней Юбер не вставал с постели. Худое тельце то скрючивалось от леденящего озноба, то полыхало сухим жаром.

- Не понятно-с, - местный доктор надувал щеки, смешивая порошки и настои.

Седая Мари плакала и молилась дни и ночи напролет.

За окнами уже затрепетали золотые гирлянды осени. Словно солнце распадалось на горячие резные лоскутки, которые падали с неба, ненадолго цепляясь за острые ветви деревьев. В эту пору листопада Юбер начал понемногу приходить в себя. А однажды взлохмаченный, бледный в длинной светлой рубашонке, он пришлепал в общую столовую, где Густав подогревал колбасы для неприхотливых посетителей.

- А вот и я! - объявил мальчик. - Кажется мне, что я проголодался.

- Ах! - всплеснула руками Мари и, обняв тщедушное хрупкое тело, зарыдала в голос.

- Да, будет вам, тетя, будет! - засмущался Юбер, не догадываясь, чем вызвана такая горячая реакция.

Еще долго не будет он знать, что тоска по исчезнувшей матери, выбелила мальчишеские каштановые виски.

А каково взрослым видеть поседевшего мальца!

Ну, а что же все-таки случилось с Терезой?

Сначала Густав и Мари думали, что путешественники не избежали участи тех, кого в считанные дни скрутила холера, в то лето хищная внезапная болезнь была особенно жестокой.

Но позже до харчевни долетели осколки истории, в которой действовали карательные силы «соляных бунтов». Разъяренные крестьяне не щадили торговцев, взвинтивших цены на продовольствие и особенно на соль. Дом жадного Ришара подпалили глубокой ночью, перед этим, наглухо замуровав все выходы.

Кто же ведал, что на втором этаже, в уютной комнатке со стенами, обтянутыми шелком, на котором серебрились колокольчики, сладко спала блондинка, обнимающая пушистого белого котенка. Возле кровати стояли сундучки и баулы с подарками для сынишки и приветливых хозяев «Морского волка». Ранним утром следующего дня Тереза должна была отправиться домой. Своего жениха, она сумела каким-то чудесным образом убедить, что молодая капризная, подобная ей женщина, вовсе не пара такому степенному, нуждающемуся в покое человеку.

Никогда не искушайте судьбу, не расставайтесь с любимыми! Разлука может стать бесконечной.

Еще лет пять Юбер жил в таверне. Как мог, помогал хозяину. Но душа мальчика тосковала, металась, скучала.

И однажды Густав предложил:

- Давай-ка, парень, определим тебя в море.

- Спятил, старый, - взвыла Мари, - сам, считай, всю жизнь на волнах проболтался, и мальцу того же желаешь. Забыл, как мы обручились с тобой, нам тогда по восемнадцать минуло. Ты обещал вернуться года через три... А пришлось мне ждать тебя тридцать три, от этого и деток не нажили.

- Любовь не детьми измеряется, - расправил плечи обветренный мореход. - У каждого своя судьба, - он смягчил голос, потрепав жену по плечу. - Ну, что ты расплакалась, несчастнее всех что-ли!

Мари неутешно рыдала и сейчас, и потом, когда собирали вещички Юбера, и усаживали в повозку, в которой хмурый черноволосый марселец за горсть монет согласился приглядывать за мальчишкой.

Куда же ты, парень? Подожди, разорви в клочья рекомендательное письмишко. Пусть обрывки с неровными, по-стариковски шатающимися буквами, подхватит и унесет ветер. Ну вот...Что это кружит в небе? Белые порхающие точки. Чайки...

Ступив на шаткую палубу, мальчишка почувствовал, как задрожали внутри все жилки. Ступни расползлись косолапо, и двигаться вперед можно было только на полусогнутых ногах, вразвалку. А первая легкая качка стала настоящим испытанием для нежных внутренностей. Казалось, кишки вывернутся наизнанку вместе с зеленогорькой слюной. Но дороги назад не было, ветер становился солонее, воздух гуще.

За тридцать лет на море Юбер пережил, перечувствовал, перенес с лихвой столько, что хватило бы на несколько сухопутных жизней. Там, на суше горизонты были иными.

Короли делили и перекраивали страны, как дешевые лоскуты. Алчность и глупость иных правителей сжигала судьбы народов в пожарищах войн. Голосили бабы, агукали младенцы, сходили с ума разорившиеся банкиры. Море не хотело об этом знать. Отливы, приливы, штиль, шторм.

- Торговый флот - живучая штука. Ему без разницы, какой режим на суше - монархия, республика! - Юбер обожал морские байки. - Всем нам было глубоко наплевать, что в трюме - кули с солью или бочки с вином. У моряка дума и забота одна - море.

Но однажды, когда бывалому моремаку перевалило на четвертый десяток, судно, держащее курс в порт Марселя, вынуждено было из-за непогоды, пришвартоваться в маленькой незнакомой гавани.

Команда рассыпалась по живописному берегу, кто ноги размять, кто в любовных играх поупражняться, кто промочить горло, а кто просто посмотреть на новые лица. Свои за несколько месяцев плаванья примелькались и надоели до чертиков.

Скромный рыбачий поселок Ницца был занят своими обычными вечерними хлопотами.

Отшумит еще несколько прибоев до тех времен, когда хлынет в эти края толпа богатых курортников за здоровьем и развлечениями. Где еще сыщется подобный уголок: море, горы, хвойный лес? Волшебная гармония! И конечно, она вспыхнет, курортная звезда Ниццы. Один за другим будут здесь возводиться отели, соперничая друг перед другом в роскоши, оригинальности, гостеприимстве. Но все это будет позже, а пока…

А пока коренастый моряк Юбер шел вразвалочку по узкой улице, насвистывая незатейливый мотивчик.

«Заходи! Выпей с дядюшкой Юбером». Смешная вывеска с разноцветными неровными буквами застенчиво выглядывала из-за глянцевых зеленых завитков южного кустарника.

- Судьба, да и только! - хохотнул моряк и толкнул деревянную дверь.

- Кто тут желает пропустить со мной стаканчик? - гаркнул с порога.

То ли от ветра, ворвавшегося за шумным гостем, то ли от крепких шагов сильных ног вздрогнули и звякнули плошки и стаканы, гурьбой теснившиеся на полках, тянущихся вдоль стен.

Черноволосая румяная молодуха поспешно вытерла руки о фартук.

- Заходи, заходи! - выкрикнула звонко хозяйка. - Что-то не видали мы тебя в наших краях. Ты кто таков будешь?

- Кто я? - Юбер почесал вихрастый затылок. - На море я волк. А на суше, - он улыбнулся так соблазнительно, как только умел, и, притушив голос, произнес, пристально глядя на полные, цвета спелой малины, губы черноволосой красавицы, - а на суше и морскому волку порой хочется найти одну единственную пристань.

- Кто это тут якорь бросить собрался? - недовольный старческий голос прохрипел откуда-то из темного дальнего угла комнаты.

Кашляющая и сипло-шипящая тень приблизилась к стойке, у которой так весело и любезно Юбер завязывал узелок знакомства с молодой женщиной.

- А это мой муж, любимый и дорогой, - хозяйка с нежностью посмотрела на старика.- Зовут его Юбер. Поэтому мы так и назвали наше заведение.

«Выпей с дядюшкой Юбером». Забавно, да?

- Еще забавнее, - пробормотал моряк, - что мы с муженьком твоим тезки. За это и выпьем!

- Да, Жаклин, разговорами человека не накормишь. Он, видимо, с дороги устал....

- Прошу, прошу к столу! - расторопная молодуха метала на стол тарелки, соусницы, вилки и ножи.

- Давайте, вместе посидим, - предложил гость. - Не привык я к одиноким трапезам. Тоскливо становится без разговора задушевного...

- О, поговорить-то мы любим, особенно муженек. Он сейчас вам про семилетнюю войну повествовать начнет, потом костить начнет пруссаков, втянувших французов в дележку австрийского наследства. Затем другие кампании вспомнит. Я рядом с ним уже профессором истории стала.

- Не нужно про войну, - шепотом попросил моряк женщину.- Расскажите про себя, - попросил задушевно.

- Про себя, - Жаклин наполнила стаканы, отпила несколько глотков, - а что же было в моей жизни интересного? – она задумалась.

...Темной январской ночью служительница церкви, желтолицая карлица, мадам Веран проснулась от странных звуков. Чтобы лучше слышать, она развязала широкие ленты стеганого ночного капора.

Трещали и гудели от ветра деревья в церковном саду, где спрятан был от глаз людских мрачный флигель с молчаливой обитательницей.

- Что же это может быть? - женщина напряженно вслушивалась в какофонию звуков, доносящихся извне.

В ураганный шум за окном вплетался инородный звук, похожий и на жалобный стон, и на отчаянно-громкий всхлип. Карлица, кряхтя и переваливаясь на коротких ножках, вышла на крыльцо. Порыв ветра мгновенно погасил малюсенькое пламя свечи, зажатой в желтой руке.

- Есть кто-нибудь? - осторожно обронила испуганная женщина в темную ветреную ночь.

И тут, прямо под ногами карлицы что-то запищало.

- Боже милостивый! Да это ж младенец.

Уже через час охрипшая от плача, изможденная крошка была осмотрена лекарем, благо жил он через дом, выкупана, накормлена кашей на козьем молоке и наречена именем Жаклин.

Другого имени быть не могло. Карлица служила при старейшей церкви Ниццы, в храме Святого Жака.

«Бог послал мне испытание в лице подкинутой девочки. Я должна воспитывать ее в строгости, чистоте и святости», - бисерным почерком внесла запись в дневник старая дева.

Мадам Веран начала вести дневник еще в пансионе, будучи девицей Анной. Те давние страницы исписаны густо и энергично. Но, чем старше становилась Анна, тем лаконичнее фиксировались события дня. Словно время суток уменьшалось в обратной арифметической прогрессии к возрасту. Порою события недели укладывались на пол-листа.

И вот открыта новая страница, озаглавленная «Жаклин».

Антрацитово-блестящие глаза, пушистые кудряшки и смугловатая кожа подрастающей девчушки не давали покоя соседям.

- Ясное дело, девчонка арабских кровей.

- Ничего вы не понимаете, она же вылитая цыганка.

- Да, уж благородные родители детей не подбрасывают!

Жаклин было лет пять, когда испуганная и зареванная вбежала она в церковный сад, наконец, найдя укрытие от стаи злобной ребятни, бросающей в малышку камни с воплями: «Подкидыш! Жалкий подкидыш!»

Мадам Веран никогда не жалела, не ласкала, не обнимала девочку, считая, все сентиментальные излишества проявлением плотской любви, не угодной Богу. Вот и сейчас, она стояла на дорожке розария, строгая и неподвижная, как мраморная статуя.

- Пойди умойся и отправляйся в чулан, - приказала недовольным голосом. - И хорошенько подумай, чем ты сегодня прогневала Бога.

Чулан… Пять скрипучих темных ступеней вниз. Пахнет мышами, пылью. В темноте кто-то шепчется, возится, стонет.

Жаклин молится и сквозь всхлипывания просит Бога научить ее не заглядываться на ушастого пушистого котенка, рыжим мячиком прыгающего на лужайке, не пытаться потрогать нежное крылышко бабочки, разомлевшей на душистой чашечке цветка, не заворачивать в розовый лоскуток деревяшку и баюкать, «спи, моя куколка, спи…»

- Хочу быть такой, как мадам Веран, - с этими словами малышка засыпала и просыпалась.

Как преданная собачонка, ходила Жаклин все свое детство за темной юбкой. Однажды девочка попыталась ласково обратиться к карлице.

- Мама, я тебя очень люблю…

- Нет, - сухая ладонь легла на детский затылок. - Запомни раз и навсегда. Я - мадам Веран. Твоя мать - падшая женщина. А любить можно только Господа Бога.

Ах, тот июльский день! Жгучее солнце разогнало всех по домам. Улица, по которой возвращаются с рынка мадам Веран и Жаклин, пустынна и тиха.

Как обычно, мадам идет на несколько шагов впереди, неспешно переваливаясь на коротких ножках. Отчего-то ей совершенно не жарко в черном, наглухо застегнутом платье, в темных чулках и в фетровой шляпке.

Семилетняя Жаклин еле плетется, изнывая от зноя и жажды. Девочка, как и ее наставница, закутана в темные одежды. Да к тому же тяжеленные корзинки с провизией оттягивают занемевшие руки.

И откуда он взялся? Высоченный худущий старик со всклоченной седой бородой. Он выпрыгнул перед карлицей так внезапно, словно с неба свалился.

- Стой, неверная! - прокричал незнакомец, широко открывая беззубый темный рот.

- Сударь, в чем дело? Я не желаю с вами иметь никаких дел, - надменно вскинула квадратный подбородок карлица.

- Ха, она не желает иметь со мной никаких дел! - злобно усмехнулся старик. Белки его выпученных белесо-голубых глаз налились кровью.

- Так и я не желаю. Смерть католикам! - В жилистой худой руке сверкнуло лезвие.

Мадам молча осела на колени и резко упала набок, как мешок с чем-то тяжелым.

- А- а- а, - неожиданно для самой себя заголосила Жаклин.

На ее пронзительный визг выскочили какие-то люди, из дома, прячущегося в тени платанов.

- Папа, папа, как вы здесь оказались? - озабоченно прокричала женщина.

- О, черт, похоже, наш сумасшедший сломал замок, - прохрипел мужской бас.

Безумец затравленно оглянулся на кричащих людей, несущихся на него встревоженной стаей.

- И Патрику конец! - радостно возвестил он, глядя немигающими, залитыми кровью глазами на бледную, как полотно, Жаклин.

- Не страшно, - заверил он, обращаясь к девочке, и резким движением вонзил себе в грудь садовый нож. На серой длинной рубахе появилось бурое пятно. Оно расползалось, меняя очертания. Жаклин, как завороженная, смотрела на это шевелящееся огромным пауком пятно. Ей стало казаться, что липкий ржавый паук тянет и ее в свой страшный плен. Очнулась Жаклин не скоро.

Открыла глаза и испугалась, что проспала утреннюю службу, и теперь мадам Веран отправит ее в чулан. Но тут в ее сознании проступили события ушедшего дня: рынок, жара, тяжелые корзинки, старик с ножом в жилистой руке. Где она? А вдруг в том доме, откуда выбежал сумасшедший?

Какая странная широкая лежанка. В подушке скрипят и шепчутся сухие травы. С низкого потолка свисают ветки и пучки засушенных соцветий. Убежище колдуньи? Девочка прислушалась. Где-то далеко лаяла собака. И еще откуда-то совсем рядом тянулись странные незнакомые звуки: невнятное бормотание и короткие всплески. Стараясь не шуметь, Жаклин встала с постели и пошла на звуки. Она осторожно спустилась по узкой лесенке, и замерла в проеме открытой двери.

На зеленой, залитой солнцем лужайке незнакомая женщина, сидя на низенькой скамейке, доила большую черную козу.

- Мадам, - тихо выдавила из себя Жаклин, - доброе утро.

- Доброе, - спокойно отозвалась женщина, не оборачиваясь и не прекращая своего занятия.

Когда из глиняного кувшина всплыла кружевная молочная пена, женщина одобрительно потрепала козу по шее, пробормотав что-то ласковое.

- Держи, - протянула девочке кружку, которую отцепила от своего пояса и налила в нее теплого молока.

- Спасибо, - губы девочки стали белыми от жирного напитка.

- А теперь ступай за мной!

Бархатистая трава приятно щекотала босые ступни, легкий ветерок путался в темных завитках, выбившихся из кос Жаклин. Девочке нравилась и эта узенькая тропинка среди высоких акаций, и сладкий запах июльских соцветий, и женщина, высокая, плечистая в простом крестьянском платье. Неожиданно тропинка уткнулась в роскошный луг.

Сочными изумрудами сверкала поляна. И на этой зелени белоснежно сугробились сытые, неторопливые козы.

- Ах, красота какая! - вырвалось у Жаклин.

- Нравится? - довольно откликнулся мужской голос.

- Ой, кто это? - вздрогнула Жаклин, увидев под невысоким, но раскидистым деревом чернявого человечка в просторной светлой рубахе.

Человечек попыхивал трубкой, при этом он что-то вырезал небольшим ножичком.

- А что вы тут делаете? - полюбопытствовала девочка, не отводя восхищенных глаз от проворных мужских рук.

- Не знаешь, да? - он усмехнулся, - тебе свистульку вырезаю, чтобы ты не потерялась. Поначалу тебе здесь путано будет, видишь, какие просторы. Если вдруг заблудишься, то и свистнешь. Вот мы тебя и найдем тотчас.

- Да? - обрадовалась Жаклин.- А разве девочки могут ходить без взрослых?

- Теперь тебе все можно, - ласково произнес человечек.

А девичье сердечко приятно дрогнуло от нежной заботливости, прозвучавшей в мужском голосе.

- Ну ладно, - человечек поднялся, обтер ладони об штанины, - свистульку доделаю потом, - произнес озабоченно. - А сейчас, мадмуазель, давайте познакомимся. - Он серьезно и важно протянул девочке темную, почти коричневую ладонь. - Я Седрик Гарранж, а это Фло, моя супруга, - мужчина улыбнулся в сторону женщины, которая привела сюда Жаклин.

Старуха стояла на солнцепеке и, приложив ко лбу руку козырьком, всматривалась куда-то вдаль.

- А ты теперь будешь нашей дочкой, согласна? - Седрик погладил пушистые косы.

- Очень даже согласна, - выдохнула девочка, которая всегда мечтала, чтобы у нее были родители, как у всех детей. - А я теперь не подкидыш? - спросила она тихо.

- Забудь такое плохое слово! - человечек сердито сдвинул короткие бровки к переносице.

Но Жаклин почувствовала, что вовсе он не рассердился, а, словно так играет с ней. Седрик громко свистнул. Огромная собака, рыжая в желтизну, с лаем бросилась под ноги хозяину.

- Малыш, мы уходим. Ты за главного остаешься. Охранять! Понял?

Пес коротко гавкнул, словно сообщил, что команду понял и готов выполнять.

- Работай! - Седрик почесал собаку за рыжим пушистым ухом.

Малыш помчался описывать круги по периметру лужайки, на которой возлежали ленивые козы. Он громко лаял, кося одним глазом, то на хозяина, то на своих подопечных.

- Изображает из себя большого начальника, - подмигнул Седрик девочке.

Обратная дорога показалась Жаклин совсем короткой. Она шла за молчаливой темнолицей женщиной, стараясь попасть в ее след. Сзади насвистывал веселый человечек, назвавший ее дочкой.

Душа девочки ликовала. Все неласковые годы ей так не хватало взрослой любви и заботы. Нежное облако благодарности к этим людям окутывало ее сейчас.

- А у вас есть чулан? - неожиданно спросила Жаклин у Седрика, когда они вернулись в дом.

- Конечно, есть, - гордо отозвался хозяин. - А где же еще сырье выращивать?

Про сырье Жаклин не поняла, но наличие чулана, в котором ее запирали за маленькую оплошность, очень насторожило. Внутри возник озноб, и сразу стало холодно рукам и ногам.

- Что это с тобой, милая? - Седрик погладил кучерявую темную голову. Рука у него была шершавая и легкая.

Фло накрывала на стол. Она степенно выставляла на холщевую неотбеленную скатерть тарелки, миски, горшочки. Жаклин не сводила глаз с угощений. Рыба, запеченная с овощами, несколько сортов сыра, масло, сметана, розовое копченое мясо. У девчонки, приученной мадам Веран к полуголодной диете, влажно блестели глаза и текли слюнки. Попробовать хотелось все! Но можно ли?

Дети должны питаться сытно, - с важностью философа произнес Седрик, - кушай, дочка, не стесняйся. У нас с Фло давно уже не те аппетиты.

Он выпил вина, пожевал сыры и стал раскуривать трубку.

- Вот, что я хочу тебе поведать. Вчера я нашел тебя под деревом.

Жаклин хихикнула.

- Тебе весело, а мне было не до смеха. Сумасшедший, сорок лет просидевший взаперти, прокопал лаз и вырвался с ножом на улицу. Мадам он убил. А ты упала, от испуга, видимо, потеряв сознание. Меня поразило, что человек, назвавший себя доктором, даже не глянул в твою сторону. А еще там была такая тетка, точно гусыня на коротких ногах, она скорчила лицо:

- Кому она нужна, подкидыш, одно слово. Это святая душа мадам Веран ее терпела. Хорошие люди детей не бросают. Значит и от нее ждать нечего. Яблочко от яблони недалеко падает...

И в этот момент ты так жалобно застонала. Я наклонился к тебе, и увидел такое славное личико, ну как у моей Фло, - голос Седрика дрогнул.

Жаклин с удивлением посмотрела на молчавшую все время женщину. На ее неподвижное, строгое лицо, на глаза, темные, без единой искорки, словно застывшие окна в нежилом доме.

- Ты мою Фло раньше не видела, - вздохнул Седрик и наполнил вином свой стакан.

- Четыре сына было у нас. Трое погибли. Даже не похоронили наших мальчиков, развеялся их прах на полях битв. Вот и четвертый малыш у нас воюет. Будь они прокляты, ненасытные короли! Что им до наших слез.

- Как жалко ваших малышей, - слезы потекли по лицу Жаклин. Такая уж отзывчивая и сердобольная уродилась девчонка.

Фло перекрестилась. В темных глазах мелькнула далекая искорка.

- Он вернется, - прошептала женщина страстно.

Седрик вздохнул.

- Продолжаю повествование. Взял я тебя на руки и положил на свою телегу, рядом с кувшинами и кошелками. А ты-то, как зажала свои корзинки в ручонках, так и держишь. С большим трудом пальчики разжал.

- Ах, ты самозванец желтолицый, - вдруг заверещала женщина-гусыня, - куда девчонку-то собираешься уволочь?

- Уйди с дороги! - крикнул я горластой, - не люблю с людьми такого пакостного толка дело иметь. А сам за повозкой доктора, куда поместили карлицу, точнехонько к церкви и приехал.

В церковном саду переполох. Люди в черных одеждах суетятся, шепчутся, с опаской оглядываются вокруг. Заговор им какой-то мерещится.

Да... в жилах нашей нации кровь еще долго будет отравлена страхом перед религиозной резней.

Жаклин мало, что поняла в последних словах мудрого Седрика, зато звонко рассмеялась, представив, как Седрик, прижав к стенке злющего кюре, потребовал:

- Выдай документ на девочку, чтобы ни одна ханжа меня не попрекала.

Напуганный смертью мадам Веран, полуслепой кюре накарябал на листочке дрожащей рукой, что подкинутая девочка, семи лет от роду, передается на воспитание супругам Гарранж.

Ну, вот и все. Теперь твой документ в шкатулке, а ты у нас. Довольна?

- Еще как! - Жаклин проворно вскочила со стула и, подбежав к мужчине, звонко его расцеловала в обе щеки.

С той поры маленький домик в горах стал для девочки центром вселенной. Что значит оккупация Ниццы иноземцами, когда у козочки Маргошки родились три мохнатых козленка. Крестьянские бунты? До них ли, когда засушливое лето спалило все травы и овощи в огороде? Фло научила Жаклин и коз доить, и готовить закваску для выращивания сыров, и управляться на кухне.

Крестьянские хлопоты с лихвой наполнили минуты быстролетящих дней. И были дни эти вплетены в ажурную раму из солнечного света, ароматов весны и осени. Жаклин похорошела, расцвела. Стала веселой и озорной. Видимо, матушка природа и задумывала эту девочку именно такой. А уж какие спектакли закатывала маленькая крестьянка на рынке! Дивились и завидовали старые торговки.

- Сыры, сыры, самые свежие, самые вкусные в листьях винограда, - звенел над прилавком игривый голосок, созывая покупателей.

Хорошенькая продавщица в белоснежном платочке безошибочно угадывала толщину кошелька того или иного покупателя. Кому-то могла и чуть-чуть уступить, а кому-то и поднять цену вдвое.

Седрик был доволен своей помощницей. Рядом с ней день пролетал весело, и самые тяжелые работы уже не казались такими изнурительными, как прежде.

Каждый вечер, перед сном все молитвы в доме Гарранжей заканчивались жаркой просьбой к богу - пощадить и оставить в живых младшего сына. Фло ждала сына, а Жаклин жениха.

Она уже заочно любила этого славного мальчугана, который уже в десять лет ловко гарцевал, метко стрелял, не чурался никакой работы, а уж родителей, как почитал!

- Не для вас наш цветочек расцвел! - отбивался Седрик от женихов, которые роем вились вокруг черноглазой, женственно-округлой пятнадцатилетней девушки.

Давно было решено: лучше пары на свете не может быть, чем сын Седрика и обожаемая Жаклин.

И он приехал! Ночные сумерки еще цеплялись за травы, и свой последний сон досматривали беспокойные птахи, когда скрипнула щеколда на входной двери. Что-то упало в темноте. И домик мгновенно пробудился. Необычные звуки – возгласы, смех, густой мужской бас ворвались в чуткий сон Жаклин.

Она мгновенно вскочила с постели и хотела нестись вниз, навстречу этим долгожданным звукам. Но девическое кокетство и желание в первую же минуту сразить жениха красотой, остудили жаркий порыв. Жаклин надела розовую блузку с кружевным воротом, пышную пеструю юбку и заколола в волосы алую розочку, вытянув ее из букета, благоухающего на туалетном столике. И только тогда понеслись веселым ветерком энергичные ножки по ступеням.

Где он, долгожданный любимый?

Семья уже сидела за столом. Фло, Седрик и … еще один старик. Высокий и костистый в мать, с черными игривыми глазами, как у отца и с белыми, как облака в июльский полдень, волосами.

- А вот и наша Жаклин! - Седрик подмигнул девушке. - Что не выдержала сердечко, не хочет больше ждать ни минуточки. Что ж пришла пора - знакомься! Вот он наш младший, мужественный воин Юбер Гарранж.

Всем пятнадцатилетним кажется, что тридцать лет это безумно много, а после сорока стоит ли вообще жить, а уж дальше и совсем размыты возрастные границы – глубокая старость и все.

Вот и Жаклин никогда не задумывалась, сколько же лет Седрику и Фло, старые, они и есть старые, и уж, конечно, не могла предположить, что их младшенькому Юберу нынешним июлем стукнуло пятьдесят.

Ветры военных переходов не пощадили преданного французской армии солдата. Давно уже кожа стала пергаментно шершавой и морщинистой, волосы седыми, и где-то на стоянке походного госпиталя сгнила его левая рука, ампутированная безжалостным хирургом.

Но плачут ли по волосам, потерявши голову? Главное, он жив. Жив!

Счастливыми звездами сияли глаза матери.

Возбужденный Седрик громко произнес:

- Вот сынок, какая невеста тебя ждала!

Но Юбер почувствовал замешательство и смятение в девической душе, и, откровенно любуясь нарядной девушкой, с грустью произнес:

- Что вы, папа, такое напридумывали? Для такой юной красавицы я слишком стар и уродлив, - он похлопал здоровой рукой по пустому рукаву, заправленному за ремень.

С приездом Юбера жизнь в маленьком домике, затерянном в горах, изменилась. Быстрее сгорали дни, зато вечера с затяжными застольными трапезами стали иными. После обильного ужина не торопились расходиться. Юбер готов был часами вспоминать военные баталии. Отец, склонившись над картой, обозначал стрелками передвижения войск, горячился, спорил с сыном, категорично утверждая, что все войны - это блажь и прихоть правителей.

Фло, как всегда молчала. В беспокойных руках мелькало рукоделие. Взглядом, полным тихой отрады, она ласкала своих любимых мужчин. Жаклин тоже не поднималась к себе, ей было спокойно и уютно возле счастливого семейства. Так отогревается у жаркого огня очень озябший человек.

Рыночные вояжи теперь Жаклин совершала с Юбером.

Для бывшего вояки многие перипетии мирной жизни были непонятны. Он стеснялся торговать, готов был отдать рыночным попрошайкам всю свою наличность. Укорял Жаклин, когда она в торговом запале немыслимо завышала цены.

- Ох ты и наивный, мой седой солдатик! - возмущалась разрумянившаяся девушка. - Почему, спрашивается, я должна беспокоиться о чужом кошельке. Мы деньги за свой труд получаем, а вот они-то... Наслышана я, откуда у толстопузых монета! - Она любовно разглаживала цветные купюры. - А вот мы сегодня справим папе хорошие сапоги, маме - ткань на юбку. И заметь, никто нам ничего не уступит по дешевке.

- И то, правда, - соглашался Юбер, восхищаясь лукавой мудрости юной особы.

Как-то незаметно для себя самой, Жаклин привязалась к Юберу. Ей нравился его тихий голос, неспешность всех движений, чуть горьковатый запах, исходивший от обветренной кожи.

Проснувшийся женский инстинкт нашептывал о том, как упоительна власть любви. Когда по вечерам Юбер учил Жаклин читать и писать, она нарочно придвигалась к нему поближе, словно случайно щекоча жесткую мужскую щеку своими пушистыми локонами. Жаклин чувствовала, как трепетные искры струились по всему его телу. Смущенный, он отодвигался:

- На сегодня хватит уроков! - и выходил на крыльцо освежиться.

Девушка торжествовала: взрослый, сильный мужчина любит ее!

Через три года они поженились. Юбер не мог надышаться на молодую жену. В ней его восхищало все: как она ходит, как говорит, как спит.

К сожалению, безоблачное счастье не бывает долгим. Внезапно заболел Седрик. Покашливал, прикладывая руку к груди, а потом слег с температурой и уже не поднялся. А через месяц после похорон Седрика умерла Фло. Не выдержала верная душа разлуки.

На долгое время в маленьком домике поселились тоска и тишина.

Предприимчивая Жаклин предложила продать все хозяйство и перебраться в город. Она придумала веселую надпись на таверне «Заходи, выпей с дядюшкой Юбером».

Кого только не посылал бог на заманчивый огонек в окнах гостеприимного дома. Здесь угощались торговцы из Марселя, бродячие музыканты и слуги богатых иностранцев.

И только одного не посылал Всевышний Жаклин. Женщина мечтала о детях.

Спустя десять лет девчонки-двойняшки огласили криком маленькую таверну.

Вот тогда-то нарисовался в Ницце Юбер Дюваль.

- Ну, что, хозяйка, замолчала? - Юбер подлил в бокалы еще вина, - так складно про жизнь свою рассказывала…

- А хотите, гость наш дорогой, я вам наше богатство покажу.

- Не боитесь, что украду? - засмеялся Юбер, представляя шкатулку с побрякушками, за которой побежала хвастливая молодуха. А что она могла еще принести?

- Вот, - выдохнула женщина, - смотрите. - И поставила на широкую скамью плетеную колыбельку, в которой лежали в розовых чепчиках с кружевными оборками два крошечных существа.

- Наши доченьки, чудо, как хороши, правда! - женщина с восторгом смотрела на спящие причмокивающие мордашки.

- Прелесть! На младшей я, пожалуй, женюсь, - неожиданно заявил гость.

- Что, папаша Юбер, даешь добро, - обратился моряк к инвалиду. - Парень я серьезный. Помотался немало по свету, уж чего только не навидался. Все на своей шкуре перенес. А сердце, как у младенца, чистое, нетронутое, для большой любви открыто. Честно признаюсь, капитал я кое-какой скопил. Вы не подумайте, что я, как скряга, складывал в мешок монету за монетой. Нет! Жил хорошо, но и не швырялся деньгами. В-общем, перед вами степенный и достойный человек.

- Моряк, ты слишком уж нос задрал и размечтался! - грозно сдвинул кустистые брови старик. - Считать-то умеешь? Вот и прикинь, сколько тебе будет лет, когда девчонки до возраста невест дорастут.

- Да, пожалуй, помоложе я буду, чем ты сейчас, - с вызовом ответил Юбер и подмигнул молодухе.

- Я в военных походах молодость свою промаршировал. Честь страны защищал. О семье некогда было подумать...

- А я моря и океаны бороздил, - отмахнулся моряк от нравоучителя и, склонившись над крохами, спросил:

- Как младшую зовут?

На двадцать минут позже появилась на свет Антуанетта.

- Антуанетта! - воскликнул Юбер, положив широкую ладонь себе на грудь, словно актер, изображающий невероятную страсть. - Сердце, ты слышишь, какое славное имя у той, кого ты будешь любить? А уж Юбер Дюваль сделает все для того, чтобы любовь была счастливой.

- Ну и ну! - молодая мамаша не то с удивлением, не то с укоризной покачала головой. - Крепко же ты, парень, выпил!

- Что ты сердишься? Мы ведь с тобой почти породнились. Честно скажу, папа и мама моей невесты мне пришлись по душе, - он попытался обнять хозяйку.

- Сумасшедший! - оттолкнула моряка женщина. - От греха подальше унесу колыбель. От подобного человека не знаешь, чего и ожидать, - забормотала она озабоченно, лицо ее в этот момент повзрослело и утратило игривую привлекательность.

А Юбер закатил пир на всю ночь, щедро угощая всех, кто заходил в кабачок.

- Друзья, наконец-то, я женюсь, - кричал так, что хлопали ставни соседних домов. - В вашем милом городке судьба послала мне счастливый подарок. Я встретил самую красивую, нежную, верную женщину.

Чудак, да и только!

Протяжный сигнал с судна возвестил о сборе команды.

Юбер мгновенно преобразился, словно не он, только что опрокидывал стакан за стаканом крепкого красного вина. - Ну, мамаша, до свидания! Появлюсь не скоро, - он звонко поцеловал молодуху в румяные губы.

- Ох, ты и шустрый, - задохнулась от возмущения хозяйка, - хорошо, что муж отдыхать пошел. Он таких шуток не признает.

- Тьфу, ты, глупая женщина! Ты все-таки не поверила, что я непременно женюсь на твоей дочери. А раз так, то ты для меня тоже мать. На, держи, - он протянул совсем ошалевшей от непонятной ситуации, женщине - горсть монет. Купи самую лучшую куклу моей невесте.

- До встречи! - крикнул он уже со двора.

Звякнула щеколда на воротцах. В ночной тишине еще долго были слышны смачно-крепкие шаги Юбера.

Ницца быстро забыла моряка с лицом цвета бронзы и пронзительными голубыми глазами.

Мало ли морских или сухопутных бродяг пировало на живописном берегу. Не упомнить все их байки и песни.

Chapter 10

СЕСТРЫ-ФРАНЦУЖЕНКИ

Ницца быстро забыла бронзолицого моряка Юбера...

И как же удивилась, Жаклин, хозяйка маленькой таверны на берегу, когда ранним утром в дверь постучался вновь этот странный балагур.

- О, ла-ла! - всплеснула руками пополневшая, мягкая, словно разгулявшееся тесто, хозяйка. - А ты нисколько не изменился, бродяга, - сказала так, словно укоряла за что-то ей непонятное.

- А, что сделается человеку, в сердце которого благодать, - крепкие зубы мелькнули в улыбке. - У вас я наблюдаю перемены, отчего-то сняли вывеску, приглашавшую пропустить стаканчик с добрым славным Юбером. Где мой старый приятель? Я готов с удовольствием послушать его байки о военных походах и баталиях. В море намолчался на много лет вперед.

- Уже два года, как похоронили Юбера, - хозяйка утерла концом фартука набежавшую слезу. - Вот, теперь одна, как белка в колесе кручусь.

- О... тысяча извинений, мадам, за мой неделикатный вопрос, - вздохнул моряк. - Значит, вы теперь вдова? Грустно…

- Веришь ли, муж мой каждую ночь ко мне во снах является. Извелась я вся. Разговариваю с ним, смеюсь, ласкаюсь, а проснусь - одна. И такой холод с тоской сердце сожмут в тиски, хоть волком вой. Встану, стаканчик винца пропущу, вроде полегчает.

- Ну, давай сегодня, я тебе компанию составлю, - Юбер расположился за столом. - А во сне он приходит к тебе, потому что крепко любил тебя и сейчас любит. Любовь, как и душа, бессмертна.

- Да, будет тебе, больно туманно говоришь, - испуганно отшатнулась женщина. Из полных рук выскользнула чашка, разлетевшись на темные черепки.

- Ой, беда, беда за мной по пятам теперь ходит, - запричитала Жаклин.

- Хватит причитать, лучше к столу садись, гостя накорми, да беседу с ним веди. Вот скажи мне, как моя невестушка поживает?

- О ком ты говоришь, я не припомню наших молодок.

- Тьфу, ты, годы тебе мудрость явно не приносят! Ты, я вижу, совсем забыла, что муж твой, старый Юбер, благословил наш брак с Антуанеттой. Помнишь, как мы пировали?

- А-а, - разочарованно произнесла Жаклин, мешая большой ложкой коричневый соус в глиняном горшочке. - Ты опять за старые шуточки принимаешься, только времена нынче другие.

- А, что мне времена! Когда ты поймешь, упрямая женщина, что Юбер Дюваль слов на ветер не бросает. Веди меня к моей нежной девочке.

- Спят они, - прошептала Жаклин, откинув легкий полог над широкой самодельной кроватью.

- Полюбуюсь и в сердце портрет моей возлюбленной запечатлею, - Юбер замер, с восхищением вглядываясь в детское личико.

Из-под ночного чепчика выбились золотые колечки пушистых волос, густые темные ресницы вздрагивали, как трепетные крылышки бабочки. Розовые губки словно улыбались.

- Ангел! - прошептал Юбер, и глаза его увлажнились.

Заворочалась темноволосая сестрица. Смугловатая мордашка скуксилась, черные стрелки бровок сбежались к переносице.

- Какие они разные, - удивился мужчина, - странно, ведь в одночасье на свет появились.

- Я и сама дивлюсь, - согласилась мамаша. - Знаешь, вот старшая Изабель днем веселится, поет, шалит, а ночью хмурится, плачет, стонет. А младшая,

Антуанетта, на людях тихая, лишнего слова не скажет, в глазах часто слезинки поблескивают, а, когда спит, такая ясная, безмятежная. Видишь, как сияет личико!

- Я же сразу понял, что это ангел, посланный мне небесами.

Целый день Юбер провел в Ницце. Он помог хозяйке затариться на рынке продуктами, играл в саду с малышками, даже успел кое-что прибить и привинтить в расшатавшемся без хозяина доме.

Вечером Жаклин поинтересовалась у моряка:

- Ты надолго в наших краях? Я и не ожидала, что помощник из тебя справный.

- Многое ты еще не знаешь, - он ей подмигнул. - Жаль, но через час мы отчалим. Он отвязал от пояса кожаный мешочек. - Возьми, - протянул Жаклин. - Тебе сейчас одной трудно. И постарайся ни в чем не отказывать дочкам.

- Да, они у меня растут небалованными, - вырвалось из женских уст. Но тут же Жаклин спохватилась. - Ой, что это я говорю, - она прикрыла рот ладонью, подумав, как бы этот коренастый чудак не забрал деньги назад.

Еще одна ночь опустилась на тихую гавань. Погасли огоньки в окнах прибрежных домов, и только там, где жила молодая вдова с дочками-близняшками, еще долго метался светлый неровный блик.

А тем временем в лондонской газете появилась восторженная статья о малоизвестном городке Ницца. Англичанин Тобье, измученный многочисленными хворями и все-таки победивший их, поделился со своими соотечественниками секретом исцеления. Волей случая попал он на Лазурный берег. Доктора прописали ему лишь воздушные ванны.

- И ни в коем случае не купайтесь, вы погибнете, если войдете в соленые воды!

А он рискнул, и первый, как утверждают архивариусы, принял целебные морские ванны. Нежные теплые волны приняли, обласкали, наполнили энергией все клеточки болезненного тела. Самочувствие отчаянного иностранца вскоре улучшилось, и после его рассказов и статей в прессе, о Ницце заговорили, как о волшебном курорте. На Лазурный берег потянулись богато убранные дилижансы и повозки.

Скромный рыбачий поселок быстро выучился торговать, сдавать приезжим комнаты, сытно потчевать гостей местными деликатесами. Засуетились, захлопотали ницшане.

Жаклин в своем кабачке буквально зашивалась от наплыва посетителей. Откуда столько голодных и жаждущих объявилось враз? Большим подспорьем в делах стали подросшие девчонки. Старшая Изабель, бойкая, улыбчивая, обычно развлекала гостей. Она пела незатейливые песенки, танцевала, аккомпанируя себе на бубне. Подвыпившие гости щедро отсыпали монеты хорошенькой ритмичной девочке. Изабель обожала эти мгновения, когда она, склонившись в грациозном реверансе и скромно набросив вуаль ресниц на хитрые глазки, нежным голоском припевала:

- Месье, жизнь прекрасна, когда есть море, вино и музыка! - и протягивала миниатюрную соломенную шляпку.

Маленькая, коварная искусительница!

Сестрица ее, Антуанетта, стеснялась незнакомых людей. Шумные разговоры, громкая музыка, резкие движения пьяных непослушных тел пугали девочку. В подобные мгновения душа ее, как цветок перед грозой складывает свои лепестки, также сжималась, пытаясь спрятаться, исчезнуть. Все веселились, гоготали, а она глотала слезы. Антуанетта старалась, как можно реже появляться среди гостей. В основном она управлялась на кухне - мыла посуду, чистила овощи.

Однажды, возвращаясь с рынка, Антуанетта, решив передохнуть, остановилась возле светло-золотистого дома с голубыми ставнями. Его совсем недавно приобрела пожилая англичанка Элизабет.

- Больно мудреная дама, - так отозвался один из нетрезвых посетителей таверны о новой соседке.

И надо же, именно эта «мудреная дама», завидев девочку в окно, вышла на улицу.

- Милая моя, - женщина ласково всматривалась в лицо Антуанетты, - разве можно так жить? Рынок, кухня, уборка…

- А, что в этом плохого? - Антуанетта распахнула глаза, не понимая, что не нравится иностранке.

- Приходи ко мне сегодня вечером, - таинственно улыбнулась Элизабет.

Много лет мадам Фрез была директрисой закрытого пансиона для девочек в Англии. Частые атаки пневмонии заставили женщину сменить сырой климат родины на ласковую благодать Ниццы. Чуть-чуть оправившись после очередного приступа болезни, Элизабет вернулась к тому, чему служила всю жизнь. В своем милом светлом доме она открыла школу для девочек. Элизабет учила маленьких француженок читать, писать, играть на арфе. А сколько интересных историй она им поведала!

- Не понимаю, - удивлялась Изабель, - чем вас приваживает эта старая мымра? - Скажи, - обращалась она к сестре, наморщив носик, - зачем тебе английский язык, если ты дальше Ниццы носа не сунешь? Посмотри на себя, сидишь, как ученая крыса, день и ночь, склонившись над книжками. Глаза у тебя красные, щеки бледные. Откажись ты от этой скуки. - Изабель стояла в ночной блузе у зеркала, расчесывая свои пышные волосы, и с восторгом вглядывалась в отражение.

- А мне вот сегодня два раза в любви объяснились!

- И что ты ответила? - Антуанетте уже давно в их сестринском мирке была отведена роль слушательницы.

- Я? - Изабель дерзко улыбнулась своему отражению в зеркальной глубине, - я сказала, что еще не приехал мой король. Но... Если месье хочет поцеловать меня в розовую щечку, он должен положить денежку в мой карманчик.

- Как так? - заливалась стыдливым румянцем Антуанетта. - Разве так можно? А если маменька узнает?

- Какая ты еще глупенькая, - старшая сестрица дернула младшую за светлую прядку, выбившуюся из-под чепчика. - Во-первых, маманя чаще всего под хмельком теперь бывает, а пьяному море по колено. А во-вторых, разве ты не помнишь, как она меня еще совсем малышкой подначивала зарабатывать танцами и песнями. Мне нужно много денег. Я не хочу быть бедной, поняла? - отчего-то со злостью выпалила.

Нынешним летом сестрам исполнилось по тринадцать лет. На Изабель уже заглядывались взрослые мужчины. Под их горячими взглядами она не ходила, а словно совершала кокетливый танец, изящно двигая бедрами и передергивая ножками. А, как умела она заливисто смеяться, ликуя каждой клеточкой подвижного лица.

- Ох, бедовая девчонка растет! - мать откровенно любовалась дочерью, когда та звонкой пощечиной охлаждала разгоряченного ухажера из завсегдатаев таверны.

Красивым живется легко. Им многое прощается. Мать словно не замечала, что холеные ручки Изабель чураются любой работы. Что? Почистить котел? Пуговицу пришить? Цветы полить? Похоже, вы с ума сошли! А на что тогда в доме младшая сестра?

Но как раз хозяйственные хлопоты не удручали Антуанетту. Огорчало другое: Изабель становилась злой и жестокой.

- Маман, ты опять нализалась, как тысяча свиней!

- Антуанетта, ты ходишь, как каракатица. Мы сегодня с Пьером за тобой наблюдали, чуть от смеха не померли, - делилась своими впечатлениями откровенная Изабель за поздним ужином, смачно уплетая жареную рыбу. Вкусно!

От слов сестры Антуанетта бледнела. Неужели то, что она скрывает от всех, становится явным. Вот уже несколько месяцев, после того дня, который девочки помечают в календаре красным цветом, постоянная ноющая боль поселилась в теле. И с каждым днем, спина становилась все более жесткой, словно чужой. Ночью боли обострялись, и Антуанетта в кровь кусала губы, чтобы сдержать стоны. А утром приходилось долго собираться с силами, чтобы подняться. Руки и ноги не слушались, словно существовали отдельно.

Злой глаз сестрицы первым подметил изменения в походке Антуанетты.

- Ты хромаешь, как индюшка дядюшки Сандро. Нет, пожалуй, больше ты похожа на утку старухи Сильвьян.

Капельки испарины блестели на висках обиженной Антуанетты.

- Мама, ну разве можно так? - в отчаянии обращалась она к Жаклин, пытаясь найти защиту в материнских глазах, как в далеком детстве.

Но Жаклин уже принявшая с утра несколько стаканчиков вина, плохо ориентировалась в событиях.

- Ой, девки, девки, почему жизнь такая скучная и длинная... А не попробовать ли мне осенней настоечки?

...Всевышний, что же ты творишь? Отчего благодатный виноградный напиток вдруг превращается в коварное зелье, которое таит злую силу. И не щадит ни молодых, ни талантливых, ни черных, ни белых. Скольких поглотила пьяная бездна! Где она, Жаклин, маленькая доверчивая девочка, потом веселая молодая жена, трогательная в своей заботливости мамаша, хлопотливая хозяйка? Жаклин? Ау!

Безобразная лохматая тень качнулась в полумраке узкого коридорчика.

- Тошно как! Пойду в чулан спрячусь...

- Иди, иди, только там твое место, - брезгливо процедила Изабель.

Антуанетта с укором посмотрела на сестру.

- Ну и что, зенками сверкаешь? Все жалеешь маменьку, а не забыла ли ты тумаки, которые от нее получала? Помнишь, как ты пыталась ее с улицы в спальню перетащить, а она пинала тебя, царапала и орала: «Уйди, ненавижу!»

- Ты ведь знаешь, что мама тогда была не в себе, и не узнавала меня, - вздохнула Антуанетта.

- А, когда она у тебя все сбережения украла и спустила их на выпивку? Что за память у тебя?

- Не будем ссориться, сестра, - Антуанетта раскрывала книжку, давая понять, что разговор не будет продолжен.

В маленьком городке ничего не утаишь. Соседки пылко осуждали хозяйку таверны.

- Кто бы мог подумать, что подобное случится с Жаклин. Живет, словно околдованная. Как хозяин помер, так все пошло прахом. Дочери-то! Даже говорить страшно, одна совсем стыд потеряла, шастает по ночам с заезжими людьми. Другая надрывается, уже вся скособочилась, как больное дерево.

Безжалостны и черствы болтливые люди. Выпустят стрелы язвительных замечаний и забудут, переключившись на другой объект. Истинное сочувствие молчаливо и деятельно.

Наставница девушек, англичанка Элизабет, встревоженная не столько злыми пересудами, сколько длительным отсутствием на занятиях любимой ученицы, решила нанести визит Гарранжам.

В семь вечера она надела шелковую темно-синюю блузу, клетчатую шерстяную юбку и, смоделировав букетик из голубых незабудок, закрепила его на маленькой темной шляпке.

Окно таверны было освещено, слышались громкие мужские голоса и женский смех. Дверь была заперта изнутри. В течение получаса Элизабет пыталась достучаться к Гарранжам.

- Не откроют, - у калитки остановился мужичок в широкой крестьянской рубахе.

- Почему же? - удивилась англичанка.

- Их маменька скорее всего пьяная спит. Младшая тоже в постели, она уже несколько дней хворает, а Изабель развлекается с гостями.

- Что? - от возмущения шляпка сдвинулась набок.- И вы все это, мне так спокойно сообщаете?

- Ну так, - крестьянин пожал плечами, - наше дело соседское.

- Вот что, многоуважаемый сосед, - тоном, не допускающим возражений, распорядилась Элизабет, - я вас не прошу, а требую. Возьмите садовую лестницу и приставьте к окну, только таким образом мы сможет узнать, что там происходит.

Любопытный мужичок охотно вскарабкался и шепотом сообщил.

- Ну, как я и говорил, за столом Изабель и трое мужчин. Пьют, курят, в карты играют. Вот, это да! Изка заехала одному по физиономии. Огонь девка!

- А что делает Антуанетта? - закинув голову и, придерживая шляпку, взволнованным шепотом поинтересовалась англичанка.

- Не видно ее ни в одном углу.

- Тогда стучи громче, - грозно крикнула директриса.

Мужичок стукнул несколько раз, проворно спустился с лестницы и бросился наутек:

- Подальше от греха-то! Не соседское это дело в окна заглядывать.

- Ну, кто там еще? - разгневанная Изабель распахнула дверь, вглядываясь в сумеречный двор. - Вот это гостья! - девушка ехидно прищурилась, окидывая взглядом высокую женскую фигуру. - Кого учить-то пришли? Если меня, то я давно ученая, так что до свидания.

- Где ваша сестра? - глаза Элизабет потемнели от возмущения. Она не привыкла, чтобы с ней разговаривали таким развязным тоном.

- А почему я должна вам докладывать?

- Если вы сейчас же не проведете меня к Антуанетте, я позову полицию.

- Ха, Жан, ты слышал? - крикнула Изабель в глубину комнаты, - меня тут одна чудачка пугать вздумала.

- Крошка, - откликнулся хриплый голос, - если ты сейчас не сделаешь ход, боюсь, мы продуем с тобой эту партию.

- Слышали, - сморщила носик Изабель, - некогда мне с вами препираться, есть дела и поважнее, - она стрелой метнулась к столу, над которым висело сизое облако дыма.

Элизабет решительным шагом направилась по узкому коридорчику.

Огарок свечи чуть-чуть освещал небольшую комнатку, где на кровати лежала девушка.

- Антуанетта! - бросилась старая женщина к словно безжизненному телу. Упала на пол маленькая шляпка с незабудками. Антуанетта была без сознания.

- Ты жива, девочка моя, отзовись! - страстно зашептала Элизабет, пытаясь прощупать на тонком запястье пульс.

В ту же ночь дилижанс доктора Роже отправился в дорогу. Все лето Антуанетта провела в клинике под Парижем. Верная Элизабет не только навещала девушку, она и оплачивала все расходы, связанные с лечением.

Но не было в мире таких денег и лекарств, которые бы могли вернуть былую гибкость позвонкам девушки. Умопомрачительные боли прекратились, но увы, в материальном мире ничего не исчезает бесследно. Коварная хворь выгнула тростник девичьей спинки.

- Я горбатая, я горбатая, - горько плакала Антуанетта, - я не хочу жить такой уродливой.

В молодости потеря красоты воспринимается, как самая страшная утрата.

Первые холодные дожди упали на черепичные крыши, когда бледная, осунувшаяся, с потухшим взглядом девушка вернулась домой.

Жаклин, как обычно возбужденная спиртным, увидев дочь, рухнула на колени.

- А я тебя почти похоронила. Таких страстей мне твоя англичанка наговорила!

В глазах старшей сестры плясали чертенята, она еле сдерживалась, чтобы не прыснуть от смеха, так неказисто и уродливо выглядела Антуанетта. Карикатура!

- Антуашка, а у меня для тебя приятный сюрприз. Старая мымра, англичанка, тебе отдельную комнату приготовила. Мы вчера с маманей все твои пожитки перенесли.

- Как же так! - на щеках Антуанетты вспыхнул румянец. Она не знала, радоваться ей или огорчаться. - Я ведь так без вас скучала...

Бедняжка, она и не могла представить, что самые близкие люди продали ее. Да, да, когда Элизабет пришла к Гарранжам потолковать о том, что хорошо бы первое время после клиники Антуанетте пожить у нее. Англичанка подготовила много убедительных аргументов. И, дескать, комната просторная, солнечная, и служанка расторопная, и доктор из Лондона, поселившийся по соседству.

- Ишь, что надумала! - брякнула кулаком по столу Жаклин. - Вот роди себе дочь, тогда и будешь распоряжаться, где ей жить.

Изабель захохотала, представив сухопарую пожилую женщину с огромным животом. Ну, не умора ли?

Жаклин продолжала разглагольствовать дальше.

- Кто мне помогать будет? Я не такая богачка, как некоторые, чтобы прислугу держать. Опять же, кто на рынок ходить будет?

- Вы, что не понимаете, - у обычно сдержанной Элизабет затрясся подбородок, - не понимаете, что, что, - она не могла произнести вслух страшное слово «калека»,- что ваша девочка очень больна.

- А вот и не понимаем! - прищурилась Изабель. - Если больна, почему ее тогда из клиники домой отправляют? Ясное дело, она здорова. И не нужно делать из мухи слона.

- Я еще раз повторяю, - повысила голос директриса, - девушке нужен особый режим. Даже не может быть и речи о хождении на рынок за продуктами или стоянии у плиты, - англичанка подошла к Жаклин, пытаясь посмотреть в глаза женщины-матери.

- О, черт, - смачно ругнулась та, усердно откупоривая неподатливую пробку из бутылки.

- Будет по-вашему, - неожиданно взвизгнула Изабель, но при одном условии.

- Я вся внимание! - Элизабет хотелось поскорее договориться и покинуть убогий мирок харчевни.

- Вы принесете тысячу!

- Во как! - радостно икнула Жаклин, часто заморгав и заквохтав, будто встревоженная курица и, вытерев губы пухлой рукой, смачно добавила.

- Тыща пятьсот и девка ваша.

- Я согласна, - директриса закрыла дверь.

...Долгая болезнь разрушает не только гармонию в человеческом теле, но и видоизменяет мир вокруг. Тоскливее стучит дождь в ночное окно, беспощаднее припекает солнце, громко и вызывающе звучат самые тихие голоса. И не нужны стрелки часов. День похож на трудный месяц, а секунды тащатся, как маленькие черепашки, грустно и бесконечно долго.

Несмотря на заверения парижских медиков в том, что самое страшное позади, и никаких изменений в сформировавшемся организме не должно больше произойти, Антуанетте с каждым днем становилось все труднее и труднее передвигаться. Почти все время она проводила на скамейке в саду. С книгой, рукоделием.

Элизабет, чувствуя, как девушка страдает, старалась особо не докучать ей.

- Прости меня, Господи! - сквозь слезы шептала Антуанетта. - Я хочу с любым твоим облаком подняться, проплыть над морем, цветами и навсегда исчезнуть в колкой синеве. Молю, забери меня отсюда. Я не хочу жить…

Слезливая, хрупкая осень еще копошилась в садах, когда вечно чумазый, соседский сын Тоник, сверкая смуглыми пятками, пронесся по улице, горланя:

- Слышали новость! К Гарранжам жених приехал.

- Эка, невидаль! - Жаклин, подбоченясь стояла у калитки. - Сколько мы женихов-то перевидали. Моя красавица шибко разборчива: один беден, другой крив, а третий плешив. Да, ну их всех, - она отмахнулась от любопытных мальчишеских глаз, как от докучливой мухи.

В последнее время Жаклин часто пребывала в дурном настроении. Известное дело: мир раздражает и утомляет крепко пьющих людей. И некогда спасительный стакан еще больше навевает тоску и жажду.

- Что, хозяйка, такая пасмурная? - раздался густой мужской голос, от которого Жаклин в дрожь бросило!

- Ты? - нет, не забыла она того чудаковатого моряка и себя, прежнюю, веселую и расторопную, значит, не забыла. - Юбер! - щеки вспыхнули багряными неровными пятнами, - из какой ты жизни явился? И зачем?

- Который раз с тобой встречаемся, а ты по-новой просишь объяснить цель моего визита. Жениться я приехал! Забыла? Где моя невеста, Антуанетта милая?

- А нет ее. Опоздал, морячок, немного, - Жаклин вскинула подбородок и с вызовом посмотрела в серые мужские глаза.

- Врешь ведь, - покачал головой Юбер, - только не могу понять, зачем.

- Да, уходи, ты уходи! - неожиданно сорвалась на крик женщина. - Не садни мое сердце. С тобой одни печальные думки связаны.

- О-ла-ла, - удивленно протянул Юбер и растерянно оглянулся по сторонам. - Дело, видимо, приобретает непредвиденный оборот.

Чумазый Тоник, стоя неподалеку, таращил угольные глазенки, нетерпеливо подпрыгивал и вытворял странные движения руками.

Ни в одном мужчине бесследно не исчезает мальчишка. И именно этот маленький сорванец, который по-прежнему жил во взрослом Юбере, понял тайные знаки другого сорванца.

- Пойду, прогуляюсь, пока ты успокоишься, - твердо произнес мужчина. - А вернусь, пир закатим, как бывало.

- Ты совсем не меняешься! - чертыхнулась Жаклин.

Тоник юркнул вперед. Юбер, приняв условия игры, крадучись пошел за пацаном.

Антуанетта сидела на своей скамье в тени широколистного платана. Светлые волосы легкой волной струились по плечам, голубые глаза печально следили за медленно-проплывающими облаками. Рядом стояла корзинка с рукоделием, на коленях лежала раскрытая книга.

- Здравствуй, родная! - Не такой характер был у Юбера, чтобы прятаться и подглядывать. Бравый моряк решительно шагнул из-за кустов пышной акации, где, затаив дыхание, остался маленький провожатый.

- Ой! - не на шутку испугалась девушка. - Вы кто, простите, будете?

Она попыталась встать, но сколько не упиралась рукой о перильца, ничего у нее не вышло. От усилий лицо побледнело, на висках выступили капельки испарины.

- Жених? Интересно, это к какой же из Гарранжей? Одна пьет, другая напропалую гуляет, третья - калека. - Эта непонятная утром фраза, брошенная за спиной Юбера в лавке, где он, как всегда балагуря, покупал для невесты сласти и ленты, сейчас обрела свой конкретный смысл.

- Что с тобой случилось, Антуанетта? - Юбер опустился возле ног девушки и поцеловал подол голубой холщевой юбки.

- Если бы ты только знала, как я спешил к тебе! Сто раз я мог утонуть, погибнуть, раствориться, но надо мной светила звезда любви. Разве тебе маменька никогда не рассказывала о том, как я увидел тебя совсем крошкой, и тогда полюбил с первого взгляда. Ты совсем не изменилась. Такая же прелестная и нежная.

- Что, что вы говорите? Я ничего не понимаю, - тихо прошептала Антуанетта. И глаза ее, как вспыхнули при неожиданном появлении незнакомца в саду, так и сияли потом долгую-долгую жизнь.

В церковь, поглазеть на молодоженов, собралась пестрая толпа любопытных.

- Ну и парочка! Жених-то с седыми прядями, да весь в морщинах.

- Невестушка, еле передвигается.

- Блаженные! Ничего и не замечают вокруг.

Праздничная служба подходила к концу. Церковный хор с воодушевлением запел нежную, счастливо возносящуюся к небесам, мелодию. И вдруг раздался истошный женский крик. Это Жаклин, прижав руку к груди, рухнула на ступенях церкви. Не выдержало сердце, пронзенное болью и беспросветным отчаяньем.

- Вот и допилась, старая! - пробормотал сердито мужик, прикрывая тело грязной рогожей.

За несколько дней до венчания Юбер ворвался в домик Элизабет, как никогда взволнованный.

- Милые дамы, я приготовил для вас удивительный сюрприз! - выпалил он с порога. - Не желаете ли разделить мою радость?

- Что мы должны сделать? - захлопала в ладоши Элизабет, помолодевшая с приездом этого чудаковатого жениха.

- Одеться и отправиться за мной!

Юбер заботливо накинул Антуанетте на плечи меховую пелерину, помог зашнуровать ботинки.

- Ну-с, мадам, вы готовы? - он улыбнулся зеркальному отражению седой женщины, примеряющей очередную шляпку, на сей раз украшенную желтыми листьями клена.

- Как бы ветер не позарился на вашу фетровую кастрюльку, - Юбер подмигнул Антуанетте.

- Ну, уж нет, ни один проказник не получит, как вы выразились, моей зеленой кастрюльки, - Элизабет туго завязала под подбородком ленты шляпки.

Влажное февральское небо грустило. Слезливо набухали тучи. Ветер неприкаянно путался в космах полумертвых деревьев. Даже у моря, всегда сияющего южного моря, был вдовий скорбный лик.

- Как грустно без солнышка, - поежилась Антуанетта.

Юбер внимательно посмотрел на девушку.

- Я мечтаю, как я мечтаю о том времени, когда любовь войдет в твое сердце. И тогда, поверь мне, ни один, даже самый ненастный день не будет казаться грустным. Каждое мгновение жизни будет переполнено ликующей радостью.

- Элизабет, вы понимаете, о чем я говорю?

- Еще как! - восторженно откликнулась старая дева.

- А теперь, милые дамы, взгляните вот сюда, - Юбер протянул руку в сторону невыразительного, поросшего кустарником пригорка.

- Что вы увидели?

Обе спутницы пожали в недоумении плечами.

- А я отчетливо вижу! - воскликнул Юбер. - Да, да, вон оно легкое светлое строение - прекрасный отель. Который я назвал в честь тебя, моя любимая Антуанетта. Отель «Белый ангел».

Элизабет приложила к слезящимся глазам кружевной платочек.

- Видит бог, за всю свою долгую жизнь я не встречала более мечтательного и романтичного мужчины!

- Да, нет же, мадам, - весело возразил ей Юбер, - все-таки я больше реалист, чем мечтатель. И, право не знаю, что для женщины важнее. Сегодня утром я оформил бумаги на приобретение этого неприглядного для других, но лакомого для меня кусочка земли.

- Антуанетта, ты позволишь мне, подарить тебе на свадьбу этот дивный отель?

Она не успела ничего ответить, как Юбер подхватил девушку на руки и взбежал на макушку холма.

- Смотри! Какой роскошный вид!

И неожиданно солнце, робкое, нежное выглянуло из-за тяжелой февральской тучи. Ему навстречу встрепенулось истосковавшееся море, вспыхнув акварельно-размытыми бликами бирюзы. Сиреневой дымкой закурились темные стволы и ветви деревьев на берегу.

- Весна, весна не за горами, - засмеялась разрумянившаяся Антуанетта.

- Да, моя девочка, - сухие мужские губы прикоснулись к теплой щеке.

А через несколько дней все стало иным. Скоропостижная смерть Жаклин окрасила все события в цвет печали. Белая кружевная накидка сменилась на черный траурный платок, свадебные букеты сплелись в надгробные венки, и надолго в доме поселилось скорбное, горькое молчание.

- Ну, сколько можно киснуть? - ворвалась однажды вечером к Антуанетте сестрица. - Давай, живо собирайся. Пойдем в городской парк, там представление дают артисты из Парижа.

- Спасибо, Иза. Но только, что-то мне не хочется, - вздохнула Антуанетта, удивленная горячей активностью сестры, которая никогда ее не баловала своим вниманием. - Потом, я не знаю, как Юбер отнесется к тому, что я пошла в парк без него.

- Ты, как была чокнутой, так ею и осталась. Еще и женой толком не стала, а уже добровольно в рабыни записалась. Подумаешь, одна куда-то захотела пойти. Он ведь тебе в отцы годится, а потому можешь им вертеть, как куклой на веревочке. Они, старики, к молодым шибко привязываются. Скажи, а что это твой муж, как очумелый, с утра до вечера холм перекапывает? Клад ищет?

- Я очень тебя прошу не говорить ни одного плохого слова про моего мужа, - впервые в голосе Антуанетты прозвучали нотки не обиды, а строгого приказа.

- Да, ты никак меня воспитывать собираешься, нахваталась от своей старой мымры-учительницы! - Изабель возмущенно направилась к двери. - О черт! - она резко развернулась и подскочила к Антуанетте, приблизив вплотную свое раскрасневшееся лицо. - Если хочешь знать, сама бы я к тебе ни за что не пришла. Это твой муженек меня упросил. Тебе, видите ли, нужно свежим воздухом подышать и на людях развеяться.

- А что, Юбер не захотел идти на представление? - глаза Антуанетты посветлели от благодарной нежности.

- Он-то хотел, да лес привезли. Боится, наверное, что сопрут половину, - Изабель хрипло хохотнула, вспомнив, как содрала с Юбера за вылазку с сестрой кругленькую сумму. Денежки приятно оттягивали кожаный мешочек, закрепленный у корсета. - Так, что без лишних слов собирайся, сестрица!

Городской парк, обычно умиротворенно-спокойный, нынешним вечером улюлюкал, смеялся, пел. Темпераментные южане не умели быть просто зрителями, они азартно принимали участие в концерте. Тем более, что представление являло собой диковинную смесь всех видов сценического искусства. Танцы полуобнаженных девиц сменялись дерзкими куплетами о короле, высмеивавших его страсть к выпивке, обжорству и распутству. Потом дрессированные собачки маршировали в драгунских мундирах, а чернокожая девочка звонким голоском проникновенно тосковала о своей родине: «Мыс Роз, мыс Роз, болит мое сердце от слез». Агатовые глаза маленькой артистки влажно блестели. Вместе с ней всхлипывали все впечатлительные зрители.

Шел 1789 год. В этот теплый вечер еще никто и не предполагал, что совсем скоро беспокойный парижский ветер принесет в праздные милые местечки слово, разрушающее людские судьбы, кровавое, беспощадное слово – революция. Худощавый юноша с римским профилем и еще неофранцуженной фамилией Буонапарте, уже покинул родную Корсику ради дерзких и грандиозных афер.

Увиденное в парке театральное действо пронзило тщеславное сердце Изабель. Ни одна любовная интрижка не шла в сравнение с этим счастливым упоением. Теперь все вечера девица проводила в парке, не сводя зачарованного взгляда с освещенного пятачка. В день прощального представления, она подкараулила момент, когда директор труппы, усатый толстячок, оказался один возле повозки, в которую загружались декорации.

- Месье, - Изабель бухнулась на колени, - возьмите меня с собой.

- Хм, - толстяк почесал кончик носа, формой и цветом напоминавший баклажан.

Изабель, не дав ему опомниться, гибкой змейкой вытянулась вверх и начала отплясывать и петь. Страстные песни любви на испанском, итальянском языках взорвали воздух затихающего парка. Ночные гуляки окружили темпераментную артистку. Ничего не смущало Изабель. Как два диких огня, сверкали на бледном лице глазищи, устремленные на маленького директора.

- Пожалуй, в этой провинциалочке что-то есть, - пробормотал несколько растерянный толстяк. - Вкус привить можно, половодье эмоций усмирить, а так вроде, как способности имеются.

- Мадмуазель, - произнес директор строго, - мы отправляемся через полчаса. Если успеете собраться, я попробую помочь вам сделать артистическую карьеру.

Как он устал! Как ему надоело все в этой жизни: вечные переезды, грошовые заработки, полуголодные и злые артисты, ворчливая жена, сюсюкающая со своими собачками, жадные до славы дебютантки.

- О! - Изабель бросилась директору на шею и смачно поцеловала мягкие слюнявые губы. С этого мгновения начался театральный роман Изабель Гарранж.

Антуанетта об отъезде сестры узнала от соседей. Всплакнув на плече мужа, она прошептала:

- Я, наверное, никогда не смогу жить теперь в доме, где остались только тени. Отца, мамы и сестренки.

- Дорогая, об этом не может быть и речи, подожди немного. Скоро мы переедем в свой дом, - он ласково обнял молодую жену.

С приходом новой весны Ницца оживилась, зашумела, заговорила на разных языках. Богатые туристы из Англии, Германии, России дышали морским воздухом, ароматами цветущих деревьев.

В эту пору Антуанетта чувствовала себя замечательно. Каждое утро, просыпаясь, она горячо и взволнованно благодарила бога за счастье, которое наполняло все мгновения ее нынешней жизни.

Днем Антуанетта занималась рукоделием, читала, готовила для мужа сытные обеды, а вечером супруги прогуливались по городку. Подолгу стояли возле строящегося отеля, обсуждая, каким будет фасад, кому из местных мастеров заказать литье ажурной ограды.

А через год, знойным июльским утром, когда солнечные лучи еще не успели выпить капли росы с белых роз, старая акушерка, мадам Буланжер, довольным голосом возвестила:

- Я же говорила, что мальчик родится! Антуанетта, ты молодец, - она промокнула салфеткой влажное лицо роженицы. - Сказать по-правде, я очень переживала за вас обоих. На моем веку всякое случалось, бывало, крепкие женщины во время родов превращались в неуправляемые кричащие существа. Корчились, дергались, вместо молитвы проклятия и ругательства посылали в небеса. И младенцы погибали от удушья, - женщина перекрестилась. - А ты, моя девочка, хоть и последние два месяца с постели не вставала, а сегодня силенки появились. Видно, ангел помог!

- Где Юбер? - шевельнулись бескровные губы в ответ на тираду акушерки.

- Здесь я, здесь, моя родная! - Юбер плакал.

Целый месяц жил он в жесточайшем напряжении. Доктор, приехавший на море из Голландии, после осмотра молодой женщины шепнул на ухо Юберу.

- Готовым нужно быть ко всему. Мертвый младенец - это еще полбеды. Опасаюсь за жизнь роженицы. Вы - человек зрелых лет, поэтому говорю вам прямо, не лукавя.

Никогда так истово Юбер не молился, как в эти дни. Жизнь без Антуанетты ему была не нужна. Он и сам не знал, почему, но, когда у Антуанетты начались схватки, он, сломя голову, забыв о своем возрасте, понесся к дому, где жила старая, неграмотная акушерка. Доктора-правдолюба видеть он не желал.

- Все хорошо, все хорошо, - шептал мужчина, не умея сдержать поток слез.

- Посмотрите-ка, какой славненький мальчонка, - акушерка обтерла детское тельце, завернула в пеленку и поднесла к Юберу.

На сморщенной красной мордашке светились голубые бусинки глаз.

- Вылитая Антуанетта, - счастливо выдохнул новоиспеченный отец.

Рождение долгожданного наследника от любимой жены, словно вдохнуло могучую волну молодой энергии в Юбера. Как много еще нужно успеть!

- Ах, сосед, - толковали кумушки, - ты, словно десяток лет скинул. Открой секрет, может, и наши мужья помолодеют.

- Глупые вы существа! - Юбер, как и прежде балагурил, шутил, - давно вам пора понять, что любовь не имеет возраста. А посему делаем вывод, тот, кто влюблен, всегда молод и красив.

- Так-то оно, так, - притихали кумушки, отводя глаза от улыбчивого балагура.

Каждая думала про себя: нет уж, пусть любви не будет, лишь бы руки, ноги были целы. В округе все знали, что у Антуанетты после родов отказали ноги, и что англичанин Ричард мастерит для нее затейливую коляску. Вот так распорядилась судьба. Дитя, рожденное в любви и нежности, навсегда забрало силы у той, что подарила ему небо, ветер и море. Антуанетта уже никогда не встанет на ноги. И всю долгую жизнь, эта мужественная лучезарная женщина проведет в инвалидном кресле. Но ни на одну секунду, даже в мыслях, не пожалуется на свою долю. А в ту пору ей было всего-то восемнадцать лет.

Рождество семья Дювалей встречала в светлооконной комнате, на первом этаже отеля «Белый Ангел». Одно крыло отеля уже было достроено и подготовлено к приему постояльцев. Под высокой крышей еще жил запах краски, лака и хвои. Еловые ветви изумрудно зеленели в вазах, свешивались с потолка, шуршали над колыбелью сына, Андре-Жана Дюваля.

- Какой чудный вечер, все так славно, - как девчонка, восторгалась Антуанетта. - Мы с тобой, словно в сказочном лесу.

Она по случаю праздника была одета в розовое шелковое платье, с кружевной накидкой, ниспадающей легкими волнами с плеч. Новое инвалидное кресло, за которым Юбер съездил в Париж, было удобным и легким в управлении. Хитроумная механика позволяла женщине передвигаться по комнатам без помощи посторонних.

- А я бы сказал так, что мы не в лесу, - Юбер с нежностью смотрел на сияющее личико жены, - а в раю. Поверишь ли, дорогая, с каждым днем моя любовь к тебе становится все сильнее.

- С Рождеством Христовым, любовь моя! - улыбнулась в ответ женщина и пригубила красного вина. Вдруг заверещал колокольчик у входной двери.

- Что за путешественники забрели к нам из метельной ночи? - удивился хозяин.

В тот год в Ницце выдалась действительно отчаянно-холодная зима. Для теплолюбивых ницшан это было настоящим бедствием.

На пороге стояла невысокая негритянка, за ее широкой юбкой пряталась девочка лет шести. Обе были закутаны в большие клетчатые пледы.

- Месье, - обратилась старшая к Юберу, - мы целый день ходим от дома к дому, в надежде найти кров, - женщина едва шевелила замерзшими губами. - Один добрый человек указал на ваш дом, сказав, что новый отель называется «Белый Ангел». Может быть, ангел примет нас под свое крыло?

- Так, так, - цокнул языком Юбер, - догадываюсь, что добрый человек, указавший дорогу, не кто иной, как длинный Смит. Чем-то вы, мадам, с ним неуловимо похожи, - Юбер с удовольствием вспомнил чернокожего каменщика, большого доку в своем деле.

- Я не спросила имени, - растерялась негритянка.

- Да, ладно, это не главное! Давайте-ка скоренько проходите в дом, негоже мерзнуть в эту волшебную рождественскую ночь, - хозяин проводил женщину с девочкой к камину.

Очевидно, бедняги измучались и намерзлись и теперь, жадно глядя на огонь в камине, не решались развязать свои бежево-коричневые платки, словно еще не веря, что ледяной ветер остался за дверью.

- Будьте любезны, разделите с нами праздничный ужин, - Антуанетта расставляла на столе дополнительные приборы.

После кофе Юбер поднялся наверх, чтобы подготовить комнату для первых гостей «Белого ангела». Когда он, напевая и позвякивая ключами, спустился вниз, то увидел живописную картинку. Кудрявая девочка, измученная долгим путешествием, заснула прямо на коврике у камина. Маленькое тельце, свернутое калачиком, было заботливо прикрыто все тем же клетчатым платком с бахромой по краям. Ее мать, пухленькая, шоколадно-глянцевая, в ярко-красной блузке и с такой же алой атласной повязкой на крупной кучерявой голове, сидела в ногах у Антуанетты и что-то взволнованно ей рассказывала, постоянно воздевая руки кверху, словно, призывая небо в свидетели. Позвякивали металлические браслеты и крупные серьги в ушах.

- Видит бог, как я несчастна!

- Бедная, бедная Соланж, - шептала Антуанетта, поглаживая жесткие завитки волос.

Два дня назад Соланж сбежала от своего хозяина из Марселя. Сластолюбивый старик обожал женщин. Все горничные, кухарки, прачки были обласканы его похотливыми руками. Старого марсельца притягивала экзотика. Француженок он не уважал. Нравились ему женщины с далеких островов и из колоритных стран. В большом богатом доме старику прислуживали филиппинки, тайки, китаянки и чернокожие женщины из разных уголков африканского континента...

- Некоторые белые люди ошибочно считают, что африканки все на одно лицо, но старик-то знал, какие мы разные, как цветы в саду, - Соланж сверкнула белыми в голубизну зубами.

Своим служанкам Шарль говорил, что выкупил их из ужасных приютов и, если бы не этот счастливый шанс, мучались бы сироты и до сих пор. А так, живут в приличном доме, не голодают, прилично одеты. Благодарить своего спасителя девушки должны были покорной любовью. Шарль соблазнил Соланж, когда той исполнилось тринадцать лет. Неискушенная девочка забеременела. Соланж родила дочь и очень боялась, что хозяин выгонит ее с ребенком на улицу. В ту пору с цветными служанками не церемонились. Девочка, очаровательная метиска, росла шустрой, говорливой и веселой.

- Наш колокольчик, - так звали Салли взрослые.

Но в последнее время Соланж стала замечать, что старик очень часто стал задерживать плотоядный взгляд на грациозной девичьей фигурке. Ненасытный развратник, разглядывая девочку, причмокивал языком и потирал сухие морщинистые руки. Однажды Салли пожаловалась, что хозяин щипает ее за ножки, а иногда пытается лизнуть ее щечки и ушки.

- Я не конфета, - возмущенно отмахивалась девочка.

- Сладкая, еще слаще, чем конфета. Сегодня в мягкой кроватке ты погреешь мои старые косточки...

Услышав это, Соланж, завязав в узел нехитрые пожитки, в тот же вечер выехала из Марселя.

Юбер всей грустной истории не слышал, но почувствовал, что женщины устали, поэтому предложил завершить праздничную трапезу и разойтись на отдых. Вскоре сонная тишина окутала все уголки отеля. Юбер заснул, как всегда, мгновенно. Но сон его был короток. Проснувшись, он не сразу понял, что же его могло разбудить. Прислушался. Плакала, тихонько всхлипывая, жена.

- Что случилось, дорогая? - он зажег свечу. - Тебе нездоровится?

- Со мной все в порядке. Я переживаю из-за Соланж и ее дочери. Антуанетта слово в слово пересказала историю негритянки.

- Мразь вонючая, - выругался Юбер, - задушил бы этого гада, не задумываясь. Но, слава богу, все это уже в прошлом. Что же ты так переживаешь, моя родная?

- Ты разве не понял, что Соланж негде жить. И все свои сбережения она отдала за дорогу...

- Да... ситуация. Ну ладно, утром что-нибудь придумаем.

Но Антуанетта не успокаивалась.

- Я не могу заснуть, пока не буду знать, что ты решишь.

Юбер встал, выпил стакан холодной воды, прогулялся по комнате.

- Придумал! - он залихватски ударил себя по лбу. - Голова Юбера Дюваля всегда хорошо соображала. Послушай-ка, к нам на берег уже пожаловало много туристов. Наш отель готов принять пока человек десять. Но? Гостей нужно будет кормить, убирать комнаты, да мало ли еще каких хлопот добавится. Вот Соланж этим и займется. А дочка ее будет с нашим Андре нянькаться.

- Верно, - лицо Антуанетты просветлело, - ты самый замечательный муж на всем белом свете.

Так, в отеле «Белый ангел» появилась первая работница. Как уж старалась Соланж! Вокруг негритянки все сияло: котелки, ручки на дверях, каминная решетка. А на кухне все время что-то жарилось, парилось, пеклось. Соланж ни на один день не покинет Антуанетту. Верная негритянка и умрет через три дня после похорон своей благодетельницы.

В конце февраля, когда, наконец, измученные холодами горожане вздохнули с облегчением, почувствовав ласковость солнца и ветра, приносящего ароматы первых смелых цветов, возле ворот, ведущих в сад нового отеля, остановилась крытая повозка. Из нее вышел высокий вислоусый старик в длиннополом мышиного цвета пальто и фетровой шляпе такого же серого оттенка. На зазвонивший колокольчик у входной двери откликнулась Соланж.

- Месье, добрый день! Если вы по делам к хозяину, то он отсутствует, поехал на рынок.

- А хозяйка, дома ли?

- Да, сударь, прошу, - Соланж провела гостя в холл, где жарко топился камин, возле которого сидела Антуанетта.

- Честь имею! - громко произнес старик, сняв шляпу и наклонив седую голову с безукоризненным пробором. - Чарльз Крут

- Очень приятно, - хозяйка улыбнулась и хотела назвать свое имя.

Старик остановил ее жестом руки.

- Мадам, ни к чему лишние слова, я знаком с вами заочно и привез письмо от Элизабет. Надеюсь, это имя вам что-то говорит?

- О, конечно, - обрадовалась Антуанетта, с благодарностью вспомнив пожилую англичанку, принявшую горячее участие в ее судьбе. - Как она? Все ли в порядке, когда приедет?

- Разрешите, я отвечу на ваши вопросы немного попозже.

И, хотя англичанин говорил вежливо, чувствовалось, что человек, он волевой, решительный и твердый.

- Сначала я хотел бы, чтобы вы прочитали письмо Элизабет, - произнес он строго, - и тотчас дали бы ответ.

- Но я не умею так быстро отвечать на письма, - растерялась хозяйка, - вы, что действительно так ограничены во времени?

- Мадам, я не прошу у вас письменного ответа, мне будет достаточно и устного.

Чарльз достал из саквояжа курительную трубку, не спеша, наполнил табаком.

- Если вы не возражаете, я посижу возле вашего чудесного камина. А вы в это время прочтете письмо, подумаете. Возможно, что и посоветуетесь с мужем. Хотя за свою долгую жизнь я тысячу раз убеждался, что в доме все определяет жена.

Соланж принесла для гостя подогретое вино, кофе, бисквиты.

- Путь дальний, месье. Подкрепитесь чуть-чуть.

- Благодарю вас, с удовольствием.

Антуанетта, нажав на рычажки, направила свое кресло в спальню. Здесь, возле туалетного столика, на котором стояли милые ее сердцу безделушки, флакончики с ароматными эликсирами, женщина, волнуясь, распечатала конверт. Что хочет услышать этот незнакомец? Почему он так торопит ее с ответом?

Бисерный с завитушками почерк Элизабет вызвал в сердце теплую волну. Англичанка поздравляла чету Дювалей с новосельем, с рождением сына, сокрушалась, что не сможет приехать в Ниццу нынешним летом. «Это письмо передаст вам чудесный человек. Мы знакомы с ним почти полвека. Долгое время он практиковал в нашем районе, как детский доктор. Чарльз энциклопедически образован. В педиатрии он сделал несколько важных открытий. Этот человек нежен и отзывчив, как дитя. И он очень одинок. В этом году Чарльз оставил практику и решил поехать в Ниццу. Если вы спросите: зачем? Он произнесет трудную для человеческого восприятия фразу. " Я должен умереть на родине!" Да, к сожалению, Чарльз вот уже несколько лет болен, и, как медик, понимает, что любой вялотекущий процесс в старом организме может получить ускорение. Насчет родины? Его мать, урожденная Северин Лоран, покинула Ниццу с английским моряком. Ее приданным был двухнедельный малыш, родившийся на Лазурном берегу от простого крестьянского парня, без вести пропавшего на полях сражений. Чарльз всю свою жизнь провел в Англии. Но, как он сам утверждает, сердце его все время звало на родину. Антуанетта, милая, я надеюсь, ты не будешь сердиться на меня за то, что я рассказала Чарльзу историю вашей любви с Юбером.

- «Белый ангел»! - воскликнул мой друг, - вот, теперь я знаю конкретный адрес, где я хочу провести остаток моих дней.

Еще добавлю по секрету, Чарльз никогда не был женат. По натуре он однолюб. Много лет назад при трагических обстоятельствах погибла его невеста - Джейн. Ей он остался верен и по сей день. Антуанетта и Юбер, примите этого человека не просто, как гостя, а, как родную душу. Я уверена, он станет вашим большим другом. Кроме того, если вы цените мое мнение, я бы даже настояла на том, чтобы рядом с Антуанеттой и малышом жил доктор с прекрасным образованием и богатейшим опытом. Люблю вас, целую тысячу раз, молю Бога о встрече. Ваша Элизабет.»

- Дорогая! - Юбер, раскрасневшийся после быстрой ходьбы, заглянул в спальню. - Сегодня был удачный рыночный день! О! Какие сыры я приобрел...

- Нам пришло письмо от Элизабет.

- И, как поживает старушка?

- Прочти, пожалуйста, сам.

Юбер подошел к окну. Прочитав письмо, он сдвинул брови к переносице.

- И, что? Конечно, я уважаю Элизабет и очень верю ее рекомендации, но... Но, сдается мне, что этому малому нечем платить за комнату и питание. А нам нужны сейчас деньги.

Он замолчал. Бывалый моряк, по-настоящему не искушенный в хозяйственных делах, не мог предположить, что покупка земли, строительство отеля сожрут так быстро накопления, казавшиеся ему сказочно-огромными.

- Но, Юбер, милый, Элизабет так понадеялась на нас. Человек, заметь, далеко не молодой, выдержал тяжелую дорогу. И он ведь болен...

- Я все понимаю, дорогая. Но, представь, если все десять комнат займут люди, которые не могут заплатить ни одной монеты, в конце концов, нам нечем станет их кормить. И потом, я бы не желал, чтобы мой сын был нищим.

- Я все поняла. Что я должна сказать этому человеку?

- Зачем тебе лишние волнения, я сам скажу. Юбер решительно направился в комнату с камином.

Навстречу хозяину поспешила взволнованная Соланж. Как всегда шуршали ее пышные юбки и звенели браслеты.

- Этот человек - чародей, - прошептала негритянка, раскрыв широко и без того огромные и выразительные глазищи. - За одну секунду вытащил у моей Салли молочный зубок. Посмотрите-ка, - на салфетке лежал малюсенький костяной кусочек. - Девчонка даже пикнуть не успела. А, теперь иди, полюбуйся, что с твоим сыном вытворяет.

На полу была расстелена холщевая простыня. Голенький мальчишка распластался на животе, как лягушонок. Вислоусый дед, стоя рядом на коленях, ловко массировал маленькие ножки и спину. Тут же на корточках примостилась дочь негритянки, не спуская завороженного взгляда с длинных костистых пальцев доктора.

- Учись, Салли. Смотри внимательно. Умру, меня заменишь, - бормотал старик. Андре под руками доктора кряхтел и попискивал, как щенок. - Видишь, какой толковый мальчик, он понимает, как полезна процедура для организма. Заметь, он не кричит, а работает вместе со мной.

- Как работает? - удивилась девочка.

- Во-первых, как я тебе уже говорил, не плачет, значит, дышит ровно. Во-вторых, смотри, подставляет мне ножку.

- Честь имею, - подошел к доктору Юбер. - Позвольте, представиться, я отец вот этого малыша, с которым вы выделываете вещи, от которых у меня стынет кровь в жилах.

- А, достопочтейнейший месье Дюваль, рад вас видеть, - доктор поднялся. - К сожалению, должен вас немного огорчить. Ваш наследник не наделен богатырским здоровьем. И, если сейчас всерьез не заняться его костным скелетом, в будущем могут случиться, хм... скажем так, разные казусы.

- Понятно, - усмехнулся Юбер, - вы намекаете на то, что присутствие доктора в доме крайне необходимо.

Хитер англичанин, убедительную причину придумал для своего проживания рядом с нами, - подумал Юбер, - но старикан не знает, что Дюваль - стреляный воробей, и запросто так, его на мякине не проведешь.

- Уважаемый, - доктор вновь склонился над ребенком, быстро обтирая тельце салфеткой, смоченной в травяном отваре, который в глиняной мисочке держала Салли. - Я чувствую, вы меня не совсем верно поняли. Если вы не доверяете мне, как специалисту, я вам порекомендую другого, - он бережно завернул мальчика в простынку, поднял и передал в руки отца.

В комнату, постукивая колесами, вкатилось кресло с Антуанеттой. Юбер перехватил взгляд доктора. О чем размышлял эскулап? Почему он так внимательно посмотрел на спину жены? У отца сжалось сердце. А вдруг и с мальчиком случиться нечто подобное? Андре, словно почувствовав беспокойство отца, громко заплакал.

- Что с ребенком? - тревожно спросила Антуанетта.

- Ничего особенного, мальчик просто проголодался, - спокойно сообщил доктор.- Соланж, будьте любезны, накормите малыша. И еще мне бы хотелось знать подробную карту его питания. До граммов.

- Да, разве ж такое возможно? - негритянка надула губы, что обозначало полное непонимание.

- Не только возможно, но и необходимо. Если, что не ясно, объясню и научу.

Соланж удалилась с Андре на руках. За ними поскакала жизнерадостная Салли. В комнате воцарилось молчание. Стало слышно, как за окном хлестал по деревьям зимний ливень. Треск дров в камине усиливал ощущение непогоды за стенами уютного дома. Доктор вздохнул:

- Пожалуй, мне пора, в дорогу. Нужно еще позаботиться о ночлеге.

Chapter 11

ПОТЕРЯННЫЙ РАЙ

Доктор взял шляпу и направился к выходу.

- Чарльз, мы вас никуда не отпустим, - тихо, но твердо произнесла Антуанетта.

- Да, да, я согласен с женой, - подхватил Юбер. Признаться, вы меня несколько сбили с толку. Мне казалось, что для бывалого моряка не осталось тайн ни на суше, ни на море. Но, похоже, я большая бестолочь по части здоровья. Мне то что, я за себя не беспокоюсь, потому как здоров, словно ломовая лошадь. А вот мои домочадцы... Итак, мы готовы предоставить вам комнату и стол. Но хочу предупредить, мы питаемся не как буржуа, но достаточно сытно и вкусно.

- Я готов принять ваше предложение, - Чарльз вскинул заносчиво подбородок. - Но при одном условии.

- Каком же? - почти в один голос переспросили супруги.

- С этого часа я назначаю сам себя вашим домашним доктором. И все вы будете беспрекословно следовать моим рекомендациям и советам.

- Воля ваша, - вздохнул, отчего-то совсем растерявшийся Юбер.

После того, когда, наконец, пришел багаж доктора, а состоял он в основном из книг и толстых тетрадей, испещренных мелким почерком, Чарльз провел обследование своих подопечных. Для каждого члена семьи он составил особое меню.

- Так что, мне теперь по разным горшкам все готовить? - удивилась Соланж.

- На глупые вопросы не отвечаю. Делайте, что велено!

За ужином Юбер ворчал:

- Где моя любимая тушеная капуста с колбасой? Что за мизерная порция паштета? Куда подевался уксус со стола?

Доктор посмеивался.

- Скоро вы у меня все будете по-настоящему здоровыми. А то взяли моду - одни булочки жевать, да острыми приправами жирные колбасы поливать.

- Хорошо, хоть вино пить можно, - зычно крякал хозяина, подливая в бокал красного терпкого напитка.

Для детей и Антуанетты Чарльз сам лично готовил в ступке кальциевую смесь из яичной скорлупы и двух видов трав.

Сам доктор ел совсем мало, всем блюдам предпочитал салаты из сырых овощей. Соланж очень переживала за старика. Наивная женщина была уверена, что Чарльз просто-напросто стесняется много кушать, потому как ему нечем расплачиваться за стол. Она пыталась тайком пронести в комнату доктора тарелки с жареными куриными крылышками, пирожками с яблоками. Утром, забирая пустые тарелки, негритянка довольно хмыкала:

- Все живые существа должны кушать много и сытно.

Соланж даже и заподозрить не могла, что доктор все угощения относил соседке Терезе Бланш, вдове, воспитывающей шестерых ребятишек.

Терезу, как и ее детей, Чарльз всякий раз подвергал медицинскому осмотру, потом строго спрашивал, заваривала ли она травяные чаи, которые он рекомендовал ей вчера.

- Сегодня я выпишу вам новые рецепты витаминных настоев, - Чарльз укоризненно смотрел на крестьянку, уминавшую одну за другой соленую рыбку. - О боже, зачем вы сыплете соль горстями на вашу печень. Прекратите! - топал ногами. - Вот, что нужно готовить, - протягивал листочки с мелкими буковками.

Когда он уходил, Тереза съедала еще с десяток мелких рыбешек, хмыкая, разглядывала докторские каракули.

- Спросил бы лучше, а читать-то я умею.

Еще одно правило внес доктор в семейство Дювалей. В любую погоду утром и вечером - обязательная прогулка к морю

- Дышим, дышим! Глубоко и ровно, - командовал он по дороге.

На берегу он заставлял Салли бегать, прыгать, взрослых поднимать руки, приседать. Маленькая негритянка охотно исполняла команды доктора, на старшую все время накатывали волны смеха. Поднимет руки и хохочет, присядет и опять зубы скалит. Забава, да и только!

Антуанетта старательно выполняла весь комплекс упражнений, разработанный Чарльзом персонально для нее. И с малышом доктор занимался по особой программе: массаж на песке, обтирания с морской водой.

Бывало, и Юбер присоединялся к компании. Особенно ему нравилось, что после променада полагался не один, а два стаканчика винца перед ужином, во время которого заметно увеличивалась порция горячего блюда.

На всех домочадцев Чарльз завел медицинские журналы, куда каждый день вносил физиологические наблюдения: температуру тела, давление, состояние сердца.

- У нас не дом, а госпиталь, - пробовал шуткотвать по своему обыкновению Юбер. - Мечтал моряк построить отель, а приехал доктор и завел больницу. Вчера Марго своего сына к нам привела. Собака, видите ли, его укусила! А мы при чем? Позавчера старый Рено полчаса у калитки про свои суставы рассказывал. Не очень мне это нравится…

Но не нравилось хозяину совсем другое. Практически работы по достройке северного крыла отеля были приостановлены. Нанимать работников было не на что! Осенний неурожай, дикая и суровая зима подняли все цены на рынке в несколько раз. Соланж, возвращаясь с базара, рыдала в голос.

- Не хотят торговаться, весь кошелек опустошила, а всего-то продуктов принесла с гулькин нос!

- Друзья мои, - однажды после завтрака произнес Чарльз, - я попрошу минуточку вашего внимания.

- Опять новые рецепты? - буркнул Юбер, которому завтрак из овсяной каши и травяного чая не очень пришлись по душе. - Могли бы вы поискать в ваших книгах что-нибудь пожирнее, да понавваристее.

- Для вас, милейший, непременно я что-нибудь разыщу. Похоже, новая диета портит вам настроение. И все-таки, я прошу, послушайте меня.

Доктор вышел на середину комнаты и тихо произнес.

- Сегодня ночью, я принял окончательное решение - жить рядом с вами до моего последнего вздоха. Если вы похороните меня с честью, я буду слать вам с небес мои горячие приветы. Но, здесь на Земле, я не привык жить за чужой счет. Поэтому всю свою наличность, а так же чек Лондонского банка я передаю хозяину отеля и очень славному малому, Юберу Дювалю.

- Боже праведный! - воскликнул Юбер, когда увидел, какие цифры значились на чеке.

- Вы не шутите, Чарльз, - спросил моряк хриплым голосом.

- Как вы могли убедиться, я вообще не склонен к розыгрышам и глупым шуткам. И возраст не позволяет, и характер не тот.

- Сияй, сияй, мое солнце! - Юбер в возбуждении подскочил к окну. - Да здравствует доктор и наш замечательный отель! Теперь-то мы его достроим.

Почувствовав общую радостную атмосферу, маленькая негритянка выбежала на середину комнаты и начала танцевать.

- Никто ведь не учил! - Соланж с восхищением смотрела на дочь, которая выплясывала темпераментные африканские па.

Маленький Андре хлопал в ладоши и громко смеялся. По лицу Антуанетты текли слезы. Она давно уже догадывалась, что все сбережения Юбера растаяли.

На следующий же день работы закипели. Юбер нанимал одну бригаду за другой. Ждали летнего сезона.

По субботам Чарльз ходил в казино, расположенное рядом с театром Массарини. Здесь играли в вист, триктрак, шахматы, читали французские и английские газеты, горячо обсуждая политические новости.

- Это катастрофа! - почтенный немец, математик, приехавший в Ниццу поправить здоровье, заикаясь, произнес.

- Господа! Бастилия пала…

Мгновенно смолкли разговоры. Тишина, которая повисла над дымом сигар, говорила о многом. Люди, отдыхающие здесь сегодня вечером, революции не желали. Им было комфортно, сытно, уютно в своем привычном мире.

- Сударь, как называется газета, которой вы нас всех напугали? - Чарльз протянул руку за серым листком, мало напоминающим респектабельное издание.

- «Друг народа». Издатель Марат. Так, так, - пробормотал озадаченно Чарльз. - Неужели этот тот самый Жан Поль Марат?

Имя талантливого ученого, автора исследования в области оптики, хорошо было известно в медицинских кругах. Кто же ответит, что могло заставить преуспевающего ученого оставить свои занятия, нужные человеческому роду, и шагнуть из тихого кабинета на улице Старой голубятни в самую гущу заварухи. Зачем ему понадобилась безграмотная толпа, гипнотически опьяненная бравыми лозунгами. Чарльз размышлял, повторяя в такт шагам.

- Ошибаются все. Но умные люди во время понимают свои ошибки.

Увы! Судьба не даст шанса ученому, чтобы осознать и оценить все содеянное. Революционный порыв Марата закончится трагически. Он будет заколот у себя дома в ванне политически-экзальтированной особой, Шарлоттой Корде.

Под ножом гильотины оборвутся жизни других революционных деятелей - Робеспьера, Сен-Жюста, Кушона.

Но все это будет позже.

А пока революционная мясорубка набирала обороты, оглушая и опьяняя до одури одних, и, смертельно пугая других. Чарльз был из тех, кто ненавидел всякое посягательство на монархические устои.

- Боже мой, - простонал он, когда, поднявшись на террасу, застал идиллическую картинку в милом для сердца доме. Салли возилась на ковре с мальчуганом, Антуанетта вышивала анютины глазки на будущей скатерти, Соланж перебирала сухофрукты, тихонько напевая. В один момент эти разбойники могут все разрушить! Горькая мысль вызвала сердцебиение.

- Что случилось? - от Антуанетты не могло укрыться беспокойство, пронизавшее все существо доктора.

- Беда, - Чарльз опустился на кресло. - В Париже и других местах, расположенных совсем близко от нас, бродят бесчисленные толпы оборванцев.

- Чего они хотят, эти лентяи? - подбоченилась Соланж, демонстрируя готовность дать отпор всем нечестивцам.

- Свободы, равенства, братства, - иронично процитировал доктор политический лозунг революционеров.

- Ну, и на здоровье, - Соланж даже успокоилась. - Покричат, да и затихнут.

- Думаю, эта кутерьма может затянуться надолго. Самое страшное, что уже заработал механизм бандитской идеологии: безнаказанно грабить и убивать тех, кто не с ними.

- Что же будет, доктор? - Антуанетта отложила рукоделие.

- В Париже закрыты продовольственные лавки. Начался голод и в других городах.

- Так, так, - засуетилась Соланж, выбирая корзины для провизии. - Значит, нужно спешить на рынок. Вдруг через день другой разбойники нагрянут сюда. Я уже давно заметила, как заваруха какая, первыми исчезают торговцы. Что скажешь, доктор?

- Что скажу? - стал набивать трубку табаком, при этом руки его дрожали. Он помолчал какое-то время. - Скорее всего, запасы провизии нам в доме не помешают. Но двумя корзинками здесь вряд ли обойдешься. Пожалуй, нам с Юбером нужно нанять повозку и проехать по соседним деревням, чтобы закупить у крестьян соли, сыров, круп, вина. И не на три дня, а эдак месяцев на шесть.

- Вы полагаете, - Антуанетта прижала к себе сына, - через полгода все успокоится.

- Надеюсь, что королевская армия окажется сильнее голодранцев. Да и монархи других стран не должны позволить распространению революционной чумы.

- Что за паника? - Юбер возник на пороге. - На всех перекрестках только и говорят о каком-то штурме Бастилии. Но при чем здесь мы. Париж далеко. В нашем графстве Савойских свои порядки, которые лично меня устраивают. Газет я не читаю. А с сегодняшнего дня и вам бы не советовал брать в руки никому не нужные агитационные листки. У меня в жизни другие задачи. Я должен достроить отель «Белый ангел».

Все три года, когда Франция задыхалась в лихорадке чрезвычайных событий, в Ницце было спокойно. За кулисами южного морского городка остались тайное бегство королевской четы из Версаля, ожесточенные битвы с контрреволюционной Пруссией. А также, самая обидная, самая гнусная из войн - гражданская война, когда сосед идет на соседа с ножом, брат стреляет в брата. Ниццы еще не коснулось все, что сопутствует политическим катаклизмам: беспощадный голод, мерзкая разруха, грабежи.

Здесь, на Лазурном берегу, по вечерам в театре Массарини звучали бесшабашные итальянские оперетки, в казино проигрывали фамильные драгоценности, а на рынке шла бойкая торговля креветками и маслинами.

Наконец, Юбер Дюваль достроил свой отель. И богатые постояльцы не заставили себя ждать. Сотни семей зажиточных французов, напуганные революцией, сорвались со своих мест в поисках тихого пристанища.

Тяжелые повозки, груженные серебряной посудой, коврами, изящной мебелью, день и ночь тянулись по улицам морского городка. Более двух тысяч эмигрантов поселились в Ницце, где они, как им казалось, обрели покой и веру в возрождение монархии.

Но январь девяносто третьего года принес в город не только затяжные, холодные дожди, но и известие, леденящее души. Король был казнен. В этот день все эмигранты облачились в траурные одежды.

- Ну, теперь-то вы понимаете, что произошло? - от отчаянья доктор не находил себе места. - Почитайте последние газеты. От них тошнит. Все эти якобинцы, жирондисты, дантонисты - не более, чем выскочки и карьеристы.

- Успокойтесь, милый Чарльз, - Антуанетта непрерывно смотрела в камин, где языки пламени завораживающе меняли свои очертания, внося горячим беспокойством, умиротворение в душу. - На все воля божья. Люди заблуждаются, думая, что все перемены большие или малые зависят от их физических или умственных усилий. Ан нет! Есть Бог, который все и решает по своему высшему усмотрению.

- Мда, - Чарльз выпустил колечки душистого дыма. - Барышням с вашими понятиями и мудростью следует сочинять философские трактаты.

Но чувствовалось, что спокойный женский голос, потрескивание дровишек в камине, веселое ауканье Андре и Салли, играющих в прятки, притушили отчаянный гнев англичанина. Ведь наша жизнь такова, какой мы ее видим.

- Действительно, доктор! - Соланж, шурша юбками, суетилась вокруг большого стола, расставляя приборы для постояльцев. - Зачем изводить сердце далекими чужими трагедиями. Наша жизнь здесь идет неплохо. Давайте-ка, я развеселю вашу кровь подогретым вином.

За ужином эмигранты уже не произносили тосты за здоровье и благополучие короля. Они молили Бога о том, чтобы революционный ураган пролетел мимо их маленького уютного рая. В котором люди играли в свою прежнюю жизнь: музицировали, читали стихи, прогуливались под луной вдоль моря.

Еще несколько месяцев в Ницце, принадлежавшей графу Виктору Амадею, отпрыску итальянского рода Савойских, будет благополучно, сытно и мило.

В сентябре, в разгар благолепия бархатного сезона знатному парижанину Жану Де Макуа курьер доставил секретную депешу.

- Что за срочность такая? - сонная Соланж открыла дверь на ночной звонок. - Неужели до утра не подождать?

- Мадам, на пакете надписи «Срочно» и «Вручить лично», поэтому я настаиваю на том, чтобы вы сию же минуту разбудили месье Де Макуа, - почтовый служащий, высокий веснушчатый парень, не желал подчиняться чужой прислуге.

- Ишь, раскомандовался, - недовольная Соланж отправилась в крыло отеля, где проживали постояльцы.

Вскрыв пакет, и, пробежав глазами короткие строчки, граф Де Макуа, подвижный маленький старичок, с розовой кожей на щеках и затылке, прошептал:

- Мы погибли!

Прижав к груди сухую маленькую ручку, он жалобно попросил:

- Соланж, голубушка, позовите доктора. Боюсь, что мое сердце не выдержит этой боли.

Напуганная негритянка разбудила Чарльза, и они первыми в квартале узнали жуткую новость. Вновь созданная Южная Армия получила приказ о штурме Ниццы. Франция опять вспомнила о прекрасной жемчужине, некогда ей принадлежавшей, и решила грубой силой вернуть ее себе.

Ночная новость стремительно перелетала из дома в дом, из отеля в отель. И уже утром роскошный, вальяжный город было не узнать. Наспех собрав свои пожитки, эмигранты с детьми, служанками, собачками беспорядочной толпой ринулись к порту. За немыслимые деньги нанимались суда и простые рыбачьи лодки. Скорее, скорее! Революционная чума уже близка.

Недолго сопротивлялось войско графа Савойского внезапной атаке гвардии под руководством генерала Дансельма. Город был сдан.

Печальна судьба любого населенного пункта, в который вступают чужестранцы. Похоже, что в этот момент солдаты, опьяненные победой, забывают обо всем благородном, что вдохнул в их души всевышний. Грабежи, насилия, убийства…- этот мрачный список могли бы продолжить местные жители любого оккупированного города.

Первым делом Юбер снял с резной калитки табличку «Белый ангел приглашает». Затем разложил вдоль ограды валежник и поджег его. Темный дым окутал силуэты деревьев и строения.

- Зачем вы это делаете? - Соланж еще не понимала, как изменилась жизнь городка.

- Я не желаю, чтобы под нашей крышей поселилась нахальная компания в мундирах. Закройте-ка поплотнее все ставни и постарайтесь лишний раз не появляться ни в саду, ни на улице.

Юбер не стал рассказывать своим домочадцам, какие мерзкие картины он наблюдал в городе. Французские гвардейцы, не церемонясь, занимали понравившиеся им апартаменты, вышвыривая на улицу стариков и детей.

Женщин французы любили всегда! Хорошенькие ницшанки, тряслись от ужаса и страха, попрятавшись по чердакам и подвалам. Любвеобильные солдаты объявили на молодух настоящую охоту.

Беспредел и хулиганство творились на рынках и в торговых лавках. То, что солдаты не могли унести с собой, разбивалось, разливалось, втаптывалось в грязь. Теперь на рынок за свежим молоком, маслом, яйцами ходили только мужчины. Озлобленные крестьяне подняли цены, не желая торговаться.

- Не просите, не отдам! - черноволосая пышнотелая птичница, пыталась отогнать от своего прилавка нахального черноусого солдата, который в пьяном кураже повторял:

- Подари петушка и три курочки!

- Отойдешь ты, наконец, - итальянка схватила хлипкого гвардейца за шиворот.

Он мгновенно протрезвел.

- Вот как ты, гадина, обходишься с солдатами великой армии! На помощь, - резко крикнул он в сторону караульных с оружием. - В тюрьму ее, контрреволюционерку паршивую.

Два дюжих молодчика схватили упирающуюся торговку и поволокли сквозь замолчавшую толпу.

- Варвары, ненавижу! - голосила, что есть мочи, Джина. Глаза ее, блуждающие по лицам, остановились на Чарльзе.

- Доктор, миленький, у меня там мальчонка в корзине.

- Заткнись, - гаркнул гвардеец, крепко ударив женщину прикладом.

- Пойдем, дитя спасать, - мрачно произнес Юбер, еле сдерживая свой гнев.

Чарльз быстро нашел большую плетеную корзину, в которой спал годовалый Поль.

- Не волнуйтесь, птицу Джины я продам и деньги сберегу, - тарахтела тетка в темном платке. - Мы ведь с ней из одной деревни. Дома у нее еще два мальца и мать-старуха.

- Ой, ой! - запричитала Соланж, когда увидела, какой груз мужчины принесли с рынка.

- Подождите, - Чарльз тщательно вымыл руки, - я должен осмотреть мальчика. Что-то мне не нравится высыпания на его коже.

Всю ночь мальчик плакал отчаянно и громко. Его не могли успокоить ни Соланж, ни Чарльз. Тогда Юбер, чтобы дать отдохнуть всем домочадцам, взял малыша на руки и стал ходить с ними по комнате, напевая заунывные морские песни. Так когда-то он убаюкивал маленького сына, когда уставала Антуанетта.

Через три дня Поль умер от скарлатины.

- Болезнь была уже в той стадии, когда процесс не остановить, - сокрушался старый доктор, опуская маленький гробик в могилу.

- Жаль мальчонку, - вытирала слезы Соланж. - Но ворожея Амалия вчера еще мне шепнула, что ты сам, Юбер, принес в наш дом весть от старухи-смерти. Как бы новых бед не было...

- Не слушай глупых женщин, - возмутился Юбер.- Я от всего сердца желал мальчика спасти. А что рос бы Поль вместе с Андре. Один сын хорошо, а два еще лучше.

- Судьба, на все своя судьба, - печалилась Антуанетта.

Первым занемог Чарльз. Почечные колики уложили его в постель. И только спустя несколько дней, старого доктора осенило: боль в спине не что иное, как внедрение стрептококка скарлатины в его чрезвычайно уязвимые больные почки. Кряхтя и бормоча молитвы, Чарльз поднялся, обработал специальным раствором руки и, надев на лицо марлевую повязку, спустился вниз.

- Вот так явление! - Соланж испугалась. Зато ее дочь решила, что доктор надумал их хорошенько развеселить, поэтому она громко засмеялась.

- Друзья мои, - тихо произнес доктор, обведя печальным взглядом жильцов «Белого ангела». - Все вы знаете, что мальчик, которого мы с Юбером принесли с рынка, умер от чрезвычайно заразного заболевания. Мы, к сожалению, не принимали никаких мер предосторожности. Поэтому сейчас я должен вас всех осмотреть.

Тревожные минуты осмотра тянулись слишком долго.

Слава богу, никаких признаков заболевания не обнаружилось у Андре, Салли, Антуанетты и Соланж. Юбер долго отнекивался от вопросов Чарльза. Но, когда доктор посмотрел горло моряка, а потом измерил температуру, он почти прокричал:

- В постель, и немедленно!

- Надеюсь, вы пошутили? Не было такого случая в жизни, чтобы ничтожная инфлюэнца уложила в кровать Юбера Дюваля!

- Прекратить разговоры! - затопал ногами старик. - Учтите, все детские болезни для организма взрослого человека опасны вдвойне. Ох! - он сморщился от боли, пронзившей его поясницу.

- Да, месье, - Соланж нахмурила брови, обращаясь к Юберу. - Иногда нужно послушать доктора. Еще и недели не прошло, как мы схоронили мальчика. Болезнь действительно очень опасна, - слезы потекли по ее шоколадным щекам.

- Голубушка, - Чарльз обратился к негритянке, - хоть на улице и темно, вам необходимо дойти до фармацевта Тони Блюммера и купить лекарство. Сейчас я выпишу рецепт. Боюсь, что на этот раз без медикаментов нам не обойтись.

- Да, я сейчас, - произнесла Соланж и растерянно посмотрела на Антуанетту. В глазах негритянки стыл страх.

- Не волнуйся, милая, - подбодряюще улыбнулась хозяйка. - Тебя одну в такую ночь я не отпущу. Детей отправим к соседке, мужчин уложим в постель, накинем платки и отправимся к фармацевту. Вдвоем-то не так страшно.

Улицы были пустынны. Соланж медленно катила перед собой кресло Антуанетты, вздрагивая от каждого подозрительного шороха. Вдруг наперерез женщинам из темного переулка вышла группа солдат. Видимо, они только что откушали в ресторане на городской площади и отправились в ночь в поисках приключений.

- Стой! Что везешь, - один из гвардейцев схватил негритянку за руку.

- Матерь божья, да ты черна, как сажа, - он отпрянул от Соланж. - Инвалидка твоя такая же страшная, как и ты? - он нахально откинул платок с лица Антуанетты.

- Хорошенькая, сразу видно, настоящая француженка.

- А ты ведь, куколка, притворяешься, будто ходить не можешь. Насмотрелись мы здесь на ваши уловки. А ну, вставай на ножки. Они у тебя, должно быть, такие же хорошенькие, как и мордашка, - солдат попытался задрать юбку сидящей женщины.

- Отстань, негодник! - Соланж вцепилась в обидчика, как разъяренная кошка.

- Ах ты, мартышка черная, своими грязными ногтями царапаться вздумала! - гвардеец наотмашь ударил Соланж по лицу.

Она упала. В это время два других солдата, улюлюкая и громко хохоча, погнали кресло с Антуанеттой.

- На помощь! - заголосила Соланж и, оттолкнув склонившегося над ней солдата, вскочила и понеслась в сторону дома.

- Юбер, Чарльз, скорее! Беда! Хозяйку увезли…

На крик матери из соседнего дома выбежала Салли, затем из-за калитки показался Юбер с ружьем в руках.

- В какой стороне эти подонки?

- На городской площади, - простонала негритянка.

- Юбер, я с тобой, - метнулась за мужчиной маленькая тень.

- Дочь, остановись, - прохрипела Соланж.

Но поздно! Два стремительных силуэта растаяли в темноте аллеи из кипарисов.

- Ну, крошка, давай, танцуй, танцуй! - два солдата держали Антуанетту под руки и громко ржали, наблюдая, как непослушное женское тело раскачивалось из стороны в сторону.

- Не могу понять, - чернявый красавец попытался поставить женщину перед собой. - То ли она действительно калека, то ли девка так умело притворяется. - Смотри мне в лицо! - он крепко прижал к себе торс Антуанетты.

Бледная, с растрепанными волосами, с глазами, распахнутыми от ужаса, Антуанетта была в полуобморочном состоянии. На освещенном пятачке площади другие гвардейцы, наблюдая за необычным спектаклем, гоготали, хлопали в ладоши, выкрикивая непристойности.

- Кому же такая куколка достанется? Чтобы эти ножки побежали, хороший ключик нужен для завода.

- А ну, оставь женщину в покое! - рявкнул на всю площадь разъяренный Юбер.

Вид его был страшен. В нижнем белье, с всколоченными волосами, с лихорадочным румянцем на щеках, он навел дуло ружья на одного из мучителей Антуанетты.

- Не стреляй, он хороший, - выскочила из темноты маленькая негритянка, заметив, что один из солдат прицелился в Юбера из пистолета.

Почти одновременно прозвучали несколько выстрелов.

Юбер успел-таки прострелить грудь обидчику. Но почти через мгновение упал и сам, сраженный револьверной пулей.

Первая пуля, от которой хотела защитить хозяина верная Салли, попала негритянке в кучерявый затылок.

- Сматываться нужно! - пьяные солдаты и не поняли, кто в кого и почему стрелял.

Когда Соланж и Чарльз доковыляли до площади, Юбер и Салли были мертвы. Антуанетта лежала под фонарем в глубоком обмороке.

- Доктор, я вас умоляю, спасите мою девочку, - отчаянно затараторила Соланж, подняв с земли гибкое тельце. - Уверяю вас, она теплая. У нее крепкое сердечко.

Чарльз закрыл глаза Юберу и склонился над Антуанеттой.

Соланж, казалось, сошла с ума. Она, заламывая руки, громко и тоскливо завывала:

- Девочка моя, крошка нежная, почему ты покинула меня?

Через два дня состоялись похороны. В сумерках, потому как нынешняя власть запрещала все обрядные процессии местным жителям. Вернувшись с кладбища, обе женщины зарыдали так горько, так отчаянно, что Чарльз не выдержал.

- Скорбь наша велика. Но вы должны помнить, что души наших любимых Салли и Юбера обязательно окажутся в раю. А, здесь на земле, Антуанетте нужно растить сына, заботиться о «Белом ангеле», а Соланж нужно преданно помогать своей хозяйке, - по морщинистым щекам потекли слезы.

Весь дом погрузился в горестное, угрюмое молчание.

Мир детства Андре был прост и удивительно гармоничен. Безмятежно-щедрая природа Лазурного берега, ласковое обожание близких людей дарили ощущение своей неслучайности на белом свете.

Андре не знал, при каких обстоятельствах погиб его отец. Однажды кто-то произнес на любопытный детских вопрос - «сердечный приступ», и, как оказалось, эта легенда не потребовала мучительных объяснений.

Вдохновенные рассказы матушки и тети Соланж о том, каким необыкновенным человеком был Юбер Дюваль, наполняли мальчишескую душу гордостью.

- Подождите, немного, и я буду тоже таким замечательным. Обязательно!

Мальчик взрослел, а вместе с ним рос и хорошел город.

Новая власть от Франции словно торопилась что-то доказать местным жителям. Возводились новые отели, был протянут мост через реку Вар, открылся французский лицей, и все площади, парки приобретали современные физиономии. Перемены радовали всех горожан.

- Жемчужина обретает достойную оправу, - говорил доктор Чарльз о Ницце с нежной любовью, словно прожил здесь всю свою долгую жизнь.

Мало местечек на земле, которые имеют подобное магическое обаяние и удивительную способность влюблять в себя навеки!

И утром, и вечером доктор совершал променад по морскому берегу. Андре всегда с удовольствием сопровождал доктора. Все первоначальные знания по ботанике, географии, истории мальчишка получил во время этих длительных прогулок.

О медицинских науках вопрос особый. Андре безоговорочно и навсегда уверовал в то, что врачевание - самое благородное и значительное дело на земле. Уже лет с десяти он ходил помощником Чарльза в дома, где были больные. Подавал инструменты, подсоблял в перевязках, мог сам подсадить пиявок, приложить обезболивающий компресс.

- Вы бы дитя не таскали с собой, - всякий раз сердилась Соланж, наблюдая, как Чарльз тщательно упаковывает саквояж. - Зачем мальчику лишние переживания? Пусть с ребятами в мяч поиграет.

- Практика и наблюдение - лучший учитель для будущего медика, - Чарльз так и не оставил своего нравоучительного тона. - А еще, мадам, смею вас заверить, что самое бесценная на земле вещь - это время. Отчего человек становится несчастным и нищим? От того, что неправильно распоряжался самым главным богатством - временем.

- Да, ну вас, - беззлобно отмахивалась Соланж. - Ведь сколько лет рядом с вами живу, а так и не научилась понимать, о чем вы толкуете. Сердцем к вам привязалась, это точно, поэтому и не спорю с вами, - негритянка растягивала в улыбке полные губы. Она протягивала доктору холщевую, сияющую чистотой куртку. - И для маленького доктора тоже специальный костюмчик приготовлен, - добавляла озабоченно.

Позже, когда Андре Дюваль выдержал экзамен в престижную школу медицины под Парижем, заветная мечта - стать врачом, обрела конкретные очертания.

Студент Дюваль не просто посещал лекции и анатомический театр, у него была своя большая цель, которая зародилась очень давно, еще в детских сновидениях. Именно по ночам к нему являлся образ матери, легко и непринужденно бегущей, то вдоль кромки прибоя, то по цветущему лугу.

- Сынок, я так счастлива, - она распахивала руки и почти летела ему навстречу.

По утрам мальчик, вспоминая сон, всякий раз надеялся, а вдруг что-то произойдет, и мать встанет на ноги и навсегда расстанется со своим инвалидным креслом.

Но жизнь изменила планы.

Вся молодежь Франции встала под знамена Великой Гвардии.

В «Белом ангеле», в Ницце жизнь, будто остановилась. Ждали писем, постоянно ждали писем из далекой России. По ночам Антуанетта плакала, страдая от самых ужасных предположений.

- Сохрани моего мальчика живым и невредимым! - страстно взывала к богу женщина.

В беспокойных снах она видела своего сына маленьким и беспомощным мальчиком. Он протягивал к ней руки и умолял не оставлять его одного. В ту осень косы Антуанетты стали молочно-белыми, а вокруг рта залегли глубокие горькие морщины.

Chapter 12

ВСТРЕЧА В МОСКВЕ

- Дунька, Дунька! - озорной мальчишеский голос ворвался в благодатную тишину утреннего летнего сада, - тебя барыни кличут.

В просторной деревянной беседке три девушки в простых холщевых сарафанах и светлых ситцевых косынках разбирали для варений ягоды, собранные по первой росе садовником Фролом.

Самой нежной и трепетной ягодой, малиной, всегда занималась Евдокия. Маленькая, светловолосая девушка пальчики имела чуткие, легкие. Розовую кожу которых, казалось, мог поранить даже мохнатый крыжовник. С ним ловко управлялась толстуха Варька.

- Ну, вот, - крыжовница Варька вздохнула, - Дуньку зовут, а на кого малина останется? Я ведь ее всю спорчу. Барыня любит, чтобы ягодка к ягодке ластилась, без проминок.

- Да будет тебе, я мигом, - Евдокия обтерла руки льняным полотенцем, отогнала ос, звонко жужжащих над корзинами, и потуже завязав пояс на фартуке, заспешила по тропинке, обсаженной ноготками, к барскому дому.

Барыня - чернобровая, румяная полная старуха, возлежала на перинах в опочивальне. На туалетном столике серебрились бутылочки с ароматными втираниями, лежали две колоды карт для пасьянса. Бархатные бордовые гардины хранили прохладный полумрак.

Заслышав шаги под дверью, старуха развязала ленты розового байкового капора и зычным низким голосом крикнула:

- Входи, входи, раз велено.

Девушка присела в легком реверансе.

- Звали-с?

- Ну, Евдокия, - барыня с неудовольствием осмотрела ладную девичью фигурку, - день, знаешь, какой нынче? - мохнатые брови сошлись на переносице.

- Пятница вроде, с утра Фрол сказывал, - растерялась Евдокия от неожиданного вопроса. Она-то, пока спешила по саду, просчитывала в голове, сколько корзин смороды, малины, крыжовника собрано. Думала барыня об этом спрашивать будет.

- Ну и что, что пятница, а число сегодня, какое?

- За календарем сходить? Так я живо, - добродушно откликнулась девушка.

- Зачем он мне, и так знаю, - старуха почесала под тяжелой отвислой грудью, - пятнадцатое нынче августа.

Евдокия улыбнулась. Была у нее такая счастливая привычка - в момент растерянности, непонятности, чужого недовольства или злобы, не краснеть, не хмуриться, а вот так светло улыбаться.

- Лыбишься, будто знаешь чего, - барыня открыла жестяную коробочку с табаком, поднесла понюшку к крупному носу. Шумно вдохнула и тут же три раза смачно чихнула.

- Вот и славно! Не знаешь ведь ты, Дунька, что сегодня судьба твоя птицей в небо взмыла. Да сядь ты, чего на пороге статуей высишься, - барыня махнула рукой в сторону стульев, пузато обитых бархатом в тон портьерам.

Евдокия бесшумно прошла и, расправив оборки на переднике, осторожно присела, положив руки, розовые от ягоды, на колени.

- В Москву сегодня отъезжаешь, - старуха замолчала, словно обдумывала что-то. - Из ума он выжил, что-ли? Это я про брата моего, Павла Петровича.

Евдокия раза два видела этого московского вельможу. Большой, грузный мужчина, бывало, захаживал в людскую. Выспрашивал у девушек, как им живется, какие сны видятся. Не обижает ли их его сестра, старая ведьма?

Сказывали, что раньше он был чудак и проказник. Приглашал хорошеньких девушек прокатиться в его роскошном экипаже, где все было устроено для сладкой любви. Медвежьи шкуры, шелковые подушечки, напитки прохладительные.

Но в последнее время Павел Петрович захандрил. Затяжная болезнь вытягивала из некогда энергичного тела жизненные соки. И посему вельможа уже не выезжал из столицы.

- Чего молчишь-то? Жизни московской понюхать хочется, обрыдло, поди-ка, все здесь? - старуха пристально смотрела в светлые девичьи глаза.

Евдокия, улыбаясь, пожала плечами.

- Не ведомо мне...

Сколько Евдошка себя помнила, она всегда жила в этом доме. Знала, как скрипит любая половица, как за печкой поют сверчки, на каких грядках зреют овощи в летнюю пору. Зачем ей другая жизнь? А церковь деревенская... Золоченые маковки, сладкий запах ладана. Служба воскресная, долгая, упоительная. Они, девушки дворовые, отдельно от крестьянок стоят. Нарядные все, с лентами яркими в косах, на чепцах и передниках оборки, крахмалом тронутые, как лепестки цветов топорщатся.

Батюшка кадилом машет, бархатным баритоном запевает. Вторят ему высокие женские голоса. От чувств на глаза Евдокии слезы наворачиваются... Благодать-то, какая... Нет, не хочет душа со всем этим расставаться.

- Не слышу я, - старуха начала гневаться от робкого молчания девушки, - рада ли ты, что в первопрестольную отправляешься?

- Да, нужно ли мне это? - Евдокия шмыгнула носом. В данный момент ее очень волновала малина. Раскиснет ведь ягода под солнцем. А что, если Варвара начнет свои заскорузлые пальцы запускать в корзины? Помнет, весь вид спортит.

- Так и я думаю: нужно ли? - барыня громко зевнула. - Глупость братец втемяшил себе в голову. Дескать, одиноко ему, болезненно. Хочет, чтобы рядом был человек с родной кровью.

Евдокия никогда не любила и не слушала пересуды в людской. Чья в ней кровь, кто ее родители? Так уж ли это важно! Есть она сама, есть лето и зима, есть небо и птицы. А главное, иконы есть. Вон, какие глазищи у богоматери. В самую душу заглядывает. Не каждая земная мать так своего дитятку чувствует. Бывало, метельными вечерами девушки жгут лучину и песни поют, или сказки сказывают. А Евдокия с иконным ликом шепчется, тайны свои поверяет, благодарствует и прощения просит. Никто больше ей и не нужен.

- Знать, шибко любил он твою матушку. Царство ей небесное! - барыня широко перекрестилась. - Поэтому и вспомнил о тебе. А так! Уж, я-то знаю, сколько моих девок проказник Пашка обрюхатил. Потетешкается, да и забудет. Более одного раза не желал девку видеть. Благо, в те времена парней еще в деревнях хватало. Замуж отдавала девок, братом распутным порченных. И что? Охотно брали. Невесты-то мои под венец с приданым шли. Ну и ладно, что приплод Пашкин был.

- Ты, Евдошка, никак засыпаешь! Посмотри на портрет своей матери. Вон миниатюра на столе, ближе к вазе. Осип, художник из крепостных, девочкой ее рисовал. Необыкновенная девица-то была!

Сонюшка, Софочка, Софья…

Родители ее бродячими музыкантами были. К нам в Гатчину на праздник заехали. Я аккурат тогда из церкви вышла. Заслышала музыку, и будто сердце ввысь птицей взлетело. Ноги сами к музыкантам привели.

Мужчина, чернобородый, волоокий, на скрипке играл. Жена его, худющая, бледная, в чем только душа держалась, пела. Голос нежный, прозрачный звучал так, словно ангел в поднебесье плакал. Две чумазые девчонки лет шести матери подпевали, а третья, она и была Сонюшка, в корзине плетеной агукала.

Детьми я никогда не тревожилась. Не дал бог своих, а зачем чужие. А тут, словно кто-то сверху толкнул. Стою, делаю вид, что пением тронута, а в голове только одна дума, как бы за кисейную накидушку в корзинку заглянуть.

А музыканты-то расстарались. Понятное дело, барыня уже кожаный мешочек с деньгами приготовила. Я дрожу, сама не понимая, отчего. Не выдержала все-таки, наклонилась к подводе, откинула занавеску с колыбели. И пропала в тот же миг.

Ангелок! Ясноглазый, светлый улыбнулся мне. Ох, как знаком мне был этот лик. Во сне он ко мне являлся. А после тех снов я такой счастливой, умиротворенной просыпалась. - Христом Богом прошу, - прошептала пересохшими губами, - продайте девочку. Любую цену назначайте…

А Сонюшка на меня смотрит, и улыбочка на пухлых губках цветет.

Обиделся скрипач.

- Хоть мы люди бедные, но гордость свою имеем. Умрем от жажды и голода, но не станем детей своих, плод нашей любви, продавать.

Да, как глянет на меня черными горячими глазами. Меня аж в жар бросило от пламени его душевного. А сердце еще пуще прежнего колотится.

Я ведь никогда не была хитроумною и коварною. Сама интригу придумать не могла. Значит, это не я, а кто-то за меня сверху придумал и моим голосом сказал.

- Простите за слова торопливые. Не то я хотела сказать. Оставьте вашу младшую девочку в барском доме на воспитание, а назад возвращаться будете, заберете. Осень-то какая холодная, а зима еще пуще будет. Я вам лошадей хороших дам, одежды, пропитания.

Чего еще я плела, уж и не упомнить сегодня.

Первой согласилась певичка. Реснички опустила, чтоб слезинку спрятать. Но мое сердце чуяло, что плачет она не от горя, а от нечаянной радости.

- Жду, жду вас по весне! - кричала им вслед.

Сама не своя была. В сумасшедшем запале их отправляла. Певице шубу свою соболиную отдала, девчонкам меховые накидки, одежды разной немыслимое количество. Скрипачу из фамильной шкатулки перстеньки достала. А уж снеди-то, по моему приказу, Прошка нагрузил. До самой смерти им хватило.

Сожрала их холера через несколько месяцев где-то в Астраханской губернии. Получается, что и спасла я Сонюшку.

Девчонка стала для меня главной радостью в жизни. Личико до сих пор ее помню. Глаза, как сапфиры синие. Черные кудряшки, а кожа нежная, словно лепесток дивного цветка.

Меня называла - «люлю». По-первости, я не понимала, что за имя такое странное. А однажды догадалась. Когда девчушка крохотная была, я, бывало, прижму к себе горячее тельце и сердце от счастья заходится: люблю! И не замечала, что вслух по сто раз выдыхала это слово волшебное.

Давно, еще девицей я была, цыганка мне гадала.

- Опалит бог твое сердце любовью неземной, возвышенной.

Я-то по наивности примитивной, тут же заинтересовалась:

- Кто ж таков? Портрет обрисуй, чтобы мимо не пройти.

А старуха-цыганка губы поджала.

- Ни один мужчина не достоин такой благородной любви.

И забылись бы странные эти слова, если бы не появилась в моей жизни Сонюшка.

Муж мой на охоте с коня упал и помер через три дня. Поплакала я, как и положено вдове. А сердце молчало, словно и не прожили мы с Евграфом Евграфовичем четверть века в супружестве.

Сонюшка словно разбудила мою душу. На все про все я теперь ее глазками смотрела. Дождинкам, мотылькам, как дитя малое, радовалась, от сказок веселых смеялась, от грустных рыдала взахлеб.

Нянек в доме много было. Потом из Петербурга учителей выписали. Сонюшка славно рисовала, музицировала. Вот только арифметику не признавала.

- Ну, что вы, маменька, пусть Архипыч считает, сколько яблок с дерева упало. И то верно. На что, экономы-то существуют на белом свете.

В ослеплении своем многого я не замечала. Недаром говорят, что безрассудная любовь слепа и доверчива. Братец-то мой, Пашка, зачастил к нам из Москвы. А мне и ни к чему. Город большой утомляет, это верно. Наше раздолье и воздух, хоть кусками режь, любую хандру вылечит.

Не заметила я, проглядела, что Пашка страстью опалился. Мне-то казалось, что любовь к ангелу может быть только святой.

Пакостник! Развратник! Животное! Девочке моей только тринадцать стукнуло, - барыня зарыдала.

От ее басистого рева Евдокия вздрогнула и открыла глаза. Она и не слышала половины из того, о чем барыня сказывала. Под монотонный низкий голос сладко задремалось. А зачем сказки слушать? Что было, то прошло. А нынче, вон малина в саду киснет.

- Пойду я, за ягоду беспокоюсь, - Евдокия поднялась.

- Без тебя девки в саду управятся. Платья, ленты собери, - сухо приказала барыня, с мрачной неприязнью глядя на пригожее девичье лицо. - Через час отъезжаешь.

- Боже мой, боже мой! - старуха откинулась на подушки. - Как сердце-то заныло. Словно вернулись события той страшной ночи.

Ливень-то какой безудержный обрушился тогда. Сад стонал, будто не деревья его населяли, а больные, измученные души. Дом кряхтел, как уставший ревматик. Страшно! Барыня потная, испуганная села в перинах, еще окончательно не пришедшая в себя после тяжелого сна.

Гром грянул еще яростнее, отблеск молнии, прорвавшись сквозь щели в ставнях, наполнил спальню призраком пожара. Барыня перекрестилась и, что есть мочи, дернула шнурок-колоколец у кровати. Никто не явился на ее зов ни через минуту, ни через полчаса.

Животный страх отступил. В душу ворвалось беспокойство уже не за себя самое, а за любимое существо.

- Сонюшка, где ты? Не испугала ли тебя эта гроза? - барыня запалила свечу и спустилась вниз.

Прохор спал у лестницы, точно собака на жестком коврике.

- Прошка, - с возмущением завизжала барыня, - целый час тебя зову.

- Свят, свят, - слуга поднялся, взлохмаченный, сонный, - перекрестился. - Уж напугали меня как. Дождь большой, вот и сморило меня, - добавил виновато, чувствуя, что барского гнева не избежать.

Но барыня не слушала причитания мужика, она спешила в детскую. В тот момент, когда барыня переступила порог детской комнаты, свеча погасла. И, стоя в кромешной мгле, женщина почувствовала колющую боль в сердце.

- Сейчас, сейчас, - Прохор уже суетился рядом. Вспыхнули жирандоли.

Комната была пуста. На несмятой постели, убранной атласным покрывалом, лежал конверт. Елена мгновенно узнала крупный почерк брата.

«Дорогая сестрица, зная твой крутой нрав и эгоистическую привязанность к Софье, мы решились на бегство. Мы давно друг друга любим. Сегодня ночью отъезжаем заграницу. Отныне мы муж и жена.

С нами отправляются в путь мадмуазель Беатриса и девка Глафира. Пожелай нам счастливого пути. Твой брат Павел».

- Убью! Задушу! - взвыла барыня. - Украл мое золотце. Как же я теперь буду? - она начала колотить кулаками по комоду красного дерева.

- А ты, чего зенки вылупил? Беги, готовь лошадей.

- В такую погоду? - старый слуга медлил, переминаясь с ноги на ногу.

- Что ты городишь? Им, значит, погода не помеха, а мне хлипкая вода с небес, будто каменная преграда? Ну, уж нет, - Елена задыхалась от гнева.

- Так ведь барин уже, почитай, как часов пять назад со двора отправились. Тихо еще было.

- Что? - Елена подскочила к Прохору, схватила за ворот рубахи. - Ты знал? Ты знал об этом преступлении?

- Тю, - Прохор попытался сделать шаг назад. - В людской все знали. Думали, что и вы в курсах.

Звук крепкой пощечины почти перекрыл яростный шепот.

- Лошадей!

Промотавшись остаток ночи под проливным дождем, Елена вернулась домой больная, обессиленная и еще пуще прежнего разозленная.

Недели три она не вставала с постели. Что пила, что ела - не понимала и не ощущала. Лишь одно чувствовала - ненависть. Жаркую ненависть на весь белый свет. Сговорились, все сговорились против нее. Враги! Сволочи! Украли ее единственное сокровище.

Сквозь слезы она вновь и вновь воскрешала в памяти сладкие мгновения. Вот пухленькая девочка у нее на руках, вот она учит говорить малышку, держать ложку, сидеть, ходить. По женскому телу пробегали горячие нервные волны, словно от прикосновения нежных детских ручек. Елена зарывалась лицом в подушку Сони, где жил еще аромат мягких волос, и безутешно рыдала.

- Пакостник, развратник, - яростно шептала Елена, представляя брата. Вальяжного, улыбчивого, с губами полными, красными, словно сочной малиной обмазанными.

А потом вдруг откуда-то стали являться и другие мыслишки. Но Сонюшка-то! Какова?! Ведь согласилась. Значит, в тайный сговор против нее, барыни, вступила. Да, и любила ли она по-настоящему свою матушку названную? Может, терпела только! Принимала, как должное, сердечную страсть стареющей женщины.

Тягучие мысли выматывали, едко саднили сердце, горькой бессонницей оплетали ночи.

Но осень отлилась хмурыми дождями, отлютовала зима, отхороводилась весна, и ничегошеньки не осталось в женском сердце. Ни воспоминаний, ни любви, ни страданий. Все выжгло время.

Только с той поры нрав Елены Петровны еще круче стал. Дворовые девки лишь заслышат скрип половицы возле кровати барыни, уже трепещут: с той ли ноги встала? Кого сегодня порка ожидает?

Так, и жила Елена Петровна года два. На календари не смотрела, никого не ждала, никого не любила. Постылыми были и день, и ночь.

Как-то слякотной осенью въехала на барский двор крытая коляска.

- К нам сам Павел Петрович пожаловали! - вскрикнул ключница Мария. Про нее поговаривали, что, когда Пашка мужскую силу набирал, зрелая Машка, уже тогда мать трех девчонок, давала пятнадцатилетнему парню уроки любви. Некоторое время барчонок в любовной горячке за Марией бегал, так сладки, видимо, были ее объятия. Сейчас же высохшая, сморщенная ключница совсем не была похожа на ту разбитную молодуху. Да и лет-то минуло, почитай, десятка четыре.

- Паша, Паша приехал! - в волнении произнесла Мария, заслышав тяжелые шаги барыни.

- Да слышу, чего разгорланилась-то! - Елена Петровна неспешно спустилась с крыльца.

Было время, когда она ждала этой встречи. Но все слова обидные и злые давно уже перегорели в душе. Да и не ожидала барыня увидеть своего врага в таком виде. Брат был абсолютно седой, с ввалившимися глазами, с заострившимся, словно клюв у птицы, носом.

- Пожаловали! Собственной персоной. А где же краля твоя или новую завел? - ехидно поинтересовалась Елена Петровна. А сердце молчало. Не было в нем ни боли, ни радости. И вопрос-то с губ слетел так, из любопытства мелкого.

- Умерла Софьюшка, - Павел заплакал. - Прости меня, Лена, - произнес тихо, шагнул к сестре, прижался и зарыдал в голос.

- Ну, будет, будет! - Елена похлопывала по большой мужской спине. - Разве можно ж так убиваться из-за какой-то девчонки?

- Нет мне без нее жизни. На войну отправляюсь, смерти искать. Хочу поскорее с женой моей встретиться. Приехал просить тебя об одном. Сохрани нашу дочь. Ближе тебя на белом свете нет у меня никого.

- Вспомнил?! - ухмыльнулась Елена, наблюдая, как из коляски вышла закутанная в черный платок желтолицая женщина. На руках у нее пищал сверток, по всей видимости, с девчонкой, о которой говорил брат.

Евдокию отнесли в людскую. Так и росла она среди девушек, обслуживающих барыню. Ни разу старая женщина не приголубила, не приласкала ту, что приходилась ей кровной племянницей.

Павел участвовал во многих сражениях, и ранен был, и контужен, но смерть не торопилась на его зов.

Где-то лет пять назад московский вельможа захворал. Закрутили его ревматические боли. Ослабли ноги и руки и, как написал он в последнем письме, с постели не встает сутками.

Известная московская гадалка наворожила Павлу Петровичу, что страдания его прекратятся, боли поутихнут, если рядом с ним будет человек, родной по крови. Вот и вспомнил он про Евдокию.

- Счастливая ты, Евдошка! - дворовые девушки с завистью смотрели на сундучок с лентами, рубашками, сарафанами.

- С кем угодно поменялась бы местами, - отмахивалась Дуня. - На что мне Москва. Чужая, непонятная, скучать без вас буду...

Она заплакала, когда толстая Варвара отдала ей бусы, сверкавшие, как горный хрусталь.

- Нам-то где наряжаться? А там женихи знатные. Эти бусы моей матушке один проезжий купец подарил.

Прошка сунул ей в руку несколько карамелек в хрусткой бумаге.

- Чтоб в дороге сладко было...

Прощай, светлое озеро, березовая роща, сирень под окнами девичьей комнаты. Прощай, милая, ласковая жизнь!

Долгую дорогу Евдокия молилась. На постоялых дворах ни есть, ни пить, ни спать толком не могла. Незнакомое ей доселе чувство тревоги царапалось внутри, как чужеродный зверек.

- Скоро ли Москва будет? - кучер Антон окликнул парня в картузе, который остановил груженую подводу у ручья.

- Москва-то? - парень высокомерно взглянул на деревенщину. - Зачем тебе туда? Видишь, все люди бегут прочь из нее...

- И правда, - Евдокия только сейчас обратила внимание, что им навстречу двигалась вереница карет, кибиток, телег.

- А чегой-то они? - девушка наивно распахнула глаза.

- Француз с боем идет, - парень напоил лошадей, ловко вскочил на козлы и подмигнул Евдокии.

- Разворачивай назад, красавица! Кутузов город сдает....

Гатчинцы ничего не поняли из сказанного и продолжали в молчании свой путь.

Дом графа Истомина стоял на берегу реки. Мощный, белокаменный, он выделялся среди деревянных построек. Возле колонн прогуливался седой старик, одетый в расшитый золотыми нитями камзол.

- Кто это? Барин? - испуганно прошептала Евдокия.

- Ты своего батьку с лица не помнишь, что ли? - укоризненно спросил старый кучер, - барина со слугой перепутала. Мыслимое ли дело?

- Уж пятый день, как вас поджидаем, - слишком нарядный, по мнению Евдокии, слуга суетился рядом с коляской.

- Позвольте, - старик любезно помог девушке спуститься.

Дуня, не привыкшая к вниманию и ласковому обхождению, растерялась. И еще больше сникла, когда Антон поворотил лошадей к воротам.

- Не велено мне здесь задерживаться. Барыня гневаться будет.

Одна, одинешенька! Евдошка, еле сдержалась, чтобы не расплакаться.

- Устали, видимо, с дороги, - старик-слуга ласково потрепал Дуню по плечу. - Комната ваша готова. Я туда ваш сундучок перенесу, а вы к барину ступайте. Слышите, он вас зовет.

Звон зовущего колокольца был точно такой, как у барыни в опочивальне. Не хватало только голоса белобрысого Прошки, перекрывающего все деревенские звуки: «Девки, барыня кличет!»

В полутемных комнатах едко пахло лекарствами, старыми вещами и летней городской пылью. Павел Петрович возлежал на широкой кровати палисандрового дерева.

- Подойди ко мне поближе, Дуняша, - произнес он, завидев девичий силуэт в проеме двери.

Евдокия, сделав несколько шагов, замерла, разглядывая барина. Лицо белое, словно мукой присыпано. Волосы длинные, седые по подушке разметались. Поверх стеганного зеленого одеяла пухлые руки покоятся. На пальцах перстни камнями играют.

И он тоже ее разглядывал.

- Вот ты какая стала, - взгляд больших мутно-серых глаз, казалось, вобрал всю ее, от золотистой макушки до ботиночек, высоких на шнурках шелковых. Прошлую осень барыня двум дворовым девкам обнову справила: Лизавете и Варваре. А Лизка, возьми, да и помри зимой от чахотки. Весь ее гардероб Евдокии перешел.

- Отчего ж ты совсем на мать не похожа? - грустно вздохнул Павел Петрович. - Тебе сколько годков-то сейчас?

- Сказывали, что шестнадцать. Наверное, так оно и есть.

- Боже мой, боже мой, - простонал старик. - Неужели так время быстро пролетело? А мне все кажется, что я несколько дней назад Софьюшку потерял. С ней рядом все дни помню. А без нее, пропасть какая-то, - он замолчал. В уголках глаз воспаленно-красных блеснули слезинки.

- Может, он меня назад отошлет, - радостно подумала Евдокия. За время дороги искучалось сердечко по стороне родимой.

- Вместе будем теперь жить! - наперекор девическим мыслям заявил барин. - Прислуги у меня немного осталось. Яков, ты его видала, да повар Алексей, он, как и ты, гатчинский. Мальчишкой его в Москву вывез.

С улицы послышался шум. Громкие крики, отчаянная брань.

- Что это? - испуганно прошептала Евдокия. - Словно разбойники какие…

- Да я и сам бы спросил: что происходит. Вся Москва с ума сошла. Наверняка, опять драка из-за лошади. Нынче гужевой транспорт на вес золота. Удирают люди, удирают...

- А вы, как же?

- Мне, детка, ни бояться, ни терять нечего. Устал я, - Павел Петрович вздохнул. - Ступай и ты отдыхать, умаялась ведь с такой тяжкой дороги.

В последние дни августа в Москве творилось что-то невообразимое.

«Кутузов решил сдать столицу!» Эта фраза много раз повторенная, не теряла первозданного ужаса и отчаяния, а с каждой минутой еще и приобретала все большую бездонность зловещей неизвестности.

Уехать! Всеми правдами и неправдами уехать, чтобы спастись.

Улицы были запружены дормезами, колымагами, кибитками. Карет не хватало. Но о каких приличиях или различиях могла идти речь? На простецких телегах сидели знатные барыни, стиснутые со всех сторон скрученными коврами, самоварами, сундуками с бельем и посудой.

- Добра-то, добра сколько французу достанется, - причитали экономки и домоуправляющие, привыкшие гордиться состоянием своих хозяев.

У закрытых ворот слышались проклятия, плач, страстные обращения к Всевышнему. Приближалась страшная безлунная ночь с первого по второе сентября.

- Идут! - притаившаяся за портьерой Евдокия, наблюдала из окна за шествием наполеоновской армии и шепотом рассказывала отцу, лежащему в полумраке задрапированной спальни.

- Их так много! И вовсе они не страшные. А вон тот рыжий, ну прямо вылитый наш Прошка, ей-ей, даже веснухи на носу, - девушка прыснула в кулак. - А музыка, музыка, какая чудная. Никогда такого не слыхала. Ишь, как браво маршируют красавчики...

- Глупенькая ты еще, - вздохнул Павел Петрович. - Теперь мы заложники этих, как ты назвала, красавчиков.

Седой Яков и повар Алексей, горбун с пронзительными черными глазами, после слов барина начали истово креститься и шептать горячие молитвы.

Ночью проснулись от дыма. Горел Гостиный двор, Каретный ряд.

- Прах и пепел останутся от города, - мрачно изрек Павел Петрович, кашляя в подушку.

- Почему никто не потушит этот бешеный огонь? - Евдокия перебегала от окна к окну. В комнатах стало светло, как днем, от огненного океана, пожирающего Москву.

- Похоже, все пожарные трубы вывезены, теперь надежда только на небеса, - почти простонал барин.

На следующее утро повар Алешка отправился в город, поузнавать новости.

- Ты там поосторожнее, - увещевал горбуна Яков, накидывая на уродливую фигурку серую рогожу.

- А ну, давай прорепетируем, как в театре.

- Подайте, Христа ради, - жалобно тянул Алешка, протягивая перед собой сухую, почти детскую ладошку.

Пока Алексей шмыгал по улицам, Евдокия управлялась на кухне. Благо, запасов в кладовых хватило бы не на один месяц затворничества.

- Поговаривают, что город запалили сами москвичи, - рассказывал Алешка вечером. - Во многих домах солдаты находят фитили. Губернатор Ростопчин сжег свой дворец дотла.

- Да ложь все это! - перебил повара барин.

- Ан, нет! - Алексей вытянул из-за пазухи смятый лист. Вот полюбуйтесь! Такую афишку губернатор прибил на дорожном столбе в подмосковном имении Воронцово.

Лешка читал по слогам.

«В течение восьми лет я украшал эту деревню, жил здесь счастливо в лоне семьи. Жители этой земли, число 1720 душ, покидают ее при вашем приближении, а я поджигаю мой дом, дабы он не был запятнан вашим присутствием. Французы, я оставил вам два моих дома в Москве с обстановкой стоимостью в полмиллиона рублей, здесь вы найдете только пепел».

- Дай-ка сюда, не верю я, чтобы подобное мог написать спокойный, уважительный человек.

- А он в эмоции был! Мне эту бумажку мамзель Каролина дала. Еще она сказывала, что настоящую афишку Наполеону отнесли, и он над ней смеялся.

- Досмеется, самозванец корсиканский! - рассердился Павел Петрович. Потом задумался.

- А, что, если мадмуазель Каролина здесь, значит, и семейство Кривицких Москву не оставило?

- Э, нет! Бежали, только пятки сверкали, - Алексей ухмыльнулся, - а прислуга, какая из иностранных, вся здесь и осталась. Немцы, итальянцы, французы. Вот и театр, сказывали, готовит представление для Императора.

- А чего тут удивляться, - барин отвернулся к стене. - Труппа французская, директриса Аврора Бюрсэ долгое время русских вельмож ублажали. Так чего ж перед своими ломаться? Лицедеи, одно слово! Кто заплатил, для того и пляшут. Ох, худо мне, худо! - старик закашлялся, крепко прижав руку к груди.

Мало, кто знал, что для Наполеона московская эпопея началась с бессонниц и мигрени. Дикая непокорная Россия раздражала непонятностью.

До этого золотого сентября все столицы мира вставали перед французской гвардией на колени. И только своенравная Москва отказалась подчиняться законам победителя. Не было торжественного вручения ключей от города, балов и салютов в честь Великого Императора.

Кто поджег город? Не сам ли дьявол зловеще поиздевался над ранее недоступным человекомсимволом? Наполеон выпивал несколько бокалов любимого пунша, отгонял мрачные мысли и начинал тешить себя, как наивный мальчик, радужными планами, продолжая слепо верить в свою звезду.

Солдаты Великой Гвардии вели себя так, как все захватчики мира. Безжалостно, нахально, дерзко. «Vie victims!» - горе побежденным. Это латинское изречение обожал Наполеон. И его гвардия подкрепляла мрачные слова еще более мрачными деяниями.

С утра до вечера офицеры и солдаты были пьяны. Они дрались между собой из-за награбленных вещей, ловили и издевались над оставшимися в городе женщинами, заставляли немощных стариков вытаскивать из подвалов мешки с сахаром, кофе, ящики с вином.

Шалаши для военного лагеря солдаты сооружали из дубовых дверей, створок шкафов красного и палисандрового дерева. На землю расстилали прекраснейшие ковры ручной работы, водружая на них изящные кресла и оттоманки. Над кострами вместо походных чугунных котлов коптились серебряные ведра и позолоченные вазоны. Для поддержания жара в огонь бросались книги в сафьяновых переплетах, тяжелые резные рамы от зеркал и картин. Для варваров чужое добро цены не имеет!

Печальные новости приносил в барский дом Алексей после своих вылазок в город. Сердце маленького горбуна разрывалось еще от одной тоскливой мысли. Куда-то пропала его подружка, голубоглазая гувернантка-француженка Каролина.

Он искал ее повсюду, пока однажды не отважился заглянуть в военный лагерь. Приближался вечер. А лагерь и не собирался утихомириваться. Звучало нестройное пение, звон бокалов, гогот и женские взвизгивания.

- Что тебе здесь надо? - с раздражением в голосе обратился черноусый солдат к человечку на коротких ножках, который пытался заглянуть за полог палатки.

- Гони его! Уроды несчастье приносят! - завопила пышнотелая блондинка в меховой пелерине, накинутой на голое тело.

Горбатый человечек повернулся к костру, окинул презрительным взглядом всю пьяную компанию и, скривив губы, словно собирался заплакать, выкрикнул:

- Где мамзель Каролина?

- Каролина? - блондинка захохотала, запрокинув голову. - Тебе не Каролину, а свинью искать нужно? Русский урод!

И хотя она произнесла фразу на французском языке, горбун понял, что его оскорбили.

- Кошон?! - он задрожал всем телом. - Это вы свиньи и сволочи! - он плюнул в сторону блондинки.

- Жорж, ты видишь, что позволяет себе эта тварь! Убей его прямо здесь, на моих глазах.

Черноусый гвардеец поднялся, заправил рубаху в брюки, накинул китель.

- Ну, я ему сейчас покажу! Я научу его уважать победителей, - прорычал грозно.

Горбун бросился наутек. Гвардеец не отставал, приговаривая.

- Далеко не уйдешь от меня на своих свинячьих ножках.

- Он ведь действительно его убьет! - мрачная мысль обожгла сердце Андре, который видел всю безобразную сцену у костра.

Сколько раз он наблюдал подобное! Молодой доктор задыхался от негодования, когда видел, как цинично и жестоко обходятся солдаты с местными жителями. Остановить этот дьявольский разгул было не под силу ни одному здравомыслящему человеку. А тем более, романтичному юноше.

Какая-то сила подняла Андре, и он рванул за черноусым земляком.

- Подожди, остановись! - кричал доктор вслед.

Оглянувшись, Алексей испугался еще пуще прежнего. Уже не один, а два француза гнались за ним.

- Яков, Дуня, прячьтесь! - закричал он хрипло у ворот и юркнул в дом.

Старый слуга, вышел из сада и, увидев у калитки непрошенного гостя, попытался преградить дорогу.

- Нельзя, нельзя без приглашения. Барин болен.

Жорж попытался оттолкнуть старика. Но тот стоял каменной глыбой. Не раздумывая ни минуты, пьяный Жорж выхватил из-за пояса револьвер.

Яков упал, в его глазах было столько боли и отчаянья: впервые за полвека он не сумел охранить хозяина.

- Урод, где ты? Я тебя все равно найду, - француз вбежал в дом. Ему не терпелось расправиться с обидчиком и выпить вместе с любимой Жоржжетой за свой подвиг.

- Батюшка, батюшка, я боюсь, - залепетала Дуняша, - что делать-то? Куда бежать?

- Дочь моя, спрячься за большое кресло в углу, а я попытаюсь урезонить этого головореза, - он откашлялся и крикнул уже по-французски.

- Заходите, заходите!

Андре не мог догнать черноусого. Ход замедлял медицинский саквояж, с которым он здесь не расставался. Медицинская помощь могла потребоваться в любую минуту. На войне во всеоружии должны быть все. Но вот, наконец, этот дом, в который вбежал Жорж. Чугунная литая решетка вдоль сада. Но где же ворота? Толкнул калитку, Андре чуть не споткнулся об лежащего на земле человека.

- Негодяй, - подумал он с ненавистью о Жорже и склонился над стариком. Пульс не прощупывался.

- Простите нас, - Андре прикрыл глаза убитому. Этот седой русский слуга напомнил ему чем-то доктора Чарльза из Ниццы.

«Все умные и преданные люди имеют в старости по-королевски достойный вид», - откуда-то из подсознания выплыла давно прочитанная фраза. - И хорошо бы, если бы все мудрые старики умирали своей смертью, - добавил он про себя и открыл массивную дверь.

Услышав французскую речь, прислушался. Один голос явно принадлежал черноусому гвардейцу. В сбивчивой пьяной речи особенно резко прорывался южный прованский акцент.

- Вставай, старый перец, ты, что не слышал моего приказа?

- Месье, разрешите спросить, как вы попали в мой дом и по какому резону?

- Ты еще спрашиваешь? - Жорж был нетерпелив и возбужден. - Отвечай живо, где лежат твои драгоценности, и, где прячется тот урод, который обидел мою подружку?

- Простите, но вы не у себя дома, а значит, диктовать условия не вправе.

- Ты дерзишь мне, старый пес! Да, знаешь ли ты, что сам император разрешил нам уничтожать всех, кто здесь остался и оказывает сопротивление?

Павел Петрович вздохнул. Он понял, что в данной ситуации, оставаться самим собой опасно. И, как мудрый дипломат, решил направить беседу по другому руслу.

- Простите, мы не представлены друг другу. Я - граф, Павел Петрович Истомин. А вы?

- А я, Жорж - Артур Крюдель, уроженец Марселя и солдат Великой Гвардии Наполеона.

- Очень приятно, вы еще раз мне напомнили, что вы сын страны, подарившей миру такие замечательные имена. Вольтер, Мольер, Расин, Буало... И Павел Петрович, театрально размахивая руками, продекламировал отрывок из басни Лафонтена «Волк и ягненок».

Жорж засмеялся.

- Похоже, ты мне зубы заговариваешь! Но, пока ты руками размахивал, я кое-что на твоих пальцах разглядел. Вот эта штучка, - он ткнул острием палаша на крупный золотой, усыпанный бриллиантами перстень, - очень понравится моей крошке.

- Но я не могу подарить, как вы выразились, эту штучку. Это семейная реликвия. Моему деду был вручен этот перстень при дворе императрицы, как знак признания его научных трудов. Дед занимался астрономией.

- Что ты там бормочешь, старый скряга? Не желаешь отдать по-хорошему, возьму вместе с твоими противными пальцами, - Жорж примерился и замахнулся рукой, сжимавшей острый палаш.

И тут прогремел выстрел.

- А-а, - завопила Евдокия, которая, выглядывая из-за кресла, с ужасом наблюдала, что происходит в комнате.

В проеме двери с пистолетом в руке стоял невысокий, черноволосый человек. По его бледному лицу катились слезы.

- Боже, что я сотворил? - Андре перевел взгляд с рухнувшего замертво Жоржа на старика.

- Успокойтесь, месье. Вы поступили, как благородный человек. - Павел Петрович приподнял с подушек седую крупную голову. - Настоящий воин, к какой бы армии он не принадлежал, французской ли, английской, русской, никогда не опуститься до мародерства и насилия.

- Это так! - с отчаяньем в голосе воскликнул Андре. - Но я, я доктор. И призван спасать людей от ран и смерти. А я только что совершил ужасное преступление. Убийство! Что мне делать?

- Взять мешковину и упрятать туда то, что осталось от мерзавца. А ночью найти место, где его захоронить. Этого драчливого петуха вряд ли хватятся. Не здесь, так в другом месте он нашел бы приключения на свою буйную голову.

Изъяснялись граф и незнакомец на французском языке. Евдокия не понимала ни слова, продолжая трястись от страха. А вдруг этот человек сейчас так же легко пристрелит батюшку, а потом ее?

- Спаси, сохрани, Пресвятая богородица, - девушка торопливо повторяла молитву, как будто боялась, что в этой жизни не успеет дочитать до конца.

- Дуняша! - раздался спокойный голос отца.

- Что, что? Я здесь, - Евдокия выскочила из своего укрытия.

- Иди сюда.

Возле кровати графа лежал мертвый солдат. Красное пятно на его рубахе расплывалось и шевелилось, как большое страшное насекомое.

Едко-кислый запах тронул ноздри девушки.

- Мне страшно, - прошептала Евдокия и в обморочном состоянии упала на ковер, рядом с убитым солдатом.

- Бедная девочка, столько переживаний и впечатлений выпало на ее душу за последние дни! - Павел Петрович внимательно посмотрел в глаза Андре. - Кажется, я не ослышался, вы ведь сказали, что вы доктор. Будьте любезны, окажите помощь моей дочери.

- Да, да, конечно, - Андре, наконец, убрал револьвер, рукоятка которого стала мокрой от вспотевшей руки.

В саквояже доктора имелось все необходимое. Андре достал флакончик из темного стекла, приоткрыв его, осторожно поднес к лицу девушки. Ресницы Дуняши вздрогнули, но она, словно не хотела открывать глаза, чтобы не повторилось вновь пережитое. Доктор протер ей влажными тампонами виски. Затем расстегнул ей пуговицу на высоком вороте, плотно обтягивающем шею.

Дуня глубоко вздохнула и медленно открыла глаза. Где она? Что с ней? Чье лицо склонилось над ней? Когда-то она уже видела этот чудный лик.

Серьезные синие глаза, тонкий нос, сжатые губы. Ну конечно! Вспомнила. Именно такой образ она любила на иконе в церкви. Только тот из церкви всегда молчал. А этот что-то ласково воркует.

- Я люблю вас давно, - вдруг страстно прошептала Дуня.

- Что она сказала? - обратился доктор к графу.

Павел Петрович коротко хохотнул.

- О чем могут твердить молодые девушки, даже в бессознании? Понятное дело, о любви. Только я не понял, кого она все-таки любит.

Андре внимательно посмотрел на девушку. Из-под платка выбились светлые завитки на высокий чистый лоб. На вздернутом носу несколько веснушин. Щеки, подбородок нежные, округлые, как у ребенка. Он не думал о том, насколько привлекательна или непривлекательна девушка, Лишь одна мысль приятно удивила: «Какое родное лицо!» От этого узнавания волна тихого блаженства поднялась в душе, перекрывая все ужасающие обстоятельства встречи.

- Дуняша! - громко окликнул Павел Петрович дочь. - Ты пришла в себя?

- Да, - Евдокия медленно поднялась, одернув юбку и, обнаружив, что пуговка на кофте расстегнута, залилась стыдливым румянцем.

- Я вас слушаю, - проговорила тихо, стараясь не смотреть на мертвеца, откуда на нее веяло ужасом и кошмаром. В сторону доктора смотреть тоже было страшно, там кипела горячая волна, которою она не понимала и боялась.

- Дуня, этот благородный человек спас жизнь тебе и мне. Я предложил ему пожить у нас, так как знаю, что французы нынче квартируют по русским домам. Как ты уже убедилась, все люди разные. И среди русских встречается немало прохвостов, и среди французов достаточно приличных культурных людей. Простите, месье, мы не знаем вашего имени.

- Андре Дюваль.

- Андре, - невольно повторила Евдокия, и так сладко и приятно стало губам, словно не имя произнесла, а сочную ягоду раздавила. Какое необыкновенное имя!

- Дуня! Ты меня слышишь? - граф отчего-то занервничал. - Сейчас нужно немедленно спрятать тело убитого. Принеси из кладовой холстину. А, кстати, где Яков и Алексей.

Евдокия, пожав плечами, поспешила выполнять указания батюшки.

Павел Петрович дернул шнур колокольчика. Прислушался. Тихо. Не слышно ни шагов, ни голосов.

- Андре, простите, когда вы входили в дом, не видели ли вы высокого седого слугу?

- К сожалению, я подоспел поздно. Рана, которую вашему слуге нанес Жорж, оказалась смертельной.

- Ужасно! Непереносимо! - Павел Петрович брезгливо покосился в сторону мертвого солдата.

Потом будто тихонько всхлипнул.

- Мы с Яковом Мефодьевичем не расставались пятьдесят лет. Давно уж он был для меня не слугой, а братом. Заботливым, верным, понимающим. Ах, Яша, Яша! Я думал, ты меня похоронишь. А, видишь, как все вышло, - подбородок графа затрясся.

- Можно ли сейчас гроб в Москве сыскать? Алеша, - еле слышно позвал граф. - Ты-то куда пропал? - Месье, простите меня, ради бога. Такие страшные события творятся, я чувствую, что начинаю терять самообладание. Вы, может быть, видели Алешу, такого паренька, ну не совсем обычного внешне, с горбом? - словно стесняясь уродства слуги, шепотом спросил Павел Петрович.

- Да, я его заметил и даже видел, как он вбежал в дом, - серьезно ответил Андре, почувствовав, что переживания старика больно задевают и его сердце, как и все события, происходящие в этом доме.

- Леша, Леша, ты где? - кричала Дуня, перебегая из комнаты в комнату, как будто бы аукалась в лесу.

Она разыскала его в самой дальней темной комнате, где высились тяжелые платяные шкафы. Парень лежал в неестественно-выгнутой позе. Он дергался и хрипел.

- Боже, боже, спаси его, - Дуня побежала назад за доктором.

- Эпилептический припадок, - моментально определил врач Дюваль. В своей клинике, где он практиковал, подобные случаи были нередки. У больных с искривленным позвоночным столбом искаженные сосуды именно так реагировали на нервные потрясения. Начинались судороги, сходные с эпилептическими. Пока Андре оказывал необходимую помощь Алексею, Дуня стояла рядом, держа в руках подсвечник. Пламя огоньков прыгало и дрожало. Также трепетало и сердце девушки, в котором смешалось все: страх, беспокойство и нежное умиление.

- Тяжелая ночка, - Андре закрыл саквояж. - Похоже, что я действительно не могу покинуть этот дом. Я здесь нужен, да? - он посмотрел на Дуню.

Конечно, она не поняла, что произнес этот необыкновенный человек, но отчаянно закивала головой:

- Да, да!

Утром Андре написал на воротах мелом.

«Здесь проживает помощник лейб-медика гвардии, месье Дюваль».

Так делали все французы, занимая дома москвичей.

Как и прежде, днем Андре находился в госпитале, потом совершал обход военного лагеря, а вечером возвращался в особняк графа Истомина. Здесь его ждали. Алексей с сытным ужином, Павел Петрович с беседами о переплетении французской и русской культур, Дуня с обожанием и нежностью во взгляде.

Девятнадцатого октября вся гвардия была встревожена неожиданным приказом «Встать под знамена».

- Адье, ма шер, адье, - шептал Андре в розовое девичье ушко. Он говорил, еще какие-то слова, которые для Евдокии звучали, как журчание чистого весеннего ручья.

- Французик мой дорогой, - Дуня крепко обнимала мужчину, - я буду любить тебя всю жизнь.

И он в ответ клялся ей в вечной любви. И оба были безмятежно счастливы, как бывают счастливы лишь очень молодые, впервые влюбившиеся люди.

Ранним утром, когда город уже суетился в спешных сборах, Андре снял со своей шеи медальон, подаренный матерью.

- Переведите, пожалуйста, - застенчиво обратился он к графу.

- Дорогая Дуня, - торжественно произнес юноша, - Бог соединил наши жизни. Мы с тобой муж и жена. Этот медальон мой отец Юбер подарил матушке Антуанетте в день венчания. Храни его возле сердца. Закончится военная эпопея, и мы обязательно будем жить вместе: ты, я, наши будущие дети, твой батюшка, - Андре улыбнулся графу и Алексею.

Горбун стоял рядом и плакал.

- Ах, Андре! - Дуня бросилась на шею к возлюбленному и заголосила по-бабьи пронзительно и отчаянно.

- Будет, уймись, - заворчал граф. - Собирай человека в дорогу. Теплые вещи уложи, мою доху достань, меховые сапоги. Алеша пусть провизией займется. Дорога не короткая впереди, - граф задумался, с тоской посмотрел за окно. - Темнеет небо, холода впереди. Может, и не следует нашему другу любезному в дорогу собираться? Оставался бы с нами…

- Я на службе, и не волен сам распоряжаться своей судьбой, - глаза молодого человека влажно заблестели.

- Прощай, любовь моя! - он поцеловал Дуняшу в теплые губы и быстро вышел из дома.

Несколько дней над городом проливались холодные затяжные дожди.

- Это небо плачет, как и мое сердце от разлуки, - шептала Дуня, целуя медальон и молясь на икону Божьей матери.

Теперь за вечерним чаем только и говорили о том, куда направились французские войска. Батюшка достал из книжного шкафа старые карты и остро-отточенным карандашом рисовал стрелки, обозначающие предполагаемый путь армии Наполеона. Гадать можно было до бесконечности. Достоверной информации не поступало ни откуда.

Молодой доктор Андре Дюваль сопровождал повозки с ранеными. Многие из них были в тяжелейшем состоянии. Тряская езда по раскисшей дороге усугубляла боль и страдания измученных людей. В первые три дня закончились все съестные припасы. Сам Андре не успел полакомиться московскими разносолами, заботливо собранными маленьким горбуном в большую плетеную корзину. Продукты, как и все теплые вещи графа, он раздал своим подопечным. Обозы находились в пути по четырнадцать - пятнадцать часов.

От императора поступил новый приказ: забирать раненых солдат из госпиталей, расположенных в населенных пунктах вдоль дороги, по которой еще несколько месяцев назад французы наступали. Военные медики не понимали и не одобряли этого приказа императора.

Узнав близко русских людей, Андре уже не верил в легенды об их варварстве и жестокости.

- Неправда! Вы совершенно не поняли, как душевна и отзывчива Россия! - горячо возражал он, когда слышал оскорбительные фразы, дескать, русские солдаты - это мавры, которые добьют всех оставшихся раненых французов.

Но разве спорят с императором?

Новым попутчикам не было места ни в одной из повозок. Раненых размещали на крышах фургонов, на задках телег. Андре однажды с ужасом заметил, что кучера специально направляли повозки по рытвинам и ухабам, чтобы избавиться от лишнего груза. Люди падали в смачную жирную грязь. На их стоны и крики наезжала следующая телега.

Андре в тот же день обратился к лейб-медику, искуснейшему хирургу Лерминье.

- Мальчик мой, - старый доктор потрепал ласково своего взволнованного коллегу по плечу, - боюсь, что наша с вами миссия в данной кампании закончилась. Мы уже ничем не можем помочь больным. Все медикаменты и перевязочные материалы закончились. Нам нечем кормить людей. Вы пробовали когда-нибудь полусырую конину?

Андре отрицательно покачал головой.

- К сожалению, придется. А пока, держите, - седой доктор достал из кармана горсть кедровых орехов. В Москве я познакомился с одним занятным человеком, купцом из Сибири. Он и снабдил меня этими золотыми зернышками. Сразу все не ешьте, растяните хотя бы чуть-чуть.

Андре вернулся в свою повозку.

- Какие новости, доктор? - прохрипел старый вояка, у которого были прострелены обе ноги. - Скоро хлеб будет?

- Куда мы движемся, где русские? - перебил хриплого голубоглазый юноша, с забинтованной головой.

Что он мог им сказать? То, что вся дорога усеяна трупами, что солдаты сбиваются в голодные стаи и убегают в ближайшие деревушки, чтобы остаться там навсегда. Что Наполеон по-прежнему самоуверен и речист.

- Я все время бью русских, но это не ведет ни к чему!

А особы, приближенные к Императору, на полном серьезе говорят о воздушном шаре, необходимом для отправки своего кумира в Париж. Ничего этого вслух не проговорил доктор.

- Даст бог, доберемся домой. Пока, как медик, я вам рекомендую, класть под язык вот эти золотые зернышки. Будем считать, что это сильнейшее обезболивающее средство.

И они ему поверили. Все, как один. Он сначала удивился, а потом понял. На краю пропасти человек радуется любой травине, за которую можно уцепиться. Отступление, в какие бы оно слова не рядилось, это позорный этап в жизни любой гвардии. Для французов путь от Москвы явился не только позором, но и тяжелейшим испытанием. До Березины добрались жалкие остатки прославленного войска. Коварный норов имела небольшая речушка. Поначалу французы пытались перейти ее вброд. Да, не тут-то было! Безжалостные болота, хитрые воронки, затягивающие омуты подстерегали беспечных ходоков.

Наполеон отдал приказ о строительстве моста для переправы. Несколько дней лагерь жил под гипнозом спасительного слова - «мост». И, наконец, свершилось! Ранним утром Наполеон со свитой перебрались на другой желанный берег. И, как только был отдан приказ «Переправа», словно бес вселился в людей, измученных ожиданием. Не соблюдая очередности, не слушая команд, на мост разом устремились все повозки, телеги, пешие. Заскрипело, зашаталось непрочное сооружение. Дикие вопли и стоны огласили посеребренный инеем лес. Мост рухнул. Неприметная речушка стала могилой для десяти тысяч человек. Холодные мутные воды сомкнулись и над повозкой, в которой молодой доктор Дюваль до последней минуты увещевал раненых.

- Ваше мужественное терпение воздастся сторицей. Все мы скоро будем дома…

…Говорят, на все воля Божья. Значит, Богу было угодно, чтобы злополучный мост послужил лишь

Императору, который после Березины, инкогнито, в старом бордовом ящике, поставленном на полозья, через Вильно, Варшаву доберется живым и невредимым в Париж.

СИНЕГЛАЗЫЙ КОРОЛЬ

В Москве после ухода французов спокойнее не стало. Со всей России хлынули сюда шустрые люди. Кто зачем. Мародеры и ворюги шуровали в домах, в которые еще не вернулись законные владельцы. Торгаши и купчики спешили организовать торговлю припрятанными вещичками. Лавки купли-продажи возникали в самых неожиданных местах, посреди улиц, в центре садов. Артели плотников, маляров, каменщиков, надеясь на большие заработки, тянулись в столицу из разных русских городков.

Граф с возмущением выслушивал новости от Алексея, который, как и прежде мотался по городу.

- То французы таскали за волосы русских, которые не желали подчиняться, а теперь наши между собой кулачатся, все что-то делят.

- Ты хоть что-нибудь хорошее можешь рассказать! - старик топал ногами. От гнева лицо его багровело. Желчь вызывала колики, он охал, стонал и, хватаясь за бок, заваливался на широкую кровать. Отвернувшись к стене, мог пролежать сутки.

- Батюшка, - Евдокия подносила графу чайный сервиз на подносе. - Зачем вы все время сердитесь? И лежать много вам не следует. Разве вы забыли, что доктор говорил. Обязателен легкий променад. Движение кровь разгоняет.

- Не так он говорил, - бурчал граф, как обиженный мальчик. - Ты сама не слышала, а, если и слышала, то не могла понимать. Эх, Андре, Андре! - граф громко вздыхал, - где он сейчас? Хороший человек, светлый. Рядом с ним и мы, словно переродились. Ты другая стала, вон, как глазенки блестят, а то ведь были, будто мутной тиной подернутые. Теперь ты даже стала на мать свою, Софьюшку походить. А я в тот миг, что он здесь жил, себя помолодевшим чувствовал. Какие мысли бурлили! Помнишь, наши горячие дискуссии? А Алешка-то, бедный, как к нему привязался! И, знаешь, почему? Наш доктор относился к парню, не как к калеке, а как к человеку, достойному дружбы и любви. - Что ты думаешь, Евдокия, жив ли он, наш милый Андре?

- Зачем вы такие грустные вопросы задаете? - Евдокия всхлипывала и потом, уже заревев в голос, убегала в дальнюю комнату.

- И я бы поплакал всласть, да не умею, - старик кряхтел и отворачивался к стенке.

Под рождество из Воронежской области приехали дальние родственники графа. Две пухлые барыни, похожие на ленивых гусынь, и с ними молодой человек, с напомаженными и завитыми волосами. Сняв в прихожей длинные шубы и меховые капоры, дамы отправились в комнату графа.

- Ах, милый дядюшка, - та, что пониже, потолще и постарше, - шагнула к кровати, - хвораете что-ли? Как мы давно с вами не видались! Почитай, лет эдак тридцать назад меня маменька в столицу привозила. Помните, как мы на бал к графине Аренской ездили. У меня тогда еще такое платье было, необыкновенного фисташкового цвета.

- Не помню, - с полным безразличием отвечал граф. - А это кто? - он указал глазами в сторону молодого человека.

- Ваш двоюродный внучатый племянник Ипполит, - гость причмокнул толстыми розовыми губами. Потом, сделав несколько мелких шажков, приблизился почти вплотную к кровати, прогнулся, при этом отставив круглый зад, обтянутый клетчатыми штанами, и протянул пухлую ладонь графу.

- Давно мечтал, иметь честь быть представленным сиятельному родственнику. В провинции все так скучно, - почти пропел гнусавым тенорком.

- Ты девка или парень? - граф нахмурил кустистые брови и зычно высморкался. - Туалетной водой от тебя за версту несет. Опять же, как невеста-бесприданница, жеманишься!

- Мы, поэты, все такие необычные, - Ипполит томно закатил глаза.

- Поэт ты или солдат, меня мало интересует. Не совсем я уразумел, чей ты сын? - граф явно был не в духе.

- Я сейчас все поясню, - одна из гусынь, уже другая, та, что повыше и потощее, с вытянутым желтым лицом и глазами, собранными в кучку к мясистому мощному носу, гордо вскинула голову. - Мы с вами из одного гнезда. Если вы припомните, любезнейший Павел Петрович, у вашего батюшки была вторая законная супруга, Елизавета. А у нее был брат Осип, а у Осипа жена Дарья. У Дарьи сестра Алена, подождите минуточку, - женщина суетливо начала развязывать кожаный мешочек, - у меня записаны все кузины и кузены с именами и датами рождения.

- Ладно, довольно! - граф с досадой поморщился. - Что-то ноги ноют, быть снегопаду.

- Я еще не все сказала, - дама-гусыня не хотела прерывать, видимо, очень важный для нее разговор. - Мой сын Ипполитушка - мальчик очень одаренный. В столице он непременно сделает карьеру. Послушайте только одну его оду. И вы убедитесь в громадности его таланта.

Граф громко застонал не то от боли в суставах, не то от нежелания слушать чужие голоса.

Незнакомое слово «ода» напугало Евдокию. Она мгновенно поняла, что, и батюшка отчего-то затомился и затосковал. Девушка сдвинула к переносице пушистые бровки и строго, как только умела, произнесла.

- Граф устал. Ему покой нужен. Алексей, где у нас клюквенный морс?

Маленький горбун тотчас, словно все это время стоял за дверью, шагнул с подносом в комнату.

Приезжие родственники неприлично зашушукались, разглядывая уродца на кривых ножках.

- Евдокия, отведи гостей в комнаты, - с облегчением вздохнул граф.

К вечеру во двор въехала тяжелая подвода, груженая домашней утварью и деревенскими харчами.

- Ох, и намерзлись мы, едучи-то! - две румяные грудастые девки шумно топали ногами в прихожей, отряхивали с полушубков и платков снег.

- Кто это? - шепотом поинтересовалась Евдокия у Алексея.

- Служанки ихние, знать. А кучер, видала, какой здоровый, точно мерин. Его самого запрягать можно.

Новые порядки прописались в старом доме. На кухне хозяйничала девка Глафира. За чистотой в комнатах смотрела ее подруга. Как-то незаметно получилось, что Алексей и Евдокия остались не у дел. Самое ужасное заключалось в том, что гусыни завтракали и обедали в гостиной. К столу, конечно, они не приглашали прежних жильцов. А на кухонных шкафчиках, откуда ни возьмись, нарисовались хитрые замки и запоры. Граф практически уже не вставал с постели. По вечерам, когда из гостиной доносились звуки фортепьяно, и над нескладными аккордами звучал заунывный тенор, гнусаво декламирующий вирши, Павел Петрович закладывал уши ватой и, приняв успокоительные капли, окунался в тяжелые раздумья.

- Какая унылая чушь и беспросветная суета вся жизнь людская. Как смешны и ничтожны все страсти! Каждая из них, будь то любовь, служение Отечеству, благотворительность, на слабостях и пороках зиждутся. Любовь на эгоизме, сластолюбии замешана. Служение Отечеству от карьеризма, властолюбия произрастает. Благотворительность -

это разновидность жадности, прикрытой слащавыми словесами. Вот и получается, что, как только привяжется, зацепится душа за соблазны земные, так и попала она в плен дьявольских замыслов.

Отныне ничего не хотелось графу. Он даже и вспомнить не смог бы в какой момент, все стало безразличным и постылым. День, ночь, чужие голоса, шаги, знакомые и незнакомые лица. Он не хотел понимать: свеж ли хлеб, сладок ли чай, и отчего какая-то грубая девка переворачивает его тело в постели, меняя простыни и бранясь:

- Ох, и вонючи старики-то!

Наверное, так тихо и грустно умирает большое дерево. Лучи солнца, крики птиц в поднебесье, влажное дыхание земли - все мимо, мимо, мимо…

- Послушай, ты, - Ипполит схватил за руку Евдокию, когда она, растерянная и заплаканная, выскользнула вечером из комнаты графа. Батюшка таял на глазах, не хотел ничего есть, не желал разговаривать, он и Дуню, как будто не узнавал.

- Ах, если бы здесь был наш доктор Андре, - думала девушка, наивно полагая, что на всем белом свете, есть единственный врач, способный вдохнуть живительные силы в угасающее тело.

- Чего глазенки-то пучишь? - В полутемном коридоре лицо Ипполита казалось мертвенно-бледным и отталкивающе уродливым. - Ишь, как задышала глубоко. Наверняка, думаешь, что поэт влюбился в тебя и сейчас тебя начнет целовать и обнимать. Одно у вас, дурочек сельских, на уме. Ха-ха! - он выдохнул на Евдокию запах непереваренного обеда, сдобренного кислым вином.

- Что вам угодно? - Дуня растерялась.

- Угодно? - он облизнул пухлые губы. - А угодно нам то, чтобы поскорее ты и твой горбатый дружок исчезли с наших глаз и из этого дома. Ишь, чего навоображала себе, самозванка деревенская, дочь она, видите ли, графу. Уж мы-то знаем, сколько девок так и норовили на нем повиснуть. Человек он был богатый.

- Почему был? - вздрогнула Евдокия.

- А, выдала себя. Ждешь, не дождешься наследства. Прислуживаешь, ласковой прикидываешься. Видала! - поэт скрутил фигу и помахал перед лицом оробевшей девушки.

Но эта пухлая неуклюжая фига вдруг насмешила ее. В деревне только мальцы друг перед другом так чудачат. А этот, вроде образованный, прилично одетый человек и, нате, пожалуйста, вытворяет то, что и пьяному конюху непочтительно. Евдокия не смогла удержать улыбку.

- Чего лыбишься, деревенское отродье? Учти, я не от своего лица говорю. Меня маменька с тетенькой попросили. Им самим с тобой и говорить тошно. У-у, серость необразованная, - он больно ухватил Евдокию за щеку. - Ослушаешься, высечь могу. Я горяч на расправу. В нашем имении людишки меня боялись, - он гордо выпятил грудь. - Как я азартно сек непослушных! А чтобы с ритма не сбивали жалкие стенания, стихи громко декламировал.

Евдокия сжалась, но не от страха, а от чувства брезгливого отвращения к самодовольному мучителю.

- Ипполитушка! - донесся голос из гостиной. - Заждались мы тебя, соловья сладкоречивого.

- Иду, иду! Можно сказать, лечу на крыльях любви, - ласково отозвался Ипполит.

О боже! Простосердечная Евдокия глазам не верила. Неужели человек способен так лики менять! Мгновение назад мучителем прикидывался, пугал ее мутным взором и грозным окриком, а тут вдруг обворожительным тенорком запел, и с лица, словно мед потек. Оборотень! Непонятное прежде слово из страшных сказов деревенских старух, приобрело реальные черты. Евдокия стремглав бросилась в свою комнату.

- Научи, матушка, научи, - обратилась к лику богородицы. - Как уберечься от людей этих страшных? А что с батюшкой станется? Душа моя болит о нем, ослабевшем вдруг нынче... - Она молилась и плакала.

Когда за дверью послышались осторожные шаги, Евдокия не сразу и в себя пришла.

- Открой, Дуняша, это я, Алексей.

- Что с тобой? На тебе лица нет...

- Ох, Алеша, так душа томится. Нехорошо так, тоскливо.

- Я тебе покушать принес, ведь ты цельный день голодная, - парень развернул холщевое полотенце. - Вот ешь, яйца, хлеб, пряник. Сегодня в городе гатчинских плотников встретил. Потолковали, и так мне захотелось в деревню нашу.

- Может, и правда, Алеша, поедем? - Евдокия перестала жевать. - Ипполит мне сегодня сказал, чтобы мы с тобой убирались подальше. Чем мы им так не угодили?

- Боятся они, что граф завещание на тебя напишет. А если так случится, то не они, а ты попросишь их восвояси убраться. Я здесь в Москве многое повидал. Люди на убийство идут из-за домов, земли, денег.

- Нет, нет, - замахала руками девушка, - ничего не надо, ничего не хочу. Уедем! Вот только батюшку жалко.

- Плох он стал совсем, - вздохнул Алексей. - Помочь мы ему уже не можем. Отравили они его чем-то! Он же еще неделю назад молодцом был. Ел, пил, смеялся...

- Ой, Леша, Леша, не говори таких слов. Не бери грех на душу. Не суди, да не обвиняй без причины.

Через три дня граф умер.

Откуда-то в дом понаехала толпа родственников. Во всех комнатах сидели, ходили, шептались старушки с молочными буклями, военные в мундирах, томные барышни с лорнетками и веерами. Все, как будто-то чего-то ожидали. По-настоящему лишь горевали Евдокия и Алексей. Светла и свята бескорыстная любовь. Но в какую жгучую боль она повергает сердце, если близкий человек уходит навсегда. От страданий Евдокия так ослабла, что несколько дней не поднималась с постели. Алексей готовился к отъезду. Он бегал по городу, закупал провиант, искал подходящего возничего.

- Эй, горбун! Вы еще не убрались восвояси, - остановил его у ворот пьяный Ипполит. - А что-то я давно не видел деревенскую самозванку? Видно, шибко я ее напугал. Трусость - удел всех убогих. Но выпорол бы я ее с превеликим удовольствием. У меня и стишки на этот случай имеются, веселые, - он, откинув напомаженную голову, захохотал. Волны громкого смеха, словно раскачали пухлое тело, и пьяный до безобразия поэт рухнул в сугроб под яблоней. - Уродец, это ты на меня так зло посмотрел! Завидуешь, скотина, знаю. Красоте моей, таланту. Погоди, до тебя доберусь, - закричал Ипполит во след маленькому горбуну, семенившему к боковой двери флигеля.

- Ненавижу убогих и сирых,
    Их удел грязь месить,
    И со свиньями хрюкать
    И жить!

Для убедительности только что родившихся строк, поэт сам лично смачно хрюкнул и попытался встать. Но тело, измочаленное обильными застольями, не слушалось. Да и тяжелая длиннополая доха тянула к земле.

- Не замерзать же мне, нежному мальчику, - Ипполит всхлипнул капризно. - Маменька, вы где? Вы где? Не слышат, жестокие люди! - он медленно на четвереньках пополз к крыльцу.

Из окон особняка за чудаковатым племянником умершего графа наблюдали несколько пар любопытствующих глаз. В ту же ночь Алексей и

Евдокия покинули дом, превратившийся после смерти хозяина в непристойный балаган. Почти месяц добирались они до Петербурга, а потом уже и до гатчинских земель.

- Батюшки! Кто к нам явился! - барыня в широкой беличьей шубе прогуливалась по дорожкам сада. По обе стороны старую женщину поддерживали под руки девки в салопах и цветастых платках.

Одна из них, румяная, веснушчатая звонко ойкнула:

- Да, это же нашенские люди, Дунька да Алешка. И не признать с первого взгляда.

Эх, ее бы, девкина воля, завершила бы она поскорее дневной моцион, затяжной и нудный, барыня еле передвигалась, да стрелой помчалась бы по деревне, новость сообщить.

- Пусть в дом идут, - разрешила старуха, - а нам еще два круга доктором прописаны. С нынешними учеными не поспоришь. Придумали чего - ноги ходьбой лечить, - она глубоко вздохнула.

По ноздреватому февральскому снегу тянулись глубокие синие тени.

Только вечером кликнула барыня Евдокию в свою опочивальню. Сидела она, рыхлая, белая, на высокой кровати в розовом ночном халате и чепце с кружевами, топорщившимися вокруг чернобрового лица.

- Знаю, многое знаю. Письмо от племянницы Бецкой получила давеча. Сообщила она мне, как брат помер. Царство ему небесное! Про побег ваш неожиданный сообщила. И еще, наверное, и ты не знаешь. Дурень Ипполит дом спалил. Вот так. А хитро вы придумали ко мне возвратиться.

- Да, ведь у нас с Алешей, нет никого окромя вас, матушка.

- Что-то ты больно ласкова стала? - барыня пристально посмотрела на Евдокию. - С лица, смотрю, вроде ты бледная. А телом добротная, как на дрожжах поднялась! Я-то думала, французы вас там в черном теле держали.

Евдокия всхлипнула. Одно только слово «французы» вдруг опрокинуло сердце в тоску сладостную, в печаль бесконечную. Где он, милый ее Андре, как рассказать ему, что любовь их нежная живым ростком в женском лоне расцветает?

- Чегой-то с тобой враз случилась? - подивилась барыня.

Бухнулась Евдокия на колени, лбом в ковер пестротканый уперлась и завыла, как собака, в полнолуние.

- Матерь божья! - подняла брови барыня. - Так, бывало, девки выли, когда брюхаты были, а замуж никто не брал.

- Все не так, барыня, - подняла Евдокия, красное от слез лицо. - Мы обязательно с ним поженимся. Так он обещал. И покойный батюшка нас благословил. Алексей - живой свидетель.

- Ой, беда с девками, - барыня зевнула. - Как кличут-то твоего мужа соломянного?

- Андре…

- Хм, каких кровей-то он?

Евдокия сбивчиво рассказала, как попал в московский дом молодой доктор, как спас ее и батюшку от дебошира в мундире. И как жили они все вместе, одной большой семьей.

- Родным он стал и мне, и батюшке, - Евдокия всхлипнула, потом нежная улыбка озарила лицо. - А люблю-то как его. В душе, словно лампадка горит. Светло и мило мне всегда.

- Да, занятная история, - барыня насупилась, брови к носу свела, что означало думу крепкую. - Вот что, милая, через неделю свадьбы играть начинают. Пойдешь с Алексеем в церковь на венчание. Негоже это, чтобы мои девки немужними рожали. И ребенок опять же при родителях расти будет. Когда твой француз еще сыщется?

- Да, разве можно ли так? - у Евдокии аж дыхание от удивления сперло.

- Нужно! - жестко парировала барыня. - А жить будете за околицей, в охотничьем доме супруга моего покойного.

Дни перед свадьбой, как в дурмане пролетели. Мужики, по приказу барыни, избу подготовили. Где подкрасили, где молотком постучали. Старуха и приданое Евдошке прислала. Перины пуховые, посуду, зеркало овальное в золоченой раме и самовар пузатый. Наряжали Евдокию ее бывшие подружки.

- Ой, счастливая ты, Дунька. Жених-то хоть горбатый, а добрый, да ласковый. Хороший муж покой в доме беречь будет.

- Только бы детки в него не уродились!

- А ты плачь, плачь, Дуня. Невестам так и положено печалиться по дням задорным, молодым.

В церкви было душно. В глазах Евдокии туманились и двоились все образы и лики. Когда грянул хор в честь новобрачных, невеста вдруг обмякла, да и осела на пол. Бабка, брызгающая в лицо водой святой, чтобы обморок снять, прошептала:

- Так-то, девонька, с нелюбым венчаться. Не грех, но мука на всю жизнь, - от темного морщинистого лица веяло тягучей тоской и беспросветной печалью.

- Спасибо вам, матушка! - жених протянул старушке монету. - В чувство Дуню привели…

- А ты, какой понятливый. Хоть и горбун, а не злой. Может, и я бы тебя в девках выбрала, а не своего богатыря-пустобреха бессердечного.

И впрямь, хорошо зажили Дуня с Алексеем. Душа в душу, да только не как муж с женой, а как брат с родной сестрой. Алексей, как и прежде на кухне прислуживал. Евдокия, пока еще совсем не отяжелела, обихаживала старую барыню. А та, день ото дня капризнее становилась. Бывало, начнет утром одна из девушек причесывать, да умывать старуху.

Вдруг она взбеленится, ногами затопает, закричит благим матом:

- Не руки у тебя, крюки! Кочереги чугунные. Уйди с глаз моих. Пусть Верка придет.

Но и Верка через некоторое время вылетала из барских хором, вся пунцовая и зареванная. Так, и до Евдокии очередь доходила. И ей влетало по первое число.

- Где ты ходила? Почему не сразу явилась? Зачем Верка, да Глашка издевательства устраивали, специально ведь мучили старую женщину!

После обильного завтрака барыня обожала залечь на перины и смотреть на девок, которые перед ней пели, плясали, сказы сказывали. Евдокии все тяжелее и тяжелее становилось хороводы водить в душных комнатах. А как начинала по приказу горланить припевки, так в голове все мутилось, а перед глазами сонмы мушек мелькать начинали. Однажды посреди девичьего веселья грохнулась Евдокия в обморок, чем и напугала и прогневала барыню.

- Ну, деваха, учудила ты! Все настроение скомкала. Дома сиди теперь. А когда родишь, непременно навещу. Любопытно мне на отпрыска глянуть. Он ведь не только французских, но и нашенских кровей. Слышала, что братец-то мой покойный, в завещании настряпал. Почитай, полсостояния тебе отписал. Давеча бумаги от нотариуса принесли. А я вот, все никак не могу к мысли привыкнуть, что ты не девка дворовая, а моя законная племянница. Еще на моих перинах спать будешь. Чудно все на белом свете. Действительно, все чудно на белом свете! Так и Евдокии думалось, когда оставалась она одна на целый день в просторном светлом доме. Весна в тот год выдалась дружная. В одночасье сгинули холода и снега. Распахнулось и загалдело на разные птичьи голоса высокое небо, забеспокоилась, зазвенела ручьями земля, готовясь дать жизнь травам и деревам.

И маленький человечек внутри Евдокии тоже беспокойно шевелился, переворачивался, постукивал ножками и ручками, словно приветствовал музыку весны. Евдокия подолгу сидела на высоком крыльце, мечтала о том, какой красивый, ладный, да умный сын у нее родится. А то представляла, как встретятся они с Андре после долгой разлуки, как расцелуются, да обнимутся горячо.

- Веришь ли, Алеша, - рассказывала мужу своему законному, когда тот возвращался из барского дома. - Днем разморило меня, я и прилегла. И опять тот же страшный сон видела. Будто Андре мой замерзший, черный, худой протягивает руки и зовет к себе. А я ему отвечаю: «Вот рожу сыночка и встретимся!»

- К чему бы это? - беспокойно заглядывала в темные глаза горбуна.

- Не мучай свою душу, поешь лучше, - ласково успокаивал женщину Алексей.

- Сегодня сам слышал, как барыня приказывала экономке: «Не жадничай, собери харчей пожирнее. Хочу, чтобы Евдокия богатыря родила».

Он открывал торбы и корзины. И впрямь, отродясь, Евдокия не пробовала блюд таких, что принес Алексей с барской кухни. Паштет из гусиной печени, перепела жареные, устрицы в маринаде, да и бутылка вина в придачу.

- Смотри-ка, французское, - довольно ухмыльнулся Алексей. - Ай-да, барыня, ай-да, молодец!

Молодые ужинали, потом запаливали свечи и сидели друг против друга. Вспоминали жизнь свою московскую. Уже в который раз Алексей рассказывал историю знакомства с мадмуазель Катариной. Наизусть уже все знала Евдокия. Но слушала, как в первый раз. Потому, как давно уже поняла, какое великое счастье - любить, но и какое удовольствие говорить о своем чувстве. Говорить долго, проникновенно, упиваясь деталями и нюансами. Когда заканчивались подробности о Катарине, «беленькая, словно сахарная, пальчики тонкие, прозрачные, из глаз незабудкового цвета ласковый свет сиял», начинала свою партию Евдокия. И хоть рассказ об Андре повторялся из вечера в вечер, всякий раз возникали новые сюжетные повороты. Сердца влюбленных творят и фантазируют без устали.

Задувая свечку, Алексей убедительно говорил:

- Вот подарит барыня к праздникам деньги какие, соберемся и махнем во Францию. Я отыщу свою зазнобу, а ты доктора своего... То-то заживем в любви и согласии.

- Да, как хорошо говоришь, - соглашалась довольная Евдокия. - Франция, она ведь небольшая, поди-ка, как наши три деревни будет...

Сверкали в небе звезды, кричали в лугах ночные птицы, и воздух от аромата молодых трав казался густым, как мед. Барыне нездоровилось. Как только припекало июньское солнце, задыхаться начинала.

- Ох, не жалую я жару, - ворчала старая женщина день-деньской. - Мигрени от нее, да бессонница. Аппетита нет. Даже окрошки не хочется. Помирать что-ли пора? Ты, как думаешь? - спросила у девки, которая гребнем расчесывала поредевшие локоны старухи.

- Мне не ведомо, у Аграфены спросить надобно. Она, как карты раскинет, так все сразу ясным становится. Анютку, помните, из соседней деревни, ну такая востроносая, пятки толстые. Так Аграфена ей сказала на масленицу, что жених скоро явится. Мы посмеялись: откуда ждать-то! Парней нынче в деревнях нет, все в солдатах. И забыли... В аккурат за неделю до масленицы из города артисты ехали. Один из них, правду сказать, не красавец, плешивый даже и как будто хромой, увидел Анютку и увез с собой. А у тетки Моти корова пала. Так Аграфена еще за месяц наворожила потерю.

- Верно, говоришь, - встрепенулась барыня. - Развлекусь хоть немного. Сбегай до ворожеи, а девкам скажи, чтобы столик в беседке летней приготовили.

Аграфена - скрюченная, полуслепая старуха, очень обрадовалась приглашению в барский дом. И, хотя ничего ей уже было не нужно, ни харчей вкусных, ни денег, хоть бумажных, хоть серебряных, зато душа тешилась от уважения и почитания.

- Вот, Граня, какие мы старые стали! - барыня пригубила вина ягодного. - Помнишь, как мы, в девицах пребывая, тебя пытали: кто замуж выйдет, кого смерть поджидает. Эх, хорошо же ты гадала!

Аграфена довольно носом шмыгнула, аж бородавка на нем закачалась.

- Не меня хвалить нужно. То небо дает мне силу особую, глаз дальний, чтобы через время видеть. А ты никак, матушка, кручинишься? Пошто меня вызвала? Я ведь лет двадцать в твоем доме не была.

- Ты кушай, кушай! - барыня глазами на девок строго зыркнула, чтобы не забывали подливать гостье вина, да куски послаще подкладывали.

- Правду говоришь, - прошептала Елена Петровна, - скучно мне жить стало. Ничего не хочу, ничего не желаю. Может, костлявая на меня уже свой глаз положила. Знать хочу, долог ли мой век?

- Охо-охо! - глаза Аграфены заблестели. - Не то, матушка, глаголишь. Сердце твое перемены чувствует, а карты сейчас все расскажут.

Ворожея вытянула из кармана юбки колоду карт, раскинула веером.

- Мда, - глядя на карты, старуха от возбуждения начала жевать тонкие, почти бесцветные губы.

- Чую, смерть идет, но не твоя. В именины твои это случится. После этого диковинный подарок ты получишь.

- Не мели чепухи, - насупилась хозяйка. - Врагов у меня давно уж нет. И смерти ничьей я не желаю. Да, и никакие подарки меня обрадовать не могут. Когда дни сочтены, многое уже иначе видится.

- А жить ты будешь еще долго. Карты не врут. Рядом с тобой появится король благородный.

- Ты сегодня словно белены объелась! Глупости корзинами несешь! Когда я помоложе была, умоляла тебя, чтобы ты королька хоть какого наворожила. Ты молчала, будто в рот воды колодезной набирала. А сейчас, седьмой десяток уж разменян, а ты, бесстыдница, срам про меня городишь.

- Ой, ой, - покачала укоризненно головой Аграфена, - не я говорю, а колода рассказывает. А ты терпение имей: просила погадать, будь добра, слушай. - Король тот сердцу отраду принесет и блаженство. С ним ты, словно заново родишься. И будет жизнь твоя не чета нынешней, скучать некогда будет. Вон, как карта пошла: хлопоты, да интерес, дороги, да встречи.

Притихла ошеломленная Елена Петровна. Такого ли она расклада ожидала?

К именинам барыни готовились загодя. Девки тесто месили, разносолы из погребов доставали, специально для этого дня схороненные. Садовник цветы обихаживал, каждый бутон вниманием оделял, чтобы срезанный светлым утром цвет в букете красотой распахнулся. Конюх лучших лошадей чистил, вплетал в гривы ленты, на сбруи бубенцы навешивал. Эх, веселое будет катание перед праздничной трапезой!

Побирушки да хитрованы с ночи места у церкви занимали. Знали, как выйдет после молебна барыня, так, не глядя, начнет сыпать из корзины конфеты, пряники, да монеты звонкие.

Накануне дня долгожданного, Елена Петровна, как и все шестьдесят лет подряд, в баню отправилась. Знатно попарили девки рыхлое полное тело, похлестали вениками березовыми, аж до самого сердца пропекло. Испив холодного квасу, горячо помолившись, барыня завалилась на высокие перины и почти мгновенно захрапела.

- Встало, встало солнышко,

Встало красное,
С ним и наша душенька,
Еленушка прекрасная,
Именинница-счастливица
Поднялась!

Грянул звонкий девичий хор под окном, как только ранним утром закряхтела барыня, да ноги на половик спустила. Во всем доме стояли цветы. На столах, на полу источали ароматы прекраснейшие букеты.

- С днем Ангела! - С днем Ангела! - повторялось на разные голоса со всех сторон.

Швея, приготовившая для торжественного дня новый наряд, пожелала присутствовать при одевании именинницы. Барыня сегодня не капризничала. Позволила и корсет атласный зашнуровать, лишь хмыкнула:

- Не задохнуться бы, так грудь сдавил!

Зашуршало шелковое платье бирюзового цвета, с белоснежными лилиями, вышитыми по подолу и по рукавам.

- Шляпку, обязательно шляпку! - модистка открыла коробку. - Это из Петербурга, самая, что ни на есть a la mode.

- Ну, и на кого я нынче похожа? - Елена Петровна встала перед большим зеркалом. - По-моему, на пугало!

- Что вы, что вы, именинница разлюбезнейшая, сегодня вы с королевной схожи, с царицей шамаханскою, с лебедью белой.

Девки барыне брови подсурьмили, щеки подсвеколили.

- Ах, глаз не оторвать. Еще деколоном французским сбрызну…

Нарядная именинница с трудом забралась в коляску. Отдышавшись, крикнула седому кучеру в кумачовой рубахе, подпоясанной цветным кушаком:

- Ну, что Василь Егорыч! Как и прежде, гони по деревне, потом в поля, а там уж и в церковь.

Славное выдалось утро! Молодое солнце, словно тоже праздновало именины. Ликующе и щедро наполняло оно горячей радостью все вокруг. Сияли травы и листы, серебрилась река, и даже утлые лодчонки, и старые избы приосанились и, будто обновились.

- Скажи, Василь, отчего в мои именины такая благодать в природе? - довольным голосом спросила барыня, заранее зная ответ.

- Знамо почему, - неспешно отвечал старый кучер. - Ангел-покровитель знак дает, что душа ему вверенная, честно и благостно на земле проживает.

Из церкви Елена Петровна вышла еще в более приподнятом настроении. Теплая волна ко всему живому вокруг переполняла сердце.

- Молимся за нашу благодетельницу, - вскрикивали нищие, когда барыня рассыпала серебряным дождем монеты.

До дома решила пройтись пешком. Уж очень погода к променаду располагала. И вдруг беспокойство откуда-то налетело. Старая женщина и не сразу поняла, что разрушило мир гармонии и благолепия.

- Беда! Помогите! - это кричал человечек, несущийся прямо на шелковое бирюзовое колыханье. Алексей плюхнулся возле сафьяновых сапожек. - Барыня, дорогая! Дуняша рожает!

- Вот и славно. Бог в помощь. День сегодня хороший. Чего ты так разголосился?

- Матрена сказала, что плоха Дуня. За доктором велела спешить, - гримаса отчаянья исказила лицо горбуна до неузнаваемости. Так-то никогда красавцем не был. А здесь, словно у мертвяка, черты обострились, глаза ввалились, и ни кровиночки в побелевших щеках и губах.

Елена Петровна невольно себя крестом осенила.

- Ну а чего ты тут колени мозолишь, быстрее в конюшню. Пусть Василь самого ядреного скакуна запряжет.

... И надо же такому случиться, что у Моисея Исааковича Блюммера, доктора из Гатчины, жена тоже праздновала именины. За круглым столом сидели гости, в основном родственники. Тетушки, племянники, двоюродные братья Елены Марковны ели пироги и пили красное вино.

- Доктора вызывают, - доложил слуга с седыми бакенбардами.

- А ты скажи, что он отдыхает, - прошамкала старушка в байковом чепце, обтягивающем маленькую голову, почти как у ребенка.

- Да, да, - добавила Елена Марковна, высокая еврейка с выразительными глазами чайного цвета, - могу я лицезреть своего любимого мужа, хотя бы в день именин. А то все вызовы, вызовы. И днем, и ночью. Кто-то рождается, кто-то умирает, а без моего Мосеньки ни-ни.

- Да, матушка, ты права, - маленький человек с темными завитками на висках, поднялся из-за стола.

- Долг врача не позволяет мне рассиживать за праздничным столом, когда кто-то страдает.

- Боже мой! Боже мой! Как вы говорите, - доктор не сводил взволнованно-блестящих глаз с лица Алексея, - начались схватки, так, а роженица начала глазки закатывать и в обморочное состояние впадать. А что акушерка? Понятное дело, растерялась. Я всегда вашей барыне говорил, что мы не в каменном веке живем, и женщины, все без исключения, и графини, и крестьянки должны рожать при полном внимании доктора. - Кто такая повитуха Глафира? Неграмотная, невежественная баба. Откуда ей знать приемы обезболивания, про санитарию вообще уже не говорю. Чувствую, ситуация тяжелая. Я вам сочувствую, мой друг! - он нежно погладил по плечу горбуна, который почти всю дорогу трясся от внутренних рыданий.

- Опоздали, опоздали! - с крыльца сбежала белобрысая Настя, не то внучка, не то правнучка повитухи. - Дунька богу душу отдала, а ребенка отнесли к Наташке. У нее свой сосунок недавно народился, а молока, как у дойной коровы на пятерых хватит.

- Ты, маленькая девочка, и не должна говорить такими словами, - доктор потрепал пшеничную макушку.

- А я иначе не умею, - сморщила веснушчатый нос девчонка, не понимая, что не понравилось городскому доктору.

В комнате царил полумрак. На окне и на зеркале болтались черные мятые занавески.

- Отмаялась, - худая невысокая женщина суетливо протирала мокрой тряпкой дощатый пол.

- Где можно руки помыть? - строго спросил Яков Исаевич.

- Сейчас, сейчас, полью из ковша.

Алексей прошел в дальний угол, где стояла кровать. Евдокия, прикрытая холщевой простыней, лежала спокойная и умиротворенная, словно спала.

- Дуня! - он встал на колени с той стороны, где на подушке покоилась женская голова, в белой косыночке. - Дуняша, - позвал жалобным голосом. - Как же так? Почему ты ушла? Мы ведь вчера с тобой говорили, что скоро поедем во Францию. А что я скажу Андре теперь? - горбун зарыдал, уткнувшись в подушку.

Услышав последние слова Алексея, доктор замер на пороге.

- Они оба не в себе, - зашептала повитуха. - Дунька-то, когда тужилась, тоже про Хранцию что-то бормотала. А, когда уж совсем от боли невмоготу стало, начала на помощь кликать какого-то Шеромыжника.

- Замолчите! - оборвал женскую болтовню Яков Исаевич. - Попрошу подробно доложить, как проходили роды.

- Как? - повитуха подбоченилась. - Так же, как и у всех баб. Я, считай, сотню младенцев на своем веку приняла. Всякое бывало, скрывать не буду. Но дело свое знаю, и люди это подтвердят. А то... разве же стали бы меня звать, будь я негожей. Ну вот, еще и солнце не встало, как Лешка ко мне в оконце постучал. Он, кстати, тоже в мои руки родился. Хилый был, думали, не жилец. Так, мать-то его, покойная Лукерья, на старости лет рожала.

- Попрошу вас, ближе к делу говорить.

- Чего? А про Дуньку-то... Уж очень она бледнела, да задыхалась. А то вдруг и в обмороки опрокидывалась. На тот случай у меня нашатырь припасен. Кум из Петербурга привез. Я ей под нос ватку суну, она вроде, как оклемается. На последние потуги уж совсем у нее сил не было. Пришлось мне повыдавливать младенца. Слава богу, ребенок шустрый оказался. Так и пер, так и пер на свет белый. Пуповины я вяжу быстро и красиво. У моих пупочков узор особый. У мальцов, будто василек в центре, а у девок - розочки. Потом шлепнула под задок малого, он и закричал мгновенно. Хорошо так, баском.

- Дуня, Дунька, слышишь, сынок голос подал!

А от нее ни ответа, ни привета. Хорошо, что Настенка мне подсобляет. Я ей крикнула:

- В пелены мальца положи!

Сама к роженице кинулась. Сердце слушаю, ничего не чую. И ватку нюхать давала, и по щекам хлестала. А она на глазах костенеет. Зеркало к губам поднесла...

Дитя вдруг взволновалось, кричит так, что за пять домов слышно. Ясно дело, сиську ждет. Ну, метнулась к Натахе, у нее неделю назад парень народился. Вот и все. Все мои, как ты сказал, подробности. О чем разговор? Прибрал Евдошку боженька к себе, значит, так и нужно.

- А-а-а, - вдруг громко застонал Алексей. Он свалился ничком на пол. Глаза его закатились, изо рта, гримасой сдвинутого набок, пена запузырилась, и тело затряслось в припадке.

- Ужасти каковские! - повитуха перекрестилась и, бормоча молитву, выскочила из комнаты.

Яков Исаевич открыл свой медицинский саквояж. За работу, доктор!

А в это время барыня скучала. За столами, накрытыми в саду, сидели гости, которые, сытно отобедав, развлекались ленивыми разговорами. Темы бесед из года в год были одинаковы: погода, виды на урожай, падение нравов среди молодежи.

Барыня пальцем подозвала Глашку.

- Скажи-ка мне, - на ухо шепнула, - кто у Евдохи родился?

- Мальчик...

- Да..., - Елена Петровна задумалась, еще не понимая, как ей относиться к этому факту.

Глашка шмыгнула носом.

- А чего ты куксишься? По роже вижу, скрываешь что-то. Говори!

- Не могу, - Глафира затряслась и, закрыв лицо руками, бросилась в малинник.

- Что это с ней приключилось?

Старая экономка, опустив голову, произнесла:

- Они ведь вместе с Дуней росли... Умерла Евдокия в полдень. Царство ей небесное! После этих слов барыня резко поднялась с кресла, по столу тяжелым серебряным кубком ударила и закричала на весь сад:

- Олухи! Дубины стоеросовые! Почему молчали?

- Но, как можно! Праздник у вас. Гости... Девки-то все, уреванные с утра. А пели и плясали. По приказу. Наша доля подневольная.

- Коляску! - глаза барыни от гнева посветлели, а голос, как у мужика, стал хриплым и низким. - Живо, запрягай!

- Гони, гони! - сквозь слезы умоляла Елена Петровна кучера, который давно уже не видел барыню в подобном настроении.

- Прости меня, Евдокия! Прости меня, девочка, не любила тебя. Сердце, словно льдом сковано было. Обиду на брата затаила и на тебя ее перенесла. А ты ведь совсем была ни при чем... Елена Петровна стояла на коленях и сквозь рыдания, не стесняясь присутствия посторонних людей, признавалась в самых сокровенных чувствах.

Выждав какое-то время, доктор, деликатно кашлянув, ласковым голосом обратился к безутешно-рыдающей женщине.

- Голубушка, Елена Петровна! К сожалению, ничего уже поправить нельзя. У роженицы было очень слабое сердце. А вот о сыне умершей, вы можете позаботиться.

- Где он, покажите мне его! - барыня в каком-то исступлении схватила доктора за руки.

Когда ей поднесли младенца, уже выкупанного, завернутого в легкое одеялко, она бережно приняла его, прижала к своей пышной груди. Замерла на мгновение, словно прислушивалась, что творится в душе. Потом, откинув кисейный уголок, вгляделось в сморщенное, по-младенчески обаятельное личико спящего мальчика.

- Ангел! Ангел ко мне явился в день моих именин. Я буду беречь тебя, родной! И никому не отдам, - она всхлипнула. Крупная слеза капнула прямо на носик новорожденного. Он сморщился и чихнул.

Счастливая улыбка умиления осветила женское лицо, и в этот момент сердце Елены сорвалось с привычной орбиты и полетело в космические бездны любви.

После похорон Евдокии Алексей вернулся в людскую, на тот сундук, где, когда-то спал пацаном. Весь он как-то съежился, почернел с лица и стал заикаться.

Перед крестинами мальчика, барыня долго дознавалась у Алешки, какова была имя и фамилия отца ребенка. Имя доктора горбун помнил точно – Андре. А вот с фамилией... И однажды Алексея осенило: «шер ами», именно эти слова чаще всего звучали из уст улыбчивого француза. Слово-пароль стало началом новой фамилии. «Андрей

Шеромыжник», - записал церковный староста в кожаном фамильном томе старинного рода Истоминых. Вместе с золотым крестом на шею младенцу надели и маленький медальон-амулет Антуанетты Дюваль, который сотворил парижский ювелир по заказу моряка Юбера, и с которым уходил на войну их сын Андре. Когда мальчику исполнился месяц, старая ворожея проходила мимо барской усадьбы. Высохшая, согбенная женщина несла в руках букет незабудок. Старческие ладони бережно удерживали нежные цветы, которые издалека казались живым озерцом, излучающим голубое сияние.

- Чего ж ты мимо идешь? - Елена Петровна выглянула из беседки. - Как будто хоронишься от меня. Заходи, - она приветливо улыбнулась, - на чудо мое посмотри!

Глаза барыни светились, как много лет назад, в далекой молодости.

- С ним душа моя заново родилась.

- Правду карты-то говорили, - старая гадалка бросила в колыбель букет, который распался на крохотные сиротливые звездочки, - вот и появился твой король. Помнишь, всю карту перепутал.

- Про карты не помню. Одно верно - король он мой синеглазый. Любовь моя и отрада. Елена Петровна начала покачивать колыбель и напевать, чего с ней отродясь не бывало, нежную светлую мелодию.

Chapter 14

СЕМЕЙНЫЙ АЛЬБОМ

- Мадам, вам депеша из Москвы! - почтальон, степенный и неторопливый Франсуа Горзак, знал, как страстно хозяйка отеля ждет писем от сына. Курьерской работы в Ницце было немного. Поэтому, принося в дом вести, Франсуа не торопился уходить. Как обычно, ему предлагалось уютное местечко, где с бокалом вина он дожидался оглашения информации из письма.

В городе Франсуа знал всех. Он помнил Антуанетту девочкой, нередко пропускал стаканчик другой с Юбером, а доктор Чарльз вот уже третий год лечил от ревматических болей его супругу Сюзанну.

- Ну, как там наш малыш? - Соланж не терпелось узнать, что написал ее любимец.

- Ничего не понимаю, - Антуанетта в растерянности опустила руки на колени.

- Что, что случилось?

- С нашим мальчиком вроде ничего страшного пока не произошло.

- А с корсиканским выскочкой? - Чарльз отложил в сторону газеты.

- Вы потише говорите, - предупредил почтальон. - Нынче подобные слова крамолой отдают.

- Я говорю то, что думаю, - отчеканил Чарльз. - Ну же, Антуанетта, не томите нас.

- Из письма мне показалось, что французы задумали остаться в Москве надолго. Наполеон ждет мирного предложения от русского царя. Что еще? - женщина перечитала отдельные фрагменты письма про себя, потом вслух.

- Погода в Москве стоит необыкновенно теплая. Сам Император говорит, что осень лучше, чем в Фонтенбло.

- Мечтатель и поэт, - злобно фыркнул Чарльз. - Дальше одного дня не видит, то-то будет дел, когда снег выпадет.

- Ну, дальше-то что? - Соланж зыркнула с возмущением на старика. Дескать, нашел, о чем рассуждать!

- Вот, послушайте то, чего я совсем не поняла.

- В своей новой жизни я особенно счастлив по вечерам, когда за большим круглым столом собираются дорогие моему сердцу люди. Моя нежная жена Дуня, ее отец, месье Истомин, которого я практически вылечил, кстати, воспользовавшись записями в тетрадях, обожаемого мной доктора Чарльза, и Алексей. Этот малый, с необыкновенно красивым лицом и телом, безжалостно изуродованным болезнью, обладает такой тонкой душой, что я полюбил его, как брата.

Нам всем вместе хорошо. Мы пьем чай. Здесь в Москве очень уважают этот напиток. Играем в карты или просто молчим, глядя на завораживающее пламя свечей. Когда закончится эта никому не нужная война, я привезу свою семью в наш чудный край.

Да, два дня назад в наш дом пришла большая красивая собака, которую мы назвали Ниццей. Всех вас обнимаю, целую. Надеюсь на скорую встречу. Любящий вас Андре.

- Да! - кашлянул почтальон. Про собаку занятно. Может, мне своего пса Москвой назвать? - он засмеялся.

Никто из присутствующих его шутку не поддержал. Франсуа не обиделся, помолчав для пущей важности, глубокомысленно произнес.

- Русские женщины много рожают, так что ждите младенцев.

- Это самое радостное, чего можно ожидать на белом свете, - Чарльз задымил трубкой. - Не понятно, милая Антуанетта, что не ясно тебе? Наш Андре нашел достойную девушку. Разве это плохо? Не спросил материнского благословения? Так Россия далеко. А любовь, как сказал бы незабываемый Юбер, не спрашивает ни национальности, ни возраста, и не желает подчиняться обстоятельствам.

Антуанетта, выслушав Чарльза, вдруг заплакала. А следом за ней и Соланж зарыдала, приговаривая сквозь всхлипывания.

- Андре, мальчик наш любимый, мы так соскучились. Возвращайся живым и невредимым.

- Ну и ну! - почтальон ретировался, пробормотав:

- Кто разберет этих женщин. От радостных вестей рыдают, как на похоронах.

Чарльз тоже, взяв шляпу и трость, вышел.

Больше от Андре не было ни одного письма.

Каждый день для Антуанетты начинался с мысли о сыне.

- Как ты чувствуешь, дорогая, - обращалась хозяйка к Соланж, - не сегодня ли вернется наш малыш домой?

- Надеемся, потому и живем, - негритянка, располневшая, поседевшая, по-прежнему лучезарно улыбалась.

Дни, ночи складывались в месяцы, годы, десятилетия.

Давно покоился на кладбище доктор Чарльз. Умер добрый человек во сне.

Его ежедневник, лежащий на рабочем столе, заканчивался такой записью.

«Вот и гаснет мое солнце. Я чист перед Богом и самим собой. Как бы ни складывались обстоятельства жизни, ни разу я не пошел против своей совести. Не обманул, не украл, не убил. И самое важное - греховных мыслей в голове не держал. Был предан и верен тем, кого любил. Прощал, а чаще всего не замечал врагов и недоброжелателей. Подниматься над суетой мне помогала работа. Я был счастлив, и сейчас сожалею только о том, что приходится расставаться с милыми сердцу людьми.

Прощайте, Антуанетта и Соланж! Я очень надеюсь, что моя библиотека и рабочие тетради пригодятся Андре, когда он вернется домой. И возобновит медицинскую практику, а значит, продолжит начатые мною научные изыскания.

Все свои денежные сбережения я перевел на имя Антуанетты. Осмелюсь обратиться к вам с последней просьбой - похоронить мой прах рядом с Юбером Дюваль. Любящий вас, доктор Чарльз».

А спустя год на фамильном участке кладбища появилась еще одна могильная плита. «Изабель Гарранж».

Ее прах из Парижа доставил в Ниццу маленький курносый человек с раскосыми глазами и оттопыренными ушами. Антуан, как выяснилось, служил в цирке клоуном, а его возлюбленная черноокая Иза исполняла акробатические этюды на трапециях. Для Антуана она была летающей феей, а для всех остальных - вздорной интриганкой и мстительной мегерой. Изабель конфликтовала с дрессировщицей из-за звериного запаха, мешающего вдохновению. Ругалась с администратором из-за маленьких гонораров. Дразнила «гусыней» толстую жену хозяина, с которым состояла в любовной связи.

Несчастье произошло на генеральной репетиции феерии «Летящая к звездам». Оборвался страховочный канат, и гимнастка из-под купола цирка рухнула на влажные опилки. Первым подбежал к распростертой Изабель Антуан. Узнала она его или нет? Пелена затянула взгляд темных глаз.

- В Ниццу, к маме, - только и успели прошелестеть бескровные губы.

- Что она сказала? - администратор схватил за шкирку рыдающего клоуна. - Паршивка! На завтрашнюю премьеру все билет распроданы! У меня и дублерши приличной нет...

- Есть! - выкрикнула рыжеволосая карлица с девичьей фигуркой и старушечьим сморщенным личиком. - Быстро вы запамятовали, любезный, что несносная Изабель все мои номера на себя перетянула. Но справедливость восторжествовала!

Оплакивали смерть Изабель маленький клоун, да юродивый конюх Пьер.

Время словно остановилось под крышей «Белого ангела». Хотя извне события бурлили и будоражили немало голов. Ниццу опять делили, захватывали, отщипывали по кусочку. В шестидесятые годы она вновь стала официальным французским городом. Богатые туристы, как и прежде, предпочитали это чудо природы всем прочим курортам.

Отели безмятежно соседствовали друг с другом и никогда не пустовали.

«Белый ангел» любили люди спокойные, ценящие тихий отдых, вкусные обеды и деликатность вежливого персонала.

Антуанетте исполнилось восемьдесят лет. Вряд ли узнал сейчас Юбер в седой сморщенной старушке свою молодую красавицу жену. Хотя... Хотя глаза женщины по-прежнему были необычного бирюзового цвета, словно южное море навсегда отразилось в них.

- Как только состарится сердце, бесцветными станут глаза, - приговаривала Соланж, заплетая Антуанетте косы по утрам, и уложив их на голове короной, откровенно любовалась хозяйкой. - Молодая моя королева! - Соланж, рано потеряв единственную дочь, весь жар своего сердца отдала Антуанетте. - Твоя судьба - моя судьба! - повторяла негритянка, ставшая к старости необъятно-толстой, но при этом не утратившая былой прыти.

Рано утром она отвозила хозяйку на берег. Здесь женщины проводили долгие часы, любуясь небом, чайками, морем. Сладкая благодать созерцания понятна сердцам, уставшим за долгие-долгие годы жизни.

И вот однажды случилось!

- Мадам, мадам! Приехал! Ваш Андре приехал! - босоногие мальчишки с улицы «Белого ангела», обгоняя друг друга неслись к набережной, чтобы обрадовать хозяйку отеля радостной вестью.

Следом за ними поспешал высокий человек в нездешнем платье.

- Я Андрей Шеромыжник, - склонил чужестранец голову с темными волосами, в которые уже вплелись седые пряди.

- Прибыл сегодня из Петербурга.

- Андре! - вскрикнула Антуанетта. - Я знала, что дождусь тебя, мой мальчик.

Соланж рядом опустилась на колени и, воздев полные руки к небесам, сквозь рыдания посылала богу горячие благодарения.

- Наш Андре вернулся!

В этот год в семейном альбоме появилась новая страница с большим фотографическим портретом, под ним значилась подпись - «Андре Дюваль, рожден в одна тысяча восемьсот тринадцатом году».

Поняла ли Антуанетта, что из далекой России вернулся не ее сын, а внук? Или для старой женщины это уже не имело значения? Важным было одно - родная кровь.

Антуанетта ни на минуту не желала расставаться с Андре.

- Слишком долго я была одна!

Женщина торопилась рассказать, как можно больше о своем любимом муже Юбере. «Ты очень на него похож. Тот же взгляд, улыбка». О докторе Чарльзе, «тебя ждут его библиотека и рукописные тома с медицинскими наблюдениями и опытами».

- Теперь, когда моя мечта сбылась, я желаю одного, чтобы наш с Юбером наследник унаследовал главное - любовь к «Белому ангелу». Я отношусь к нему, как к живому существу, это мой кормилец, защитник и свидетель моей жизни. Ты слышишь меня, мой мальчик? Андре?!

Доктор Андрей Андреевич Шеромыжник, которому этим летом исполнилось сорок восемь лет, растерялся от такого горячего приема и пылкой любви французской бабушки. О ее существовании он слышал еще в детстве из уст старой барыни - Елены

Петровны, но не особенно верил в правдивость давней истории. Рассказ о встрече его отца-француза с Евдокией Истоминой в Москве очень смахивал на литературный вымысел романтично-настроенной барышни-писательницы.

Когда граф Бородин обратился к доктору, служившему в уездной больнице, сопровождать его дочь в Ниццу, Андрей Андреевич отказался. Он и сам не знал, что нашло на него в ту минуту. Словно неожиданный ураган всколыхнул все внутри, и мелькнула страшная и нелепая мысль-предчувствие о том, что обратной дороги не будет.

- Нет, нет! - произнес он твердо, не отводя взгляда от умоляющих глаз старого графа. - Вы ведь знаете, что здесь у меня много работы.

- Я заплачу вам годовое жалованье. Так что подумайте, - граф тяжело вздохнул, думая о том, что бездетному доктору не понять горе отца, теряющего дочь.

А вечером явилась Грушенька Бородина.

- Доктор, папенька сказал, что вы не желаете с нами отъезжать на курорт. Но я умру без вас. Помните, я вам рассказывала страшный сон, - девушка закашлялась.

Бедняжка! Он лечил ее с самого рождения. Бледное худосочное создание престарелых родителей, Грушенька буквально не вылезала из болезней. В последнее время ее мучил глубокий бронхит. Да, и то, что творилось с ее скрипящими легкими, доктору тоже не нравилось.

- Детка, во Франции прекрасные врачи, да и климат на Лазурном берегу замечательный, ты быстро там поправишься. А еще там есть отель с дивным названием «Белый ангел», - в синих глазах доктора вспыхнули искорки, так играет морская вода в солнечный день.

- «Белый ангел»? - произнесла девушка шепотом. - А откуда вы знаете?

... До десяти лет жизнь Андрюшки Шеромыжника была безоблачной и вольной. Старая барыня, Елена Петровна Истомина, приняв новорожденного из рук врача-еврея, обожала парнишку. В первые годы его жизни, не особо доверяя нянькам, сама кормила, баюкала малыша. Когда мальчику исполнилось пять лет, она пригласила из Петербурга лучших учителей и наставников.

- Надобно, чтобы он и в науках толк знал, и языками владел и изящным искусствам был не чужд.

Андрюша готов был за книжками и тетрадками сидеть с утра до вечера. На что немец-доктор, выписанный из Петербурга и проживающий во флигеле в саду, сердился:

- Науки науками, а для телесного развития нужны иные забавы.

Скрипя сердцем, отпускала барыня парнишку с деревенской ребятней по грибы, на рыбалку, в ночное. Но соглядатая приставляла. То седой Опонас, барский садовник, на берегу с удочкой застынет, то дворовая девка Акулька с лукошком ягод в лесу повстречается, да крикнет звонко.

- Дюша, ау!

Однажды чернявая кудреватая Нинка, дочка кухарки, отозвав Андрюшку в сторонку, жарко зашептала на ухо.

- За тобой по пятам Алешка-горбун ходит. Сотворить что хочет, не ведаю. Но держись подальше от него. Шибко он на колдуна похож.

Ах, Нинка, Нинка! Промолчала бы лучше, да и текла бы жизнь своим чередом.

И впрямь, после Нинкиных откровений, парнишка, куда не глянет, повсюду тяжелый взгляд Алексея чувствует. Черные немигающие глаза блестели из-за кустов жасмина, заглядывали в окно.

Вечером Андрюшка не мог заснуть.

- Тетушка, а тетушка, - жалобно попросил, - посиди со мной. Что-то во мне беспокоится, сердце тяжело ворочается. Сон кто-то прогоняет.

Закряхтела, заохала Елена Петровна. Сползла с высокой постели, шаль пуховую на плечи накинула и приковыляла в ту половину комнаты, где за ширмой с младенчества парнишка спал.

- Ну, чего ты, сердечный мой маешься? На какие вопросы ответы сегодня не услышал?

Старая женщина села в кресло рядом с кроватью мальчика. Взяла пухлыми руками горячую детскую ладонь.

- Хочешь, спою колыбельную? Ты под нее всегда так сладко засыпал.

- Тетушка, я вот спросить хочу, а кто такой Алексей? - выдавил парень из себя вопрос, который измучил его.

Елена Петровна встревожилась.

- На что тебе знать хочется? Не обидел ли он тебя? Может, чего лишнего наговорил?

- Интересный он. На других людей не похожий, - Андрей поежился, словно вновь почувствовал тоскливый, преследующий взгляд темных, как омуты, глаз.

- Ну, что тебе про него сказать? Мамка его, Лушка, еще при папеньке моем на кухне кашеварила. Ох, уж и страшна была. Рябая, плосколицая, кривоногая. Да рост мизерный, как говорят, от горшка два вершка. Но кухарила знатно! Особливо была мастерица пироги печь.

- А где Лушкины ватрушки? - жадно вопрошали домочадцы за столом.

Я до сих пор помню, как во рту таяла ее сдоба, - Елена Петровна почмокала языком.

Когда Лушке двадцать исполнилось, по тем временам уж и не молодуха. Отдал папенька ее замуж за нашего мужика крепостного, кузнеца Архипа. А у Архипа глаз один бельмом затянут, раскаленный кусок с наковальни отскочил. Смотреть на него жутко было.

А ведь поладили молодые промеж собой, прикипели душами друг к другу. От любви Лушкина некрасивость словно спряталась. Об одном тосковали - детей не было.

Понесла Лукерья уже после тридцати. Муженька в тот год в солдаты забрили. Отняли у деревень много работников тогда, и молодых, и седых. Ясное дело, домой мало, кто возвратился. Какие вояки из деревенщины лапотной. Мясо пушечное и только!

Сильно кручинилась Лукерья. В церкви, бывало, с колен не вставала, и лбом шибко об пол билась, молила матерь-заступницу нашу мужа возвратить. А когда известия о смертях пришли, двести человек нашенских убито было, грохнулась Лушка в обморок. Да животищем прямо на лед припечаталась. Алешка на следующий день родился.

Ну, словно уродец из Кунсткамеры. Голова раздута, тельце синее, жалкое, как будто тряпичное. В три года только на ноги встал. И не ребенок, а старичок сгорбленный. Но характером степенный, смирный. Мать на кухне управлялась, он рядом на лавке сидел тихонько.

Мой брат покойный, отчего-то полюбил его шибко.

- Пойдем, Алексей, о жизни потолкуем! - бывало, звал горбуна то к себе в кабинет, то в садовую беседку. А потом и вообще к себе в Москву увез.

Я его спрашивала: «На что калека тебе? Кулинаров в Москве пруд пруди, неужели другого повара не найдешь?»

Брат усмехнулся.

- Батюшка в церкви сказал, что у людей телом порченых, душа светлая. Вот и хочу я в лучах сердечных греться.

Сам-то он большой грешник был...

И забыла бы я про Алешку горбатого, кабы не нарисовался он однажды с мамонькой твоей на пороге дома моего. Поначалу, думала я, что меж ними любовь. Ошиблась. Евдокия отца тебе выбрала непростого, француза именитого. Подрастешь немного, поедем в гости. Я-то была большой любительницей путешествий в молодости.

Барыня задумалась надолго. Потом, тряхнув головой, словно отгоняя видения тревожные, продолжила.

- Призвал Евдошку бог к себе. Мне на старости лет тебя, усладу мою, подарил. А у Алешки, видно, ум забрал. Девки сказывали, что на луну он, как волк, воет, младенцем в лесу кричит, а то на пол грохнется и в припадке корчится.

Старуха-ворожея говорила, что так дьявол в людей вселяется. Но ты не бойся, мой воробышек. Доктор ему для успокоения в чай порошок особый подсыпает. Куда его нынче денешь, не выгонишь же, как собаку, на улицу.

Ну, вот и все я тебе рассказала. Теперь спать, - Елена Петровна поцеловала мальчишескую пушистую макушку.

- Тетушка, я вот думаю, чем больше мир познаешь, тем страхов меньше становится, - Андрюшка закрыл глаза и сонным шепотом добавил:

- Спокойной ночи. Я буду таким же хорошим, как ты….

От благодарных слов повлажнели глаза Елены Петровны. Она прошла в свою половину и опустилась на колени перед иконой Божьей матери.

Все это время Алешка под дверью стоял и в смятении рассказ про самого себя слышал. Обиделся он на барыню, зачем мальцу наговаривает про уродства и безумие. Темная, душная волна, как перед припадком, вдруг нахлынула, и Алешка, словно спасаясь от болезненной стихии, кубарем скатился вниз. Забежал на кухню, здесь в потемках нащупал увесистый тесак и злорадно прошептал:

- Вот и придет дьявол!

На скрип половиц под неровным Алешкиным шагом Елена Петровна не обернулась, так страстно увлечена была благодарственной молитвой. Но горбуну зачем-то потребовалось в глаза женские взглянуть, потому тесаком махнул не со спины, а суетливо забежал прямо к лицу барыни.

Она даже не вскрикнула, боясь испугать спящего за ширмой мальчика. И в последнюю минуту жизни любящее сердце беспокоилось о дорогом существе.

Увидев кровь, расползающуюся ржавыми пятнами по ночному байковому халату, Алешка в ужасе вскрикнул и побежал прочь. Дикими воплями он разбудил всю людскую и умчался в сад.

Громко топоча босыми пятками, вверх-вниз носились девки.

- Доктора кликнуть нужно!

За священником, когда посылать?

- Где этот нечестивец жестокий?

В суматохе никто не вспомнил про Андрюшку, который лежал за ширмой в узкой кроватке, скованный чудовищным страхом. Мальчику казалось, если он встанет, то горбун непременно откуда-то выскочит и вонзит в него острый нож.

- Девки, а убивец-то на конюшне повесился, - мрачно сообщил Опонас. - Эхма, ночка, какая страшнючая!

- Полнолуние на дворе.

После похорон барыни, доктор-немец забрал Андрея с собой в Петербург.

- Хороший мальчик. Здесь никому не нужен. А со мною при деле будет.

Девки искренне плакали, собирая барчонка в дорогу.

- Летом на малину приезжай....

Ожидали приезда в имение троюродной сестры Елены Петровны. До совершеннолетия Андрея, в пользу которого было составлено завещание, новая хозяйка должна будет устрашать истоминских баб и мужиков.

Педантичный немец перед отъездом из гатчинского имения тщательно пересмотрел все шкатулки Елены Петровны. В одной из них, обитой изнутри розовым бархатом, он обнаружил то, что искал. Конверт из плотной бумаги, на котором было старательно выведено «Андрюша».

В конверте лежала прядка светлых волос, видимо, состриженная с еще младенческой головы, два молочных зуба, завернутых в холщевую тряпицу и лист, густо исписанный карандашом крупным старческим почерком.

«Андрей Шеромыжник родился аккурат в именины Елены тринадцатого года. Мать - Евдокия, незаконнорожденная дочь графа Истомина и девицы Софии. Умерла при родах.

Отец, француз, военный доктор при Императорской Гвардии Наполеона.

По рассказам Евдокии, красивый шатен с синими глазами, предположительно возраст лет двадцать пять. Отбыл из Москвы вместе с армией. Дальнейшая судьба неизвестна».

Тут же лежал медальон. На одной стороне золотого овала были выгравированы два профиля: мужской и женский. На другой стороне среди завитушек с резными листиками и лилиями Фридрих, вооружившись лупой, прочитал: «Антуанетта, Юбер Дюваль. Отель «Белый ангел». Ницца.1785 год».

Фридрих, превыше всего ценивший и уважающий кровные узы, отослал в Ниццу, в обозначенный отель короткое сообщение.

«Господа! Если, ваш родственник был в России в 1812 году, то спешу сообщить вам, что его сын, рожденный дочерью графа Истомина и нареченный при рождении Андрей Шеромыжник, отныне проживает в Петербурге, на улице Миллионной в дома доктора Фридриха Гурца».

Свое сообщение доктор на всякий случай написал на трех языках – немецком, английском и французском. На Лазурный берег, письмо с задержками и оказиями, все-таки добралось месяца через два. Конверт с разноцветными марками обнаружил среди вороха разноязычных газет, доставляемых в отель, старый Чарльз.

- Мистика какая-то, - недоверчиво хмыкнул Чарльз, прочитав несколько раз письмо. – Отчего же на латинском не написали, коллега? Может, вовсе вы не какой и не доктор? А очередной русский авантюрист, коих развелось в последнее время слишком много?! – обратился он вслух к незнакомому и невидимому корреспонденту.

Немного подумав, Чарльз принял решение, пока убрать странное извещение подальше, чтобы лишний раз не беспокоить Антуанетту, безумно тоскующую по сыну. В семейный альбом Дювалей этот рукописный документ вложит уже Франсуаза, внучка гатчинского Андрея. Но случится это спустя почти век.

А пока, Андрюша Шеромыжник, темноголовый мальчик с серьезными серыми глазами, прибыл в Петербург. Доктор занимал квартиру в большом каменном доме, окнами на Неву.

Из прислуги держал кухарку, черноволосую, похожую на ворону, острым носом и глазами-бусинками, Агату, которой в ту пору было лет сорок, но мальчику она показалась очень старой. Швейцара Василия, пузатого и важного, как самовар и секретаря Антона Антоновича Шишковского. Последний был худ, сутул, ходил быстро, широко размахивая длинными руками. Лицо имел вытянутое, бледное. Серые волосы гладко зачесывал назад, открывая ранние залысины. Он вел всю канцелярию доктора. Каллиграфическим почерком заполнял журналы регистрации посетителей, выписывал под диктовку Фридриха Фридриховича рецепты. Как никак, за спиной Шишковского были три курса медицинского факультета, откуда он вылетел за стойкие прогулы. Погулять он любил. Причем, в толпе на улице или на базарной площади лицо Антона Антоновича, обычно постное и унылое, неожиданно преображалось. Светло-карие глаза начинали светиться янтарным затаенным пламенем, уголки тонких губ поднимались, словно он был не свидетелем всего происходящего, а самым активным участником. Бранились ли извозчики на перекрестке, отчитывала ли нянька румяного карапуза, или горланили пьяные куплеты студенты. Все было ему интересно. Наверное, родись он в те времена, когда появился кинематограф, из него бы получился гениальный кинорежиссер. Душа его жаждала живых картинок.

Когда в доме появился Андрей, Шишковский возликовал. Вдвоем гулять веселее! Он таскал мальчишку по самым немыслимым городским закоулкам. Непогода его не останавливала. Дождь ли, ветер, метель - все пустяки. Главное, чтобы были впечатления. Андрей не увидел бы и не узнал бы многого, не будь у его новоиспеченного гувернера этой нелепой страсти к происшествиям.

Жизнь в доме доктора шла своим чередом. С утра до обеда прием пациенток. Стучали по ступенькам каблучки, шуршали в прихожей юбки, сладко пахло духами и помадами. Секретарь с каменным лицом и ледяным взором равнодушных глаз регистрировал приходящих женщин в журнал. Барышни, не поднимая вуалек, шепотом называли, скорее всего придуманные имена, адрес и перечисляли симптомы своего недомогания.

Шишковский откровенно презирал всех женщин, обратившихся к врачу. Зато Фридрих Фридрихович по-отечески обожал своих пациенток.

Он ласково ворчал на молодых за то, что форс держат и до самой стужи в тоненьких чулочках и кисейных юбочках бегают.

- Будешь потом от болей корчиться, да плюхать на живот грелки. Я вам, матушка, повторяю, родилочка для женщины самый важный и драгоценный орган. Очень беречь нужно! Это же первая колыбель ребенка.

Поначалу, Андрюшка краснел от слышанного. Но потом, когда доктор на уроке анатомии толково и ясно объяснил, как развивается зародыш в утробе, как крепнет день ото дня. Что будущая мать может вдохнуть в еще нерожденное дитя либо силы, либо немощь. Мальчик окончательно поверил в важность дела доктора-гинеколога.

Когда Андрею исполнилось шестнадцать лет, он с блеском сдал экзамены на медицинский факультет.

Студенческая жизнь с пьянками, походами в увеселительные заведения не втянула в свой омут «зубрилу, зануду и деревенщину», как прозвали Шеромыжника завистники за его страсть к наукам, молчаливую рассеянность и патологическую скромность.

Сдав экстерном экзамены за два курса в университете, он пошел служить в лечебницу для бедных детей. Но, что такое энтузиазм одного молодого человека в сравнении с отсутствием лекарств, средств дезинфекции, с повальным воровством фельдшеров, сиделок, поваров! Андрей негодовал.

- Я им говорю, вы же у сирот крадете. Не понимают, - горячился он, рассказывая Фридриху за ужином о своих ежедневных баталиях. - Божатся, крестятся, а на следующий день опять тащат. Сегодня фельдшер Калинин надумал скамейку металлическую из больничного сада домой уволочь.

- А на что она здесь? Вот я вечером не знаю, куда зад пристроить.

- Но это имущество вам не принадлежит!

- Понятное дело, здесь все ничейное. Что вы, дохтур, за мной, как ищейка ходите. Вон лучше посмотрите, Анька Митрохина опять с кухни целую торбу вынесла. Там у нее и масло растительное, и крупа. А ее напарница уже, который день на Сенной площади простынями больничными торгует. А вы к ненужной железяке привязались.

Что на это скажешь?

- Люди, люди, - старый немец грустил, словно начинал сомневаться в том, что здоровый дух начинается со здорового тела.

И в женщинах, наверное, давно было бы пора ему разочароваться. Слишком много видел он их, жалких, нечистых, убогих в своей лжи и притворстве. Присутствовала бы в его отношениях к пациенткам здравая доля цинизма, возможно, все иначе бы разрешилось.

В тот вечер, Василий, обычно встречающий пациентов у дверей, отпросился на два часа, для того, чтобы навестить дочку Елизавету, поющую в хоре Казанского собора. Агата возилась на кухне и не слышала настойчивого дребезжащего входного колокольца. Доктор сам впустил в дом высокого грузного господина в собольей шубе.

- Бархатов, - важно объявил гость. - Вам, что-нибудь говорит моя фамилия?

- Простите, но пока нет…

- Я так и знал, старый сукин сын, что ты от всего будешь отпираться! Еще скажи, что Ангелина Васильевна Бархатова к тебе не приходила. И ты ей не прописывал всяческие пилюли и растворы, чтобы она дитя мое кровное выкинула.

- Сударь, я попрошу вас не говорить со мной в подобном тоне, а, если у вас есть серьезные вопросы по поводу здоровья вашей супруги, то, будьте любезны, придти в следующий раз в трезвом виде.

- Что? - Бархатов побагровел. - Ты, немчура вонючий, мне, русскому дворянину указывать будешь? Я сейчас полицию позову, тебя быстро упскут за решетку за делишки твои темные. Говори прямо, был у моей жены плод под сердцем?

- Я еще раз повторяю, - Фридрих Фридрихович даже не повысил голоса, - с вами я не намерен обсуждать подобные вопросы. Покиньте мой дом! -

он развернулся и пошел прочь от пьяного нахального визитера. На ступеньке, ведущей к кабинету, доктор поскользнулся и упал на паркетный пол. В ту же минуту Бархатов выскользнул за дверь.

На улице в карете его поджидала хорошенькая брюнетка, капризная интриганка Линочка, объявившая супругу в пылу очередной ссоры.

- Вы путаетесь с актрисками! И я решила избавиться от вашего ребенка, чтобы нас ничего не связывало. Никогда! - рыдая, она назвала адрес доктора, который на самом деле вот уже несколько лет лечил ее от стойких воспалений, вызывающих бесплодие.

- Ох, и получил у меня, этот прохвост и негодяй! - Бархатов чмокнул жену в румяную щечку.— Дай мне слово, моя душенька, что никогда больше твоя изящная ножка не переступит порог этого неприятного дома.

Напрасные слова! Ни лгунья Ангелина, и ни одна другая женщина, молодая ли, старая, порядочная или гулящая, уже не смогут обратиться к доктору за помощью. Фридрих Фридрихович умер от сильнейшего ушиба головы, полученного при падении.

В тот же год, Андрей Андреевич Шеромыжник покинул Петербург. Он вернулся в родовое имение Истоминых. Первое время доктор жадно интересовался столичными новостями. Он выписывал много газет и журналов. Все, что происходило в оставленном им городе, он переживал так, словно был участником событий.

Сгорел Зимний дворец. Андрею ночью снился черный остов с мертвыми дырами окон. Умер Пушкин. И молодой доктор будто бы стоял в онемевшей скорбной толпе на набережной Мойки.

Петербург творил свою особую биографию. И, как всякая великая судьба, складывалась она из мозаики событий, как горестных, так и нелепо-смешных. Энергия человеческих жизней гениев и обывателей питала энергию города. В котором давно уже не было места скромному провинциальному эскулапу. Постепенно, все, что было связано с Петербургом, отодвинулось, растаяло и вконец исчезло. Доктор Шеромыжник с головой окунулся в свои ежечасные хлопоты. Местные жители, почувствовав безотказность молодого медика, шли к нему или везли больных в любое время суток. Как известно, и в горе, и в счастье человек эгоистичен. Вот и получалось, что доктора любили, уважали, но не жалели.

- Андреич, сынок в лихорадке заходится, поехали! - барабанил ночью в окно больничного флигеля бородатый мужик.

- Дохтур, миленький, только на тебя и надежда. Муж мой на гвоздь ржавый ступил. Нога вспухла и посинела, - толстая баба утирала фартуком красное лицо.

- У Петровых, дочь Зинка, чан с бельем подняла. В спине хрястнуло, лежит недвижимая. Подними девку! - старуха в надвинутом по самые брови темном платке неподвижно глядела в глаза Андрея Андреевича.

- Все увольте! Не могу я никуда идти. Устал. Смертельно устал! Какую ночь без сна, на ногах! - воскликнул бы так однажды Шеромыжник, глядишь, может, и поутихли бы просящие. Не из железа же сотворен их многоуважаемый доктор. Но Андрей Андреевич молчал. Выслушав посетителя, собирал свой чемоданчик и шел, хоть в метель, хоть в проливной дождь к дому больного.

Горек удел отдающих. Их собственные дни горят в кострах чужих забот, проблем, судеб. Доктор Андрей Андреевич Шеромыжник и не заметил, как отстукало четверть века. В Ниццу он прибыл седым, с глубокими морщинами на лице и грустно-уставшим взглядом серых глаз. Вот такой и появился портрет в семейном альбоме Дювалей.

- Ты должен непременно жить здесь, мой мальчик. Тут твои корни!

Бабушка Антуанетта уже не выезжала каждое утро к морю. По ее настоянию в дом были приглашены два нотариуса для оформления всех важных документов на наследство.

Умерла девяностолетняя женщина тихо и спокойно, во сне. Не мог уже Андрей Андреевич покинуть отель. Магические крылья «Белого ангела» распростерлись над его судьбой.

Сам город вовсе не показался ему чужим и непонятным. Русская аристократия с удовольствием вживалась в роскошные декорации, созданные природой. На Променад Англез, вельможи раскланивались друг с другом, как на Невском проспекте. От местных жителей они отличались более изысканными туалетами, безмятежным выражением на лицах и слишком правильным французским языком.

Вдовствующая императрица, Александра Федоровна, даже пожелала построить русскую церковь. Ниццкий архитектор Баррая, человек с поэтической душой и вдохновенным воображением, внес значительные изменения в первоначальный проект сооружения, придав первой русской православной церкви во Франции - утонченную прелесть и элегантную законченность. Величавый купол над входом подчеркивал неоднозначность сооружения. Позже, именно в этих стенах, согласно царскому манифесту, Александр III будет провозглашен наследником российского престола. А пока в новой церкви на улице Лонг Шамп поэт и писатель, Петр Вяземский торжественно открыл приходскую библиотеку, куда стал захаживать вновь прибывший русский доктор.

Счастливая благодать - это тоже серьезный экзамен для души на зрелость. Сладкая праздность и ленивая нега затягивают нестойких в свой коварный омут. Выбраться удается немногим! Впервые за много лет неприхотливый северянин не задумывался над тем, что будет завтра. Сегодняшний день был ослепительно-солнечным, щедрым и убаюкиваще-счастливым. Новое имя - Андре Дюваль, значительный статус - хозяин отеля, солидный счет в банке... Уж, не сон ли это?

Chapter 15

ТРУДНАЯ ЛЮБОВЬ

Что же ты делаешь с людьми, коварная сладострастница, Ницца! Нежится приезжий под твоим бархатным солнцем, блаженствует в бирюзовых волнах, упивается сладким ароматов садов. И... не стало человека. Пропал он, растворившись во времени и пространстве. Исчезли глубокие мысли, сильные эмоции, решительные поступки.

Не избежал этой участи и бледнолицый северянин, Андрей Шеромыжник. Застрял он на несколько месяцев в медовом тумане лени, пьянящей сытости, праздных разговорах и бесцельных прогулках.

Но, как доброкачественное новообразование вдруг преобразуется в злокачественную опухоль, так и сладостная нега по непонятным причинам стала перерастать в длинную, непереносимую скуку. Деятельная натура доктора отказывалась принимать тягучее безделье нескончаемого праздника.

«Подобная жизнь явно не по мне скроена», - однажды эта мысль разбудила Андрея и потом уже не давала покоя.

«В человеческой судьбе нет случайностей. Все происходит по божьей воле, мудрому замыслу Всевышнего. И, зная это, я должен понять, для чего меня из холодного, загнанного края Он переместил в это райски уютное место? Зачем мне, никогда не грезившему о богатстве, вручил баснословное наследство? На эти непростые вопросы я вряд ли найду ответ в пьяной атмосфере ресторанов, азартном угаре казино или в праздном пустословии салонов. Я должен оставаться собой при самых немыслимых обстоятельствах. А каков я? Трудно ответить однозначно. Но я знаю точно, без конкретных дел я заболеваю.

Значит, действовать! И начнем, пожалуй, с реконструкции отеля!»

Андре с удовольствием обвел пером восклицательный знак в конце предложения. Закрыв тетрадь, подумал:

«Хорошая привычка вести дневник. Записи дисциплинируют мысли, а главное помогают разобраться в себе самом».

На следующее утро месье Дюваль отправил с посыльным в редакцию городской газеты объявление. «Для реконструкции старинного отеля приглашаются опытные специалисты».

Андре и сам не ожидал, какое количество людей всколыхнет его призыв. Не смолкал колокольчик у двери. Важные седые зодчие разворачивали ветхие бумаги с чертежами и рисунками.

- Вы только взгляните! Узнаете? Да, это тот самый известный отель на берегу. Хорош! И вам сделаем не хуже. Желаете, как у Негреско?

Молодые, длинноволосые, в широких шелковых рубахах, размахивая руками, говорили об урбанизации, об Османе, задумавшем перекроить Париж.

Приходили и просто любопытствующие, те, кто когда-либо был в «Белом ангеле». Им очень хотелось поглазеть на смельчака, решившегося на большие перемены.

Через две недели вереница визитеров поредела, но ни на ком конкретно Андре не остановился.

- В чем дело? - спрашивал сам себя. И тут же отвечал. - Душа не лежит!

Попробуй, объясни французам, что сие означает.

- Месье, вы сами-то определились? Понимаете, чего хотите?

Перед Андре, сидящим на садовой скамейке с толстой книгой на коленях, стоял кудрявый, веснушчатый молодой человек, невысокий, кряжистый, напоминающий обликом своим волжанина, а не парижанина.

- Простите, месье, но вы кто будете? - Андре неохотно оторвал взгляд от страницы.

- Я писал вам, и вы мне назначили встречу, - кудрявый смутился, и на его широких скулах вспыхнули розовые пятна румянца.

- Разрешите представиться – Рено-Жак-Лоран Мюге.

- Как, как?

- Вы не ослышались. Мю-ге, - повторил гость громко и по слогам. Наш род пошел от королевского садовника, который всем цветам предпочитал эти душистые миниатюрные создания.

- Занятно, - пробормотал Андре, - но я, видите ли, не ищу садовника. Мне архитектора подавай. А фамилия у вас занятная, в переводе на русский обозначает - Ландыш.

- К вашим услугам выпускник парижской школы архитекторов, - Ландыш церемонно раскланялся.

- Ну, это другой разговор. Надеюсь, вы захватили с собой эскизы ваших прежних работ. Я охотно с ними познакомлюсь.

- Никак нет! - Ландыш присел на скамейку. - Вы позволите? Понимаете, я учился. И смею заверить вас, постиг слишком много для простого зодчего. Я могу вам бойко и без запинки рассказать обо всех стилях и направлениях в архитектуре с древнейших времен до сегодняшнего дня. Ну и что? Еще я мог бы представить вам пухлые папки моих учебных работ. Но зачем? Я считаю, каждое творение неповторимо. Было бы смешно, если бы доктор женщине, собирающейся родить, сказал:

- А предъявите-ка ваших раннее рожденных детей.

Или вы мне доверяете, и мы работаем вместе. Или я, ни капли не обидевшись, бегу к морю, а потом вечерним поездом отбываю в Париж.

- Вы откровенны и непосредственны, месье. Мне всегда были по душе такие люди. Вопрос о гонораре вы замалчиваете из деликатности или еще по каким причинам? Все ваши предшественники, буквально через два слова после знакомства начинали пугать меня арифметическими выкладками.

- Благодарю, месье, за любезные слова в мой адрес. Гонорар - дело серьезное. Можете не сомневаться, вас я не обману и себя не обижу. А потом, не слишком ли рано мы завели разговор о деньгах. Сначала потолкуем о деле.

- Хорошо. Я предлагаю отобедать вместе со мной. А, кстати, где вы остановились?

- Между небом и землей, - парижанин улыбнулся.

- Если я правильно вас понял, то нигде. Что ж, давайте, подберем что-нибудь удобное для вас в «Белом ангеле». Работа предстоит долгая. Нам нужно привыкнуть к друг другу.

- Золотые слова! - Ландыш вскочил со скамейки и с жаром воскликнул:

- Вы умнейший человек, месье Дюваль!

Он излучал сияние всеми золотыми конопушками, щедро усыпавшими его лицо и руки. В двадцать с хвостиком, без имени, без протекции, окунуться в серьезную интересную работу, разве это не удача! Вспышка ликования через мгновение сменилась трезвой деловитостью. Вот она, невидимая метка, роднящая всех трудоголиков мира. Им неведомо ощущение долгой беспечной радости. Сладостная гармония воцаряется в их душе только в кропотливой, жесточайшей пахоте.

- Единственное, о чем я вас попрошу, - строго, почти сурово молодой человек обратился к Андре, - пе торопите меня на первом этапе. Пока я не изучу старую систему коммуникаций, все чертежи и даже химический состав старинных строительных материалов, ни о каком новом проекте не может быть и речи.

- Я вас хорошо понимаю, - уважительно отозвался Андре. - Я всегда опасался дилетантов и лентяев в какой бы то ни было области, - он помолчал. - Еще я вот о чем подумал, небольшой аванс вам вовсе не помешает, - достал из кармана брюк кожаный кошелек.

При виде денег глаза парня радостно заблестели.

- Благодарю, - как можно сдержаннее произнес он, пытаясь унять всколыхнувшуюся внутри бурю.

О! Это гордость иных бедняков: засыхать без гроша, но не унизиться разговором о нужде. И, какое счастье встретить тонкого, понимающего человека, у которого ничего не нужно просить.

Странно, Андре никогда не был бедным. Судьба всегда распоряжалась так, что всегда рядом были состоятельные люди, обеспеченные родственники, и тем не менее он очень чувствовал обездоленных. Словно не раз и не два побывал и их шкуре.

Молодой архитектор плотно засел за разборку архива, связанного с почти столетней историей «Белого ангела».

Целую неделю Андре не беспокоил Ландыша. Лишь в субботу, когда солнечный день угомонился, и бархатная прохлада окутала дома и деревья, он предложил архитектору вместе прогуляться к морю.

- Охотно и с удовольствием! - Ландыш пятерней пригладил буйную шевелюру, застегнул пуговицы жилета. - Я готов.

На набережной, многолюдной и возбужденно-шумной, архитектор, не обращая ни на кого внимания, стал излагать Андре идею нового проекта. Он энергично размахивал руками, то и дело забегал вперед, разворачивался к Андре лицом и восклицал:

- Вы только представьте, как грандиозно будет выглядеть правое крыло, если мы сделаем его по типу пассажа. О! Первые пассажи в Париже имели колоссальный успех. Овальные стеклянные перекрытия, подсвеченные изнутри, фантастически смотрятся на фоне вечернего неба. А удобно-то как!

- Пардон, пардон! - молодая невысокая женщина буквально врезалась в спину архитектора, остановившегося для новой партии словесного выступления.

Женщина имела очень странный вид. Маленькая соломенная шляпка сползла набок, черные волосы неаккуратными прядями выбились из прически, и в платье, дорогом и изящном чувствовалась какая-то торопливая небрежность, может быть, был забыт и не завязан пояс, или отсутствовал кружевной воротничок.

- Боже мой! - женщина почти бежала, заглядывая в лица праздно фланирующих мужчин.

- Голубушка, не мужа ли потеряла? - высокий итальянец игриво поинтересовался и, белозубо улыбаясь, добавил:

- Может, я сгожусь?

- Мадам, мадам Сюзи, - неожиданно вскрикнула бегунья, - вы доктора Гастона не видели?

- Он еще утром отбыл в Антиб, милочка, - дородная, чернобровая дама произнесла фразу с величавой небрежностью и, обмахиваясь веером, поплыла неспешно дальше, шурша шелковыми юбками.

- Ах, он уехал! - маленькая женщина остановилась, как вкопанная. Сжав голову руками, она заплакала. - Что же мне делать?

- Простите, мадам, но, может быть, вам нужна помощь? - доктор Шеромыжник не мог пройти мимо.

- Разрешите вашу руку, что вас беспокоит? - ловкие пальцы врача определяли удары пульса.

- Ах, дело вовсе не во мне, - женщина всхлипнула, - мой малыш умирает.

- Срочно останавливайте любой экипаж, я должен заехать за инструментами.

У маленького Мишеля оказался острейший приступ астмы, вызванный пыльцой цветущих кустарников. Полночи Андре провел у постели мальчика. Наконец, дыхание его выровнялось, и малыш согласился попить вкусный горячий напиток, который русский доктор приготовил сам лично. Молодая мама, прижав к груди свое улыбающееся чадо, шептала:

- Сокровище мое! Как же ты меня напугал. Все обошлось, да? Скажи дяде доктору «спасибо».

Ласковый малыш потянулся к жесткой щеке нежным розовым ртом. У Андре на глаза навернулись слезы. И в этот момент он понял, что даже здесь, в райском краю, он никогда не сможет быть счастливым, если вновь не займется делом, ставшим основной сутью его личности.

Ох, и огорошил же он своего Ландыша, когда объявил ему, что хочет в левом пассаже, там, где больше солнца, организовать что-то, типа детской здравницы. Несколько светлых спален, столовую, игровую комнату, процедурный кабинет.

- По типу госпиталя? - даже вдумчивый архитектор не сразу уловил мысль неугомонного хозяина.

- Вовсе нет! - разнервничался Андре, вспомнив жалкую приютскую больницу на невских берегах, где он начинал свою врачебную практику.

До сих пор являлись ему во сне бледные, прозрачные детские лица, с глазами темными от боли, с шелестящими голосами, в которых не было ни одной звонкой нотки. Не мог он тогда спасти многих ребятишек. Да, что там, спасти! Даже облегчить страдания маленьких пациентов не было возможности.

А сейчас другое дело! Доктор успел понять, какой мощной целительной силой наделена уникальная природа волшебного края, где есть море, солнце, горы и разнообразная зелень.

Как только Ландыш проникся идеей, он азартно увлекся ею.

- Подобного я не проектировал даже в своих фантазиях. Занятно! Какой возраст детей предполагается? От этого будет зависеть многое:

цветовая гамма, пропорции и размеры всех элементов интерьера.

- Пожалуй, от трех лет и до двенадцати. В правом крыле отеля можно будет разместить нянек, родителей. А? Славно придумано! - Андре оживился, обсуждая детали.

- Ба! - архитектор хлопнул Андре по плечу. - Вы забыли главное, где вы найдете хорошего врача. Именитые доктора сюда не пойдут, они не любят экспериментов и разных фокусов. Молодые... Ну, может быть. А, где гарантия, что у них получится? А вдруг случится, что-нибудь трагическое? Болезни ведь оканчиваются не только выздоровлением, но и смертью пациентов. Да-а, - протянул архитектор растерянно. - Месье, подумайте! Еще есть время отказаться от вашей затеи.

- Вот это нюанс! Я ведь еще вам по-настоящему не представился, - Андре протянул руку для пожатия. - Прошу любить и жаловать, дипломированный и, заметьте, с большим опытом работы детский врач. В России меня звали Андрей Андреевич Шеромыжник, а здесь Андре Дюваль.

- О ла-ла! Месье Дюваль! То-то я думаю, что за интересный акцент в вашей речи. Можно сказать, головоломку разгадывал, усиленно думая, в какой же провинции вы родились.

- А ля рюс! - Андре засмеялся.

- Теперь я уважаю вас еще больше и снимаю шляпу перед вашим благородным порывом - организовать детскую клинику. Ведь известно, что отель на Лазурном берегу это чрезвычайно доходное дело. Но, создаваемый вами пансионат, назовем его так, далеко не коммерческий вариант. Пожалуй, я и свой гонорар урежу вдвое.

Мужчина обменялись крепким рукопожатием.

Через год обновленный «Белый ангел» распахнул двери для гостей. У доброй вести есть свои энергичные крылья. Даже, сам доктор Дюваль не ожидал, в отель хлынул поток пациентов.

Ослабленных, бледных, кашляющих и гундосящих детей везли заплаканные мамаши и озабоченные няньки со всех концов Франции. Пришлось даже завести особую службу по резервированию детских мест.

График жизни Андре резко поменялся. По утрам он вел прием новых пациентов, днем занимался со «старожилами», а по вечерам работал в кабинете, где штудировал записи английского доктора, прожившего в Ницце почти полвека.

Андре нашел в тетрадях Чарльза уникальные методики массажа с использованием морской воды, горячего песка и целебных грязей. Кроме того, дотошный Чарльз на протяжении длительного времени вел дневники наблюдений за природой края. В итоге он составил подробнейшие характеристики времен года Ниццы с температурными перепадами, влажностью и даже с точными датами цветения тех или иных деревьев и кустарников, аромат и пыльца которых могли вызвать у ослабленных людей приступы кашля и удушья.

Несколько тетрадей были посвящены лекарственным сборам. Вначале Андре сам готовил отвары, травяные чаи и плодовые настойки, позже с удовольствием доверил аптекарскую кухню расторопному провизору, Максимилиану Льюису, молодому американцу, мечтающему сделать научную карьеру в фармацевтике.

Своих пациентов доктор делил по сезонам. «Осенним» детям категорически запрещалось приезжать в упоительно-цветущую весеннюю пору, их золотое время - тихая осень. Летним ознобикам, конечно же, было не перенести влажные резкие ветры февраля.

Многие маленькие пациенты встречались впервые с доктором в пору своего карапузного периода, а потом, приезжая, каждый год, на его глазах крепли, мужали, вымахивая в подростков с ломкими голосами или в нежных барышень-невест.

Пятилетнюю рыженькую Патрисию привез из Лиля ее неразговорчивый худой отец. Много лет он работал в шахтерском забое, и угольная пыль навсегда въелась в глубокие морщины, отчего лицо его казалось всегда мрачно-уставшим. Патрисия родилась слабым, хилым ребенком. Любая простуда брала в плен надолго тщедушное тельце. Девочка болела тяжело, с высокой температурой и надрывным кашлем.

Один из местных лекарей посоветовал пожилым родителям.

- Если хотите сохранить девочку, везите на юг, к доктору Дювалю.

Сохранить! Вот так сказанул эскулап. Да они, Клод и Елен Пуатье, готовы свои жизни отдать ради здоровья их долгожданного золотоволосого чуда. Собрав все свои сбережения, шахтер отправился в Ниццу.

По заведенному правилу, первую неделю ребенок жил в пансионате с родителями. Потом, когда выяснялся или подтверждался диагноз, зачастую малыши имели истории болезней в несколько тетрадей, густо исписанных по-латыни, доктор Дюваль предлагал взрослым или ехать домой, оставив ребенка на лечение, или поселиться недалеко в соседних отелях или частных апартаментах.

- К сожалению, родственники больных детей становятся реальной помехой в процессе лечения. Я могу требовать с нашей служащей Жоржеты соблюдения строгой диеты, индивидуальной для каждого ребенка. Но сердобольные мамаши! За ними глаз да глаз нужен. Не хотят они мириться с тем, что их чаду противопоказано коровье молоко или клубника. Обязательно накормят или напоят запрещенным продуктом. А то еще и воду для обливания подогреют. Несговорчивым родителям он заявлял:

- Или вы мне доверяете вашего ребенка, или встретимся в следующий раз.

Точно так же он предложил отцу Патрисии отправиться в Лиль. Шахтер поупрямился, но потом согласился с разумными доводами. Действительно, три месяца пребывания на Лазурном берегу основательно подорвут семейный бюджет. И присутствие отца никаким образом не повлияет на процесс лечения.

- Будь умницей! - он поцеловал девочку в бледную пестренькую щечку, и глаза его предательски заблестели. Выдержит ли сердце эту разлуку?

- Пока, папочка! - Патрисия не умела расстраиваться. - Я побегу к доктору.

Рыженькая, хитроватая и лукавая, как лисичка, Патрисия скоро сориентировалась в новой обстановке. Она была в меру послушна с нянями, с детьми играла неохотно, ее кумиром стал доктор Андре. Ему она подчинялась беспрекословно. Только из его рук принимала горькие травяные настои, пила козье молоко и под его счет « раз-два-три» погружала конопатую мордочку в чан с холодной морской водой.

Когда отец приехал за любимой дочкой, она ему строго заявила.

- Запомни, папа, через полгода я опять должна приехать сюда. А то захвораю и умру, и вам с мамой некого будет любить.

- Да, что ты, доченька, такое говоришь! - соскучившийся отец, нежно обнимал хрупкое девчоночье тельце.

Она ему вдруг выдала взрослую тираду.

- И все ваши денежки пойдут не на свадьбу, а на похороны.

Бедный Клод вздрогнул от тяжести слов, произнесенных розовыми пухлыми губками.

Доктору, прощаясь, она приказала, топнув ножкой в белой лаковой туфельке:

- Андре! Я вам не позволяю других девочек любить. Самая лучшая - это я!

Доктор рассмеялся. Уж, очень забавна была девчонка. Рыжие локоны выбились из-под шляпки, зеленые глазенки сверкали. Ни убавить и не прибавить - самая настоящая женщина в пылу ссоры с супругом.

«Душа зачастую не соответствует биологическому возрасту человека, - запишет Андре в дневнике несколько месяцев спустя. - Кому-то покажется нелепой моя мысль, и тем не менее, я думаю, что душа вселяется в новорожденное тело, уже будучи в той или иной возрастной категории. И только это определяет основные качества нового человека. На протяжении земной жизни будет изменяться физическое тело: сначала рост всех клеток, затем весенний расцвет - молодость, далее зрелость среднего возраста и, наконец, осеннее увядание старости и вечная зима. Но, душа, нашедшая кров в данном теле, ничего общего не имеет с законами физики, биологии и анатомии.

«Старички» встречаются среди десятилетних. Все-то им не нравится, все раздражает, им невыносимо скучно со сверстниками, порывистое поведение которых кажется им глупым и наивным. И точно также среди седовласых старушек живут «девчонки», которым до всего есть дело. Они шустры, любопытны, готовы смеяться и плакать без причины.

Безусловно, когда человек взрослеет, он обогащается знаниями, опытом. Но запасы в кладовой мозга не определяют и уж ни коим образом не влияют на состояние души.

Что сказать о себе? Сейчас мой внутренний мир удивительно благостно гармонирует с миром внешним. Нынче все замечательно. Все по мне. Как не парадоксально, но в юности и молодости, душеньке моей чаще всего было неуютно».

Далее следовали записи о маленьких пациентах. Доктор заполнял не только истории болезней, но и анализировал поступки детей, записывал их интересные фразы.

Про рыженькую Патрисию Пуатье заметок было немного, в основном только то, что непосредственно касалось ее конкретного заболевания. Хотя на полях тут же имелись занятные умозаключения.

«Излишняя опека и безудержная любовь родителей могут способствовать снижению сопротивляемости сил организма к инфекциям извне».

«Капризность - спутник несчастливого женского характера».

«Не могу понять фразу о том, что человек, который не умеет любить себя, не способен полюбить другого. Себялюбивый человек смотрит в других людей, как в зеркало. Говорит он о себе, его волнуют лишь свои собственные проблемы и эмоции. А ведь настоящая любовь - это погружение в мир другого человека. Порою это отказ от самого себя ради благополучия и счастья любимого существа».

Патрисия Пуатье приезжала каждую весну. Андре и не заметил, когда она из тщедушной конопатой замухрышки превратилась в рослую красавицу с огненной гривой волос, властным взглядом зеленых глаз и резко-очерченным крупным ртом.

Однажды девица подкараулила доктора после ужина.

- А я вас жду, чтобы вместе прогуляться вдоль моря.

Андре немного растерялся, у него были совсем другие планы на вечер. В кабинете ожидали новые книги. Да, и тревожило состояние приехавшего вчера мальчика из Парижа. У ребенка весной и летом резко падала острота зрения. Нужно было просмотреть еще раз историю болезни, может быть, покопаться в медицинских справочниках. Но девушка, стоявшая рядом, так умоляюще не него смотрела, что он не смог отказаться.

- Месье Дюваль, - объявила Патрисия почти сразу, как только они вышли за ворота, - я не буду терять понапрасну время и скажу то, о чем думала на протяжении десяти лет. Мы должны пожениться!

От неожиданных слов доктор остановился. В горле пересохло:

- Прости, девочка, я не совсем понял.

- Знаю, знаю, - перебила Патрисия, - что вы сейчас скажете! - она засмеялась, крепче прижимаясь к мужскому торсу. - Ну и что, мне через месяц шестнадцать исполнится, а вам... Какая разница! Меня это не волнует. Вы со своей наукой забыли о наследнике. Я его рожу.

- Патрисия, опомнитесь! - Андре все еще не мог прийти в себя. – Это баловство, ребячество! Вы шутите и ставите меня в очень неловкое положение. Понимаете, брак – это не сделка, это союз двух сердец, скрепленных трепетным и серьезным чувством. Потом... вы ведь нисколечко не любите меня?

- Полюблю! - усмехнулась девушка.

В ту ночь она прокралась к доктору в спальню.

Через несколько месяцев Патрисия стала мадам Дюваль. А холостяк доктор нежданно-негаданно сделался мужем, со всеми вытекающими обязанностями, хлопотами и семейными проблемами.

Такова участь практически всех очень занятых мужчин. Женщины выбирают их и женят на себе.

Та, поздняя прогулка к мору перевернула, перетряхнула сверху донизу жизнь доктора. Все стало другим: завтраки и ужины, беседы и занятия. Молодая жена требовала постоянного внимания.

- У, какой ты бука! Опять в книжки уткнулся. А в галерею шелка привезли. Неужели я, замужняя дама, пойду одна! Это неприлично!

- Мне не нравится, что ты слишком много времени уделяешь чужим детям. У них есть родители. Давай прокатимся в Канн.

Андре старался ни в чем не отказывать супруге, боясь не то что словом, взглядом неосторожным обидеть или раздражить ее. Патрисия ждала ребенка.

В апреле на свет появился рыжий крикливый малыш.

- Я мать, а потому решаю все за сына. Он будет носить пышное тройное имя - Виктор - Поль - Винсент.

Андре пытался возразить, но Патрисия и слушать ничего не желала. Вообще, она, словно вычеркнула мужа из своей жизни. Толстая, нечесаная она ходила по саду и громко бранилась на всех подряд. Ее возмущало, раздражало, угнетало все, что было не связано с ее драгоценным мальчиком

Молоко у молодой мамаши пропала сразу после родов, «потому, что визжала поросенком!», сердито выговорила старая акушерка-итальянка. Пришлось нанять кормилицу, и это был еще один повод для нервных истерик.

- Я не желаю, чтобы в нашем отеле жили больные дети! - Патрисия врывалась к Андре в кабинет, где он вел утренний осмотр маленьких постояльцев.

- Их родители платят крохи, а ты, как умалишенный, готов все дни напролет возиться с кашляющими дохлятиками.

- Но, дорогая, разве ты забыла, как много лет назад, сюда тебя привез отец. Твое состояние тогда, моя девочка, было гораздо ужаснее, чем у любого из сегодняшних малышей.

- Не городи глупостей и не преувеличивай, - лицо Патрисии краснело от гнева. - Тогда ты был горемычным одиночкой, у тебя не было семьи. Сын! Вот о ком ты должен заботиться. Это твое продолжение, твое будущее. А ты, ты, как старый идиот, корячишься над чужими отпрысками.

Ежедневные истерики доконали доктора. Он и сам себе не мог объяснить своей безмерной душевной слабости перед рыжеволосой фурией. Пронзительным голосом, тяжелым взглядом, она, словно гипнотизировала, парализуя его ум и волю.

Андре принял решение отказаться от детского пансионата.

- Ради счастливого спокойствия жены и сына, - не очень убедительно сказал он сам себе.

Маленькие стульчики, столики, кроватки были сданы за бесценок в скупку. По приказу хозяйки во все комнаты впихнули огромные кровати, аляповатые ковры, по стенам развесили безжизненные морские пейзажи.

Чем-то не угодил Патрисии старый повар.

- Никакой фантазии! Старорежимный и упертый, как осел.

Она беззастенчиво рассчитала верного слугу и отдала кухню в распоряжение туповатого итальянца.

Через несколько месяцев Патрисии пришла в голову еще одна безумная идея.

- Нужно вырубить часть сада, - заявила она категорично за утренним кофе, - и выстроить отдельный павильон для меня и нашего мальчика. Когда в отеле постояльцы, чувствую себя приживалкой. Не желаю я наблюдать их жизнь. Меня раздражает их болтовня, смех, взгляды. Они все похожи на сытых ленивых кошек!

- Но, дорогая, - мягко возразил Андре, - наши комнаты расположены с другой стороны, у нас отдельный вход. Ты можешь не встречаться ни с кем, если не желаешь.

- Но я, как ты не понимаешь, даже, если не слышу их дрянных голосов, чувствую их присутствие всеми фибрами души.

Архитектор, месье Мюге, вызванный срочной депешей из Парижа, был немало удивлен, услышав от мадам Дюваль предложение о постройке павильона.

- Ну что? Вам понятна идея заказа? - высокомерно спросила молодая хозяйка у веснушчатого, худого, по-прежнему непрезентабельно и бедно одетого человека.

Про себя она уже пожалела о том, что впервые прислушалась к совету мужа и обратилась именно к этому архитектору. Несолидный, бледный, под глазами синева, типичный вид бедняка. Ясное дело, почему он без средств. Клиентов нет. А раз нет спроса, значит, нет и цены. Но этот замухрышка вдруг вздернул подбородок и, глядя ей нахально в глаза, усмехнулся:

- Я все понял. И идею, и ваше желание, и, может быть, даже чуть больше, чем вам бы хотелось. И именно поэтому, я вынужден вам отказать.

- А, если я увеличу сумму гонорара вдвое? - притопнула нетерпеливой ножкой женщина, непривыкшая слышать отказы.

- Да, хоть в десять раз! - месье Мюге, раскурил трубку. - Мадам, я никогда не соглашаюсь делать то, что мне не нравится.

- Никогда не поверю! Вы хотите мне сказать, что добровольно отказываетесь от денег. Тогда с чего вы живете?

- Верить мне или не верить, это ваше право. Но я вам скажу так, Бог наградил меня талантом вовсе не для того, чтобы я его разменивал на пустяки. Да, безусловно, бывают трудные периоды в моей жизни. Пардон! Я не совсем верно выразился. Мои трудности абсолютно не связаны с наличностью в кошельке. Если нет денег, то я обедаю в самых дешевых забегаловках, меня там знают и иногда кормят в долг. Бывает, обедаю и через день, а мой завтрак и ужин состоят из куска хлеба и стакана воды. Благо, Сена еще не обмелела. Ну и что? Зато в эту пору у меня бездна свободного времени. Я целый день могу торчать в библиотеке, рыться в архивах. Ночи напролет я читаю, думаю, рисую. А трудности начинаются тогда, когда появляется интересный заказ. Да, простите, что-то я разболтался о себе. Доктор, а как поживают больные детишки? Отчего так тихо в детском пассаже?

- Отныне, здесь не лечебница, а камерный отель для почтенных туристов! - Патрисия нервно сжала ладони, хрустнув костяшками пальцев.

Парижанин раздражал женщину своей независимостью. С детства привыкшая вить веревки из близких, а значит, зависимых от нее людей, она не желала признавать существование силы, способной противостоять ее капризной энергии.

- Вы закрыли лечебницу, - грустно констатировал месье Мюге. - Очень жаль. В последнее время я не встречал более благородной идеи для архитектурного заказа. Все норовят строить только для себя, чтобы потешить свое самолюбие и удивить знакомых людей роскошью и помпезностью нового дома. Почему вы закрыли? - Ландыш, прежний Ландыш, по-детски открыто обратился к доктору.

Но Андре отмолчался и отвел глаза.

- Что ж, разрешите откланяться! - архитектор сделал церемонный жест, изображающий поднятие несуществующей шляпы.

- Шут, - процедила сквозь зубы Патрисия. - К тому же, бедняк и неудачник, - прошипела в спину уходящему мужчине.

- Зачем ты так? – вздохнул доктор. - Я Ландыша очень люблю. Он талантлив, красив и абсолютно ни на кого не похож.

- Ты всех, всех готов любить, кроме меня и мальчика! Ты не хочешь, чтобы мы жили в нормальных условиях. Специально пригласил этого гордеца, чтобы он меня унизил.

- Помилуй, девочка моя, Ландыш не сказал ни одного обидного слова в твой адрес.

- Зато, он смотрел на меня с презрением, а на тебя с жалостью, как на убогого, - она, закрыв ладонями лицо, всхлипнула. - Почему я так несчастлива, почему?

Муж обнял рыдающую жену, прикоснулся сухими губами к розовому виску, где пульсировала голубая жилка, и прошептал:

- Ты же все равно, все сделаешь по-своему. Успокойся!

- Мадам, мадам! - вдруг раздался взволнованный голос няни. - Винсент прыгнул с дерева.

- Что? - лицо мамаши исказила гримаса неподдельного ужаса. - Он ударился, сломал ногу?

- Хуже, - толстая негритянка, явно недолюбливала и Патрисию, и ее сынка. - Он посмел прыгнуть на плечи почтенной мадам Теркадье, когда та прогуливалась со своей собачкой. Бедная женщина! Она так побледнела. Я думала, случится сердечный удар. Обошлось! Только собачка от страха нагадила хозяйке на юбку.

- Ой, умора! - Патрисия засмеялась, откинув голову. - Какая прелесть и забава, наш малыш. Чего он только не учудит. Где он, мой драгоценный, я уже скучаю, - она стремительно побежала в сад. Скорее всего, забыв, о чем только что так пылко говорила с мужем.

Ночью, когда весь отель погрузился в сонный мрак, светилось маленькое окошко докторского кабинета.

« У человека, живущего на Земле, есть выбор: или служить делу, или посвятить жизнь близким людям. Счастлив тот, кто без терзаний решает для себя этот главный вопрос. Я не молод. И отныне главная ценность моей жизни - это жена и сын. Конечно, таким юным людям, как месье Мюге, понять меня трудно. Сегодня в его взгляде я прочитал осуждение. Что ж, у каждого свой путь».

Андре закрыл тетрадь. Лег на подушку, шепчущую сухим разнотравьем, зашитым в полотно. Но сон не приходил.

Как страдалец-эпилептик, чувствует приближение приступа, но ничего не успевает сделать, чтобы остановить жгучую лаву. Так и Андре знал, что сейчас загудит, заноет его сердце. И никакие медикаменты не смогут унять пронзительную боль. Тоскливая тьма окутает все тело. Отяжелевшие руки и ноги станут непослушными, чужими. Пересохший язык забудет все слова.

Но стоит перетерпеть эту муку, ради того мгновения, что придет вслед за болью. Словно невидимый переключатель щелкнет в голове, и Андре вновь прочувствует то, что прячет в течение долгих лет, на самом донышке своей души. Прячет не от других, а больше от самого себя.

* * *

«Варвара Воронкова. 18 лет. Замужем два года. Детей нет», - записал ассистент доктора в регистрационном журнале, не глядя на пациентку, шуршащую шелковым платьем и нервно постукивающую каблучком о паркет.

- Пройдите направо. Раздевайтесь, доктор сейчас придет, - ассистент произнес дежурную фразу, продолжая вычерчивать в журнале какой-то замысловатый график.

После окончания медицинского факультета Андрей Андреевич попытался всерьез заняться лечением сирот в приютской больнице. Ничего не получилось у одиночки-энтузиаста. Не смог он прорвать плотину бездушия, жестокости, пренебрежения власть имущих.

Ежедневно на городское кладбище отвозили маленьких покойников. Гробовщик, не церемонясь, укладывал тщедушные тельца по три, четыре в один тяжелый, грубо сколоченный гроб. Отмучившихся страдальцев никто не оплакивал, не отпевал. И, доктор, будь он хоть семи пядей во лбу, не мог остановить этот горький процесс угасания и ухода из жизни детей.

- Все я больше не в силах что-либо делать! Я порываю с медициной, уезжаю в глушь, только бы подальше от этого жуткого мира.

- Друг мой, рано или поздно все начинающие медики проходят через это испытание. Испытание кровью, болью, смертью, - Франц Францевич приобнял Андрея. Они сидели на скамейке под раскидистой липой в Летнем саду.

- Это я виноват, что отпустил тебя от себя. Такой уж я человек, не умею неволить. Но ты знаешь, как мне сейчас не хватает профессионального, грамотного ассистента. Я всегда хотел, чтобы именно ты продолжил мои научные изыскания. Со временем ты убедишься, что гинекология увлекательнейшая наука. Разве здоровые красивые женщины не суть земли?

И, словно в подтверждение этих слов, две очаровательные барышни в светлых платьях и шляпках, украшенных букетиками фиалок, смеясь, пробежали мимо скамьи, оставив после себя волнующее облачко сладкого аромата.

- Хорошо, я попробую.

Поначалу молодой доктор Шеромыжник безумно волновался, наблюдая женские распростертые тела. От липкого пота влажнели ладони. Кровь горячей волной приливала к вискам, вызывая головокружение.

- Не гоже так, сударь! Вы, я вижу, слишком нервны для столь деликатного дела! - когда Франц Францевич сердился, он непременно обращался к Андрею на «вы». - Запомните, человек тем и отличается от животного, что умеет контролировать плотские инстинкты. А гинеколог отличается от простого смертного тем, что вовсе не имеет тяги к женскому телу. По крайней мере, во время работы.

Немец давал ассистенту маленькие желтые таблетки и заставил изучить комплекс физических упражнений, помогающих усмирять плотское волнение.

Молодая женщина, Варвара Воронкова, в прозрачной юбочке кремового цвета на цыпочках подбежала к высокому креслу. Вспорхнула на него, словно не для осмотра, а для игры.

- Я готова! - звонко крикнула в сторону доктора, тщательно вытирающего руки белоснежной салфеткой.

Ассистент зашел в кабинет, чтобы продолжить запись о результатах осмотра в своем журнале.

- Ну-с, барышня! Расслабимся, - Франц Францевич аккуратно поднял волан кисейной юбочки.

Андрей замер. Такая дивная красота распахнулась перед ним. Неправда, что все женские тела одинаковы. Как различны и непохожи лица, так и все органы отдельно взятой личности уникальны. Боже мой! Как постаралась матушка-природа, чтобы слепить подобное чудо. Упругий, цвета персика животик, завораживающий цветочек пупка, и ниже веселых рыжих завитков розовая загадочная морская раковинка. Он влюбился! Влюбился с первого взгляда. Вот, такая нелепость приключилась.

Юная женщина хотела ребенка. Муж, морской офицер, отчаянный кутила и повеса, попрекал жену тем, что она не беременеет.

- Не любишь, ты меня вовсе, притворяешься! - он франтовато закручивал вверх кончики черных усов, спрыскивал душистой водой пухлые румяные щеки и отправлялся в ночной клуб.

Молодая жена плакала в подушку. А потом одна из родственниц подсказала ей адрес отличного доктора, излечивающего все женские недуги.

- Все в порядке, милочка! - Франц Францевич стягивал перчатки. - Уверяю вас, будут дети. Рожать устанете. Так, что для волнений нет ни малейшего повода. А вот мужу вашему я посоветовал бы овощей побольше употреблять, фруктов, молока. Хорошо бы отказаться от табака и крепких напитков. Ну, а как задержка случится, сразу ко мне…

- Спасибо, доктор!

В шелковом темно-синем платье Варвара выглядела старше и строже. Неужели легкомысленная юбочка с воланчиком прячется под этими тяжелыми шуршащими складками? Андрей вышел из-за стола, чтобы проводить пациентку.

Она дерзко посмотрела в глаза молодому человеку, словно спросила:

-Видел, любовался?

Он засмущался, залился стыдливым румянцем и даже на смог попрощаться, как положено.

Тело юной женщины стало его жгучим наваждением. Чем бы он ни занимался: вел ли медицинские записи, гулял ли в Летнем саду, ложился ли спать, открывшаяся ему тайная красота не давала покоя. Много раз бродил он по набережной Фонтанки, замедляя шаг напротив нарядного, веселого дома, где молодая чета снимал третий этаж. В сумерках, набравшись смелости, он останавливался и, задрав голову, долго вглядывался в решетчатые полукруглые окна, пытаясь, угадать, за каким из них прячется его счастье.

А встретил он Варвару совсем неожиданно на Невском проспекте. В меховой шубке и шапочке, она была чудо, как хороша! Снежинки запутались в ее мохнатых бровках и висели на кончиках ресниц.

Она первая окликнула его.

- Нехорошо, не здороваться, Андрей Андреевич!

Он вздрогнул от радостного удивления. Откуда ей известно его имя?

- А мы сегодня именины Татьяны празднуем. Не желаете ли к нам присоединиться?

Из кондитерской вышли две толстые румяные дамы.

- Варвара, не совестно тебе так смущать молодого человека? На нем лица нет, не ровен час, в обморок упадет от твоей зазывной красоты, - прогундосила большещекая с усиками и крупной родинкой над губой.

- Татьяна Яковлевна, познакомьтесь, это доктор, подающий большие надежды. На сегодня я бы хотела, чтобы он был моим кавалером.

- А кавалер знает, что у милой Вареньки грозный и ревнивый муж? - ехидно поинтересовалась другая дама, округлив тонкие губы сердечком и скосив маленькие глазки к мясистому носу.

- А муж, как всегда, на службе, - Варвара скорчила уморительную гримаску, как нашкодившая девчонка. - Вам, тетушки, просто завидно! - она взяла под руку Андрея.

И в этот момент он забыл обо всем на свете. Он только чувствовал аромат ее сладких духов, слышал голос, ощущал под шубкой живое горячее тело. В красоту которого он был безумно влюблен.

- Бесстыдник! - вдруг Варвара сказала ему тихо. Они отстали на несколько шагов от шумных тетушек. - Думаете, не догадываюсь, что у вас сейчас в голове? У-у-у, все вы мужчины одинаковы. А я думала, что вы другой. И под моими окнами, как поэт-романтик бродите.

Боже мой! Отчего-то ему стало невыносимо стыдно. В ее откровенных словах он услышал насмешку. Он думал, что тайна живет только в его сердце, а оказывается, Варя обо всем догадалась. Она видела его из окна и, наверное, смеялась над робким влюбленным. А, если на пару с мужем? И сейчас! Как она могла почувствовать его вожделенные страдания?

Глупый болван! Слабый, ничтожный человечек!

Андрей вынес этот приговор себе мгновенно, и, выдернув руку из мягких женских тисков, побежал. В ушах зазвенело, глаза слезились, ноги не слушались и разъезжались, словно деревянные. Ему казалось, что он бежит давно. А на самом деле, сделав несколько суетливых, неверных шагов, он споткнулся и упал. Колючий сугробный снег больно и резко впился в разгоряченное лицо.

- Вот так кавалер! Как заяц, деру дал, - пробасила одна из тетушек.

Дружный женский смех, в нем была и партия Варвариного колокольчика, заставил сжаться сердце. Как стыдно! Как больно!

Потом день за днем, по капле выдавливал он из своей души дикую и мучительную любовь.

Весной Франц Францевич умер, упав на пороге своего кабинета, и после похорон учителя Андрей, не раздумывая, уехал из города, который он так и не смог принять и полюбить.

Очень часто человек, выплетая ковер своей жизни, умышленно обманывает сам себя. Хлопотами, заботами он переполняет свои дни, только лишь для того, чтобы безжалостно сжечь время. Деловая суета – хорошая ширма, за которой прячется спящая душа.

Когда, спустя несколько лет Варвара Аркадьевна в темном дорожном костюме, похудевшая, повзрослевшая и по-прежнему самая желанная, вдруг появилась на пороге докторского флигеля, Андрей не удивился.

- Я ждал вас каждый день.

- Боже мой! Как я соскучилась, - женщина крепко прижалась к нему и затихла, словно вслушиваясь в ликующие частые удары сердца.

- Я ведь приехала с вами попрощаться, - Варвара попыталась улыбнуться, но серые глаза были темны от печали. - Через несколько дней мы отправляемся в Америку.

Кто мы? Андрей знал, что муж ее погиб несколько лет назад, что молодая вдова недолго носила траур. И весь Петербург судачил о балах и званых ужинах в шумном особняке на Фонтанке. Но пересуды и сплетни нисколько не задевали сердце Андрея.

Утром Варвара плакала.

- Я ведь к тебе приехала потому, что знаю, так меня любить не будет ни один мужчина. Твоя душа - незамутненный родник с чистой водой. Я это мгновенно поняла, как только в твои глаза взглянула. Помнишь, тогда? - она лукаво улыбнулась, - когда к доктору на прием приходила.

- Бесстыдница моя маленькая, - Андрей приложил палец к ее темным от жарких ночных поцелуев губам. - Мы же договорились, о прошлом ни слова. У нас есть подлинный момент - это настоящее. А еще будущее…

Давай, Варенька, никуда ты не поедешь? А будем здесь жить вместе, по вечерам сидеть обнявшись. Ты мне кучу ребятишек нарожаешь…

- Смешной ты! Я не представляю себя в этой глуши.

Женщина уже оделась и в своем дорожном костюме вдруг стала другой, озабоченной, нервной. Она то и дело поглядывала на часики, вынимая их поминутно из саквояжика.

- Почему он не едет, почему? - она закурила черную пахитоску.

- Ты, что заранее знала обо всем?

- О чем? О том, что останусь до утра? - она истерично засмеялась. - Ты, что подумал, я действительно примчалась за сотню километров, чтобы только сказать: «До свидания», и исчезнуть. Нет, я решила попрощаться с тобой по-женски. Так, чтобы ты меня всю жизнь помнил и … любил.

В субботу я выхожу замуж. Банкир Свинопасов. Слышал о таком? И все, я буду верной женой и добродетельной матерью, если бог даст, - она торопливо перекрестилась.

- Варя! Я умоляю тебя, останься! Я сделаю все, чтобы ты была счастливой.

- Невозможно, - она покачала головой, грустно глядя в пространство свежего утра за окном. - Мой бывший муж практически разорил нас, наделав кучу долгов, и заложив фамильные имения. Я должна спасти честь отца, матери, младших сестер.

- Но, почему ты, милая? Это безумие - жертвовать собой, своим счастьем ради пусть даже очень близких людей.

- А ты, оказывается, не все понимаешь! - она отпрянула от Андрея. Лицо ее сделалось, как маска, неподвижным. - Такие, как ты, до самой старости остаются наивными. Умение жить в своем коконе - это бегство от действительности. Моя натура подобного не приемлет. Ты - хороший, преданный, честный. Но даже в своем чувстве ко мне, ты больше любил свою страсть, свои страдания.

На улице раздались лошадиное ржание, звон колокольчика. Мужской бас прохрипел.

- Тпру, негодная. Остудись немного.

Варвара положила руки на мужские плечи.

- Ну, вот и все. Не ищи меня. И не забывай, - она страстно поцеловала его, нечаянно прикусив до крови его нижнюю губу.

Больно-то как. Как больно! Уехала.

Однолюб. Что сие означает? Может, это беда для человеческой души, не умеющей забыть одну-единственную привязанность? Или светлая сила, дающая импульс для ежедневного творения жизни?

- Андрей Андреевич, ну что вы, как бобыль угрюмый? Девчат сторонитесь, на женщин не смотрите? - фельдшерица Людмила всерьез озаботилась личной жизнью доктора. - И симпатичный, и толковый, за вас бы любая без оглядки пошла.

- Людмила Никитична, сколько раз я просил вас, не заводить подобных разговоров. У меня есть жена.

- Ну? - маленькая, толстенькая Людмила аж подпрыгнула на месте. - Как зовут-то?

- Медицина! - по слогам произнес доктор.

- Все шутите, - обиделась женщина.

Вот и дошутился! Приехал в Ниццу сопровождающим доктором, остался домовладельцем. Было закоренелым холостяком, вдруг стал отцом семейства. Рыжая фурия, по имени Патрисия, переворошила одинокую мужскую жизнь. Пожалуй, встретил бы он ее там, у себя, на гатчинских землях, ничего бы не произошло. А здесь, душа растерялась, обмякла под грузом неожиданных событий и впечатлений.

- Вот, Варвара, получается, что я не только имя поменял, но, видимо, и сам стал другим.

Со своей далекой возлюбленной Андре мысленно беседовал в те минуты, когда что-то непонятно-тревожное вплеталось в его душевный строй.

Он давно уже ничего не знал о ней, сознательно избегая малейшей возможности, что-либо прояснить. Одна ли она? Есть ли дети? А, может, уже и внуки? Ничего не хотел слышать. Для него она навсегда осталась той гибкой страстной женщиной из осенней деревенской ночи.

Андре уже давно понял для себя, отчего не желает вновь увидеться с любимой женщиной. Он знал, что сердце не выдержит еще раз сумасшедшего накала чувств. Оно захлебнется в радостном море и разобьется в пропасти разлуки. Инстинкт жизни держал доктора на земле, а надежным якорем служило дело. И вот, впервые он перерубил канаты. От дела он отказался. И кто он теперь, поди разберись!

Месье Дюваль забылся тяжелым сном.

Через два дня бойкие молодые люди пилили в старом саду деревья. Как же сопротивлялся мощный, в три обхвата дуб! Он грозно скрипел, упрямо цеплялся корявыми корнями за родные пласты влажной земли. Рядом стонали и охали падающие ели.

Оплакивать умирающую красоту было некому. Новые слуги не знали ни мужественной Антуанетты, ни ее верной смуглой подруги Соланж, и легенды «Белого ангела» никого уже не интересовали.

Прошло немного времени, и на месте дивного сада выросло экзотическое сооружение. Патрисия пожелала, чтобы постройка имела только округлые формы.

- Острые углы будут ранить хрупкую детскую душу! - заявила она мужу, когда он с удивлением осматривал новый павильон.

- Словно ярмарочный балаган или провинциальный цирк шапито, - с усмешкой отметил Андре про себя.

На круглый павильон первого этажа была налеплена чудаковатая надстройка, напоминающая по форме перевернутый котелок для каши.

- Там мое гнездышко, - проворковала Патрисия. - Чудно и необычно.

Туда, по узкой витиеватой лестнице, два араба, кряхтя и потея, втаскивали атласную оттоманку и дюжину блестящих подушек.

Круглый зал первого этажа принадлежал Винсенту. Сначала мальчишка здесь качался на деревянных лошадках, а потом и сам носился по кругу, издавая дикие вопли.

Когда ему кто-то из постояльцев отеля подарил лук и стрелы, он часами целился по витражным окнам и зеркалам. Днем Винсент обычно спал, а ночью жег костры на клумбах, гонялся за кошками, дразнил соседских собак и пугал поздних прохожих.

- Все рыжие обожают стихию! - оголтело-счастливая мамаша восхищалась любым поступком сына.

- Необыкновенный малыш растет! Я чувствую, его ожидает великое будущее. Только слепой не увидит, как Вен отличается от пресной массы серых людишек, бездарных и убогих.

Винсенту было лет десять, когда он впервые увидел у моря человека с палитрой. Бородатый, обветренный исполин в простой, домотканой рубахе яростно наносил сине-зеленые мазки на серый безжизненный холст. И вдруг, о чудо! Беспорядочные мазки ожили и зарябили, как морская вода. Мальчишка, стоявший за спиной художника, зажмурился, словно от солнечных настоящих бликов. А парусник! У бородатого он появился раньше, чем там, у реальной кромки горизонта. Человек с кистью, словно предчувствовал появление гордого брига. То ли чайки ему прокричали, то ли изменившая в цвете волна прошептала! Это было настоящее волшебство!

- Я тоже так хочу! - завизжал Винсент высоким пронзительным голосом.

Живописец не сразу обернулся на этот эмоциональный вопль. На темном лице с глубокими морщинами, беспорядочными, как на скулах грецкого ореха, сверкнула полоска зубов.

- Мало хотеть, молодой человек. Впрочем, как ваше имя?

- Винсент!

- О ла-ла! Есть у меня в знакомцах упрямый малый с таким именем. Пожалуй, благодаря симпатичному совпадению, я позволю вам, молодой человек, подержать в руках кисть и даже шлепнуть вот здесь. Ну, еще разок. Еще. Молодцом!

О! Винсент испытал мгновение невероятного блаженства. Азарт, живший в руке, вдруг замер на картине веселой каплей, и, вплетясь в общую канву, она дразнилась, искрилась и притягивала взор!

Случилось! Молодое сердце сорвалось со своей привычной орбиты. Так, внезапно обрушивается на юных первая любовь, безрассудная, беспощадная, зачастую вся, сотканная из иллюзий. Отныне Винсент жаждал одного – рисовать!

Он прибежал домой и весь вечер, всхлипывая, заикаясь, размахивая руками, пытался рассказать матери о том, что с ним произошло. Патрисия мгновенно прониклась и откликнулась на творческий порыв любимого чада.

- Конечно, малыш, ты станешь замечательным художником, - она ласково гладила рыжий кудрявый затылок и счастливо улыбалась.

Несколько дней подряд мать и сын бродили по морскому берегу, пытаясь разыскать загорелого исполина. Но тот исчез, словно растворился в голубом мареве, или уплыл на паруснике.

На пляже встретился им седенький, сухой старичок. Говорливый шутник без устали малевал для курортников, сытых и ленивых, морские пейзажи. Все они были похожи, как однояйцовые близнецы-братья. Желтый песок, ядовито-синяя вода, пальмы, будто вырезанные из картона, плоские и ненастоящие. Патрисия даже хотела купить глянцевую прелесть, но Винсент, больно сжав ей руку, зловеще прошептал:

- Дрянь, которая не стоит ни гроша.

Чутье одаренного человека уже проснулось в нем.

Без интереса пронесся он мимо парочки бледных, анемичных девиц, стоящих возле мольбертов изящными статуэтками.

- Я знаю, мы найдем его в Париже! - сказал Винсент матери, когда они, измученные безуспешными поисками, возвратились поздним вечером в свой павильон.

- Да, так оно и будет! - категорично воскликнула Патрисия. - Мы завтра же отбываем в столицу, утренним поездом, - она жарко расцеловала мальчугана и пошла отдавать распоряжения по укладке багажа.

- Ты бесчувственный, недальновидный эгоист! - с ненавистью посмотрела на мужа, когда тот попытался сказать ей о том, что жизнь в большом городе сложна для таких неуравновешенных натур, как Винсент.

- Ты не хочешь отпускать нас потому, что тебе удобно рядом с нами ощущать себя главой семейства. С нами у тебя есть смысл жизни. Но считай, что семьи у тебя уже нет. Ты, как был одиночка, себе на уме, так им и остался. Ты не умеешь думать о будущем близких людей.

Что можно ответить на глупые слова женщины, ставшей безрассудной от дикой идеи - вырастить гения. Андре собрал все имеющиеся наличные деньги.

С вокзала мать и сын отправились на улицу Эжезин-Моро, которая, как змея, извивалась по склону Монмартрского холма. Здесь, в маленькой квартирке жила подруга Патрисии по лильскому пансиону, Ани Лусто. От некогда хорошенькой, курносенькой брюнетки Ани осталась лишь ямочка на круглом подбородке. Трудно было поверить, что худая, желтолицая женщина когда-то проливала слезы над любовными романами, строчила подруге Пат стихотворные послания и пела нежно, как малиновка.

- Могли бы и письмом предупредить о визите, - строго выговорила она Патрисии, когда та с шумными воплями бросилась ей на шею.

- Мой муж, человек серьезный, он держит лавку, и сюрпризов не любит.

- Я кофе хочу! - топнул ногой Винсент, которого утомила долгая дорога, и явно не по нраву пришлась ворчливая матушкина приятельница. Их прислуга в Ницце и то производила более благоприятное впечатление. Нашлась парижанка!

- Кто таков? - наморщила лоб Ани, словно мальчик был невидимкой, и она его заметила только, когда раздался требовательный голос.

- Мой сын! - с неподдельной гордостью произнесла Патрисия. - Мы приехали в Париж учиться живописному мастерству.

При этих словах лицо Ани странно исказилось, словно от приступа подступившей тошноты. Потом она захохотала вульгарно и грубо, как цветочница, с дешевого рынка.

- Ха! И вы туда же! Ох, и насмотрелась я на деревенщин, художников, так называемых, приезжающих за славой к нам сюда. Вот уж умора! Мой муж ведь торгует не чем иным, как красками, которыми они пачкают холсты. Эти оборванцы буквально одолевают его. Чумные! Им есть не на что, а они последние вещи закладывают, лишь бы купить вонючие тюбики и малевать. Это болезнь! Каждый из них думает, что найдется болван, который купит их мазню.

- Я не желаю слушать подобного вздора! - Винсент вскинул подбородок с достоинством короля.

- Я хочу кофе.

Хозяйка пристально посмотрела на бледное мальчишеское лицо с горящими темно-зелеными глазами.

- У, гадкий какой, отвратительный просто. Пожалуй, из такого теста вылепится зазнайка-художник.

Все-таки за стол они сели. К несладкому кофе Ани предложила полузасохшие серые булочки.

«Да, видимо, небогато живут в Париже», - подумала Патрисия, вспомнив свои завтраки с паштетом из гусиной печени, свежими куриными яйцами, козьим молоком, фруктами и хрустящими круассанами. От взгляда хозяйки не ускользнуло, как Патрисия брезгливо отщипнула от булки кусочек, как отодвинула вазочку с подсохшим джемом. Мальчишка же и не пытался ничего скрывать. Отхлебнув несколько глотков кофе из чашки с отбитой ручкой, он нахально воскликнул:

- Невкусно! Пахнет мышами. Мать, пойдем, найдем ресторанчик хороший.

Так, так! В голове Ани вызревал план. Подружка, видно, разбогатела нынче. Не зря на шахтерской улице судачили, что рыжая и вечно сопливая девчонка стариков Пуатье, подцепила на крючок богатого старца. Но должна же справедливость существовать! Пусть Пат поделится со своей подругой детства денежками, как раньше делилась впечатлениями. Поначалу ведь чуть не выпроводила незваных гостей. «Привечать начнешь, вся деревня на шею сядет», - муж ее, Густав, мудрый и умный, так рассуждает. Но здесь, похоже, дельце может выгореть. Да еще какое!

- Душечка Ани, - защебетала Патрисия, - я ума не приложу, где нам остановиться. Будь добра, посоветуй, уютный спокойный отель.

- Но отель это очень дорого, - проворчала Ани.

- А мы не из бедных! - Винсент высокомерно прищурился.

- Не вмешивайся в разговоры взрослых, - хозяйка хлопнула ладонью по столу так, что звонко вздрогнули в чашках ложки.

- Но вопрос о жилье и меня касается, - парировал маленький гость, нисколько не смутившись.

- Как хорошо, что господь не дал мне вот таких детей-ублюдков, - Ани убийственным взглядом пригвоздила непоседу. - Ах, да, о чем это я? - она тут же изобразила подобие улыбки. - Я предлагаю немного прогуляться, заодно зайти к моему мужу. Его лавка недалеко. Он мужчина дельный. В искусствах понимает. Да и среди художников у него тьма знакомых. Враз учителя подберет, и с жильем что подскажет.

- Живее идем! - Винсенту не терпелось окунуться в тот мир, о котором он имел смутное представление, но зато так страстно мечтал!

По дороге, пока Патрисия с сыном крутили головами по сторонам.

- Посмотри, какой милый домишко!

- А тот чудак-старьевщик, из каких веков здесь появился?

Ани окончательно продумала всю комбинацию. Эту богатую парочку она разместит в доме дядюшки Мариуса, дальнего родственника Густава. Дядюшка недавно овдовел, и теперь ему прислуживала большерукая и худая, как спица, девка. Вот и ей дел прибавится, а то разнежилась, лентяйка. Дядюшка выступит в роли учителя. Муженек говорил, что когда-то они вместе малевать пробовали. Ее Густав вовремя образумился, лавчонку приобрел. А Мариус долго дурью маялся, пока все женино приданое не спустил. Деньги за постой и уроки, конечно, поделят пополам.

- Ах, жаль, что так скоро пришли! - Патрисия раскраснелась. - Я обожаю воздух Парижа.

Маленькое, плохо освещенное помещение, где торговал муж Ани, насквозь пропахло лаком, красками и еще чем-то ядовитым.

Винсент зажмурился.

- Мне здесь нравится, - он стал бегать от стены к стене, пытаясь рассмотреть висевшие картины.

- Муженек дорогой, - ядовито-ласковым голосом прошипела Ани, - познакомься, моя подруга по пансиону.

- Мадам Дюваль! - пропела Патрисия.

- Да, - хмыкнул лысый, толстый, с тройным подбородком человек, не поднимая глаз от бумажек с цифрами, невнятно пробурчал. - Подруга детства. Не вижу повода для бурного восторга. У меня есть дела поважнее. Сдается мне, этот прохвост Меньи надул меня.

- А-а! - вдруг пронзительно завизжал мальчишка. - Я нашел его. Мать, посмотри. Вот это кусок нашего залива. И парусник, вон там, вдали белая точка, - Винсент протянул руку, чтобы снять со стены небольшой этюд.

- Э, парень! - побагровел продавец. - Не шали. У вещи цена есть.

- А я покупаю! - капризно топнул ногой Винсент. - Сколько? - он вертел в руке туго набитый кошелек.

- Как бы не продешевить! - мелькнуло в голове у продавца. Принимая крупную купюру, успел десять раз обругать себя. - Этот маленький оболтус ничего не смыслит в искусстве, можно было заломить цену в пять раз больше!

- Вы еще посмотрите, у нас встречаются настоящие шедевры. У вашего мальчонки - губа не дура, - Густав вышел из-за прилавка и, взяв Патрисию под локоток, повел к дальней стене.

Винсент и здесь, среди разномастных полотен узнал кисть бородатого великана.

«Крыши Парижа». Мать, посмотри, какое чудо! Мы их покупаем!

- Да, да, дорогой.

Лицо торгаша сияло. Картинки он развесил, чтобы прикрыть жирные, темные пятна на обоях. Уж, никак не предполагал, что кто-то позарится на них.

- Ну, а теперь, пора и вопрос с жильем решить, - оживилась и взбодрилась Ани.

Дядюшка Мариус чрезвычайно обрадовался гостям. Узнав от Ани, какая важная роль ему отведена, он не мог остановиться.

- Прошу вас, взгляните! Это комната моей покойной жены. Ах, бедняжка, птичка моя, умолкла за три дня. На этой кровати закрыла свои ясные глазки. Вон там, зеркало ее. Картонки со шляпками, я ничего здесь не трогал. Все вещи помнят прикосновение ее рук.

Винсент неожиданно взвыл.

- Не желаю мертвечиной дышать.

- А нет ли другого помещения? - поинтересовалась Патрисия.

Ани сердито сдвинула брови. Этот болтливый кретин чуть не испортил все дело.

- Мариус, тебя спрашивают про комнату?

Старик растерялся. Страх перед яростной родственницей был так велик, что, поскребя небритый подбородок, он придумал:

- Моя мастерская!

- Вот это интересно! - Винсент побежал по скрипучей лестнице под крышу.

Громко названная мастерская, напоминала кладовку, заваленную хламом.

- Вы полагаете, здесь можно жить? - Патрисия побледнела.

- К вечеру, здесь рай будет. Заверяю тебя, моя милая подруга.

- А я провел здесь свои лучшие годы, - старик задыхался от быстрого шага по лестнице. - Взгляните на потолок, это я вырезал специальные окна. Свет сказочным потоком из них льется.

Опасаясь, как бы родственник опять не наговорил чего лишнего, Ани быстренько спровадила мать с сыном на прогулку, взяв крупный аванс. Пришлось разориться на двух девок, которые вымели, выскребли чердак, перетащили мебель из комнаты тетушки. Мариус поставил два мольберта и несколько подсвечников.

- Свет и тени, тени и свет, - напевал он, безгранично-довольный поворотом в судьбе.

- Пора приступить к занятиям! - хозяин бесцеремонно поднялся по скрипучей лестнице, когда мать и сын, накануне утомленные вечерней прогулкой, еще крепко спали.

- Но нам нужно время на туалет и завтрак, - Патрисия недовольно прищурилась.

- Пятнадцать минут в вашем распоряжении!

- О! Мы так не привыкли.

Винсент согласен был приступить к занятиям без завтрака. Патрисии скучно было слушать, о чем вещал старик. И вовсе неинтересно смотреть на гипсовые фигуры, мертвые натюрморты, поэтому она, выпив стакан молока, отправилась на прогулку.

Дядюшка Мариус не ожидал, что мальчишка окажется таким толковым. Карандаш он взял уверенно, хорошо чувствовал линию, быстро схватил суть науки о светотени.

Патрисия возвращалась к обеду. Она привозила с собой какие-то свертки, коробочки, флаконы. Подолгу рассматривала свои приобретения.

Винсента же ничего не интересовало. Кое-как перекусив, он убегал с мольбертом на улицу. Старик тоже ковылял за ним, хотя считалось, что уроки, за которые он получает гонорар, закончились утром.

Патрисия, оставшись одна, грустила. За день воздух в мансарде нагревался, дышать было трудно. Зато ночью женщина стучала зубами от холода, ежась под двумя одеялами.

Первый осенний дождь окропил все жилище через щели в крыше. Патрисия начала кашлять, и противная слабость захватила тело. Уже не было сил и желания куда-либо идти. Лишь Винсент, азартно увлеченный новым открытием в себе самом, не замечал неудобств.

Несговорчивый, шумный мальчишка превратился в смиренного ученика. Он готов был часами слушать Мариуса. Старик с удовольствием вспоминал о своем детстве, о том, как ходил он в холодный, нетопленный класс, где, такие же бедняки, учились писать обнаженную натуру. А натура, чаще всего обнищавшая старуха, чтобы окончательно не закоченеть, подогревала себя глотками из фляжки и, бывало, к концу сеанса скатывалась с постамента бесчувственным бревном.

Мариус рассказывал о том, как умерла от холеры его мать, и он, оставшись за старшего в семье зарабатывал тем, что малевал вывески булочникам и мясникам. Потом была служба в армии, где шальная пуля прошла навылет руку, отчего она потом скрючилась и засохла. И как долго он учился рисовать левой здоровой рукой.

Все это старик говорил, между прочим, нудно и невыразительно. А Винсент трепетал от удовольствия и внимания.

Андре, не получив от Патрисии в течение последнего месяца ни одной почтовой открытки, встревожился не на шутку. Не размышляя, он отправился в Париж.

По приезде его ожидала удручающая картина. Бледная, осунувшаяся Патрисия лежала под старым ватным одеялом. Холодный озноб сотрясал ее тело. В жилище царил жутчайший беспорядок. На полу, давно не метенном, валялась одежда Винсента, стол был завален остатками еды, засохшими тюбиками с красками, обрывками газет и тряпок. А запах! Жуткий запах бедности и заброшенности, казалось, уже впитался в женскую одежду.

- Что случилось, милая моя?

Патрисия открыла глаза, попыталась улыбнуться.

- Все хорошо. Мальчик счастлив. Они с учителем уехали на три дня из города на этюды.

- А где служанка? - взревел Андре.

- Ее рассчитала Ани, а новую еще не нашли.

- А, что твоя разлюбезная Ани не видела, что ты больна?

- Разве я больна? Я просто немного устала.

Вернувшийся к вечеру Винсент, увидев отца возле запакованных чемоданов, дико заорал с порога.

- Я никуда не поеду!

- Но мама больна. С ее слабыми легкими она сможет поправиться только в Ницце.

- Вот и уезжайте в свою распрекрасную здравницу. Я здоров! И мне здесь замечательно. Я хочу, хочу рисовать!

Андре, обстоятельно поговорив с Мариусом, принял решение оставить сына в Париже на попечении старого художника.

- Да, да, у нас обширная программа, - суетился старик, - мы должны изучить шедевры Лувра, заглянуть во все живописные уголки нашего чудного города. А месяца через три мы нагрянем к вам. Как, я люблю морские пейзажи!

Но в Ниццу Винсент вернулся один. Тощий, бледный, удрученный. От перенесенного эмоционального стресса, парень даже стал заикаться. У него на глазах дядюшка Мариус умер.

Они вместе шли по извилистой, как змея улице. Разговаривали, спорили, смеялись. И вдруг старик упал. Винсент подумал, что учитель просто споткнулся. Наклонился, чтобы помочь, и увидел стекленеющие глаза и пузырь слюны на посиневших губах.

- Люди! - мальчик стучал в ворота соседних домов. - Помогите!

Где-то сердито лаяла собака, плакал ребенок, звенела посуда, и звучал рояль. Те минуты наедине со смертью растянулись до бесконечности.

- Чего так орать? Старый уже был человек. С каждым это случится, - сонная женщина, наконец, выглянула из-за одной калитки. - Нужно бы полицию вызвать, труп увезти.

Все события последующих дней не переваривались в юношеском сознании. Дул холодный ветер, моросил дождь, стоял посреди комнаты мольберт, и даже кисть еще не высохла. Все продолжало жить, как и прежде, а человека не было.

Патрисия все еще болела. Временами она хандрила, капризничала, отказывалась принимать лекарства. Андре терпеливо и нежно ухаживал за ней, как когда-то за слабенькой девочкой из Лиля.

Винсент, предоставленный сам себе, стал надолго пропадать из дома. Иногда околачивался среди бродяг, курил с ними табак, хлестал вино, разговаривал на их манер хрипло, смачно сплевывая, употребляя крепкие жаргонные словечки.

Андре страдал. Совсем иначе представлял он семейную жизнь и своего наследника.

- Знаешь, дорогая, мне не по душе тот образ жизни, что ведет наш сын, - пытался он откровенно поговорить с женой. - Сегодня его опять видели с непристойными женщинами возле захудалой харчевни. Что его ждет в будущем? Он необразован, невоспитан.

- Глупости! Ты говоришь ересь. И рассуждаешь, как обыватель. Да, мы с тобой, ничем не примечательные, обыкновенные людишки. А он - гений. Его невозможно запихнуть в рамки скучной, как ты выражаешься, приличной жизни. Мальчику, как личности творческой, необходимо познать и вкусить все ощущения и эмоции. Оставь его в покое! Твои нудные нравоучения годятся лишь для душ, покрытых плесенью. Я не желаю тебя видеть! - поджав губы, женщина удалялась в свою башню, где, открыв окно, часами сидела неподвижно.

Наконец, блудный сын являлся! Патрисия преображалась. Румяная от радости, она, в нарядных светлых одеждах, мелькала то на кухне, то в саду, раздавая направо и налево бесконечные приказания.

- К ужину непременно шампанское! Сливки взбейте попышнее! Букеты из алых роз поставьте на каждое окно!

Винсенту шел пятнадцатый год. Был он жгуче рыж, худ, высок. С отцом он практически не разговаривал. С матерью гримасничал и дразнился, как обезьянка. Он обожал рассказывать ей о своих приключениях. Никогда и никто с таким восторгом его не слушал. Он говорил взахлеб, размахивая руками, смешно копировал новых знакомых, даже не стеснялся выложить подробности своих любовных опытов. Потом внезапно замолкал.

- Все. Устал. Надоело. Хочу один побыть.

- Конечно, конечно! - в ласковом голосе ни тени обиды или упрека.

Лишь истинная любовь лишена эгоизма, и поэтому ей не ведомы ни ревность, ни разочарование.

Винсент, прогнав мать, усаживался к мольберту. В одну из июльских ночей он решил исполнить автопортрет. Он зажег все свечи, которые были в павильоне и, уставившись в зеркальную муть, долго хмыкал, поднимал брови, растягивал губы.

- Приступим, сударь! - игриво подмигнул сам себе.

Но ничего не получалось. Почему он мог изобразить деревья, цветы, других людей, а себя нет? Уже ночь была на исходе, и весь пол был завален неудавшимися набросками.

- Все ясно, ты бездарь и урод! - мрачно изрек он своему отражению. - К дьяволу все! - Винсент носился по павильону, срывая все свои прежние работы, любовно оформленные Патрисией в красивые рамки.

- Гори все пламенем! Не жаль...- он кружил вокруг костра, как дикарь, гримасничая и отчаянно жестикулируя.

Искры светящимися бабочками оседали на занавесках, коврах. И вдруг вся деревянная постройка вспыхнула зловещим факелом в саду.

Бездыханного Винсента вытащил через окно старый садовник.

То, что осталось от Патрисии, хоронили в наглухо замурованном гробу.

- Проснулась ли она от едкого дыма или умерла во сне? - этот беспокойно-горький вопрос будет долго мучить сердце Андре.

НОЧНОЙ ЗВОНОК

Утро еще дремало за морем. В Ницце наступила та благодатная передышка, когда ночные гуляния затихли, а утренние хлопоты еще не начались. Ни огонька, ни звука. Лишь море беспокойно ворочается, как большое живое существо, тихо вздыхая во сне.

Франсуаза открыла глаза. В комнате сумерки. Фиолетовый полумрак прячет очертания предметов. Темными массивными холмами высятся шкаф, буфет, кресла, напольные часы.

- Который час? - прищурилась Франсуаза, тщетно пытаясь с подушки рассмотреть цифровые завитушки на потемневшем от времени циферблате часов, которые неутомимо отстукивали минуты жизни ее отцу, прадеду, деду.

- Ну, вот дожила, ничего не могу разобрать! - рассердилась женщина сама на себя. Пришлось откинуть одеяло, встать, сунув ноги в белые атласные тапочки, и подойти вплотную к фигурной башне часов.

- Боже мой, всего-то четыре часа! А что могло меня разбудить? - пробормотала вслух по той привычке, которая часто вырабатывается у людей, долгое время живущих в одиночестве.

Часы, словно услышав знакомый женский голос, откликнулись мелодичным перезвоном.

- Ну-ну, не шуметь! - Франсуаза погрозила пальцем маятнику.

Однако прохладно! Хрупкое тело съежилось под розовой батистовой рубашкой.

- В природе благодать, а я мерзну... Неужели это возрастное? - она юркнула в постель, прикрыв легким розовым одеялом стройные смуглые ноги. Не глядя, протянула руку к ночному прикроватному столику, взяла сигарету, зажигалку. Короткий язычок пламени на мгновение осветил сухощавое лицо, узкую руку, покрытую мелкими морщинками, словно ажурной перчаткой.

- Вспомнила, вспомнила, что меня разбудило! - она еще раз нервно щелкнула зажигалкой. Горячая вспышка, словно высветила в подсознании фрагмент ночного сновидения.

- Пожар! Я видела жуткое, жадное пламя…

Женщина закурила и, сделав глубокую затяжку, попыталась вытащить из памяти детали ночного кошмарного сновидения.

Франсуаза всегда верила во все приметы, сны, а с тех пор, как перешагнула порог семидесятилетия, суеверие приобрело особые рельефы. Ниточки сегодняшнего дня сплетали узор другой жизни. Бесконечной жизни за земной чертой.

- Итак, - сказала женщина сама себе. - Сначала я видела сад. Цветущий жасмин. Возле душистого куста смеется хорошенькая румяная девушка. Такой я была много-много лет назад. Но кто стоял рядом со мной? Высокий, костистый и абсолютно лысый человек. Что-то я не припомню, чтобы этого мужчину из сна я когда-либо встречала в реальной жизни. Незнакомец о чем-то страстно меня просил. Да, точно он что-то говорил о наследнике…

И вдруг в комфортное благолепие ворвались душераздирающие крики, невероятный грохот и едкий запах дыма. Я отталкиваю лысого, бегу из сада и вижу, как горит мой отель. Пламя, как дикий зверь, набрасывается на бело-розовые колонны, на витые балкончики, на жалюзи и тяжелые дубовые двери.

Я стою и не могу сдвинуться с места. Горячее дыхание огня подбирается к волосам, ногам, рукам. Я начинаю задыхаться. В голове нет ни одной мысли о собственном спасении. Зачем бежать? Куда? Я погибну вместе с «Белым Ангелом». Настоящий кошмар мне приснился! - Франсуаза резко затушила сигарету в массивной пепельнице из бирюзового хрусталя. - Все это неспроста! - тонкие фигурные брови сошлись к переносице. - Уж не заснул ли дежурный?

Кнопка связи с ночным дежурным по отелю была вмонтирована в боковую панель ночного столика. Но от волнения женщина не сразу ее отыскала, отчего еще больше разнервничалась. Наконец, нажав на все соседние кнопки, отчего включились верхняя люстра, кондиционер, радио, она нажала на выскальзывающий из-под прыгающего пальца полированный бугорок.

- Алло! Доброе утро. У аппарата администратор отеля «Белый Ангел», чем могу быть полезен? - ответил в динамике спокойный, интонационно-ровный голос Филиппа.

- Фил! - воскликнула Франсуаза без обычных вежливых предисловий, - у нас все в порядке?

- Да, мадам! - в тембре баритона не дрогнула ни одна струнка, словно ночной звонок хозяйки обыденное дело.

Она хотела спросить что-то еще, но напряженный палец самовольно отыскал кнопку отбоя.

- Нет, - не успокоилась Франсуаза. - Голос дежурного что-то мне не понравился. Скорее всего, Фил задремал. Пропустил сигналы датчиков, установленных на аварийном табло. А где-то крохотная искорка уже обрела силу и ползет предательской змейкой.

Картина пожара нарисовалась перед глазами так реально, как мастерски исполненные театральные декорации перед зрительницей из первого ряда.

Франсуаза поспешно встала, накинула на ночную сорочку бархатный пеньюар густого лилового цвета и натянула на кучерявую седую голову розовый с рюшами чепец.

- Пойду, сама все проверю. Все равно не засну уже…

Она уже было вышла, да вдруг спохватилась.

- А ключи, ведь не взяла, старая пальма! Да, из пепельницы нужно вытряхнуть.

Франсуаза вернулась к ночному столику. Внезапно зазвонивший телефон, заставил ее вздрогнуть. Гулко звякнули, выпавшие из сухой руки, ключи.

- Алло, мадам Дюваль? - вкрадчиво поинтересовался мужской голос с иностранным акцентом.

- Да, да! - живо откликнулась Франсуаза. - Кто это звонит, простите, не узнаю.

- Вам необходимо завтра прибыть на Лионский вокзал с первым утренним поездом из Ниццы.

- Что-что? - хозяйка отеля с недоумением смотрела на замолчавшую трубку, словно ожидая появления на пластмассовой поверхности фотографического портрета отключившегося анонима.

- Все это мне не нравится! - с этими словами и встревоженным лицом Франсуаза спустилась в холл отеля.

Филипп, шестидесятилетний уроженец небольшого американского штата, сидел за конторкой и заполнял своим бисерным почерком журнал дежурного. Как всегда он был тщательно причесан, выбрит и расточал аромат крепкого одеколона и ядреных кубинских сигар.

- Мадам, нет ни малейшего повода для волнения, - американец почтительно поднялся, приветствуя хозяйку, появившуюся в неурочный час.

- После вашего тревожного звонка я проверил все датчики. Кроме того, как человек преклонного возраста, а значит, не очень доверяющий любой технике, я сам лично прошел и проверил объект. Все тихо, спокойно.

- Спасибо, Филипп! - Франсуаза опустилась в кресло.

- Мадам, что вам предложить? - заботливо поинтересовался Филипп у хозяйки. - Кофе, сок, вино?

- Что-то мне очень тревожно, Фил, - Франсуаза потерла крепкими пальцами пульсирующие синие жилки на висках. - Сон какой-то жуткий приснился. Старею, видно, - она невесело усмехнулась.

- Ах, оставьте, мадам, - спокойно парировал мужчина. - Кто-то мудрый заметил, что умные женщины с возрастом лишь хорошеют. Так что вам старость не грозит. А раз настроение грустное, я вам настоятельно советую выпить винца.

- Пожалуй, ты прав. Мое любимое «Бордо» и согреет, и успокоит, и, словно все внутренности надушит.

Франсуаза с удовольствием наблюдала, как расторопный Филипп обтер белоснежной салфеткой сверкающий фужер, откупорил темную, словно запыленную бутылку и особым винтообразным жестом наполнил хрустальный сосуд.

- Прошу!

Франсуаза сделала несколько маленьких глотков. Прикрыв глаза, улыбнулась с блаженством.

- Хорошо-то как...

Филипп заварил себе крепчайший кофе и прихлебывал горячий напиток минеральной водой со льдом.

- А что, Фил, ты в нашем отеле сколько лет уже работаешь? - из голоса хозяйки пропали напряженные нотки. Голос вновь стал бархатным и мягким, как в меру сладкое красное вино.

- Скоро будет пять лет, мадам, - мужчина достал коричневую сигару из жестяной коробки, неспешно поднес к ноздрям, сделал глубокий вдох, чтобы почувствовать аромат. Потом чиркнул спичкой о коробок. Франсуаза знала приговорку Филиппа о том, что огонь зажигалки губит прелесть хорошей сигары.

- Пять лет, говоришь, - она улыбнулась. - А помнишь, как мы встретились?

- О, да! Поверьте, я никогда не забуду того дня, - мужские глаза увлажнились.

Женщина коротко улыбнулась, и оба замолчали, словно заново переживая тот день. Каждый по-своему.

В то незабываемое для Филиппа утро, Франсуаза, как всегда по своей давнишней привычке поднялась рано и, чтобы запастись бодростью на целый день, пошла к морю. На берегу у нее было излюбленное местечко. От города и посторонних глаз этот песчаный пятачок укрывал утес. С первого взгляда неприступный, колючий, обросший какими-то дикими кустами. Своим угрюмым видом он отпугивал отдыхающих. И только немногие местные жители знали потаенную тропинку, ведущую к чистейшей морской лазури.

Стояла знойная осень, когда море, воздух были густо пропитаны тягучим теплом и ароматом и не спешили расставаться с этой благодатью, бережно удерживая в каждой материальной частице золотые солнечные россыпи.

Франсуаза, выросшая в этих краях, любила и умела плавать.

- Знаете, когда я впервые поняла, что уже немолода, - однажды призналась она кому-то из постояльцев, - когда мне расхотелось плыть до маяка. Уж слишком медленно это стало у меня получаться. Черепахи ведь бывают не только сухопутные…

И в то утро она уже не стремительно плыла к горизонту, а просто качалась на волнах, широко раскинув руки, словно обнимая утренний распахнувшийся над ней небосвод. Поэтому она не могла видеть, как невысокий кряжистый мужчина с седым ежиком волос, с обветренным, чуть грубоватым лицом, спустился по заветной тропинке.

Незнакомец расположился рядом с вещами Франсуазы. Мужской силуэт купальщица обнаружила внезапно. Чертыхнулась про себя. Откуда он здесь нарисовался? Не с неба же свалился?

В своих предположениях Франсуаза была недалека от истины.

Буквально несколько часов назад Филипп покинул салон самолета, приземлившегося в аэропорту Ниццы. Перекинув через плечо ремень большой черной сумки, где поместились все пожитки, он прошел пешком через весь город, по-утреннему свежий и чистый.

Завороженный путник прогулялся по просторной Английской набережной, полюбовался ухоженными скверами и причудливыми, выкрашенными в бежевые тона старинными зданиями, а потом захотел спуститься к морю. Как ему удалось отыскать неприметную тропинку? Сияющая бирюзовая бесконечность лежала у его ног. Сняв штиблеты и, закатав брючины, Филипп вошел в теплую волну.

Глядя на лазурное, словно светящееся море, вдыхая терпкий аромат осенних цветов и листьев, вспомнив гостеприимную, по-домашнему милую атмосферу аэровокзала, симпатичные улочки, которые привели его сюда, он почувствовал, как комок подступил к горлу. И он, тертый, битый жизнью мужик, заплакал. И было в тех слезах больше не чувства восхищения и умиления, а горькой тоски. Так безутешна неразделенная любовь.

- Вот куда я стремился всю жизнь и искал так долго, - говорил он сам себе. И его захлестывала горечь от мысли, что со всем тем, что он узнал и открыл сегодня, скоро придется расстаться. Уж кому-кому, а ему-то, помотавшемуся по странам и весям, были ведомы все закорючки визовых препонов для иностранцев.

Кто он такой? Вечный эмигрант! Родился в Америке, жил в Канаде, Австралии, Алжире, Греции. Не было у него ни сколоченного капитала, ни заботливых детей и внуков. Как перекати-поле, носили его по жизни ветер приключений и страсть к перемене мест. И вот, когда душа, так долго искавшая золотую пристань, нашла ее, увы, было поздно. Слишком поздно.

- Ты стар! Твои специальности, которыми ты так гордился в молодости - строитель, водитель-дальнобойщик, давно уже в руках плечистых парней.- Эта противная мыслишка тащила за собой еще одну, более безотрадную. - Поживешь здесь немного, насладишься красотой, которая никогда не будет принадлежать тебе, и все. Потом повезешь свои старые кости в нелюбимые края. И будешь не жить, а доживать.

- Я не хочу так, не хочу, - Филипп стиснул зубы, пытаясь утихомирить горькую тоску в груди. А слезы, непрошенные слезы, текли и текли.

Как солоны редкие слезы!

Он и не заметил, как из воды, прямо к его ногам вышла женщина в глухом синем купальнике и белой шапочке.

- Черт возьми, - выругалась звонко, споткнувшись об черную сумку, - здесь в это время никого не бывает.

- Простите, мадам! - застенчиво произнес незнакомец. - Я вовсе не хотел нарушить ваше уединение.

Что-то в мужском голосе заставило Франсуазу притушить свое недовольство. Она прищурилась и внимательно посмотрела в лицо незваного пришельца.

- О! Похоже, что-то в этом мире вас безумно расстроило? Простите мою несдержанность…

- Мадам, - начал он глухо. - Вы даже не представляете, как я, старый болван влюбился

- Что? - протянула она разочаровано. - Седина в бороду, бес в ребро?

- Нет, совсем не так, - мужчина отчаянно замотал крупной головой.

- Сколько раз я слышала это, - Франсуаза энергично растиралась полотенцем. - Вы влюбляетесь, наивно полагая, что в мире до вас никто и никого так не любил. Старая-старая песня. Неинтересно! Отвернитесь-ка лучше. Мне нужно переодеться.

Мужчина послушно отошел на несколько шагов и почти уткнулся лицом в заросли колючего кустарника.

Франсуаза скинула мокрый купальник и запрыгнула в широкий махровый балахон, затянув на талии пояс с кистями, обула сандалии.

Мужчина, как отвернулся, так и стоял истуканом.

- Эй, влюбленный, - Франсуаза подошла к массивной спине, легонько похлопала по плечу. - Очнитесь. Дайте-ка лучше женщине огонька. Видимо, по пути выронила зажигалку.

Он вытащил из кармана полотняной куртки спички.

- Итак, вы как будто бы хотели что-то мне поведать про свою любовь? Она - молода, красива? Имя какое? Вы ведь слышали, что женское имя - это часть судьбы?

Видимо, утреннее море подействовало на Франсуазу возбуждающе, только этим можно объяснить поток ее слов и вопросов. Так выпивший человек становится не в меру разговорчивым.

- Имя? - Вы спрашиваете имя? - мужчина оглянулся по сторонам и с чувством произнес. - Ницца!

- Что? - глаза Франсуазы округлились.

- Мадам, если бы вы знали, сколько физиономий городов, запахов деревень, звуков прибрежных волн знает это сердце, - он положил широкую ладонь себе на грудь. - Но все это возникало и исчезало, как театральные декорации. И, поверьте, никогда не случалось подобного - такой щемящей любви с первого взгляда, вздоха, шага. Теперь без Ниццы я не смогу... Душа меня гнала с места на место, чтобы, наконец, я встретил настоящую любовь.

Темные глаза женщины вспыхнули. В глубине зрачков заструились искорки, так ночное небо цветет от огней фейерверка.

- Вы, наверное, думаете, что я сумасшедший, - мужчина горько усмехнулся, заметив в женском лице какую-то мгновенную перемену. - Странно устроен человек. Ему понятна любовь к неказистой кошке или попугаю, твердящему одни и те же слова... А город? Это особое живое существо, со своим лицом, характером, привычками, нежностью и страстью. Я сумасшедший? - он виновато склонил голову.

- Я так не считаю, - проникновенно отозвалась Франсуаза. - Более того, подобное чувство мне понятнее, чем слепое поклонение какой-нибудь вертлявой кокетке. Откуда вы приехали? - она внимательно осмотрела его светлый полотняный костюм, дорожную сумку.

- Трудно сказать. Жил во многих местах. Но теперь мне кажется, что все время я ехал сюда, к себе домой, в прекрасную Ниццу.

И он стал ей сбивчиво говорить то, что жгло сердце. Про тоску чужих городов, про адский труд эмигранта, про возраст и время, которое сжирает каждую секунду бытия.

- Говорите, говорите, - она пристально смотрела ему в глаза, словно заглядывая в самые сокровенные уголки души.

От природы застенчивый и не очень-то разговорчивый Филипп смутился от искреннего внимания.

- Пардон, мадам! Я вероятно вас утомил, пойду, пожалуй…

- Следуйте за мной! - неожиданно приказала жестким голосом женщина.

Она шла уверенно и ловко. Чувствовалось, что смуглые ноги знают коварную тропинку до малейшего камешка и ямки.

Он шел за ней следом, неуклюже покоряя утес и ощущая себя при этом, тяжелым потным медведем.

Город просыпался. Служащие маленьких кафе, в основном молодые парни, расставляя на отведенных пятачках столы и стулья, жизнерадостно переговаривались, смеясь и напевая. Магазинщики сосредоточенно протирали стекла витрин. Садовники орошали свои душистые владения.

Женщина, за которой Филипп шел покорно, словно прикованный невидимой цепью, внезапно остановилась возле ажурной металлической калитки, обвитой плющом. Листья веселого растения сияли, словно покрытые лаком.

«Отель «Белый Ангел». Добро пожаловать к мадам Дюваль» приглашала витиеватая надпись на металлической под золото табличке.

- Вот и пришли! - Франсуаза обратила к своему спутнику разрумянившееся от быстрой ходьбы и свежего утреннего ветра лицо.

- Благодарю вас, - Филипп вспотел еще больше.

От предположения, что эта седая насмешливая дама предлагает ему провести с ней амурные часы в незнакомом отеле, кровь прихлынула к вискам. Он гулко откашлялся.

- Простите, но вы ошиблись. Как бы ни страдал Филипп Гаркар, никогда он не жил и не любил по принуждению. Прощайте, мадам, - он резко вздернул подбородок.

Франсуаза звонко рассмеялась.

- Э, милый! Ты слишком высокого мнения о своих мужских достоинствах, и уж совсем плохо думаешь о женщинах, - протянула узкую ладонь. - Будем знакомы. Мадам Дюваль. И она, эта мадам, давно уже вышла из того возраста, когда соблазняют. Даже таких парней, как обветренный ковбой Фил, - насмешливо сбежались к уголкам глаз лучики морщинок.

- Попрошу запомнить навсегда - в моей жизни есть единственная и настоящая любовь, это «Белый Ангел».

Они шли по хрустящей гаревой дорожке. Со всех сторон шелестело и благоухало осеннее великолепие цветов.

- Ну, разве можно не восхищаться подобным красавцем? - Франсуаза восторженно всплеснула руками, словно раздвинула театральный занавес.

Филипп замер. В конце дорожки высился белоснежный особняк. Он был непохож на современные, геометрически выверенные строения. Архитектор-фантазер попытался придать земной постройке облик не то летящего корабля, не то птицы, готовой взмахнуть большими крылами.

- Правда, хорош? - Франсуаза с удовольствием наблюдала молчаливое восхищение Филиппа. - Мой прадед вложил в этот отель беззаветную любовь к женщине, к морю, к Франции. И просто к жизни, - хозяйка отеля вздохнула, словно какое-то неприятное облачко воспоминаний вдруг наползло на сияющее великолепие.

- Впрочем, в сторону сантименты. У меня к вам серьезное, деловое предложение.

- Да, мадам, я весь внимание.

- Давайте присядем, - предложила Франсуаза и направилась в тень каштанов, где стояли удобные легкие креслица. - Итак, вечный странник, предлагаю вам, наконец, остепениться и с завтрашнего дня занять пост дежурного в моем отеле. Жить и столоваться будете здесь же, ну как? Заманчиво?

- Честно говоря, - Филипп еще не мог придти в себя, - я никогда не служил в отеле. Право не знаю, получится ли у меня?

- Неужели вы сомневаетесь? - Франсуаза или не поняла, или не захотела принять сомнений немолодого мужчины.

- Месяц назад мы попрощались с любезнейшим Патриком, - она вздохнула. - Этой зимой отметили бы его девяносто два года… И, представьте, семьдесят лет Патрик не расставался с «Белым Ангелом». Какой шикарный был мужчина! Жизнерадостный, крепкий.

Практически никогда не хворал. И надо же пустяковая царапина на ноге. Инфекция. И сгорел человек за три дня. Вот ведь как случается. Ну, решайтесь! - женщина насмешливо сощурила темные глаза.

- Мадам, я бесконечно благодарен вам за то, что вы поверили мне и как-то смогли всего меня прочитать, прочувствовать... Конечно же, я принимаю ваше предложение.

Филипп хотел еще добавить, что не может поверить в неожиданную счастливую случайность, что никогда прежде судьба не преподносила ему, неудачнику, ничего подобного, что...

- Не трудитесь подыскивать слова, - остановила Франсуаза. - Очень часто наши фразы ничего не значат. Вашей безукоризненной работы и преданности «Белому Ангелу» - вот чего я от вас жду. Согласны?

- Да, - почти прошептал Филипп, чувствуя, как опять предательский комок из слез подкрадывается к горлу. Лишь дети и старики так легко смеются и плачут.

Ни тогда, в осеннее благодатное утро, ни потом Франсуаза ни на секунду не пожалела о своем спонтанном поступке. Как так? Пригласить на работу совершенно незнакомого человека, да еще иностранца! Сколько хлопот было только с оформлением документов. Ладно бы молодой, перспективный парень, а то старик с вечной трубкой в уголке рта. Но лучшего работника она не желала. И вот надо же, нелепый кошмарный сон заставил усомниться в честно бодрствующем Филиппе.

Франсуаза допила вино, улыбнулась.

- Спасибо, Фил. И вино замечательное, и ты, как всегда отменный ночной дежурный. Я, пожалуй, пойду к себе. Завтракайте без меня.

- Что-то я расклеилась, - подумала женщина про себя, поднимаясь по лестнице, и, пытаясь изо всех сил, держать ровно спину.

Филипп, проводив влажным взглядом хозяйку, прочитал мысленно молитву благодарности Богу за тот день, когда он очутился в этом отеле.

В «Белом Ангеле» помимо Филиппа служили еще трое мужчин.

На кухне управлялся рыжий нормандец Альберт. Он родился и вырос в маленьком городке, почти на самом севере Франции. Там же он и женился на прелестной, нежной соседке - Саре. Молодожены обожали друг друга. И все дела у них спорились: процветал семейный бизнес. Леруа держали небольшой придорожный ресторанчик. Старый дом, в котором жил еще дед Альберта, отремонтировали, надстроили веселый светлый этаж. А сад, какой роскошный сад шумел вокруг счастливого семейства!

Сара, преданная, ласковая подруга, подарила Альберту двух замечательных сыновей. Пьер - кучерявый, черноглазый - копия смешливой Сары. А Леончик - рыжеватенький, с глазками цвета утреннего неба - папин портрет. Проворные мальчишки-погодки уже лет с шести были при деле - помогали на кухне, возились на огородных грядках.

Что случилось с Сарой после смерти ее матери, один бог ведает? Стала она вдруг медлительной, рассеянной, забывчивой. А то могла встать посреди двора и, словно окаменеть.

- Сара, Сара! - окликал жену встревоженный муж.

Она не отзывалась и не видела его ставшими, будто стеклянными, глазами.

- Куда улетала, моя ласточка? - Альберт ласково обнимал округлые плечи. - Тебя, словно не было на Земле рядом со мной, - нежно гладил волнистые косы.

Но полеты становились все более затяжными и непредсказуемыми. Случалось, что вдруг Сара спрашивала у мужа:

- А что делают чужие дети у нас в саду? - глядя на играющих сыновей. - Палкой, палкой прогнать их нужно, - пухлые губки растягивались в зловещем оскале.

Однажды ночью Альберт услышал, как жена спустилась на кухню. Минут через двадцать он пошел за ней. Сара стояла с растрепанными волосами в мокрой ночной рубашке, прилипшей к стройной фигурке, и поливала из бака воду на себя, на пол, столы и стулья.

- Река, река! - вскрикивала и смеялась женщина. - Чистая, холодная течет, течет! - звонко шлепала босыми ногами.

На следующий день Альберт привез в дом доктора. Седой, высокий немец долго беседовал с Сарой, играл с ребятами, плотно пообедал с хозяином. Глаза доктора ясно-голубые, безмятежно-спокойные приободрили Альберта. Да, и Сара в тот день была, как прежде веселая, шустрая, словно капелька ртути.

- Ну, как наши дела? - добродушно поинтересовался глава семейства у лекаря, провожая его сумеречной улицей.

Немец молчал, пожевывая кончики светлых усов.

- Видите ли, уважаемый Альберт. Здесь не место для бесед на серьезные темы, - неохотно проворчал. - И все же, - внезапно доктор остановился и, глядя в глаза Альберту, горячо прошептал:

- Вашей жене немедленно нужно лечиться в психиатрической клинике. Похоже, это наследственное заболевание. Стресс после похорон матери обострил вялотекущий процесс. Ничего, дружище, - немец похлопал по плечу одеревеневшего Альберта, - я подумаю, в какую клинику ее определить. А пока, - он порылся в своем саквояже, - вот возьмите, но жене ни слова, - протянул пузырек с маленькими таблетками.

- Ей не помешает, успокоит немного. Принимать по две штучки утром и вечером. Ну, придумайте для нее, что это витамины, - доктор наморщил лоб, словно решая мучительную задачу. - Нет, пока достаточно, - сказал сам себе и щелкнул металлическим замком саквояжа.

Короткий щелчок, слишком громкий в тишине вечерней улицы, подействовал на Альберта возбуждающе, так от удара хлыста взбрыкивает лошадь.

- Что вы сказали, упрятать мою красавицу под одну крышу с сумасшедшими? Вы шарлатан! И ничего не смыслите в заболеваниях, - он схватил побледневшего немца и начал трясти, как тряпичную куклу, - знаю я вас, продажных лекарей, лишь бы денег побольше вытрясти. К черту, черту убирайтесь!

Доктор спокойно отодвинул разгоряченного Альберта от своего тела.

- У вас есть время, чтобы подумать, но, учтите, медлить нельзя, - отряхнул с куртки невидимые пылинки и решительно зашагал по дороге.

- Прощайте навсегда! - выдохнул Альберт в прямую спину и побежал прочь.

На берегу реки он немного успокоился, отдышался и выбросил в темные воды пуговки-таблетки.

А через неделю в той же воде утонули и Сара, и сыновья.

Что за странный порыв позвал женщину к реке? Под сумерки выпросила у рыбаков лодку и отправилась в свое последнее путешествие.

После похорон жены и детей, никто из соседей не видел Альберта. Поговаривали, что он заперся в своем ресторанчике и беспропудно пьет, хотя раньше ничего крепче сидра он не употреблял.

В тот месяц Франсуаза гостила у своей приятельницы, миниатюрной, сухонькой Марго, когда-то жившей в Ницце и соблазнительно блиставшей в роскошном ресторане среди танцовщиц варьете. Отмахав точеными ножками десять лет, Марго заработала хроническую болезнь суставов и немного денег, которые копила старательно, экономя на ужинах. Уставшая, разочарованная, уже не верившая в сказки о богатых и красивых принцах, она вернулась в отчий дом. Вышла замуж за немолодого добряка соседа-фермера. Родила улыбчивому толстяку трех девчонок и доживала свой век в окружении внуков, племянников и прочей многочисленной родни.

- Только семья - это настоящее, все остальное иллюзии! - восклицала она всякий раз, обнимая давнюю подругу при встрече и прощании.

Счастье часто делает людей эгоистами. Маленькая танцовщица своими философскими рассуждениями больно ранила одинокую подругу, с возрастом все чаще и чаще грустящую о своей доле. Но Марго, упоенная ролью хозяйки большого дома, этого не понимала, зато она же подталкивала Франсуазу искать, искать родную кровинку хоть в Африке, хоть в России.

И вот в один из вечеров на террасе, когда, наконец, маленькие домочадцы затихли в своих кроватках, а взрослые собрались под большим абажуром для вечернего чаепития, Марго поведала о трагедии, случившейся в семье Леруа.

- Такая славная была семейка! - восклицала Марго, прикладывая кружевной платочек к глазам. - Когда они шли по улице - высокий Альберт, изящная Сарочка и их детки, над ними, словно облако светилось. Необыкновенное облако любви, уж я-то его теперь хорошо вижу!

- Да, - кряхтел ее восьмидесятилетний муж, во всем и всегда соглашавшийся со своей женушкой. - А, помнишь, дорогая, как молодые Леруа открыли свой ресторанчик, и все фермеры отпускали им в кредит продукты, верили, что дело выгорит.

- Да, где в семье любовь, там все получается. И что теперь? Как жить бедному Альберту? - Марго заглядывала в глаза подруги. - Ты, как думаешь Фро? - в молодости танцовщица именно так просила совета у своей рассудительной подруги, рассказав о своем очередном любовном увлечении.

- Завтра что-нибудь придумаем, - кутаясь в шаль, ответила Франсуаза. - Однако, прохладны вечера в Нормандии.

А утром Марго, утомленная нескончаемыми семейными хлопотами, забывшая о печальных вечерних разговорах, немало удивилась, когда Франсуаза решительно заявила подруге.

- Пойдем, навестим мужчину, попавшего в беду.

- Куда? К какому мужчине, ты что-то, подруга, путаешь

Франсуаза нисколько не удивилась забывчивости Марго.

- Ты ведь сама сокрушалась вчера, как он страдает сейчас, что впереди у него жизнь, всего-то ему чуть за тридцать, и вот потеряны все земные ориентиры.

Добрых полчаса колотили две женщины в двери, в окна, закрытые ставнями. Наконец, заскрипел засов.

- Кто там еще? - растрепанный бледный человек щурил красные воспаленные глаза. - Никого, никого не желаю видеть, - челюсть его дрожала.

- Альберт, послушайте, Альберт, - мягко произнесла Франсуаза, - горе ваше велико, но жизнь продолжается. Вы не должны ее зачеркивать ради памяти ваших близких.

- Вы кто? - заикаясь, спросил мужчина.

- Почти твоя мать! - Франсуаза сама не ведала, почему именно эти слова слетели с губ.

Может быть, она действительно была чем-то похожа на покойную мадам Леруа, или у бедного Альберта настолько все перепуталось в голове, что он выкрикнул.

- Мама, как хорошо, что ты пришла. Забери меня к себе. Я не могу здесь больше жить. Я один, и никому не нужен, - Альберт заплакал.

Всхлипнула и Марго, притаившаяся за спиной подруги.

Франсуаза сохранила спокойствие и рассудительность. Быстро собрали нехитрые пожитки Альберта, навесили большие замки на все двери и бесчувственного, отупевшего от горя и вина мужчину посадили в машину.

Волшебный воздух Ниццы, море, травяные отвары, усиленное питание и главное появившееся ощущение своей нужности постепенно вернули нормандцу вкус к жизни.

Первые месяцы Альберт помогал толстому Лео на кухне, а когда сердечная недостаточность уложила главного повара в постель, Альберт принял все дела.

Правильно утверждают, что мастерство настоящего кулинара проверяется на простых блюдах. Салат из помидоров - велика ли хитрость? Ан нет! Ловкие руки нового повара так разрезали сочный плод, что ни одна капелька не стекала мимо, толченый чеснок, лучок, три вида масла в каких-то особых пропорциях, несколько капель уксуса, сушеные и свежие травки и незатейливое блюдо становилось деликатесом.

Конек Альберта - национальные блюда родной Нормандии. Полакомиться печеночными паштетами, жирными потрохами, тушеными с овощами, душистыми колбасками приходили горожане с дальних улиц.

Здесь, на юге, энергичный кулинар освоил новые рецепты. Улитки! Сметливый Альберт быстро разобрался, какие из них чего стоят. Неприметные полосочки на костяных завитушках - своеобразный код для искушенных. Альберт сам собирал на виноградниках живое сырье для будущего лакомства. Начинял улиточный домик чесноком, маслицем, травками. У духовки дежурил с секундомером. И потом не смолкал треск улиточных щипчиков.

У соседа, родом из Марселя, Альберт выведал тонкости приготовления рыбных блюд. Ах, какой дух исходил из котелка, в котором закипал буябес! Суп-ассорти из всех мыслимых и немыслимых даров моря.

Хозяйка ценила Альберта не только за искусство кулинара. Он полностью освободил Франсуазу от провиантских забот. Экономный, расчетливый повар затаривался на рынках, отчаянно торгуясь и споря, умудряясь по самой низкой цене приобрести отборные, свежайшие продукты.

И неслыханное дело - искусный кулинар не требовал себе помощников - сам мыл посуду, драил котлы, чистил овощи.

- День-то длинный, чем мне еще заниматься, - смущенно улыбался на предложение Франсуазы взять на кухню какого-нибудь расторопного паренька.

Хозяйку Альберт боготворил. Он плохо помнил, как увозила она его в первый раз из родного опустевшего гнезда, вырывая из горя, отчаянья, боли. Через полгода они вновь приехали к заброшенному саду, заколоченным дверям, и Альберт завыл тоскливо, как собака, увидев на террасе игрушечный автомобиль сыновей и ленту от шляпки жены. Франсуаза обняла рыдающего, обмякшего мужика.

- Ну, ну, ты же сильный человек. Твоя достойная жизнь - лучшая память о любимых сердцах. Теперь ты не одинок, у тебя есть «Белый Ангел».

Вместе, рука об руку, один бы Альберт ничего не сделал, они продали дом, ресторанчик, собрали в багаж вещи, которые мужчина пожелал взять с собой. Наборчик-то был забавный. Допотопная металлическая лейка, из нее матушка Альберта еще в девичестве окропляла розы, столовое серебро, свадебный подарок молодоженам, скрипучее кресло-качалка, сколько воспоминаний витало над ним! Да еще стопка писем, перевязанная розовой лентой от шляпки Сары.

Франсуаза не выказала ни удивления, ни любопытства. В те дни она особенно была сдержана и немногословна, пытаясь сухой деловитостью вытащить мрачного Альберта из вновь нахлынувшей тоски.

Сумма, вырученная от продажи всего, что когда-то было смыслом жизни для Альберта, для непосвященных казалась солидной и весомой. И только Франсуаза и Альберт знали подлинную ее ничтожность. У потерянной любви нет эквивалентов.

Пройдет время, и начнут невесты роем виться вокруг серьезного, непьющего кулинара с кругленькой суммой в банке. На рынке, в магазинах бойкие торговки будут искать мужского внимания, ласково улыбаясь и блестя глазками.

- Альбертик, может, прогуляемся вечерком? Скоро зачахнешь без любви-то...

Он пропускал мимо ушей фривольные намеки, истово торговался и придирчиво отбирал продукты. И только, возвратясь домой, давал волю своим чувствам.

- Любовь! - сердце его сжималось от боли. Он всхлипывал и целовал розовую атласную ленточку от шляпки. Крестился, заверяя себя и Бога, что до конца жизни будет любить свою, незабываемую ни на минуту, Сару и «Белого Ангела», которого ему послали небеса.

За порядком в отеле следил англичанин Стив. Юркий человечек небольшого роста, с маленькими аристократическими руками, кукольным лицом и безукоризненным пробором в темных прямых волосах.

Стив уважал цивилизацию и прогресс и стремился использовать технические достижения человечества каждый день во всех своих делах. Он тщательно изучал специализированные журналы, мотался на международные промышленные выставки, где демонстрировались и продавались опытные экземпляры супертехники. Благодаря его пристрастию ко всему новому и азарту экспериментатора, в отеле уборка производилась бесшумным и сверхмощным моющим пылесосом, белье стиралось, сушилось и гладилось агрегатом, о котором знали лишь пока узкие специалисты-разработчики.

Во всех комнатах Стив установил ионизаторы и по желанию жильцов организовывал заказанную ауру.

- Мадам, чем вы хотите подышать сегодня? Терпкий дух хвойного леса, аромат весенних цветов или успокоительная мята?

Сам он всем запахам в мире предпочитал запах жженого дерева. Он даже носил с собой обугленную палочку и, когда волновался, тотчас доставал чернушку и жадно вдыхал горький аромат.

Да, разные случаются привязанности и вкусы.

Стив служил в отеле уже более пятнадцати лет. До него «Белый Ангел» почти полвека обихаживался и чистился дородной блондинкой Лорой. Она и сейчас изредка заглядывала в гости. Большая, шумная, румяная. Лора с пристрастием проходилась растопыренными пальцами по буфету в холле.

- Удивительно, но чисто, как при мне, бывало! - радостно информировала окружающих.

Потом рассказывала окрестные новости, пропускала пару стаканчиков винца, которые любезно предлагал ей Филипп, и удалялась, переваливаясь в ноги на ногу, как перезрелая гусыня.

Стиву не нравились визиты Лоры.

- Тоже мне нашелся аудитор! - возмущался он и подносил к остренькому носику свою горелую палочку. Глубоко вдыхал, прикрыв глаза. - Теперь я спокоен. Пусть хоть сто Лор пожалует…

Стив был родом из Англии. Все его предки по отцовской, и по материнской линии гордились своими аристократическими корнями, чинами, регалиями. Папаша Стива занимал высокий пост в Министерстве юстиции. Дед заседал в палате лордов.

Стив же с большим трудом получил документ об окончании колледжа. И дело не в способностях, голова мальчишки соображала шустро. Но вот имелся порок, за который парня презирали, выгоняли, не особо считаясь с положением родителей. Стив воровал.

Он ничего не мог с собой поделать: где бы он ни оказывался - в гостях, театре, кафе - в его руках, словно срабатывали невидимые моторчики, превращая пальцы в захваты. Он тянул все - шоколадки, кольца, деньги, всякие абсолютно ему ненужные вещицы.

В последний раз Стив украл в соседнем магазине игрушечную корову. Большую, мохнатую, несуразную с резиновым выменем и медным колокольчиком на пестрой шее. Звон колокольчика и привлек внимание служащего, попросившего открыть сумку.

Владелец магазина, сморщенный желтолицый китаец, закричал, что у них на родине за воровство отрубают руки. С этим предложением он и привел трясущегося парня в родительский дом.

Мать в очередной раз заплатила за проделку, и на семейном совете было решено отправить Стива во Францию, к дальней родственнице, чтобы в городе хоть чуть-чуть улеглись страсти.

На Стива, словно напала воровская лихорадка. Буквально за день до китайца приходила булочница, с ужасом рассказывая, что собственными глазами видела, как Стив вытянул портмоне из кармана солидного господина. А еще двумя днями раньше матери пришлось извиняться перед высокопоставленными гостями, в чьих саквояжах, портфелях, сумочках пошуровали цепкие ручки сына.

В поезде «Париж-Ницца» симпатичный, аккуратный паренек сидел напротив Франсуазы, которая возвращалась с гражданской панихиды. Умерла ее подруга по пансионату, жизнерадостная рыжая хохотушка, Софи.

Франсуаза мысленно разговаривала с ушедшей в мир иной подругой. Глаза влажнели от грустных дум.

Как страшно и горько быть одинокой. Подруга умерла одна в своей отдельной квартире. Только через три дня забила тревогу булочница, у которой Софи покупала каждое утро свежие круассаны.

Вдруг в вагоне раздался истошный вопль.

- Украли, украли! Люди добрые, - голосила смуглая женщина, в ее крови явно блуждали африканские гены, - на пять минут отлучилась, и вот, пожалуйста, - она демонстративно выворачивала пустые карманы серого плаща, который висел на крюке у входа в купейный отсек.

- Успокойтесь, мадам! - расторопный кондуктор нажал на кнопку вызова полиции.

И буквально, минуты через три, в вагон вошел человек в форме. Приземистый, коротко стриженый человек пробуравил взглядом пассажиров из всех отсеков. Выслушал потерпевшую, повторяющую, как затравленный попугай.

- Украли, украли. Такой кошелек, бисером вышитый!

- Мадам и месье, прошу прощения за беспокойство, но придется поискать деньги несчастной женщины, - полицейский произнес фразу, совершенно не форсируя звука, но его хорошо услышали во всех концах вагона.

- Конечно, конечно, какие могут быть извинения, - услужливо заверещал лысый пассажир, - проверяйте, нам, честным людям, опасаться нечего, - он с готовностью открыл кожаный портфель.

Франсуаза склонилась к своему дорожному баульчику и в этот момент увидела, как миниатюрная, словно точеная рука соседа напротив, милого паренька, швырнула что-то темное далеко под сидения.

- О, ла, ла! - невольно вырвалось у женщины.

Их взгляды встретились. Страх, мольба, отчаянье смешались в светлых глазах на бескровном лице. Парень кусал губы, словно сдерживал подступающие слезы.

Бисерный кошелек со всем содержимым вскоре обнаружили. Смуглолицая потерпевшая, отвернувшись от всех, шуршала деньгами, пересчитывая.

- Все, все на месте.

На перроне Франсуаза потеряла из вида странного соседа. И, может быть, забыла бы о нем навсегда. Но она решила купить утреннюю городскую газету, чтобы узнать, что произошло в Ницце за время ее вынужденного отсутствия.

Она уже складывала в саквояж еще пахнущее типографской краской свеженькое издание, предвкушая, как дома за чашкой кофе с удовольствием полистает газетные страницы. И тут женщина заметила бледнолицего соседа из вагона. Одной рукой он листал журнал, лежащий на прилавке, вторая же рука, как проворная мышь, бегала по разложенным рядом авторучкам, карандашам, конвертам. Мелкие предметы моментально исчезали. Фокусник!

Франсуаза подождала, когда парень оторвался, наконец, от пестрого прилавка.

- Стойте! - резко преградила дорогу ловкому воришке. - Очевидно, вы очень нуждаетесь в средствах, я могу одолжить вам немного денег. Может быть, вы голодны?

В лице парня не было ни кровинки.

- Разве вы не понимаете, что ваши фокусы могут закончиться очень печально? - женщина смотрела с участием и с состраданием.

Стив отчаянно замотал головой, бормоча на английском языке, что не понимает о чем речь, так он иностранец, и не знает ни одного слова по-французски.

- Допустим, я поверю, что вы иностранец, но французским языком вы владеете достаточно хорошо. По крайней мере, в поезде вы изъяснялись свободно.

Светлые глаза парня потемнели. Он дернулся и хотел убежать. Но Франсуаза крепко сжала маленькую холеную ручку.

- Не получится, пойдешь со мной!

От решительного голоса, твердого взгляда женских глаз, парень обмяк и покорно позволил вести себя за руку. Они пришли в отель «Белый Ангел».

- Накройте нам столик у окна, - бросила хозяйка своему повару. - Мы проголодались.

- Ну, а теперь рассказывай, - обратилась она к Стиву,- где живешь, куда путь держишь.

Он глубоко вздохнул, словно набрал воздуха перед погружением в темную глубину.

- Я позор и несчастье моей семьи. Меня не любят. Да и сам я себя ненавижу. Меня дразнили, оскорбляли, били. Но, что я могу поделать? - глаза его лихорадочно заблестели, когда он стал с воодушевлением перечислять, что и когда у кого стянул. Так охотник повествует об удачной добыче.

Франсуаза слушала, не перебивая, когда парень замолкал, задавала наводящие вопросы, а потом вдруг сказала:

- Ты болен, мой мальчик. Если хочешь вылечиться, я могу тебе помочь. Мой друг - известный психотерапевт лечит от клептомании.

Стив растерялся. Его всегда стращали тюрьмой, пытками, карой небесной. Но никогда не предлагали лечиться.

- Давай попробуем, - ласково предложила Франсуаза. - А вдруг у тебя начнется совсем иная жизнь.

В ответ он молча кивнул головой. Три долгих месяца Стив провел за стенами закрытой клиники. Два раза приезжала его мать и слезливо умоляла вернуться домой, где стало пусто и скучно без маленького шалунишки. Заверяла, что все давно забыли его мальчишеские забавы, и что отцовские капиталы навесят замок на любой нахальный роток.

- Я подумаю, - уклончиво отвечал Стив.

А, выйдя из клиники, он решил остаться в «Белом Ангеле».

- Все понятно, - объяснил Франсуазе друг-психиатр, - ты помогла ему найти точку опоры в его перевернутом мире. Он боится тебя терять. Постарайся загрузить его работой.

- Работой? - улыбнулась Франсуаза. - У нас есть одно свободное местечко уборщика помещений. Не знаю, придется ли оно по душе аристократическому отпрыску, который ничего тяжелее ложки не поднимал.

Как ни странно, Стив с азартом взялся за новое дело. В первый же день на все свои наличные деньги он закупил дорогих моющих паст, растворов, порошков. А потом стал охотиться за техническими новинками.

Волновался за своего подопечного доктор. Искушение-то, какое! Чемоданы, сумочки, шкатулки в комнатах постояльцев… Но рецидива не случилось! В «Белом Ангеле» служил совсем другой человек, напоминающий того издерганного полумальчика-полумужчину лишь миниатюрными ручками и легким акцентом, который так и не выветрился за пятнадцать лет.

И, наконец, четвертый обитатель отеля, высокий, с роскошной седой шевелюрой и печальными глазами, итальянец Антонио.

Много лет назад его отец, белозубый, сладкоголосый Адриано, путешествуя по Франции, влюбился в молоденькую кухарку из отеля «Белый Ангел». Хорошенькая, кудрявенькая Жули капризно надула губки бантиком:

- Жить, дорогой мой, будем только здесь. А иначе - до свидания!

В то время штат в отеле был больше, и влюбленному итальянцу нашлась работа в саду. Вскоре у молодоженов появился мальчуган, которого все ласково звали Тони.

Франсуаза тогда училась в пансионате и, приезжая домой на каникулы, любила с книжкой сидеть в саду.

Сад, благодаря энергичному итальянцу, был великолепен в любое время года. Гибкий черноволосый садовник все время напевал. Голос его мягкий, нежный завораживал не только людей, но и любую растительность. Вскоре рядом с певучим садовником стал копошиться с лопаткой, лейкой большеглазый карапуз. Франсуаза охотно возилась с малышом. Ласковый, доверчивый, как котенок, Тони с удовольствием играл с хозяйской дочкой.

Как-то незаметно котенок вырос в изящного, тонкокостного мальчика. В отличие от своего балагура отца, Антонио был застенчив и молчалив. Он никогда не принимал участия в вечеринках, где собиралась молодежь. Любил гулять в одиночестве по берегу моря. По-прежнему, как только приезжала молодая хозяйка, он не отходил от нее ни на шаг.

Франсуаза посмеивалась над пареньком, который преданной тенью возникал рядом с ней - купалась ли она, ходила ли по магазинам, сидела ли в садовой беседке. Когда она уезжала, он писал ей трогательные письма, в деталях сообщая о том, как идут дела в отеле.

Антонио был одним из первых учеников в лицее, он много читал, но и не чурался кропотливой работы в саду на пару с отцом. Мамаша его, некогда худенькая и грациозная, превратилась в грузную капризную женщину. Она давно уже не работала, занимаясь детьми, после Антонио в семье жизнелюба-итальянца народилось еще четыре парня.

Осенью Адриано получил письмо из дома, в котором престарелая итальянка умоляла вернуться блудного сына домой, жалуясь на то, что не в состоянии дальше вести дела. Вдова держала несколько лавок скобяных изделий.

Ничего не поделаешь! Семья садовника стала собираться в дорогу. Накануне отъезда итальянец решил дать прощальный банкет. В ресторанчике отеля собралось много гостей. Адриано любили за легкий нрав, за песни, за роскошные букеты.

Франсуаза, немного посидев с пирующими, попрощалась и поднялась к себе. Приняв душ, она стояла перед зеркалом в прозрачном пеньюаре, расчесывая свои непослушные курчавые волосы.

В дверь постучали. Она не успела ничего ответить, как дверь распахнулась, и в комнату шагнул пятнадцатилетний сын садовника. Тони стоял перед женщиной бледный, с горящими черными глазами.

- Что случилось, Антонио?

Он бессмысленно улыбнулся и протянул руки.

- Ты пьян! - в ужасе отшатнулась Франсуаза.

Парень вдруг рухнул на колени и забормотал, прикасаясь губами к шелковому подолу пеньюара.

- Я люблю вас! Я не могу больше молчать.

Франсуаза онемела. Конечно же, она давно замечала пылкие взгляды юноши, его нежное внимание. Но все это воспринималось, как игра. Как сюжет из читаного-перечитанного романа. Тем более что их разделяла существенная разница в годах. Осень назад Франсуаза отметила свое тридцатилетие.

Проклятый кальвадос сыграл коварную роль: дикий ураган вселился во все клетки юного мужского тела. Парень схватил растерявшуюся женщину и понес к кровати. Разгневанная Франсуаза все-таки нашла силы, чтобы сбросить с себя разгоряченного влюбленного.

- Вон отсюда! Я не желаю вас больше видеть никогда!

Повернув ключ в замке, она долго не могла успокоиться. Ее трясло, она задыхалась.

- Боже мой, все в этом мире подчинено животным страстям! - сквозь слезы повторяла женщина, так и не сумевшая заснуть в ту ночь.

Утром старый садовник протянул хозяйке небольшой, торопливо вырванный из блокнота листок.

- Посмотрите, что учудил наш тихоня! - итальянец смеялся.

« Дорогие мама и папа! Я уже взрослый человек и могу сам определять пути моей жизни. Простите меня, но я отказываюсь уезжать с вами из страны, где я родился, где обрел свой голос, свою душу. За меня не беспокойтесь. Как только, я определюсь с новым местом жительства, я дам вам знать. С грустью расстаюсь с вами и с «Белым Ангелом». Прощайте. Ваш Тони».

Франсуаза прочитала несколько раз короткую записку. В памяти всплыла нелепая ночная сцена, вызвав досаду и неприятный озноб.

Подскочила жена садовника.

- Мадам, хоть вы уговорите этого безалаберного папашу попробовать поискать мальчика. Далеко он не мог убежать! - Жули негодовала. Ее полные щеки тряслись от возмущения. - Нет, вы только посмотрите, как он лыбится. В семье беда, а ему все нипочем!

Действительно, неунывающий итальянец лучезарно улыбался во все свои белоснежные зубы.

- Не пропадет парень. Решился, значит, характер есть. Если ты припомнишь, дорогая, я сам когда-то сбежал от родителей.

- Ну, ты другое дело! Ты за любовью побежал, - в глазах толстой женщины сверкнули искристые звездочки. И на мгновение Жюли стала похожа на ту девчонку, ради которой идут на край света.

О да, моя пышечка, - Адриано ласково приобнял объемную женщину. - А почему ты не думаешь, что и Тони увлекся какой-нибудь красоткой? И к нам вернется не один, а, как я, - он горделиво посмотрел на ребятню, возившуюся рядом с чемоданами и тюками, - богатым и счастливым.

Шумное семейство отчалило.

А спустя семь лет, когда Франсуаза уже стала забывать неунывающего, певучего садовника, его застенчивого старшего сына и ту короткую вспышку страсти, что обожгла ее сердце горьким недоумением, Антонио появился на пороге «Белого Ангела».

Было раннее утро. Служащие отеля подкреплялись кофейком.

- Добрый день! - громко произнес высокий, худой и белый, как лунь, мужчина, обращаясь ко всем, сидящим за круглым столом.

- Матерь божья, - первой откликнулась несдержанная Лора, - неужели это наш Тони. Чтоб мне провалиться на этом месте! Но это он - наш милый малыш.

Лора, несмотря на свои внушительные объемы, стремительно подскочила к стоявшему истуканом мужчине.

- Что с тобой, парень, стряслось? - она крутила Антонио, как куклу. - О-ла-ла! - Лора вытаращила глаза и, повернувшись к завтракающим, прошептала.

- Он не только седой, как старец, он еще и глухой, - она показала пальцами на свои уши и добавила. - У него слуховой аппарат.

Тони бессмысленно улыбался.

- Дорога дальняя, видно, была. Просим в нашу компанию, - спокойно пригласил Патрик, пытаясь приветливой улыбкой скрасить неловкую паузу, которая повисла над столом.

Неожиданно из-за неподвижной спины утреннего гостя вынырнула махонькая старушка в соломенной шляпке.

- Ах, как у вас славно! Тони мне именно так и описывал все это - солнечную столовую, роскошный сад, добрые лица людей. О да, позвольте представиться - мадам Шпанье, приемная матушка Антонио, - старушка сняла тонкие перчатки лимонного цвета и обошла всех сидящих за столом, церемонно протягивая узкую сухонькую ладошку.

- Очень приятно! Очень приятно, как я рада познакомиться, - искренне улыбаясь, заявляла каждому.

От словоохотливой мадам Шпанье служащие отеля и узнали нелепую и грустную историю парня.

В ту памятную ночь истерзанный неразделенной страстью мальчишка, сложив свои немудреные вещички, отправился, куда глаза глядят. Через сутки он постучал в дверь небольшой аптеки в соседнем с Ниццой городке.

- Мадам, я устал, - произнес заплетающимся языком в испуганное лицо хозяйки аптеки, Марго Шпанье.

- Я напоила мальчика липовым отваром и уложила спать. Потом на цыпочках подходила и смотрела в его лицо. До чего же красивый малыш! Бог не дал мне детей. А ведь я была три раза замужем. И вдруг этот славный мальчуган…

Когда он проснулся, я поняла, что он также несчастлив и одинок, как и я. Вот я и предложила ему остаться у меня. Нужно сказать, жили мы с ним душа в душу. Антонио помогал мне, как мог. И убирал, и готовил, а, когда я отлучалась, он уже мог встать за прилавок и отпустить лекарство по рецептам.

Фармацевтика - наше семейное дело. Еще мой дед начал собирать уникальную библиотеку. И Тони так увлекся этими книгами. Если бы я знала, что он в них ищет!

Я частенько ему говорила, что ты, Тони, отшельником живешь! Сходи, прогуляйся. Дело ведь молодое. Никуда не выходил. Все вечера или в саду проводил или в библиотеке.

До сих пор не могу забыть ту рождественскую ночь! Мы вернулись из церкви. Ах, какая служба замечательная была. Душа, словно чистой росой омылась. Потом мы поужинали. Утка в апельсинах! Сколько себя помню, не представляю рождества без этого чудного лакомства. Вином угостились, я лично обожаю сладкие сорта, пожелали друг другу счастья.

И тут бы мне, старой квашне, повнимательнее заглянуть бы в глаза моего приемного сына, да, да, иначе Антонио я никак не воспринимала. А я, разомлевшая от яств, от счастья, что, наконец, душой я не одинока на белом свете, ничего тревожного не чувствовала.

Но ночью все-таки встрепенулось мое сердце. А с чего бы я проснулась? Обычно я сплю, как сурок. Что я услышала? Не ведаю, но только не поленилась, спустилась вниз, где у Антонио была оборудованная комнатка. Постучала. Тихо. Еще раз кулачками добавила. Нет ответа.

Тут уж отбросив деликатность и приличия, вошла без приглашения.

Лежит мой мальчик бездыханный. А на столе записка.

«Без любви все бессмысленно на Земле».

О-о! Вы представляете мое отчаянье! Еще чуть-чуть и никто бы не спас мальчика. Я подключила самых лучших специалистов. И вот, он вернулся ко мне. Но это другой Антонио. Замысловатая смесь лекарств, принятая им намеренно, повредила несколько зон головного мозга.

Да, Тони перестал слышать. Движения его стали замедленными. Иногда он совершенно раскоординирован. Он многое забыл из того, что когда-то читал в книжках. Но…- старушка обвела всех просветленным взглядом, - он не забыл «Белого Ангела» и даже, будучи совершенно больным, без устали повторял это имя. Вот поэтому, как только появилась возможность, мы и прибыли сюда.

- Тони, - Франсуаза встала из-за стола, подошла к парню, положила руки на мужские плечи, - ты хочешь возделывать наш сад? Он совсем зарос. Мы все соскучились по цветам.

- Вы простили меня, простили, - выкрикнул Антонио радостно.

Мадам Шпанье всхлипнула:

- Иногда мальчик заговаривается. Доктор утверждает, что физический труд на свежем воздухе поможет Тони вернуться к реальности.

На новом месте Марго прожила меньше года. Как-то тихо и незаметно угасла. Все свое состояние вдова завещала приемному сыну. Но счет в банке не волновал Антонио, как не тревожили его мысли о материальных благах - машинах, виллах, драгоценных металлах, взрывающих иные сердца. Вернувшийся из небытия живет по другим законам.

Какие он выращивал розы! Белоснежные, крупные, как роскошные облака. Розовые, миниатюрные, словно изящные девичьи головки. Но больше всего он любил алые, будто светящиеся изнутри волшебным огнем.

Туристы, завороженные красотой розария, приставали к чудаковатому садовнику:

- Будьте добры, скажите, как называется этот сорт?

Антонио жмурился и счастливо отвечал:

- Любовь!

Как обычно, день в отеле начинался рано. И первым в столовую входил Тони. Раскрывал окна в сад.

- Будем завтрак готовить? - следом за ним заходил рыжий Альберт, завязывая на ходу фартук.

- Сначала цветы, - улыбался Антонио и начинал сосредоточенно составлять букеты.

В напольные вазы определял высокие цветы, в настольные кувшинчики - анютины глазки или ландыши и обязательно в узкую хрустальную вазу осторожно, словно принцессу, водружал жарко-пламенеющую розу. Это живое пламя с жемчужинками влаги он ставил рядом с прибором Франсуазы.

- Сегодня мадам не выйдет к завтраку, - произнес Филипп, наблюдая за старательными действиями садовника.

- Вот так да! - воскликнул Стив, заскочивший в столовую. - А я хотел сегодня доложить о холодильнике с монитором, - он достал из кармана горелый обрубок и глубоко вдохнул.

- Нам доложишь, - буркнул Филипп.

- Нет, уже настроение не то…

- Да, - покачал головой Антонио, - хозяйки нет - и солнца нет, - он рассеянно посмотрел по сторонам.

Обычно оживленный завтрак прошел вяло и скомкано.

Франсуаза поднялась к себе. Громко дышали напольные часы.

Женщина подошла к комоду, в верхнем ящике которого хранились семейные альбомы и шкатулка с письмами.

- Кто же будет ждать меня завтра утром на вокзале, - задумалась Франсуаза, вспомнив телефонный звонок. - Может быть, это новый служащий конторы, куда обратилась она для помощи в поиске наследника? Голос незнакомый, акцент странный… А, если он уже прибыл сам, собственной персоной - некто, носящий заковыристую фамилию - Шеромыжник, человек, рожденный в холодной России и связанный с ней по крови. Ладно, к чему эти напрасные размышления, - женщина спохватилась. - Нужно собираться в дорогу и ничего не забыть.

В отеле никто не знал, по какой причине хозяйка срочно выехала в Париж.

Chapter 17

В ПАРИЖ!

« В Па-риж! В Па-риж!» - звонко дразнили колеса, когда она впервые ехала туда семилетней девочкой.

Отец мог часами взахлеб восторгаться столицей, и девочка наивно верила, что Париж - это вечный фейерверк огней, карнавал цветов и улыбок.

Тот поезд из детства прибыл ранним утром на Лионский вокзал. Небо было зябко серым, и моросил дождь. Невероятным казалось превращение медового вчерашнего лета на Лазурном берегу всего лишь за одну ночь в неуютную парижскую осень.

- Благодать! - зажмурился отец, - обожаю этот сырой воздух. В нем запах свободы и творчества. Мы с тобой, дочь, никуда не будем торопиться. Давай, к примеру, вглядимся в чудный силуэт старого доброго вокзала. Смотри, какая милая башенка! А резные часы... Слов нет, как хороши.

Отец явно пребывал в благодушном настроении после крепкого кофе с коньяком. А Франсуазе было зябко и неуютно в легком желтом сарафанчике, в новых лаковых туфельках, нещадно трущих ноги.

И тут она увидела человека, которому было значительно хуже, чем ей. Худой, нечесаный старик лежал на старом одеяле. Видимо, и ему было холодно. Он постоянно отхлебывал из бутылки вино и ежился под курткой непонятного цвета.

- Привет, дружище! Чудесный сегодня день! - отец подошел к старику, достал из кармана брюк звенящую мелочь.

- Я вот дочь привез, хочу, чтобы она полюбила Париж, как я!

- Да, будь он проклят, этот кровопийца! - угрюмо откликнулся клошар.

Отец, словно и не заметил недовольного голоса.

- Счастливый ты, человек! Лежишь рядом с красотой. Да, «бель эпок», этот стиль одно из достижений человеческого гения. Пышная роскошь... Это ведь мотив самой жизни, где каждое мгновение наполнено цветом, линией, запахами.

- Посмотри лучше, у тебя девчонка дрожит, как гусенок, - старик с укоризной перебил отца. - Рассуждать красиво, вы все мастера. А ты вот, помоги нуждающемуся, да одень того, кто продрог. А то заладил, «бель эпок, бель эпок». От обжорства все это, от разврата.

Отец растерялся.

- Ну, я ведь вам дал денег. А девочке мы сейчас найдем что-нибудь тепленькое. Ты, правда, продрогла, милая? - он ласково заглянул Франсуазе в глаза.

- Ничего, папа, не волнуйся, - попыталась улыбнуться посиневшими губами девочка.

Но в накидке, связанной из овечьей шерсти и мягких ботиночках, почувствовала себя значительно лучше и уже опять готова была к новым приключениям. Франсуаза бросила благодарный взгляд на старика. Он ей подмигнул:

- Согрелась! Никогда не стесняйся говорить о том, что тебе плохо. Чутких сердец на свете мало. Ко всем стучать нужно громко...

- Это вам! - сделав реверанс, девочка положила рядом с бутылкой старика несколько хрустящих рогаликов, которые напекла ей в дорогу булочница, тетя Марго.

- На Монмартр! Дочь моя, мы с тобой отправляемся в замечательное место.

- Лепик! - прочитала Франсуаза на табличке. - А почему эта улица так называется?

- И сам не знаю, - пожал плечами отец, - когда-то была Императорской, потом ее почему-то понизили в звании и дали имя генерала. Где-то я читал, что вояка Лепик оборонял этот холм.

- А мы что на холме? - для девочки сюрпризы следовали один за другим.

То, прямо посреди улицы - крупная лестница. Чудно, да! По ней взбираться, словно в небо подниматься. То мельница, самая настоящая, как живая, махала крыльями.

- Запомни эти имена - Тулуз Лотрек, Ван Гог, Утрилло, Ренуар, - отец закинул рыжую кудрявую голову, - эти великие люди восхищались Парижем, как и ты сейчас. Свои впечатления они оставили потомкам.

Франсуаза пропустила мимо себя эти патетические слова. Детство живет своими ощущениями и не нуждается в авторитетах из взрослого мира.

Потом был Замок туманов. Над белым особняком кружилось загадочное облако. Подвижный сияющий воздух завораживал и придавал обычному серенькому дню загадочную таинственность всей вселенной.

- О! «Проворный кролик»! - вдруг радостно воскликнул отец, - здесь-то мы и перекусим.

В кафе было людно, шумно, душно. Жареную крольчатину Франсуаза есть наотрез отказалась. Она была уверена, что портрет именно этого зверюшки был запечатлен на вывеске.

Ох, эта знаменитая картинка. Большая кастрюля, а из нее выскакивает лопоухий кролик.

- Папаша Фреде, а ну-ка, сыграй нам что-нибудь эдакое! - пьяные посетители требовали музыки. Но гитарные переборы не могли заглушить рокот человеческих голосов.

Франсуаза устала. Она терла глаза, покрасневшие от сигаретного дыма. У нее щипало в носу, и хотелось плакать, а еще больше хотелось домой.

Наконец, отец спохватился.

- Ах, черт, нужно же еще устроить мою малышку на ночь! - он с сожалением покинул дружков по застолью и пообещал скоро вернуться.

Отель, в который они зашли, был обшарпанным и замызганным, но следы былой роскоши и помпезности присутствовали. На стене, оклеенной дешевыми обоями, потерявшими давно свой цвет, красовалось огромное зеркало в резной раме. На покосившихся, заляпанных чем-то жирным, дверях посверкивали вычурные золоченые ручки.

- Славно, да! Девочкам спать пора. А папу ждет ночной Париж!

Ночью Франсуаза проснулась. За окном жили неизвестные ей доселе звуки - шумели авто, перекрикивались торговки цветами и шоколадом, где-то далеко грохотал тяжелый поезд. Девочка всхлипнула. Зачем она здесь? Одна-одинешенька, в неприветливом чужом городе? Натягивая на плечики, негреющее, вытертое временем и чужими снами, тощее одеяло, девочка пыталась спрятаться от теней, которые беспокойно шевелились по углам.

Дневной калейдоскоп. Вокзал, важный и напыщенный, как толстый король. Мельница, словно заколдованная женщина, машущая в отчаянии деревянными руками. Запах жареной крольчатины, пьяные куплеты, - все это не отпускало в спасительную безмятежность сна. И через все картинки светились тоскливые глаза старика-нищего.

Отец вернулся утром. Серый, помятый, с красными глазами. От него пахло чем-то таким невкусным, что Франсуазу затошнило.

- Сейчас, сейчас, - суетился отец, - кофеек организуем, круассанчики с маслицем. Что снилось маленькой южанке в первую парижскую ночь?

- Папа! - строго произнесла девочка. - Отвези меня срочно домой. Я не хочу больше Парижа.

То первое парижское воспоминание так прочно вплелось в существо Франсуазы, что позже, сколько бы не проходило лет, и она, другая - сначала молодая, потом зрелая, потом… пожилая женщина, приезжая в этот город, всегда ощущала бесконечную тоску.

- Нет, я точно не усну сегодня, - женщина вздохнула, положив под язык успокоительную пастилку.

« В Па-риж! В Па-риж»! - колеса отстукивали ритм своей привычной дорожной песни. Августовская ночь посылала вслед спешащему составу звездные россыпи, и никому на Земле не было дела до чьей-то грустной бессонницы.

Франсуаза давно уже приучила себя не думать об отце плохо. Родителей не выбирают! Но странное дело, чем старше она становилась, тем острее и больнее ранили воспоминания.

Во второй раз отец повез Франсуазу в город великих иллюзий накануне ее шестнадцатилетия.

- Я подарю тебе все молодое очарование столицы! - вскричал он, вбегая в комнату дочери первого августа. - Собирайся! Ты не похожа на дочь художника. Ты провинциалка! Синий чулок! Я выкраду тебя из затхлого чулана.

Что отец назвал чуланом, Франсуаза не поняла, потому и не обиделась.

Вот уже десять лет Франсуаза жила в частном пансионате мадам Корде. Старая дева, Кароль Корде обожала и любила своих воспитанниц, как собственных дочерей. В ее роскошном старинном особняке, расположенном в чудесном парке с розарием и фонтанами, взрослели, умнели и хорошели два десятка маленьких француженок. Мадам Корде пыталась дать девочкам разностороннее образование: математика, история, литература. Ну, а что за женщина без умения танцевать, петь, искусно вести светскую беседу! Мало того, независимая директриса пансиона была уверена, что только дотошному женскому уму подвластны дебри настоящей экономики.

- Вы у меня будете не своими домами управлять, а государствами, - произносила величественно, стоя у портретов королей.

На каникулах Франсуаза скучала и по мадам, и по подружкам, и по себе самой, сосредоточенной, целеустремленной, с вечно-раскрытой книжкой.

Дома, в отеле «Белый ангел», девчонка ленилась, нежилась, растворялась в любви нянюшки, старых слуг и сиянии детских грез.

- Мы едем в Париж! - еще раз крикнул отец. - Собирай лучшие наряды.

...Все было восхитительным! Роскошное купе, букет белых роз и впервые попробованное шампанское.

- С днем рождения, мадмуазель! - большой толстый человек встречал их на перроне. Он галантно взял девичью руку, поцеловал.

- Ах, как терпко пахнет эта загорелая кожа, - шумно втянул ноздрями воздух.

Франсуаза растерялась. Уж очень фривольным показалось ей подобное высказывание.

А отец засмеялся:

- Южанки, они, братец, все необыкновенно вкусные.

Жорж пригласил путешественников позавтракать в ресторане «Голубой экспресс».

- Ах! - только и вырвалось у Франсуазы, когда она переступила порог золоченого салона. Трудно было представить, что в этом почти музейном великолепии, можно запросто похрустеть поджаристой булочкой и остудить себя минеральной водой.

- Когда-то сам президент Франции открывал этот ресторан, - солидно заявил Жорж в ответ на восторг провинциалки.

Потом Жорж зафрахтовал миниатюрный, словно игрушечный, белоснежный пароход для прогулки по Сене.

Девушка чувствовала себя счастливой, как никогда. Она беспечно смеялась, запрокинув голову и широко раскрыв руки, словно обнимая весь красивый великолепный день.

- Как хорошо! Как славно! - Франсуаза с нежной благодарностью смотрела на отца и его забавного приятеля.

- Приключения только начинаются, - отец тоже был доволен, - мой друг обещает нам фейерверк впечатлений.

Дом, где жил Жорж, находился в элегантном районе, расположенным рядом с Елисейскими полями.

- Завтра, все будет завтра. Новые прогулки, Лувр, Версаль…

А сегодня сил хватило только на то, чтобы, наскоро умывшись, рухнуть на шелковые благоуханные простыни.

Проснулась Франсуаза от лучей солнца, игриво пробивающихся через жалюзи. От яркого утра, ощущения молодой энергии в теле и бесконечности счастливой жизни впереди, захватило дух. Она тихонько засмеялась. Тотчас раздался деликатный стук в дверь.

- Мадмуазель, с добрым утром! - старик-слуга, высокий, прямой, с длинными седыми волосами, орлиным профилем и серьезными глазами, вкатил в комнату сервировочный столик.

Запахло горячим шоколадом, поджаристыми круассанами и земляничным джемом.

- Спасибо! Я действительно проголодалась, а где папа?

- Ожидают вас в гостиной, - старик почтительно склонил голову, - что-нибудь еще?

Через полчаса свежая, хорошенькая девушка в легком шелковом костюмчике, цвета нежного персика, спустилась вниз.

Жорж, развалившись на кожаном диване, пыхтел сигарой. Его серые волосы были напомажены и зачесаны назад, пухлые щеки глянцево блестели, как бретонские яблоки.

- Как спалось, детка? - спросил он вкрадчиво.

- Замечательно! А потом, я после завтрака вышла на балкон, в небе кружили ласточки!

Девушка распахнула руки и устремила вперед хрупкое тело, словно пытаясь изобразить полет стремительной птички.

- Милая барышня и впрямь похожа на ласточку, - пробормотал Жорж. - И твой папа, наверное, так думает, - он язвительно усмехнулся и уставился немигающим взглядом светлых рыбьих глаз на нескладную фигуру художника.

Отец стоял у окна и пока не произнес ни слова.

И в этот момент Франсуаза почувствовала, что в этой роскошно-обставленной гостиной, над вазами с крупными соцветиями висит, почти осязаемое физически, тяжелое облако тревоги.

- Что случилось, папа? - она подошла вплотную к отцу, стоящему у окна. Сладкий аромат парфюма лишь усиливал резкий запах алкоголя, который, казалось, пропитал все мужское тело.

- Ты опять кутил всю ночь? - спросила строго. - Глаза красные, руки трясутся. Как сказала бы наша нянюшка:

- Нет на тебя управы, Винсент!

- Нет управы, - буркнул мужчина, проведя рукой по рыжим спутанным волосам. - Черт возьми, Жорж, есть в этом доме вино?

Через несколько минут в комнате появился молчаливый старик-слуга с подносом в руках.

- Поставь сюда, - небрежно бросил Винсент, указав на низенький круглый столик.

Старик наполнил бокал. Вопросительно взглянул на Жоржа. Тот кивнул на дверь. Слуга неспешно, с достоинством неся крупную голову на костистых плечах, удалился.

- Дочь моя! - вскрикнул отец. - Я виноват перед тобой...

- Что такое?

Отец неожиданно опустился на колени.

- Я проиграл, все проиграл…

- Отыграешься! - Франсуаза взъерошила мужскую шевелюру жестом матери, успокаивающей шалуна. - Тебе ведь не впервой. Нянюшка рассказывала, что ты с детства из-за карточного стола не вылезал. Азарта на десятерых хватало.

- Сегодня ночью удача отвернулась от меня. О боже! Я поставил на кон «Белого ангела».

- Ты шутишь, папа? - девушка опустилась на корточки, чтобы заглянуть в глаза отца. - Разве такое возможно?

- До чего же ты наивна, девочка! - подал голос Жорж. - Проигрывают не только содержимое кошелька, проигрывают огромные состояния и даже города.

Отец обнял Франсуазу.

- Если до двенадцати часов я не найду денег, то завтра в отель въедет новый хозяин, - произнес слезливо.

- Как ты мог? Как ты мог? - Франсуаза выпрямилась и начала быстро ходить по комнате. - Ты, что не понимаешь, что «Белый ангел» - это не просто заурядная гостиница. Это жизнь и любовь Юбера и Антуанетты, это их сын Андре, это я, это моя любимая нянюшка, это…, это… Ты всех нас предал! - девичий голос срывался, глаза сверкали от слез отчаяния и возмущения. - Что же теперь будет?

- Вот это темперамент! - толстый Жорж прищелкнул пальцами. - Девочка моя! Я не предполагал, что подобное известие так всколыхнет твое нежное сердце. Я готов помочь и тебе, и твоему хулиганистому родителю. Художники - народ непутевый.

- Да? Что же вы молчали? - Франсуаза подскочила к хозяину апартаментов. - Это правда, что вы так богаты, да к тому же столь великодушны? Вы замечательный человек. Я, мы будем работать и все-

все вам отдадим. Умоляю вас, не продавайте «Белого ангела»!

- Милая, - ухмыльнулся толстяк. Он взял узкую девичью ладонь в свои большие, покрытые светлыми волосами руки. - Через несколько часов я отправляюсь в морское путешествие, и мне бы хотелось иметь рядом вот такую страстную молодую спутницу.

- Я не поняла вас, - нахмурилась Франсуаза.

- Мы проведем замечательно время, - толстяк зажмурился, как сытый кот, - и тебе не нужно будет беспокоиться об оплате долгов, я все возьму на себя.

- Папа! - Франсуаза вскинула недоумевающий взгляд на лицо близкого человека. - Я не могу уловить ход мыслей. Как говорит Жорж, я должна буду отправиться с ним в путешествие. И что? Неужели так просто решается ситуация?

Винсент отвел глаза от побледневшего лица дочери.

- Конечно же, дорогая. У тебя будет много чудесных впечатлений. Жорж - славный парень. Вы будете пить изысканные вина, гулять по палубе под звездами, слушать песни морских волн. О! С каким бы удовольствием отправился бы и я с вами. Но не берут меня с собой...

- Зачем ты мне нужен, рыжий вонючий неудачник, - произнес Жорж далеко не шутливым тоном.

Девушка, прищурившись, взглянула на розовое лоснящееся лицо. Брезгливая гримаса на его лице мгновенно сменилась на приторно-сладкую.

- Ну, что, крошка, согласна!

И в эту минуту до сознания молодой девушки дошло, что на самом деле означает подобное приглашение.

За большим окном шумел Париж. Мимо старинных особняков неспешно прогуливались праздные люди. Робкая ранняя осень чуть позолотила верхушки кленов.

- Боже мой! - у Франсуазы заломило в висках. Она отчетливо увидела совсем другой пейзаж. Привольный южный сад, в котором знакома каждая тропинка с детства, в котором у деревьев есть имена. И садовник так и помечает в своем талмуде: « пальма Соланж требует подрезки, на акации Антуанетты завелся вредитель». Никого не удивляет подобное чудачество старого садовника. Потому как действительно красивейший сад вокруг отеля поднят и возделан заботливыми руками тех, кто там жил.

Возможно ли, представить, что все это перейдет чужим людям. В комнатах разместятся незнакомцы. И фамильные часы начнут отбивать музыку других судеб.

Нет! Она не позволит отдать « Белый ангел» никому!

- Я еду с вами! - девушка отвернулась от окна. И, не глядя на отца, добавила, - но попрошу перед отъездом пригласить нотариуса для того, чтобы он оформил документы на отель на мое имя. Все. Отныне «Белый ангел» только мой!

- Приятно иметь дело не только с хорошенькими, но и умными девушками. Пусть будет по-твоему: документы мы подпишем сейчас. А получишь ты их после нашего славного круиза. Я их возьму с собой и упакую на дно чемодана. Согласна?

Франсуаза помнила смутно, как они добирались до Гавра. Жорж и отец пили, разговаривали, спорили о чем-то. Все было безразлично Франсуазе в настоящем мгновении. В голове крутилась одна мысль: «Скорее бы все это закончилось. Домой! Только домой!»

У причала стоял красавец-корабль. Рядом суетились возбужденные люди. Цветы, поцелуи, прощальные слова. Франсуаза еще не знала, что видит отца в последний раз.

- Тебе будет хорошо, моя девочка! - он пьяно улыбался, похлопывая ее по плечу. - Ах, мне бы с вами хоть ненадолго... Какие бы морские пейзажи родились под моей кистью. Фрэнси, почему ты так строго смотришь на своего папу? Я тебя чем-то расстроил? Ну, утри слезы, детка! - он поцеловал ее в губы. - Какая ты у меня прелесть!

Трап убрали. И корабль, вдруг превратившись в живое существо, громко завздыхал, забормотал и, плавно покачиваясь, величественно стал отдаляться от берега.

Франсуаза как-то быстро потеряла в пестрой толпе провожающих силуэт отца. Ей вдруг стало страшно и одиноко. Она вновь ощутила себя беззащитной, брошенной девочкой.

Ах, если бы только знать, что ждет впереди!

- Вот и наша обитель! - Жорж повернул ключ в замке. И не дав девушке опомниться, повалил на обитый бархатом диван.

- Как я ждал этой минуты!

- Пустите! - пискнула Франсуаза.

- Не ломай комедию, крошка! Бумаги в чемодане, и ты сама все решила.

Сопротивление девушки, ее слезы, горячие мольбы о пощаде, словно подстегивали жестокую мужскую страсть.

- Обожаю таких непокорных! - глаза Жоржа налились кровью, он весь дрожал, покрытый испариной.

От боли и кромешного отчаяния Франсуаза потеряла сознание. Очнулась она глубокой ночью. Болела и ныла каждая клеточка истерзанного тела. А что творилось с душой?

- Почему я не умерла? Зачем мне жить дальше? - кусая губы и сдерживая рыдания, она с ужасом вслушивалась в храп и громкое дыхание рядом лежавшего, до омерзения ненавистного человека.

Два дня она не выходила из каюты. Возбужденный Жорж убегал то в ресторан, то в музыкальный салон, то в казино.

- Крошка моя, я уже соскучился! - изрыгал он громко при возвращении. И напившийся, наевшийся самец с новой силой набрасывался на маленькое создание, стонущее в горячечном бреду.

На третью ночь, дождавшись, когда мерзкий зверь захрапел, Франсуаза выбралась из постели. Натянув прямо на ночную сорочку длинное черное платье, она вышла на палубу. Здесь было оживленно. Прогуливались, тесно обнявшись, влюбленные, три паренька негромко пели на незнакомом языке, зазывно звонко смеялась компания девчонок. С темного неба бесстрастно взирали звезды на праздную людскую суету.

Франсуаза быстро шла по палубе. Должен же быть уголок, где никого, абсолютно никого нет!

Черная блестящая вода не казалось страшной. Рассыпанные на золотые блестки, отражения звезд и огней корабля делали море карнавально-нарядным.

- Прощай, «Белый ангел»! Нянюшка, прости меня. Но у меня не осталось сил, чтобы жить дальше, - Франсуаза приподнялась на цыпочки и попыталась перегнуться через перила.

- Ай, ай, ай! - вдруг раздался горячий шепот за спиной. Две сильные руки обхватили за талию.

- Пустите! - Франсуаза попыталась вырваться. Она уже представила себя в той манящей бездне, и там ей было спокойно и хорошо. - Пустите! Я вас прошу, - заскулила, как больной щенок.

- Не гневи бога! Он дал тебе жизнь, он и заберет! - рядом с Франсуазой стояла худая, высохшая, как цветок в гербарии, женщина с темными, гладко зачесанными волосами и впалыми черными глазами.

- Твой господин не первый, и не последний, кто обидит тебя на Земле.

- Никакой он мне не господин! - топнула ногой Франсуаза. И вдруг съежилась от ужаса, а что, если Жорж проснулся и пошел ее искать.

- Что мне делать! Я не могу туда возвращаться.

- Пойдем! - незнакомка взяла ее за руку и потянула за собой.

Они шли через какие-то неосвещенные помещения, спускались на ощупь по скользким лестницам. Пахло гнилым болотом, рыбой и чем-то кислым. Но Франсуазе было абсолютно все равно: куда, с кем и зачем передвигаться. Где-то рядом пробормотал мужской голос. Незнакомка откликнулась длинным ругательством.

- Сюда! - чуть скрипнула невидимая в темноте дверь.

Женщина пошуршала чем-то у входа. Тусклый огонь высветил закуток, выгороженный коробами и ящиками. На металлическом полу лежал серый матрац, прикрытый сверху потрепанным мужским пальто.

- Садись, - незнакомка подтолкнула Франсуазу к странному лежбищу.

- Кушать хочешь? - спросила ласково.

Девушка отрицательно покачала головой.

- Тогда, выпьем сейчас, - женщина достала из одного из ящиков большую бутыль темного стекла.

- Это лекарство. Сейчас успокоим сердца и поговорим. - Она налила тягучей жидкости себе в металлическую кружку, а Франсуазе в фарфоровую чашку с толстыми краями. - Не рассматривай, а выпей большими глотками, - сухо приказала девушке.

Напиток обжег гортань и почти мгновенно упоительной волной стал растекаться по всему телу.

- Ну, что отпустило? Теперь посмотри на меня. Мое имя Сандра. Видишь, эти шрамы, - женщина обнажила желтую обвисшую грудь. - А здесь, посмотри, - она выпростала руки из-под пестротканой накидки. - Бывает, что у людей после пожарищ следов меньше. Меня терзали, мучили, били. Думала, от боли сердце остановится. Выжила… и для чего, думаешь, выжила? Чтобы еще больше страданий испытать. Мужа любимого молодым схоронила. Одна детей поднимала. А Бог забрал их у меня. Сыновья на войне смерть встретили. А дочь, Виктория, красавица, искусница, утешение души моей, сама на себя руки наложила. Спросишь, отчего? Отвечу: любовь несчастная. Ну, и скажи, как я могла дальше жить, когда мне казалось, что там, где билось мое сердце, остался пепел.

А ведь живу. Бог поведал мне, что смысл жизни в самой жизни. Вот уже двадцать лет я плаваю по морям. Служу при кухне, чищу овощи. Встречаю каждое утро с радостным замиранием души и засыпаю с улыбкой на губах. Отныне я чувствую себя частичкой мироздания.

- Сандра! - неожиданно прошептала Франсуаза, - простите меня, но я, я не могу жить.

- Погоди, погоди! - старая женщина погладила девичьи руки. - Мы с тобой еще не потолковали. Дай-ка, сюда твою чашку. Теперь другой настой накапаю. Скажи мне, твоя мама, где сейчас?

- А я и не знаю. Говорят, она была натурщицей у отца. Чернокожая, кудрявая. Я видела только портрет. Отец был тогда молодой и влюблялся во всех, кого рисовал. Негритянку он привел в дом, к деду, когда ее живот выпирал, как глобус. Так, моя нянюшка говорила. А, как только я родилась, натурщица убежала через окно. Вроде в африканском племени ее муж ждал.

Франсуаза вздохнула. Никогда взрослые люди не спрашивали ее о матери. Полагалось хранить деликатное молчание. А сейчас Франсуаза поняла, что, оказывается, ей всегда хотелось не только думать, но с кем-то говорить об этой женщине, подарившей ей жизнь.

- Ну-ка, дай, посмотрю на тебя, похожа ли ты на свою мать? - Сандра поднесла к лицу девушки фонарь. - Нет, не скажешь, с первого взгляда, что мать африканка. Она, видимо, не чистых кровей была.

Ну, волос кудрявый, так он и у нас, итальянцев, волнится. Рот большой, но в меру, опять же такой, как у многих корсиканцев.

- Кожа смуглая, даже зимой, - добавила Франсуаза.

Сколько раз изучала она себя у зеркала, с замиранием сердца, выискивая черты негроидной расы. В детстве какой-то босяк на рынке ей презрительно бросил:

- Эй, ты не то цветная, не то чумазая, шуруй отсюда!

С тех пор это стало наваждением. Она завидовала белокожим блондинкам. И уж, конечно, не желала ни на йоту быть похожей на свою родную мать.

- Так ты, получается, с младенчества с раненым сердцем живешь, - подытожила проницательная итальянка. - Счастлива девочка, мечтающая вырасти похожей на мать. Сильным будет малец, если перед глазами достойный пример для подражания - его отец.

- А мой отец в карты играет, - всхлипнула Франсуаза. - И три дня назад он проиграл…

- Неужели тебя? - Сандра покачала головой.

- Получается, что так.

Франсуазу передернуло, как только в голове промелькнули события последних дней. Лионский вокзал, седой слуга, отец на пристани, и потом необузданный в страсти толстый потный Жорж.

- Я хочу его убить! - воскликнула девушка с отчаянной решимостью в голосе.

- Хорошая моя! - итальянка ласково погладила Франсуазу по кучерявой голове, - никогда не пытайся на себя взять роль Всевышнего. Ему одному дано право решать о людских судьбах.

- А, что мне   делать? Если бы вы могли представить, как он надо мной измывался! У меня даже нет слов, чтобы рассказать, что он со мной выделывал, какие мерзости позволял.

- И не нужно вспоминать. Тысячи женщин, и я в их числе, испытали муки от животной страсти похотливых самцов. Счастливы единицы, кто отдавал свое тело и душу только возлюбленному.

Сандра надолго задумалась. Ее худое, скуластое лицо потемнело, словно спряталось под невидимую вуаль. Потом она достала из кучи тряпья стеклянный шар, наполненный разноцветной тягучей жидкостью. Этот шар Сандра покатала между сухих темных ладоней, резко крутанула на полу, так дети запускают в пляс игрушечную юлу.

Франсуаза не сводила глаз с вращающегося шара, в котором разноцветные точки, кружась, соединялись в фантастические букеты, то вдруг распадались по разные стороны звездным фейерверком.

- Вы ворожите? - шепотом спросила девушка. О подобном она только читала в толстых романах с пожелтевшими страницами.

- Ничего подобного, - сухо ответила Сандра. - Я спрашиваю, что нам можно, а чего не следует делать.

- Это про меня? - радостно встрепенулась Франсуаза. - Спасибо вам. - Ласковая и отзывчивая девушка всегда была благодарна любому человеку за малейшее желание помочь.

- Ну вот, - Сандра накрыла шар черной тряпкой. - Мне все понятно. Слушай и ты. Сейчас ты вернешься в каюту…

- О, нет! - воскликнула девушка. - Никогда!

- Наберись терпения и не перебивай! - цыкнула ворожея.

- Повторяю, вернешься и накапаешь в стакан с водой пятнадцать капель из этого флакона. Держи!

- Это яд? - обрадовалась Франсуаза.

- Глупая! Не смей так говорить и думать. Как только нехороший господин выпьет нашей водицы, он, будто заболеет. У него начнутся колики во всех органах. Сердце, печень, почки, селезенка будут вздрагивать и стенать о помощи.

Доктора попытаются его лечить. Через месяц все отхлынет. Но ты уже будешь далеко.

- О! Чудо какое! - Франсуаза с нежностью смотрела на темный флакончик.

- Не забудь только потом выбросить его туда, где рыбы живут.

- Сандра, милая! А, как же я смогу вас отблагодарить? - теперь девушка взяла в руку шершавую темную ладонь.

- Будешь спокойна, а значит счастлива, и энергия твоего гармоничного состояния будет и ко мне прилетать. Мы ведь, оказывается, с тобой крепко связаны.

- Еще как! - на глазах Франсуазы блеснули слезы.

- Да, ты сама не понимаешь, с чем согласилась сейчас. Я ведь практически на верхние палубы не поднимаюсь никогда. А вот в то время, когда ты, глупая, решила в море сигануть, я, словно голос услышала. На него и устремилась. Твой Ангел - Хранитель меня звал.

- Мне кажется, что мы с вами не расстанемся! - Франсуаза и впрямь верила, что отныне для нее нет на Земле души ближе.

- Прощай, родная, - горько усмехнулась старая женщина.

Франсуаза плохо соображала, как кралась бесшумной тенью по палубе, как искала свою каюту. Ничего не существовало вокруг - ни звездного неба, ни антрацитового блеска моря, отсутствовали звуки и запахи. Тонкие пальцы крепко сжимали маленький флакон.

Жорж спал. Но, как только Франсуаза вступила на это крошечное пространство вселенной, все ее чувства, словно включились. Она услышала тяжелое мужское дыхание, почувствовала едкий запах перегара и пота, разглядела в темноте стакан и бутылку с минеральной водой.

- Спокойно! - приказала сама себе.

Стараясь не шуметь, открыла бутылку, наполнила стакан водой и с блаженством, которого не испытывала ранее отсчитала пятнадцать капель из заветного флакончика. «Противный скот сейчас начнет мучиться в предсмертных судорогах», - эта мысль наполняла торжеством все ее измученное существо.

Отчего-то Франсуазе казалось, что старая итальянка слукавила. И бесцветная жидкость во флаконе самый, что ни на есть настоящий яд.

- Просыпайся, изувер! - девушка потрясла Жоржа за плечо.

- А что, чего, как? - он то открывал, то закрывал глаза, будучи не в состоянии окончательно проснуться.

- Вы просили пить…Вот вам вода, - повторила настойчиво Франсуаза.

- Верно! В глотке все пересохло, - он приподнял голову, залпом выпил воду, крякнул и, завалившись на подушку, захрапел.

Франсуаза сидела напротив, гипнотизируя мужской профиль. Ничего не происходило. «Может, для такого бугая нужно было увеличить дозу в три раза? А вдруг итальянка подшутила над ней? Неужели наступит завтра, и все повторится сначала?»

Она не заметила, как задремала.

Когда первые утренние лучи солнца заметались за горизонтом, предвещая ясный день, и корабельные служащие всех сортов и мастей начали свою вахту, Жорж внезапно проснулся.

- Эй, Фрэнси! - хотел он окликнуть свою спутницу. Но язык, вдруг ставший толстым и неповоротливым, не слушался. Самое ужасное - не двигались ни руки, ни ноги. Это было невыносимо. Он лежал, выпучив глаза, и шипел, как змея.

- Вам плохо? - Франсуаза вскочила с диванчика. - Я сейчас сбегаю за доктором.

Радости-то сколько, боже мой! Нужно постараться скрыть ее, разыграть приличествующую случаю озабоченность. А не получалось! Мир вдруг зазвенел, заиграл всеми красками.

Смуглый черноволосый доктор показался девушке чрезвычайно красивым и умным, когда, поправив очки, произнес:

- Мы обязаны госпитализировать больного. Не волнуйтесь, на судне прекрасный лазарет и профессиональная команда медиков. Ситуация крайне-серьезная. Будем решать с капитаном проблему эвакуации больного. Пока не выяснена природа заболевания, контакты запрещены даже с близкими родственниками. Вам, простите, кем приходится заболевший господин?

- Он друг моего отца, - даже эти слова дались тяжело. Не хотела Франсуаза больше знать и помнить этого жирного паука.

Четыре рослых санитара с трудом несли брезентовые носилки с грузным телом. Бесформенная масса колыхалась. Жорж пучил глаза и чмокал губами, как младенец.

- Так тебе и надо! - Франсуаза еле сдержала себя, чтобы не показать язык.

Вернувшись в каюту, девушка открыла большой, желтой кожи чемодан. От волнения тряслись руки, впервые в жизни, она самовольно прикасалась к чужим вещам. На самом дне, под брюками и рубахами лежал конверт, а в нем тонкий лист, ради которого были все эти муки.

Закрыв дверь на внутренний замок, Франсуаза приняла душ и легла спать. Проспала она почти сутки. Еще два дня, пока лайнер качался на волнах, а публика предавалась прелестям праздной жизни, она мечтала только об одном. «Домой! Домой! Домой!»

Рано или поздно заканчиваются все путешествия, счастливые или несчастливые.

Прошло-то всего две недели с того августовского утра, когда отец разбудил ее радостным возгласом:

- Мы едем в Париж!

А как много изменилось. Она шла знакомыми улицами, и сердилась на себя саму, что не умеет летать. Так хотелось быстрее очутиться под покровом «Белого ангела».

«Отель закрыт». Что это еще за чудеса? Франсуаза подошла и потрогала рукой табличку, укрепленную на металлических воротах. Она знала, что раньше в разгар военных действий или вирусного урагана эпидемии, некоторые владельцы отелей шли на подобные хитрости. Никто не желал отдавать уютные апартаменты под лазарет или солдатские казармы. Но что произошло сейчас? Все окна наглухо закрыты ставнями. Парадная дверь на замке.

Франсуаза юркнула через известную только ей лазейку в заборе и по гаревой дорожке поспешила ко второму крылу дома. И эта дверь оказалась запертой.

- Так… - Франсуаза в растерянности посмотрела вокруг. Недалеко, среди зарослей жасмина мелькнула знакомая желтая шляпка соседки.

- Мадам Ани! Мадам Ани! - набрав в легкие побольше воздуха, пронзительно крикнула Франсуаза.

От неожиданности маленькая старушка подпрыгнула.

- Ай-ай, как вы меня напугали, милая Фрэнси, - приложив руку к сердцу, она сказала с укором, - зачем же так кричать? Или вы забыли, что наш городок чрезвычайно деликатный. А потом, разве вы не видите, что я подбираю цветы для букета. Мне кажется, что от вашего резкого крика, мои розы сникли... Вот беда-то…

- Прошу прощения, - Франсуаза уже подбежала поближе к легкой изгороди, у которой управлялась цветочница Ани.

- Объясните мне, что все это значит? За два века эта позорная табличка никогда не появлялась на фасаде «Белого ангела». Кто мог так бездарно распорядиться?

Цветочница поджала губы.

- Я не очень уважаю и не приветствую опрометчивые суждения и заявления. Но вы меня спросили. Извольте, получить ответ. Приезжал ваш отец и объявил, что отель пойдет с молотка. Прислугу распустил. А про вас сообщил, что вы вышли замуж и отбыли в Англию.

- Спасибо, мадам за новости, - Франсуаза на какое-то время растерялась.

Но через несколько минут, тряхнув кудрявой головой, вслух произнесла:

- Ну, уж нет, отныне отель только мой! И я его никому не уступлю.

Через полчаса сын кузнеца, шутник, балагур и мастер на все руки, Люсьен Вагран помог открыть все замки.

- Мадмуазель, только ради ваших страстных глазок стараюсь. Иначе, ни за что бы не взялся за подобную работенку.

- Люсьен, с этого дня ты можешь в любое время суток приходить к нам в отель. Здесь тебя всегда угостят винцом, вкусным обедом. Вот только скажи, не знаешь ли ты, куда подались наши люди?

Добродушному увальню Люсьену давно уже приглянулась миловидная соседка. Но все не было случая выказать расположение. Вот он и решил расстараться сейчас.

- Я найду их для вас, Франсуаза, - он заспешил в сторону городской площади.

Франсуаза вошла в отель. В непривычно тихих и унылых комнатах все было перевернуто и разорено поспешными сборами. На полу валялись обрывки оберточной бумаги, использованные салфетки, корзинки для провизии, стоптанные туфли.

И только в ее комнате все вещи продолжали жить на своих местах.

- Да, это я! - девушка подошла к большому зеркалу и с пафосом объявила своему отражению. - Это я, хозяйка отеля, Франсуаза Дюваль. Я вернулась! И клянусь памятью моих предков, отныне я никогда не покину «Белого ангела».

К вечеру Люсьен привел садовника Бертрана и нянюшку, которую все в доме звали Лу, хотя она носила пышное именное соцветие: Анна-Мария-Луиза.

- Девочка моя, - шурша юбками, смуглая, пышнотелая нянюшка, как в далекие времена, крепко прижала к себе Франсуазу.

- Что же теперь мы будем делать?

- Как, что? Будем жить! Жить, как жили раньше…

- Как раньше-то не получится! - Бертран пожевал кончики седых усов. - Насколько мне известно, ваш отец опустошил все счета и задолжал всем в округе – мяснику, булочнику, зеленщику.

- Я ничего не понимаю. Может быть, вы мне разъясните, что произошло, - рядом со старыми слугами Франсуаза чувствовала себя маленькой девочкой.

- Я попробую вам рассказать, - Бертран прошелся в задумчивости по террасе.

…Был чудный вечер. Наши постояльцы, а их в тот момент было немного, двенадцать персон, ужинали. Еда была замечательная. Как сейчас помню, наш Поль приготовил салат с креветками, рагу из кролика, жульен из грибов. На столах благоухали вечерние букеты.

И вдруг в столовую ворвался Винсент, то бишь, ваш отец. Видок у него был еще тот! Волосы всклочены, глаза красные, а сам, словно долго мчался по бездорожью, весь пропыленный и вспотевший.

- Значит так, господа! С завтрашнего дня отель закрыт! - истерично выкрикнул и глазищами вокруг поводит, как бешеный бык.

Люди, которые мирно ужинали, естественно ничего не поняли. Веселая блондинка Жозефина, решив, что это прибыл нанятый для развлечения гостей артист, засмеялась:

- Браво, месье комедиант!

- Я не шучу и не собираюсь вас разыгрывать, - мрачно отреагировал Винсент. - Как хозяин отеля, бывший хозяин, я объявляю, что с завтрашнего дня здесь не должно быть ни одной души. Новый хозяин имеет свои планы на это строение... - Он резко развернулся и убежал по лестнице наверх.

Ужин завершился в тягостном молчании. Постояльцы разошлись. Но вы ведь знаете, что прислуга обычно перекусывает после гостей. Так вот, мы сели за стол, кусок в горло не идет, друг на друга не смотрим. Иными словами, полное оцепенение в сердцах.

Винсент не заставил себя долго ждать.

- Ну, что, разлюбезнейшие! - произнес с надрывным вызовом. - Пожили в раю, и хватит.

- Месье, - подала голос горничная Жаклин, - но мы не получали жалованье уже несколько месяцев.

Он усмехнулся:

- Я думаю, за то время, пока вы тут проживали без хозяйского глаза, накопить вы сумели достаточно. Не правда ли, Бертран? - он подошел ко мне и фамильярно похлопал меня по плечу.

Мне трудно вам объяснить, какая буря негодования поднялась в моей душе. Я верой и правдой служил в этом доме четыре десятка лет. И мне был брошен упрек и обвинение в моей нечестности. Я молча поднялся и через минуту вынес из своей комнатки все свои сбережения.

- Если вы считаете, что это слишком много для меня, и получено незаслуженно, возьмите, месье Дюваль.

- И он взял? - Франсуаза не верила своим ушам. Неужели речь идет об ее отце? Хотя, что она могла знать о нем? Все их встречи происходили наспех во время его набегов из столицы.

- Еще, как взял! - воскликнула возмущенно Лулу. - Никогда мое сердце не принимало этого зазнайку. Маленький был, рыжий, слабый, а занозистый до противности. Никакой управы на него не было. Покойная мать очень его баловала. А уж, когда он художником себя вообразил, совсем тяжело стало. Нас он за людей вообще не считал. Да, что там... Одно у него в голове было - попойки, женщины, дебоши. Коварные люди его к игре пристрастили. О! Сколько денег из него выкачали. Он ведь только хорохориться умеет, глуп и наивен, как дитя. До сих пор, по-моему, не догадывается, что в азартных играх одни шулера в наваре остаются. Как дед ваш помер, мы все жили в ожидании грозы. Вот и дождались! Вы в пансионате, а у нас тут чехарда. Управляющие меняются один за другим. Порядка все меньше и меньше…

- А я ведь ничего этого не знала, - Франсуаза всхлипнула, чувствуя, как ее энергичная уверенность испаряется.

- Ну вот, - пробормотал Бертран, - расстроили девчонку. - Вы посмотрите, Фрэнси, что я захватил с собой, прежде, чем покинуть отель. Боялся, вдруг в чужие руки попадет. Безразличные люди просто выбросят. Думал, найду способ вам передать. - Он торжественно извлек из своей торбы большой альбом в кожаном переплете. «Генеалогическое дерево рода Дювалей. Начато в 1770 году. Ницца. Отель «Белый ангел».

Франсуаза ласково провела пальцем по позолоченным витиеватым буквам.

- Вам и продолжать эти страницы, - толстая Лулу обняла девушку. - А сейчас пойдем-ка спать. Утро вечера мудренее…

- Мне жаль вас будить, мадам! Но через мгновение нас встретит ветреный и роскошный, прекрасный и незабвенный Париж, - сосед по купе, умытый, выбритый, благоухающий одеколоном с тонким запахом жасмина, протянул Франсуазе, все еще пребывающей в полусонном состоянии, чашечку кофе. - С добрым утром!

- Спасибо! Пусть оно действительно будет добрым!

Вскоре поезд остановился, и пассажиры потянулись к выходу.

Chapter 18

ВАЛЕНТИНОВ ДЕНЬ

- Я буду ждать вас у первого вагона. В одной руке у меня будет красный цветок, а в другой газета, - Франсуаза повторила про себя эту странную фразу, которую услышала вчера по телефону.

Неужели всех своих клиентов служащие генеалогической конторы Руто-Роминга встречают таким необычным образом?

Сначала Франсуаза увидела цветок, огромный бутафорский мак из театральной кладовки детского театра. Потом возникла фигура высокого плотного человека, который обмахивал себя газетой, как веером.

- Добрый день! - Франсуаза протянула руку незнакомцу. - Вы случаем, не мадам Дюваль встречаете?

Мужчина радостно закивал бритой головой и куда-то в толпу гаркнул:

- Дюваль здесь!

Тут же вынырнула маленькая, стриженная под мальчика, женщина и начала что-то сердито выговаривать Франсуазе на русском языке. Потом незнакомка бесцеремонно наставила фотоаппарат прямо на мадам Дюваль.

- В чем дело? Кто вы такие? - Франсуаза растерянно оглядывалась по сторонам.

- Деньги? Мани? - верзила постучал толстыми пальцами по саквояжу Франсуазы. - Фото делали, работали, значит, поезд ждали, гонорар положен.

Он говорил на своем языке, и Франсуаза не поняла ни слова, но почувствовала, что ей угрожают и что-то требуют.

- Полиция, на помощь! - крикнула Франсуаза, успев удивиться звонкости и громкости собственного голоса.

- Мадам! В чем дело? - к ней спешили обеспокоенные соотечественники, готовые оказать любую помощь.

Недалеко послышалась трель свистка дежурного полицейского.

- Сматываемся! - нахальная женщина с фотоаппаратом щелкнула затвором. - Контрольный выстрел! - ехидно засмеялась и, подойдя вплотную к Франсуазе, прошептала:

- Ну, что старая курица, придется деньги вытрясать с твоего русского урода, - схватив бритоголового за руку, она рванула в самую гущу толпы.

- Мадам, вам плохо? - услужливый полицейский взял под руку побледневшую Франсуазу, - давайте, я провожу вас до такси. Эти русские - чрезвычайно невоспитанные и неотесанные люди. Ужасная нация, одним словом - азиаты.

Разве мог вообразить добродушный парень, облаченный в форму стража порядка, что эта почтенная мадам мечтает разыскать наследника на земле, обдуваемой дикими русскими метелями.

- Мадам Дюваль! - служащий генеалогической конторы не мог скрыть радостного удивления, завидев седую женщину на пороге. - Я счастлив сообщить вам, что телепатия существует. Представьте себе, пять минут назад я собрался позвонить вам в отель, чтобы пригласить на встречу. И вдруг вы являетесь сами, послушная одной моей короткой мысли. Телепатия! Связь без связи! - он засмеялся, довольный своим цветистым красноречием.

А Франсуаза вздрогнула от неприятной догадки. Похоже, что кто-то еще интересуется ее одинокой судьбой. И этот кто-то связан с Россией, а иначе, отчего разбойничья парочка на вокзале ворковала на русском языке.

Господи! Нужно было не сюда спешить, а гнаться с полицией за бандитами, чтобы забрать пленку. Кому могли понадобиться ее фотографические портреты?

- Мадам, вы не слушаете меня вовсе, - служащий конторы, по темпераменту и акценту, явно гасконец, воскликнул.

- Я понимаю, вы устали с дороги. Но сейчас я вас обрадую. Откликнулся ваш наследник! - мужчина хитро прищурился. - Уму непостижимо. Не в Германии, не в Америке, не в Канаде, а в России проживает отпрыск вашего рода. Вот официальный ответ. Все честь по чести. Подписи, печати. И заключение, человек, который носит имя Борислав Андреевич Шеромыжник, рожденный двенадцатого апреля одна тысяча девятьсот семьдесят девятого года в Ленинграде, здравствует и ныне в городе на берегах Невы. Имеется и точный адрес. Для вас персональный пакет с письмом и фотографией. Ну что? Вы довольны?

Понимаю ваше смятение. Событие потрясающее. Но торопиться мы не будем. Случаются и ошибки. Поэтому, прежде, чем мы с вами будем оформлять договор о наследстве, наш человек на месте тщательно проработает все версии. Да, да, не удивляйтесь. Иногда всплывают пять или шесть наследников. Наша задача - найти истинного. Вы ведь знаете, там, где замешаны деньги, всегда присутствуют коварство и интриги. Контора Руто Роминга свой гонорар зарабатывает мужественно и честно. Думаю, что месяца через три я приглашу вас на новую встречу и доложу о результатах работы.

- А что мне делать вот с этим? - Франсуаза испуганно посмотрела на конверт с разноцветными марками.

- Мадам, на письме есть пометка «лично». Так, что нашей службы это не может касаться. А раз «лично», то вам и решать, как поступить с посланием в дальнейшем. Прочитать и ответить или убрать в комод - это ваше персональное дело. - А пока, - гасконец лучезарно улыбнулся, - попрошу подписать чек. - Не волнуйтесь, авансы войдут в общую сумму гонорара.

Но волноваться было отчего. Цифра в несколько сотен франков неприятно обеспокоила экономную женщину.

- Эдак, мой новоявленный родственник останется без наследства, - она невесело пошутила вслух.

Лукавый гасконец не растерялся:

- Вы подарите ему небо лучшей страны в мире! - Потом добавил серьезно. - Мадам, до того, как приступить к поискам наследника, мы провели оценку вашего имущества. Смею вас заверить, вы богатая женщина.

- Спасибо. Я, наверное, просто об этом забыла.

А в это время под небом лучшей страны мира пришла пора ленча. Озабоченные люди спешили в кафе и рестораны. И куда не заходила Франсуаза, везде было шумно и суетливо. Остановившись ненадолго возле фонтана Сен-Мишель, она, наконец, приняла решение ехать к Лидии.

Лидия… В девичестве Лида Симбирцева родилась в год смерти Сталина в «снегиревке», так коренные ленинградцы и по сей день называют родильный дом на улице Маяковского. Первые годы Лидочкиной жизни были такими, как и у миллионов девочек страны Советов. Ясли, детский сад с пшенной кашей и ложкой рыбьего жира, чтобы не было рахита, дружным послеобеденным высаживанием на горшки, хочешь-не хочешь, а сиди, маршированием под музыку в дни всенародных праздников.

Потом школа, в которую полагалось ходить и зимой, и весной в коричневом шерстяном платье и черном фартуке, даже в косы разрешалось вплетать только коричневые или черные ленты. Самыми торжественными датами считались - дни приема в октябрята, пионеры и комсомол. На выпускном вечере шампанское еще не пили, а самые продвинутые пытались танцевать заводной шейк.

Хорошистка Симбирцева институт выбрала женский, далеко непрестижный. В педагогическом конкурс был поменьше, зато преподавание всегда отличалось добротностью и логичностью.

Но в школу идти работать Лидочка не собиралась. Она не хотела повторять судьбу матери, которая дневала и ночевала в школе. Всего-то учитель географии. А сборы, а КВНы и субботники! Оголтелая учительница толком и не уразумела, почему ее муж, некогда влюбленный и восторженный Лидочкин отец, вдруг перебрался в соседний подъезд к поварихе Вике, большегрудой, горластой женщине.

Беспокойный табун чужих детей выдержит не каждый, как и отсутствие горячих обедов и семейных выходных.

Своей внешностью Лидия особо не занималась. Гладко-зачесанные светлые волосы заплетала в косу, косметикой не пользовалась. Одевалась по погодному принципу, лишь бы чисто и комфортно. Класса с седьмого Лида носила очки в темной уродливой оправе, других в продаже не было.

Зато с ней всегда стремились дружить самые яркие девочки. Красавицам нравилось блистать на фоне серой мышки и еще, видимо, их подкупали добродушие и полное отсутствие зависти в характере Симбирцевой.

После института один из бывших учеников матери помог Лидии устроиться в корректорский цех молодежной газеты.

- Уж, там не заскучаешь, журналисты - ребята не занудные, с огоньком, - напутствовал молодого корректора бравый работник районного комитета комсомола.

Но ошибался комсомольский вожак, газету тянули в основном женщины предпенсионного возраста. Репортеры же попивали, балагурили в курилках, крутили романы с юными корреспондентками. Никто из них всерьез свою профессию не воспринимал. Такие были времена: с очковтирательными репортажами об ударных вахтах, с умилительными очерками о передовиках производства, и все события живоописывались на фоне бесконечного социалистического соревнования.

В корректорской Лидия прижилась, потому, как не вмешивалась ни в какие склоки и разборки, тихо выполняла порученное ей дело, мечтая об одном: скорее бы добраться до дома, нырнуть под теплый плед и читать, читать!

Лет с десяти чтение было ее незатухающей страстью. Как говорится, аппетит приходит во время еды. Обжоры всех мастей и обличий могут подтвердить это. Лидия была книжной обжорой. Были книги, которые она глотала, другие смаковала, третьи просто пробовала на вкус.

Очнулась она от книжного безумия, в тот год, когда умерла мать. Вовсе не старая учительница очень расстроилась во время бурного педагогического совета. Ох, как умеют жалить друг друга коллеги в юбках! Бедную географичку распекали и за слабое преподавание предмета и за слишком демократичные отношения с учениками и за что-то еще, о чем женщина не догадывалась. Закончив с Симбирцевой, начали распекать следующего педагога по заготовленному списку. Директор жила по принципу: «Наказуя, властвуй!»

Но все дальнейшие разбирательства учитель географии уже понимала плохо. Сердце зашлось от адской боли. В карете Скорой помощи она прошептала медсестре:

- Конец четверти близится. Как же ребята без меня обойдутся?

Ребята пришли на поминки. Нынешние - безусые и нескладные, бывшие - уже солидные и полысевшие. Ученики и ученицы. Девчонки ревели навзрыд. Парни торопливо глотали водку и прятали покрасневшие глаза.

Лидия сидела, скованная горем, еще не прочувствованным до конца.

Рассказы о любимой учительнице были нескончаемы. И только дочь ничего не могла добавить. Как оказалось, она ничегошеньки не знала о самом близком ей человеке. Зато, зато могла безошибочно воспроизвести массу деталей и подробностей из жизни книжных героев.

С той поры, как отрезало! Печатные издания в любом виде перестали интересовать ее вовсе. Но событий в своей собственной жизни по-прежнему не было. Разве только то, что она узнала, в корректорской ее за спиной называют «старой девой». Хорошо хоть не бабой Ягой!

По праздникам в дом заходили бывшие ученики матери. Озабоченные, молчаливые с цветами и фруктами, гости вели себя напряженно, как посетители в больнице.

И однажды Лидии пришла горькая мысль, что одиночество - это и есть болезнь, тягучая, удушающая, с приступами тоски и отчаянья.

Ей было сорок лет, когда Валечка Аккомодов, по-школьной кличке, Комод, предложил ей поехать во Францию.

- Физики едут на симпозиум. Я включил вас в группу помощником переводчика. Вы ведь знаете немного французский язык?

- Ну, если только, действительно немного, как знают наши школьные хорошисты.

- Годится! - просиял Комод. Отчего-то ему казалось, что замкнутая и неразговорчивая Лидия начнет отказываться от поездки, и ему придется долго ее уговаривать.

Как только самолет приземлился в Ницце, Лидия почувствовала небывалый прилив энергии. На щеках заиграл румянец, глаза заблестели, беспричинная радость, рождаясь внутри, замирала на губах легкой улыбкой.

- Боже, как хорошо, как хорошо! - эту фразу Лидия восторженно выдыхала, нежась на золотом песке, гуляя по холмистым склонам, сидя за чашечкой кофе в уютном отеле, название которого показалось ей, очень символичным. «Белый ангел»!

Когда пришло время отъезда, с Лидией случилась истерика, она рыдала так громко и безутешно, что служащий, назвавший себя Филом, прежде чем вызвать доктора, позвал Франсуазу.

- Успокойтесь, мадам, успокойтесь! - Франсуаза взяла за руку ревевшую белугой женщину.

Сквозь слезы Лидия повторяла, что в Питере у нее нет никого и ничего. Что она безумно одинока, а, если нет солнца, и льет дождь, то одинокая жизнь становится невыносимой.

К тому времени Франсуаза уже знала немало историй, когда русские женщины выходили замуж за французов потому, что не хотели возвращаться продолжать прежнюю жизнь в России.

Она осторожно спросила:

- А, может, вам здесь мужа поискать?

Лидия оторвала от подушки красное, зареванное лицо.

- Вы шутите? Кому я нужна? Меня старой девой уже начали дразнить...

- Бедное дитя! - Франсуаза еще не забыла кривотолков в свой адрес по этому же поводу.

Одинокая женщина - беззащитное существо. Ее норовят обидеть и старец, и малец. Но особенно стараются сытые и высокомерные дамы при мужьях, пусть плохоньких, но ручных.

- Я постараюсь помочь вам...

На следующее утро Аккомодов подсел за столик, где завтракала Лидия.

- Я не верю своим ушам, это правда, Лида, что вам продлили визу? - физик с красным облупленным носом и выгоревшими на солнце волосами в ужасе прошептал:

- Скажите, честно, что вы собираетесь здесь делать?

- Жить! - Лидия тряхнула головой, отчего светлые волосы выбились из-под заколки и рассыпались пышным каскадом по плечам, обрамляя загорелое свежее лицо.

- Ба! Лидия Викторовна, да вы красавицей здесь стали, - прямодушный Валентин не умел скрывать мысли. - Тем не менее, мне не совсем понятны ваши слова. А, как приверженец точных наук, я во всем уважаю конкретность.

- Конкретность! - Лидия рассмеялась. - Я ведь только здесь поняла, что вовсе и не жила раньше. У нас в стране все страдают от запоев. Запои, они тоже разные бывают. У кого вино, у кого секс, или еще какая-нибудь дребедень. А у меня был книжный запой. Я, так же, как и все остальные пьяницы, хотела убежать от действительности. Убегать-то убегала, но не жила. Понятно?

- Нет! - физик задумчиво поморгал, пришептывая что-то пухлыми губами.

- А вас, уважаемый Валентин Аккомодов, я буду благодарить всю жизнь . Вот выйду замуж за богатого парижанина, буду жить в роскошном доме. И для вас в любое время года, утром, ночью двери моей счастливой обители будут открыты.

- Занятно, - Аккомодов чуть не брякнул, - бред и клиника. - Он даже отбежал от пышущей непонятными искрами женщины. В дверях послал воздушный поцелуй. - Созвонимся! Успехов в вашем трудном деле.

Как упоительно счастлива была Лидия в первый год жизни во Франции. Острое ощущение новизны во всем - разговорах, обычаях, культуре наполняло каждый день сюрпризами и откровениями.

Основательная и серьезная Франсуаза, решив коренным образом, изменить жизнь своей новой подруги, водила ее на закрытые вечера и званые ужины.

«Ищем достойного жениха», - так называлась пьеса, которую весело и обаятельно разыгрывали две уже немолодые дамы. Им самим затея эта нравилась, и они со вкусом и удовольствием отдавались игре. Перед выходом наряжались, парфюмерились, разыгрывали немыслимые диалоги. Зато уж потом потешались, но в первую очередь над своими героинями.

Лидия, не обласканная вниманием русских мужчин, с удивлением отмечала симпатию к своей персоне, выказываемую солидными и простецкими французами. Они величали Лидию - «русская принцесса» и нахваливали ее французский язык. Хотя женщина знала, все это делается из прирожденной галантности и вежливости.

Своего долгожданного Рене она встретила там, где меньше всего ожидала. На рынке. Худощавый, невысокий человек в светлом полотняном костюме, покупал креветки у смуглого, черноусого продавца в соломенной шляпе. Покупатель громко и азартно торговался. Выбрав креветку пожирнее, долго рассматривал ее:

- Ну, где наши глазки? Закатились? Ясное дело - старушка. Я люблю посвежее девчонок. А эта парочка? Худущие, как танцовщицы из кордебалета. Не годятся…

Вокруг уже образовалась толпа любопытных. Кто-то улыбался, кто-то хихикал в кулак, Лидия, так просто покатывалась от смеха. Лишь продавец молчал, как статуя.

Наконец, выбор был сделан. Черноусый торговец вручил артисту-покупателю отобранные креветки.

- Благодарю за терпение, - балагур вдруг развернулся к Лидии и передал пакет.

- Это моя жена! - подмигнул любопытным. - Слышали, как она очаровательно смеялась? Так умеют смеяться только дети и очень хорошие взрослые люди. - Он взял ее под руку, словно проделывал это лет двадцать. - Ну, что, милая, нам пора домой.

Франсуаза с удовольствием любовалась новорожденной парочкой. Галантный, романтичный Рене отвечал всем требованиям взыскательной женщины.

- Он - настоящий француз! - эта высшая похвала в ее устах звучала также проникновенно, как признание в любви.

У Лидии голова шла кругом. Ну, еще бы! В шестнадцать лет ей никто не дарил букетов, в двадцать не назначал свиданий, в тридцать не угощал шампанским. А тут, все сразу обрушилось в сорок!

Рене, подвижный, улыбающийся, порой чудаковатый, как его любимый актер - Луи Де Фюнес, на которого он даже был чуть похож, а, может быть, хотел быть похожим, обворожил, очаровал, увлек русскую принцессу.

Через месяц Лидия Симбирцева и Рено-Жак Гравьер написали в парижской мэрии заявление о бракосочетании. И, как не странно, но именно Франсуаза, затевавшая все брачные демарши, неожиданно воспротивилась. Рено был неизлечимо болен.

- Лида! - увещевала хозяйка отеля свою подругу. - Зачем такая поспешность. Еще есть время подумать. Безусловно, месье Гравье хороший человек. Но… Он похоронил свою жену. Она умерла от рака. До сих пор никто в мире не знает природы этого коварного недуга. Поверь мне, за свою долгую жизнь я хоронила супружеские пары. Они умирали от одного и того же диагноза.

- Я все понимаю. И ничего не страшусь, - Лидия не кокетничала. - Понимаешь, я всю жизнь ждала Рено.

Год, много это или мало, вечность или миг? Но именно этот период Лидия жила так оглушительно счастлива, как придуманные героини в невероятных романах, сотни которых были проглочены ею в юности. Авеню и бульвары волшебного города, театры и библиотеки, ужины при свечах в старинных замках, упоительные путешествия… Все это дарил ей Рено. Неутомимый фантазер, искрометный шутник, ласковый умница, самый лучший из мужчин на белом свете.

День всех влюбленных супруги решили провести в Ницце.

- Представляешь, дорогая! С первым лучом солнца, извещающим о рождении нового дня Святого Валентина, мы въедем в чудный город нашей счастливой встречи! И доставит нас туда самый настоящий Валентин.

Валентин Фардон, старый приятель Рено, с удовольствием принял приглашение.

- Друзья, я соскучился по романтике, морю и скорости.

По ночному шоссе серебристый «Пежо» летел, как лайнер.

А в эту ночь, ветрено-непроглядную, четырнадцатилетний Серж Рильке мучался от бессонницы. Толстый прыщавый парень злился на своих родителей, которые по заведенному среди фермеров правилу, вставали с петухами и ложились засветло. Густой мрак наполнял дом после восьми часов вечера. А где-то гремела музыка, пенилось пиво, смеялись девушки.

Юная душа жаждала приключений. Серж дождался, когда из спальни родителей раздался зычный отцовский храп. Тщательно одевшись, он прокрался на цыпочках в гостиную и взял ключи от машины.

Ох, и дал он по газам! Старая отцовская развалина зашумела, затарахтела и дернула с места, как пришпоренная кобылица.

В доме вспыхнул тревожный свет.

- А вот и не догоните! - засмеялся Серж, представляя, как отец в пижаме, а мать в ночном халате, бегут по садовой дорожке.

- Вернись, несносный мальчишка!

Он не вернется в отчий дом, как не доедут до города своей первой встречи супруги Гравье. От столкновения двух машин, и неопытный водитель Серж, и бесшабашный Валентин, и весельчак Рено скончались на месте аварии, которая произошла на середине трассы «Париж - Ницца».

Лидия пришла в себя через три дня в клинике доктора Шардона.

- Где я? - попыталась прошептать опухшими губами. Тело откликнулось немыслимой болью.

Над ней склонилось чужое смуглое лицо, обрамленное белой косынкой.

- Все хорошо, - ласково пропела медсестра арабка с глазами, как влажные черные маслины.

Лидия застонала. Мозг обожгло предчувствие страшного известия. Рено нет на белом свете.

Через несколько месяцев серо-желтая, стриженая женщина вышла из дверей клиники. Жесткий корсет поддерживал худой, вялый торс. Правая рука опиралась на тяжелый старушечий костыль.

- Лида! - в глазах Франсуазы блестели слезы.

Она протянула подруге букет ландышей.

- Посмотри, какой сюрприз для тебя приготовила весна!

- Фрэнси, если бы ты знала, как я несчастна в этот солнечный, по всем земным понятиям, замечательный день. Мне доктор сказал: « Ну, вот, милая, считай, что ты заново родилась. Мы тебя по кусочкам собрали. И, все хорошо получилось»!

Конечно, я их всех отблагодарила. За то, что лечили, а главное - терпели мои истерики. Помнишь, как я голосила: «Жить не хочу!».

Но сегодня я поняла, знаешь, что? Доктор мой ошибся. Заново родилась не я, а совсем другая женщина. Лидия Симбирцева погибла вместе с мужем в машине.

Франсуаза испугалась. Она не совсем поняла смысл путаных речей подруги, но заострила внимание на словах о смерти.

- Нет, уж я тебя не оставлю ни на минуту, - твердо решила старая женщина.

В Ницце они были к вечеру. У ворот женщин встретил седовласый садовник, с грустными глазами раненого оленя. Он протянул Лидии букет белых роз. На нежных лепестках трепетали росинки.

- Вот и цветы плачут, - закусила губы Лидия.

- Вы откушаете сейчас или попозже? - повар в фартуке и колпаке источал радостное гостеприимство.

С террасы доносились звуки рояля. Кто-то из постояльцев наигрывал горько-щемящую «Осеннюю песнь» Чайковского.

Сердце Лидии зашлось от тоски.

- Фрэнси, - вдруг горячо взмолилась гостья. - Разреши мне одной побыть в комнате. Я устала.

- О чем разговор? - возмутилась Франсуаза. - Мы ведь договорились с тобой, что ты здесь живешь, как у себя дома.

- Спасибо, Фрэнси! А можно, я позвоню прямо сейчас в Россию.

- Стив, комната для мадам готова?

- Конечно! Я создал там удивительный аромат соснового леса, - маленький человечек поднес к острому носику горелую деревяшку. - Почему я так люблю этот запах пожара?

- Алло! Валентин, здравствуй! Узнаешь? Это Лида Симбирцева, которую ты привез во Францию.

- Вот это да! Привет! - закричал радостно Аккомодов. - Наконец-то объявилась! Сколько времени-то уже прошло… Неужели больше года? Как ты там?

- И сама не знаю, как я, - Лидия всхлипнула.

- Ты что плачешь? - испугался Аккомодов. - Обидел кто? Бросай ты этих капиталистов долбанных, да возвращайся домой. Знаешь, мы тут недавно с ребятами на кладбище ездили, на могилу Анны Степановны, мамы твоей. Выпили, помянули добрым словом. Хорошая женщина была. Многим помогла. Причем, по-крупному. Меня от уголовки спасла. Только я и она знали, кто кошелек из учительской стибрил. Ну, попутал бес. А Людку Молокову она вообще из петли вытащила, в натуральном смысле. Людку за двойки дома лупили. Вот и побежала девка на чердак за забвением. А Вовчика Громова Анна Степановна тайно от всех к наркологу водила...

Вот приедешь, я тебе про всех расскажу. К чему это я начал говорить? Да. К тому, что благородные дела не забываются. Я вот вспоминаю матушку твою, и на душе так хорошо становится, сразу всем помогать хочется. Так, что ты не стесняйся, говори, что стряслось. Сделаю все, что в моих силах.

- Валя, я поговорить хочу. Ты можешь понять это простое желание? В чужом языке я тону, захлебываясь.

- Давай, валяй...

И Лидия со смаком и чувством пересказала весь свой роман, красиво начавшийся и трагично закончившийся.

- Да... Дела, - протянул Аккомодов, неестественным голосом человека, явно не поверившего в услышанную историю. - Прямо сюжет для сериала. - А где ты сейчас, в клинике?

- Уже нет. Под крылом Ангела.

- Понятно. Это в том отеле, где я тебя и оставил. Так, голубушка, и что же дальше?

Конечно, Лидия уловила иронию и недоверие в мужском голосе. Но на данный момент это не имело для нее никакого значения. Она наслаждалась, упиваясь возможностью излить вслух все, что копилось в душе.

Какая отрада говорить на родном языке! Не мучаться подбором синонимов, не заботиться о грамматических правилах. Так свободно и легко течет река, подвластная лишь природным катаклизмам.

- Слушай, я вот о чем хочу спросить тебя? Как ты думаешь, есть ли знак судьбы в странном совпадении имен? Ты, человек с именем Валентин, привез меня в Ниццу. Здесь я встретила любовь. И потеряла ее в Валентинов день. Заметь, за рулем трагического авто тоже был Валентин.

- Ну, это явный перебор! Что ты хочешь услышать от меня? Авторитетное мнение физика-теоретика или мысли простого мужика по кличке Комод?

- И то, и другое.

- Тогда так. Комод сказал бы без обиняков, что ты забиваешь голову всякой мистической чушью. Ну, звали бы того чудака, что тебе устроил поездку во Францию, скажем, Димоном, и, пожалуйста, одно звено в твоей роковой цепи исчезло. А потом, если мне память не изменяет, в этот же день именины еще у кое-кого. И что остается от нашей версии?

А вот ученый Аккомодов глубоко бы задумался. И в итоге начал бы вынашивать план диссертации.

Лидия рассмеялась.

- Вот уж точно, у нас русских все сложное раскладывается на простые элементы, как радуга на семь цветов. Зато в самой бесхитростной простоте мы будем искать заколдованные тайны.

- Валь, а ты-то как? Я все о себе, да о себе.

- По-всякому, - он вздохнул. - Давай, обо мне поговорим в следующий раз.

- Хорошо. Я буду теперь тебе часто звонить, если, конечно, ты не возражаешь? Спасибо за то, что терпеливо выслушал мои бессвязные речи. Ну, пока.

Закончив разговор, Лидия, не торопясь, приняла ванну с травяным бальзамом, надела просторное платье из голубого шелка и спустилась в гостиную. Несомненно, эта женщина, благоухающая изысканным парфюмом, была непохожа на ту жалкую особу с потухшим взглядом, что еще сегодня утром стояла на пороге клиники.

Чуткая Франсуаза мгновенно подметила перемену в настроении Лидии, но отыскать причину не могла. Да, и сама Лидия навряд ли понимала, что разговор с Валентином, каким-то невероятным образом, энергетически ее подпитал, как животворный источник. Так благодатный дождь возвращает измученной засухой земле жизнь. Плодотворную и щедрую.

- Душа, омытая страданиями, стала чище и отзывчивее, а вот тело сопротивляется, - жаловалась позже Лидия своей подруге.

- Не изнуряй себя так, дорогая. Все нужно делать постепенно.

Но Лидия не слушалась. По нескольку раз на день она, до пелены в глазах выполняла особый комплекс упражнений, до изнеможения плавала в соленых волнах, после чего зарывалась в горячий песок и твердила:

- Я буду сильной, подвижной и красивой.

И в этом стремлении к здоровому совершенству ей помогала всемогущая и бескорыстная целительница - ласковая Ницца.

В Париж, в дом на авеню Фош, мадам Гарнье вернулась через полгода.

И сколько же минуло времени с той поры? Франсуаза задумалась. Неужели пять лет прошло? Боже мой, как быстротечны дни!

Все эти годы Франсуаза и Лидия по-прежнему были привязаны к друг другу, как любящие сестры. Но, если в начале отношений, Франсуаза на правах старшей опекала и помогала Лидии, то теперь напротив, все чаще стали возникать ситуации, когда Франсуаза нуждалась в поддержке и помощи молодой и расторопной подруги.

Добралась! Франсуаза легонько нажала кнопку звонка. Еще не смолкла веселая трель, как дверь распахнулась, и на пороге возникла стройная фигура в белом хитоне, с золотым крученым шнуром на талии.

- Фрэнси! Милая, как я рада тебя видеть! Что же ты не предупредила, я бы встретила тебя на вокзале. Мыслимое ли дело через весь город одной тащиться? - Лидия лопотала на французском языке, как парижанка.

- И Валька расстроится, он обожает тебе вручать на перроне душистые розы. Я тебе говорила, что он сделал мне предложение!

- И, что же ты ответила?

- Сказала, что подумаю. Меня задевает, отчего в России он меня не замечал, а в Париже полюбил.

- Париж всем личностям придает особый ореол, - так говорил кто-то из моих знакомых.

- Лида! - Франсуаза в волнении повысила голос.- Утром, я получила письмо от наследника из России.

Лидия от неожиданности замерла посреди комнаты.

- Но ты никогда мне ничего не говорила.

- Видно, время не пришло. А, может, и сама до конца не верила, что где-то живет человек, связанный со мной по крови. Вот он пакет, я его без тебя даже не решилась открывать. Я ведь плохо знаю русских, - она достала из сумочки конверт, на котором Ложкин старательно вывел: «Лети с приветом, вернись с ответом».

- Вскрывать что-то боязно.

- Раз, ты волнуешься, давай я! - Лидия взяла из корзинки на столе резной нож.

- О, да тут фотографии. Что ж, посмотрим.

Женщины голова к голове склонились над цветным изображением Славика Шеромыжника и Махова-Ложкина.

На фоне блеклой больничной стены Махов в пышном парике, с румяным лицом и пристальным взглядом темных глаз выглядел, как персонаж из театральной пьесы. Рядом с ним удивленно таращил глаза парень с перебинтованной головой.

- А кто же из них наследник? - испуганно спросила Франсуаза.

Фотография произвела гнетущее впечатление на обеих женщин.

- Сейчас письма прочитаем и, может быть, кое-что прояснится, - Лидия вытащила из конверта два листа.

- Смотри-ка, одно на французском, другое на русском. Смешно! Как бы ты прочитала русский вариант? Итак, начинаем.

«Мадам, добрый день! Это послание я перевожу с русского языка на ваш родной, французский, по просьбе одного, очень странного субъекта. Позвольте, я опишу его внешность. Малосимпатичная, безвкусно одетая фигура венчается непомерно крупной и лохматой головой. Плоское лицо блестит, как масляный блин. Близко-посаженные к мясистому носу маленькие глаза, как у волка, бессмысленны и холодны. Руки этого субъекта находятся в постоянном движении - что-то трогают, теребят, перебирают. На мой взгляд, это верный признак нечистой, воровской душонки.

Этот человек называет себя Львом, но скорее, это псевдоним подколодной змеи, которая хочет вползти в вашу жизнь.

Я, лично, не верю ни одному слову этого, так называемого, Льва Львовича. Сейчас он, брызгая слюной, рассказывает мне, с каким трудом отыскал вашего наследника, молодого человека, который в данный момент находится в больничной палате. Мой собеседник уверен, что некто покушался на жизнь наследника с целью захвата и присвоения документов личности. Я не могу оспаривать этот факт, так как в нашей разбойничьей стране, это вполне допустимо.

Ваш наследник и его опекун, которого я с трудом терплю вот уже полчаса, собираются к вам приехать в гости.

Я думаю, вам необходимо предпринять все возможное, чтобы встреча не состоялась. В ином случае, боюсь, вас могут ожидать непредвиденные печали. Искренне ваш – Борислав Любимов».

- Я ничего не поняла, - растерянно пробормотала Франсуаза, - какой-то лев, змея, волк! Зверинец, да и только!

- Не спеши, дорогая, делать выводы. Давай, ознакомимся со следующим посланием. Я буду тебе переводить, что называется, с листа. Строчку за строчкой. Слушай внимательно.

«Крошка моя! Я дождался этого момента, когда судьба, наконец, повернулась ко мне ласковым лицом. Теперь я знаю, кому я симпатизирую, а значит, готов предложить свою руку и сердце. Догадалась? Да, это ты – моя мечта из снов, песня моей души. Не волнуйся, при встрече я тебя не разочарую. Я - сильный, элегантный, знающий толк в жизни, мужчина. Да, много русских женщин с удовольствием бросились бы мне на шею, но, зачем они мне нужны!

Я берег себя для тебя, моя далекая француженка. Я усердно готовился к нашей встрече и даже посещал занятия для изучения языка. Думаю, что смогу тебе, радость моя, нашептать кое-что на ушко. Сообразила? Да, три заветных слова.

Твой прямой наследник, Шеромыжник Б. А., всей душой привязан ко мне. Если ты внимательно посмотришь на фотографию, то заметишь, что голова его пробита. Подрался сорванец! Да, парень он воинственный, как солдат Наполеона. Не удивляйся моим познаниям. Я и полиглот, и историк, и философ в одном лице.

Мы со Славой готовы приехать к тебе, моя киса, к Новому году. То-то будет у нас праздник!

К нашей свадьбе я хочу справить костюм-тройку. Ты, думаешь, ткань выбрать черного или серого цвета? Еще присматриваю кожаный чемодан для путешествия в твой рай. Приглядел недавно один, такой желтый, клевый.

Так, что, моя рыбка, я заявлюсь к тебе настоящим фраерным франтом. Перед соседями стыдно не будет. Умоляю тебя, напиши мне несколько строчек. У меня есть парень-переводчик, он правда, немного чокнутый. Но в языке волочет классно. А теперь целую тебя тысячу раз. Твой Лев, мечтающий стать французским котенком».

Лидия, дочитав сладкие слова прощания жениха, брезгливо бросила листок, заполненный витиеватым почерком на стол.

- Он либо уголовник, либо психически-неполноценный человек. Фрэнси, это ужасно, что ему известны и твое имя, и твой адрес. Ты должна немедленно мне все рассказать. Вместе мы распутаем этот клубок. Уж слишком, все сейчас выглядит непонятным и странным.

- Да, ты так считаешь?

Женщины в молчании выпили по фужеру красного вина.

- Бедная Франсуаза! - думала Лидия. - Она еще не может понять, в какую некрасивую историю вляпалась! Ей не известны нравы русских бандитов. Наверняка, кто-то разнюхал, что мадам Дюваль одинока, что ее наследство - не только счета в банке, но и отель в лучшем курортном городе мира. Хороший отель - это стабильный доход. Боже мой! Если мнимые риэлтеры в России убивали пенсионерок-одиночек из-за малюсеньких квартирок в хрущевках! То…в данном случае на кон поставлено слишком многое. Что же предпринять!

Мысли Франсуазы были также беспокойны.

- Странно, что случилось с Лидией после того, как она прочитала письма? Что ей так не понравилось? Русский мужчина предложил мне руку и сердце… Конечно, для Лидии я безнадежно стара, и ей смешно это слышать. Но он вроде тоже далеко не мальчик. А, может, это судьба?

Ладно. Это пустое. Что это вдруг на меня налетело? Важно - другое. Неужели, действительно в далекой России живет и здравствует человек, в котором течет кровь моих прадедов. Наследник! - Франсуаза бросила украдкой взгляд на фотографию. - Если это действительно он, то у него приятное лицо, высокий лоб, добрые глаза. Конечно, Лидии, выросшей в социалистической бесхозности, где все общее и все ничье, невозможно понять нас, собственников до мозга костей. Я физически не смогу подписать завещание в пользу инородца. Мне необходим человек, с которым я связана по крови. Наверное, зря я пришла сюда. Лидия не захочет меня понять. И будет отговаривать от затеи встретиться с наследником.

- Ну, вот что, голубушка! - первой прервала молчание Лидия. - Я это дело на самотек не пущу. Хочешь ты или не хочешь, но всех претендентов на наследство, буду просеивать через собственное сито. И с генеалогической конторой буду вести переговоры я. Вся ситуация отдает неприятным душком. Сейчас, я достану толстую чистую тетрадь и для ясности мыслей, буду кое-что фиксировать. Не возражаешь?

- Конечно, нет, - обрадовалась старая женщина. - А я сейчас открою свою тетрадь. Посмотри…

- Вот это да! - восхищенно произнесла Лидия, когда увидела в кожаном переплете цвета бордо альбом с золотыми тиснеными буквами.

- Отчего же мы, русские, никогда ничего подобного не создавали. «Иван, не помнящий родства»! Ах, о чем это я? - ворчливо пробормотала Лидия и открыла первую страницу.

«Юбер старший», так была озаглавлена первая страница.

Рисовальщик изобразил мужчину в профиль. Крутой лоб, орлиный нос, волевой подбородок. Значительное и достойное лицо. Рядом изображение жены Юбера - черноглазой Жаклин. Она и на миниатюрном портрете улыбалась. На круглых щечках обозначены веселые ямочки. Их дочери - близнецы, Антуанетта и Изабель. Изабель кудрявая, курносая, с высокомерным взглядом гордых глаз. Лицо Антуанетты, словно списано с иконы, прекрасной и завораживающей.

Муж Антуанетты, Юбер Дюваль, облик имел необычный. Хорошей крепкой лепки голова, крупные черты лица, проницательный взгляд светлых глаз.

Рядом в виньетке портрет сына четы Дювалей. Художник изобразил Андре, когда тому исполнилось шестнадцать лет. Через пухлость щек и губ проступает характер - мягкий и нежный, а в больших глазах светится ум. Возле портрета юноши обозначена только дата рождения.

На следующей странице семейного альбома уже помещены были не рисунки, а фотографии. Другие времена! Возле изображения красивого седого мужчина - надпись. «Андре Шеромыжник-Дюваль, рожден в России, в году одна тысяча девятьсот тринадцатом, Евдокией Истоминой».

Рядом портрет жены Шеромыжника-Дюваля - Патрисии. Фотограф запечатлел молодую женщину в тот момент, когда она задумалась. Сдвинуты к переносице ломкие брови, во взгляде напряжение, поджаты губы. Сердитая!

Сын этой четы, Винсент, унаследовал внешне все черты матери. Такие же буйные рыжие волосы, тонкие черты лица. И характер, чувствуется, тоже непредсказуемый, как у Патрисии.

А вот и личико маленькой Франсуазы. Серьезная девочка старательно улыбается в объектив по просьбе фотографа.

Лидия еще раз вгляделась во все портреты.

- Но, дорогая, почему ты решила, что у тебя должен быть русский наследник.

- Дело в том, - прошептала Франсуаза, - что я получала из России письма, о которых не осмеливалась никому говорить. Если ты внимательно прочитаешь тексты, которые сопровождают все фотографии в альбоме, то обратишь внимание, что мой дед, Андре приехал из России в достаточно зрелом возрасте. Там, была у него любовь. И, как известно, от любви рождаются дети. Я нашла дневник деда. И хочу, чтобы ты тоже его прочитала. Вот!

- Похоже, это будет моим самым серьезным расследованием во Франции, - произнесла Лидия, принимая из рук Франсуазы шкатулку с письмами.

ГОЛУБКА

По всей земле мела вьюга.

Зойка, хоть и шубу надела, тяжелую, чернокудрявую, которую когда-то носила сама барыня, а потом Иосиф, сын скорняка Левитина, подогнал по хлипкой Зойкиной фигурке, и валенки натянула деревенские, просторные, а мороз все равно продирал. Она прискакивала, топала ногами, делала пробежки, крепко прижимая к себе завернутого в пуховые одеяла младенца.

- Я-то что, - рассуждала про себя нянька, - у меня кровь горячая, девка я закаленная, а вот за дитя боязно. А ну, как занедужит от холодрыги такой. Кроха ведь совсем. И что за слова нынче господа выдумали: режим, свежий воздух для роста и аппетита.

Зойка заглянула под уголок одеяла. За кисейной накидушкой посапывал розовощекий младенец.

- Сладкий мой, малинка нежная, - девчонка улыбнулась. - Ну ладно, так и быть, еще полчасика попрыгаю. Может, и вправду на морозе сон особый какой.

Она запела жалобным, слезливым голоском, так обычно в хороводе тосковали деревенские молодухи. Как они там все поживают? Дашутка, Марья, Лукерья…

Зойка живо представила деревню, где родилась в семье плотника Феофана. Его помнила плохо. Бородатый, патлатый, с красным лицом. В солдаты батяню забрали, Зойка еще и ходить не начала. Потом вскоре и старших братьев забрили - Савку и Гришку. В доме Голубевых остались мать, бледнолицая, медлительная, с задумчивыми серыми глазами блондинка и ее старшая сестра, Катерина, смуглая и разноглазая. Отчего и замуж ее никто не брал, парни и мужики боялись: не колдунья ли? Может ли у простой девки один глаз быть голубым, да веселым, а другой черным и, словно слезой тоскливой затянутым? Ясное дело: нечистая сила примешана!

Маленькой Зойке Катерина всегда красавицей представлялась. Ходила она плавно, пела тоненько, как девочка-сиротка, а уж сказки умела сказывать, заслушаешься!

Военное лихолетье волчьим ветром по деревне прошлось. Мужиков не осталось, дома как-то быстро покосились, заборы попадали, даже земля, как женщина брошенная, ничего выродить не могла. Голодно, тоскливо. Над пустыми полями вороны каркают.

Зойке четыре годочка было, когда мать померла. От тоски, говорили, чахнуть начала, кашлять. Вот и осталась девчонка с Катериной, теткой своей кровной.

Тетушка-то славная была. Зойка, и сейчас от радости улыбается, вспоминая, как затопят они печку, сядут на низенькую скамейку, чтобы огонь видно было, обнимет Катерина племянницу большой пухлой рукой и начнет истории сказывать.

- А дело было так. Собираю я в лесу ягоды. Вдруг крик слышу. Такой резкий и истошный. Я на него побежала. Смотрю, барская дочка на траве лежит и кричит, а рядом ее девушка трясется, как осиновый листок.

- Девочка, девочка, беги к нашему дому, доктора позови, скажи, что Варварушку змея укусила.

А я про себя смекнула, пока за доктором поспею, пока он приковыляет, барынька-то может и окочуриться. Меня Елисей-охотник научил, нужно отсосать яд змеи и сплюнуть.

- Где укусила? - спрашиваю, - она руку показывает у локтя. Ну, я не растерялась, даже разрешения спрашивать не стала. Приложилась губами, потом сплюнула шибко и за доктором помчалась. Старичок меня похвалил:

- Чудо-девка, барыне жизнь спасла.

Вот и стала меня Варвара к себе в гости зазывать. Брюхата она тогда была. Больше уж в лес не ходила. Дома сидела. Я ей песни пела, сказки говорила.

- Ай, Катерина, тебе бы актрисой быть!

Долго мы с ней дружкались. Она меня в Петербург зазывала. А на что он мне? Я птица вольная. Мне тут, возле мамкиной могилы тепло. Не зря говорят: «Где родился, там и пригодился».

Слыла Катерина мастерицей по швейному делу. Никто не учил деревенскую девчонку ни крою, ни швам затейливым, а вот, словно жило мастерство в смуглых руках. Глянет разноцветными глазами на заказчицу, обмылком на ткани линии нарисует, смотришь, уж и ножницы замелькали. Вжик-вжик!

- Через три дня за нарядом пожалуйте!

- Ах! - пунцовели девки, - и как это вы, Катерина Ляксеевна, фасончик угадали. Так и хотелось, чтобы там фижмочки были, а здесь защипчики. Уж отблагодарим мы вас!

За платья из бархата, блузы из шелка расплачивались деревенские модницы, кто мясом, кто молоком и маслом. Так, что Зойка с Катериной не голодали.

- Ты, Зоюшка, чтобы вырасти статной, белой, должна поболе творожку кушать, сметанки. У красивой девки и судьба красивая.

А Зойка, словно наперекор Катерининым мечтаниям, росла тщедушной, невидной. На тонкой шейке - голова, как у галчонка, кругленькая, темная. На заостренном книзу личике - маленькие глазки-бусинки, нос клювиком, рот, что пуговка. Далеко до принцессы!

Девчонка, как и тетка, полюбила с иголкой возиться. Нравилось ей с кружевами помудрить. Умела собирать их то вкрутую, то в припуск, и из рук, словно, облако воздушное выпархивало или кудрявая пена морская получалась. Еще и вышивкой увлеклась. Казалось ей, что не может быть одежка нарядной, если не украшена васильком отчаянно-синим или незабудкой цвета июльского неба. Все бабы из соседних домов щеголяли теперь в кофтах и сарафанах, расшитых ловкими Зойкиными руками.

Катерина была не завистливая и не злая. Ничего и никого не боялась. Улыбалась:

- Я богом береженая!

А получилось не уберег, не защитил! Однажды ночью зарезал ее какой-то заезжий разбойник, позарился на торбу с хлебом, яйцами, что получила она за свадебной платье. Невеста жила в соседней деревне. Бесстрашная швея топала лесом в сумерках, там и встретила смерть

Зойке в ту пору всего-то двенадцать годков стукнуло. Как закопали гроб с бледной, застывшей Катериной, как исчезли из дома соседки и кумушки, хлопотавшие на поминках, так и заревела девчонка в голос.

- Одна, одна на всем белом свете осталась.

Утром и того хуже. В избе холодно, тоскливо. Кошка за дверью мяукает, в дом просится. Пес у будки скулит, похлебки требует. Печь топить нужно. А у Зойки нет настроения жить дальше. Лежала бы, да лежала под одеялом в кровати.

Через день в их деревушку нежданно-негаданно барский экипаж заехал. И в церкви сказали барыне, что отпели Екатерину, ту, что когда-то от яда змеиного ее спасла. И про девчонку-сироту добавили.

Прибежали в Зойкин дом две барышни, такие чистенькие, в платьях синих из тонкого сукна, с воротничками белыми, крахмальными.

- А ну, давай, скоренько собирай вещички, и с нами в Петербург поедешь.

- Никуда я не поеду! - заупрямилась девчонка, и говорить больше не стала с незнакомками.

Тут к ней сама барыня пожаловала. Красивая. Под соболиными бровями глаза серые, ласковые. Нос прямой, точеный, а губы, словно цветок нездешний. У Зойки дыхание остановилось: королева перед ней!

- Что же ты, Зоюшка, от счастья своего отказываешься, - барыня улыбнулась, - я тебя в гости приглашаю. Будем вместе по набережной гулять, в театры ходить, - гостья раскрыла душистый, расписной веер и стала им обмахиваться.

Зойка насупилась, молчит.

- Да, я понимаю, что у тебя здесь дел немало, - барыня обвела горницу взглядом. - Но я ведь Екатерине обещала. Знаешь, как она меня от смерти спасла?

- Так это вас змея укусила? А я думала, может, придумала все тетя. Она такие сказки всегда сочиняла, - сказала, и, как живая, встала перед ней Катерина.

Девчонка шмыгнула носом, тонкие бровки к переносице свела и заревела. Слезы-то еще и не просыхали после похорон. Варвара Аркадьевна обняла Зою и тоже всплакнула. Руки у нее были мягкие, нежные, и вся она пахла осенними терпкими травами.

- Ладно, поеду я с вами, - согласилась, словно одолжение большое сделала, девчонка. - Только с соседями договорюсь, чтобы за домом присмотрели, да животных кормили. Зиму перекантуюсь в городе и вернусь.

Ох, уж эта солидность деревенских ребятишек!

В Петербург въехали вечером. Чудно все Зойке. Улицы широкие. Через шаг фонари натыканы. Люди нарядные гуляют, громко разговаривают, смеются. В деревне в это время даже собаки не брешут. Ночь.

А в квартиру поднялась девчонка и совсем заробела. Пять комнат, словно залы с потолками сводчатыми, мебель резная, с золотыми ободками. Любоваться только!

Девушки, Вера и Люба, те, что за ней в дом приходили, передники крахмальные надели.

- Ну, пойдем, голубушка, с дороги помоем тебя.

Таких чудес она еще не видала! Сверкающее корыто водою полнится, пеной душистой поднимается.

- Снимай одежку-то и ныряй.

Вот так и началась новая Зойкина жизнь.

В квартире вместе с барыней проживал ее старший сын Борислав, неразговорчивый, бледный, с седыми висками, с глазами, казавшимися темными от больших угольных зрачков. Но однажды Зойка подметила, что глаза у него прямо в точь, как ее любимые цветы, васильки, синие-пресиние. Он служил доктором. Уходил, когда в квартире все еще спали, возвращался строго к вечернему чаю.

Доктор недавно женился. Его жена, маленькая, пухленькая Надюша, врачевала вместе с ним. Говорили, что она незаменимый ассистент хирурга при сложных операциях.

Еще в квартире жили две дочери Варвары Аркадьевны, Луиза и Евгения. Когда-то очаровательные девчушки-погодки, давно уже стали сухопарыми, чрезвычайно озабоченными учеными дамами. Обе преподавали в женской гимназии. И похоже, давно уже поставили крест на свой личной жизни. Ни разу Зойка не видела Луизу и Евгению без книжки в руках.

В самой большой комнате, с роялем посередине обитала сестра хозяйки - Полина. Чернобровая с агатовыми глазами высокая старуха. Про нее Зойке сказали, что Полина блистала в оперном театре и безумно была влюблена в тенора Асконти. Когда он, не вынеся промозглости и сырости северной столицы, уехал внезапно в солнечную Италию, Полина травилась. Чудом выжив, в театр больше не вернулась.

Во все эти истории Зойку посвящали барышни в передничках, к ним в комнату и определили пока приезжую.

На кухне хозяйничала мать Веры и Любы, которую все звали Душа Ниловна. У нее был уютный закуток, весь в картинках, салфеточках, домотканых ковриках, выгороженный за массивной плитой. Так кухарка пожелала сама.

Воспитанием Зойки занялись сразу все. Смышленая, непосредственная девчонка умиляла и забавляла. « Ты у нас, как солнечный зайчик».

Барышни-учительницы обучали грамотному письму, арифметическому счету, географии и истории. Певица к музыке приобщала. Даже доктор и тот в выходные дни листал с ней анатомический атлас и объяснял действие тех или иных лекарств.

И только Варвара Аркадьевна никаких уроков не признавала. Зазывала Зойку в свою комнату на чай. А чашки темно-лиловые снаружи, внутри золотыми цветами расписаны, сухарница серебряная крендельками полна, в хрустальных розетках — вишенки засахаренные, всем остальным вареньям предпочитаемые.

- Ну, давай, голубка, чаевничать, да болтать!

И сидят они час, другой, хихикают, друг дружке всякие истории рассказывают, а то и в картишки перекинутся. Ну, словно девчонки-подружки. Варвара Аркадьевна как-то по-особенному привязалась к Зойке. Как будто чувствовала, что эта шустрая черноголовая девочка, не зря судьбой ей дарена.

- Хорошо тебе, Зоюшка, живется у нас? - интересовалась искренне.

- Все бы ничего. Да, не привыкла я нахлебницей быть. В доме все молодые при деле.

- Ох, и руки у тебя беспокойные, - барыня и не думала сердиться. - Ты уж сколько воротничков навывязывала, а блузок, да рубашек васильками расшила!

- Так, это ж так, для удовольствия. Я бы, чем серьезным, да нужным занялась.

И однажды барыня ей на ушко шепнула.

- Смотри-ка наша Надюша полнеть начала. К маю наследник появится.

- Ну? - обрадовалась Зойка. - Я мальцов страсть, как обожаю. В деревне лучшей няньки не было.

- Вот и хорошо, - Варвара Аркадьевна приобняла худенькие плечи, - и жалованье получать будешь, все, как положено.

- То-то знатно, накоплю поболе, да и в деревню съезжу.

Скучала детская душа по родной бревенчатой избе, знакомым лесным тропинкам, бабьим пересудам у колодцев, по гармошке и праздничным хороводам.

- Смешная, ты, Зойка! - засмеялась барыня. - Мы ведь в любую минуту можем с тобой поехать хоть в одну, хоть в другую деревню.

- Нет, это совсем не то. С вами я барская, и мне все по-другому открывается.

Чудного мальчика родила Надюша Воронкова. Ручки, ножки розовые, пухлые, словно ниточками на сгибах перехвачены. А личико! Глазищи - проталины небесные, светлые, лучистые, над губкой родинка, а на подбородке ямочка. Зойка налюбоваться, надышаться не в силах. А рядом с ней и старая барыня замирает, глядя на крохотное чудо.

Родители, погруженные в свои медицинские хлопоты и проблемы, очень бранично восприняли появление малыша. Дескать, если нужно, то и второго родим и третьего. Пусть семья полнится, но и научные наблюдения оставлять нельзя. В медицине самое крохотное открытие - это спасение сотен больных.

Мыслящая глобальными категориями о спасении человечества, молодая мамаша уже после двух месяцев отлучки от службы, не выдержала.

- Я не могу дома с утра до вечера сидеть, я перестаю чувствовать себя нужным человеком, - призналась Надюша свекрови.

- Конечно, конечно, о чем разговор? - свекровь только и рада. - У нас в доме нянька какая замечательная имеется.

И все бы хорошо. Зойкин день теперь по минутам расписан. Да, вот только начались с сентября какие-то странности в городе. Стрельба, беготня. Большевики, эсеры, меньшевики. Кто такие? Что им нужно?

За ужином доктор взволнованно что-то втолковывал барышням-учительницам. Зойка не хотела вдаваться в детали. Лишь бы разбойники не нарушали семейного покоя. Варвара Аркадьевна тоже не поощряла словесных баталий своих детей.

- В нашем доме о политике ни слова!

А недели две назад поинтересовалась у кухарки, дескать, отчего мы постничать стали? Где котлетки отбивные, булочки с взбитыми сливками ?

- Дак, лавки закрыты, какие и вовсе разгромлены. Эсфирь Марковна, старушка из соседней парадной, предупредила:

- Голод идет. Запасайтесь на зиму!

- Ах, оставьте эти досужие вымыслы, - рассердилась Варвара Аркадьевна. В пятом году эти необразованные горлопаны тоже пытались людей запугать. Обошлось! Слава богу! - она страстно перекрестилась.

А вчера Зойка своими глазами увидела печатный листок, где черным по белому сообщалось, что вся власть перешла в руки каких-то Советов. А где царь никто и не знает!

В квартире пахло валерьяновыми каплями, и вот уже целую неделю никто не ходил на службу. Все чего-то тревожно ожидали.

Ох, и замерзла, Зойка! За думками, да воспоминаниями время пролетело незаметно. Пора и домой! Где-то за Охтой стреляли. Мимо прошел отряд, парни молоденькие, безусые, в длинных новых шинелях. Один из них, светлобровый и курносый, подмигнул Зойке.

- Что, дивчина, муженька дожидаешься. Беги домой, дела у нас сурьезные, долго ждать придется.

Зойка прыснула в заиндевевший меховой воротник.

- Иди, иди, родимый! Да и мне пора!

Снег под валенками громко скрипел. Вот и Моховая. Раньше Зойка делала ударение на первый слог названия, уверенная в том, что когда-то здесь все было покрыто лесным мягким мхом.

- Стой, куды прешь! - штык перегородил дверь в парадную.

- Дядь Семен, да это же я, Зойка, нянька барчонка Воронкова. Гулять ходили, студено нынче. А вы меня с мороза не узнали, что-ли?

- Узнать-то узнал! Только временя теперича другие, - прогудел высокий старик со скуластым, сибирским лицом.- Революция, понимаешь. Нет барей нынче. Не могу я тебя пропустить, у меня приказ на то имеется. «Не пущать никого»! За неповиновение - расстрел на месте.

Зойка хлопала влажными с мороза ресницами, ничегошеньки не понимая.

- Так, меня там к обеду ждут. Да, и ребенка кормить пора. Я час назад уходила, все дома были.

- Благодари судьбу за то, что на мороз выбежала, - проворчал Семен. - К обеду тебя никто не ждет! Всех Воронковых за неподчинение новой власти того… ликвидировали.

- Это как?

- А так, - Семен выставил перед собой желтый от махорки указательный палец. - Пых, пых и готово. В квартире комиссар Чубатый будет жить.

- Ой, ой, - тоненько заскулила девка. - А что с мальчонкой-то будет?

- Тоже прикончат, - мрачно отозвался Семен. - Этот самый Чубатый грозно кричал: «Не жалеть дворянское отродье! С корнем вырывать»!

- Свят, свят, матерь Божья. Богородица, заступница наша, подскажите, научите, как быть? - забормотала Зойка, потом вскинула на сторожа темные, ужасом наполненные глаза. - Дядечка Семен, разреши на минуточку подняться, я хоть краюшку хлеба возьму, да мальцу пеленку сухую.

- Не положено! - поджал губы старик. - А, что, если новый жилец явится? Он революционер отчаянный. Чуть, что не так - тут же пуля свистит.

- Да, я мигом, - всхлипнула Зойка.

Старик нахмурился. Ох, и жалко девчонку стало. У него в уральской деревне такая же лупоглазая дурочка, Маруська. Как они там в эти времена лихие? Санька, Пашка, Тишка, да две девки. За рублем их батяня в город дальний подался, думал ненадолго, а вон, как затянуло. Не зря Клавдия, жена, в последний раз отговаривала уезжать. Чуяла долгую разлуку, - он тяжело вздохнул.

- Ступай, Зойка. Только скоро, как мышка юркая. Одна нога здесь, другая там.

- Малого подержите, - нянька бережно передала в заскорузлые мужицкие руки свою драгоценную ношу.- Только осторожнее, не уроните!

- Ну-ну, командирша! - Семен усмехнулся в седые пушистые усы.

Мальчонка от громких разговоров проснулся, глазенки распахнул. Уставился синими блестящими пуговками в незнакомое усатое лицо, агукнул и улыбнулся. Семен разомлел от младенческой приветливости и, вытянув губы трубочкой, начал причмокивать, забавляя мальца.

Зойка на мгновение задержалась у квартирной двери. Что это накарябано на прилепленной к ручке бумаге. «Нивходит! Апартамент занито!»

Вот, так грамотеи, эти революционеры! В квартире все было перевернуто вверх дном. Вспороты диваны и кресла. Сброшены книги с полок, разбита посуда. И чего они здесь искали? Во всех комнатах стоял запах гари и еще чего-то едко-кислого. Зойка не знала, что так пахнет кровь, когда ее много.

Слава богу, что не заглянула девчонка в ванную, а то бы точно грохнулась в обморок. Восемь трупов, один на одном, громоздились на кафельном полу.

Старая барыня, ее сестра-певица, доктор с молодой женой и девушки-горничные, они почему-то были без одежды. Душа Ниловна застрелена была в кладовой, из приоткрытой двери торчали босые ноги. Валенки кто-то стянул по ходу дела.

Зойка заскочила в детскую. Из комода стала скидывать на шелковое покрывало все подряд - рубашонки, полотенца, простынки. В корзинку поставила бутылочки с молоком. Они еще были теплые.

- Быстрее, быстрее, - подгоняла сама себя. Дотащив узел до двери, остановилась. - Что еще? Ах, да…

В комнате барыни она, отодвинув картину на стене, открыла потайной шкафчик, где Варвара Аркадьевна, встревоженная еще пятым годом, хранила свои шкатулки.

- Не суди меня, боженька, что чужое беру. Не для себя, для Андрейки. Варвара Аркадьевна мне сама секрет этой дверцы открыла.

- Зо-я! - из парадной раздался громовой оклик. – Пора!

Перекинув узел с вещами через плечо, сосредоточенная, нахмуренная Зойка спустилась вниз.

- Ну, все, дорогой Семен. Пойдем мы. Спасибо, что выручил.

- Куда ж ты одна, да еще с дитем на руках?

- Сама не знаю. Добрые люди везде есть. Авось не пропадем.

- Так-то оно так, - старик пожевал губами. В глазах светлых, как апрельское небо, стыла неподвижная печаль. - Что же это делается, что же происходит? - вдруг запричитал беспомощно. - При господах служил, дурного слова в свой адрес не слышал. Всегда уважительно, с почтением, по имени-отчеству обращались. К празднику подарочек преподносили, чарочкой угощали, здоровья желали. А тут, за несколько недель такой похабщины наслушался. Про мир, братство толкуют, а сами, словно разбойники из большого леса. Противится моя душа, не принимает их грубую сторону. Вместе уйдем! Только теперича ты обожди меня малость. У меня в каморке под лестницей припасено кое-чего. Дочкам деньги собирал на приданое.

Он вернулся в длиннополой шинели с красными нашивками.

- Так-то надежнее. У меня и документ имеется.

Потом всю свою жизнь Зоя Феофановна будет молиться за рай небесный для души Семена Архиповича, потому, как без его помощи пятнадцатилетняя девчонка с барчонком на руках, не выбралась бы из Питера дальше Николаевского вокзала.

Все дороги, улицы, перекрестки были усеяны людьми с малиновыми отметинами на погонах, рукавах, шапках. Только и слышалось:

- Стой, кто идет! Предъявить документ. Стрелять буду!

И палили направо и налево. По воронам, кошкам, людям. Пьяно матерясь и бахвалясь, друг перед другом ловкостью и меткостью.

Что-то невообразимое творилось и внутри вокзала.

- Нет билетов! - орал служащий с багровым потным лицом, буквально стряхивая с себя людей, налетающих со всех сторон на грузное тело в форменной тужурке.

Вопили дети, взвизгивали женщины, кашляли и хрипели старики. Пахло потом, мочой и нафталином.

- Куда это они все? - испугалась хаоса и толчеи Зоя.

- Кто их знает, - Семен высился над толпой, - наверное, как и мы, сами не ведают. Лишь бы подальше от кровавого ужаса и неразберихи.

- Разойдись! - крикнул черноусый дядька, в тельняшке, бушлате и почему-то в драповой клетчатой кепке, с пуговкой посередине.

За ним, шеренгой, сосредоточенные, со сжатыми губами, маршировали люди в шинелях.

- И мы туда же, - Семен подтолкнул Зойку в сторону перрона.

На третьем запасном пути формировался состав, который должен был отправиться за Урал. Зойка уже ничего не соображала, она только крепче прижимала к себе младенца и боялась одного, как бы не отстать от мелькающей впереди знакомой мужской спины.

Семен буквально внес ее в переполненный вагон и поднял под самый потолок на третью полку. Зойка, отдышавшись, свесила голову, чтобы разглядеть тех, кто находился внизу. Напротив, посреди скамьи сидел пухлощекий мужчина в круглых очках. К нему с двух сторон прижимались две барышни в одинаковых фетровых шляпках. Та, что постарше, вытирая слезы кружевным платочком, шепотом спрашивала:

- Жорж, неужели это безобразие надолго? Мое сердце не выдерживает. Я чувствую жгучую боль.

- А я кушать хочу, - молоденькая капризно надула губки. Мы сегодня даже не завтракали.

- Подождите, девочки. Пусть поезд тронется, нужно вырваться из этого ада.

Над ними, на второй полке кто-то, укрытый медвежьей шубой, хрипел и стонал.

Напротив пухлощекого мужчины сидели две старушки в темных платках. Они молчали, глядя на перрон через мутно-грязное вагонное окно, брезгливо поджав бледные губы.

- Зойка! - вдруг рядом раздался голос Семена. - Жива? Малец спит? Ну и хорошо. Смотри, что я тебе принес, - он протянул ей наверх калач. Вкусно запахло свежим хлебом.

Глубокой ночью, наконец, тронулись. Невысокая, юркая Зойка приноровилась в своем маломерном пространстве, между полками, пеленать и кормить малыша. Андрюшка, на удивление, вел себя тихо, лишь покряхтывал, когда что-то не нравилось, а в основном весело гулил под стук колес.

К вечеру следующего дня Семен сообщил:

Ужинали все вместе. Мужчина в очках отрекомендовался адвокатом Георгием Мееровичем. Отчего-то он так проникся к Семену

Через сутки поезд остановился посреди леса.

- Не нравится мне все это, - мрачно изрек Семен и, набросив шинель, отправился выяснять ситуацию.

Вернулся довольно скоро и озабоченно произнес.

- Пути впереди разобраны. До ближайшей деревни километров пять. Вокруг бесчинствуют контрреволюционеры.

- Что же делать? - испуганно переглянулись женщины адвоката.

- Про вас ничего сказать не могу. Мы с Зоей пешком пойдем. Давай, девка, мальца кутай, сама одевайся. Чую, мороз знатный стоит.

Мееровичи, посовещавшись, решили остаться. Все-таки под крышей, да на колесах спокойнее, чем в лесу. Старушки-богомолки по-прежнему оставались безразличными ко всему происходящему.

По занесенной снегом колее, да еще с ношей на руках, идти было тяжело.

- Может, вернемся, дядь Семен, - тихонько проскулила побледневшая от усталости Зойка.

И в этот момент за их спинами бабахнуло. Семен оглянулся и яростно перекрестился.

- Вот так да! Подорвали состав. Ну, Зойка, нас с тобой от смерти Ангел - хранитель отвел.

Страшное событие, словно подхлестнуло. Путники стали двигаться быстрее и сосредоточеннее.

- Ну вот, кажись, дошли, - густой пар валил из мужского рта.

Семен, который нес ребенка, да еще узел с вещами запыхался.

- Сейчас выберем для постоя избу. Я у людей выспрошу про дорогу. Отдохнем малость. Да, и к моим двинем. Соскучился я шибко.

Бабка, в повязанном по самые брови, цветастом платке, меховой жилетке, высокая и худая, как жердь, нисколько не удивилась путешественникам. Только головой покачала:

- Неужто, от самой станции топаете? Ай-ай, по морозу, да с ребенком. К печке идите, согрейтесь малость. Сейчас картоха в чугуне поспеет.

Старик Крюков по дешевке уступил Семену еще не старую клячу. В другом дворе с телегой подсобили. И потом два дня Семен тщательно готовился к дороге, покупал соль, спички, хлеб, сено.

В день отправления вышли старики Крюковы проводить гостей.

- Ты вот нам много чего рассказал, а главное упустил. Большевики, они кто такие? - интересовались деревенские жители.

- Честно скажу, еще сам не разобрался. Некоторые из них говорят очень заманчиво. Обещают войну проклятую закончить, землю раздать крестьянам, опять же богатых, да нахальных пощипать…

- Некогда мне тары-бары разводить. Жизнь все на свои места расставит. А чего мы тут митингуем зря! Ну, бывайте, старики! - он накинул шинель с красными нашивками на овчинный тулуп, который ему всучила Фекла, достав из сундука.

Семен выпрямился в полный рост на телеге, точно монумент. Высокий, костистый, ветер поднял седые волосы, растрепал пышную бороду.

- А ты оказывается лазутчик красный! Политграмоту в массы несешь! - из неприметной калитки соседнего с лабазом каменного дома выскочил человек в толстовке, подвязанной пестрым кушаком. Лицо его с тонкими чертами, аккуратными усиками и клиновидной бородкой, искажала гримаса брезгливости и отвращения. - Ненавижу! Красная сволочь! Россию немцам продаете, - он резко вскинул руку и раздался грохот.

Семен упал на дорогу. От выстрела лошадь вскинула голову, заржала и напуганная понеслась вперед. Зойка, положив мальца на скамейку, среди мешков с пожитками и провизией, схватила вожжи.

- Тпру, окаянная, тпру!

На мгновение девчонка оглянулась. Старики склонились над распластанным на снегу Семеном. Вокруг седой головы расползалось ярко-красное пятно. Зойка зарыдала в голос.

- Прощай! - выкрикнула в морозный день и вдруг осеклась.

Человек с пистолетом бежал за телегой. Он целился в Зойку, и по его лицу текли слезы.

- Пошла! - Зойка грубо хлестнула лошадиный круп.

Выстрела она не услышала, но почувствовала, как острая боль обожгла руку.

- Ой! - Зойка присела, резко опрокинув корзину с припасами, которая придавила лежащего малыша. Он проснулся и громко закричал. Лошадь понеслась еще быстрее.

Эта кошмарная скачка с девчоночьим ревом, младенческим криком, с сердцем, захолонувшимся от боли, ужаса и страха, будет много лет возвращаться к Зое Феофановне в беспокойных снах.

Когда дневное небо поблекло и загустело, лес, наконец, поредел и за снежной равниной, на пригорке Зойка углядела какое-то строение.

- Неужели церковь? - от радостного предположения увлажнились глаза.

Chapter 20

РЕЖИССЕР ВОРОНКОВ

- Идет, девочки, идет! - высокая брюнетка одернула пышную юбку-колокол и, затянув потуже широкий пояс на талии, смело шагнула из-под темной арки наперерез мужчине в светлой пиджачной паре.

- Мы обожаем вас и преклоняемся перед вашим необыкновенным талантом. Разрешите автограф, - девица суетливо протянула мужчине его же фотографическое изображение.

Человек нахмурился и, не говоря ни слова, размашисто черканул завитушку.

- Не откажите поклонницам! - из арки выскочили еще три взволнованные девицы. Они что-то восторженно щебетали, настойчиво совали подвядшие астры и умоляли на театральной программке написать персональные пожелания. Маленькая, блеклая толстушка, подпрыгнув запечатлела на мужской щеке звонкий поцелуй, при этом чуть не свалила с ног своего кумира.

- Дюша, что здесь происходит? - крохотная женщина в шляпке, белой кофточке с кружевным жабо и в длинной синей юбке прямого покроя, поспешно подошла к оживленной группе.

- Девочки, вы дурно воспитаны! – по-учительски строгим и громким голосом отчитала вмиг присмиревших девиц. - Актер после спектакля, как и всякий человек сосредоточенного труда, нуждается в отдыхе и покое.

- Пойдемте, Андрей Бориславович!

Опустив глаза и бормоча извинения, девчонки, стуча каблучками-гвоздиками, мгновенно растворились в вечернем сумраке.

Поклонницы шестидесятых были скромны и неприхотливы. Они бы ужаснулись, представив хоть на минуту, безудержные, нахальные выходки сумасшедших фанатов с вырыванием волос у кумиров, разрыванием одежды и прочими коварными приемами, которые станут обычными через несколько лет.

Пока же еще артисты и режиссеры, музыканты и спортсмены в специальной охране не нуждались, и по городу передвигались маршрутами обычных людей на трамвае или автобусе, а чаще всего пешком.

Люди искусства слыли чудаками, бессребрениками, в общем не от мира сего.

- Ну, что, Зоюшка, устала? - Андрей с внимательной нежностью вгляделся в лицо своей спутницы.

- Если только совсем чуть-чуть. Ты я, думаю, куда как больше.

Они медленно шли рядом, наслаждаясь мягким теплом осеннего вечера. Вокруг этой пары в театре вот уже несколько лет роились самые невероятные слухи.

Кто-то утверждал, что некогда, еще до революции Голубева служила в Салоне модных шляпок. Хозяин, отчаянный бабник и повеса, одаривал пылкими чувствами всех своих молоденьких работниц. В семнадцатом году черноусый, с ласковыми глазами француз удрал в никогда не забываемый им Париж, бросив на произвол судьбы и свою лавку, и преданных женщин, нарожавших не нужных ему полукровок. Французы блюдут чистоту нации.

Сообщая это, умники понижали голос, загибая пальцы. Все факты на лицо. Оба, и режиссер, и реквизиторша по-французски бегло читают и легко говорят. Кроме того, Воронков отсылал письма во Францию. Уведомления о получении приходили в театр, и вахтер Зеленова видела их собственными глазами. А шляпки! Как их обожает, и умеет носить Голубева. Подобному могут обучить только в изысканных парижских салонах.

Существовала и другая версия. Любовная. Всезнайки были уверены, что без тайного венчания здесь не обошлось. А иначе, как объяснить безразличие Воронкова к молодым актрисам, красивым, стройным, темпераментным. Куда уж остроносенькой коротышке до них!

Третья версия носила историко-политический оттенок. Суть туманных умозаключений была такова, будто бы рождены Воронков и Голубева одной женщиной, но от разных мужчин. Один был белый офицер, другой – красный командир.

Любая тайна рождает домыслы, а скудное обывательское любопытство довольствуется подчас самыми неудобоваримыми сплетнями.

Оба немногословные, неспешные, они не участвовали в людских сборищах, будь-то вечеринка по поводу или профсоюзное собрание без повода, но по разнарядке свыше.

Они и между собой говорили немного, словно лишние слова засоряли их ясные отношения. Вот и сейчас, выйдя на вечерний, нарядно освещенный Невский проспект, они зашли в «Север», купили эклеры, в «Елисеевском» кофе и коньяк. Завтра суббота, а, значит, в гости зайдет Саня. О чем здесь можно и нужно говорить?

В небольшой прихожей они улыбнулись друг другу и разошлись по своим комнатам.

Андрей Бориславович вскоре сел за письменный стол, включил лампу под абажуром нежно-зеленого цвета, развязал тесемки картонной папки и стал перечитывать страницы, написанные им вчера.

Зоя Феофановна, надев расшитый васильками нарядный передник, захлопотала на кухне. Она крутила ручку мясорубки, чистила картошку, шинковала лук, но мысли ее были далеко от этого стола, покрытого клетчатой клеенкой, от крохотной форточки, в которую вместе с осенним ветром врывались звуки чужих голосов и шагов.

Странно! Сколько лет и зим минуло, а всякий раз, получая весточку с Урала, она, словно вновь погружалась в то время, остро и живо вплетая себя в прошлые события. Видимо, так уж устроен человек, что чем старше он становится, тем чаще тянет его всмотреться в старинные зеркала своей жизни. За паутиной времени не тускнеют краски, звуки, ароматы юности. Чарующа магия воспоминаний о молодости, даже если и были ушедшие годы грозными, трудными, сирыми.

Вот в этой деревеньке с названием «Светлый Ключ», в неказистой избушке, и началась сознательная жизнь Андрея Воронкова.

Рос он задумчивым, молчаливым, улыбался редко, да и то очень коротко и как-то криво, лишь одним уголком рта. На ножки встал поздно, а, когда сделал первые шаги, пошел косолапо, подволакивая одну ногу, ту, что пострадала во время дорожной перипетии. Думали, пройдет со временем, но парень так хромым и остался. В четыре года Андрей застудился, провалившись в полынью на реке. Полез за глупым кутенком, который заигравшись на пригорке, кубарем скатился вниз. Акулька, прозевавшая мальчишкин прыжок, заголосила, как пожарная сирена. Прыгнуть в воду девчонка трусила, плавать она не умела. Да еще от ужаса и холода ноги ее, словно сковало. Столбом стояла и отчаянно орала.

На тот момент Зойка развешивала во дворе белье после стирки. Ни секунды не раздумывая, сиганула в байковом халатике и фетровых сапожках за барахтающимися малышами.

Щенок, светло-рыжий, толстый, как упитанный поросенок, чихнул несколько раз, деловито отряхнулся, да и потопал, переваливаясь на коротких лапах, под теплое лохматое мамкино пузо с торчащими сосками. Зойку, после погружения в ледяную воду, даже насморк не пробрал. А мальчишка крепко занедужил. Недели две он метался в жарком бреду. Безутешная Зойка упрямо растирала худосочное тельце медвежьим жиром, капала на воспаленный детский язык травяные отвары. И молилась день и ночь.

Когда весна разгулялась, всполошив дерева, землю, небеса. Андрейка встрепенулся, словно откликнулся на горячие токи природы. Однажды, увидев солнечных зайчиков, пляшущих на стене, он слабо и косенько улыбнулся. Вздохнув, тихо и выразительно произнес:

- Жизнь!

Чем и обрадовал, и огорошил Зойку, сидевшую рядом. Слишком уж в этот момент мальчишка был похож на прозорливого, мудрого старичка.

С этого мгновения Андрей пошел на поправку. Порозовели щеки, заблестели глаза, появился аппетит и силы, чтобы играть, гулять, разговаривать.

Но вскоре новая тревога охватила Зойку. Темные волнистые волосы пацаненка вдруг стали редеть. Мягкие шелковые кисточки прядей оставались на подушке, гребенке, курточке. Чем только не намазывали детскую головенку: луковой кашицей, дегтем, обворачивали распаренными листьями крапивы и лопуха. Все оказалось бесполезным. На голове не осталось ни одного волоска. Зойка была уверена, что лишенная волосяного покрова голова болезненно чувствительна к температурным перепадам. Перекроив свои юбки и блузки, она сшила дюжину беретиков. Шелковые и сатиновые предназначались для лета, драповые и шевиотовые для зимы. Берет лысый мальчик снимал только, когда ложился спать.

…Советская власть на Урале устанавливалась долго, натужно и с оказиями. Деревенские жители совсем запутались в «политическом моменте», абсолютно, не понимая, что происходит в стране, и кто есть кто. То, по весенним хлябям примчался отряд конников. Сердитые люди врывались в избы, словно искали кого, не стесняясь, хватали жадными руками все, что глянулось беспокойным глазам. Бывало, и поджигали дома, которые отчего-то не угодили своим экстерьером. Убогая Глафирина избушка не привлекала внимания, словно шапкой-невидимкой прикрытая.

Вслед за конниками плелись по проселочным дорогам длинноволосые люди в рясах и с большими крестами на толстых цепях. Они скандировали заунывные речи, поднимая к небу самодельные иконы, прибитые к деревянным шестам.

А вскоре полотнища цвета крови затрепетали над крышами многих деревенских домов. Появились и тряпичные алые растяжки с мудреными, еще не всем понятными надписями. «Пролетарии, всех стран соединяйтесь»! «Вся власть - Советам»!

Деревня стала называться Красный Ключ. В просторном доме купца Ситникова, сгинувшем еще раньше в неизвестном направлении, разместился Сельсовет, который возглавил приехавший из Москвы, товарищ Федоров. Это был невысокий, кряжистый блондин, с длинной пшеничной челкой, упрямо падающей на один глаз. Щеки его часто заливал румянец, и, чтобы придать строгость почти девичьему безусому лицу, говорил он отрывистыми фразами, гулко и энергично. Через несколько месяцев к товарищу Федорову приехала семья из Москвы. Жена с годовалым ребенком.

В сентябре товарищ Федоров сам лично обошел все избы и объявил, что освобожден дом бывшего попа, а ныне врага революции, отца Владимира. И теперь в просторных хоромах, очищенных от мракобесных икон и книг, поставлены лавки для школьных занятий.

Зоя Феофановна Голубева, как самая грамотная сельчанка, была назначена учительницей. Теперь по утрам, Зоя в строгом темном платье, чтобы «никаких кружавчиков, цветочков, украшения - это буржуазные пережитки», с книжками подмышкой спешила в класс, где ее ожидали дети из трех окрестных деревень. Рядом с семилетками сидели их пятнадцатилетние сестры и братья, пытающиеся выучить буквы алфавита. Андрейку оставить дома было не с кем, поэтому он с утра до вечера пропадал в школе. К пяти годам мальчишка уже хорошо читал и писал, обогнав в знаниях тех, кто был значительно старше его.

Сердобольные деревенские ребятишки опекали и любили толкового, серьезного малыша. Однажды новенький, упитанный мальчик, сынок очередного партработника, откомандированного из столицы в село, дерзнул пошутить по поводу не совсем обычной внешности Андрея. Особенно смешной ему показались лысая, как мяч, голова и кривая походка.

В тот же день самые отъявленные двоечники и бесшабашные хулиганы подкараулили толстяка-насмешника и крепко помутузили, пригрозив, добавить еще, если кому пожалуется.

По субботам Зоя Феофановна шла давать уроки к Федоровым. Андрея хозяйка запретила приводить:

- Не хочу, чтобы моя Анютка с уродцем водилась. Спать будет плохо, - так и заявила, глядя беззастенчиво на парнишку.

Муж же, Иван Семенович, человеком оказался беспокойным.

- Мне нужно стремительно наверстать упущенное, - втолковывал учительнице при первой встрече. - Сначала гусей пас, потом матросил, ну, а как революция накатила, так и понесло меня. Некогда учиться было. А страсть, как хочется побольше о мире узнать! - пророкотал он громко и отрывисто, для убедительности грохнув кулаком по столу, как любили делать многие ораторы тех лет.

- Я попрошу вас на моих занятиях не кричать, не кипятиться, а внимательно слушать, что буду говорить, - Зоя умела быть строгой. - А пока устроим небольшой экзамен.

Как выяснилось, председатель сельсовета читал по слогам с трудом, с грамматикой вообще была беда. Он умудрялся делать по две-три ошибки в самых простых словах. Только от одного вида чистого листа этот человек терялся. А, уж, если нужно было накарябать сущую безделицу, он покрывался испариной, краснел и готов был разреветься от своей беспомощности.

- Ничего, ничего, все получится, - маленькая стриженая учительница с ласковым терпением объясняла великовозрастному ученику падежи, склонения, знаки препинания.

Она отказывалась проводить очередной урок, если не выполнено домашнее задание. Часто и строго проводила диктанты. И, не щадя самолюбия главы сельсовета, порой выводила единицы. Он надувался, пыхтел обиженно, хмурил пшеничные брови.

- Я ведь вместе с вами переживаю. Ваша отметка, она и моя. Значит, плохо учу. Будем вместе стараться, - Зоя успокаивала ученика, как могла.

Подобные учительские слова очень злили Марьянку.

- Вань, да что ты терпишь! Стукни кулаком по столу. Ты большевик, партиец, тебе власть дадена, а она тебе колы да двойки лепит, как голытьбе какой. Пойдем лучше пообедаем. Акулина нынче блинов напекла. А селедка жирная, с молокой. Ой, пора, уже слюнки текут.

Зоя Феофановна медленно собирала книжки, тетради, долго меняла обувку в сенцах. И всякий раз короткая стыдная мысль билась в висок: «А вдруг забудут»? Унизительно и неловко было ожидать, как хозяйка, словно лениво позевывая, произнесет:

- Акуша, харчи учительнице выдай! - и ехидненько добавит, - она так старалась. Вон моего муженька уморила. Ни жив, ни мертв человек от грамоты, никому не нужной. Развели баловство!

- Здесь от завтрака каша гречишная осталась, селедочные головы, хлеб вот подсох немного. Если нужно, там в кладовой картохи, морквы набери. Руки не хочу пачкать. Подсолнушное масло будете отливать сегодня из бочки? Пахучее шибко.

Пунцовая от своей нищенской роли, Зойка кивала головой, тихо произнося:

- Благодарю! Благодарю! - и, словно оправдываясь, добавляла, - мне ведь и Лукича подкормить нужно.

Как-то незаметно пришли в деревню крутые времена. Щупальца ненасытной продразверстки протянулись и в глубинку. Непонятные люди, бойко разглагольствуя о нуждах молодой страны Советов, сметали из запасливых крестьянских изб, амбаров, подполов все подчистую. Особенно тяжко приходилось многодетным семьям. Зойка уже и не спрашивала отощавших, бледных женщин, почему их дети перестали посещать занятия.

- Я здесь, я здесь! - звенел среди берез мальчишеский голос. Какая бы погода не случалась, Андрей караулил Зою на улице.

Она нарочито хмурилась:

- Ну, что ты опять два часа подряд, как маятник, туда-сюда ходил? К ребятам бы знакомым зашел. Вот, что ты делал один?

Он пожимал плечами и неизменно отвечал:

- Думал, а потом ждал, и опять думал.

- Мыслитель ты мой! - Зойка сжимала холодную мальчишескую ладошку. - Ну, что пойдем навестим деда?

Когда-то зажиточный крестьянин, сейчас Петр Лукич откровенно бедствовал. Бесцеремонные молодчики в кожаных куртках увели из двора всю живность: лошадь, корову, кур, уток. Они же подчистили и все запасы огородные.

- Тебе, старый гриб, давно пора лежать на кладбище. А ты еще норовишь от Советской власти вонючий картофель спрятать, - рыжий маленький человек тыкал в грудь старика маузером. - Дровишки-то у тебя в сарае, чьи? Знамо дело, краденые. Лес народный, а ты ишь для себя расстарался. Какие чурочки березовые наколол! Еще против слово пикнешь, на тюремные нары живо засажу.

Свой учительский паек Зойка делила на две части: старику и мальцу.

- А я сыта, меня там обедом накормили, - беззастенчиво врала, отворачиваясь от чугунка с рассыпчатым дымящимся картофелем.

- Тогда и я есть не буду, - Андрюшка откладывал ложку. - Я давно заметил, когда ты сытая, у тебя щеки розовые, а сейчас ты белая-белая.

Петр Лукич одобрительно хмыкал.

- Понятливый парень растет. Душа нежная, отзывчивая. Ох, и трудно ангелам в нынешней безбожной жизни.

Зимой, когда рано темнело, Зойка с Андреем оставались ночевать в теплом доме старика.

- Проснусь ночью, слышу, вы за стенкой копошитесь, и сердцу легче становится. Не должен, ох, не должен жить человек один.

А ближе к весне все-таки решили, что пора Зое с мальчиком навсегда перебраться к Лукичу.

- Лачуга ваша совсем гнилая стала. Тепло не держит. Потому вы и кашляете, как только ветры задуют. А у меня дом крепкий, справный. Хоромы! Для невесток, внуков строил. А вон, как все обернулось.

- Ну, конечно, Петр Лукич, - вовсе не возражала Зойка. - Вместе нам и теплее, и сытнее будет. Да, и Андрей к вам привязался. Вы для него самый лучший друг.

Собралась Зойка быстро. Откуда добру было копиться?! Лукич поставил котомки на телегу и, задрав голову, важно катил перед собой дребезжащую колымагу. Зоя Феофановна в одной руке несла заветную шкатулку своей Варвары Аркадьевны, в другой коробку, в которой лежали три шляпки разного цвета. У Андрея за пазухой шевелились два котенка, очередной Манькин приплод. Полосатая мамаша, тощая и голенастая, бежала следом и с возмущением громко мяукала.

- Васильев! Что все это значит? - на крыльце сельсовета стоял один из московских посланников партии большевиков и курил папиросу.

Петр Лукич поклонился.

- Здравия желаю! Мне показалось, вы меня о чем-то спросили?

- А ты уже и свою фамилию забыл?

- Нас, Васильевых, когда-то здесь много проживало.

Большевик выплюнул изжеванную папиросу себе под ноги, крутанул каблуком сапога.

- Ты зубы-то мне не заговаривай. Что, Голубева у тебя жить собирается? Говорят, что в ее избе уже и окна вы заколотили.

- Да, надумали так. Вместе нам будет лучше.

- А документ-то у тебя имеется? - ехидно поинтересовался москвич.

- Какой-такой документ?

- Справка, где написано, что сельсовет разрешает проживание посторонних лиц по данному адресу.

Старик встал, как вкопанный.

- Ошибаетесь вы, товарищ. Дом мой, мозолями выстраданный. И при чем здесь Совет.

- О том, что был твой, можешь, забыть. Видно, ты не понимаешь, сути пролетарской революции. Все добро в стране теперь народное. На общем собрании активистов будем решать, кого разместить в доме. Тебе одному слишком в нем просторно, это верно.

- Что? - взвопил Лукич. Лицо его от гнева пошло розовыми пятнами. - На этом месте мои предки всю жизнь прожили, мой батя дом начинал, потом мы с братьями каждое бревнышко обласкали... А вы говорите, чужие люди будут жить...

- Мало ли что было прежде. Царь тоже во дворцах жировал, теперь музей будет. Порядки нынче иные, запомни.

- Да плевал я на ваши порядки, - старик круто повернулся спиной к управленцу. - Пойдем, Зоя!

Если бы не веское слово самого Федорова, ученика Зойки, неизвестно, где и с кем пришлось бы коротать свои дни Лукичу. В Красный Ключ хлынула волна переселенцев из южных районов. Местных жителей уплотняли, подселяя в их комнаты, кухни, сараи многодетные татарские семьи.

Через год по деревне зашептались, что Федорова Москва отзывает, и на его место уже назначен некто Чуркин, человек твердый, решительный, которому по плечу «планов громадье». Когда Зоя Феофановна в очередную субботу пришла заниматься с великовозрастным учеником, поняла, слухи ненапрасны.

- Приветствую, дорогую учительницу! - в дом, как всегда шумно, с громким хлопаньем дверей, вошел хозяин. - Вот такие дела, Феофановна, в первопрестольную отчаливаем. Будете теперь нового начальника образовывать. Мы, большевики, все малограмотные, - он зычно захохотал.

- Вы все шутите, - строго произнесла Зоя Феофановна, - а я вот переживаю, что мы с вами плохо отработали отрицание с глаголами.

- Так, я же хитрый, - Федоров залихватски подмигнул ей, - ничего отрицать не буду, только соглашаться. Ну, а, если всерьез, Зоя Феофановна, - продолжил он уже другим голосом, - то очень вам благодарен за науку, за строгость вашу учительскую. Я рядом с вами и сам немного другим стал. Поэтому готов выполнить на прощание любую вашу просьбу.

Замерли в дверных проемах домочадцы. А ну, интересно, о чем попросит эта чудаковатая учительница-замухрышка? На серьги, бусы, шелковые отрезы пусть не раскрывает роток, Марьянка и сама любительница наряжаться. Может, захочет в Сельсовете служить? Так, там Петухова окромя москвичей и своей родни никого близко к порогу не подпускает. Мешки с мукой и крупой, уже тоже по людям расписаны, по солидным и важным, не чета этой-то. От нетерпения хозяйку жажда охватила. Одним махом выдула кружку кваса.

- Не стесняйтесь, Зоя Феофановна, - подбодрил Федоров покрасневшую учительницу.

- Спасибо за слова благодарности. Честно признаться, мне и самой было интересно с вами заниматься. А попросить я вас давно уже хотела перевезти из вашей горницы фортепьяно в школу. Нельзя на инструменте, как на комоде, горшки с цветами держать, баночки и флакончики с кремами и духами. На фортепьяно играть нужно, а дети петь будут.

- А что вы мне раньше не сказали! - Федоров смахнул одним движением руки все нагроможденье статуэток и склянок, откинул крышку.

- Прошу! Изобразите что-нибудь. Ну, например, вот эту, - он гулко откашлялся и пробасил: «Вставай, проклятьем заклейменный, весь мир голодных и рабов». Глаза певца сверкали, грудь развернулась, голос тяжелой волной бился в закрытые окна.

Никогда больше не услышит Зоя такого проникновенного и искреннего исполнения этого обманного, как гипноз, дурманящего, как зелье, гимна бедняков. Да, и самого певца Зоя больше уж не увидит. Совсем скоро Федоров будет расстрелян, как враг народа. Жена его, жизнелюбивая сластена Марьянка, умрет от истощения и туберкулеза в грязном лагерном бараке на Крайнем Севере. Дочь их Аннушка будет работать сиделкой в доме для душевнобольных, а потом станет и сама пожизненной пациенткой палаты номер шесть.

Сиреневым шарфом летят над лесом сумерки.

Петр Лукич оторвал очередной листок календаря.

- Слава богу, еще один день прожит.

Новый председатель, присланный из центра, на первой сходке активистов заявил.

- Я человек дела. Презираю лодырей и пустобрехов. Поднимать коллективное хозяйство будем сообща. Работать обязаны все - бабы, старики, дети. Кто против?

В помещении Красного уголка сельсовета повисла зловещая тишина. В глазах сельчан застыл отчего-то ужас. Человек, стоявший перед ними был похож на хищного орла, выряженного в военный френч и брюки-галифе, заправленные в сверкающие сапоги.

- Ну, товарищи! - цепкий взгляд круглых черных глаз над крючковатым носом охватил всех разом. - Тогда за работу! - он дал короткую отмашку рукой, и бывший барский свинопас Ванька Брюхов дребезжащим голосом запел.

«Вихри враждебные веют над нами, темные силы нас злобно гнетут», - все встали и подхватили песню, еще недавно исполняемую шепотом кучкой заговорщиков.

Чуркин прищурился на мальчишку в полотняном берете. Пацан не пел. Мало того, он крепко сжимал губы, словно опасался, что непонятный ураган, охвативший всех присутствующих, закрутит и его в поющую толпу.

« И как один умрем в борьбе за это!» - огнем полыхали глаза женщин и мужчин, страстно поющих энергичные куплеты.

Кивком головы Чуркин попытался подбодрить бледного пацана. Дескать, давай присоединяйся к хору. Мальчишка отрицательно покачал головой.

Не был Воронков ни октябренком, ни пионером, и в Коммунистический Союз молодежи заявление не подавал.

- Состояние здоровья не позволяет находиться среди крепких, энергичных, - говорил всякий раз, заикаясь, когда его отчитывали за отлынивание от общественных дел. Вздыхал, а в серых глазах плясали горячие искорки дерзкого неповиновения. Но взгляд к делу не пришьешь!

Трудоголик Чуркин не щадил ни себя, ни других. От зари до зари пахали все. В прямом и переносном смысле.

Три прежде неказистые деревеньки слились в большой колхоз. Перекинулись через речку мосты, по дорогам, засыпанным гравием, затарахтели грузовички. Появились новые каменные строения. Школа, Дом быта, магазин в два отдела - продукты и промшвейторг.

«Я другой такой страны не знаю, где так вольно дышит человек!» - с самого утра бравурные мелодии звучали из воронок репродукторов, установленных на улице Ленина, Сталина и всех двенадцати Советских.

Зоя Феофановна ныне проживала на 8-й Советской. В школе она уже не преподавала.

- Плохо вы подкованы политически, - заявил ей Чуркин. - Крест на шее носите, как старуха-богомолка. Икону опять же у вас в доме видели. Чему вы, спрашивается, можете научить строителей коммунизма? Книги вслух читаете… на иностранных языках. Учтите, - он скрипнул зубами, - не потерплю в своем хозяйстве шпионок.

Андрей, после того, как Зоя передала ему слово в слово разговор с председателем, помрачнев и совсем замкнулся.

Из Москвы разлетелось по глубинкам постановление о поднятии культурного уровня населения. В старой церкви, давно уже под склад приспособленной, решено было открыть кинотеатр. Этот вид искусства очень уважал вождь страны Советов.

Чуркин разрешил Зое Феофановне устроиться в новый очаг культуры билетершей, а Андрея послал в районный центр на краткосрочные курсы киномехаников.

- Здесь хоть от него толк будет. А то хромает, заикается. Ни одно мужицкое дело не вытянет.

Трещал аппарат, с полотняного экрана белозубо улыбалась Любовь Орлова. Завороженные чужой красивой жизнью сельчане даже забывали про принесенные с собой семечки и леденцы. Один и тот же фильм с удовольствием смотрели по несколько раз.

В любой самой трудной жизни есть свои радостные мгновения. Инстинкт выживания дарует человеку ценнейшее качество - находить положительные эмоции в веренице беспросветных будней.

Для Зои Феофановны и Андрея отдушиной всегда были книги. Библиотека в их доме собралась приличная. Еще при первом председателе в деревню свозились книги из барских усадеб со всей области. Были здесь и французские романы на языке оригинала, от них исходил аромат сладких духов, а между страниц попадались засушенные цветы.

Страницы немецких философов зачастую были даже не разрезаны. Зато сборники стихов выглядели читаными-перечитаными, на полях встречались легкие карандашные пометки в виде вопросительных и восклицательных знаков.

Когда жив был Петр Лукич, то Зоя часто по вечерам читала вслух. Старик, бывало, и засыпал под мерный ритм звуков. Утром обиженно интересовался:

- Что там дальше-то произошло? Небось, без меня всю историю вычерпали?

Но вот уже несколько лет покоился добродушный Лукич на кладбище рядом со своей женой под раскидистой березой.

Странная история случилась с дедом. По весне завезли в поселковый магазин несколько коробов с душистой подсолнечной халвой. В длинную очередь за редким лакомством пристроился и Лукич. Вот уж обрадует он сегодня Зою и мальца, когда к вечернему чаю развернет промасленную бумагу. С этими сладкими мечтами простоял он часа два.

Наконец, продавщица Клавка, рыжая, носатая, с рыбьими водянистыми глазами, девка плюхнула темный шматок халвы на весы.

- Эх, Лукич, бумага закончилась, найдется во что обернуть?

Старик развернул газету, которую прихватил из дома на всякий случай. Сладкая жирная глыба упала точнехонько на портрет усатого вождя.

- Ой! - испугалась Клавка, - прямо на лицо попала.

- Да и ладно, - спокойно рассудил Лукич, - не икона же, - аккуратно завернул, проверил все уголки, чтобы ни крошки не просыпалось, и довольный своим приобретением поковылял к дому.

Через день Клавка исчезла. Кто-то шепотком проболтался, что ночью опять кружила по деревне машина из города. Следом за продавщицей увезли трех человек, стоявших в «сладкой» очереди рядом с Лукичом. А старика обнаружили в лесу мертвым с запекшейся бурой ранкой посреди лба.

Зачем он отправился в мокрый весенний лес в домашней рубахе? Почему в то время, когда Зоя и Андрей крутили в кинотеатре по третьему разу комедию, кто-то побывал в их доме, перетряхнув все книжки и тетрадки? Спросить не у кого. Да и нельзя. Давно уже во всех избах повисло угрюмое молчание. Люди стали бояться неосторожных слов. Не доверяли ни соседу, ни жене, ни сыну. Разоблачения пресловутых «врагов народа» следовали одно за другим.

И неизвестно в какие лета канул бы этот запуганный, замордованный, безгласный народ, если бы не бросил ему вызов несостоявшийся художник с косой темной челкой над узким лбом.

Как не парадоксально звучит, но именно война, страшная, уродливая, как все войны, встряхнула русскую душу. Поднялся с колен, выпрямился в свой могучий рост и, выкатив мощную грудь, ринулся в бой за свое отечество, русский богатырь.

Военкоматы были переполнены добровольцами. Те, кого браковали по здоровью или возрасту, сквозь слезы отчаянно твердили: « Все равно убегу на фронт»!

Зато Зойка и не пыталась скрывать радость, когда Андрей вернулся с призывного пункта. Он не стал рассказывать, как моложавый, с лоснящимся лицом человек в погонах, увидев Воронкова, презрительно процедил:

- Таких, как ты, в древней Спарте умерщвляли еще в младенчестве, бросая в пропасть. Тоже мне нашелся, защитник! Следующий! - гаркнул военноначальник.

Зоя всегда расстраивалась, услышав что-нибудь подобное, потому, как считала, что все Андрюшины болячки от ее собственного недосмотра. Тут уж ему приходилось в буквальном смысле утирать женские слезы, и повторять в который раз, что только глупые недалекие люди судят о человеке по внешним данным. И по сути, лично его, вообще не волнует и не задевает чужое мнение.

- Ты, правда так думаешь, правда? - зареванная Зоя улыбалась. - Мудрец, ты мой философ!

На Урал новости с фронтов доходили с опозданием, чаще всего их привозили в эшелонах эвакуированные. Переполненные составы все шли и шли на Восток.

Зойка с Андреем повадились ходить на станцию каждую пятницу.

- Ленинградцы есть? - звонко выкрикивала маленькая женщина в шляпке, в светлой блузочке, расшитой по воротничку синими васильками.

- Наверное, вы нас встречаете? - откликнулся однажды на ее призыв высокий, плечистый мужчина в сером плаще и фетровой шляпе. На его красивом худощавом лице выделялись опушенные темными ресницами голубые глаза. Но были они такими грустными и усталыми, что у Зойки от жалости заныла душа.

За спиной мужчины пряталась крепенькая девочка в красном берете. Этот девчоночий головной убор тоже зацепил сердце Зойки. Сколько подобных шапочек сотворяла она для полысевшего мальчика. Их и сейчас в комоде целая полка. Теперь Андрей, лишь иногда прикрывал голову. «Стыдиться нужно отсутствия мозгов, а не волос».

- И, как же тебя зовут, Красная шапочка? - ласково обратилась Зоя к приезжей.

- Саня! - ответила девочка хмуро. - Только не зовите меня Шурочкой, не терплю сюсюканья.

- Какие мы серьезные, - покачала головой Зоя. - Что ж, буду очень рада пригласить вас в гости.

- А нам не в гости, нам на проживание нужно. Временно, пока война не кончится, - тихо добавила Саня, - мы эвакуированные.

- Вот для вас у меня как раз и готова комната.

По дороге ленинградец, Валентин Валентинович Медведев рассказал, что он актер драматического театра, на фронт его не взяли из-за врожденного сердечного недуга. Александра его племянница, она закончила пять классов.

Гостей вышли встречать все обитатели дома - рыжий лохматый пес, полосатый кот и пестрая курочка.

- Сколько душ живых! - Саня присела на корточки, словно хотела всем зверюшкам посмотреть в глаза. - А у нас в Ленинграде так пусто. Кажется, весь город умер, - она шмыгнула носом, готовая разреветься от всколыхнувшихся воспоминаний.

В комнатах все сияло чистотой и особым уютом, который умела создавать затейливая рукодельница. Шторы на окнах топорщились пышными оборками, изящные салфетки освежали немудреную мебель, на полочках красовались вазочки с причудливыми букетами из веток, листьев, цветов.

- Хорошо у вас! - ленинградец попросил пожарче натопить печь, и теперь, вытянув длинные ноги, прихлебывал горячий чай из кружки и блаженствовал. - Я думал, что уже не отыщу местечка, где тихо, спокойно и тепло.

Санька спала в обнимку с полосатым Васькой.

Вот так и начали коротать дни и ночи. В сентябре Саня пошла в школу, где за партами рядом с поселковыми ребятишками сидели москвичи, ленинградцы, минчане. Валентин Валентинович вызвался вести уроки истории. И делал это мастерски, превращая каждый урок в спектакль. В старой церкви кино уже не крутили, там была организована мастерская, где Зоя Феофановна вместе с другими женщинами шили рубахи и кальсоны для солдат. Андрей работал на заводе в районном центре. Уезжал ни свет, ни заря в понедельник и возвращался почти ночью в пятницу. Всю неделю работники ели и спали на полу в цехах.

Распускала свои душистые косы весна, бродило по лесам знойное лето, не скупилась на грибы и ягоды осень. Природа жила по своим извечным законам, и не ведала человеческих календарей, в которых черным цветом метились даты отступления советских войск, красным - дни успешных атак.

Разлетались по стране похоронки. Скорбных бумажек боялись, их ненавидели, им не верили. Верили лишь в то, что рано или поздно закончится это ужасное, тяжкое испытание. Нет ничего вечного на Земле! И свершилось. Казалось, вся страна захлебнулась в этом долгожданном слове «Победа»!

- Все едем, едем! - Валентин Валентинович суетливо собирал чемоданы. Ни одного дня больше не выдержу.

Давно уже было решено, что Зоя и Андрей тоже поедут в Ленинград.

- Мы у вас квартировали, теперь вы к нам, - Санька, как чумная, носилась по дому.

До Питера добирались одиннадцать дней. Поезд подолгу стоял на полустанках, пропуская товарняки и спецсоставы.

Пьянящее ликование от слова «победа» отпустило души. И все вдруг почувствовали, что безумно устали от той нечеловеческой жизни, что тянулась бесконечные четыре года. Новое время требовало новых сил, а их не было.

Андрей вернулся в свой родной город возмужавшим, интересным мужчиной.

Квартира на 3-й Красноармейской, где до войны жил артист, была занята.

- А нам сам товарищ Жданов бумагу подписал, - седая женщина с опухшими ногами, долго рылась в ящике комода. - Наш дом разбомбило, в этом подъезде нам и велено было выбирать. У меня сил хватило только на второй этаж подняться. Но мы потесниться можем. Нас пятеро, вас четверо. А что? Не привыкать. Вещей здесь практически не было. Два шкафа, так мы их по дощечке в блокаду спалили. Книг нет, не видела? Может, кто до нас вынес?

- А нам-то куда деваться? - Саня выступила вперед. Не уважала она излишнюю деликатность Валентина Валентиновича, да и Зоина доброта сурово осуждалась.

Седая женщина всхлипнула.

- Я ж говорю, живите с нами. А, если не хотите, там во дворе флигель, первый этаж еще пустует.

В глубине квартиры заплакали дети.

- Это внуки, - седая проговорила скороговоркой, - дочь с фронта вот такой живот привезла. Двойня. Я пойду к ним, простите.

Дверь закрылась.

- Безобразие! - топнула ногой Санька. - Это наглость и ущемление прав человека.

Андрей засмеялся:

- Нет, это жизнь.

- Пойдем, флигель смотреть, - лицо артиста было сумрачным. - Наверное, меня в мертвые записали. А иначе, как объяснить то, что я не могу жить, где жили мои родители»? - от невеселых мыслей заныло сердце.

- Нет, вы только посмотрите, - вскричала Санька, - эта равнодушная женщина предложила нам жить в крысятнике!

Квартирка на первой этаже флигеля имела удручающий вид. Окна в двух комнатах были без стекол, в двух других заколочены темной, сырой фанерой. Казалось, что вымерзшее и продутое насквозь жилье никогда не обогреть. Пахло застарелой плесенью, кошками и еще чем-то едко-помойным. Артист растерялся.

- Может быть, мне походить по знакомым, авось, где-нибудь приютят?

- Нет, это не выход, - твердо заявила Зоя, - здесь мы будем хозяевами, а там гостями. Ничего страшного я не вижу. Крыша есть. Стены тоже. Как говорят: « Глаза боятся, а руки делают». Приведем все в порядок и еще как славно заживем!

Несколько дней, не покладая рук, мыли, чистили, отскребали. Спали на полу, подстелив пальто, ели всухомятку.

Валентин Валентинович с Саней каждый день навещали знакомых, оставшихся в живых. Из гостей приносили то ведро, то краску для стен, то стул.

На рынках шел бойкий обмен. Деревенская снедь - сушеные грибы, варенье, картошка и морковь пользовались большим спросом. Постепенно дом обрастал нужными вещами.

Зоя умела со вкусом организовать пространство вокруг себя. И вот уже металлические кровати покрыты веселыми лоскутными одеялами, на столе красуется скатерть, расшитая васильками, на окнах пузырятся кружевные занавески.

К осени вернулся из эвакуации театр, куда Валентин Валентинович привел Андрея Воронкова. Актеров мужчин не хватало, поэтому Воронкова ввели в спектакль сразу.

- Я обещаю сделать из тебя настоящего артиста! - Валентин Валентинович оказался строгим и требовательным педагогом. Он каждый день занимался с Андреем. Декламация, мимика, сценическое движение. Все по старым принципам классической театральной школы.

Через год Андрей поступил в институт.

Санька из крепенькой девчонки вытянулась в рослую девицу с большими ногами и квадратными плечами. Ходила она тяжело, словно каждым шагом гвоздь в землю вбивала, носила брюки и мужские рубахи. Всем своим видом она, будто подчеркивала, да, я такая, и меняться или подстраиваться под кого-то не собираюсь. Она поступила в университет, на отделение журналистики. Из всех жанров и тем предпочитала лишь театральные рецензии. «Остальное все - бред, политическая трескотня или вранье с цифрами»!

Зою Феофановну пристроили в реквизиторский цех. Вот уж, где было раздолье для ее проворных умелых рук. Цветы ли мастерить, стол на сцене сервировать, выгораживать интерьеры, - все с незатухающим интересом, аккуратно и споро.

Неизбалованная послевоенная публика душевно приняла и признала молодого актера Воронкова. Его сдержанная манера двигаться, говорить, пронзительный взгляд больших серых глаз, даже хромота - все гармонично сплеталось в образ героя, много страдавшего и тонко чувствующего.

Валентин Валентинович, как и предрекал, умер в театре. Откланялся под аплодисменты, прижал руку к сердцу, прошел несколько шагов, на ставших вдруг деревянными ногах, и рухнул за кулисами. Саня давно уже не жила на Красноармейской. Она постоянно кочевала, то ютилась у подружки в общежитии, то обитала на чьей-то даче. Зоя Феофановна и Андрей по-прежнему были неразлучны. Вместе на работе, дома, в гостях. Они умели жить бок о бок, не мешая друг другу. Воронков снялся в нескольких фильмах. И, хотя роли по канонам советской эпохи, были явно отрицательными - белый офицер, барин, скучающий в московской усадьбе, американский миллионер, разочаровавшийся в жизни, зрителям он запомнился.

На взгляд обывателя, в жизни Андрея Бориславовича Воронкова все было замечательно: успех, признание, деньги. Но сам он так не считал, чувствуя, что с каждым днем тоска в сердце невыносимо нарастает. «Грустит ли сломанная ветка о своих корнях? Дерево, давшее ей жизнь, трепещет от дыхания ветра, блаженствует от нежности молодого солнца, оно слышит скрип рожающей грибницы, писк пробивающейся травы. А сломанная ветка засыхает, и уже ничего не чувствует, кроме своей съежившейся боли».

Такая странная запись предварила наброски сценария для фильма, который задумал поставить режиссер Воронков. Он знал, о чем будет новый фильм. Об его семье, дедах, родителях, о времени, ломающем ветки с родового дерева, и о горьком одиночестве человека, не имеющего ни одного живого существа единой с ним крови.

Ранним июльским утром отправился он в деревню под Тихвином. В бывшем барском доме разместился Дом пионеров. Серьезные девочки и мальчики с кумачовыми тряпицами вокруг тонких шеек, в залах со сводчатыми потолками строгали, пилили, лепили пластилиновых зверюшек. На месте чудного сада давно уже был пустырь, приспособленный под спортивную площадку, где юные строители коммунизма в майках и сатиновых трусах, сдавали нормы ГТО. «Готов к труду и обороне», кто и когда придумал эту нелепую аббревиатуру? Ясно, что затейник-автор вовсе не заботился о хрупкой детской душе, он мыслил глобально: стране нужны бойцы и трудяги.

Андрей Бориславович свернул с центральной улицы и просто без цели шел, выхватывая жадным взглядом детали и деталюшки деревенской жизни. Вот молодайка, бедра тыквой, над грядкой склонилась, цепкие руки в землю запускает, на лице сосредоточенное внимание, не всякий ученый муж, так глубокомысленно делом занимается. А вон рыжий пес завалился в тени. Один глаз лениво прикрыт, а другой на кошку щурится, та, дурочка, к собачьей миске крадется.

- Эй, мужчина, вы кого потеряли? - беззубая старуха еще не устала в долгой своей жизни любопытствовать.

Андрей Бориславович остановился, вежливо поздоровался.

- Я из Ленинграда. Сказывали мне, что где-то здесь домик был, в нем когда-то колдунья жила.

- Свят! Свят! - старушка перекрестилась. - На что он тебе? У самого леса стоит целехонький. Его будто дьявол охраняет. В лихолетье вся наша деревня сгорела. А той избе хоть бы хны.

Тетка поправила косынку, понизив голос произнесла:

- Там бабка, мать, дочь жили. Куда они все сгинули? Давненько ни старую, ни молодую не видели. А дом, как огурчик, стоит. Будто живет в нем кто. Хата без присмотра жизненный вид быстро теряет, а эта стоит, зыркает окнами-глазищами. Внутри, бывает, огни светятся...

- А не покажете, где он находится?

- Не, милой, я на тот свет с богом хочу идти, а не с дьяволом. И тебе не советую близко подходить. У нас тут, Гришка-нехристь, все кричал: «Дурь это, от темноты вашей придуманная». После пьянки отправился в тот дом ночевать. И все.

- Исчез что-ли?

- Почему исчез, через три дня утоп. А, уж плавал и нырял, как рыба шустрая. А еще однажды Иваниха в сердцах крикнула: «Варька, это ты моих коров портишь, чтоб сгореть тебе в адовом пламени». На Купалу сама задохлась в дыму, дом ее во время грозы вспыхнул. Плохи шутки с энтими Варварами. Я уж и сама не рада, что с тобой разболталась! Глаза у тебя больно хорошие, как у дитя честные. Поберег бы ты себя, милок.

Улица называлась Луговой. На крайнем доме номера не было. Андрей прошелся вдоль покосившегося дощатого забора, потрогал щеколду на калитке.

- Товарищ артист! А я ведь вас сразу узнала! - крупная чернобровая женщина в синей пиджачной паре и домашних войлочных тапках на опухших ногах, распахнула дверь притормозившего уазика.

- Природой любуетесь? Места у нас знатные, люди сердечные. Про любого кино снять можно

- Да, да, - живо откликнулся Воронков. - А вы простите...

- Не представилась, - чернобровая женщина засмеялась, открыв крепкие ровные зубы, - Сухова Нина Алексеевна, парторг колхоза. - Вот в город документацию везу. Хотите, подкину?

- Спасибо. Я еще немного воздухом хочу подышать. А, что, Нина Алексеевна, домик этот продается?

Женщине очень нравилось, как задушевно разговаривает с ней артист, а смотрит как проникновенно, даже нежно-внимательно, с участием к сердцу ее. Нынешние мужики все куда-то воровским взглядом вниз по телу скользят. А этот, будто что-то в ее душе разглядеть хочет.

- Какой там продается! У нас в колхозе все строго, по-государственному. Но...,- эх, утонуть бы навсегда в этих серых ласковых глазах, - для вас сделаем исключение. Думаю, найдем решение на партсобрании. Напишите заявление, рассмотрим, проголосуем. Хотите, через две недели приезжайте. Часам к семи утра. Мы тут птицы ранние.

- Спасибо! Непременно приеду, - Воронков улыбнулся.

Сухова засмущалась, нажала на газ и уже через окно крикнула:

- Опаздываю. До встречи, товарищ артист!

В Ленинград Андрей возвращался поздней электричкой. Натянув поглубже шляпу и спрятав глаза за дымчатыми стеклами очков, он не желал быть узнаваемым, чтобы никаким случайным разговором не потревожить состояние души. Давненько ему не было так спокойно, комфортно наедине с самим собой.

Chapter 21

БОРИСЛАВА

«Уже полночь, а я не могу заснуть. Сегодня папа возил нас с сестрицей в родовое имение. Там все так славно, воздух, как хрусталь прозрачный, сирень роскошна, как невеста, а на полянах красными бусинами рассыпана земляника. А люди, какие дивные! Простые, уважительные.

Мы ходили в церковь. Батюшка Опонас очень милый. Голос у него бархатный, а взгляд печальный. Он на меня смотрел строго и грустно, словно предупредить о чем-то хотел.

Обедали мы прямо в саду. Сказочно. Потом папенька с маменькой пошли в дом отдыхать, а мы с сестрой взяли ажурные зонтики и отправились на прогулку. Я и сама теперь уж не знаю, отчего мне в голову пришла та странная мысль, навестить тетку Варвару. О ней, в нашей семье всегда говорили шепотом, потому, как умела она ворожить, судьбу предсказывать, а дело это нелюбо для бога.

Нашли ее домик возле самого леса. В дверь постучали - нет ответа. Я решительно вошла внутрь. Поначалу ничего не видела в полумраке, только запах терпкий почувствовала. Травами сушеными пахло, свечами спаленными. А тишина такая, что уши заложило.

Полина ойкнула, выдернула свою руку из моей и выбежала вон. В угаре, видимо, ведро перевернула. Грохот по всей избушке прокатился. А я осталась, хотя чувствую, как от страха взмокли ладони.

- А ты, дева, смелая! - тягучий голос послышался откуда-то из дальнего темного угла.

Я сначала шаги услышала. Легкие, стремительные. И вдруг рядом увидела ее. Я ведь думала, что она старая, сгорбленная, с клюкой. А передо мной стояла статная красавица. Черные волосы, на прямой пробор расчесанные, по плечам струятся. Брови, будто углем нарисованы четкой дугой, а глаза светлые, как крыжовник на просвет. На ней просторная холщовая рубаха, и, по-моему, тетка была босиком.

- Нисколько не боишься? - усмехнулась она и взяла меня за руку. Рука у нее прохладная, приятная.

- А почему я должна своей родственницы бояться? Мой папенька вам кузеном приходится. Я Варвара, и у вас такое же имя. Разве не так?

Она засмеялась. Смех такой, словно ручей журчит.

- Проходи, детка! Нравишься ты мне. Садись напротив меня. Что узнать-то хочешь?

- Я? Да так, ничего. Ну, если желаете, расскажите о себе, - промямлила я, так как окончательно растерялась и не знала, о чем говорить.

- Пустое, про других-то слушать. Давай-ка, в тебе разберемся. Раскрой ладони…

- О, милая, жизнь у тебя будет долгая-долгая, со страстями, мужской беззаветной любовью, богатой будешь, здоровой, а смерть мученическая придет, от поганого человека удар примешь.

- Ой, тетушка, боюсь я! Может, не нужно больше говорить, - шепотом попросила я.

А она крепко мне пальцы сжала:

- Нельзя нам с тобой уже останавливаться, в воды темные по пояс вошли. Э-э, да, ты не кручинься. Замуж скоро выйдешь. Как пятнадцать исполнится, вскружит тебе голову мужчина-красавец. Загляни в это зеркало, видишь там портрет?

- Ничего не вижу, - пропищала я, ни жива, ни мертва.

- А я вижу, ах, какой бравый, да румяный. Но черный ветер вокруг. Будешь от сердечных сквозняков его маяться и страдать. Обида на мужа к другому человеку приведет. Любить он тебя будет крепко и верно. И ребенка от него понесешь. Мальчика. С этой тайной жить будешь. Второй твой муж будет старым. От него девок нарожаешь. Любить будешь запоздало и истово первенца. Хороший человек вырастет. В дом жену приведет. Внука тебе подарят. Но все вы в один день исчезнете, испытав муки и боль.

- Подожди-ка, подожди, - Варвара зажгла две свечи, налила в фарфоровую миску воду, яйцо туда бросила, что-то пробормотав, сказала:

- Мальчика спасет женщина с именем Жизнь. А полвека спустя другая женщина с именем твоего первенца, продолжит род твоего единственного настоящего мужа, - она замолчала.

- Как путано все. Устала я, - тетка откинулась на спинку стула, закрыла глаза.

А я вдруг перед собой не черноволосую красавицу увидела, а старуху со сморщенным темным лицом, без глаз и губ. Себя, не помня, я вскочила со стула и выбежала. Даже зонтик и перчатки впопыхах оставила. По улице бежала, а в голове теткины слова крутились.

Честно признаюсь, многого не поняла. Вот сейчас, почти все слово в слово записала, и так страшно стала. Зачем ходила? Может, лучше, когда человек ничего не знает о своем будущем?

Сестренка, молодец, никому не проболталась, а то бы папенька гневался, а маменька мучилась бы мигренью.

Завтра уезжаем ранним утром в Петербург. Прощай, тетка Варвара, прощай улица Луговая, дом один».

Андрей еще раз перечитал листочки, испещренные круглым детским почерком. Теперь сомнений у него не было, именно в том доме, возле которого он бродил сегодня, и произошла встреча его бабушки, Варвары Воронковой с ворожеей-тезкой.

Из рассказов Зои, он знал, что Варвара Аркадьевна действительно была дважды замужем. Первый муж погиб молодым. Второй умер от старости. Варвара с детьми и челядью приняли мученическую смерть от руки бандита, именующего себя революционером.

По чистой случайности, уцелел из всех Воронковых лишь, он, Андрей. Спасла его нянька. Так, что по этому поводу говорила гадалка? Ну, конечно, опять все совпадает: женщина по имени жизнь. Это же – Зоя. Лишь совсем недавно Андрей отыскал в одной из книг, что именно это имя в переводе с греческого обозначает «жизнь». Значит, теперь нужно выяснить, кто тот человек, который, по словам ворожеи, любил Варвару беззаветно. И, если опять же верить гадалке, именно он является отцом первенца, а значит приходится родным дедом ему, Андрею Бориславовичу Воронкову. У этого человека могла быть семья, дети, внуки. Если они живы, то Андрей не одинок на Земле. Но как отыскать их след?

Андрей встал из-за стола, подошел к окну. В форточку струилась прохлада летней ночи. Была бы рядом Зоя. Они бы вместе пораспутывали этот клубок. Видимо, пришло время.

Раньше Зоя прятала шкатулку, в которой хранился дневник Варвары Аркадьевны, потом даже предлагала:

- Давай поразмыслим над записями, сдается мне, что кроется в них какая-то жгучая тайна.

А он отнекивался. Всегда причины были убедительные - то срочная роль, то интересный сценарий. И вот стоило случиться этой разлуке.

Театр уехал на гастроли по городам Волги. Воронков остался в городе, вот-вот должны были начаться съемки фильма, где он был утвержден на роль директора крупного завода. «Я должен завтра же позвонить на студию и отказаться от этой роли», - эта мысль мелькнула тенью в сознании, а потом вдруг тяжело застучала в висках.

- Во-первых, образ диктатора с партбилетом в кармане, мне не по нутру. Во-вторых, у меня осталось совсем немного времени здесь, на земле, и я не желаю больше растрачивать его на чьи-то чужие замыслы и амбиции.

Андрей плеснул в маленькую рюмку теплого коньяка и вернулся к столу.

Щелкнул замочек на шкатулке.

«Боже мой! Я влюблена. Он необыкновенный, умный, обаятельный. Когда он смотрит на меня, земля уходит из-под моих ног. Ради него я готова на все. Теперь мне смешно вспоминать моих мальчиков. А ведь казалось, любовь! А было просто любопытство. Каждую секунду я думаю о нем. Вспоминаю, как он подошел к нам на балу у графини Н., как учтиво представился и испросил позволения у матушки ангажировать меня на танец. О! Рука его коснулась моей талии. Какое блаженство! А глаза, синие глаза волшебника, дьявола, искусителя.

Теперь Жоржик каждый день бывает у нас. Мы музицируем в четыре руки, рисуем в альбомах. С ним мне все в радость. Сестра говорила мне, что все военные - ограниченные, неинтересные люди, якобы у них в голове лишь марш-броски и интрижки с легкомысленными женщинами. Как она не права!

Мой Жорж - душка! В Сочельник Жорж объяснился мне в любви. Это случилось вечером, но мое сердце предчувствовало это счастливое мгновение давно.

Все! Все! Родители дали согласие на наш брак. Хотя на папеньку я немного обиделась. Обычно, он тактичен и деликатен, а тут вдруг заявил мне: «Признаюсь, Варюшка, не о такой партии для тебя я мечтал»! Как они могут рассуждать, что-то взвешивать, сравнивать. Любовь! Как я счастлива!

Сегодня мы с Жоржиком сидели совсем одни. Он сжимал мою руку, нежно перебирал пальчики и все повторял и повторял сладкие, нежные слова. Ах, будут ли в моей жизни минуты счастливее этих? А сумерки были серебристо-сиреневыми».

« Вот уже год, как я не раскрывала свой дневник. Мой муж! Как редко я его теперь вижу. У них то учения в полку, то еще какие-то дела. Отчего-то тоска на душе, и плакать часто хочется.

…Сегодня ходила к доктору. Жорж сердится, отчего я не могу ему подарить сына. Познакомилась с А.Ш. Что-то есть притягательное в этом человеке. Он очень отличается от всех, кто окружает меня.

… Ужас! Горе и отчаянье. Мое сердце в трауре. Я вдова. Бедный, бедный Жоржик!

…Семь лет я не открывала свой альбом с записями. Я другая теперь. Все, что раньше удивляло, восхищало, абсолютно не трогает мое сердце нынче. Мне кажется, что мужчин я теперь вижу насквозь. Неинтересные они существа. Зачастую хвастливы, болтливы, чванливы и глупы. Хотя, безусловно, встречаются отдельные личности. Но сердце мое молчит.

Умение любить - это своеобразный талант, которым Бог награждает лишь избранных. Как это не печально, но я увы! не одарена этой способностью - любить безрассудно. А.Ш. - другое дело. Что он нашел во мне? Завтра я непременно поеду к нему.

…Мой муж Борис Глебович замечательный человек. Я ценю его ученость, степенность, воспитанность. Во время путешествия в Америку, я чувствовала себя прескверно. Меня укачивало, тошнило, кружилась голова, я была уверена, что это морская болезнь. А оказалось… под сердцем вызревал плод любви. Никольская ночь»!

Андрей отложил в сторону альбом в сафьяновом переплете, взял в руку остро-отточенный карандаш и попытался набросать план зарождающегося сценария. Всю ночь он просидел за письменным столом. А утром бледный, с черными подглазьями, перечитав свое творение, театрально-громко расхохотался и разорвал на мелкие кусочки густо-исписанные листы.

Через два дня театр вернулся с гастролей. Зоя Феофановна с порога почувствовала, что душа Андрея в каком-то смятении. Она пыталась рассказывать ему о том, как принимали спектакли наивные и доверчивые зрители из провинции, какие чудесные заметки появились в местной прессе.

- Вот почитай, как расхвалили Сергеева и Болдину!

Он рассеянно слушал, кивая головой, перебирал программки, фотографии, а потом вдруг предложил.

- Зоюшка, давай прямо сейчас поедем в тот дом, где ты жила с моими родителями.

- Почему так спешно? - Зоя внимательно посмотрела в бледное мужское лицо.

- Горит здесь, - он приложил руку к сердцу, - боюсь, вдруг не успею. Не успею прочувствовать и понять.

- И я боюсь, Андрюша. Мне страшно идти туда. Я поняла, что со временем прошлые события, и хорошие, и ужасные воспринимаются сердцем острее. Тогда-то я глупая была, душой неопытная. Да, и инстинкт жизни был силен. А сейчас... выдержит ли сердце?

- Мы ведь вместе!

- Да, да, - она невесело усмехнулась, - и тогда мы были вместе. Только ты был беспомощным, маленьким. А теперь, получается, ролями мы поменялись.

До Моховой они доехали на такси. В парадной пахло бездомными кошками и летней пылью. Широкая, некогда шикарная лестница вид имела прескверный. Грязные, с прилипшими окурками ступени, разбитые перила.

- Сердце гудит, как колокол, перед бедой. Ноги подкашиваются, - Зоя запыхалась. - Вот, здесь Семен сидел, - она шмыгнула остреньким носиком, - царство ему небесное! А вот тут я его ждала... Нет, ты только посмотри на нашей двери опять какая-то надпись!

- Похоже, это просто список жильцов, - Андрей легонько нажал на кнопку замызганного звонка.

За дверью что-то зашумело, загрохотало, словно враз с гвоздей сорвались несколько металлических тазов.

- Боже! - Зоя испуганно перекрестилась.

Дверь распахнулась широко и резко. На пороге стояла девица. Ее возраст не возможно было определить с первого взгляда. Крупное тело с высокой грудью и крутыми бедрами венчала голова с растрепанными светлыми волосами и розовым пухлощеким лицом. В голубых глазах искрилось детское любопытство, а сочные, яркие, словно малиной вымазанные губы, вытянулись в трубочку.

- У-У! Мамани нету! - низким голосом протянула девица. - Боля - я, я - Боля, - она улыбнулась. На розовых щеках обозначились нежные ямочки. - Нету-ти, нету-ти, - плаксивая гримаска пришла неожиданно на смену наивной улыбке.

Андрей и Зоя поняли, что перед ними, мягко говоря, не совсем психически здоровый человек.

- Простите, что мы вас побеспокоили, попробуем зайти в следующий раз, - Зоя показала глазами Андрею, что визит неуместен и бесполезен.

Но тот вдруг заупрямился. Он снял шляпу и, ласково глядя в девичьи глаза, мягко произнес.

- Можно пройти? Понимаете, я режиссер, и задумал сделать картину об одной семье. Замечательной семье, которая давно-давно жила в этих стенах. Мне хочется выглянуть из окна, какой там вид. Наверное, он не очень изменился? А черный ход заколочен? В ванной комнате на полу плиты изумрудного цвета? Вещи надолго переживают людей.

Зоя вздрогнула, вместе с вздохом из груди вырвался жалобный всхлип.

- У-У, - сочувственно протянула девица. Она явно не поняла, о чем толковал лысый незнакомец, но откликнулась на скрытое в мужском голосе страдание. - У, красивый! Кровит здеся, - девица положила белую пухлую руку себе на грудь. - Болю, болю, - бормоча, она шла следом за гостями.

- Андрюша, смотри, вот здесь была детская, - они зашли в просторную светлую комнату.

На широком окне болталась дешевенькая занавеска. У стены, обклеенной пожелтевшими газетами, стояла металлическая кровать, покрытая серым тощим одеялом. Напротив стоял стол, на нем топорщилась жесткая, какая-то несусветная ткань. На колченогом стуле восседал плюшевый зверь, отдаленно напоминающий медвежонка без глаз и носа.

- Боже мой, - всплеснула руками Зоя, - отчего же люди стали так некрасиво жить? Давай уйдем, Андрюша. На сегодня достаточно. Мне становится так плохо, словно я заболеваю.

Андрей, как будто и не слышал жалобной женской просьбы. Душа его была охвачена вихрем непонятных чувств.

- Пойдем, пойдем с Болей! - девица схватила режиссера за руку и потянула вглубь темного коридора.

На кухне, вдоль закопченной, темно-зеленой стены тянулись разнокалиберные столы. На них громоздились помятые кастрюли, заскорузлые миски. Из крана дребезжащей струйкой текла вода. Раковина ядовито-желтая изнутри, снаружи была черной.

- Нет, я не могу все это видеть, - из Зоиных глаз потекли слезы. - В этой столовой мы обедали. Теперь я понимаю, почему я не хотела сюда приходить. В моей памяти были светлые, красивые комнаты, наполненные изящными вещами, а сейчас я чувствую, как теряю то, что хранила, как драгоценность, - она заплакала еще горше.

- Тю-тю, слезки, да? - девица вытянула малиновые губы, свела пушистые брови к переносице и тоже заревела в голос. - Ты хорошая, а они, - она погрозила кулаком в сторону убогих шкафов, - звери…

- Боля, Боля! - вдруг раздался встревоженный женский голос. - Ты с кем разговариваешь? - невысокая, стриженая, похожая на серенького взъерошенного воробья, женщина торопливо вошла на кухню.

Увидев незнакомых людей, она остановилась. На бледно-прозрачных щеках загуляли бордовые пятна.

- Извините, но, что здесь происходит?

- Не волнуйтесь, не волнуйтесь, сейчас мы вам все объясним, - Андрей Бориславович тихо и терпеливо, как маленькому ребенку, рассказал женщине о цели визита.

Она, приоткрыв маленький рот, заворожено смотрела на говорящего. А потом вдруг радостно просияла:

- Поняла. Вы ведь актер. Я, как вас увидела, подумала: откуда я знаю этого человека. Ой, забыла, как фильм называется. Завтра на работе девчонкам расскажу, не поверят ведь.

- Тогда и не нужно ничего говорить, - Андрей улыбнулся. - Будьте добры, покажите нам квартиру. Уверяю вас, много времени мы у вас не отнимем.

- Сейчас, я только кофту сниму, да сетку занесу, вот по случаю крупой отоварилась, - она смущенно суетилась, еще не зная, как себя вести с именитыми гостями.

- А квартира наша неудачная. Говорили, что здесь давно кого-то убили. Без вины виноватого. Вот, видимо, та загубленная душа сама мучается до сих пор, и в тоску вгоняет всех, кто здесь поселится.

Мы-то с Болей сюда перебрались, как блокаду сняли. Наш дом на Васильевском под чистую развернуло. Боля, ты где, моя девочка? - женщина встревожено завертела головой.

- Сестра ваша? - шепотом спросила Зоя.

- Племянница. Дочь сестры моего мужа. Ольга родила девочку аккурат, через месяц, как война началась. Мы ведь думали, что ненадолго заваруха, в эвакуацию не поехали. А потом - блокада. Честно скажу, ужас кромешный был. Но мы, слава богу, еще ничего жили. Я в посудомойках при столовой в Смольном работала. Начальники и тогда ели сытно. Конечно, особо не жировали. Но суп, каша, компот завсегда. Остатки по кухне главный повар Игнатьич делил по справедливости.

Я и Олюшку кормила, и еще двух соседок поддерживала. А она, Ольга-то померла от аппендицита. Не прооперировали, врачи подумали, от голода животом маялась сердечная. А Болечке и трех годков не было, как мамку закопали. Кроха крохой, а тосковала, как большая. Тогда и случилось у нее что-то с головенкой. Говорить перестала. То бывает, три ночи напролет не сомкнет глаз, лежит, вздыхает, тихонько плачет, а то сутки напролет спит - не добудишься.

В обычную школу не взяли. А в интернат я не отдала. Сама занимаюсь с ней, когда время есть.

- Ба! Болечка! Что же ты так вырядилась? - ласково обратилась она к племяннице, которая танцующей походкой выплыла из-за двери одной из комнат.

Без улыбки невозможно было смотреть на девицу. Она натянула на себя все, что, по ее понятиям, казалось необыкновенно-прелестным. На лохматую голову нахлобучила вылинявшую голубую панамку с помятой бумажной ромашкой посередине. На шею повязала огромный бант в горошек, так обычно дети украшают котят. Юбку она соорудила из клетчатого, тронутого молью шерстяного платка.

А лицо! Красным карандашом Боля обвела губы и намазала кружочки румянца на щеках. Черным вывела стрелки от глаз к вискам и нарисовала жирную черную мушку над верхней губой.

- И куда мы, такие красивые собрались? - добродушно поинтересовалась женщина-воробей.

- Замуж! - ответила девица и, задрав подбородок, подплыла к Воронкову и уставилась на него грустными и умоляющими глазами.

Он не растерялся. - Прошу! - протянул ей руку.

- Не обижайтесь на нее, - шепотом попросила хозяйка квартиры, - она играет. - Так вот, про квартиру вы просили расскать. В этой комнате вдова Люкова жила. Год назад повесилась на дверной ручке. В милиции служила, бумажки какие-то составляла. До сих пор не пойму, что с ней произошло. Такая справная была женщина, кавалер приходил к ней, Болю конфетками угощал. На Первомай Люкиной всегда премию давали. Живи и радуйся. Ан нет!

А в этих двух смежных комнатах семья Шлыковичей обитала. Тихие, спокойные люди. Оба в институте студентов учили. Не то математике, не то физике. Отравились, говорят, грибами. Мы тогда с Болечкой из города уезжали, я на лето в санаторий пристраиваюсь посудомойкой. Очень удобно. Свежий воздух, еда, да и копейку какую лишнюю заработаю. Я ведь с детства никакого труда не чураюсь. Ах, да! О чем я? Вернулись мы, значит тогда. А в коридоре крышки от гробов. Шлыковичи долго мертвые в комнате лежали. Запах уж в подъезде стоял. Верно я вам говорила, неудачная квартира.

Вот еще смотрите, в этой маломерке Ванька Пудров жил, пил забулдыга. Однажды со своего Треугольника, завод такой, калоши вынес. Знамо дело, хотел на бутылку променять. На проходной его и взяли. Срок получил. И там, дурень, успокоиться не мог. Бежать вздумал. Ну, теперь в лагерях до самой смерти прописан. Жалко мужика. Он с Болечкой играть любил, особенно в жмурки. Вот уж оба хохотали!

- Так, что же получается, вы одни здесь живете?

- Да, - женщина обвела глазами убогие стены. - Одни, к счастью и несчастью. С одной стороны хорошо: на кухне у плиты я одна, хоть пять сковородок задействуй, в сортир опять же очереди нет... После блокады нас здесь два десятка проживало. Представляете, да, что утром творилось!

А с другой стороны, страшно бывает. Ночью ветер завоет, а мне голоса тоскливые слышатся вперемежку с плачем, в окнах глазищи чужие мерещатся. Жуть, - она поежилась. - Управдом говорил, что скоро подселят новых жильцов. Знаете, какие очереди на жилье нынче? А полгорода пустует. Я и еще такие квартиры, как наша знаю. Неразбериха!

- Простите, - Андрей учтиво наклонил голову, - мы ведь даже имени вашего не спросили.

- Люся я, Петрухина, по батьке Прокопьевна. Это я вас заболтала. Может, кипяточку согреть? У меня и варенье припасено для гостей. Черничное. Сами собирали.

- Спасибо, в следующий раз обязательно попробуем. Теперь нам пора.

Боля, услышав эти слова, вдруг заревела в голос, как обиженное трехлетнее дитя, прижалась большим жарким телом к Воронкову.

- Не надо уходить! Не надо! Боле плохо! - отчаяньем и страстью были переполнены девичьи глаза.

Воронков, всю свою сознательную жизнь общавшийся с актрисами, от неожиданности оторопел. Впервые, он не почувствовал ни малейшего намека на театральность и игру, все было настоящим - слезы, крик, горячие руки.

- Я приду, приду, девочка, к тебе, - он снял с нее нелепую панамку и гладил по голове, которую Боля мгновенно в сладком оцепенении склонила ему на плечо, при этом она прикрыла глаза, как котенок, мурлыкающий от нежных прикосновений.

И действительно он вернулся. Но уже не как гость, а как полноправный хозяин с ордером на все пустующие комнаты. Среди влиятельных чиновников были поклонники таланта Воронкова. Один из них был не просто удивлен, а возмущен.

- Как так, почему известный актер еще не обратился в Горсовет с заявлением об улучшении жилищных условий?! Скромность, конечно, украшает! Но жить в сыром крысятнике? Это слишком! Это непростительно для человека, себя уважающего. Мой отец говорил: - Наше внутреннее «Я» формируется окружающей средой и красивыми приятными вещами, - он раскрыл серебряный портсигар с вкрапленными изумрудами. - Угощайтесь. Кубинские. Качество отменное.

В конце встречи он попросил Воронкова оставить автограф.

- Жене подарю. Она по артистам с ума сходит. А, может, в гости зайдете? Мы люди гостеприимные!

- Непременно! - Воронкову понравился этот румяный толстячок, живущий вкусно и весело. А еще больше Андрею пришлось по душе, как чиновник-оптимист тут же куда-то позвонил, строго распорядившись.

- Чтобы никаких проволочек и бюрократических задержек, артист должен завтра же переехать. Адрес он вам скажет. Вы меня хорошо поняли? Все!

Андрей, улыбаясь, шел по просторному коридору. Был он необыкновенно хорош в голубой тенниске, светлых брюках, загорелый, легкий.

Люся и Боля не сводили с него завороженных взглядов. Он был для них посланником из другого мира, где ходят нарядные женщины в душистых шелках, где кушают необыкновенные блюда и пьют игристое вино.

- Теперь вы - мои милые соседки! Я очень рад этому счастливому случаю. Посмотрите, что я вам принес, - он протянул Люсе сумку с продуктами. - Нам иногда кое-что перепадает от власть имущих. Там хорошая колбаска, сыр, чай, кофе. А тебе, прелестное дитя, вот эта замечательная коробочка.

Боля осторожно взяла в руки подарок, понюхала.

- Вкусно!

- Она ведь и не видела таких конфет, - засмущалась Люся. - Болечка, ты открой коробку и попробуй.

- Не-а, - девушка крепко прижала к груди цветную картонку и закружилась вокруг Воронкова, как большая мохнатая бабочка.

Удивительно, но эта непосредственная, искренняя девушка-дитя нисколько не раздражала и не напрягала Воронкова, обычно тяжело входящего в новые отношения. Более того, в течение этих недель, пока он оформлял жилищные бумажки, договаривался с ремонтной бригадой, Андрей много раз мысленно возвращался к образу девушки, столь непохожей на всех, кого встречал ранее.

В одну из комнат прописали молодую журналистку. Саня факт переезда практически проигнорировала.

- Подумаешь, радость великая! Стены и потолок, все это - чушь и условности. Главное - это храм в душе. А храм в душе - это любовь, - она не уставала рассуждать о неземных чувствах, но почему-то ходила в обнимку только с подружками. Мужчины вызывали у нее чувство брезгливости и страха.

- Творческая натура, у них все по-другому, - понимающе кивала головой Зоя Феофановна, не умеющая критиковать и осуждать людей, тем более близких.

Зоя Феофановна поселилась в самой светлой и заветной для ее сердца комнате. Именно здесь когда-то стоял овальный, орехового дерева стол, за которым она, девчонкой играла с барыней в подкидного, читала вслух или просто секретничала.

Воронков настаивал.

- Зоюшка, напрягись и вспомни все в деталях. Предметы мебели, цвет обивки, обои, портьеры, посуду. Я приглашу художника, и мы вдохнем аромат жизни моих предков в сегодняшние дни.

Зоя не соглашалась.

- Но людей-то ни один художник не вернет.

После мощного ремонта бывшая коммуналка стала неузнаваемой.

- Вы только посмотрите, какой королевский паркет! – отчего-то Люсю-воробья особенно взволновало преображение пола. - Кто же додумался три слоя краски намазать на такую расчудесную деревянную мозаику, да еще сверху клеенкой заклеить?

- Зато сохранился как! - смеялся в ответ Воронков.

В последнее время он чувствовал себя счастливым и молодым. Словно, живительная энергия наполняла квартиру, где почти полвека назад жили люди, родные с ним по крови.

Наконец, наметили день переезда.

- Ну, Маркиз, заходи! - Зоя открыла вместительную сумку, и на сияющий паркет мягко выпрыгнул крупный черный кот с белой плоской мордой, на которой хитро поблескивали изумрудные глазищи.

- Ах, у нас цирк! - Боля захлопала в ладоши.

Маркиз внимательно осмотрел веселую девушку и в знак расположения потерся мохнатой головой об полные теплые ноги.

- Знатный, важный, чисто барин, - Люся с опаской посматривала на четвероногого жильца, бесцеремонно обнюхивающего углы. Ее присутствие кот проигнорировал, словно и не заметил худосочную серенькую женщину. А та поинтересовалась у Зои:

- Кто же вам удружил это лохматое чудо?

- Любовь нам посылают небеса, - ответила Зоя, чем очень удивила спрашивающую.

Люся икнула и решила на эту тему больше не разглагольствовать. Боялась она фантазий в чужих головах. Вон, как порой бывает трудно и непонятно с Болей…

Маркиз и Зоя… Их первая встреча произошла осенью. Зоя вышла из подъезда, торопясь на утреннюю репетицию, и вдруг где-то над головой услышала звонкий возглас.

- Я вас уверяю, на мяуканье это было совсем не похоже, - рассказывала она позже, - меня кто-то окликнул!

Обернувшись, и никого не увидев, женщина пожала плечами и заспешила дальше. Зов повторился. Но теперь стало ясно, что странный звук исходил сверху, чуть ли не с небес. Зоя стала вглядываться в пеструю макушку дерева. Среди желтых резных листьев она рассмотрела два светящихся огонька.

- Ты кто? - шепотом спросила Зоя.

Треснула сухая ветка и к ногам женщины спрыгнул смешной котенок-подросток. Был он головастый, тонконогий и хвост имел длинный и мокрый.

- Вот ты, какой забавный, - Зоя наклонилась и почесала за маленьким треугольником уха. - Извини, но я ничем не могу угостить тебя. На работу бегу, - она взглянула на часики, - ай, ай, могу и опоздать, заспалась в это дождливое утро.

Котенок упрямо шел за женщиной.

- Заблудишься, не ходи дальше! - Зоя сердито притопнула ногой.

Он остановился и, склонив голову набок, долго смотрел ей вслед.

В суете гудящего театрального улья, Зоя и думать забыла про утреннего знакомца. Вечером, она немало удивилась, обнаружив черного котенка, сидящего возле парадной.

- А это ты, дружок! - Зоя очень устала. Утром репетиция, вечером спектакль, один из тех, что требует особого внимания костюмеров, реквизиторов, так как действие происходит в разные эпохи.

- Ты голодал, наверное, целый день? Подожди, я тебе что-нибудь принесу. К сожалению, взять тебя к себе не могу. У нас живет Люся. Она кошка пожилая и степенная, четвероногих гостей не особо жалует. Переживать будет или вдруг обидит тебя.

Когда Зоя вынесла блюдце с молоком, котенок звонко помурлыкал, благодарно потерся об ноги и ушел ночевать на дерево.

С тех пор каждый день пушистый поклонник провожал и встречал Зою. Она выносила ему «остатки с Люськиного стола», то колбаску, то кусок рыбьего хвоста. Кот ел не спеша, с горделивым достоинством, всем своим видом показывая, что еда не главное в жизни, а тем более в их нежных отношениях.

В январе, когда трескучие морозы обрушились на город, кот, которого Зоя за светские манеры, окрестила Маркизом, неожиданно исчез. Может, и забыла бы она о нем. Мало ли бездомных кошек шатается по дворам. Но Маркиз стал являться к ней во сне. То он шел за ней следом, то заглядывал в форточку, то сидя на дереве, звонко окликал, как тогда, в первый раз. И, однажды в свой выходной день, Зоя не выдержала и отправилась на поиски кота.

Мальчишки, барахтающиеся в снегу, сообщили, что в их подвале живет кот, но он рыжий и старый. Дворничиха Светка перечислила с подробным описанием внешности, кошек, обитающих в булочной и молочном магазинах.

- Я их почему так хорошо знаю? - она хитро прищурилась. - Сама их им и подкидываю. Ну, чего бедные животины в стужу на улице будут мерзнуть… Какого ты ищешь? Черного с белой мордой? Нет, не встречала!

- Маркиз! Маркиз! - звала Зоя, заходя в парадные соседних домов.

Ни звука в ответ. Изредка где-нибудь тявкала собака, уловившая далекие чужие шаги. К вечеру, она вернулась домой, измученная бесполезными поисками. Ленивая Люся даже не вышла встретить хозяйку. Спала мохнатым клубком на подушке, расшитой васильками.

- Вот, ты в тепле нежишься, а мальчик, такой искренний и преданный, мается где-то, - проворчала

Зоя сердито. Она еще не успела облачиться в домашний халат, как в дверь кто-то постучал.

- Тетенька, я вспомнил, - пацаненок лет семи со щеками по снегиринному розовыми, с головы до пять весь заснеженный, громко шмыгнул носом.

- Машина страшная по двору ездила. Дядьки сетками ловили кошек. Может, там и ваш черненький был.

- Спасибо, малыш. Ты замерз, может, чайку с конфеткой выпьешь.

- Не-а, меня мамка заждалась, поди-кось, - он убежал, оставив Зою в еще более расстроенных чувствах.

«Мы в ответе за тех, кого приручили», - эта фраза крутилась в голове на следующий день, когда она сквозь метель добиралась на край города, где находился приют для бездомных животных.

В дощатом неотапливаемом сарае сидела сердитая женщина в телогрейке, мужской ушанке и огромных серых валенках.

- Гражданка! - грозно прогудела женщина, - вы по какому вопросу.

Зоя растерянно, как провинившаяся школьница, тихо сказала:

- Котика ищу.

- Вон, в той клетке смотрите. Завтра всех усыпим. Одна зараза от них. У вас, видно, детей нет, - тетка с укором и осуждением смотрела на Зою. - А мои пацаны от этих уличных хвостов лишаи, да глисты домой носят.

В металлическом ящике сидели, лежали, беспокойно бегали разномастные кошки, рыжие, полосатые, черные. У Зои зарябило в глазах, пока она пыталась разглядеть их по отдельности. Маркиза среди зарешеченных животных не было.

- Они голодные, - грустно произнесла Зоя.

- Вот и накорми! - безаппеляционно отрезала баба в телогрейке. - На словах вы все добрые, а чуть что не так, вышвыриваете кошек за дверь. Скажи, откуда они все здесь взялись. Ясное дело, надоели хозяевам.

Зоя уже хотела уходить, мучительно раздумывая, а не взять ли котенка из этого плена. Хоть одного спасти и обогреть! И вдруг она услышала тот особый возглас, которым звал ее Маркиз. И опять голос шел сверху.

- Кто там? - Зоя пыталась вглядеться в деревянные перекрытия под крышей.

- А там, вообще чумак бешеный. Витька сказал: «Персонально эту тварь уничтожу»! Видела бы ты, как он руку мужику прокусил. Опасный зверь!

- Маркизик, Маркизушка, - запричитала Зоя.— Я пришла за тобой. Будешь теперь в доме жить. Я виновата перед тобой, не сердись и прости меня.

Тетка покрутила пальцем у виска:

- Чокнутая! По тебе психушка плачет.

А «чокнутая» вдруг резко повернулась к ней и строго выговорила:

- Будьте любезны, освободите помещение. Бедное животное напугано и вам не доверяет, поэтому не спускается. Зачем вам лишние проблемы?

- А че ты так разгорланилась, - тетка пожала плечами, - ну, и пойду выйду, давно уже хочу по нужде, живот аж раздуло.

И точно, только захлопнулась дверь, Маркиз спрыгнул к Зоиным ногам. Зоя склонилась к нему и обомлела. Ухо кота было разорвано, под носом запеклась кровь, с одного бока шерстка была выдрана и на тонкой голубой кожице зияли круглые ранки.

- Я боюсь тебя трогать. Больно будет, - Зоя всхлипнула. - Попробуй, сам заберись в сумку, там платок пуховый. Я тебе ее вот так, удобненько раскрою. Ну, прыгай!

Маркиз понял.

- Люся! - заявила Зоя с порога, - я тебе ребенка принесла. Обижать не смей, он и так настрадался, бедолага.

Разумная Люся стала облизывать котенка, потом позволила ему поесть из своей тарелки и даже уступила теплое местечко у батареи, сама легла с другой стороны, громко мурлыкая.

Вскоре Маркиз поправился и как-то незаметно превратился из тщедушного подростка в огромного смышленого котяру.

Даже Андрей, не особо жалующий мяукающих представителей фауны, признал и уважал Маркиза за его понятливость, преданность и чистоплотность.

Старушка Люся расхворалась всякими женскими болезнями, и кошачий гинеколог предложил усыпить бедняжку, орущую по ночам от боли.

С Маркизом Зоя старалась не расставаться. Она таскала его в огромной корзине с собой на работу, возила на гастроли. Он с удовольствием путешествовал, вел себя спокойно, с грациозным достоинством, как и подобает особям аристократических кровей.

Новая квартира Маркизу пришлась по душе. Будь он невоспитанным уличным хулиганом, с радостью бы пометил новую территорию, еле сдержался! Хорошо, что веселая девка с толстыми теплыми ногами отвлекла его внимание. Она стала перед его носом возить по полу бумажку за ленточку. Смешная! За кого она его приняла! Ну, так и быть. Маркиз попрыгал за шуршащим фантиком, доставил удовольствие барышне.

- Ой, - удивилась Зоя, - в первый раз вижу, что он играет. С самого детства он такой степенный и серьезный. Значит, очень ему Боля понравилась!

И потекла жизнь в новых стенах. Один бог ведает, как хорошо было Воронкову в то время. Наконец, у него появился свой кабинет с просторным письменным столом, вместительными книжными шкафами, креслом-качалкой у окна.

Гостей Воронков особо не жаловал. Но к нему постоянно набивались с визитами, то начинающие драматурги, то журналисты, то художники. От разговоров Андрей уставал и иногда жаловался Зое.

- Почему-то люди ошибочно меня считают общительным и открытым человеком. А я ведь так люблю одиночество, и молчание предпочитаю всем словам.

Боля это понимала лучше всех. Бывало, она приходила к нему в кабинет, сворачивалась на диване калачиком, и не то дремала, не то думала о чем-то своем. Ее присутствие не отягощало Воронкова. Рядом с ней не нужно было умничать, толкуя про новые концепции в искусстве, можно было напрочь забыть все емкие цитаты из классиков. С ней можно было просто рядом жить.

Как-то в один из вечеров к Андрею заглянул Глеб Спасский, художник-трудяга, один из немногих, кому Воронков всегда был рад. Увидев молодую соседку, Глеб обомлел:

- Старик! Такое совершенство матушка-природа создает чрезвычайно редко. Я должен ее писать. Непременно маслом. Обнаженную, во всей телесной роскоши. Фон? Что-нибудь из природы. Может быть, морская бесконечность. Волнующие блики света. О! Это будет шедевр, - Глеб говорил торопливо, по привычке проглатывая половину звуков. - Старик, у тебя найдется лист хорошей бумаги? Я прямо сейчас сделаю набросок. Руки чешутся. Поверь, я давно не встречал такой дивной натуры!

Боля испугалась и, закрыв лицо руками, судорожно всхлипывая, твердила:

- Нет, нет! Не надо так смотреть. Боле плохо.

Глеб и предположить не мог, что ему, известному не только среди профессионалов, но и популярному в основной массе любителей живописи, какая-то простая девчонка может отказать позировать. Нонсенс! Он разнервничался.

- Дюша, поговори с ней. К тебе она привыкла. А меня она не понимает. Я ей втолковываю про гонорар, про благодарную память потомков. Так раздухарился, что Ренуара вспомнил. Ну, кто бы сегодня знал рыжеволосую актрису Жанну Самари?

- Умен ты больно, - усмехнулся Андрей, - но раз ты так горячо просишь, попробую тебе помочь.

Вечером за ужином, а они теперь частенько собирались вместе за большим ореховым столом, Андрей завел разговор о Глебе, даже показал альбом с репродукциями.

- Боленька, вы даже не представляете, сколько женщин мечтает хотя бы на мгновение оказаться рядом с этим действительно талантливым человеком. А уж позировать ему - великая честь, - Зоя не лукавила, она так считала совершенно искренне.

- А он что только голых рисует? - Люся покраснела, застеснявшись своего вопроса.

- Люсенька, любой бы художник вам бы с возмущением заметил, что голые - в бане, а на полотне - обнаженная натура. Но дело не в словах. У Боли действительно необыкновенной красоты тело, да и личико тоже симпатичное, особенно, когда она, как сейчас смущается! - Андрей с нежностью дотронулся до девичьей руки. - Ну, что, красавица, согласна стать самой любимой натурщицей известного художника Спасского?

- Никогда! - строго произнесла Боля, насупив пушистые брови.

Вот и разберись, попробуй, в чем разница между нормальной женщиной и «ненормальной», как Болю называли за глаза. Нормальная за деньги, славу, интерес бесстыдно скинет одежды и встанет, сядет, ляжет, как того потребует мастер. А ненормальная? Деньги? Так, она и ведать не ведает, какая коварная сила скрыта в замызганных бумажках. Для нее коробка с цветными конфетными фантиками ценнее. Слава? Объяснишь ли ей наркотическую зависимость индивидуума от шумной и изменчивой толпы поклонников. Этой девочке нужны только свои любимые люди. Под конец разговора о художнике, Боля горько расплакалась. Ее отчаянная обида всколыхнула в душе Андрея жгучий стыд за самого себя.

- Все, все! Не будем больше вспоминать, нет, нет. Я прямо сейчас ему позвоню и решительно откажусь.

В Болиной же голове все разговоры о роскоши ее тела, о ненужности одежд для настоящей красоты, выстроились в очень правильный порядок. Она поняла, самое лучшее, что есть у нее, можно отдать в дар тому, кого любишь. Она явилась к Воронкову ночью. Белая кожа светилась в темноте, золотые тяжелые волосы струились по плечам и гибкой спине. Обняв податливое горячее тело, Андрей испытал такую обжигающую нежность и сумасшедшую радость, чего не случалось с ним даже в молодости.

Женщины всегда водили вокруг него хороводы. В него влюблялись, его преследовали, его желали. Но только сейчас он понял, ни одна из прежних его любовниц, не дарила себя просто по зову сердца. У каждой подспудно была своя цель. Одна мечтала о замужестве, другая о главной роли в спектакле, третья хотела погреться в лучах его славы. Получалось, что все они притворялись, пытаясь изобразить искренние чувства. Истина отношений в их подлинности.

Когда Боля ушла, Андрей уже не сомкнул глаз. Он лежал, радостно слушая стук собственного сердца. И вдруг мозг, словно обожгло. «Борислава»! Это полное имя его ночной гостьи.

« И род ваш продолжит женщина с именем твоего любимого сына», - кажется, так записано в дневнике Варвары. Борислав, так звали первенца графини Воронковой.

Утром, после завтрака Андрей сказал Боле, глядя на нее влюбленными глазами.

- Нам нужно сходить к доктору, милая моя!

Она доверчиво кивнула головой, давая ему понять, что готова куда угодно идти с ним, только бы вместе, рука в руке.

Гинеколог, Яков Иосифович Гольдштейн, долго тряс Воронкову руку, весело воркуя о том, что его жена готова без передыха смотреть фильмы с участием Андрея.

- Я и ревновать даже начал, - заключил он притворно плаксивым тоном.

- Да, будет вам, Яша! - Воронков усмехнулся. - У Софьи Семеновны поводов для ревности поболе. Вон какие к вам королевы приходят. Доктор потер ручки.

- А кстати, простите, вы ведь не просто навестить пришли старого еврея. У барышни проблемы? - он по-отечески ласково оглядел Болю.

Воронков вкратце рассказал историю Бориславы, показал все медицинские справки, заключения, выписки, которые вручила ему Люся.

- Мда, - Яков Иосифович прищурился. - Ясно, заболевание не носит наследственного характера. Вряд ли оно как-то может повлиять на развитие плода. Дамочку мы сейчас осторожно посмотрим. А вы вон там, дорогой, за ширмочкой посидите. Да, разговаривайте с ней, чтобы она не испугалась.

- Ну все порядок! Одевайся, крошка! - доктор стянул перчатки. - Хорошая, крепкая женщина. О беременности пока говорить рано. Кто отцом-то будет?

- Я! - гордо выпятил грудь Воронков.

Гинеколог как-то странно причмокнул языком. Уж, он-то не понаслышке знал, какие ядреные красотки роем вьются вокруг Андрея. Родной брат Якова музицировал в театре. Какие страсти неаполитанские творились вокруг хромого артиста.

- Вот уж сегодня Софьюшку удивлю. Что-то есть в этой истории загадочное, - Яков Иосифович, размышляя, подошел к окну.

По аллее, ликующей осенними красками, медленно удалялась парочка. Она высокая, статная, полные бедра плавно и женственно колышутся. Он худой, порывистый, схватил ее за руку, как мальчишка.

А над ними, доктор поморгал несколько раз, нет, не показалось, над ними летело сияющее облачко.

- Мда, - гинеколог побарабанил короткими волосатыми пальцами по подоконнику.

- У них родится необыкновенный ребенок. Дети любви - особые дети!

ПРОФЕССОР

«5 октября. Вечер. Случилось! Я встретил свою внезапную сумасшедшую любовь. Но все по порядку.

Я вышел в осенний неуютный двор с ведром для мусора. Какая гадость вокруг: стены обшарпаны, замызганы. Под ногами собачьи фекалии. Ненавижу этих нечистоплотных тварей. И вдруг... Все изменилось!

Мне навстречу выбежала она. Глазищи прозрачно-зеленые, вытянутые, как огромные виноградины. Носик с изящно-выразительными ноздрями. А вся она, такая чистенькая, такая беленькая.

- Ты откуда, чудо неземное? - спросил я шепотом.

Она не ответила. Горячая волна захлестнула мое тело: наконец-то, я встретил мою принцессу, мою осеннюю принцессу! Не задумываясь, я поднял хрупкое девичье тело и прижал к сердцу.

- Люблю, люблю тебя! Как сладостно мне было повторять эти слова. - Пойдем ко мне!

Домой я вернулся другим человеком. Включил парадный свет. Достал свою любимую пластинку Эдит Пиаф, провальсировал, нежно и бережно держа мою девочку на руках. Она прикрыла глазки. И я положил красавицу на пушистый плед.

Кто-то звонит в дверь. Допишу свои впечатления попозже».

- Профессор, ты дома? - звучит за дверью противный бабий голос.

- Анфиса Ивановна, вы опять со свойственной вам беспардонностью, врываетесь в мою личную жизнь.

Они стоят через порог, друг против друга. Высокий, темноволосый, очень бледный мужчина лет тридцати пяти. И низенькая, толстенькая, как надутая сарделька, бабенка.

- Профессор, я вот, что говорю, с тебя десятка, - тетка протянула красное полиэтиленовое ведро, - я и мусор выбросила.

- Вы чрезвычайно любезны, Анфиса Ивановна, - мужчина галантно наклонил крупную голову. - Еще признателен вам за то, что вы, наконец, усвоили, что я профессор, - он сделал ударение на французский манер на последнем слоге, а не Болюнчик, как вы раньше пытались обращаться ко мне.

Он достал из портфеля, стоящего на лакированной тумбочке в прихожей, кожаное портмоне. Глаза бабенки масляно заблестели.

- Не я же вам имя придумала! Ваши знакомые и сейчас вас так величают. Болюнчик! - произнесла по слогам, ехидно собрав тонкие губы в морщинистую гузку.

- Прощайте! Я не желаю с вами более дискутировать, - произнес мужчина высокомерно.

- Погодите, погодите. Я че? Я же шуткую. Может, нужно, что постирать или помыть? Я нынче свободная.

- Спасибо. Не нужно. Сегодня у меня торжественный день. Я встретил любовь.

- Да, я видела ее, - бабенка хохотнула. - Береги! А то сбежит от твоих ласк, - она уже не могла сдерживаться и захохотала во весь рот, демонстрируя металлические мосты.

- Будьте здоровы, - надменно поднял брови мужчина, закрыл дверь и на цыпочках прошел в комнату. На клетчатом пледе, свернувшись калачиком, спала кошка. Обыкновенная, короткошерстная, пятнистая.

- Спи, моя крохотулечка! - мужчина опустился на колени и замер, лаская взглядом чуть подрагивающее кошачье тельце. Из забытья вывел его телефонный звонок.

- Борис Андреевич, вы не забыли, что сегодня у ваших подопечных контрольное тестирование?

- Вы дурно воспитаны, Ада Васильевна! Вместо того чтобы поздороваться, начинаете оскорблять человека. Разве я давал вам повод для этого? Можете ли вы припомнить случай, когда бы профессор Борислав Андреевич Любимов забывал о своих должностных обязанностях? Придется, на преподавательском совете обсудить вашу кандидатуру. Достойны ли вы своего места? - положил трубку, не желая выслушивать никаких объяснений.

- Однако, действительно пора собираться! - сказал он, обращаясь к своему отражению в большом зеркале. Пританцовывая и что-то, напевая под нос, Борислав Андреевич, прошел в ванную.

- Прохладновато-с! - он повернул кран с красной кнопкой. От горячей струи пошел пар. Стены, облицованные розовой кафельной плиткой, вскоре покрылись капельками испарины. Замечательно!

Резким движением мужчина перекрыл кран с горячей водой, повернул металлическую рукоятку на синюю отметку и, как был в тренировочном костюме, шагнул под душ.

- А-а, - истошно закричал в потолок. - А-а, ледяной дождь! - через мгновение он выскочил из-под душа, сбросил мокрое белье и вошел голым в комнату.

Встав у зеркала, он начал энергично растирать тело большим голубым полотенцем, приговаривая:

- Вот, какой я красивенький, свеженький, новенький!

Открыв полированный гардероб, Борислав Андреевич стал перебирать висящие на деревянных плечиках рубашки, рассуждая вслух.

- Белую надеть? Нет, с ней связаны одни неприятности. Полосатая дает головную боль. Черная? Привлекает к себе людское хамство. Да-а, задачка!

Наконец, он сделал выбор, достав рубашку василькового цвета. Распечатал новый пакет с бельем. Все обнюхал. Разложив на тахте одежду, он долго обрызгивал все швы одеколоном.

Через полчаса из подъезда вышел элегантный мужчина в светлой тройке из тонкой шерсти, в изящной голубой рубахе. Цвет желтых кожаных штиблет гармонировал с тоном портфеля, украшенного металлическими под золото бляхами и замочками.

- О, Борис Андреевич, вы, как всегда неотразимы! - восхитилась секретарша Пьеретта.

Ему никогда не нравились ее комплементы, она их раздавала налево и направо. А вот имя ее, необычное для русского уха, очень волновало мужчину, поэтому иногда он удостаивал ее вниманием.

- Пьера, - мелодично произнес Борислав Андреевич. Улыбнулся. - До чего приятно звучит. - Пьеретта Анриевна! Будьте любезны, выдайте мне все необходимые документы.

- Для вас, в первую очередь все подготовила, - радостно загундосила Пьеретта Анриевна, тучная высокая еврейка.

Она и не собиралась скрывать, что из толпы преподавателей выделяет этого мужчину. Ей нравились его утонченные манеры, холеные руки с длинными чуткими пальцами, его настоящее грассирующее французское произношение.

Сама она, как не корпела над учебниками, дальше двух элементарных фраз, «меня зовут» и « я живу», не могла пробраться в дебрях ни одного иностранного языка.

- Вам нужно иврит учить, - посоветовал ей сосед -алкаш Ромка, услышав, как она на кухне, снимая пенку с малинового варенья, пыталась вслух зазубрить спряжение одного из французских глаголов.

Пьеретта Анриевна давно уже научилась не реагировать на отдельные личности, занеся их в разряд швали. Нужно отметить, что почти все окружающие Пьеретту Анриевну люди по тем или иным статьям вписывались в эту непрезентабельную группу.

А вот Борис Андреевич был другим! Как он божественно говорил на французском языке! Словно только вчера приехал из Парижа. Секретарша уже решила со следующего семестра записаться к нему в группу. Это же блаженство - сидеть два часа, с упоением глядя на красивое мужское лицо, и слушать волнующие звуки.

- Бонжур! - мягко проворковал Борис Андреевич, входя в аудиторию.

На дорогостоящих курсах, где преподавал язык Любимов, занимались те, кто, устав бороться с российской действительностью, решили коренным образом поменять свою жизнь в чужестранье. Кстати, эта Школа иностранных языков для отъезжающих, называлась «Родина».

Непонятно, что имел в виду человек, который придумал это название. То ли хотел досадить будущим эмигрантам, то ли внушить, что родина это там, где сытно и добротно.

Впрочем, Борислава Андреевича подобные размышления не волновали. Как не волновали те, кто склонился сейчас над мудреными учебниками.

- Са ва?

- Ой, пардон! - волоокая Сонечка щелкнула пудреницей. Она безуспешно пыталась замаскировать юношеские прыщи на лбу, проглядывающие крупными земляничинами сквозь черную пружинистую челку.

Рядом с Сонечкой притулился ее папаша, Абрам Семенович Ревкин, некогда главный инженер крупного производственного объединения «Гигант». Когда-то «Гигант» рапортовал миру о своих достижениях. И вдруг в одночасье умер. Может быть, рекорды были дутыми, а, может, существовала другая причина, о которой не догадывались русские простофили. Но еврей Ревкин был уверен, что он-то знает, в чем корень бед, обрушившихся на страну, из которой он мечтал вырваться. Французский язык Абрам Семенович учил старательно, радуясь, что его природное «р», да и другие звуки так гармонично вписываются в нужную артикуляцию.

Супруга его, Римма Григорьевна, предпочитала знакомиться с иностранным языком через музыкальную культуру. Вот и сейчас она сидела с наушниками и качала головой, как птица с большим клювом.

Через три месяца Ревкины должны были держать экзамен в Квебеке.

- Самое удивительное место в Канаде, - прошептал однажды глава семейства, - нам родственники все подробно написали.

За другим учебным столом сидела блондинка с выпуклыми застывшими глазами. Она подпиливала ногти и, казалось, всегда мечтала о чем-то своем.

Год назад Алина с большим трудом выпустилась из средней школы. Родители, довольные оттого, что, наконец-то, закончилось время подношений и унижений в учительской, подарили своей мужественной дочурке вояж во Францию. Смазливая троечница не умела и не хотела решать задачки, писать диктанты, зубрить какие-то даты. Но зато она в совершенстве умела строить глазки. В первый же день пребывания на Лазурном берегу, Алина познакомилась с очаровательным Лораном. Они купались, загорали, гуляли. Для общения влюбленным достаточно было взглядов и жестов.

Предприимчивые родители решили, что такую партию упускать нельзя. И силком впихнули дочь на самые престижные курсы. Авось и любовь француза станет крепче, как узнает, что русская девушка ради него готова на все. Алине язык учить скучно. А вот с профессором пофлиртовать занятно. На уроки она приходит в прозрачных блузках, коротких юбочках и нежно улыбается элегантному мужчине. Впервые в жизни ей непонятно, отчего на преподавателя не действуют ее чары. Он, словно вовсе ее не видит. Как растопить этот лед?

Был еще один ученик в группе. Престранный тип. Вальяжный, с седой пестрой шевелюрой и быстрыми глазами. Как только он начинал что-то говорить или читать по-французски все вздрагивали, словно от включенной бормашины или от скрежета железа по стеклу. Но ученика это не смущало, он бесцеремонно задавал вопросы преподавателю, по несколько раз проговаривал вслух неподдающиеся тяжелому языку звуки. Во всех его жестах сквозила мысль: за все уплачено! В основном седого ученика интересовали числительные и кое-какие юридические термины.

Сметливые Ревкины считали, что разгадали тайну пытливого студента.

- Абраша, я уверена, что этот человек получил огромное наследство. И, какой обстоятельный, учится считать по-французски.

- Да, Риммочка, нам бы тоже не мешало нажать на цифры, - кивает головой бывший инженер. - Еще моя тетушка говорила, что деньги и евреи любят счет.

Впрочем, преподавателя не интересует ни один из тех, кто сидит сейчас в аудитории. Что ему их судьбы, сбывшиеся и несбывшиеся надежды.

От звонка до звонка Борислав Андреевич погонял учеников по спряжениям, устойчивым словосочетаниям, протестировал по полученным в секретариате хитроумным бумажкам, и «адье»!

Через десять минут он уже был в магазинчике «24 часа».

- Пять коробочек сметанки, два литра молока, килограмм сосисок, - надменно приказал румяной продавщице, в кокетливой кружевной чепце.

- Побаловать себя молочным любите? - игривой продавщице очень хотелось, чтобы этот голубоглазый красавчик обратил на нее внимание.

- Почему сосиски такого цвета? - с ужасом спросил он, глядя на бурые мягкие палочки.

- Дайте, я понюхаю…

- Да, лучше меня понюхайте, - продавщица приосанилась.

Он посмотрел на нее, как на пациентку сумасшедшего дома.

На Невском проспекте Борислав Андреевич остановил машину, назвал адрес и, откинув голову, прикрыл глаза.

У таксиста чесался язык. Ему хотелось обсудить с умным клиентом политические новости, плохие дороги, футбольный турнир. На все разговорные пассажи клиент презрительно пожимал плечами.

- Не наш человек, - рассердился водила и содрал сверху положенной суммы.

- Благодарю! - щелкнул затвор портфеля.

Борислав Андреевич, захлопнув дверцу такси, вдруг побежал стремительно и легко, как молодой возлюбленный на свидание. Пожалуй, каждый припомнит это состояние крылатости перед долгожданной встречей.

- Во, чокнутый! - заржал таксист. - Стометровку сдаешь? Смотри, не кувыркнись, - не поленился же открыть окно и крикнуть вслед удаляющейся фигуре.

В низком деревянном строении тускло светилось маленькое окно. Мужчина стукнул согнутым пальцем. Метнулась пестрая ситцевая занавеска, и выглянуло плоское раскосое лицо.

- Вам кого?

- Откройте, - глухо приказал профессор.

Щелкнула задвижка на двери.

Раскосая, стоя на пороге, с интересом разглядывала элегантного мужчину.

- Это милым крошкам, - он протянул пакет с молочными продуктами. - А вы новенькая?

- Да! - кивнула головой девица.

- Странно! Мне это не очень нравится, - он быстро удалился.

- Вот дела, - Асия прошла на кухню, заглянула в мешок, - придумал тоже питомцам. - Ни минуты не сомневаясь, она стала перекладывать продукты в свою черную сумку. - Неделю прокормимся, - довольно произнесла вслух.

Потом налила себе в чашку молока, выпила залпом и принялась за сметану.

- Я ее убью, я ее убью! - орал мужчина в трубку. - Алла Сергеевна, что за тварь вы взяли на работу. Она жрет то, что ей не положено.

- Кто там опять? - раскосая вытерла ладонью жирные от сметаны губы.

- Мерзавка, я убью тебя сейчас! - элегантный мужчина ворвался в помещение. На бледном лице сверкали потемневшие от расширенных зрачков глаза. – Думаешь, я ушел! Как же! Я все видел. Тварь, воровка, нашла, кого объедать? - он со всего маха влепил девушке звонкую пощечину.

Девица растерялась лишь на мгновение. Горячая азиатская кровь прилила румянцем к скуластым щекам. С гортанным криком Асия бросилась вперед и начала царапать холеное мужское лицо.

Где-то истошно заголосила кошка.

- Бедняжка, как ей плохо! - встрепенулся на истошные кошачьи вопли Борислав Андреевич и мгновенно разжал пальцы, выпустив длинную густую челку Асии.

- Спешу, спешу к тебе, моя девочка! - взволнованный мужчина метнулся в глубь помещения.

- Придурок! - взлохмаченная, раскрасневшаяся Асия, стараясь не потерять ни одной минуты, мало ли, что придет в голову этому сумасшедшему, сдернула с крючка старенькую, видавшую виды куртку, схватила свою дерматиновую торбу, выскочила из двери и понеслась через пустырь, не оглядываясь.

- Гады мерзкие! С жиру бесятся. Детям есть нечего, а они над кошками трясутся. Чуяло мое сердце, не нужно было соглашаться на эту работу. Няня в кошачьем доме! Надо же было такое придумать, - Асия сплюнула.

От переживаний и слишком быстрой ходьбы во рту было горько, под ложечкой муторно сосало. Она замедлила ход возле обшарпанных пятиэтажных хрущевок.

На освещенном пятачке, под фонарем, старушка в розовом берете выгуливала на поводке сиамского кота.

- Еще одна! - остановилась Асия, тяжело дыша. - Думаете, вы добренькая, да? Кошака откормили до размеров теленка! - затараторила в удивленное лицо старушки. - Эгоисты вы, зажравшиеся. У меня дома пацан голодный. А вы: «Сю-сю, му-сю» с безмозглыми тварями разводите! Молочка им, сметанки пожирнее покупаете…

- Что у вас случилось? - светлые старческие глаза потемнели, словно тяжелая туча заволокла небо. - К сожалению, я могу вам помочь лишь немного, - она повернула замочек лакированной, давно вышедшей из моды сумочки. - Вот держите, - протянула десятирублевку. - Хотела Тимоше рыбки купить. Да, обойдется, он у меня не избалованный.

Раскосая сунула купюру в карман брюк.

- Я опять без работы, - завыла в голос и, застеснявшись слез, неожиданно навернувшихся на глаза, рванула к метро.

Старушка вздохнула, покачала головой, взяла сиамца на руки, прижала к себе и тихо прошептала в сторону удаляющейся спины.

- А на кошек вы зря сердитесь. Упаси вас, Бог, от одинокой старости.

Кот потерся влажным носом о морщинистый подбородок. Из глаз старушки, как маленькие прозрачные бусинки, выкатились слезинки.

- Что с тобой, что с тобой, моя милая! - Борислав Андреевич склонился над отчаянно мяукающей, худой полосатой кошкой.

Когда-то в своей кошачьей молодости полосатая отличалась задиристым характером. В битвах за территорию потеряла полхвоста. На память о любовных драмах остался шрам через всю узкую мордочку. Бельмо на глазу подтверждало нетерпимость к лающим особам.

- Животик болит, да? - мужчина положил ладонь на облезлое, с лишайными пятнами тельце. - Завтра доктор обязательно тебя осмотрит. А сейчас я попробую тебя хоть чуть-чуть успокоить.

Он достал из внутреннего кармана пиджака маленький стеклянный пузырек. Кошка перестала голосить, задрожала, заперебирала лапами и начала оглушительно звонко мурлыкать.

- Ну и певунья, - восхитился мужчина. - А теперь сметанки. Тебе нужны калории, - он поставил перед кошкой четырехугольную полиэтиленовую ванночку. Но кошка не среагировала на запах молочного продукта, она нахально тянулась к карману с пузырьком.

- Ах ты, шалунья, - ласково пожурил Борислав, - много нельзя. Валерьяночка только для тонуса, совсем не для пьянства беспробудного.

Он нежно гладил и ласкал полосатую кошку, явно не избалованную теплом человеческих рук. В благодарность вчерашняя бродяжка звонко пела и влажно сверкала одним зрячим глазом.

- Ну, а ты, как поживаешь, Лизаветушка? - обратился Борислав Андреевич к рыжей вальяжной кошке в другом отсеке.

Рыжая лежала на боку, подергивая хвостиком. Три разноцветных комочка шевелились возле пушистого розового живота.

- Замучили сосунки? - мужчина крошил в миску сосиски, - потом сливочек тебе налью. Специально для тебя, кормящей мамочки, взял пожирнее.

Елизавета, словно все поняла. И, одобрительно мурлыкнув, она поднялась на четыре лапы, бесцеремонно сбросив с себя котят, не торопясь, подошла к серым брюкам. Коротко потерлась, будто поблагодарила, и только потом приступила к трапезе.

Котята, потеряв теплое матушкино тело, отчаянно и жалобно запищали, перекатываясь, как надувные шарики, по байковой подстилке.

- М-ра! - фыркнула Елизавета в сторону оставленного лежбища. Малыши затихли. Борислав засмеялся.

- Что ты им сказала? Чтобы не отвлекали от еды? Правильно.

Но Елизавете после обеда захотелось прогуляться, нюхнуть воздух свободы, перемигнуться с соседом, матерым черным котярой. Елизавета, несмотря на внушительные формы, была совсем юной кошечкой. А, как известно, ранние детки - последние игрушки для молодых мам. Поэтому к материнству чаще всего они относятся небрежно.

Кот, с которым хотела поближе познакомиться красавица-соседка, страдал. Доктор до сих пор не снял с его могучей лапы деревянные плашки, фиксирующие сложный тройной перелом.

- Лежишь, Трубочист! Ну, потерпи еще немного, парень! - Борислав Андреевич потрепал за черным остроконечным ухом. - Помнишь, как я тебя с крыши снимал? А ты, бедняга, ничего не соображал от боли и голода. Видишь, - мужчина приблизил к черному замшевому носу руку. - Да, шрамов много. А этот самый внушительный, от твоих зубов. Узнаешь, почерк? До сих пор плохо затягивается.

Кот тихо и виновато мурлыкал и лениво лизал сметану. Словно подчеркивал, что, дескать, главное для него не еда, а дружеское общение.

- Ну, а вы, мои смолянки, что приуныли? - обратился Борислав к трем разномастным кошкам, сидящим по углам просторного отсека.

- Опять поссорились? Вы же благородные девицы, а ведете себя, как простолюдинки.

- Тереза, - он начал расчесывать пушистую белоснежную кошку. - К вам приходил сегодня учитель музыки? Ты ведь любишь петь?

Пестренькая изящная кошечка подбежала к мужской руке.

- Заревновала, Балеринка! Не к тебе первой я подошел? Да, не переживай, глупышка, я за вас всех готов жизнь отдать. И нет времени для меня счастливее, чем быть рядом с вами.

Он взял с полки, укрепленной над входом, игрушечную мышку на веревочке.

- А ну-ка, разомнемся!

Минут двадцать Борислав Андреевич бегал, прыгал вместе с разрезвившимися кошками, при этом он громко и искренне смеялся, уморительно восклицал замысловатые ласковые словечки.

Первой устала Тереза. Она завалилась на бок, открыла розовый ротик и тяжело задышала. Профессор принес ей свеженькой водички и, словно извиняясь, приговаривал:

- Я такой заводной. Увлекся игрой, совсем забыл, что ты, моя милочка, недавно пневмонию перенесла.

Наконец, все четвероногие питомцы были напоены, накормлены, обласканы, и хозяин присел к столу.

- Теперь заполним Журнал дежурств, - произнес вслух, как примерный ученик. Он раскрыл толстую амбарную книгу, на обложке которой круглыми, по-детски старательными буквами было выведено «Кошкин дом. Филиал на Московском проспекте».

На каждого жильца дома была заведена отдельная страница. Под цветной художественной фотографией шло описание внешности. Чувствовалось, что руку приложил, если не поэт, то человек, явно влюбленный.

«Аннушка. Глаза продолговатые, светло-зеленые, как влажные молодые листья березы после весеннего дождика, носик задорный, курносый, цвета чайной розы, зубки похожи на отборный жемчуг.

Характер: задумчива, поэтична, мягка и обаятельна в общении. Пристрастия: музыка, созерцание».

В графе «Осмотр специалиста» значились антропологические данные, состояние здоровья на момент поступления и ежедневные наблюдения. Температура тела, аппетит, стул.

Борислав Андреевич, достав изящную ручку с золотым пером, с видимым удовольствием стал заполнять каждую страницу журнала. От усердия, он высунул кончик языка, как мальчик, рисующий что-то очень занятное и радостное.

Писк радиотелефона разорвал сладостную ауру, облаком висящую над умиротворенным человеком.

- Алло, - он нехотя нажал на кнопку. На лоб набежали морщины, рот капризно искривился.

- Разве вы не поняли, я ее выгнал! Меня не интересует ее, как вы выразились, бедственное положение. Люди все врут. По-настоящему бедствовать могут только несчастные кошечки.

- Почему до сих пор никто не подъехал? - вдруг завопил Борислав. - Как я оставлю моих девочек одних? Все, Алла Сергеевна, даю вам двадцать минут, - швырнул трубку в портфель.

- Мое сердце разорвется когда-нибудь от этих жестоких людей, - прошептал он, почти плача в темный мрачный вечер за окном.

Алла Сергеевна, пышная, высокая блондинка с короткой азартной стрижкой, чубчиком наверх, металась по комнате в длинном атласном халате.

- Боже мой! Всего двадцать минут он мне отвел! Хотя бы поинтересовался, где я нахожусь? Ведь между нами полгорода. Господи, ну зачем, я опять кого-то пожалела? Как уж плакалась эта бурятка! Из-за нее убрала Светлану Павловну. Чокнутая пенсионерка на все сто процентов устраивала директора. И вот, теперь, на ночь глядя, после травяной ванны, куда-то нестись. А, так все хорошо было. Нет ни минуты на переодевание.

Алла Сергеевна, коротко матюгнулась, и надела кожаное пальто поверх халата, зажала под мышкой маленькую сумочку.

- Расплачусь в баках, только жми на педаль шустрее, - закричала сонному таксисту.

- Пожар, что ли где? - лениво отозвался толстый водитель. Спешить он, видимо, не любил.

- Типун тебе на язык, - вытаращила глаза женщина.

Пожар! Она представила охваченное пламенем ветхое деревянное строение, в котором жили кошки. Тогда бы точно пришел конец ее нынешней сытой жизни. От ужаса по всему большому телу пробежали противные мурашки.

Двадцать лет проработала Алла Сергеевна в кафе администратором, и никогда не предполагала, что придут времена, когда она, независимая, решительная и властная женщина, будет так лебезить перед каким-то мужичонкой, назвавшим себя директором. И панический страх потерять работу будет клещами сдавливать сердце, отчего оно будет неспокойно ныть и днем, и ночью.

А работа-то какая? Генеральный менеджер «Кошкиного дома». Звучит, а?! Интересно, под каким номером значилась та палата, где находился создатель этой затеи?

Но, слишком уж хорошо помнит Алла Сергеевна все унизительные процедуры на Бирже труда, куда она наивно отправилась, когда их кафе приобрел черноусый, смуглый толстяк.

- У меня трудиться будут мои люди. Русский человек умеет водку пить и воровать. Такой работник мне не нужен, - произнес новый хозяин с чудовищным акцентом.

Он щелкал пальцами и звонко цокал языком, проходя по всем подсобным помещениям и, глядя брезгливо на обшарпанные общепитовские стены, замызганный пожелтевший кафель над вечно засоренной раковиной.

На горстку притихших женщин-поварих, раздатчиц, официанток он, совершенно искренне не обращал внимания. Зачем они ему нужны?

- А нам, что делать прикажете? - Алла Сергеевна еще не верила, что вот так в одно мгновение можно перечеркнуть все, что наполняло день в течение долгих лет, а самое главное, растоптанное прошлое не могло иметь будущего.

- Ты кто такой будешь? - усатый сдвинул смоляные брови к переносице.

- Администратор! - вскинула подбородок Алла.

Он облизал полные, вишневые губы, медленно осмотрел с головы до ног крупную блондинку.

- Вчера!

- Что вчера? Что вы имеете в виду? - Алла Сергеевна вспыхнула от нахального взгляда, в котором прочитала приговор: « старовата лошадка».

- Пусть документы покажет, - осторожно пискнула буфетчица Ирка, у которой муж работал охранником в юридической фирме.

Не говоря ни слова, новый хозяин достал из кожаной папки несколько бумажек.

- Нет, вы только на даты посмотрите! Уже месяц назад, как нас продали с потрохами. А мы и знать не знали. И теперь, все как будто по закону.

- Какие законы? У нас в стране, после этой непонятной перестройки, - раздатчица, худая желтолицая Ольга, смачно выругалась. - У кого деньги, у того и права, и закон.

Через неделю в кафе начались ремонтные работы. На месте скромной, привычной для глаз таблички «Кафе Юность» засверкало разноцветными звездочками табло «Ресторан Семь чудес».

Раньше о Бирже труда Алла Сергеевна знала понаслышке.

- Вот уж придумали сборище для лентяев, - бывало, возмущалась она, когда кто-нибудь рассказывал о баснословных пособиях для безработных. - Есть голова, есть руки, всегда найдешь работу. Было бы желание...

После недели безрезультатных звонков по знакомым, « что ты, какие нынче вакансии!», пришлось - таки отправиться на пресловутую биржу.

- Все сообщили? - служащая биржи пробежала глазами анкету, которую усердно заполнила Алла Сергеевна, удивляясь про себя многочисленности и бестолковости отдельных вопросов.

- Ну, а теперь ждите. На регистрацию придете через две недели.

- А в эти две недели, чем заниматься? - возмущенно спросила ныне безработная, но еще не утратившая руководящего пыла, женщина.

- Дама, я же вам русским языком сказала - ждать! - поджала губы противная, как старая ворона, баба. И, встретив яркий вызывающий взгляд блондинки, еще ехиднее добавила.

- Подумаешь, общепитовский работник! У нас доктора наук, заслуженные артисты и прочие примечательные люди, как шелковые, на отметку являются. И ничего... Ждут!

За шесть месяцев безработной жизни, когда с каждым днем надежд найти нормальную работу становилось все меньше, Алла Сергеевна очень изменилась.

Где она, жизнерадостная, румяная, отзывчивая на мужские взгляды, блондинка? Да, никто на нее и не смотрел сегодня! Исчезновение мимолетного облака обожания лишь царапнуло сердце. Больно задело другое: отчего-то разорвались многолетние связи.

- Аленка, я весь опутан проблемами и родственниками. Прости, дорогая, тебе ничем не могу сегодня помочь.

- Эх, Фима, Фима! Как долго я к тебе привыкала, принимала таким, какой ты есть. Научилась не видеть глянец лысины, пучки седых волос, торчащих из ушей и носа, а запах, запах изо рта по утрам… А ты теперь, в Израиль, к сладким берегам, не свою Аллочку-выручалочку увозишь, а законную супружницу-каракатицу.

- А ты, Глеб! Помнишь ли благодарные слезы на моем плече? Мальчишечка втюрился во взрослую бабу. Какого мужика из тебя вылепила! Плечи расправил, в голосе властные нотки появились, дома научился хозяином быть. И что? Как скорый поезд помчался дальше. Ваша семейная фирма называется «Дуэт». Ты - директор, жена - бухгалтер. И времени вдруг не осталось на ненужные встречи.

Помнишь, я позвонила тебе, когда совсем окоченела от одиночества и безденежья, коротко выдохнула наш веселый пароль. И услышала в ответ:

- Вы ошиблись номером!

Сколько подобных монологов сквозь горькие слезы прошептала женщина.

Пустота, образовавшаяся внезапно вокруг всегда общительной, компанейской Аллы оставляла горькие отметины на лице. Потускнели глаза, опустились уголки рта, заметнее стали морщины.

Как-то сосед, Витька-забулдыга, который раньше подобострастно величал Аллу «королевной», встретив ее во дворе, нахально распахнул объятия:

- Может, скинемся и выпьем с горя?

- Пошел ты, - отвернулась Алла от щербатой физиономии.

А дома разревелась в подушку, вспоминая ликующий взгляд алкаша. Ну, что отыбражалась? Безденежье оно всех на одну ступень ставит.

- Мы, сорокалетние, оказались никому не нужными, - всякий раз причитала в телефонную трубку бывшая сослуживица по «Юности», повариха Валька. - Я объявления о вакансиях читаю и тихо матерюсь. Нет, ты только послушай.

- Для работы на кухне ресторана приглашаются симпатичные девушки до двадцати пяти лет, со знанием иностранного языка, ПК, высшим образованием.

- А, что твой Серега, тоже еще ничего не нашел? - вяло перебивала Алла повариху.

- Он же токарь! - Валька произносила «токарь» так значительно, словно речь шла о полярнике на африканском континенте.

- На что живете?

- Халтурим на отцовском «Москвиче» по очереди. По этому поводу тебе и звоню. После того пьяного придурка теперь я побаиваюсь одна ездить. Помнишь, рассказывала? По башке мне мужик въехал, хотел деньги забрать. Кулачище-то у него, что гиря! Спасла меня шапка. Она ведь у меня настоящая, на двойном ватине, не «обманка» какая. От удара искры из глаз полетели, но осталась-то я в сознании. Уж, гаду показала, где у рака глазки. А все равно боюсь.

- Пусть Серега ездит.

- Он же устает, нельзя так мужиков напрягать.

- Благородная ты, - позавидовала Алла теплой нежности, наполнявшей Валькин голос, когда та говорила о муже.

- Да, при чем тут это, - бесхитростно добавила Валька, - должны же пацаны дома отца видеть. Давай, халтурить на пару.

- Как это?

Будем по ночам вместе колесить. Тридцать процентов твои. Понимаешь, напополам никак, - словно засовестилась Валька, не умеющая быть хапугой. - Все-таки я за рулем, да и техника наша.

- О чем разговор. Давай попробуем, - неожиданно быстро согласилась Алла.

Видимо, хотелось внести, если не острые ощущения, то хотя бы разнообразие в постылые будни. Да, и денег катастрофически не хватало.

Белый «Москвичок» чихал, кашлял надрывно, как старый дед, но все же слушался хозяйку, колеся по раздолбанным дорогам, где подбирал неприхотливых пассажиров.

Помотавшись с боевой подругой неделю, Алла решила отказаться. Уж очень утомительно, ночи напролет трястись по ухабам в почти неисправном автомобиле. Да и в последнее время пробеги все чаще были холостыми. У богатых свои машины, а бедные предпочитают одиннадцатый маршрут.

И вдруг Валька восторженно прошептала.

- Какой шикарный улов!

Она лихо притормозила возле элегантного мужчины в длинном белоснежном плаще. Он назвал адрес.

- Далековато будет! - присвистнула Валька, что означало: такса за подобный маршрут достаточно высока.

Мужчина, не слушая ее, бесцеремонно располагался на переднем сидении. И сразу стало ясно, что за ценой он не постоит.

Алла, уставшая и злая, сидела сзади, втягивая ноздрями замечательный запах хорошего одеколона, окружающий силуэт мужчины.

И вдруг замяукала кошка. Противно и надоедливо.

- Откуда в машине животное? - Алла встрепенулась, удивленно заглядывая под сидения.

Мужчина расстегнул плащ. На его груди был надет матерчатый карман-кенгуру, в таких современные мамаши носят малышей. А у этого элегантного пассажира из этой нагрудной сумки торчала усатая голова совершенно задрипанной кошки. У нее гноились глаза, из носа вытекала темная густая струйка.

- Ну и красотка! - ужаснулась вслух Алла Сергеевна. Пассажир не уловил брезгливой иронии в женском голосе.

- Действительно, красавица, - с удовольствием откликнулся мужчина. - А неприступная, какая!

Полчаса ухаживал за ней возле контейнеров с отходами.

- На помойке найдена прекрасным принцем. Золушка, да и только, - ехидно заметила Алла.

Он опять не уловил ее презрительного тона. В ответ искренне обрадовался.

- Золушка! Как замечательно! Я ее так и назову. Бедненькая ты моя, Золушка, - ласково погладил грязную ушастую голову.

- Простите, мадам, - он обернулся к Алле. - По вашему голосу я понял, что вы очень тонко чувствуете сердца несчастных кошек, вы должны работать у меня.

- Чувствует, чувствует сердца! И не только кошек, - многозначительно вмешалась Валентина, чувствуя, что какая-то ниточка протянулась от чудаковатого мужчины к страдающей от одиночества подруге.

Но он не услышал игривой реплики.

- Работа у меня восхитительная, - продолжал мужчина вдохновенно.

- Кем же вы меня приглашаете? - Алла Сергеевна замерла. Как давно она не слышала предложений о работе.

- Администратором в Кошкин дом, - произнес пассажир гордо, словно приглашал ее в министерство иностранных дел.

- Интересное предложение, - глупо хихикнула Валька, - а какая зарплата?

- Поначалу, пятьсот долларов, - произнес он солидно.

- Что? - не поверила своим ушам Алла. От цифры, которая получилась после переведения валюты в родные рубли, засосало под ложечкой.

- Я, я согласна!

Машина дернулась. Это Валька выкрикнула согласие, одновременно нажав на педаль тормоза.

Пассажир надменно окинул взглядом горбоносую, тощую, в подростковой куртке шоферишю.

- А вам, мадам, я ничего не предлагал.

В тот вечер впервые Алла Сергеевна перешагнула порог дощатого строения, под крышей которого мяукали разномастные кошки.

Выяснилось, что в городе три подобных сарая, или, как называл их директор, Борислав Андреевич, филиалы, куда он стаскивал со всех окрестностей четвероногих бомжей.

Алла Сергеевна, как генеральный менеджер Кошкиного дома, должна была контролировать работу дежурных сиделок, приглашать ветеринара, составлять меню и делать еще какие-то глупости, которые ей, здравомыслящей и умудренной женщине, казались детскими забавами или прихотями сумасшедшего. Но зарплата, да еще выплачиваемая еженедельно в инвалюте, укрощала самые строптивые мысли. И не только примиряла с действительностью, но раскрашивала будни радужными красками.

И вот сейчас, ее только-только наладившаяся жизнь, с бассейном, солярием, французскими духами, да, что там просто со свежим хлебом, густо намазанным маслом, еще помнились дни, когда в доме имелась одна овсянка, висела на волоске.

Взбудораженный, капризный голос директора, через каждые десять минут врывающийся в радиоэфир: « Я не могу больше ждать, ваше время истекает!», будто выдергивал из рук тонкую ниточку, на которой беспомощно дрожал воздушный шарик сегодняшнего дня.

- Ах, как сердце ноет, - Алла Сергеевна приложила ладонь к груди, когда, наконец, машина свернула с Московского проспекта в сторону Кошкиного дома.

Директор энергично мерил шагами пространство вокруг дощатого сарая. Швырнул ключи подбежавшей женщине.

- Будете ночевать здесь, а завтра разберемся, - выкрикнул в бледное лицо.

У Аллы Сергеевны ослабли ноги, все тело взмокло, а голову, словно сдавили тяжелые тиски.

- Подождите, Борислав Андреевич, - умоляющим шепотом произнесла женщина.

Но директор уже ничего не слышал. Его спина мелькала далеко, в сумеречном тумане пустыря.

- Мне нужен самолет, мне нужен самолет, - твердил Борислав Андреевич в такт скорым шагам и отчаянно махал руками проезжающим автомобилям.

- Наконец-то, - засмеялся он, поворачивая ключ в замке.

- Сладкая моя, любовь неземная, я вернулся. Прости, что так долго длилась разлука, - закричал с порога.

- Ты где? Обиделась? - включив свет, мужчина обшарил все уголки. Встал на колени перед кошачьей миской.

- Пусто. Значит, ты покушала, а потом... - Борислав Андреевич поднял глаза наверх. - Форточка! О боже! Какой вольный ветер позвал тебя? Зачем, зачем ты ушла? - зарыдал он громко. Сквозь рыдания прорывались стоны, бессвязные бормотания.

- Болю, болю, - шептали бескровные губы.

...Вот так же безутешно плакал нежный мальчик Борюнчик много лет назад. «Болю, болю», - кукожилось капризное личико сквозь слезы. И никто не мог понять, твердит ли малыш картаво свое имя - Борюнчик-Болюнчик. Или жалуется на боль, разрывающую изнутри крохотное существо, которому не вынести всей печали земной жизни.

- Он у меня, как трепетный цветочек, - ласково говорила Зоюшка, седенькая, хрупкая, с осанкой балерины няня.

- А где мама, где папа? - любопытствовал, подрастая Борюнчик, обнаружив, что у всех соседских ребятишек есть родители.

- Повзрослеешь немного и обо всем узнаешь, - в синих глазах Зоюшки гасли сверкающие звездочки. - А разве тебе плохо со мной? - грустно спрашивала.

- Хорошо-о, - малыш прижимался к женским рукам. Гладил пальчиками синеватые жилки, вздрагивающие, как неспокойные ручейки, под белой тонкой кожицей, что-то бормотал и вдруг опять заходился в плаче. «Болю-болю».

- Ну, погорюй, погорюй. Громко, широко. Душу облегчить от страданий слезами не каждый умеет. Это дар небесный.

Зоя никогда не ругалась, не кричала, почти все время напевала. Очень любила украшать все, что окружало ее и мальчика жизнь. Ажурные снежинки салфеток на полках. Миниатюрные душистые букетики на подоконниках. Вышитые васильки на кружевных блузках.

Она и пацаненка наряжала, как куклу. Панталончики со штрипками, расшитые тесьмой жилеты, рубашки с накрахмаленным воротом.

- Мы с тобой счастливые, богом отмеченные, - шептала в розовое детское ушко. - Запомни, тебя ждет необычная жизнь.

Было в доме еще одно существо, которое обожала Зоя.

Маркиз, так звали кота невероятных размеров и очень странного окраса. Все мощное тело Маркиза от кончика пушистого хвоста, до треугольных, высоких ушей было угольно-черным. А широкая плоская морда - абсолютно белая. Дополняли портрет роскошные кусты черных усов под темной замшевой пуговицей носа и такие же густые пучки бровей над глазами цвета ночного моря - зелень в черноту.

- Мы с Маркизом долгую совместную жизнь прожили, ни разу не обидев друг друга. Наши отношения с каждым днем становятся все проникновеннее, - Зоюшка счастливо улыбалась. - Вон он спешит, мой добытчик! - восклицала с немеркнувшей от времени искренностью.

Словно не кот каждый вечер притаскивал к кожаным узеньким тапочкам пойманную мышь, а волшебник бросал к ногам принцессы все дары мира.

К Борюнчику Маркиз относился снисходительно. Если Зоя просила, кот с ленцой играл с мальчишкой. Гонял тяжелой лапой пестрый мячик, делая вид, что бегает с семенящими ножками наперегонки. Иногда позволял любопытным ладошкам пошуровать по лохматой спине.

Когда малыш хворал, Маркиз укладывался рядом, словно понимал, что горячая волна его энергии обогреет лучше и полезнее всяческих компрессов.

В деревне Зою Феофановну называли «чудаковатой барыней».

Ну, кто из баб вздумает засадить все огородные грядки цветами? Или в самое пахотное время - распахнуть окна в сад с цветущей сиренью и музицировать часами.

Чудаковатая нарисовалась в здешних краях несколько лет назад.

Ранней весной, когда земля только-только обнажилась и задышала глубоко, как истосковавшаяся женщина, на главную сельскую улицу въехала серебристая машина.

- Вот это да! - мальчишки в телогрейках, резиновых сапогах, высыпали из своих дворов и побежали за мощными, глубоко и причудливо рефленными колесами.

Сверкающая незнакомка притормозила возле заброшенного дома на околице. Мальчишки остановились серой притихшей стайкой.

В деревне боялись этого места. А о доме, прячущимся за высокими деревьями ходила недобрая молва. Старожилы утверждали, что под остроконечной крышей проживала колдунья Варвара. Травами, наговорами, обжигающими взглядами черноглазая старуха вмешивалась в судьбы людские.

Куда она сгинула, никто не знал. Вот уже много лет дом пустовал. Но, если вдруг обрушивался ледяной ливень на младенчески-беззащитные весенние посадки или вдруг жадный пожар сжирал осенью скирды, кто-нибудь в сердцах восклицал:

- Опять Варвара затевает недобрые шутки. Когда уж успокоится, бестия?!

Даже мужики, драчливые и шебутные, сторонились колдовской околицы.

А дом, крепкий, сложенный из отборных бревен, как могучий богатырь, грозно скрипел под ветрами, мрачно глазел темными окнами на лес и деревню и, словно ждал хозяина.

И дождался! Из машины вышел высокий, чуть сутулый худой мужчина. Он театрально снял шляпу, изображая жест приветствия, склонил абсолютно лысую голову и что-то прошептал.

Затем открыл громко заскрипевшую тяжелую калитку и, не обращая внимания на хлюпающую жирной грязью тропинку, направился к высокому крыльцу с резными перильцами. За ним семенила дама в розовой шляпке и в черной бархатной шубке. В руке, обтянутой перчаткой лимонного цвета, дама несла большую плетеную корзину, из которой торчала ушастая голова.

- Какая красота, Дюша! Какая прелесть! - звонко восклицала дама, стараясь не отставать от размашистых и энергичных шагов мужчины.

Странная парочка пробыла в доме недолго. По крайней мере, мальчишкам еще не наскучило месить грязь вокруг машины. Любопытствовали они издалека, близко подойти не решились.

Застенчивая деликатность присуща провинциалам, жаль, что город моментально сжигает это нежное свойство души.

Спустя примерно неделю лысый привез в дом двух молчаливых мужиков. Работали они практически, не отдыхая. Меняли оконные рамы, перестилали полы, латали крышу.

Вездесущая Любка-почтальонша разнесла по деревне, что объявился не то сын, не то внучатый племянник сгинувшей Варвары, Андрей Воронков-Шеромыжник, известный театральный режиссер и актер. И к осени он привезет на улицу Луговую дом один, свою семью.

В сентябре, когда небо забеспокоилось прощальными криками птиц, а лес золотым сиянием соперничал с куполами местной церквушки, и заселилась в свежевыкрашенных хоромах чудаковатая барыня.

В первый день приезда она совершила променад по деревенской улице. Ласково здоровалась, протягивая узкую, детски-беззащитную руку, представлялась:

- Зоя Феофановна, а лучше Зоюшка. Буду очень рада увидеть вас у себя в гостях.

- Спасибочки, - перемигивались местные бабы.

Дюже любопытно было им заглянуть на огонек к чудаковатой барыне. Уж, слишком красиво рассказывала почтальонша.

- А мебель, как в замке старинном, резная, красного дерево. На пианино - золоченые подсвечники. Ну, а ванная! Я, как глянула, глаза зажмурила: все сияет, серебрится.

Посмотреть-то хотелось, как живут богатые люди. Но маячила перед глазами тень колдуньи. И сельчане, отводя взгляд, бормотали:

- Вот управимся с делами, обязательно зайдем!

А дела, как известно, в деревне не кончаются.

Никто и не заметил, в какой приезд лысый артист вместе с многочисленными коробками, пакетами внес в дом кружевной сверток с младенцем.

- Сама лично видела, - Любка докладывала в соседних домах. - Бутузик такой розовый. Но глаза на мокром месте. Муха ли пролетит - плачет, грустную ноту услышит - опять в рев. Хлопот-то с ним будет немало.

Вполуха слушали деревенские жители россказни почтальонши. Своих дел не перечесть, да и эка невидаль - малец. Не чертенок же. Вон сколько ребятни во всех дворах копошится. До них ли? И как бы затух интерес к дому на околице.

Незаметно Борюнчик подрос. И Зоя Феофановна возобновила свои променады по деревенским улицам.

Картина была презабавнейшая. Вдоль дороги, где в пыли зарылись куры, а бычок топтал обманчиво-яркие и горькие одуванцы, выплывала павой барыня в шляпке и под кружевным зонтиком. Рядом семенил пацаненок, у него локоны до плеч, под отложным воротничком шелковый бант. А следом за детскими ботиночками, подняв хвост кочергой и грозно распушив усы, вышагивал мордастый котяра.

- И в кино ходить не надо! - прыскает в кулак белобрысая Нюрка, и тут же прячется за широкий материнский подол.

Зоя останавливается у соседних калиток, расспрашивает хозяев о здоровье, о видах на урожай. Угощает озорных ребятишек сластями.

Мальчишка с котом не принимают в беседах никакого участия, они, словно отсутствуют на земле в этот момент. Так холодны и непроницаемы их глаза.

Ближе всех к дому чудаковатой Феофановны жили Файрулины. Говорливая, смуглолицая Роза, ее муж Руслан и три востроглазые, темнокосые дочери.

Руслан, мечтающий о сыне, подвыпив, выговаривал соседке.

- Ты, Зоя Феофановна, из парня девку не делай. Зачем рядишь его в бабьи тряпки, патлы не стрижешь. Ему мужиком жить...

- Вы, Руслан, добрейшей души человек и грамотный в жизненных вопросах, а, видимо, не понимаете, что бог людей создает, а не мы с вами. Родился Борюнчик таким нежным созданием, и ничего уже не изменит ни один воспитатель.

- Вот это ваша ошибка, - не соглашался Руслан. - Меня батя ремнем воспитывал, и я своих девок вот, где держу, - он махал смуглым кулачишком.

- Ишь расхорохорился, - сердится Роза. - Хватит балаболить-то, скотина не кормлена, двор не подметен, а он туда же, в философию ударился!

По воскресеньям младшая из дочерей Файрулиных, молчаливая Зайтуна, повадилась ходить к Зоюшке в гости.

- Тетя, сыграй, очень прошу! - страстным шепотом умоляла хозяйку.

Завороженной птичкой сидела на маленькой табуретке рядом с пианино, открыв рот и не сводя глаз с порхающих над клавишами пальцев.

Борюнчик с Маркизом не одобряли вторжения чужестранки в свои владения. Они демонстративно покидали музыкальную комнату. Кот шастал где-то на чердаке, а Борюнчик, забившись в темный угол, тосковал. Страдал и упивался горькой песней сердца.

Недавно Роза, угощая Борюнчика пирогом, который почему-то назывался «калиткой», тяжело вздохнула:

- Кушай, кушай, сиротинушка! Что тебя ждет впереди? Мать умерла, за ней отец. А, что Зоя-то? Долог ли ее век?

Глаза Борюнчика наполнились слезами.

- Ой, ой, что это я раскудахталась, - закричала женщина, прикрывая рот руками, будто старалась назад затолкать вылетевшие слова.

Мальчишка толком ничего не понял. Но бабья жалость добавила горечи в его страдальческую душу.

Из того времени взрослый Борюнчик помнил какие-то маленькие детали. Вышитые синие васильки на воротничке, запах белой сирени, вкус хрустящих сахарных крендельков. Все затмил последний день, проведенный рядом с Зоей и Маркизом.

В тот августовский вечер ветер нагнал с севера тяжелые, мрачные тучи. Небеса загрохотали, засверкали, и безудержный ливень обрушился на деревню.

- Господи, как тревожно, - Зоя часто крестилась.

Борюнчик испуганно жался к теплому боку и вздыхал.

Вдруг женщина встрепенулась.

- Зовет меня, зовет, любимый! Пойду за ним. А ты спрячься под одеяло, - она заботливо расправила уголки пододеяльника с ажурными узорами, коснулась мягкими губами мальчишеской щеки.

- Я скоро, не грусти…

Из приоткрытой двери тянуло влажной стылостью. На какое-то мгновение мальчишка даже окунулся в сон. Проснулся от громкого голоса соседки Розы.

- Она закричала, как птица подбитая. Я и выглянула в окно. Смотрю, Зоя Феофановна, на крыльце стоит, словно зовет кого. А потом вдруг вытянулась, как тростина, даже выше ростом стала, вся затрепетала и рухнула. А еще прежде молния, будто от нее в небо пошла. Жуть! Я своему говорю: «Беги, Руслан. Похоже, соседку шарахнуло». Русик мой на ногу скорый. Как пушинку, перенес Зоюшку в дом, а сам за доктором помчался.

Борюнчик выглянул из-под одеяла. Возле дивана, на котором лежала бледная Зоя, суетилась соседка Роза и еще одна тетка.

- Что-то долго их нет! - причитала Роза. - Я от беспокойства места себе не нахожу. Как бы еще чего не случилось!

Женщины вышли на крыльцо.

Борюнчик, выбрался из постели и на цыпочках подошел к дивану.

- Зоюшка, - ласково позвал. - У тебя от грома голова заболела? - осторожно провел маленьким пальцем по мокрым бровям, - сейчас доктор придет. Открой глазки, - попросил жалобно. - Ну, хоть на секундочку...

На диван запрыгнул кот. Он встал в ногах у неподвижно лежащей хозяйки и истошно замяукал.

- Не шуми, Маркиз, - рассудительно обратился к животному мальчишка, - Зоя ведь тебя пошла искать. Упала, наверное, на скользких ступенях...

Кот затих, сел и уставился немигающим взглядом горящих глаз-фонарей в женское лицо.

Как только на крыльце послышались шаги и голоса, Борюнчик с Маркизом юркнули на кровать под одеяло.

Зою Феофановну увезли. В суматохе про мальчишку забыли. Так он и просидел всю ночь в обнимку с Маркизом, дрожа от страха и обливаясь слезами.

Утром в дверь поскреблась младшая Файрулина.

- Пойдем к нам, - она крепкой ладошкой взяла за руку Борюнчика. - Поживешь пока у нас. Потом за тобой приедут...

- А, где Зоюшка? - он нахмурил бровки.

- Ее бог к себе прибрал, - рассудительная девочка набросила темный шарфик на зеркало, - так надо, - добавила печально.

Борюнчик словно оцепенел. Даже слезы, которые раньше горячими угольками жгли сердце, вдруг обратились в льдинки. Их холодное дыхание пронизывало все клеточки тела.

В день похорон Роза шепнула мужу:

- Может, и не нужно брать мальчишку на кладбище? Дюже он слабый, да плаксивый. Выдержит ли печальное зрелище?

- Горести, они дух укрепляют, - важно отозвался Руслан.

- Пойдем, мужик, попрощаешься со своей родственницей-то, - подтолкнул к двери ничего не понимающего Борюнчика.

Над кладбищем летали большие вороны, разрывая низкое осеннее небо своими пронзительными криками. Пахло сырой землей.

Зоя лежала в гробу совсем иная, чем была при жизни.

Борюнчик, встав на цыпочки, с удивлением всматривался в незнакомое лицо. Он еще не мог осознать, что никогда больше не увидит ни той ласковой певуньи, ни этой, застывшей и красивой, как манекен, в черных кружевах.

Вдруг, когда громко заголосили бабы, и мужик взял крышку гроба, откуда-то из-под ног выпрыгнул кот Маркиз.

- Пошел вон! - замахнулся мужик.

Кот презрительно прищурился, отвернулся и улегся на руки, сложенные на груди умершей женщины. Маркиз звонко замурлыкал, пристально глядя в лицо той, кого он так любил.

- Прощается, - всхлипнула Роза, - они ведь вместе лет двадцать прожили. Уж, как покойная его уважала.

Мужик выкурил папиросу и, схватив кота за шкирку, выбросил вон. Но, как только он наклонился за крышкой гроба, кот черной молнией метнулся на прежнее место. Так повторялось несколько раз.

В толпе кто-то даже съязвил:

- Маркизу дела нет, что Матвеич выпить хочет на поминках. Душа горит...

- Ах ты, стервец! - Матвеич разозлился не на шутку и со всего размаха долбанул кота по ушастой голове молотком.

Кот не замяукал, а закричал, как испуганный человек. Он поднялся на задние лапы и инстинктивно хотел выпрыгнуть, чтобы уползти умирать по всем кошачьим законам подальше от людей. Но какая-то другая сила удержала его возле любимых рук.

- Маркиз, - затрясся Борюнчик, поймав бесконечно-грустный и отрешенно-угасающий взгляд зеленых глаз, из которых выкатились две крупные слезы.

Кот тяжело рухнул рядом с хозяйкой.

- Теперь порядок, можно заколачивать, - мужик приноравливал крышку гроба, стараясь не подходить к тому краю, где лежал упрямый черный дьявол.

- Может, не хорошо-то с животиной хоронить, - прошамкала древняя, сгорбленная Никитична.

- А какая разница! Вместе жили, вместе и на тот свет полетят, - мужик говорил виновато, словно оправдывался сам перед собой.

Он ловко забивал гвозди.

Борюнчик не шевелился, ему казалось, что эти острые гвозди впиваются в его маленькое тело. И боль становилась такой невыносимой.

Мальчик упал и забился в судорогах.

- Болю, болю, болю, - повторяли посиневшие губы на бледном сморщенном, как у старичка, лице.

Chapter 23

ПИСЬМА ИЗ ШКАТУЛКИ

Франсуаза открыла глаза, не сразу понимая, где она находится. В полумраке незнакомой комнаты выступали предметы старинной мебели. На массивном письменном столе мягко светилась под зеленым абажуром лампа, рядом на кресле лежала ажурная белая шаль.

- Я ведь в гостях у Лидии. Где же хозяйка? Сколько времени я проспала? - мысли цеплялись одна за другую. Всплыл в памяти утренний поезд, неприятная встреча на перроне, веселый гасконец из генеалогического бюро.

- Как ты себя чувствуешь, дорогая? - Лидия вошла в комнату с подносом. - Кофеек тебя взбодрит.

- Я так внезапно заснула, - Франсуаза застенчиво улыбнулась, - годы, годы, - она вздохнула, вспомнив свои грустные вчерашние мысли об одиночестве. - Лида, - сказала она тихо, - я должна успеть, все тебе рассказать.

Ах, да, горела, трещала постройка в ночном саду. Себастьян, старый садовник, вытащил бездыханного Винсента через окно. Несколько месяцев парень провел в больнице. Вернувшись домой, юный художник заявил отцу, что не желает жить на пепелище.

- Меня зовет, манит, притягивает Париж! Все великие люди рождались в провинции, а умирали в Париже.

Отец пристально посмотрел на сына.

- Может, действительно, Патрисия была права, когда уверяла всех о необыкновенном таланте мальчика. Имеет ли он право задерживать сына возле себя? Что, может быть страшнее несвободы?

- Ты волен распоряжаться своей жизнью, - Андре коротко кивнул в знак согласия. - Но, - он хотел добавить, что неплохо бы навестить могилу матери. Да осекся. Никого нельзя принуждать к любви и верности. Память об ушедших - это та же любовь, только более глубокая и мощная, это настоящий океан чувств.

Два года от Винсента не было ни строчки. А в разгар южного щедрого лета блудный сын нарисовался на пороге отчего дома. Да, не один. Рядом с худым, рыжим Винсентом семенила темнокожая женщина.

- Знакомьтесь, моя гражданская жена. Я полюбил ее за то, что у нее одно имя с мамой - Патрисия. Пат - моя вдохновенная муза!

Шоколадная женщина-натурщица, беременная, «аж, до самого носа», как метко выразилась нянюшка, равнодушно приняла свою новую родню. Целый месяц она сидела у раскрытого окна, перебирая четки и что-то бормоча.

Винсент же через несколько дней заскучал в Ницце. Поцеловав свою маленькую жену в обе упругие щеки, он укатил в столицу.

- Пат, не беспокойся! Мой отец позаботится обо всем.

С той минуты, как его силуэт растаял на дороге, женщина замкнулась и не желала ни с кем разговаривать. И Андре, и нянюшка пытались чем-нибудь удивить, разморозить, словно окаменевшую негритянку. Она же на все их ухаживания хмурилась, отворачивалась и выкликала что-то короткое и сердитое.

В ночь на первое августа нянюшка разбудила хозяина.

- Пойдем скорее, по-моему, наша несмеяна рожает! Я слышала стоны в ее комнате.

- Наконец-то, - Андре решительно поднялся. - Разрешение на присутствие доктора не требуется. Быстро, халат, перчатки. Воды горячей побольше.

Пат, завидев людей, пришедших к ней на помощь, заскрипела зубами. Ее бы воля - остановила бы схватки. Но злобным упрямством природу не обманешь. Разрешилась она скоро.

- Девочка, - констатировал Андре, приняв младенца. - А скромница какая, не желает ночью голоса подавать, кряхтит только. Но легкие прочистить нужно, - он шлепнул малышку по красной попке, радостно отметив про себя, что новорожденная крепко хватает его за пальцы. Складочки на ножках у нее симметричны, значит здоровехонька. Кожа чуть темновата на личике. Но это похоже больше на детскую желтушку, чем на мамин африканский пигмент.

- Поздравляем, Патрисия! - нянюшка ласково проворковала, укрывая темнокожую женщину чистой сухой простынкой.

Пат не отреагировала и отвернулась к стене.

Рано утром нянька, выпучив глаза и надув губы, примчалась в комнату Андре.

- Она, она отказывается кормить девочку. А малышка захлебывается в плаче. Подумать только, какая непутевая мамаша! Она отталкивает дочь и твердит сквозь зубы: «Нет, нет!». В глазах старой женщины стояли слезы. - Что же делать?

Опытный доктор знавал случаи, когда женщины после родов отказываются кормить дитя. Волю этих мамаш-кукушек сломить трудно. Но всякий раз он пытался уговаривать нерадивых женщин. А тут вдруг резко заявил:

- Не хочет и не надо! Выкарабкаемся.

Так Франсуаза Дюваль начала свое пребывание на земле.

Через три дня шоколадная мамаша исчезла. Вместе с ней пропали золотые часики и изумрудная брошь в виде изящной ящерки. Нянюшка громко и брезгливо бранилась, а Андре ее успокаивал.

- Ну, чего вы кипятитесь! Девчонке нужны были средства на дорогу. До родных пенатов путь неблизкий. Попросить у нас постеснялась. Счастье-то какое, что малышку не прихватила. Главное сокровище нам оставила!

- Еще бы, - не унималась Лулу, - как бы она в своем племени предъявила светлокожего ребенка. Ее бы могли и казнить за распутство.

Андре уже не слушал женского ворчания, он склонился над детской колыбелью. Он любовался новорожденной, еще сам не зная, как сильно полюбит и привяжется всем сердцем к этому маленькому, брошенному существу.

Франсуаза росла спокойной, тихой девочкой. Она с раннего младенчества умела занимать себя. Проснется и лежит, рассматривая трепещущие на ветру листья, очертания соцветий.

- Ах ты, маленькая молчунья! - улыбался дед. - Я в полной уверенности, что ты крепко спишь, а ты уже давно глазенки на свет белый таращишь!

Он научил ее плавать, когда девочка еще некрепко держалась на ножках. Когда Франсуазе исполнилось три года, он растолковал ей буквы, как латинского, так и русского алфавитов. Прижимая к себе нежное тельце, он вдыхал свежий детский аромат и шептал:

- Еще немного подрастешь, поедем в Петербург.

В тот год ему исполнилось восемьдесят лет. Был он поджар, костист, легко двигался. Рождение внучки, словно добавило сил и огня в его душу. Серые глаза вспыхнули лазурными костерками, даже морщины озабоченности разгладились на высоком выпуклом лбу.

Франсуаза обожала вспоминать время, проведенное с дедом. И, что удивительно, чем старше она становилась, тем явственнее в памяти проступали те далекие картинки. Будто ветер жизни сначала засыпал их песком, волны повседневных дел погрузили их на самое дно, и вдруг наступила пора отлива. Обнажилось все в деталях, подробностях. Всплыли прежние запахи, краски, голоса.

…Пятница. Дед высокий, красивый. На нем свежо и ладно выглядит светлый полотняный костюм.

- Фрэнси! Посмотри, какое славное платьице я купил для тебя.

Шуршит бумажный пакет, и перед глазами девочки появляется воздушное кружевное облако цвета нежного персика.

- Это еще не все! - деду нравится восхищение в детских глазах. - Сегодня, ты, как настоящая барышня, наденешь шляпку. А, если вдруг ветер случится, мы завяжем ленты.

О! Какой восторг нарядиться, покрутиться перед зеркалом, не узнавая себя. Конечно, нужно спешить, чтобы все на улице увидели эту бесподобную, неописуемую красоту.

- Идем! - нарядная сияющая девочка вкладывает теплую ладошку в чуть шершавую, сухую руку деда, и они отправляются гулять.

Знакомые улыбаются.

- Далеко ли собрались?

- У нас дела! - важно вздергивает носик Франсуаза. Ей нравится, что с дедом почтительно здороваются цветочницы и почтальон, а смуглый парень из кафе, глядя прямо ей в глаза, произносит.

- Вы чудо, как хороши сегодня, мадмуазель.

- Может быть, когда вырасту и замуж за него выйду, - размышляет маленькая кокетка, жеманно улыбаясь на комплимент.

Дед нанимает экипаж, и они направляются в северную часть города. У ворот кладбища толстый служащий снимает шляпу, обнажая лысую бугристую голову.

- Доброе утро, месье Дюваль. Как поживаете?

Дед любезно отвечает толстяку и непременно угощает.

- Вот наш повар для вас приготовил. Здесь замечательный паштет, пирог с яблоками, что-то еще очень вкусное.

- О! - толстяк облизывает пухлые губы. - Передавайте, вашему искуснейшему Патрику, что он самый лучший кулинар на свете, - он берет корзинку с провизией осторожно, словно в ней живое существо. - Жаль, не с кем трапезу разделить, - на выцветшие голубые глаза мужчины наворачиваются слезы.

Франсуаза жалеет толстяка, она уже знает, что месье похоронил на этом кладбище жену и двух детей, умерших от какой-то страшной болезни. И, чтобы не расставаться с близкими, продал свой дом, и перебрался сюда. Он следит за могилками, подметает дорожки, высаживает цветы. В неказистом, наспех сколоченном сарайчике служащий хранит инвентарь, здесь же спит на топчане, и обедает, держа тарелку на коленях.

Сколько раз Франсуаза с Андре ходили по тропинке, ведущей в самый дальний уголок кладбища? Здесь в тени раскидистого платана стоит удобная скамейка с ажурной спинкой. Можно долго сидеть и разговаривать с теми, кого нет среди живых. Именно здесь девочка впервые услышала про Юбера, Антуанетту, про Патрисию.

- Я тебя очень прошу, - тихо говорит дед, - когда ты будешь взрослая, приходи сюда по пятницам. На моей могиле, - он кашляет, - посади Анютины глазки. Очень мне нравятся эти милые цветы.

Франсуазе не по душе такой разговор. В детстве всем кажется, что наши близкие будут жить вечно.

Вечер девочка и старик, как обычно, проводят в ресторане. Дед заказывает большое блюдо, наполненное дарами моря. Потом они пьют чай с самыми роскошными пирожными, какие только есть в меню.

Франсуаза обожает вспоминать то безмятежное время. Никогда потом, она не будет чувствовать себя такой счастливой и защищенной от всех невзгод, как в те мгновения рядом с дедом.

Бывало, иногда врывался в их спокойную жизнь рыжий, лохматый человек. И нянюшка Лулу, и дед много раз повторяли девочке, что это ее отец. Она не верила. Ей с этим человеком всегда было страшно и неуютно. Обычно покладистая и сговорчивая, на не соглашалась оставаться с ним наедине. Только под защитой нянюшки или деда.

Рыжий человек всегда громко кричал и скандалил.

- Дорогой папа! - Винсент ходил из угла в угол, - завтра я отбываю в круиз по Европе, и перед отъездом хотел бы завершить одно важное дело.

Андре сидел, откинувшись на спинку плетеного кресла.

- Я внимательно слушаю тебя, сын мой!

Винсент помолчал, с неудовольствием посмотрел в сторону нянюшки, которая вместе с Франсуазой разматывала разноцветные шерстяные нитки. Всю жизнь Лулу вязала полосатые теплые чулки, которые, как она считала, сохраняют азарт в ногах.

- Я вот и старая, и толстая, а хожу ловко. Еще моя бабушка говорила: «Шерстяная нитка все хвори вытягивает».

Ее теорию не отрицал и доктор Андре. Но, когда жива была Патрисия, она не разрешала ему носить чулки, связанные негритянкой. Зато теперь он не снимал их, ни днем, ни ночью.

Винсент отвернулся от мелькающих спиц.

- Так вот, отец, ты, по-моему, забыл, что перешагнул на девятый десяток.

- Спасибо, дорогой, - усмехнулся Андре, - ты напомнил мне о том, о чем я сам забыл.

- Но, - Винсент опять сделал паузу, - старый человек обязан помнить о тех, кто остается после него, - молодой художник вскинул вверх подбородок, поймав свое отражение в большом настенном зеркале.

В этот момент нянюшка насупилась и пробурчала что-то сердитое. Фрэнси посмотрела на деда. Ее сердечко вздрогнуло: отчего он такой сейчас грустный и бледный.

Девочка уже было вскочила, чтобы подбежать и успокоить любимого человека, но нянюшка крепко схватила детскую руку и страшно выпучила глаза, что обозначало: ни в коем случае.

- Папа! Нужно подумать о завещании.

- Ты прекрасно знаешь, что я не менял старого завещания, по которому денежные средства, а также движимое и недвижимое имущество будут разделены между несколькими людьми, среди которых обозначен и ты. К сожалению, большую часть средств ты уже сейчас проматываешь с невероятной скоростью.

- Ты попрекаешь меня? Была бы жива мама, - вдруг истерично закричал Винсент, - она бы не позволила тебе говорить такие гадкие вещи. Я художник! Нищета и творчество несовместимы, - Винсент, закрыв руками лицо, выскочил из комнаты. Повисла тревожная, неприятная тишина.

- Через пять минут нарисуется, как миленький, - прогундосила себе под нос Лулу.

И точно. Винсент вбежал с бутылкой вина и, прихлебнув прямо из горлышка, взвопил.

- Мы не договорили! Я еще раз настаиваю показать мне завещание. Или ты хочешь, чтобы я приехал с личным нотариусом?

- Я вовсе не отказываюсь, - дед устало вздохнул. - Только ответь мне, голубчик, откуда у тебя эти солдафонские манеры: вливать в горло благородное вино из бутылки?

- Оставь при себе убогие мещанские замечания, папа! - лицо Винсента багряно полыхало.

- Месье, - в гостиную заглянул старый слуга, - вам чай сейчас принести или попозже? Боюсь, что травы перепреют, и аромат уже будет не так прелестен.

- Да, спасибо. Я охотно подкреплюсь, и Франсуазе пора перекусить. Но, голубчик, прежде, будь любезен, принеси шкатулку, что стоит в моей спальне.

Пока слуга отсутствовал, в комнате хранилось молчание. Бой старинных часов не оживил, а еще больше опечалил атмосферу.

Андре грустно смотрел на человека, сидящего в трех шагах от него, и спрашивал себя:

- Как могло случиться, что в моем сердце нет ни малейшего тока любви к Винсенту. Я знаю, что он мой сын. Кровь от крови, плоть от плоти. Но это знание абсолютно ничего не добавляет душе. Он мне чужой. Но, ведь, если бы не было бы его, не родилась бы моя единственная отрада, - Андре перевел взгляд на девочку.

Та мгновенно откликнулась на беззвучный сердечный порыв деда, вскинула кудрявую головку и улыбнулась во все свое щемяще-трогательное детское беззубье. Вчера у Фрэнси выпал верхний молочный зуб. Крохотный костяной кусочек бережно завернули в шелковую тряпицу и положили рядом с младенческими завитками в перламутровую коробочку.

- Кому чай, кому шкатулку? - слуга осторожно внес большой поднос.

Винсент вскочил с кресла, как ужаленный. Щелкнул замок старой шкатулки. Полетели на пол конверты, счета.

- Наконец-то, нашел, до чего старичье любит всякий хлам! - Винсент дрожащими руками вскрыл конверт. Прочитав завещание, он сделал несколько глотков из бутылки, потом подбежал вплотную к отцу.

- Вы старый маразматик, папа! Что за имена упомянуты в этом длинном списке? Кто они такие? Я их не знаю и не желаю знать! Почему они претендуют на то, что принадлежит мне? Вот, например, кто это такая - Лилиан - Луиза Шардон?

- Стыдно, месье, не знать. Эта милая, добрая женщина присутствует сейчас здесь. Оглянитесь-ка.

Вы не узнаете, старой нянюшки, которая вырастила вас, и сейчас заботится о вашей дочери?

- Глупости все это! Она получает жалованье и живет вовсе не плохо. А это имя - Патрик-Жерар, - слюна брызгала изо рта возмущенного художника.

- И этот человек тоже отдал «Белому ангелу» практически всю жизнь.

- Это не аргумент. Я против! - Винсент с ненавистью уставился на толстую негритянку, сосредоточенно вывязывающую очередной чулок.

- Слышите, вы все! Это не завещание, это насмешка. Единственный и законный наследник - это я.

- Прости, но ты забыл о дочери. Кто позаботится об ее воспитании, образовании?

- Неужели вы, папа, не понимаете, что ваше старческое сюсюканье - это не воспитание для будущей леди. Я сегодня же заберу дочь с собой. Она увидит мир!

- Ну, уж нет! - дед поднялся во весь свой гигантский рост. - Пока я жив, я ни на день не отпущу Франсуазу с тобой.

- Ха-ха! - осклабился Винсент. - А мы сейчас ее спросим, с кем ей интереснее с молодым веселым отцом или с отживающим свой век старичьем, - пьяный отец, качнувшись, направился в уютный уголок, где рукодельничали Лулу с девочкой.

Франсуаза испугалась. Что нужно этому человеку? Зачем он хочет увезти ее от деда? Остренький подбородок задрожал, глаза затянула соленая пелена. Но тут между скуксившимся ребенком и неуправляемым Винсентом выросла пышная женская фигура.

- Нам ужинать пора, - озабоченно забормотала негритянка.

- Няня! Не вмешивайтесь! - произнес Винсент таким тоном, как хозяин приказывает собаке: «Место!»

Но хитрая негритянка скалила зубы.

- Ой, ой, сейчас вы напоминаете рыжего мальчугана-непоседу, которого я шлепала по мягкому местечку.

- Черт возьми! - взвопил Винсент. - Я - никто в собственном доме. Меня не желают слушать. А раз так, то с завтрашнего дня, я введу порядки, которые будут по нраву мне. Пока же я сделаю вот что, - он подошел к камину и, скомкав завещание, бросил его в огонь.

- Хозяином буду я! - он обвел высокомерным взглядом отца, дочь, няньку, старого слугу.

- Молодо-зелено! - усмехнулся Андре, - желает управлять хозяйством, а многих элементарных вещей не знает. Например, что второй экземпляр завещания хранится у нотариуса.

- Вот и все! - Франсуаза помолчала. - Через полгода я уехала в частный пансионат под Парижем. Сейчас я понимаю, что дед согласился на эту, невыносимую для него разлуку, ради меня. Он думал о моем будущем. Действительно, настоящая любовь не ведает эгоизма!

Мои первые зимние каникулы стали самыми печальными. Андре умер от сердечного приступа. Мне кажется, что с ним умерла часть моей души.

Лидия пожала руку подруги.

- Потом отец привез тебя в Париж в первый раз. Далее, твое шестнадцатилетие. Так? Я все звенья попыталась собрать в одну цепочку. Остается открытым вопрос: почему ты решила, что у тебя есть наследник в России.

Франсуаза, не произнеся ни слова, достала из саквояжа старинную шкатулку из слоновой кости. Вместительная шкатулка была вся заполнена бумагами. На одной стопке, перевязанной крученой серебристой нитью, значилась пометка: «письма деду».

- Это я обнаружила лет десять назад, когда разбирала библиотеку. По-всей видимости, дед хранил в тайне эти послания. Видимо, не желал любого постороннего вторжения в свой внутренний мир. Личное должно оставаться личным. Хотя не все так считают. Честно признаюсь, мне стоило большого труда заставить себя прочитать то, что адресовано не мне. Я думаю, что дед простит меня. Я ведь делаю это ради поиска истины.

- Конечно, и не сомневайся ни минуты, - Лидия осторожно развернула ветхий, полупрозрачный лист бумаги.

«Дюша, драгоценный и далекий мой друг, здравствуй. У меня нет подходящих слов, чтобы передать тот радостный восторг, который испытала я, когда узнала, что ты жив и здоров. Случай, великодушный и счастливый, свел меня с давней знакомой. С Нинель мы когда-то вместе учились в гимназии. Она рано вышла замуж и моталась с мужем-железнодорожником по всей России, а потом они, наконец, осели под Петербургом. Ее муж все еще служит начальником станции, она занимается детьми. Фамилия их - Уваровы. Вспомнил ли ты это семейство? Догадался ли ты, где живет Нинель? Да, это те края, куда ты сбежал от меня. Разве не так?

А я тебя нашла. Помнишь, ли наше свидание? Иногда я очень жалею, что не осталась рядом с тобой на всю жизнь. А в другой раз думаю, что не вольны мы в своих поступках, и все решается свыше. Дюша, слышал бы ты, как Нинель расхваливала твой докторский талант. О! Даже я не подозревала, сколько людей ты спас от серьезных недугов. Нинель мне поведала, что ты повез больную девушку в Ниццу и по каким-то чрезвычайным обстоятельствам там остался. Но еще больше она удивила меня, когда сообщила, что ее старшая дочь, вернувшаяся из Франции буквально на днях, виделась с тобой. Она сообщила, что ты по-прежнему красив, бодр, подтянут. Ты носишь другое имя и владеешь отелем, куда я отошлю это письмо.

- Не могла ли ошибиться твоя дочь? - осторожно поинтересовалась я. Слишком уж вся эта история кажется неправдоподобной, и ты никогда не производил впечатления человека, склонного к авантюрам. Нинель подняла на смех мою недоверчивость. Больше я ее не расспрашивала. У меня было главное - твой адрес.

Дюша! Я ведь приезжала к тебе еще раз. Но, когда в знакомом окне на мой стук появилось женское лицо, я сбежала, решив, что это твоя жена. Какая глупость, эта никому не нужная гордость и женская самоуверенность. Смешны и нелепы мои прежние мысли: «Как он мог жениться, когда любит меня? Кто она, ставшая ему подругой жизни?» Я мучила себя неразрешимыми вопросами, а будь я попроще, отбросила бы высокомерную гордость, да поинтересовалась бы тогда у любого из жителей: «Как доктор поживает?» И мне ответили бы, что во флигеле давно уже обитает со своей семьей фельдшер Егоров. А ты уехал. Я долго этого не знала. И тешила себя сладкой мыслью, что вот сегодня мы столкнемся с тобой на Невском проспекте или на улице Моховой. Но проходило сегодня, завтра. Год, десять, двадцать…

Дюша, с той июльской ночи я, словно бы и не расставалась с тобой. Веришь ли ты, что это возможно? Помнишь, ты сказал мне, что, если бы я тебя любила, то сама мысль о свадьбе с другим была бы для меня невозможна. Я уверяла тебя, что иду замуж за богатого, ради отца, сестер, чтобы поправить наше плачевное состояние. Это было неправдой. Я тогда не знала любви. А равнодушному сердцу выбирать легче: вот и выбрала богатого, да знатного. Сквозь тоску моих дней, тоску и одиночество проклюнулся нежный росток любви. Твоей упрямой и горячей любви. Акушерка показала мне младенца.

- Полюбуйтесь-ка, вылитый отец!

- О да! - все, что я могла произнести пораженная в самое сердце. Я увидела твои синие глаза, упрямый подбородок, даже складку между бровей.

Вошел мой муж. Он был на седьмом небе от счастья, в предыдущих браках у него были только дочери.

- Мы назовем его Борислав. Борьба и слава. Убедительно! - он поцеловал меня в лоб.

И вот уже много лет я живу с этой тайной. Как я любила своего мальчика, как я его нежила и баловала! Словно хотела отдать ему то, что не смогла подарить тебе.

Мой муж, урожденный Свинопасов, еще до нашего брака, условился с моим батюшкой, что он сам и будущие дети станут носить графскую фамилию Воронковых. Так, что я, как родилась, так и умру Варварой Аркадьевной Воронковой. Через три года после Борислава у меня родились девочки-двойняшки. Они чудесные, но мое сердце не привязано к ним так, как к первенцу. Наверное, я неправильная мать. Но что есть, то есть.

Ты чувствуешь, Дюша, как много мне хочется рассказать тебе. Я соскучилась по родной, понимающей и всепрощающей душе. Рука не поспевает за мыслью. Но, когда я пишу тебе, я вновь чувствую себя молодой. Если даст Бог, мы непременно увидимся. В Петербурге ли, в Ницце. Не имеет значения. Лишь бы очутиться рядом, заглянуть в твои спокойные глаза. Обнимаю тебя нежно, твоя Варвара».

«Дюша! Родной мой человек, здравствуй! Вчера получила от тебя Рождественскую открытку. Признаюсь, что радовалась, как девочка. Спасибо за теплые слова. Благодарю за то, что ты не забыл меня, и откликнулся на мое сумасбродное письмо. Попытаюсь спокойно ответить на твои вопросы.

Борислав окончил медицинский факультет, сказываются гены, да? Но практическая медицина его не привлекает. Занимается наукой, проводя дни и ночи в лаборатории, где на белых мышках, (бедные животные!) пробует те или иные лекарства.

Он спокойный, сильный и красивый человек. Я горжусь сыном. Только меня немного беспокоит, что за книгами, словарями он проводит слишком много времени, забывая, что у жизни должны быть и другие краски.

Представь себе, он не любит ходить в театры, не посещает музыкальные вечера и не участвует в увеселительных прогулках. Девушки его вовсе не интересуют. Хотя, если вспомнить тебя, ты ведь тоже не волочился за каждой юбкой.

Дочери мои, тоже чрезвычайно серьезные девицы, они оканчивают педагогические курсы и бредят о том времени, когда будут учительницами. Живем мы в квартире моих родителей, на Моховой. Помнишь, чудесные клены в нашем дворе, фонтан и скамейку. Вот сейчас подойду и, спрятавшись за занавеской, посмотрю, не караулит ли какой застенчивый кавалер смешливую Варю?

Увы! Пусто, лишь ветер гоняет снежную крупку. Правду говорят, старые люди хорошо помнят свою молодость и мгновенно забывают, что случилось вчера.

Закрою глаза и вижу себя невестой. Ветреный повеса – мой первый мужчина. Как я любила и как страдала тогда! Сейчас, сквозь дымку времени и мудрости понимаю, вовсе не любовь правила моим сердцем. Любопытство. Да, да азартное женское любопытство, когда хочется понять, кто я такая есть. Зеркалом служит мужчина. В одних зеркалах мы утверждаемся в своей неповторимой красоте, в других находим себя неинтересными, недостойными внимания. Если бы мой первый муж не погиб таким молодым, я бы всю жизнь была несчастной женщиной. Его романы на стороне не только бесконечно унижали меня, они заставляли корчиться мою душу от сомнений и уколов ревности. Ревность - это боязнь сравнения. Как не печально, но от первого брака у меня остались очень тяжелые воспоминания.

По-женски я не разочаровалась в себе только потому, что знала, есть человек, который любит меня по-настоящему всем сердцем. Это был ты!

Второй муж скончался у меня на руках. В последние месяцы он был очень плох. Сильные боли в суставах доводили его до обмороков. Он не хотел и не мог терпеть страданий. Кричал на всех, раздражался и капризничал. Я вот думаю, верно ли, что болезнь выворачивает человеческий характер наизнанку?

Но знаешь, что больше всего поразило меня: перед смертью он попросил позвать свою первую жену Иду. Когда-то она танцевала в театре, была очень эффектной, красивой и бедной. «Выйдя замуж, она хотя бы смогла прилично обедать и не штопать по сто раз балетное трико»!

Ида с грудной дочкой убежала от семейного очага к непутевому музыканту, потом долго жила с писателем. Свинопасов всю жизнь проклинал ее.

- Как она могла не оценить мое чувство? Чего не хватало этой неблагодарной женщине, которую я вывел в люди? Она растоптала мою душу! - так говорил он всякий раз, при этом морщился, как от зубной боли.

И вот Ида пришла. Маленькая, сухонькая старушка с букетом фиалок.

- Саша! - произнесла она тихо. - Ну, как ты? Я тебе булочек заварных принесла. А осень нынче, какая знатная...

- Подойди ко мне! - он сделал усилие, даже приподнялся. - Я так давно тебя не видел. Как я скучал. Ида! Я ведь тебя простил на следующий день. Почему ты не вернулась. Я всю жизнь ждал этого мгновения. Ида поцеловала его в губы. Из его глаз потекли слезы. В ту ночь он умер.

Знаешь, Дюша, признаюсь честно, внутренний мир моего мужа никогда особенно меня не волновал. Но Ида! Мне вдруг по-женски стало обидно за себя. Ведь я была уверена, что наша разница в возрасте, в тридцать лет, это залог его обязательной любви и поклонения. Вот я и еще раз убедилась, что настоящую сердечную привязанность нельзя ни измерить, ни понять, ни просчитать вперед. Я думала, что я приношу себя, свою молодость в жертву, а получилось, что и он был несчастен и одинок. Мы оба играли роли.

Мне даже показалось, что когда Ида вошла, Александр просветлел лицом, глаза его оживленно заблестели, и уж, конечно, не заметил он ее морщин, седой косы, трясущихся сухих рук. В зеркале его любви она была всегда краше и милее всех.

Ну, вот, Дюша, сколько я тебе рассказала. Теперь твоя очередь. Напиши о себе. Как бы я хотела взглянуть в твои глаза. Какая я в них нынче? Целую горячо, твоя Варя.»

- Вот и все, - Лидия осторожно положила бумажный лист. - Неужели всего два письма было? Похоже, что эта женщина и твой дед действительно были сердечно близки друг другу. А русские люди всегда дорожат общением с теми, кого любят. Французы все-таки более закрытые и замкнутые люди, несмотря на их общительный и легкий нрав.

- Может, были и еще письма, - вздохнула Франсуаза, - но ведь Винсент хотел продавать отель и он не думал о том, что в нем есть особые памятные вещи. Сколько он успел сдать в скупку! Боже мой! - старая женщина сжала руками виски, в которых запульсировала боль.

- Фрэнси, много уже прошло времени, ты не простила отца до сих пор?

- Мне трудно ответить на этот вопрос. Было время, когда я честно старалась гнать плохие мысли и вспоминать только хорошее. Но все перекрывала тень толстого безобразного человека, которому отец фактически меня продал, и кровь внутри закипала от ненависти. Впрочем, не хочется говорить об этом. Тем более, что отец умер в тот же год, подхватив какую-то заразную болезнь от жителей экзотического острова, куда он отправился за вдохновением.

Там в шкатулке еще одно письмо. С ним связана странная история. Однажды утром, возвращаясь с купания, я увидела юркого, бледнокожего, значит, точно не местного человека. Он, крадучись, зашел в наш сад. Я нисколько не испугалась, более того, даже любопытство не проснулось.

В отеле всегда останавливались молодые женщины. Блюсти их нравственность я не собиралась. Удивляться я начала позже, когда увидела, что незнакомец прямиком направился к окнам моей спальни. Оглянувшись по сторонам, он вытащил из кармана конверт и запустил его внутрь комнаты. Тут уж я не сдержалась.

- Что вам угодно, сударь?

От испуга он чуть не кувырнулся. Затравленным взглядом окинул меня с головы до ног и бросился прочь. Вот таким странным образом было мне доставлено еще одно послание из России. Позже сосед объяснил мне, что русские коммунисты не разрешают своим соотечественникам никаких контактов с иностранцами. Только официальные мероприятия и групповые походы по различным учреждениям. Признаться, я с опаской вскрыла конверт. Письмо, как ты сама видишь, написано на французском языке.

- Посмотрим, посмотрим, - в Лидии проснулся азарт исследовательницы.

«Здравствуйте, мадам! Прошу прощения за внезапное вторжение в вашу сегодняшнюю жизнь. Разрешите представиться. Я - Воронков Андрей Бориславович, актер и режиссер одного из ленинградский театров. Пожалуй, эта информация, вряд ли заставит учащеннее биться ваше сердце.

Тогда позвольте, немного удивить вас - я ваш родственник по линии деда, точнее, его внук. А значит, ваш брат. Представляю, какие чувства посетили вас сейчас!

Поверьте мне, я тоже был немало удивлен, когда обнаружил этот занятный факт своей биографии. Сдается мне, что на сегодняшний день во всей Вселенной, мы с вами две ветви родового дерева, два существа, связанные по крови. Насколько мне известно, иных родственников нет ни у меня, ни у вас. Ну, а теперь позвольте, рассказать вам все по порядку. Хочу заверить вас, что в фактах, изложенных ниже, нет ни крупицы вымысла. Долгое время я работал с архивными документами, ездил по городам и селам, собирая воспоминания людей, так или иначе причастных к судьбе наших предков. Я нашел уникальные письма, дневниковые записи прошлых лет. И, наконец, отдельные звенья сложились в цепочку.

Как вы знаете, ваш прадед, молодой доктор Андре Дюваль под знаменами гвардии Наполеона вошел в Москву. Квартировался он в доме графа Истомина. Граф был стар и болен, за ним ухаживала Дуняша, его незаконнорожденная дочь. Мать ее, красавица крепостная Софья умерла во время эпидемии чумы. Сначала Дуняша жила в поместье Истоминых под Петербургом. Могу только предположить, что Евдокия была незаурядной девушкой и, конечно, обворожительной и милой. Совсем не мудрено, что французский доктор, которому минуло двадцать лет, потерял голову от любви. Любая война обостряет чувства. В страшные времена люди, как драгоценность, оберегают короткие мгновения счастья. Они спешат любить.

Но влюбленным пришлось расстаться. Француз обещал вернуться за своей названной женой. А пока, он надел на нежную шейку фамильный медальон. Старый ювелир Истоминых сделал оттиск, а потом приличную копию. Под лупой хорошо читаются имена - Антуанетта, Юбер, Ницца и «Белый ангел». Догадываюсь, что это родители Андре.

И, если бы не та жуткая переправа через холодную Березину?! Все бы сложилось иначе.

Молодой доктор погиб вместе с ранеными гвардейцами.

Евдокия так и не узнала об этом до самой своей смерти. Два нежных чистых сердца встретились на небесах. Юная женщина умерла, дав жизнь новому существу, которого церковный староста записал под именем Андрей Шеромыжник. Конечно же, скорее всего Дуняша запомнила это ласковое обращение «шер ами». На французском языке это привычное словосочетание радует слух, а в русской транскрипции звучит, мягко говоря, странновато.

Смышленый разумный мальчик подрастал под опекой графини Истоминой. Барыня души не чаяла в воспитаннике. Погибла старушка нелепо, полусумасшедший слуга бросился на нее с ножом. Подобное нередко случалось в русских деревнях. Немец-врач взял сироту в Петербург. Совсем неудивительно, что Андрей Шеромыжник выбрал профессию своего опекуна. Есть документы, которые подтверждают, что выпускник медицинского факультета А. А. Шеромыжник работал в детском приюте, в больнице святой Евгении. А потом его следы затерялись.

И только благодаря дневникам Варвары Воронковой и ее сестры, я обнаружил адрес, куда сбежал пылкий и застенчивый доктор. До самого своего отъезда во Францию он врачевал в Гатчинском районе. Сюда, в маленький флигель, похожий на миниатюрный каменный замок в старом саду, и приезжала его любимая женщина - Варвара.

Когда родился Борислав, Андрей Андреевич уже уехал, а Варвара была замужем за стариком. Борислав Воронков, ученый, профессор Санкт-Петербургского Университета - мой отец.

Всех Воронковых коммунисты расстреляли в кровавую годину. Судьба, в лице моей нянюшки, уберегла меня. Деревенская девчонка, прислуга моей бабушки, стала самым близким и дорогим для меня человеком. Мы и сейчас с ней неразлучны. Имя ее -

Зоя Феофановна Голубева. Голубка и мой Ангел спаситель. Сколько вместе пережито!

Даст бог, если мы с вами увидимся, думаю, что нам будет, о чем рассказать друг другу.

Зоя очень верная и крепкая духом женщина. Историю моей семьи она хранила даже от меня в тайне. Времена-то были какие! Одно неосторожное слово и, «Здравствуй, Беломорканал!». Думаю и вы уже наслышаны о северных лагерях.

И только спустя много лет после своего рождения, я попытался распутать клубок родословной.

Теперь я знаю, что отель, подаренный бесстрашным французом любимой женщине - это не миф, не красивая легенда. «Белый ангел» бережно хранит и поныне свет той далекой любви, которая продолжается во внуках, правнуках.

Факты о семье Дювалей, по моей просьбе, собрал мой друг, французский журналист. Я счастлив, что по отцовской линии принадлежу к этому замечательному роду. Простите меня, если вам показалось что-то неделикатным в моих расследованиях. У русских есть поговорка: «Иван, не помнящий родства». Поймите меня правильно, но я не хочу быть таким Иваном. Я желаю знать, любить, принимать и понимать родных мне по крови людей. Очень надеюсь, что вы мне ответите. Мне бы очень хотелось побольше узнать о жизни деда, об его характере, привычках. Ну и, конечно, с удовольствием прочитал бы и про вас. Какая вы? Что любите, о чем мечтаете? Нежно обнимаю. Ваш брат Андрей».

- Конечно же, ты ответила? - Лидия была взволнована, словно только что закончила читать увлекательный роман со счастливым концом.

Франсуаза отрицательно покачала головой.

- Я испугалась, сама не знаю чего. А, может, просто время не пришло.

- Так, так, - Лидия еще раз просмотрела все письма, полистала альбом.

- Мне не совсем понятно, почему ты обратилась в генеалогическую контору и, если я правильно запомнила, сделала запрос на Шеромыжника Борислава.

- Да, - Франсуаза помолчала, будто собиралась с мыслями. - Лет десять после письма от моего брата был звонок. Очень приятный, такой сочный мужской голос сообщил мне примерно следующее. Двенадцатого апреля нынешнего года в Ленинграде родился мальчик, который приходится мне родственником. Мальчику дали фамилию прадеда - Шеромыжник, имя деда - Борислав. Запомните адрес - Луговая, дом 1, Тихвинский район, Ленинградская область. Голос попросил меня записать адрес. И потом еще раз, так мягко и нежно сказал мне, чтобы я не забывала, когда мне будет совсем грустно, что я не одинока на земле. У меня есть наследник Борислав Андреевич Шеромыжник.

Вот и все. А потом я закрыла свою шкатулочку. Знаешь ведь, как повседневная жизнь отодвигает дальние и нереальные планы. Ты удивишься, но это так, с того звонка прошло около тридцати лет. Так, что, тот мальчик должен вырасти в интересного мужчину. А в бюро для поиска наследника я обратилась два года назад.

И вот результат. Эта парочка на перроне, странное послание от человека, который объясняется мне в любви. Лидия, я боюсь опять, как тогда. Сейчас о России информация еще ужаснее. Что делать?

- Кажется, я что-то придумала, - Лидия хитро прищурилась. - Собирайся, пойдем прогуляемся по делу. Не зря Лидка Симбирцева сотни книг прочитала, уму разуму научилась, - она звонко рассмеялась.

- Жан! - крикнула Лидия, заглядывая в маленькое решетчатое окошко.

Невысокий темнокожий парень приоткрыл дверь. Запахло свежими булочками, ванилью и корицей.

- Мадам, - молодой пекарь в длинном фартуке и колпачке сверкнул зубами, улыбаясь. - Круассаны еще не готовы. Вы не могли бы подождать в зале. Боюсь, хозяину не понравится, что я встречаю клиентов у черного входа.

- Да я вовсе не про круассаны хотела спросить, - как сестра твоя поживает? Что пишет?

- А мы никогда не пишем друг другу. Я посмотрю в полночь на небо, и звезды рассказывают мне, что у Фро все в порядке. Вот мое сердце и спокойно.

- Хорошо-то вам как, у вас телепатия по-родственному существует.

- Не понял, мадам...

- Не обращай внимания, это я шучу, по старой русской привычке - иронизировать над тем, что недоступно пониманию. Скажи мне, будь добр, когда твоя милая сестра собирается лететь в Россию?

- Через неделю. Вы хотите, что-нибудь передать с ней? Она никогда не отказывает и даже будет очень рада помочь вам. В нашем квартале многие русские обращались к ней. Она выполнила все поручения.

- Замечательно, только не забудь ей сказать, что я очень хочу ее видеть!

- Слушаюсь, мэм. Разрешите, я пойду, - негр широко раздул ноздри расплющенного носа, шумно вдыхая воздух. - Через мгновение подгорят мои красавчики.

- Вроде не пахнет горелым, - пожала плечами женщина.

- Запахнет, поздно будет! - донеслось до нее уже из-за двери.

- Ну вот, голубушка! - заявила Лидия своей подруге, - у нас с тобой творческий отпуск. Несколько дней мы с тобой поболтаемся по Парижу. Я тебе расскажу, как этот город связан с Россией.

Заметив недоумение в глазах старой француженки, Лидия убежденно воскликнула:

- Да, да! Ты должна привыкнуть к мысли, что к тебе приедет русский наследник.

Совсем другой Париж узнала Франсуаза, благодаря Лидии. Кофе они пили в кафе в конце улицы Риволи, куда когда-то частенько захаживал Александр Блок. Там, сидя за столиком, строчил поэт письма матушке, любуясь через окно великолепной площадью с журчащими фонтанами.

Женщины гуляли по открытому пассажу, напоминающему своей необузданной дикой зеленью деревенскую улочку. Здесь недалеко от Монпарнаса много лет назад синеглазая, заботливая русская художница Мария Васильева держала столовую для друзей. Угощались борщом и селедочкой у щедрой хозяйки Матисс, Пикассо, Модильяни, даже утверждал кто-то, что сюда захаживал гений красного террора Владимир Ульянов.

Русский кафедральный собор Святого Александра Невского поразил Франсуазу торжественной величавостью. Здесь у ликов святых возносили молитвы русские императоры - Александр Второй и Николай Первый. А экстравагантный Пикассо обвенчался с русской балериной Ольгой Хохловой. Под сводами собора отпевали непревзойденного русского певца Федора Шаляпина, проникновеннейшего из прозаиков - Ивана Бунина, строптивого художника Василия Кандинского.

- Как тесно связаны Россия и Франция, - не переставала удивляться Франсуаза.

- О! Это лишь отдельные факты. Когда-нибудь я напишу на эту тему многотомный роман. Кстати о романистах. Знаешь ли ты, как были помешаны француженки на голубоглазом красавце с фигурой атлета, писателе Дюма-сыне. Одно имя чего значило! А он безумно влюбился в русскую аристократку Лидию Нессельроде. Зеленоглазую красавицу спешно увез из Парижа взбешенный муж. Александр мчался за супругами через всю Европу. На русской границе он простился с коварной особой. «Дама с жемчугами», - это повествование о той яростной короткой любви. «Полюбив русскую женщину, на француженку не взглянешь!» - он женился на русской княгине Надежде Нарышкиной. Знаешь, что писал Дюма о русских женщинах. Вот, послушай. «Они нежные и жестокие, суеверные и недоверчивые. Они охотятся на медведя, питаются одними конфетами, смеются в лицо мужчине, не умеющему их подчинить. Их двойственная природа азиаток и европеянок рождает особую интуицию и космополитическое любопытство».

- Чувствуешь, какой завораживающий омут душа русских женщин? - Лидия лукаво смотрела на Франсуазу.

- Да, да, - потерянно кивала головой седая француженка, - теперь я понимаю, почему мой предок влюбился в Дуняшу. Он просто не мог не влюбиться.

- Ох, милая, мы еще покуролесим с тобой и с твоим наследником, - Лидия кружила подругу под мелодичные вальсы Чайковского. - Только бы нам не навязали чужую игру. Но мы ведь с тобой, не совсем по пояс деревянные?

И обе женщины смеялись, как сумасшедшие.

Через три дня ранним утром в безмятежный сон подруг ворвалась трель дверного звонка. Трудяга Жан и не предполагал, что мадам может вставать позднее солнца.

- Простите, - парень растерялся, увидев заспанную Лидию в шелковой пижаме, - но я обещал. Моя сестра... Она приехала.

- Ах, да, да, - Лидия встрепенулась.

Из-за спины Жана выглядывала шоколадная, надутая, как резиновая куколка, кучерявая девушка. Она застенчиво улыбнулась, показав крупные перламутровые зубы.

- Доброе утро. Я - Франсуаза Ленге, завтра улетаю в Петербург. Брат сказал, у вас ко мне поручение.

- Милочка, да ты хорошо говоришь по-русски, - удивилась Лидия.

- Мадам, я пять лет училась в университете на берегах Невы, - гордо откликнулась девушка.

- Ну, я не нужен, - Жан нервно взглянул на часы.- Фро, ты знаешь, где меня найти, - он ласково потерся носом о щечку сестры и пробормотал что-то, понятное только им двоим.

Лидия пригласила гостью в гостиную, усадила в кресло, придвинув столик с журналами.

- Ради Бога, извините, я постараюсь быстренько привести себя в порядок, разбужу подругу, и мы все вместе позавтракаем.

- Не волнуйтесь. И торопиться не нужно, я никуда не спешу.

Негритяночка понравилась Лидии. «Проста в манерах, деликатна и, чувствуется, умна». Стоя под струей холодного душа, Лидия размышляла, как организовать действия Фро в городе на Неве. Она была уверена, что темнокожая девушка справится с любым заданием. Зато Франсуаза Дюваль, когда зашла в гостиную, замерла на пороге с выражением ужаса на лице. «О Боги, вы посылаете мне новое испытание. Мало того, что девица темнокожая, так еще, словно в насмешку, мы с ней носим одно имя»! Лидия поняла, отчего так побледнела подруга. Матерью Франсуазы Дюваль была черная натурщица. Однажды Франсуаза призналась Лидии.

- Я ведь и замуж не вышла оттого, что боялась, а вдруг родится темнокожий ребенок. Оправдывайся потом перед мужем всю жизнь.

- Вам плохо? - маленькая негритянка заботливо пододвинула для мадам Дюваль кресло.

- Спасибо, сейчас пройдет. Немного голова закружилась.

- Девочка, - обратилась Лидия к гостье, - а теперь пришла пора поговорить о деле. Может быть, для начала ты нам о себе расскажешь?

- А, что я про себя могу сказать? Родилась в сказочной стране, называется Берег Слоновой кости, - весело защебетал Фро. В нашей семье пять детей. «Очень мало, - как говорит моя бабушка, родившая десять девочек и трех мальчиков. - Уж ты, Фро, не соверши подобной ошибки, как твоя мать. Не забывай, что семья мощна, когда она большая, как хорошее племя». Так, о чем я? Да, отец - архитектор, он, кстати, в Советском Союзе учился. Мама работает в школе, учит детей французскому языку. Мне так повезло с родителями! Умные, красивые, понимающие. Я не помню случая, чтобы мама или отец навязывали бы нам, детям, свой вкус или мнение. Я поехала в Санкт-Петербург потому, что мне нравилось, как отец рассказывает русские сказки. Я могла слушать их бесконечно. В три года я знала русское слово - колобок. Такое оно круглое, смешное, вкусное. Я так часто его повторяла, что меня дразнили «колобком». У меня и тема дипломной работы о мелодике народных сказок. Вот вернусь домой после университета и буду для наших малышей переводить «Маша и медведь», «Теремок», детские рассказы Льва Толстого.

- Вот это да, какая же ты увлеченная, да целеустремленная! - восхитилась Лидия. - Я и не думала, что у Жана, который печет булочки, такая умная сестра.

Фро засмеялась.

- Вы думаете, наш Жан простак? Он в пекарне служит, чтобы по его выражению, «пройти школу жизни». У него свой банковский счет и достаточно солидный, - девушка весело хохотнула, словно речь шла не о деньгах, а о солнце, которого в Африке хватает всем. - А самое главное, Жан посещает занятия в одной из престижных школ архитекторов. У него такие проекты сделаны - залюбуешься! «Ленге -

фамилия особая»! - это уже папины слова, - Фро подняла глаза к потолку и начала что-то бормотать.

«Наверное, благодарит Бога за родителей, за таланты, за солнце и деньги», - Лидия растрогалась. Нравилась ей эта непридуманная, непреложная и естественная любовь к своей семье и к своему отечеству. Она даже почувствовала досаду на самою себя. Она-то не умела так любить свою мать, да, и с родиной тоже как-то зыбко. Спокойно поменяла страну обитания и особо не сожалеет. «Сердечная недостаточность», - может, это не только медицинский термин?

О чем-то своем загрустила и мадам Дюваль.

- Вот вроде я и поведала вам о себе, - негритянка улыбнулась во все свои ослепительные зубы.

- Да, да, - спохватилась Лидия. - Ты сказки любишь, у нас тоже история почти сказочная. Итак, в некотором царстве-государстве, а конкретно в маленьком приморском городе на юге Франции жил-был принц. Как и положено принцу, был он красив, умен и честен. Жил бы он и не тужил, да тут объявил король войну. Наш герой, молодой, горячий, конечно, встал под знамена своего короля. Властный, ненасытный король пожелал весь мир захватить. Тесно ему было в своем королевстве. Добралось войско и до российских краев. И опять, как во всех сказках водится, встретил принц девушку необыкновенной красоты. Молодые полюбили друг друга. Только война не признает лирики. Принц погиб, а его невенчанная невеста родила мальчонку.

Мальчонка вырос. И судьба возвратила его в королевство отца. Еще один жизненный виток. Свадьба, ребенок, внучка. Много лет прошло. Внучка осталась одна-одинешенька в прекрасном родовом замке.

Кстати, ты можешь увидеть ее воочию, вот она перед тобой, - Лидия кивнула головой в сторону мадам Дюваль.

- Ой, - негритянка прикрыла рот ладошкой. Она действительно любила сказки. Глаза ее сияли восторгом, а на смуглых щеках даже проступил алый румянец от волнения.

- И что дальше? - шепотом переспросила благодарная слушательница.

- А дальше в русских землях объявляется наследник на замок, - Лидия помолчала, - а чтобы продолжить сказку мы и вызвали тебя.

- А что же я делать должна? - растерянно спросила Фро.

- Вот тебе блокнотик, и начинай записывать. Первое. Тебе нужно будет съездить по одному адресу и узнать, кто проживает в доме. Обязательно спросить, жил ли там когда-нибудь Шеромыжник Борислав Андреевич. Если он переехал, узнать куда. Хорошо бы его навестить. И потом сразу же позвонить мне в Париж. Естественно, все расходы за наш счет, - Лидия неожиданно замолчала. Она представила всю нелепость ситуации. По деревенской улице бродит негритянка и кого-то разыскивает. Тут уж от любопытства все соседние деревни на уши встанут.

- А нет ли у тебя там подружки, только бы, - Лидия не могла найти деликатных слов, чтобы выразить свое желание и не обидеть темнокожую девушку.

- Вы хотите спросить, если у меня белая подруга? - Фро не обиделась, а вдруг радостно оживилась. - Есть, да еще какая. Вы ее полюбили бы с первой минуты. Славная, красивая, умная Настя. Я ее больше, чем сестру люблю, верите? - эмоциональная негритянка прижала руку к груди.

- Верю, верю! - Лидия поняла уже, что, если Фро любит, то любит страстно и преданно. А уж, если возненавидит, то, наверное, и зарежет, не задумываясь. - Очень хорошо, вместе с Настей и поезжайте. А потом было бы неплохо, если бы вы встретились еще с одним человеком. Он называет себя опекуном нашего наследника, - Лидия вытащила из папки конверт. - Тут и фотография имеется. Но ты пять лет жила в России, поэтому понимаешь, что на фотографии могут быть совсем другие люди. Действовать нужно очень осторожно.

- Очень занятное задание. Раньше меня просили передавать свертки, деньги, письма. Но такое впервые, - Фро с нежным участием посмотрела на мадам Дюваль, которая во время разговора напряженно молчала. Ей не удалось избавиться от мысли, что негритянка, хоть и смышленая, и милая, но с таким ответственным заданием вряд ли справится. А часы неумолимо отстукивают минуты. Ветшает «Белый ангел», стареет его хозяйка. А ведь еще нужно время на оформление документов. Неужели отель останется без настоящего хозяина, и исчезнет материальная память об ее предках? От горько-отчаянных мыслей на глаза навернулись слезы.

Фро расценила это совсем по-другому.

- Мадам, клянусь вам, что сделаю все для того, чтобы в целости и сохранности доставить в ваше царство-государство маленького наследного принца.

Лидия рассмеялась.

- Почему ты решила, что он маленький? Кстати, взгляни на фото.

Что случилось с хохотушкой-негритянкой. Она завизжала так, словно ей в пятки вцепился зубастый зверь.

- Что такое? Ты знакома с этим человеком?

Фро, выпучив глаза, топала ногами и размахивала руками, словно отгоняла от глаз неприятное видение.

- Вот этот, вот этот, - она тыкала темным пальцем с розовым ноготком в фотографический портрет седоволосого человека. - Махов, он гадкий, жадный. Его в нашем общежитии никто не любит.

- Может быть, ты ошиблась, - подала голос мадам Дюваль. Ей не хотелось слышать плохих слов даже о предполагаемых родственниках.

Негритянка неожиданно засомневалась.

- Верно. Может, это и не он. Почему здесь он в белом халате, как доктор? Юноша рядом с ним. Нет, его я точно не видела. У него перевязана голова. А какое имя в письме указано?

- Сейчас, - Лидия развернула лист. - Вот, послушай, что он написал. « У меня, как у многих французов двойное имя – Владимир-Лев Ложкин-Махов».

- Странно, - Фро пожала плечами. - Может быть, брат нашего коменданта. Но уж очень похож!

- Так, ты спрячь фотографию подальше и никому не показывай. Вообще, будет лучше, чтобы об этой истории кроме тебя и Насти, никто ничего не знал. Ради отеля в Ницце алчные, подлые люди готовы на все. Понимаешь, о чем я говорю?

- Еще как понимаю! - маленькая Франсуаза поежилась.

Растерянность и страх девушки передались и мадам Дюваль.

- Лидочка, - обратилась она робко. - Может, не нужно ничего затевать. Пусть все идет своим чередом.

- Ну, уж нет! - Лидия топнула ногой. - Запомни, мы сами сценаристы, режиссеры и актеры собственной жизни. И я не позволю чужому человеку перекроить судьбу всего твоего рода! Когда-то ты спасла меня. Наступила моя очередь отдать долг. Для меня, ты и «Белый ангел» - это одно целое.

Звякнул колокольчик у двери. Это Жан прибежал за сестрой.

- Я положу к твоим ногам вечерний Париж! - он с обожанием смотрел на девичье лицо.

- Это какой-то особый вид любви, - вновь удивилась про себя Лидия, - почему у нас, русских, все по-другому?

Франсуаза по телефону заказывала билет до Ниццы.

- На ближайший рейс. Да, да, успеваю. Все, спасибо, спешу.

- Что это ты? - возмутилась хозяйка, - вдруг такая спешка?

Франсуаза расцеловала подругу в обе щеки.

- Прости, дорогая. Но я так соскучилась. Ты ведь сама сказала, что «Белый ангел» - это часть моей души.

Chapter 24

УЛИЦА ЛУГОВАЯ, ДОМ 1

- Уважаемые пассажиры! Наш самолет произвел посадку в Санкт-Петербурге. Температура воздуха десять градусов, дождь.

Франсуаза поежилась. «Куда же это годится? Август, бабье лето, а такая холодина». Она достала из сумки пушистую пеструю кофту.

- Мадам! Мадам! Вам куда? - таксисты роем закружились вокруг негритянки. - Сто баксиков и доставим в любую точку города.

- Ну, уж спасибо, я на автобусе за десять рублей доберусь, - ошарашила темнокожая пассажирка тертых шоферюг своим чистейшим русским языком.

Руку оттягивал чемодан с подарками. Всем, кого она любила здесь, в России, Франсуаза везла сувениры. Скромным преподавательницам из университета флакончики духов, Насте - брючный костюм, а самый большой пакет с игрушками и одежками для ребятишек из Дома малютки.

- Ну что, черномазая расселась? - грузная старуха с румяным безбровым лицом, крикнула, еще не закончив карабкаться по ступенькам автобуса.

- Понаехали! Русским людям есть не на что, вчера булка опять подорожала, - сердитая тетка плюхнулась на сиденье, широко расставив мощные, как колонны ноги.

- Совсем от голода отощала, - съязвил кондуктор, длинный и худой, как гвоздь, старик с пышными седыми бакенбардами. - С твоими габаритами три билета нужно покупать, а ты ни одного не берешь. Пенсионерка! - выдавил он презрительно. - Всю жизнь на рынке простояла. Как раньше всех объегоривала, да оскорбляла, так и сейчас норовишь!

- А ты, пролетарий зачуханный, чего это негру пожалел? Знамо дело, в валюте за проезд дала.

- А хоть и в долларах! Смотри, не лопни от зависти.

Франсуаза отошла подальше от мрачной парочки. Она давно уже открыла для себя отвратительную черту в русских. Они не любили и не уважали друг друга. И при малейшей возможности стремились унизить, оскорбить, растоптать. Продавщица в магазине костерила покупателей, те, в свою очередь, отрывались на соседе в транспорте. Атмосфера раскалялась от негативных чувств: ненависти, зависти, страха.

Франсуаза всегда отличалась отчаянным и бесстрашным характером, а в России научилась бояться. Страх шел по пятам на темных улицах, не отступал в мрачных подъездах, даже в общежитии она не чувствовала себя в безопасности, здесь случались драки в кровь, поножовщина. До сих пор в ушах стоит дикий крик Мананы, веселой алжирьянки, пригласившей на майские праздники «хороших парней» в гости. Нахалы надругались над девушкой, обчистили комнату. А комендант обозвал Манану грязными словами и заставил платить штраф за нарушение распорядка: зачем привела незнакомцев. Франсуаза замедлила шаг. До общежития оставалось несколько метров. Комендант! Да, он же настоящий бандит. У него ледяные безжалостные глаза. Он, не задумываясь, расправится с мадам Дюваль, а заодно и с ними, Франсуазой и Настей. Церемониться не станет, если что пронюхает. Поэтому необходимы молчание и выдержка, - так уговаривала себя темпераментная дочь африканского континента, открывая тяжелую металлическую дверь.

Уговоры уговорами, но то, что она увидела, войдя в знакомый холл, заставило затрепетать ее всю, от мизинцев на ногах до завитков черных волос на макушке. За столом дежурного сидел тот самый парень, с которым Махов был запечатлен на фото.

Почему он здесь! Может быть, они следят за мадам Дюваль и подслушивают все ее разговоры? И им известно, что в данный момент их фото, посланное в Париж, находится в ее, Франсуазиной сумочке?

- О ла-ла! - заметалась негритянка. От смятения, страха и волнения все русские слова мгновенно вылетели из головы. Она не могла сказать номер комнаты, где живет.

- Ой, какая хорошенькая! - воскликнул долговязый парень, возившийся с электрическими проводами в холле. - В какой же комнате будет жить такая симпатичная куколка? - Санька искренне был восхищен. Ему нравились курчавые завитушки на лбу, задорный курносый нос, яркие, как мак, губы. А кожа, восхитительная, шоколадная. Таких девчонок он еще не встречал!

Он бросил молоток и побежал поближе к Франсуазе. Она в ужасе прижала к себе сумочку.

- Ваша подруга предупредила нас, что вы прибудете сегодня из Франции, - вежливо откликнулся Славик и протянул Франсуазе ключ.

- А что в Париже негры живут? - наивно распахнул глаза Санька.

Возле двери своей комнаты взволнованная девушка перевела дух. Ключ прыгал в руке и никак не попадал в скважину.

- Давай я помогу, - подоспевший Санька хотел повернуть ключ. - Ой, какие у тебя горячие пальчики!

- Уйди прочь! - завопила Франсуаза, при этом она состроила угрожающую физиономию. Так ее предки пугали злых духов.

Санька засмеялся.

- Ну, какая же ты забавная! У моей соседки Таньки кукла была, вылитая ты.

Франсуаза щелкнула замком с обратной стороны. Отдышалась, оглядываясь по сторонам. На столе рядом с вазочкой, в которой стояли желтые хризантемы, девушка увидела раскрытый блокнот. «Милая моя Фро! Я очень соскучилась по тебе.

Сегодня я работаю. Ты отдохни с дороги, а утром я вернусь, наконец, расцелуемся, наболтаемся. В холодильнике куриный бульон и котлеты. В шкафчике твое любимое печенье и зефир. С приездом, моя родная. Твоя Настя». Франсуаза прижала блокнот к груди.

- Хорошая, любимая, добрая, - шептала она на своем наречии, кружась в танце по комнате.

Распаковав чемодан, она попробовала почитать, но мысли ее вихрились вокруг одного и того же: кто эти люди, и почему они оказались здесь, в общежитии.

- Нет, я не смогу дождаться утра, мне нужно, как можно скорее увидеть Настю, - неожиданно, приняв это решение, Франсуаза быстро переоделась. Темные брюки, пестрый свитер, куртка-плащевка.

Она уже подошла к двери, когда услышала шаги в коридоре, а потом требовательный стук.

- Что прибыла, дипломница? - комендант стоял в дверях с притворной улыбкой. Глаза его обшаривали комнату.

- Как французский коньячок? По-прежнему, вне конкуренции?

- Привезла, привезла, - затараторила Франсуаза. - Вот, держите, - она протянула пакет, - там и закуска сразу, шоколадный набор.

- За вселение и хранение вещей двадцать долларов. Не забыла еще нашу таксу? - Махов достал из кожаной папки бумажный квиток.

- Конечно, конечно заплачу. Но только завтра, сейчас очень спешу.

Комендант немного опешил. Что случилось с обычно веселой и говорливой негритянкой. Дрожит вся, глаза прячет.

- Куда на ночь глядя, собралась-то? - Махов поинтересовался по-отечески заботливым голосом.

- К другу, к другу, соскучилась, - выкрикнула девушка и побежала.

- Мда, - Махов прищелкнул языком, провожая тяжелым взглядом ловкую маленькую фигурку, - все бабы одинаковы, хоть цветные, хоть белые. Учуют самца и перестают соображать, словно выпадают из повседневной жизни. Он, крадучись, пошел по длинному коридору. Возле некоторых дверей останавливался и, затаившись, прислушивался к звукам изнутри.

Франсуазе повезло, почти сразу она поймала машину с зеленым огоньком. Назвав адрес, вжалась в сиденье. Водитель, лохматый, в старомодных очках, ласково поинтересовался.

- Холодно вам, наверное, у нас?
- Угу!
- Я молодым был, очень весну любил. А сейчас стал осенним человеком. Страсть во мне проснулась - грибы собирать. Вы ходили в лес по грибы?
- Угу!
- Я, знаете, очень уважаю солонушки. Это рыжики, грузди, волнушки, то, что идет на засол. А жена моя, Анастасия, уважает маховики. Она их отваривает, в морозилку складывает, а потом зимой с картошечкой зажаривает. Объедение! Вкус свежих грибов, честное слово.

Мягкий голос водителя, его неторопливые манеры немного успокоили Франсуазу. Ей даже понравилось, что у этого приятного человека жену зовут Настя. «Настя! Скоро я тебя увижу», - сладким бальзамом пролилась мысль по душе.

- А меня Арсений Петрович зовут. Я вам визитку оставлю. Сверх счетчика я не беру. Вы, мне кажется, чем-то напуганы? Немудрено, жизнь-то у нас сейчас, какая! Моего товарища три дня назад в подъезде чем-то тяжелым по голове огрели, в кошельке-то копейки были. А чуть жизни не лишили! Простите, что я вам на ночь глядя, такие истории рассказываю. Болтлив я стал! - он усмехнулся.

- Вы очень приятный человек, - неожиданно заключила вслух Франсуаза. - Спасибо, - она взяла картонный квадратик, на котором было написано. «Вызов такси в любое время. Зайцев Арсений Петрович, кандидат математических наук».

Чудеса в России! Ученые шоферят, уголовники банками заведуют, женщины от родных детей отказываются, - с этой грустной мыслью девушка осторожно поскреблась в дверь двухэтажного домика, погруженного в сонный мрак.

Как так получилось, что Зинаида и Франсуаза встретились впервые! Обычно негритянка навещала Ванюшку днем, когда Настя оставалась за главную в доме. А ночью, не мудрено, что сонная Зинка испугалась не на шутку, увидев темнокожую гостью.

Поговорить с подругой Насте так и не удалось, утомленная перелетом, Франсуаза заснула на узком диванчике. Проснулась она от прикосновения прохладной руки к горячему лбу.

- Пора вставать! - Анастасия, свежая, бодрая, словно и не дежурила всю ночь возле маленьких кроваток, с нежностью смотрела на Франсуазу, которая еще приходила в себя после сна.

- А вот и Наталья Николаевна!

Маленькая горбунья короткими шажками просеменила к негритянке.

- Доброе утро, и будем знакомы. Наташа.

Франсуаза пожала бледную, вялую ладонь и улыбнулась широко. Радостный сверкающий полумесяц улыбки протянулся от уха к уху.

- Девочки, - прошептала Наталья, - пока ребятишки сны досматривают, я приглашаю вас в кабинет Людмилы. Там я стол накрыла. День рождения у меня сегодня.

- О ла-ла! - отзывчивая Франсуаза сняла с себя нитку крупных бус.

- Дарю! Волшебные это камни, - выдохнула в лицо растерявшейся горбуньи. - Вот, смотри, красный камень - камень любви, зеленый удачу приносит, а черный с прожилками дает здоровье.

- Ах, как мне все это необходимо, - еще больше застеснялась воспитательница. И в этот момент стало понятно, что, несмотря на свое увечье, Наталья, как и все женщины планеты, мечтает о чуде.

Колоритная компания собралась за столом в кабинете директора. Высокая, плечистая, словно пловчиха на пенсии, Людмила Игоревна, рядом с ней румяная, пухлая Зинка. По другую сторону Настя, светлая, юная, будто с акварельных портретов сошедшая, ее за руку держит густо-шоколадная Франсуаза, и во главе стола - виновница торжества, горбунья с печальными глазами.

- По стопке-то опрокинем? - Зинка обвела шустрым глазом снедь на столе. - Закусь-то сама того просит! Селедочка, грибочки, картоха! Эх, девки, живем мы неплохо!

- Что вы, Зинаида Агеевна, день только начинается, разве можно? А работать, как потом? - по-детски удивилась Наталья Николаевна.

- Ладно тебе миндальничать! От рюмахи только настроение искрой пойдет! - Зинка уже откуда-то достала бутылку. - Здесь настоечка. Сама сварганила. Ох, и ядреная клюковка, как я сама! Ну, давай, дочь Африки, свою тару. Я тебя уже не пугаюсь, а даже полюбила тебя немножко. Добрая ты, видно, девка, хоть и шибко загорелая. Они и выпили вдвоем, громко чокнувшись гранеными стопками. Настойка развеселила Франсуазу. Она без удержу хохотала, пела и плясала. Уже Наталья Николаевна ушла в группу к малышам, уже и заведующая, собрав какие-то бумажки, отправилась на прием к чиновникам, выбивать деньги на ремонт крыши, а Зинка и Франсуаза все не могли угомониться.

- Слушай, Фро, а мог бы меня парень, такой же, как ты, коричневый, полюбить? - Зинка, приподняв юбку, выделывала полными ногами замысловатые «па», словно «Танец маленьких лебедей» исполняла.

Франсуаза задыхалась от смеха.

- И не сомневайся, белая, большая женщина - королева в Африке.

- Девчонки, хватит куролесить! - это уже подала голос отличница Карнакова. - Зинаида, тебе пора обедом для детей заняться.

- И то верно! - повариха, она же прачка, уборщица и сторожиха в одном лице, засуетилась. - Бегу на кухню. А ты заходи к нам почаще! - Зинка поцеловала негритянку в полные губы. - От тебя прямо искры сыплются, такая ты горячая и заводная. Дюже обожаю таких девок! До встречки!

Подруги вышли в тихий осенний день. Франсуаза вмиг стала серьезной.

- Сейчас я расскажу тебе потрясающую историю. Медленно, смакуя детали, она начала повествование о семье Дювалей.

Выслушав до конца, не прервав ни разу взволнованного рассказа, Анастасия предложила:

- А теперь, давай присядем на скамейку и попробуем всю информацию разложить по полочкам.

- Итак, - Настя достала из сумочки блокнот и авторучку, - пункт первый, что мы имеем. А имеем мы следующие данные. Наследник, о котором шла речь в письме, пришедшем много лет назад в «Белый ангел», фамилию носил Шеромыжник, имя - Борислав, отчество Андреевич. Родился он двенадцатого апреля одна тысяча девятьсот шестьдесят девятого года. Космический человек! - улыбнулась Настя.

- Почему ты так говоришь? - удивилась негритянка.

- Ах, да ты и не знаешь, что, пожалуй, не найти русского человека, кто сразу после этой даты - 12-е апреля - не назовет имя - Юрий Гагарин.

- Знаю, знаю, - довольная своей информированностью просияла Франсуаза. - Это ваш первый космонавт. Он, что родился тоже в этот день.

- Нет, в этот день он родился для славы, то есть полетел в Космос. Впрочем, не будем отвлекаться.

Что еще известно? Адрес, где Шеромыжник Б.А. проживал, по крайней мере, в то время, когда во Францию поступила о нем информация. Что мы можем сделать с данным фактом? Уточнить и проверить. Придется, нам поехать на улицу Луговую.

- Пункт второй, - загорячилась Франсуаза. - Есть два бандита, которые претендуют на наследство. И к тому же, по непонятным причинам они живут рядом с нами.

- Может быть, ты опрометчиво записываешь их в бандиты? А наследник и есть тот парень, который на фотографии, и он совсем недавно начал работать у нас в общежитии? Какова роль Махова? А вдруг он и есть тот самый режиссер Воронков? Просто человек сменил имидж, профессию, фамилию. Как мы можем это узнать? Дай, пожалуйста, еще раз фотографию.

Анастасия долго вглядывалась в портреты.

- Сомнений нет. Это наши знакомцы. Но вот парень? Где я могла его видеть раньше? - девушка задумалась. - Нет, не могу вспомнить. Ладно, завтра или послезавтра поедем в Тихвин. А дальше решать будем по ситуации. А пока домой!

В общежитии за столом дежурного сидел Санька. Увидев вошедших девушек, парень заулыбался, также безмятежно и щедро, как младенец, навстречу родному материнскому лицу.

Негритянка насупилась.

- Я уже одно французское слов выучил!

- Чтобы с француженкой общаться, одного слова маловато будет! - Настя подмигнула Саньке. - Сходи, купи самоучитель. И каждый день часика по два поштудируй учебник. Может, и получится что!

- Конечно, получится! - возмутился Санька, уловив легкую иронию в девичьих словах. - Я, знаешь, какой способный!

- Это слова, а ты делом докажи! - бросила Настя, поднимаясь по лестнице.

- Зачем ты с ним разговариваешь? - Франсуаза негодовала. - Они ведь в одной банде. Странные вы, русские, знаете про человека плохое, а делаете вид, что все в порядке. Я вообще предлагаю срочно уехать из этого осиного гнезда.

- Подожди, не горячись. Нужно пока соблюдать конспирацию. Знаешь, такое словечко.

- В словаре посмотрю, - обиженно промямлила негритянка.

Через день, одевшись потеплее, Анастасия и Франсуаза с первой электричкой отправились в незнакомый районный городок. До Алексеевки от станции ходил автобус. На остановке никто не мог объяснить, когда будет первый рейс.

- А кто же его знает, - подвыпивший мужичок, косился с любопытством на Франсуазу, - может, сломался, а, может, и Ванька в загул пошел. А, что в совхозах теперь будут негры пахать? - не удержался выпивоха.

- Скажешь тоже, Парфеныч! И люди, и коровы разбегутся от черной рожи, - хихикнула приземистая баба в розовом берете и болоньевой куртке.

- Между прочим, - Анастасия строго посмотрела на женщину, - вы бы поаккуратнее выбирали выражения, моя подруга все прекрасно понимает на русском.

- Ой, неудобно как, - тетка прикрыла рот заскорузлой рукой.

- Знамо дело, - Парфеныч сплюнул. - Она не иностранка, а дитя фестиваля. Все вы бабы такие! Вам хоть черный, хоть желтый, лишь были брюки.

- Дураком ты, как был, таким и остался, - тетка в берете оскорбилась за весь женский пол. По своей женке других не измеряй!

Их перепалку прервал подошедший старенький автобус.

- До Алексеевки доедем? - вежливо поинтересовалась Анастасия.

Водитель, мрачный детина в кепке, выплюнул папиросу.

- Не обещаю. Видишь, на каком рыдване вкалываю. Денег у них нет на ремонт. Тьфу ты! - он смачно выругался. – Три месяца без зарплаты сидим.

- Вот, вот! - подал голос всезнающий Парфеныч, - а начальство себе особняки строит, никого не стесняясь.

Дорога до Алексеевки была жуткой. Автобус дергался, подпрыгивал, натужно ревел, пугая пассажиров. Вдруг сломается именно сейчас? Все притихли, словно боясь, лишним словом усугубить ситуацию.

- Кто Алексеевку спрашивал? - верзила-водитель в зеркальце нашел глаза Анастасии. - Вам у клуба или возле магазина тормознуть.

- Возле магазина, - бойко ответила Настя, быстро сообразив, что возле торговой точки сельчан будет побольше, а значит, кто-нибудь обязательно укажет дорогу.

Но она ошиблась. Возле крылечка под вывеской «24 часа» крутился лишь один пацаненок, по-городскому выряженный в яркую болоньевую курточку и шапку с надписью «Адидас».

- Как нам на улицу Луговую пройти?

- А! - мальчишка, открыв рот, не сводил восторженных глаз с Франсуазы.

- Вы прямо из Африки, что ли? - он засмеялся, радуясь своей догадливости.

- Про Луговую скажешь, я тебе про Африку расскажу!

- Это там, - мальчишка махнул рукой. - Сначала Ленина, Советская, а ближе к лесу - Луговая.

- Ну, а теперь ты, про Африку говори!

- Там слоны живут и обезьяны. У тебя какая отметка по географии? - спросила Настя.

- Да, я в школу еще не хожу.

- Ничего себе! А здоровый какой.

Осенняя непогодица уже начала разъедать деревенские дороги. Под кроссовками громко чавкала жирная грязь.

- Знаешь, когда-то в детстве у меня были резиновые сапожки, - вспомнила Настя, - удобно очень. А потом почему-то их перестали носить. Только здесь в деревне и увидишь.

И точно, навстречу им двигались черные, красные, желтые резиновые ноги. Они не обходили луж, не миндальничали с грязью. Хлоп! И вперед!

- Эй, горожанки, а к кому вы направляетесь? - женщина в красных сапожках и алой косынке окликнула девушек.

- К Шеромыжникам, - звонко отозвалась Настя.

- Это, кто же такие? - местная модница прищурилась. - Не припомню, значит, нет таких. Вы, наверное, не в ту деревню приехали. Тут дачники, бывает, часто плутают. Адрес-то есть? Есть, ну тогда ладно.

- Почему здесь все такие любопытные? - шепотом спросила Франсуаза. - Ведь, на Невском проспекте ни одна душа не поинтересуется, кто ты, да куда?

- Ой, уморила! - Настя искренне рассмеялась. - Смотри-ка, а вот и Луговая.

Дом под номером один стоял почти у самого леса.

- Симпатичный, окна светлые, ставни открыты, - Настя полюбовалась крепким бревенчатым красавцем. -На подоконниках цветы, верный знак, что обитает кто-то внутри.

Девушки поднялись на крыльцо и постучали в дверь. Прислушались. В ответ ни звука. Франсуаза толкнула дверь, она мгновенно легко и без скрипа открылась. В просторных сенях пахло яблоками и молоком.

- Есть кто дома! - не очень громко спросила Настя.

Никто не откликнулся. Переглянувшись, девушки взялись за руки и тихо двинулись по коридорчику, в конце которого была дверь с цветными стеклами.

Чуть приоткрыв дверь, Настя заглянула в щелочку. И не поверила своим глазам. Обстановка комнаты - диван красного дерева на гнутых ножках, кресло-качалка, рояль, живописные пейзажи на стенах, все это не соответствовало деревенской жизни, которая шумела за окнами. А еще больше удивила, спящая на диванчике черноволосая женщина, в длинном темном платье, с кружевным белоснежным воротничком.

- Т-с-с, - Анастасия приложила палец к губам и кивнула в сторону выхода. Франсуаза все поняла. И они на цыпочках отправились в обратную сторону.

- Кто там, не таитесь, заходите! - женщина уже сидела, приглаживая блестящие черные волосы, расчесанные на прямой пробор и стянутые в тяжелый узел на затылке. - Простите, я задремала. Сегодня очень рано поднялась.

- Это вы нас простите за неожиданный визит, - Настя почувствовала себя неловко перед изящной нарядной незнакомкой за свои старые джинсы и заляпанные дорожной грязью кроссовки.

- Вы, наверное, от Бориса? - женские глаза засияли, словно ворох приятных воспоминаний нахлынул вместе с произнесенным мужским именем. - Раздевайтесь, у нас тепло.

Франсуаза отметила про себя, что женщина никак не отреагировала на нее, будто каждый день общалась с темнокожими людьми.

- Когда же он приедет? - спросила грустно женщина. - Я его не видела с апреля, с его дня рождения. Его пушистые питомцы здесь у меня славно живут.

Настя кашлянула.

- Простите, но вы, наверное, нас приняли за кого-то другого. Мы приехали, чтобы узнать, живет ли здесь, как и прежде Шеромыжник Борислав Андреевич?

- Шеромыжник? - легкая морщинка пробежала по высокому чистому лбу.

- У Бори уже много лет другая фамилия. Любимов. Она ему подходит. Посмотрите, - женщина взяла с рояля портрет в изящной костяной рамке, - разве его можно не любить.

- Красавец! - согласилась Анастасия.

Темноволосый, синеглазый мужчина с белым котенком на руках по-детски доверчиво и безмятежно улыбался с фотографии.

- Так, значит, вы утверждаете, что этот человек и есть Шеромыжник Борислав Андреевич, рожденный двенадцатого апреля в шестьдесят девятом году в городе Ленинграде?

- Да, - женщина немного растерялась, так как Настя, вовсе не сознательно взяла тон следователя из телевизионного детектива. - А что случилось? Не томите меня, с Борисом все в порядке? Он ведь вчера утром мне звонил. Неужели...

- Нет! Нет! - крикнула Франсуаза поспешно, не вынося страданий хороших людей. - Не волнуйтесь, сейчас мы вам все объясним.

Три женщины сели за круглый стол. В хрустальной вазе пестрели крупноголовые георгины. На фарфоровом блюде аппетитно расползлась творожная ватрушка. Над чашками вился аромат душистого чая, заваренного с северными травами.

Хозяйка начала свой рассказ.

Светлый апрельский день еще поднимался над городскими крышами, как из серого каменного здания вышел человек в расстегнутом черном плаще и мягкой фетровой шляпе. В руках мужчины, по всей видимости, был новорожденный, завернутый в одеяло с большим голубым бантом.

Лицо мужчина было не просто бледным, оно было белым, как мел. Глаза печальны, рот скорбно сжат.

- Дюша! - от ствола тополя отделилась маленькая женская фигурка.

- Ты опять плакала, Зоя, - тихо констатировал мужчина, взглянув на опухшее лицо с красными веками.

- Ничего не могу с собой поделать! - виновато произнесла Зоя, вздохнув, протянула руки:

- Дай-ка, взгляну на малыша! - осторожно приняв невесомый сверток, откинула уголок одеяльца.

Ребенок, еще желтоватый, с белыми крупинками потницы на крохотном носу, нахмурив бровки, спал.

- Совсем на тебя не похож, - прошептала Зоя.

- И это очень хорошо, - откликнулся Воронков. - Каждый пусть будет похож сам на себя.

- Мы в Алексеевку поедем? - робко спросила Зоя.

- Там все готово.

- Да. А что Люся?

- Плачет. Нас с тобой проклинает. Говорит, что, если бы не мы, жила бы сейчас Боленька и солнышку радовалась.

Борислава. Борька. Боленька!

Озорная, страстная, по-детски не понимающая полуправды, что же ты натворила, глупая?

Стремительная, оглушающая любовь Воронкова к чудаковатой девице с телом богини очень скоро дала завязь новой жизни. Девять месяцев Боля ходила, как кенгуру, гордо выкатив вперед тяжелый живот.

- Там, в домике наша с Дюшей куколка, - радостно сообщала всем, кто заходил в гости. - Куколка пинается, ой-ой, пяточками бьется!

Тетка Люся готовила детское приданое. Подрубала байковые пеленки, вязала чепчики и пинетки.

Когда пришла пора, ехать в роддом, Борислава вела себя смирно, как примерная школьница, перед экзаменом. Дежурный врач родильного дома, чернобровый и улыбчивый Владимир Иванович, узнав артиста, засуетился.

- Что же вы, уважаемый товарищ, без звонка? Мы бы для вашей женщины лучшую палату организовали.

- Соня!— крикнул доктор в коридорную темень. - Беги, скорее сюда, посмотри, кто к нам пожаловал.

Соня, кучерявая, как барашек, беляночка на тонких, макаронных ножках, засюсюкала.

- Можно автограф. Я вчера на фильм ходила. Уревелась. Зачем вас там, в конце убивают?

- Замысел сценариста, - развел руками Воронков.

Борислава медленно раздевалась, аккуратно складывая домашнюю одежду в холщевую сумку, сшитую Люсей из старых штор. Теплый халат, который накинула ей на плечи разговорчивая медсестра, оказался и коротким, и узким. Зато на нем полыхали огромные цветы, они привели Болю в восторг.

- Ничего завтра талия появится! - подмигнул доктор Воронкову.

- Ну, что, милая, не боишься, - врач приобнял Болю, - поцелуй мужа и пойдем со мной.

- Я скоро приду, - ласково шепнул Андрей в женское ушко. - Будь умницей, делай все, что тебе будут говорить.

- Ладно, - она кивнула головой. Серые глаза от расширившихся зрачков казались черными. - Боле не больно, - закусив губу, она еле сдержала стон.

Начались схватки. К утру благополучно появился на свет среднестатистический младенец мужского пола, весом три пятьсот, ростом полметра.

- Зоя! Зоя! - голосил, ошалевший от радости и шампанского Воронков. - У меня наследник родился! Все. Из театра уходим. Наплевать, что сезон не кончился. У нас дела теперь поважнее есть. Ты будешь парня растить, я сочинять сценарий для самого необыкновенного фильма, Боля будет нас вдохновлять.

- А Люся кашеварить, - хихикнула маленькая стриженая женщина, подавая к столу тарелки со снедью.

Утихомирились поздно. Сидели, мечтали о том, чем будет заниматься мальчик, когда вырастет. Какие у него будут глаза и первые слова.

- Ой, не могу, - закатывала глаза пьяненькая Люся, - обо всем вспомнили, а про имя забыли. Как назовем пацана-то?

- Как это забыли? - возмутился Воронков. - За нас давно это уже решили - Борислав, и точка.

- Плохо, это плохо, - Люся вскочила, как ужаленная, - примета дурная. Зачем новому человеку имя покойного деда носить, да и материнское имя не годится сыну. Девчонки советовали Юриком назвать в честь нашего героя Гагарина. Одна улыбка у него чего стоит! Может, и наш таким же смелым, да красивым вырастет.

- Спорить не будем, лучше поднимем бокалы за юную мамочку, - в эту минуту Воронков готов был любить весь мир.

…Ночью Боля внезапно проснулась, положив по привычке руку на живот, и не ощутив выпуклости, она в ужасе закричала.

- Куколка, где моя куколка! Украли. И-и-и, - она кричала громче и громче, всполошив соседок по палате и вздремнувший медперсонал.

В эту ночь дежурила Элеонора Васильевна, желчная старая дева, не питающая особого расположения к роженицам. «Лучше бы книжек побольше читали, чем любовными глупостями заниматься».

- Женщина, - обратилась Элеонора Васильевна с брезгливым выражением лица к ревевшей Бориславе, - как вам не стыдно! Что вы орете, как полоумная. Здесь медицинское учреждение, а не базарная площадь. Вы понимаете, что злостно нарушаете режим. Завтра же доложу главному врачу, и выпишем вас без больничного листа.

Безусловно, эта была страшная угроза для женщин, которые только и ожидали синенького бланка с печатями, гарантирующего деньги. Но для Боли все эти слова были пустым звуком. В мире ее любви существовали только Дюша и куколка. И вот теперь куколки нет, а Дюша так ждал ее.

Боля завыла, как большая, обиженная собака.

- Что вы на нее глазеете, готовьте шприц с успокоительным! - произнесла Элеонора Васильевна ледяным голосом. Рядом с ней толстенькая медсестра хлопала глазами, не то от удивления, не то от дикого желания спать.

- Ты, ты украла! Отдай! - Болю пронзила догадка. Зло могла совершить именно эта неприятная баба.

Поняв, что ее горячие просьбы ничем не закончатся, Боля решила вступить в схватку за свою потерянную драгоценность. Она подошла к Элеоноре Васильевне и вцепилась в рыжий перманент. От неожиданности старая дева взвизгнула.

- Отдай куколку! - Боля тащила сопротивляющуюся женщину по длинному коридору, крепко держа ее за волосы. При этом вопили обе.

На крики сбежались медсестры из всех отделений, даже притопал старикан Никитич, ночной сторож.

Наконец, женщин отцепили друг от друга.

Элеонора с трясущимся подбородком и пылающим лицом смогла только выдавить из себя:

- Вызывайте мужа этой негодяйки!

Через полчаса примчался Воронков. По телефону ему ничего не объяснили, и он, ожидая услышать что-то непоправимо-горькое, обреченно сел на клеенчатую кушетку.

- Я тридцать лет здесь служу, - еще не совсем оправившаяся от схватки Элеонора Васильевна сухо начала разговор. - И, знаете, такое впервые. Да, бывало, впадали женщины в послеродовую депрессию, денно и нощно слезы проливали. У других случались истерики, все им чудилось, что подменили ребенка. Все я видела! Но такая распущенность, эгоистичная агрессивность, - Элеонора передернулась, вспомнив свое унизительное положение, когда сильная Борислава волокла ее, как тряпичную куклу, за волосы. - Ох, уж эта богема! - Элеонора поджала губы. - Мне девочки сразу шепнули, чья эта жена куролесит. Я вас уважаю, как человека искусства. Но… Уж вы-то с вашими данными и биографией могли найти барышню повоспитаннее, - она окинула режиссера оценивающим взглядом.

Андрей Бориславович многому научился за свою долгую жизнь, но вот отвечать хамством на хамство так и не научился. Он лишь коротко вздохнул и спросил:

- Простите, с ней все в порядке?

- Вы сейчас напишите заявление о том, что забираете вашу неуправляемую жену домой. Завтра администрация решит, что делать дальше. Я ни на секунду не останусь под одной крышей с подобной женщиной.

Две медсестры под руки ввели в кабинет все еще рыдающую Болю. Увидев Андрея, она застонала:

- У меня нет твоей куколки.

- Ну, что ты, милая, успокойся. Твой домик стал маленьким для куколки, и теперь она живет отдельно. Мы ее скоро увидим.

Медсестры переглянулись и фыркнули от смеха. Элеонора Васильевна брезгливо поморщилась.

Дома Боля успокоилась. Напившись чаю со смородиновым вареньем, она сладко заснула на плече Воронкова. Разбудил их телефонный звонок.

Мужской голос, представившийся главным врачом роддома, с хохотками и звонким причмокиванием сообщил, что ему доложена информация о ночном инциденте.

- Чего не бывает! Но возвратить беглянку необходимо. И она, и ребенок должны быть под присмотром хороших специалистов, хотя бы три дня. Так, что жду, вас, жду!

Обаятельным и разговорчивым оказался главный врач Овсеп Овсепович Саркисян.

- Я вас так просто не отпущу! - радостно возвестил он Воронкову. - Когда еще удастся со знаменитостью коньячком побаловаться.

Он достал из несгораемого шкафа пузатенькую бутылку, рюмочки.

- У меня и лимончик имеется! А девочка ваша, чудо, как хороша! - Овсеп Овсепович окинул статную фигуру Бориславы. —А глаза, какие умные глаза! Это я, как художник, говорю. По выходным даю волю своей страстишке, у мольберта работаю, - он, причмокивая, пригубил коньяк. - Эх, хорошо! Не волнуйтесь, девочку беру под свой личный контроль. Она отдохнуть должна. Мальчика родила славного. Так, что, милые мои, будем здоровы! - он выпил еще коньяку, пожевал лимон.

- Пойдемте в наши апартаменты.

Борислава успокоилась. Посадив на тумбочку свою тряпичную куклу и потрепанного плюшевого медведя, она послушно разделась и легла на свежие простыни.

- Вот и славно! - Овсеп Овсепович подмигнул ей, - я буду тебя частенько навещать, отдыхай, милая.

- Болечка! - Андрей склонился над женским лицом. - Я на три дня уеду на съемки, а потом тебя уже навсегда с малышом заберу.

- Боля ждать будет, - по-детски серьезно откликнулась женщина.

Роддом, которым командовал Саркисян, считался одним из лучших в городе. На кухне здесь не воровали, все нужные медпрепараты присутствовали, кроме того, для женщин была открыта библиотека. А в выходные и в праздничные дни Саркисян приглашал для концертных выступлений известных в городе музыкантов и артистов.

- Духовная пища необходима всегда и всем!

В этот субботний вечер он решил устроить просмотр фильма с участием Воронкова. А потом рассказать зрительницам, что буквально вчера, он, Овсеп Овсепович, простой паренек из горного аула, познакомился с артистом. Как они задушевно беседовали. Ну и самый главный сюрприз вечера - супруга известного артиста. Пусть полюбуются на Бориславу.

Приглашенный киномеханик уже настраивал свой переносной аппарат, когда Овсеп Овсепович, постучавшись в палату, по-старомодному церемонно пригласил молодую женщину в кино.

- Кино! - Болино лицо просияло. Люся несколько раз водила девушку в кинотеатр на Невском проспекте. Небывалый восторг вызывали у девицы сказки. Она эмоционально сопереживала всему, что видела на экране. Хлопала в ладоши, топала ногами, кричала «Уйди!» злодеям и разбойникам. Замечаний ей никто не делал, потому что рядом с ней сидели такие же взволнованные зрители – ребятишки семи-восьми лет.

Овсеп Овсепович усадил Бориславу на почетный первый ряд. Близковато, зато ни одна голова не мешает!

- Яблоко хотите? - шепотом спросил доктор, когда погас свет.

Боля кивнула головой. Она чувствовала, что этот маленький черненький человечек очень любит и ее, и Дюшу, а значит, он хороший и его можно не стесняться. Она смачно хрустнула яблоком. Вкусно!

Вдруг на экране возникло лицо Воронкова.

- Дюша! - обрадовалась Боля. - Я здесь, - она махнула рукой, уверенная, что он ее заметил.

Это был фильм, где Воронков играл роль белого офицера. Как и положено, по цензуре социалистического времени, офицер был высокомерен, язвителен и бесконечно несчастен. Боля от удивления забыла про яблоко, такого Дюшу она не знала. Зачем он с пистолетом? Почему убил парня, который пел у костра.

- Не надо, Дюша, не надо! - шептала Боля, теребя носовой платок.

Наконец, вплыл на экран и женский образ. Красавица цыганистого типа завлекла в любовные сети морально неустойчивого белого офицера.

- Я люблю тебя, - прошептал герой Воронкова, исступленно сжимая в объятиях черноглазую женщину, губы которой призывно приоткрылись.

Во время страстного поцелуя за кадром надрывно зазвучали скрипки, горько плача о том, что все преходяще на этом белом свете – за встречами приходят неизбежно разлуки.

- Мы никогда не расстанемся с тобой! - в усталых, грустных глазах актера стыли слезы.

Заплакала и Боля.

- Не могу, не могу! - резко вскочив со своего почетного места, она выбежала прочь из импровизированного кинозала.

- Что это с ней? - шепотом поинтересовалась старшая акушерка.

Главврач пожал плечами.

- Может, что с кишечником. Знаете, после родов ведь это частенько случается.

Сентиментальная экранная история уже подходила к своей развязке, когда вдруг сторож резко распахнул дверь и, включив свет, прохрипел:

- Она убилась!

Все задвигалось, засуетилось. Кто-то побежал вниз, кто-то стал звонить в какие-то бесполезные службы.

- Не уносите тело, прикройте чем-нибудь.

Бездыханная Борислава лежала на мокрой стылой земле. Рядом валялись замызганные игрушки - тряпичная кукла и плюшевый медведь.

- Понимала ли она, что эта разлука навсегда? - грустно спросил почерневший от печали Андрей.

Зоя вздохнула.

- Порою мне казалось, что Болечка понимает больше всех нас взятых.

А ровно через год, тринадцатого апреля Зою ожидала новая страшная разлука. Андрей погиб в автокатастрофе. Два актера, находившиеся в той же злополучной машине, выкарабкались из жутких травм и продолжали жить.

- Видно, кто-то шибко звал его к себе, - без обиняков рассудила старуха на кладбище. - И он, видно, не больно-то цеплялся за жизнь. Знать, испил ее сполна. Не в машине, так в другом месте со смертушкой встретился бы. Каждому свой срок даден. Зоя запретила себе страдать и плакать.

- Вот что, голубка, - сказала она сама себе однажды. - Полвека назад судьба вручила тебе чужого младенца. Ты хранила и берегла его, как зеницу ока. Ты любила его, и он благодарно отвечал тебе взаимностью. Всякая ли женщина может похвастаться подобным? Предают мужья, родные дети. И вот опять история повторилась. На твоих руках беспомощное нежное существо. Значит, небесам так угодно, чтобы ты была сильной и стойкой ради этого мальчика. Ты должна жить и радоваться. Бог опять дарит тебе истину настоящей любви. Голубка, немного подряхлевшая, но, как и прежде всегда чистенькая и опрятная, начала ворковать над своим птенчиком.

Соседки со всей деревенской округи и за глаза, и вслух осуждали старую женщину. Не нравились им ее причудливые шляпки, локоны на мальчишеской голове, музыка, которая лилась в открытые окна в самые страдные, потные дни. «Барыня» не обращала внимания на пересуды. Быть терпимой и мудрой научила не долгая жизнь, а любовь, которая делает душу зоркой ко всему подлинно-ценному и абсолютно слепой к тягучим серым мелочам обыденности. Так мощная река достойно катит свои воды к морю-океану, и суета мелькающих берегов не может существенно повлиять на устремленную к цели силу.

Мальчик носил странную двойную фамилию – Любимов - Шеромыжник. Так зарегистрировал новорожденного Андрей, впервые не посоветовавшись с Зоей Феофановной.

- Любимов, ладно, понимаю. Пусть притягивает и излучает энергию любви. А Шеромыжник? - Зоя пожала плечами, - это же просто невежественная транскрипция французских слов.

- Но его прадед уехал во Францию именно с этой фамилией.

- Ты хочешь, чтобы и мальчик тоже, - Зоя прикрыла рот ладонью.

В те времена эмигрантам навешивался презрительный ярлык «невозвращенец».

- Да, Зоенька, я хочу, чтобы мой сын, когда вырастет, говорил бы то, что думает, жил бы там, где хотел. И никогда не сливался бы с толпой, хоть ревущей, хоть рукоплещущей.

Как жаль, что Воронков так внезапно оставил сына одного на Земле. Может быть, все бы сложилось иначе.

Говорят, что старые люди балуют безмерно детей, оттого, что знают, как горька и несправедливо бывает порой жизнь. «Пусть хоть сейчас, в золотых денечках детства безмятежно нежатся, без наказаний и подлых обманов». С таким убеждением и растила Зоя Феофановна мальчишку.

Борислав рос задумчивым. Мог часами рассматривать плывущие облака или слушать шум быстротекущей речки. Зоя часто заставала его в слезах, приложив руку к груди, он тихонько жаловался: «Болю, болю».

Встревоженная женщина неоднократно возила паренька по клиникам. Но педиатры маститые, с седыми кустами в ушах и другие, молодые, с прыщами на выпуклых лбах, не обнаруживали патологии в детском теле.

- Перерастет! - твердили хором.

Будем ждать! Зоя просила Бога о том, чтобы отпустил он ей еще лет двадцать земной жизни. Страшно ей было оставлять Болюнчика, такого незащищенного, такого нежно-непонятного, совсем одного в примитивной и грубой жизни обычных людей.

Думала Зоя Феофановна иногда о Сане, о той краснощекой девочке из уральской эвакуации. Что-то неблагополучное происходило с душой Сани, пребывающей ныне в обличье женщины со странными повадками. Мужчин она на дух не переносила, называя низшими существами. На девушек смотрела с задорным интересом, любила похлопать по выпуклым местам и при случае перехватить жаркий поцелуй.

Наивная Зоя и не предполагала, что в мире существуют особые виды любви, которые люди окрасили в голубые и розовые тона.

- Феофановна! - кричала ехидно какая-нибудь соседка. - Иди, встречай, опять твоя мужичка приехала с новой куклой.

Зоя вздыхала. Не умеют люди понимать натур неординарных! Ну, что с того, что Саня непохожа на других? Беломор курит, юбки не носит, нагишом в речке купается. Зато подружки у нее миловидные, пухленькие, застенчивые, как барышни, прошлого века. Эти милые женщины охотно возились с Болюнчиком, ласково чесали кота Маркиза, который снисходительно разрешал им немного подурачиться. Зоя Феофановна учила барышень стряпать пироги, вязать крючком воротнички, составлять букеты из цветов. И, тем не менее, не могла Зоя представить, что ее мальчик будет жить в мире зыбких Саниных подружек. Было в них что-то ненастоящее, кукольное, это и настораживало любящее женское сердце.

Болюнчику исполнилось шесть лет, когда Зоюшка, его любимая, ласковая нянюшка, замертво упала, пораженная молнией, на крыльце дома, куда она выбежала под непролазный ливень. А потом случилась та жуткая сцена на кладбище, когда пьяный могильщик пристукнул кота Маркиза молотком, чтобы не мешал гроб закрывать. Так их и схоронили вместе - маленькую женщину с нежным профилем и черного непокорного кота.

- Ну, что, парень, жизнь, она штука тяжелая, - сосед дядька Руслан, положил тяжелую руку на хлипкое мальчишеское плечо, - у нас пока поживешь. Ну, пойдем что-ли? - не нравилось татарину окаменевшее лицо Болюнчика.

- Нет! - покачал мальчик головой. - Я с ними останусь, - он опустился на корточки и, с ужасом глядя на могильный холм, прошептал:

- Там же темно и холодно, - слезы градом полились из детских глаз. - Болю, болю, - забился в истерике.

- Эх, ма! - Руслан взял рыдающего паренька на руки, так и принес домой.

Роза, его жена, хлопотала у стола, готовясь к поминкам.

- Говорила же тебе, не бери мальца с собой, зачем сердце надрывать. Бедняжка, бледный, холодный. Быстрее клади его на печь, да шубой прикрой.

- Борик, Борик! Ты меня слышишь? - это младшая Зайтуна пробралась к мальчишке на печь. - Открой глазки, пожалуйста. Мамка тебе травник заварила.

- Второй день не пьет, не ест, - кручинилась Роза, - уходит из ребенка жизненная сила.

- Нет, нет, не говори так, мама! - сердилась Зайтуна, топая ножкой. - Я вот ему сейчас песенку спою.

Тоненьким ясным голоском девочка, как птичка, чирикала и подсвистывала. Но мальчик не реагировал ни на звуки, ни на прикосновения. Он лежал, как старичок, кряхтел и стонал. Зайтуна не сдавалась. От Матрены она принесла толстенького черного котенка. Пушистый комочек громко замурлыкал возле бледного мальчишеского лица. Зайтуна строго следила, чтобы питомец не покидал своего поста. Накормив котенка и выгуляв, она упрямо возвращала его на печку. В тот же вечер Болюнчик попросил чаю, а через неделю все в облегчением поняли, что беда миновала. Мальчишка начал есть, играть с котенком.

Уклад семьи Файззулиных был немудреным. Руслан засветло уходил в ремонтные мастерские при совхозе. Роза, как заведенная, носилась по дому и двору. Дела никогда не заканчивались. Старшие девочки помогали матери после школы. Когда садились за стол, ели с одной большой сковороды картошку, жареную с луком и мясом, салфеток не признавали, как и лишних разговоров. Молча, сосредоточенно пробивались через житейские будни. В доме не было ни одной книжки, кроме девчоночьих учебников. Зато целый день вещало радио.

Зайтуна ни на минуту не желала расставаться со своим Бориком. Она расчесывала ему локоны по утрам, по вечерам пела колыбельные песни. Он не замечал нежного девчоночьего обожания. Все его мысли и эмоции были сосредоточены на шустром Черныше.

- Вы мальчонку навсегда приютили? - поинтересовалась как-то звонкоголосая Любка-почтальонша.

- А что? - Роза развешивала белье во дворе. «Лучше бы сказала, как я чисто стираю», - подумала с досадой.

- Да, так ничего, - Любка чихнула, - говорят, у Феофановны денег много от режиссера осталось.

У Розы от возмущения чистое полотенце шлепнулось в грязь. Она смачно выругалась. Любка укатила на своем велосипеде. Вечером Роза пересказала разговор Руслану. Тот побагровел:

- Завтра пойду, всем бабам языки пообрезаю. Мальчонка только в себя пришел, а они его хотят сплетнями опутать! Что за люди бессердечные!

- Ты не горячись, Русланчик. Вопрос-то серьезный. Может, в конторе узнать, как все по закону оформить. Рос бы у нас сыном.

- Я, Розка, из него настоящего мужика выращу!

На том и порешили. Спать уже собрались. Роза взбила пышные подушки, гордость из девичьего приданного, воздушные, перышко к перышку собранные. Вместе с маменькой подушки-то мастерили. Вдруг затарахтел мотор у забора.

- Кого это на ночь принесло? - Роза отодвинула занавеску.

Две женщины, громко переговариваясь, направлялись к соседнему дому.

- Словно, не видят, что дом пустой, - поежилась Роза. - Выйди, Руся, спроси, чего хотят.

Руслан накинул на майку пиджак.

- Гражданочки, прошу прощения, кого ищите?

- Любимова Борислава Андреевича.

- Не понял?

- Ну, мальчика, который здесь с няней жил, - раздраженно пояснила высокая, плечистая дама в брюках и широком пуловере.

- А, - Руслан не спеша, прикурил. - Так, он у нас ночует.

- А мы вчера телеграмму получили из канцелярии совхозной, - пропищала та, что поменьше. - Александра все дела бросила, за ребенком поехали.

- Я вам сейчас дом открою, - смилостивился Руслан. - Мы после похорон Зои один раз и зашли, вещички кое-какие для пацана взяли. - Печку топить будете? - спросил деловито.

- Посмотрим, - высокая не церемонясь, вошла в комнаты. - Я здесь не впервой. Камины изучила достаточно.

Болюнчик в щелочку между занавесками наблюдал, как ожили окна в доме напротив, как задвигались тени. Одна плечистая, в ней он узнал тетку Саню, другая, как бочонок, кругленькая.

- Кто это? - как можно тише, спросила Зайтуна, дышавшая у мальчишеского плеча.

- Видно, в гости приехали. А в доме никого, - сокрушенно ответил Болюнчик. - Как же так! - пухлые губешки растянулись в горькую гримасу.— Сейчас бы Зоюшка торт испекла, кофеек заварила, потом бы на рояле играла.

- Я научусь, вот увидишь, - жарко прошептала влюбленная девчонка, - и торт печь, и музыку исполнять.

- А где Черныш? - забеспокоился Болюнчик.

Уже тогда мир человеческих эмоций казался ему блеклым и неинтересным. Миру людей он предпочитал мир природы. Но и в этом мире у него был приоритет, признавал он только кошачью породу. Прижав котенка к сердцу, он блаженно и сладко заснул.

А утром Зайтуна заголосила:

- Не отдам Бориску, он мой!

Выбежав по нужде в лопухи у забора, она услышала, как тетки из соседнего дома горячо обсуждали моменты воспитания мальчика.

- Сань, теперь у нас будет настоящая семья, - пухленькая поливала холодной водой крепкую спину подруги. - Я буду печь такие маленькие пирожки, чтобы во рту таяли, еще компот делать из ягодок.

- Ах, ты, моя ягодка! - Саня распрямилась и смачно поцеловала подружку.

Зайтуна в ужасе вбежала в дом. Ее не напугали женские поцелуи, ее страшила разлука с Болюнчиком.

- Ну, чего ты, доча, слезы льешь? - Роза вытерла руки о фартук. - Боря будет приезжать в гости, и мы иногда сможем его навестить в городе. Он ведь нам не чужой.

- Идут, - пролепетала плачущая девчонка и спряталась от гостей.

- Соседка, если я правильно помню, вас Розой Маратовной величают?

- Да, да, - растерянно закивала головой Роза, - а вы ведь - Александра, проходите, милости просим, - она пододвинула гостье стул.

- Спасибо. Но, честное слово, мы очень ограничены во времени. Пойдемте в дом к Зое Феофановне. Мы при вас должны взять кое-какие вещи и составить опись остающегося имущества.

Розе последние слова показались уж очень мудреными.

- Может, мужа дождемся? Его на ферму вызвали, какая-то авария. Да, вот, что мы еще думали, - Роза заискивающе смотрела на деловитую гостью, - может мальчик у нас поживет. Мы к нему привыкли.

- Вы говорите нелепые вещи! Как подобное могло в голову прийти? Ребенок должен получить воспитание и образование, достойное имени его отца.

Новая жизнь Болюнчика началась на улице Моховой. Большой город угнетал и раздражал мальчика. У него кружилась голова от грохота трамваев и машин. Он не понимал, зачем люди толпой ходят в музеи и, сгрудившись возле какой-нибудь картины, слушают нудный рассказ об эпохе, жизненном пути мастера. Скука! А в театре, куда привела его гордая своей ролью воспитательницы, Александра, мальчик расплакался после получаса присутствия в зале.

- Что случилось, что? - допытывалась Александра.

Он молчал, всхлипывая. Как он мог объяснить детскими словами, что вся ситуация показалась ему фальшивой и неестественной. Зачем взрослые люди, притворяясь детьми, бегали по сцене, кривляясь, и ломая голоса. Болюнчику было стыдно за них, и обидно за всех, кто сидел в темном зале, позволяя себя обманывать.

Очень скоро воспитательный пыл Александры угас. Мальчишку оставили в покое. Целыми днями он валялся на тахте, в бывшем кабинете Воронкова.

- Чем ты занимался, дорогой, сегодня? - интересовалась за ужином Александра.

- Думал, - серьезно отвечал Болюнчик.

- Достойное занятие для будущего мужчины, - с удовлетворением констатировала Саня. - Скоро в школу пойдешь, дум прибавится.

Школьная система огорчила Болюнчика до глубины души. Он понимал хорошо все предметы: арифметику, письмо, чтение. Одного он не мог понять и принять: зачем нужно жить и учиться в толпе. Он физически не переносил скопление людей и сопутствующие этому явления - многоголосье, смешение запахов и взглядов.

Мальчик страдал. Ему было скучно и тоскливо слушать детские истории. Он не реагировал ни на плохое, ни на хорошее отношение сверстников к самому себе. В школе за ним утвердилась кличка «Чудик». И даже Соня Певзнер, которая просидела с ним за одной партой четыре года, отказалась от него. Теперь она подкладывала в портфель конфеты и яблоки веселому хулигану Клепикову. С истуканом разве можно дружить!

Болюнчик оживал, становясь нежным, смешливым, храбрым лишь в тот момент, когда на его пути возникало хвостатое создание. Кошек он обожал и готов был часами наблюдать за грациозными животными. А, уж, если ему удавалось схватить на руки какую-нибудь ушастую беглянку, счастью не было предела. Прижимая к себе хрупкое тело, он чувствовал, как сладкая волна переполняет все клеточки его существа.

В пятом классе у него обнаружилась еще одна страсть - французский язык. Учитель, сухой, маленький старичок, показался волшебником. Заброшены были все другие учебники. Занятия французским стали отрадой, увлекательным путешествием, веселой авантюрой.

Старичок - учитель, Петр Петрович, пока был жив, очень дружил с Борисом. Ах, как они вместе чудесно проводили время! Читали вслух Золя, Мопассана, слушали пластинки. Петр Петрович боготворил Эдит Пиаф.

- Этот воробышек мог бы проникновенно пропеть и телефонный справочник. Разве не так?

Борис соглашался. Жил Петр Петрович в огромной коммунальной квартире на улице Пестеля. Окно его длинной, словно вагон, комнаты выходило прямо на помойку. Вокруг мусорных бачков кипела занятная кошачья жизнь. Борис сидел у оконного экрана часами.

- А вот и рыженькая пришла. Нет, вы только, посмотрите, какая кокетка. Увидела, что за ней наблюдает полосатый и даже походку изменила. А серая, какая жадная! Выхватила все-таки у рыженькой колбасную шкурку.

Петр Петрович хмыкал и посмеивался. «Такой непосредственный, неординарный мальчик. Наверное, у него был бы такой точно внук, если бы дочь Светочка осталась живой».

Старик часто рассказывал Борису о погибших в блокаду жене и дочке. Он волновался, переживал, рассматривая старые пожелтевшие фотокарточки. Смахивая слезинку, он и не подозревал, что мальчишку абсолютно не трогает эта история, более того он просто не слышал ни одного слова. Такая была у Болюнчика особенность - отключаться мгновенно, как только заходила речь о чем-то сокровенно-человеческом.

Единственное, за что он был благодарен старому учителю - за разрешение приходить в гости с кошкой на руках. Лаская новую подружку, Болюнчик чувствовал умиротворение и удивительную гармонию с внешним миром.

В квартире на Моховой держать животных запрещалось. Александра чихала и чесалась от кошачьей шерсти.

- Аллергия! - энергично произносила Саня редкое по тем временам словечко.

Болюнчик долго не решался и все же шепотом спросил однажды:

- А что это такое, аллергия?

- Это отрицательная реакция организма на что-нибудь.

- Понятно, - покачал головой парень. Теперь он знал, как называется его чувство ко всему, что происходило в большой квартире на Моховой.

Гости здесь не переводились. Были они все, немного странноватые. Приходил мужчина с накрашенными губами и жеманно называл себя Юлей. Хотя Борис сам лично видел его на экране телевизора и там он звался Юрием. Юлю-Юру сопровождал лохматый танцор из балетной труппы. У самой Александры подружки менялись, чуть ли не каждый месяц.

- Если я такая влюбчивая, что мне делать? - жестко заявляла Саня бывшей пассии, когда та рыдала и умоляла «не бросать ее».

Совратила Болюнчика толстая, усатая Грета, певица из оперного театра. Оставшись ночевать на Моховой, она ранним утром залезла под одеяло, где досматривал свои сны долговязый хрупкий подросток. От прикосновения жадных женских рук на мальчишку накатила темная незнакомая волна.

- Ну вот, теперь ты крещеный, - пропела Грета басом.

Когда пелена спала, мальчишка лежал растерзанный, не мог двинуть ни рукой, ни ногой. Грудь разрывала боль. Тягучая боль от стыда, отчаянья, страха и чего-то такого, чему названия он не знал.

Болюнчик слышал, как Грета, гремя посудой на кухне, смачно сказала Александре.

- А мальчонка ничего на вкус оказался. Ты не ревнуешь?

- Скажешь тоже, - равнодушно откликнулась хозяйка. - Ну и хорошо, что Бориска науку любви начал дома осваивать, а не в подворотне.

Теперь нахальная Грета настигала Бориса то на кухне, то в ванной. Ее ласки были сладко-противными, мучительными, но вырваться из ее крепких рук силенок у парня не хватало. После любовных пыток он убегал к Петру Петровичу, но не мог рассказать добродушному старику о своих терзаниях. Только очередной подружке, снятой с помоечного бачка, он жарко шептал что-то в мохнатое треугольное ушко, при этом на его красивом лице проигрывалась вся гамма чувств, от отчаянья до восторга.

- А это, тот самый милый котик? - седой поджарый режиссер, вручив Александре презент за «тонкую и умную рецензию на спектакль», направился к Болюнчику, который полулежал в кресле-качалке, бездумно глядя на волнующуюся листву тополей за окном.

- И, правда, необыкновенный, - в глазах режиссера вспыхнули огоньки. - Бессовестная Гретка мне все уши прожужжала. Какие хрупкие запястья! Гибкая спинка! А глаза, боже мой, я не встречал таких бездонных синих глаз. Ты хочешь, милый мальчик, стать моим любимым принцем?

Для своего юного божества седовласый режиссер был готов на все. В ненастные зимние дни он увозил Болюнчика к теплому мору, подавал шампанское с клубникой в постель, разыгрывал перед пацаном все репертуарные спектакли, талантливо меняя голоса и пластику.

На шестнадцатилетие Болюнчика режиссер подарил однокомнатную квартиру на Васильевском острове.

- Считай, что я тебе вручил ключи от всего острова. Я ведь по паспорту Василий. А значит, Васькин остров - мой! Если хочешь, зови меня Василисой. Я так устал от своего сценического псевдонима. Аскольд! Да, тот человек, кто подарил мне это шикарное имя и судьбу, так же беззаветно меня любил, как я тебя. Не очень тогда я понимал чувства пожилого человека. Нам все возвращается сторицей. Я ведь чувствую твое равнодушие. Мне больно. Но не видеть тебя, не баловать, не нежить, я не могу. Страсть сильнее меня.

Болюнчик вздыхал, думая лишь об одном, когда, наконец, дела призовут романтичного влюбленного к себе. И он останется один в своей собственной квартире. Наконец-то сбылась мечта! Болюнчик - хозяин своей судьбы. Первым делом парень накарябал на альбомном листке. « Кошачий дом. Вход человеческим особям только по приглашению». Сразу после новоселья он со всех окрестных помоек притащил мяукающих, царапающихся, недоверчивых кошек.

- Бедные вы, мои крошечки! Мерзкие двуногие твари выгнали вас! Ну, зато теперь вы будете жить королевами.

Он бережно закапывал в гноящиеся глаза и носы импортное лекарство, выкармливал из соски слепых котят, принимал роды у уличных красавиц.

Аскольд не разделял этой страсти, но, что поделаешь, как говорится, «лишь бы дитя не плакало». Из всех гастрольных поездок, по заказу своего любимца, он привозил кошачьи колыбели, мисочки, шампуни и присыпки. Но, подловив дворничиху, орудующую метлой и скребком, он сунул ей деньги и убедительно попросил:

- Разгоняйте всех тварей из двора. А то наш мальчик такой сердобольный. В доме уже пять кошек. А он готов и других пригреть…

Разбитная баба громко фыркнула:

- У богатых свои привычки. Перерастет. Придет время - бабами увлечется, и забудет про кошек. Природа возьмет свое!

От подобного предположения Аскольд сморщился, как от зубной боли.

Тем временем Борислав Любимов окончил школу и, получив аттестат, долго недоумевал, зачем ему вообще нужна эта картонка с цифрами.

- Впереди только филфак, - коротко и веско заявила Александра. - Твой французский и мои связи - отличная гарантия для поступления.

Университетские будни - занятия, семинары, зачеты, экзамены, какие-то неизбежные отношения с однокурсниками, абсолютно ничего не значили для сердца юноши. Все это был лишь размытый фон главной его жизни, которая начиналась лишь в тот момент, когда он прижимал к себе мурлыкающее существо. После университета, опять же Александра пристроила молодого специалиста на самые престижные в городе курсы. И вот уже несколько лет он был Борислав Андреевич, профессор.

Незаметно из его жизни исчез Василий-Аскольд. Неугомонный режиссер увлекся свежим розанчиком, толстеньким четырнадцатилетним Виталиком. За Бориславом стал ухаживать вкрадчивый тенор - Валентин. Он самозабвенно врал Болюнчику о своей привязанности к кошкам. Тенор окончательно растопил сердце молодого мужчины тем, что однажды принес с Кондратьевского рынка большую корзину, в которой копошилось около десятка котят.

- Как я счастлив! - ликовал Болюнчик, обнимая щедрого благодетеля.

- Это еще что, - Валентин лукаво посматривал на своего возлюбленного. - Мы создадим фирму «Кошкин дом». Устроим обездоленным животным санаторий.

- О да! - воодушевился Болюнчик и начал вслух фантазировать о кроватках, тарелочках, салфетках для кошек.

На бледном лице появился нежный абрикосового цвета румянец, серые, обычно холодные глаза приобрели цвет ночного моря, а губы, какие они обворожительные в искренней улыбке. Валентин не мог оторвать восхищенного взгляда. « Ради этой красоты стоит жить и творить»!

Через несколько дней в дневнике Болюнчика появилась следующая запись. «Валентин - настоящий мужчина. Он не бросает слов на ветер. Фирма «Кошкин дом» существует. Даже печать есть. Очень выразительная, круг, а в центре силуэт изящной кошечки. Я уже наставил эти оттиски, где возможно. Вот придет Александра, нужно бы и ей документы украсить.

...Сегодня новая радость, наконец, мы нашли помещение. Домики в тихом месте. Как только Валентин вернется с гастролей, он займется ремонтом. А я пока привожу в порядок документики на моих воспитанниц. Делаю паспорта, обязательно с фотографией, завожу медицинские дневники на каждую.

...Наша фирма расширяется. Уже есть филиалы в нескольких районах. Нанимаю людей. Тяжелое это дело отыскать чутких, душевных педагогов. Завтра поеду в Алексеевку. На Луговой у меня замечательная работница.

... Ну вот, Валентин опять укатил на гастроли. Такова доля артиста - перекати поле! А сегодня он мне был так необходим! Случилось интересное событие. Все по порядку изложу.

Мы с Фросенькой дремали после сытного обеда. Она улеглась на моем плече и нежно пела. И вдруг раздался звонок. Сначала я не хотел подниматься. В памяти всплыло мерзкое лицо дворничихи. Как я устаю от грубых людей! Но... если бы это была она, то звонок бы нахально трезвонил, не умолкая. Кто еще? Может, Валентин? Он однажды сорвался с гастролей, купил билет на ближайший рейс и внезапно нарисовался в квартире. Ему, видите ли, приснился сон, что я влюбился! Боже мой, неужели он до сих пор не понял, что мне бесконечно безразличны человеческие существа.

Деликатный, без излишнего нажима, звонок повторился.

Встал, открыл дверь. Вот сюрприз - ко мне пожаловали две барышни. Одна - цветная француженка, другая - интеллигентная блондинка.

Я пригласил дам в зал, так как они сообщили мне, что пожаловали по чрезвычайно важному для меня делу. Блондинка, назвавшаяся Анастасией, обстоятельно и разумно поведала мне фантастическую историю о моем прадеде, деде, отце. О! Черствая Александра не удосужилась пролить свет на тайны моей родословной.

А Зоюшка, милый мой, незабвенный друг! Ой, кажется, я плачу. Слезинки капают на лист, как дождь на крышу. Да, да, она не успела мне рассказать. Я припоминаю, что в нашем доме на Луговой действительно была розовая, перламутровая шкатулка. Кто бы мог подумать, что в ней хранились драгоценные письма и дневники.

Скорее бы уж явился Валентин. Противный! Как он не чувствует мое нетерпение? Отель на Лазурном берегу! Вот, где будет настоящий «Кошкин дом». Я привезу туда моих русских крошек, а потом займусь воспитанием француженок. Хотелось бы послушать их парижское мяуканье.

Когда барышни мне все убедительно рассказали, я не сдержался, и от радостных вестей начал танцевать. Вместе со мной повальсировала и цветная барышня.

Анастасия, вот уж серьезная дама, раскрыла блокнот:

- А почему вас не интересует, как мы вас разыскали?

Не перестаю удивляться людям, какие глупости они порой говорят. Разве так уж важно: как, почему? Есть факт - нашли! Зачем лишние объяснения и замороки? Но она не успокоилась и начала мне в подробностях рассказывать, как они добирались до Алексеевки, как Зайтуна, такая хорошая женщина, ждет и любит меня. Но я-то здесь причем?

- А теперь, - Анастасия мягко улыбнулась, - нам бы хотелось вас сфотографировать. Ваша родственница очень хочет посмотреть на вас.

- О! Без проблем. Но только с моей красавицей!

Я прижал к сердцу мое пушистое чудо и улыбнулся в объектив. Щелк! Я уверен, что мы с Фросей очень понравимся нашей бабушке-француженке.

- Если бабушка захочет, пусть позвонит мне, - я достал из кейса визитную карточку.

- Но мадам Дюваль не говорит на русском, - словно извиняясь, произнесла черненькая.

О! Как я посмеялся! Они смотрели на меня с недоумением, пока я хохотал.

И тут я выдал им пикантную смесь. Стихи Рембо я перемежал цитатами из Бальзака, вспомнил и Лафонтена, уж сейчас не помню, что было еще в моем французском попурри.

Они обе раскрыли рты. Не преувеличиваю.

Потом взволнованная Анастасия пожала мне руку:

- Вы настоящий наследник!»

На этом запись в дневнике Б. Любимова оборвалась.

КОМАНДИРОВКА В ДЕРЕВНЮ

- Алло! Это общежитие для иностранных студентов?

- Так точно, - бойко выкрикнул в телефонную трубку Санька, который дежурил в этот день на вахте.

- А, как мне услышать коменданта, Ложкина Владимира Викторовича?

- Кого, кого? - переспросил Санька. - Вы, наверное, ошиблись номером.

- А вот и нет! - хихикнул в трубке женский голос. - Ваш Ложкин номерок-то сам накарябал. Вот она, записулька, перед глазами.

- Минуточку, - Санька увидел, как по коридору движется массивная фигура Махова.

- Лев Львович, постойте! Там Ложкина какого-то спрашивают, да еще уверяют, что он у нас главный комендант.

Густо побагровев и сведя к переносице стрелы бровей, Лев Львович в два прыжка оказался возле телефона.

- Кто это? - рявкнул в трубку.

- Кто, кто? Лошадка без пальто. А это сам Ложкин? - ехидно поинтересовался игривый голос.

Комендант мгновенно узнал Лису-Патрикеевну из театра.

- Елизавета, будешь так шутить, верняк, муженька твоего посажу. Загулялся он на свободе.

- А разве я шучу? - капризно протянула Лиза. - В прошлый раз, когда вы к нам заходили, из вашей курточки, что на вешалке болталась, кусок паспорта торчал. Я хотела поправить, поглубже засунуть, а не получилось. Паспорток прямо в руки упал. И страницы сами прошелестели. Там, я и увидела и имя, и фамилию, и отчество. И фотку вашу с солдатской стрижечкой.

- Заткнись! - зловеще прошептал комендант. От нахальных подробностей и издевательского тона, у него даже под ложечкой засосало.

- А, если заткнусь, то не узнаете, выполнила я поручение или нет! - актриска продолжала дразнить Ложкина.

- Ты, как я посмотрю, смелая шибко стала.

- А мне теперь бояться нечего. Шуру моего упекли за решетку. Дурень! Набрал в универсаме продуктов целую сумку. А рассчитаться забыл.

- Отделение какое?

- А неважно. Пусть посидит. Творческий отпуск, так сказать.

- Все вы, бабы, дуры!

- Наверное, - хихикнула Лиза, - и француженка ваша такая, как мы, разве нет?

- Видела ее?

- Во всей красе. Разглядела, запечатлела. Готова фотки отдать. Но только за гонорар. Уж очень я рисковала.

- Сколько? - Ложкин заскрежетал зубами от злости.

- Сто бачинских. Почти бесплатно по старой дружбе уступаю. Встречаемся в семь на Витьке.

- Где, не понял?

- На Витебском вокзале, олух!

Положив трубку, комендант смачно выругался.

- При детях нехорошо так выражаться, - нравоучительно произнес Санька.

- Ребенок-жеребенок, это ты что ли? - Ложкин добавил еще пару непечатных слов.

На назначенную встречу, Елизавета явилась с двумя мордоворотами.

- Салют, кореш! - выдвинул челюсть один из них, - деньги вперед.

- Товар покажи, артистка! - как можно язвительнее произнес Ложкин.

Лизкино лицо сияло. Ну, наконец-то, человек, которого она ненавидела так страстно и долго, зависим от нее сейчас.

Нарочито медленно, словно раздумывая, отдать или не отдать, она щелкнула замочком портфеля.

- Ой, а где же фотографии? Неужели дома забыла. А... вот они. Все здесь. Это я у Эйфелевой башни. Это наш режиссер в Лувре. Опять я в кафе. Между прочим, за этим столиком часто Хемингуэй сиживал. Так, девчонки-танцовщицы в Люксембургском саду.

- Хватит побасенок! - не выдержал Ложкин. - Не за тем пришел.

- Разве? - выщипанные бровки поднялись домиком. - Ну, я же впечатлениями делюсь, как щедрая натура. Нашла. Вот она, ваша красотуля.

- Деньги? - воротила в футболке и домашних шлепанцах вплотную приблизился к Ложкину.

Жаба душила коменданта. Не сводя презрительного взгляда с противной ему до тошноты Лизкиной физиономии, он вытянул из бумажника одну купюру.

- И за молчание добавь, пятьсот рубликов, - подал голос второй громила с бритой головой.

- Да, верно сказано! - Лизка растянула губы, демонстрируя мелкие желтые зубы. - И тогда я забуду, что ее зовут Франсуаза Дюваль, и бумажку с номером телефона сожгу.

- Ах, ты и тварь! - Ложкин готов был разорвать на куски это тщедушное бесцветное создание.

- Но, но, папаша! Поосторожней со словами, - лысый мордоворот стал отпирать коменданта к стене. - Сатисфэкшиен требуем...

- Да, идите вы, - Ложкин торопливо отсчитал пять сторублевок, выхватил конверт с фотографиями из женской руки и заспешил к метро.

Троица дружно загоготала ему вслед.

Отдышался он только в знакомом скверике рядом с общежитием. Сел на свою укромную скамью.

Но и здесь ему сегодня было беспокойно, душно, неуютно. Впервые за долгие годы он почувствовал острое желание - снять парик. Оглянувшись по сторонам и не заметив ничего подозрительного, он стянул с черепа тяжелую длинноволосую гриву. Достал платок и тщательно вытер вспотевший затылок, на котором, как и много лет назад зияли плешивые воронки. Едкий лишай, подхваченный в детстве, оставил отметины на всю жизнь.

- Ну вот! Вроде полегчало…

Ложкин достал из папки Лизкин конверт. Посмотрев одну фотографию, вторую, мужчина оцепенел. Он ожидал, какого угодно портрета. Но, не такого уродства!

Маленькая горбатая старуха с морщинистым лицом, с крючковатым носом и выпученными светлыми глазами, словно явилась из фильмов ужасов.

- Сколько же ей годков-то будет, моей невестушке? - невесело присвистнул, размышляя. - Хотя, может, оно и к лучшему, что не моделью родилась эта чертова француженка. Была бы чуть покраше, давно бы уже и замуж вышла и выводок наследников наплодила. А такая квазимодиха никому не нужна, кроме Вовки Ложкина. И, конечно, она не откажется от замужества. Ясное дело, всю жизнь только об этом мечтала, а потом будет в знак благодарности ноги целовать. Да… Хорошо-то как будет!

Ложкин позволил себе немного помечтать. Очень нравилась ему картинка, живущая в его воображении много лет. Закрыв глаза, он вновь вызвал приятные образы. Бирюзового цвета морская гладь, на ней белоснежная яхта, на палубе, освещенной солнцем, загорелый статный мужчина.

- Вовчик, как дела? - интересуется нежный женский голос.

- О кей, - бросает он небрежно через плечо, зная, что рядом с ним стоит самая родная и любимая женщина.

- Черт возьми! - спохватился Ложкин. В его идиллию ни каким образом не вписывалась горбатая старуха с выпученными глазами. Он всегда представлял... А кого он представлял? И только сейчас его осенило. Рядом с собой в счастливых фантазиях он видел застенчивую угловатую недотрогу, Любку Румянцеву с улицы Чапаева. Да, свою мать, молодую, наивную, с тонкими косицами и очечками на коротком носу.

Видимо, настоящую сердечную привязанность не дано вытеснить ничем и никем. Умом он всегда осуждал мать за непонятную страсть к матерому уголовнику, за кротость и всепрощение, за бесполезные увлечения музыкой, стихами. Жесткий рассудок заглушал голос души. Но она, безмолвная душа, продолжала страдать и любить.

- Да, что это я вдруг? - рассердился Ложкин сам на себя. - Всякая белиберда в голову лезет. Это все из-за этой несносной бабенки, Лизки. Нужно бы в театр, где она работает, звоночек сделать. Возмущенно сообщить, что актриса детского театра пьет, гуляет, иными словами, ведет аморальный образ жизни.

Замечательно, в тихий августовский вечер отдыхать на лоне природы. Но дела гонят и не дают покоя. Ложкин вздохнул, нахлобучил парик и медленно направился в сторону общежития. Куда буквально за пять минут до его прихода влетел взбудораженный Санька.

- Славик, что я тебе скажу! - он наклонился к уху приятеля и жарко зашептал. - Я только что сейчас нашего Леву без шапки видел. Он лысый.

- Правда, что ли?

- Точно тебе говорю. А шапка его мохнатая или, как называется, рядом лежала.

- Париком это называется, - задумчиво произнес Славка. - Но зачем ему это нужно?

Хлопнула дверь.

- Как служба? - мрачно поинтересовался комендант.

- Порядок. Вот еще один видик починили.

- В журнале записали?

- А как же! Обижаете, мы инструкции четко выполняем.

- Слушай, - комендант подошел к Славику, достал из конверта фотографии. - Не узнаешь родственницу?

Санька, первым взглянув на изображение, громко фыркнул:

- Да, это же баба Яга!

- Цыц, ты, малявка, - шикнул комендант, даже не подозревая, как прав парень.

Зловредная Лизка, решив отомстить своему ненавистному мучителю, взяла из театрального архива снимки постановки про бабу Ягу и Кощея бессмертного. Фотографии настоящей Франсуазы она припрятала. Хотя сама не знала зачем. Авось пригодятся! И на встречу с Ложкиным она взяла двух товарищей по сцене, которые во всех телесериалах играли блатных.

Славик долго смотрел на фотографическое изображение старухи. Делал вид, что разглядывает, а сам размышлял. Вероятно, комендант берет его на понт. Хитрая бестия, все какие-то капканы расставляет. Но и он, Борислав Шеромыжник, не лыком шит.

- Время очень меняет людей, - произнес Славка многозначительно. - Нужно бы с другими фотографиями сравнить. Матери моей, что ли показать?

А ты свою старушку, я имею в виду, мать, давно видел? - поинтересовался Махов, зевая.

- Давненько, - вздохнул Славка. - Вчера вот соседка с Таврической звонила, говорила, что вроде мать приболела и мне навестить ее нужно. Немолодая уже, мало ли что случится в любой момент может…

- Дело серьезное. Ехать-то далеко?

- В одну сторону часа два будет.

- Ясно. К сожалению, я не могу с тобой поехать. Осень. Сам понимаешь, горячая пора. Новые жильцы, новые заботы. Так, что поедешь в командировку один, - строго завершил фразу комендант. - Твоя главная задача - собрать досье на бабку. Все сгодится - письма, фотографии, рассказы очевидцев.

- Очевидцев? - усмехнулся Славка. - А это кто такие будут?

- Лыбиться нет причины, - Махов нахмурился.

Не нравился порой ему этот занозистый наследник. Его ухмылочки, вопросительные взгляды раздражали и настораживали.

- Очевидцы - это твоя мамаша, и кто там еще есть живой из родни. Черт бы ее побрал! - вырвалось из темного нутра, не желающего ни с кем делить наследство.

Славка сделал вид, что не расслышал ругательства и объявил о своем завтрашнем отбытии с утренним поездом. А сейчас, хорошо бы прошвырнуться по магазинам, да подкупить гостинцев старушкам.

- Валяй, - согласился комендант. - Санька на дежурство! - приказал пацану.

Ночью Славик не мог уснуть. Предстоящая встреча с матерью неожиданно взволновала его. Взбудораженная память начала вытаскивать из потаенных уголков одну за другой картинки из детства.

Вот он, едва научившись ходить, пытается играть в футбол. На воротах - бессменный вратарь в юбке. Мать как-то ухитряется не поймать неуклюжий мяч. Маленький футболист ликует. Победа! И с ним искренне радуется голкипер.

- Твои удачи - мои удачи, сынок!

Она учила его плавать, читать, танцевать. Даже к первым уличным баталиям он готовился дома. Мать или тетушка держали подушку, а пацан, что есть мочи колотил по ней, приговаривая:

- Я без сдачи обидчиков не отпускаю!

А потом появилась Лана. Конечно же, его приревновали. Разве может женщина отдать свое любимое сокровище? Не готова еще была мать к неизбежной разлуке.

Та сумасшедшая любовь сердца опалила всем.

- Не прощу никогда! Ненавижу! Жить с вами не буду! - он ли это кричал в яростном безумии в бледное заплаканное лицо матери?

Хватило же им сил собраться и уехать в деревню. И опять не о себе они пеклись, а о нем.

Мама и тебя Белла. Тетя Белла и мама. Сколько же времени он жил, притворяясь, что их нет рядом? А они были и есть. И не где-нибудь, а в самом светлом уголке души.

Утром Санька заканючил.

- Можно, я тоже со Славиком поеду. Я так по деревне скучаю, - он ласково, как щенок, заглядывал в глаза коменданту.

- Забудь и выплюнь эту мысль. Дежурить, кто будет? Дядя Вася Колбасин? Живо на рабочее место!

День был будний, и в электричке народу было немного. Славик прочитал от корки до корки спортивную газету, потом пытался подремать. Но расслабиться мешали доморощенные коробейники. Они врывались в вагон и противными голосами зазывал кричали:

- Щетки! Супер-щетки. Ваши зубы станут белыми и здоровыми.

- Конфеты! Самые сладкие конфеты в мире.

- Кто забыл купить фумигатор? Комары в этом сезоне особенно злые и голодные.

Минут через тридцать торгаши угомонились. Скорее всего, пересели во встречные поезда.

Хорошо спится под стук колес! Снился Славику сон, который он обожал с детских лет. Бывало, ложась спать, он крепко-крепко зажмуривался и, словно кого-то постороннего, просил шепотом:

- Про мою собаку пришли мне сновидение.

В жизни у него никогда не жили ни собаки, ни кошки. Коммуналка диктовала свои условия. А во сне у него был друг. Черная с рыжими подпалинами овчарка по имени Дик. Дик взрослел вместе со Славиком. Из неуклюжего щенка превратился в мощного пса, с которым Славик то защищал девушку от хулиганов, то служил на границе.

Вот и сейчас они с Диком вернулись из трудного похода, улеглись в палатке, чтобы скоротать короткую августовскую ночь. Пес положил свою крупную тяжелую голову на плечо хозяину и даже похрапывал.

Неожиданно от резкого толчка поезда Славка проснулся и открыл глаза. На его плече лежала кудрявая Санькина голова, и сам он, сонно жмурясь, прижимался к старшему другу.

- Ты откуда нарисовался? - Славик не скрывал своей радости. Что и говорить, вдвоем путешествовать веселее, да и к пацану он искренне привязался.

- А чего я там без тебя делать буду, - не совсем проснувшийся Санька тер кулаками глаза, как ребенок. - Ты только за порог вышел, я сразу побежал к Катрин из седьмой комнаты, попросил ее подежурить на вахте, пообещав ей починить плеер бесплатно. Она согласилась, а я за тобой следом пошел. Прятался, думал, вдруг заметишь, да шуганешь меня. А, когда ты заснул, я и пристроился к тебе под бочок. Думаю, вместе спать теплее.

- А что Льву скажешь?

Я ему записку накатал, - ответил Санька серьезно.

- И что сочинил?

«Ушел на базу». Так раньше везде писали. Клево, да? Когда ушел, на какую базу, вернется ли? Ничего неизвестно. Так, и Лева пусть голову поломает.

Славка засмеялся.

Через час они шагали по проселочной дороге.

- Нам бы нашу тропинку не проглядеть, - озабоченно вглядывался в пестрое разнотравье Славик.

Санька, как молодой пес, повизгивая, носился за бабочками, срывал ромашки и колокольчики.

Наконец, они вышли на нужную улицу. Дом, построенный цыганом Григорием, нашли сразу. Был он выше и наряднее соседних изб. Ажурные наличники, витые перильца сияли свежей голубой краской.

За калиткой веселыми стайками росли крупноголовые астры. Любимые мамины цветы, - всплыло из памяти. Мальчишкой был, старался на все праздники ей их дарить. Даже пытался в горшке на окне вырастить, чтобы зимой на день рождения обрадовать. И не было лучшей награды, чем нежная улыбка и поцелуй в щеку.

- Спасибо, сынок! Я так счастлива...

Куда умчался теплый ветер чувств? Все маленькие мальчики преданно любят и боготворят матерей. А, подрастая, вдруг начинают стесняться своих чувств, пытаясь искоренить трепетную привязанность из сердца. И боятся, безумно боятся услышать в свой адрес слова, ставшие почти ругательными в чей-то недобрый час. «Маменькин сынок»!

Разве это не правда? Чей он еще-то? Конечно, только ее, родной, единственной маменьки.

Да, кто бы им, убегающим от ласковых материнских глаз, объяснил, что не за горами то время, когда останутся сынки ничейными на этом белом свете. Плачут, уже не стесняясь слез, седые мужики, провожая в последний путь матерей. И ничего уже не вернуть. Ничего. Даже прощения попросить не у кого!

- Есть кто-нибудь? - крикнул Славка, набрав побольше воздуху в легкие.

- Мы приехали! - Санька, конечно же, не отказал себе в удовольствии перекричать старшего друга.

- Белла! Белла! Ты посмотри, кто к нам явился! - мать вышла из-за дома в цветной блузке, темной юбке, сверху закрытой клеенчатым фартуком. На голове у нее была повязана косынка в горошек.

- А я чеснок перебираю, - произнесла растерянно, протянув вперед темные ладони, - вот и руки грязные.

- Здравствуй, мама! - Славка закашлялся оттого, что к горлу комок подступил. - Давненько мы не виделись!

- Не давненько, а очень-очень давно! - мать не могла оторвать взгляд от самого родного лица. - Ты повзрослел, сынок. А я, наверное, постарела?

- Вот так явление! - тетя Белла вышла на крыльцо. - Славик, - она подбежала к племяннику и сжала в объятиях. - Наконец-то! Не зря я Ульянке сегодня сон рассказывала. Видела я, будто руку поранила. И крови, крови так много пролилось. Это к родне. Вот и прикатила наша самая родная родня.

- Хватит, сестрица, ребят у калитки держать. Все дела бросаем. И накрываем стол на веранде. Сегодня у нас настоящий, непридуманный праздник.

- А веранда, это где? - озабоченно шепнул Санька на ухо Славику.

- Ты чего это, парень, шепчешься? Давай, знакомиться. Я - тетя Уля, моя сестра, тетя Белла, а ты?

- А я - дядя Саня! - как всегда попытался схохмить Санька.

- Замечательный дядя Саня! - все засмеялись. И стало легко и славно на сердце у Славика. Словно не было непонимания, обжигающей обиды и долгой разлуки. Будто жили они все время вместе, под одной крышей. Близкие, родные люди! Ведь так положено на Земле.

- Ну, ладно, ребятушки! Мы займемся обедом, а вы, хотите, по саду погуляйте, или в доме отдохните.

- Отдыхать некогда, - солидно произнес Славик, - пойду ревизию проведу. Как там у вас, все ли прикручено, прибито. Инструмент есть какой-нибудь в доме?

- Целый ящик в сарае, - гордо откликнулась мать. - Это еще от Григория, твоего прадеда, получается, осталось.

- Можно я буду тоже обедом заниматься? - робко спросил Санька. - Отвертки, молотки мне надоели.

- Делай, что хочешь, - буркнул Славка.

И Санька, подвязав фартук, бросился выполнять женские команды.

- Сашок, иди лучку нащипли свеженького, там рядом укропчик.

- Поищи-ка на той гряде редиску. У нас уже второй урожай!

- А теперь пойдем, накопаем свеженькой картошки.

- Здорово у вас здесь, и в магазин не нужно ходить, все под окном растет!

- Мы тоже к этому не сразу привыкли. Приехали две горожанки-белоручки, мечтая с книжкой под яблоней сидеть. Грядки? Ни за что! Вот еще будем горбатиться на старости лет! А вышло по-другому. Земля нас перевоспитала. Теперь самая большая радость - в огороде покопаться. Даже и болеть меньше стали.

- Вот, вроде все и готово! - Белла озабоченно осмотрела стол.

Крупная отварная картошка мохнатилась изумрудными укропными елочками, соленые помидорчики глянцево блестели алыми бочками, маринованные маслята, упругие, один к одному, плавали в рассоле, как утята из инкубатора.

- А это буженина. Сашок, чувствуешь, как вкусно пахнет?

- Да, я сейчас захлебнусь слюной. Славка, давай скорее, за стол беги! - крикнул приятелю, который громко тарахтел рукомойником.

- Вот это разносолы! - восхищенно крякнул Славка. - А мы, что и за встречу не выпьем? У меня в рюкзаке бутылка водки.

- Оставь ее себе. У нас натуральные напитки. Без примесей, - Белла подошла к буфету.

- А я маленький, - Санька прикрыл ладонью свой стакан, - я лучше сладкого морсика. - Я до сих пор понять не могу, зачем люди вкусные вещи, - он посмотрел на пупырчатые огурчики и жареные куриные крылышки, - запивают всякой дрянью.

- Для того чтобы вкус оттенить, - назидательно произнес Славка и опрокинул в себя рюмку самогона. - Ох, и ядреная!

- Ну, ну, не навязывай своего мнения никому и никогда, - Белла раскраснелась, и голос ее стал звонче и моложе. - Мы выпили, нам хорошо, а кому-то это ядом бы показалось.

- Ма! Я вот что хочу спросить, - Славка зажмурился от крепкого хрена, в который обмакнул кусок копченого сала. - У нас в роду французов не было?

- Вроде бы нет… Хотя кто знает!

- Тогда ответь мне вопрос. Куда бабка Азалия уехала, не в Париж ли случаем? Ведь исчезла она странным образом. И могилы ее нет. Мне Антиповна все намекает на что-то. А я ничего не знаю.

Сестры переглянулись.

- Вот ты и повзрослел, - вздохнула мать. - Рано или поздно, ты должен был узнать нашу историю

- Пришло, значит, время! - вмешалась Белла. - Зря, конечно, мы от тебя так долго все скрывали. Сами ошибок наделали и туманом молчания окутали.

- А туман, он и есть туман, когда-нибудь да растает, - это уже матушка добавила.

Близнецы! Не умели они ни жить врозь, ни мыслить, ни говорить по отдельности, только дуэтом.

- Ма! Ты без длинных предисловий, сразу суть рассказывай.

- Нет, Славочка, - опять вмешалась тетка. - Ты должен обязательно учесть, какие то были времена. В нашей стране все сначала были комсомольцы, коммунисты, а потом уж люди-человеки. Зашоренными мы жили, и оттого многие истины шиворот-навыворот принимали.

Помню, Люсю Цветкову из комсомола исключили за то, что она на рынке куриными яйцами торговала. Денег в семье не хватало, вот бабка им из деревни кое-что подкидывала. Вспомнить стыдно и страшно, как я кричала:

- Позор, спекулянтка, растоптала честь и достоинство комсомолки!

А Люся после того собрания даже отравиться хотела, все таблетки из домашней аптечки в себя впихнула. Спасли ее от смерти, но инвалидом на всю жизнь осталась.

- Ну, женщины! - взмолился Славик. - Я вам задал вопрос про нашу родственницу, а вы мне про какую-то Люсю втолковываете. Что за обходные маневры?

- Ну, ладно-ладно, не кипятись, - мать глубоко вздохнула, помолчала.

- С чего начать-то? - она обвела глазами веранду, задержала взгляд на буфете, который своими размерами и формами, украшенный резными башенками и фигурными стеклами, напоминал старинный замок.

- Золотые у деда были руки! Все делал красиво! Да, я ведь не об этом хотела рассказать.

Женился Григорий, дом срубил. А вскоре дети народились. Первая - Азалия. Говорят же: «Первая нянька, а вторая лялька». Вот и пришлось Азалии нянькаться с малышами, хотя сама еще ребенком была. Детства беспечного не знала, а с двенадцати годков уже в колхозе на трудодни горбатилась. В то время по деревням бригады артистов разъезжали. Культурный уровень колхозников поднимали.

Представляете, телевизоров еще в помине не было, кино в клубе только по большим праздникам крутили, а тут такое событие - живые певцы, танцоры, циркачи. Восторг и чудо! Артистов боготворили, в них влюблялись без памяти.

Вот и Азалия, попав на один такой концерт, была удивлена, ошеломлена, заворожена. Она и хлопала громче всех и смеялась звонче. Один из артистов, улыбчивый, голубоглазый заприметил смуглую симпатичную девчонку. Уж, очень понравилось ему, как восторженно сияли ее глаза, когда он ловко булавами жонглировал. После концерта жонглер нагнал смуглянку в конце улицы. Так и познакомились. Недели две квартировали артисты в деревне.

И все это время наивная девчонка, словно не жила, а в небесах летала от упоительного ощущения любви. При расставании голубоглазый артист остудил жар девичьего сердца.

- Гастроли закончились. Прощай навсегда!

Безвыходное отчаянье толкнуло глупую девчонку на страшный шаг. Из петли ее вытащил лесничий Артем Шеромыжников. Заметьте, фамилия-то немного другая. Мы только сейчас выяснили, что в спешке подслеповатая конторская служащая взяла, да и отрезала кусок длинной фамилии. Так, что в нашем роду, получается все перепутано. Может, от этого и не очень счастливая жизнь получилась!

В деревню возвращаться Азалия наотрез отказалась. Стыдилась бабьих пересудов и гнева отцовского боялась. Перед войной Артем и Азалия расписались, она взяла его фамилию.

Мы родились в лесном доме и всю войну там и росли…До сих пор не могу представить, как она, шестнадцатилетняя девчонка, худая, маленькая с двумя новорожденными управлялась.

- Ты забыла сказать, что к ней прибился еврейский мальчик, который сейчас известный музыкант, - вмешалась Белла.

Да, но это другая история.

- Больше всего мама не хотела, чтобы мы в деревне остались. Мечтала, чтобы мы книжки читали, на пианино играли, а не на грядках горбатились, как колхозницы.

- И зря она так решила, - опять сестрица голос подала. - Остались бы здесь, в школе бы работали, смотришь, и иначе бы жизнь повернулась.

- А, что плохо повернулась? - Санька слушал, раскрыв рот.

- Трудно сказать. Но вот недавно я для себя такую вещь поняла - в деревне люди душой чище. А почему? Да потому, что природа не дает фальшивить сердцу.

Боже мой! Я отчетливо помню, какими бы были городскими фифами, капризными, черствыми, беспардонными. Матери своей стеснялись. Не нравилось нам, что она подрабатывает уборщицей в магазине, да блузки шьет для директорской жены.

А она-то, бедняга, только ради нас мантулила. Чтобы кусок послаще был, да наряд покраше. Ой, не могу, - Ульяна приложила платок к глазам. - Может, выпьем еще по чуть-чуть? Боюсь, сердце боли не выдержит.

Молча выпили, закусили. Даже балагур Санька присмирел.

- Дальше-то, что?

На вид мы, девчата, видные были. В кружок художественного слова ходили. Помню, Валя Прищепкина объявляла:

- Сестры Шеромыжник. Поэма о Ленине.

Голоса у нас звонкие, громкие. Особенно в унисон превосходно получалось. Вдвоем кричим, а, словно один голос звучит. У нас, близнецов, друг на друга особое чутье.

Наша летучая агитбригада «Юность» с концертами ездила повсюду. Перед строителями в обеденный перерыв выступали, в клубах перед показом кинофильмов. Но особенно нам нравилось на выборах присутствовать.

Такое это было торжественное, важное событие, - женщина усмехнулась. - Все ведь верили, что народ выбирает лучшего из лучших. А помпы сколько было! Из репродукторов над всеми улицами песни бравурные льются, кумач реет. Озабоченные, принаряженные люди спешат к избирательным урнам. А потом в буфет. Там, даже, если пораньше придти, можно было и бутерброд с икрой купить и пирожное с масляной розочкой.

И вот однажды выступили мы в красном уголке жилищной конторы, туфельки выходные в газетку заворачиваем, вдруг к нам подходит человек лет пятидесяти. Лицо серое, нечистое, поредевший кудрявый чуб кокетливым коком надо лбом взбит, голубые глазки шустрые, со смешинкой блестящей.

- Ах, вы, девочки-припевочки! Я ведь вас вычислил. Сначала вашу матку в магазине приметил, потом и на ваш след вышел. Ну, давайте, знакомиться. Я - Жора, артист, ваш папаня кровный.

У меня из рук сверток с туфлями выпал. Грохнулись на пол мои любимые «лодочки». Впервые не до них мне стало. Очень мы тряслись за свою экипировку концертную.

- Вообще-то, - нашлась Белла, - наш отец, герой, защитник Родины, пал смертью храбрых на полях войны.

- Эх, дурочки! Да, придумала ваша матка все. Скрыть хотела, как бросила меня беспомощного, пулей покалеченного.

Словами трудно передать, какой ураган в наших душах поднялся.

А он, словно дразнил:

- Вот карточки, где я молодой, задорный. Кажись, это мы на передней линии фронта солдатам дух поднимали. Ну, ты, курносая посмотри. У нас с тобой лицо одно. Смотрю на тебя, как в зеркало. Все мое - глаза, нос, уши. Да, фотки ладно. Красивые люди все похожи. Есть и письмишко от вашей матки. В моей трофейной жестяной коробочке от ветчины американской, храню я письма нежные.

Вот, Зырянову Георгию. Мне, значит, - он прищурился, вглядываясь в строчки. Тут про любовь. Тоска у нее, видите ли, разочарование. Ну, известные женские штучки. Ага, нашел! Вот про вас.

«Родились две девочки. Фамилию и отчество дала своего мужа, который стал мне самым родным на земле человеком. Прощайте навсегда. Азалия».

- А не получилось навсегда! - он ехидно хохотнул. - После войны хотела ко мне прибиться. Но я тогда несвободен был. Человек я порядочный. Двойную жизнь вести не приучен. Вот теперь один. Никому не нужен, - голубые глазки слезливо затуманились.

- Папа, не плачь! - строго произнесла Ульяна. — Ты теперь не одинок, у тебя есть мы. Пойдем с нами!

Взяли мы его под руки с двух сторон и прямехонько домой направились.

А дело было под Новый год. Мама всегда, как бы трудно мы не жили, обязательно покупала большую, пушистую елку и наряжала ее. Когда, мы поменьше были, то с удовольствием присоединялись к этому действу. А потом отчего-то оно потеряло для нас волшебное очарование. Слишком рациональными стали. «Елка - лишний мусор, желания загадывать - предрассудки, подарки дарить — мещанство» и так далее. Нашпигованы мы были лозунгами по самые макушки.

Вот, мы заходим, а мама как раз большой серебряный шар на колючую ветку примеряла. А мы с порога кричать начали, ногами топать, упрекать во лжи. Папочку своего, которого еще час назад и знать не знали, хвалили, защищали.

Как могло такое затмение случиться? - женщина закрыла лицо руками. - Две сытые здоровые нахалки посмели осуждать самого родного человека - свою мать! И за что? Вы только подумайте, этот краснобай, соблазнил невинную, наивную, как дитя, девчонку. Цинично бросил ее, предав и растоптав нежную душу.

Телесные раны затягиваются. А душевные остаются открытыми. И даже, бывает, что сам человек и не подозревает об этом. Рутинные дела, будничные хлопоты наполняют дни жизни, и обманчиво кажется, все то, что терзало сердце, кануло в лету. Ан нет!

Стоит только прикоснуться к открытой ране, и хлынет горькое половодье прежней душевной боли. Мамино сердце не выдержало. Увезли ее в тот же вечер на Скорой помощи в больницу.

Что делали мы, бесчувственные дубины? Мы, изображая из себя, очень нежных и добрых дочек, сюсюкали.

- Папочка, тебе не дует? Папочка, ты не проголодался? Закутай ноги в плед.

Стол к новогодней ночи накрыли королевский. Все, что мать припасала к празднику, перед отцом выставили. Вот мы какие, богатые и щедрые! А он, знай, выпивает, да закусывает и байки травит. В какой-то момент, мы вдруг обнаружили, что он пьян до безобразия. Матерные слов посыпались. Потом он еще хвалиться начал, что в каждой деревне, где артисты выступали, у него полюбовница была. А, значит, детей - целый выводок. И, если он пожелает, то может у каждого своего кровного дитятки жить хоть месяц, хоть год, как в санатории. Отцов нужно чтить. А то! Кто спрашивается, на земле звезду жизни зажигает? Мужик-производитель...

Мы сидели ошарашенные. Но потом решили: перебрал человек малость на радостях от встречи с дочерьми, заговариваться начал. С кем не бывает? Манеры и жаргон дворовой? Что поделать, университетов не оканчивал.

Спать уложили на хрусткие чистые простыни, пуховым одеялом накрыли. Первым шоком было то, что он ночью обмочился. Вторым, что лишь только открыл глаза, стал канючить:

- Девки, опохмелиться бате нужно. Умрет человек, и вы будете виноваты.

Но все спиртное до последней капли он вылакал накануне.

- Папа, я сейчас чай приготовлю, - Белла еще продолжала играть роль заботливой дочери.

И, каково было ее удивление, когда, вернувшись с чайником из кухни, она увидела, как папаша вытряхивает в себя последние капли из бутылки с одеколоном «Шипр».

- Что же ты делаешь! Ты же умрешь, это отрава. Мы им иногда ссадины смазываем. Там ведь спирт, им можно сжечь кишечник!

- Ой, уморила! - он вытер ладонью губы, почмокал языком, прислушался, будто к чему-то у себя внутри. - Ну, вот и расправился цветок. Теперь я опять в силе. В сортир схожу, на кухню загляну, с соседями ознакомлюсь.

Антиповна блины затеяла. Сосредоточенно замешивала в миске тесто.

- Ну, что, клуша старая! - наш папаша гоголем ввалился в кухню. - Что-то ты хмуро на меня взираешь? Хозяина уважать требуется.

Антиповна вытащила половник из миски, да как жахнет по лбу нахала.

- Видали мы таких хозяев! Еще будешь хорохориться, живо в милицию сдам.

Жора на мгновение затих, а потом загундосил.

- Обижают, инвалида, героя войны.

Тут на кухню Уля-комсомолка выскочила.

- Как вы смеете, кто вам дал право нашего папу оскорблять?

- Что? - Антиповна подбоченилась. - Этот прохвост - ваш батька? Не удивительно. Вот в кого вы такие занозистые и нахальные уродились. А вы спросили, где он был, когда Азалия на трех работах надрывалась, чтобы вас, кобылиц прокормить?

Теперь, я поняла, зачем вчера Скорая приезжала. Эх, вы дуры стоеросовые!

- Прекратите! Эта наша семья, и нечего вам влезать в чужую жизнь со своим мещанским мировоззрением.

- Да, - поддакнул Жора, потирая ушибленный лоб. - А руки распускать неприлично.

- Выведешь и убью! - злобно огрызнулась Антиповна. - Нахальной несправедливости я не терплю.

Вскоре папенька ушел на прогулку.

- Пойду, прошвырнусь, друзей повидаю. Я парень компанейский.

Вернулся он часа через два.

- Дочи мои родные, я не один пришел, с корешами своими задушевными. Покажите-ка им наше фамильное гостеприимство.

Опять началось застолье. Мы ведь девочками-ромашками росли. Мать старалась оберегать нас от всего дурного и грязного. А тут... Один гость под стол упал, другой над тарелкой икает. А женщина, да ей слово такое не подходило, нечесаная, в замызганной кофте, с синяком под глазом, начала юбку задирать и кряхтеть:

- Любви хочется!

- Вы бы, девки, погуляли, - вдруг предложил папаша. - А мы культурно отдохнем.

На улице мороз, пурга. Мы бродили по пустынным улицам, заходили греться в чужие подъезды. Домой возвращаться не хотелось.

Но пришлось. В комнате запах стоял, как над мусорными бачками жарким летом. Храп, хрипы, стоны. Нам и прилечь было негде.

Сколько же так продолжалось? Неделю, как будто...

Когда в доме обнаружились пропажи: исчез чайный сервиз, часы, настольная лампа, Белла разревелась:

- Знаешь что, Уля, жили мы без отца восемнадцать лет. И дальше обойдемся. Я больше этого не могу выносить.

- Конечно, - радостно согласилась сестра. - Фамилия у нас другая, отчество тоже. Сдается мне, никакой он нам не отец. Самозванец!

- Что решили, гусь свинье не товарищ? - осклабился Жора, когда девицы попросили его уйти из дома вместе с собутыльниками. - А что это вы мне диктуете условия? Я тут прижился. Можно сказать, начал забывать ужасы войны. А вы, неблагодарные твари, инвалида на улицу гоните.

Помогла Антиповна. Привела знакомых милиционеров, и те живо скрутили всю компанию. Мы написали заявление, что знать, не знаем этого прохвоста. Ну вот…

- А, что с Азалией? - Славка в волнении катал хлебные шарики.

- Да, вот пока с папашей возились, сначала привечали, потом выгоняли, а дальше целую неделю все отмывали, да отстирывали. Сноровки-то не было. Шибко нас мать баловала. Все сама делала, а нам говорила:

- Наработаетесь еще в жизни. Пусть будут ваши ручки гладкими и розовыми.

Недосуг было до больницы добраться. Черствые и противные. Сейчас только понимаю, что нет этому оправдания.

Соседка съездила. И, - Ульяна всхлипнула, - письмо привезла.

- Умерла, что ли? - скуксился Санька, готовый зареветь вслед за рассказчицей.

Женщина, будто и не расслышала вопроса.

- Худо нам стало после того, как письмо прочитали.

- Бедные, мы, несчастные! Отец - алкаш, мать умом тронулась. Что же нам теперь делать? - сидели в обнимку в темноте и ревели.

А Белла всегда порешительнее была.

- Все хватит горевать, - сказала она. - Во-первых, мы должны письмо спрятать и никому не показывать, оно может испортить всю нашу жизнь. Во-вторых, сессию сдать. - Мы тогда учились в педагогическом институте. Из-за папаши и его друзей все запустили. - А в третьих, жить честно и достойно, как и подобает советским комсомолкам.

С тем и спать легли. Сейчас вспоминаю, и мороз по коже. Вот так, в один момент от матери отказались. Не максимализм это юношеский, а высокомерная спесь.

- Ладно. Не мы себя, так жизнь нас потом наказала за нашу бессердечность.

- А, как наказала? - Санька, похоже, всю историю принял близко к сердцу, словно речь шла про его близких родственников.

- Да, подожди ты! - перебил Славка. - Что в письме-то было?

- Сейчас я его и зачитаю, оно у нас в трюмо, в ящичке со всеми документами хранится. Заодно и очки прихвачу.

Тетя Белла откашлялась, сделала несколько глотков из стакана с квасом.

- Ну, слушайте!

«Здравствуйте, Белла и Ульяна! Очень трудно дается мне это письмо, потому как за время, проведенное на больничной койке, я изменилась. Поймете ли вы меня? Услышите ли мой новый голос?

Говорят, что на краю смерти человек вдруг разом видит всю свою жизнь целиком. Так, наверное, случилось и со мной.

То, что открылось мне внезапно, удивило и испугало меня. Неужели все события происходили со мной? Как я могла убежать из отчего дома в пятнадцать лет? Почему моя неопытная душа попала в плен ложных слов человека, который жил не в ладах с Богом и совестью.

Дьявол нашептывал мне:

- Ты не можешь жить с таким позором среди людей!

Ангел-хранитель в лице моего незабываемого Артема спас меня.

И я жила счастливая и спокойная до горького известия о смерти моего мужа. В тот миг, когда я получила похоронку, душа моя обледенела. А иначе я никак не могу объяснить тот факт, что в своей дальнейшей жизни я думала только о бренном теле. Хлеб купить, платье сшить, окна покрасить. Вся эта суета затягивала, как страшное невозвратное болото.

Не случайно, и вы выросли бездушными. У ледяной матери снежные дети.

Простите меня, Белла и Ульяна, за то, что, вдохнув огонь жизни в ваши тела, не сумела зажечь свет в душах.

Я покидаю вас, зная, что вы окрепли и не нуждаетесь во мне. Бог позаботился о том, чтобы на Земле вы были не одиноки. Вы есть друг у друга. Две половинки целого.

На все воля Божья. Совсем не случайно я попала в больничную палату в тот момент, когда здесь набиралась сил после операции мать Мария. С ней я уезжаю в монастырь.

Отныне жизнь моя светла и не суетлива.

Я счастлива. Молюсь за вас. Для новой послушницы мать Мария еще не подобрала имя. Так, что пока, в миру ваша Азалия.»

Вот такое послание мы получили. И опять стресс! Для наших комсомольских, в атеизме законсервированных мозгов.

- Мракобесие. Сектантство!

- Не зря великий вождь пролетариата учил: « Религия – это опиум для народа».

Все наши те, прежние слова возмущения стыдно даже вспоминать сегодня. Но все это было. И было не с кем-нибудь, а с нами!

Испугались мы крепко. Боялись, что информация просочится в институт. А что? Отчислили бы в одно мгновение, не разбираясь.

Хотели сжечь последний материнский привет. Хорошо, что времени и места подходящего не нашли. Белла скрутила письмо в мелкую гармошку и спрятала. Куда вы думаете? В кукольную голову. Была у нас Мальвина, у которой отвинчивалась голубоволосая моргающая часть. Вон, эта Мальвина на этажерке сидит.

- Ой, правда! - подскочил Санька и взял куклу на руки. - Хорошенькая!

- Под два метра вымахал, а ведет себя, как детсадник, - проворчал Славка. Потом тихо спросил:

- Так, я не понял, какой резон от меня было скрывать про бабку. Что криминального в том, что она решила от опостылевшей жизни в монастырь податься?

- Это сейчас, демократия, свобода вероисповедания, - живо возразила тетя Белла, - а те времена другими были. Не хотелось, чтобы в твоей биографии пятна появились.

- Я чувствую, что пятен предостаточно, - Славка помрачнел. - Давайте, уж и про отца без утайки рассказывайте.

...Как всегда, выпускной вечер проходил в институтской столовой. Торжественная часть с вручением дипломов, напутственным словом декана плавно перешла в концерт. Бывшие студенты пели под гитару, танцевали, декламировали. Сестры Шеромыжник читали со сцены стихи, горячо ими любимого Маяковского.

- Нам микрофон не нужен, - объявила перед выступлением Белла. - Это только для безголосых.

- Да, в настоящих театрах даже шепот актера слышен на галерке. Заметьте, без всякой техники. Вот, что такое поставленный природой голос, - продолжила сестра.

Аплодировали чтицам громко, особенно первые ряды, где сидел преподавательский состав и почетные гости.

Потом, как водится, застолье перемешалось с танцами. Кто-то жевал бутерброд с колбасой, а кто-то отплясывал «Летку-Еньку».

Беспрерывно объявлялся белый танец. Самые строгие и занудные профессора были нарасхват. Выпускницы, разгоряченные шампанским и, наконец-то, приобретенным, как им казалось, чувством свободы, страстно прижимались к тем, чей вид еще вчера навевал ужас.

- А помните, как вы меня на зачете до слез довели?

- Я никогда не забуду, как сдавала вам экзамен. Помните? Вы мне в зачетку уже «отлично» написали, от радости я так глубоко вздохнула, что лопнул мой пояс, на котором шпаргалки на резинках висели. Вся конструкция с шелестом и треском из-под юбки к ногам свалилась...

- Да? И, что я сделал?

- Вы, душка! Вы мягко улыбнулись и сказали:

- Хорошо исполненные шпаргалки, это пятьдесят процентов успеха. Но я ничего не видел. До свидания!

Музыка вальса уносила и приносила обрывки разговоров, улыбки, счастливое молчание.

Рослые сестры Шеромыжник преподавателей на танцы не ангажировали. Зачем? Им так славно вальсировать вдвоем!

- Разрешите, познакомиться! - подошел к ним во время музыкальной паузы невысокого роста мужчина, с гордой королевской осанкой, густыми седыми бакенбардами и пронзительными карими глазами, опушенными очень заметными ресницами.

- Режиссер народного театра. Андреев Борис Вячеславович. Почетный гость на вашем вечере. Сам, когда-то в этих стенах набирался уму-разуму. Хорошо, у вас тут, девочки!

Незнакомец встал между сестрами, обняв обеих за талии.

Ах, как он умел интересно рассказывать самые, что ни на есть простые житейские истории, как обворожительно пел романсы, как галантно вальсировал.

Немудрено, что все участницы театрального коллектива, которым он вдохновенно руководил, влюблялись в него, словно по мановению волшебной палочки. Он обожал режиссировать романы. И от смодулированного женского восхищения и обожания, еще горделивее становилась поступь победителя. Еще большей поволокой подергивался взгляд ловеласа.

- Ни-ни! - игриво грозил он пальцем с наманикюренным ногтем расшалившейся молодой кокетке, пытающейся по ходу репетиции, словно невзначай прижаться к герою-любовнику.

Он не терпел выражения чувств без его санкции, да еще при свидетельницах, многие из которых были или непременно окажутся в его объятиях.

- Жена - дело святое! - грустно произносил всякий раз, когда после репетиции взбудораженные артистки выпархивали на улицу говорливой стаей. - Домой, спешу домой! - одинокий силуэт растворялся в вечерней мгле.

Труппу театра Андреев пополнял своеобразным способом. Приглашая девушек на прослушивание, он совершенно не обращал внимания на их способности или внешние данные. Он прикладывал руку к груди и, если сердце начинало убыстрять свой ритм, он произносил:

- Добро! - это для него означало, что роман состоится. Канву сюжета можно сотворять уже сейчас.

Сестры Шеромыжник как-то по-особенному взволновали режиссера. Он и сам не мог понять своего влечения. Великовозрастные девицы оказались непробиваемыми. Был использован весь арсенал донжуанских приемов, начиная от пристального взгляда и заканчивая полным бойкотом. Ни Белла, ни Ульяна не реагировали на Андреева, как на мужчину. Пробовал он и свой стопроцентный режиссерский прием. Выбиралась пьеса про любовь, где присутствовали сцены душещипательных признаний и нежных объятий, после которых шепотом добавлялось: « Это вовсе не игра». А они, словно и не слышали горячего экспромта. Снимут красивые платья, уберут грим, расчешутся и начинают рассуждать. Какая сверхзадача была поставлена автором в диалоге героев, что великий драматург хотел донести до современников.

Неотзывчивость сестер разбудила в любвеобильном руководителе азарт особого рода. Опытный охотник не расставляет силки и капканы, абы, как и абы, где. Сначала лес изучить, тропинки заприметить, характер зверька понять... А уж потом радоваться трофеям. Об этом и призадумался покоритель женских сердец. Почему же раньше все романы и романчики просто слеплялись? Без особых усилий и эмоций, и никогда не требовали размышлений? Прежние девчонки с удовольствием откликались на мужской призыв. Андреев умел мастерски зажечь пламя чувств и также искусно погасить, если того требовали обстоятельства.

Бывали, конечно, издержки, когда некоторые дурочки стращали встречей с женой и «все-все рассказать» или придумывали еще что-нибудь позаковыристее «теперь у меня два пути - или быть с вами каждую секунду или умереть». Подобного автор в свой сюжет не закладывал. Требовались срочные меры. И, как не странно, самым действенным оказывался ледяной душ из безразличных, порою оскорбительных слов. Зарвавшейся любовнице Андреев спокойно объяснял, кто она есть на самом деле. Бездарь, глуповата, далеко не красавица, да к тому же бестолкова и неуклюжа в любовных ласках. Мужчина знал, что в эти минуты женщина начинает его ненавидеть и даже сожалеть о том, что между ними были отношения. И это был верный признак того, что дальнейшего липкого преследования не будет. Действительно, обиженные и оскорбленные расставались и с театром, и с душкой-режиссером. Навсегда.

Ульяна и Белла занимались уже в коллективе несколько лет, и расставаться с ним не спешили. Порою их удивляло, почему иные молодые артистки, поначалу безумно влюбленные в театр и в режиссера, вдруг резко исчезали.

- Подумать только, премьера через два дня, а Малышева развернулась и ушла.

- До чего же мудрый наш руководитель! Он правильно на одну роль нацеливает сразу троих. Тогда ни грипп, ни капризы не страшны. Стойкая артистка всегда останется!

Самыми стойкими были сестры Шеромыжник. Кого они только не переиграли в народном театре - служанок, королев, парижских шляпниц и вдов-солдаток. Разве важно, что на премьере в зале Дома культуры всего несколько рядов занято зрителями. Зато, какими отзывчивыми и благодарными! Благообразные старушки, пухлощекие школьницы, безусые курсанты. Чистые, открытые сердца! Сестры Шеромыжник очень гордились тем, что принадлежат к особой касте - людям искусства. И, конечно, почитали и уважали режиссера, не подозревая, что он, бедняга, измучался оттого, что в его силки эти две птички не попадаются.

Однажды Андреев подслушал, как в гримерной женщины затеяли спор о любви. Пожилая Грушко, вечная старуха во всех постановках, и по совместительству уборщица, костюмер и парикмахер, заявила:

- Поверьте мне, девочки, любовь есть, но она недоступна никому.

- Как это? - пискнул кто-то из молодых.

- Как известно, Создатель наш разделил целостное ядро души на две половинки и разбросал по белу свету. Ищите друг друга! А ведь это практически невозможно. Одна половинка унеслась к африканскому континенту, другая застряла в якутских снегах. Где уж им встретиться?

А, если среди млечных путей заминка произошла? Скажем, встретились две настоящие половинки, только одной уже по земным часам лет шестьдесят, а он - двадцатилетний юноша. Но их безумно тянет к друг другу.

Молодуха прыснула.

- А ты не смейся! - Грушко грозно свела кустистые брови к широкой ложбине переносицы. - Запомни, ты влюбляешься не в парня, в его глаза, руки, слова, а то твоя душа ищет свою половинку. Там, где сечение прошло, очень болит. Вот почему молодость так влюбчива. И каждый раз сердце вздрагивает: «А вдруг это настоящее»? Многие, конечно, смиряются. Замуж выскакивают за первого встречного, чаще соседа или одноклассника, детей рожают, и все как-будто бы подлинное. Но не любовь это, обычная привычка.

- Так, что же, как вы, всю жизнь одной маяться? - молодуха не сдавалась. - Я вот замуж хочу.

- Ну и хоти себе на здоровье, - разозлилась Грушко. - Только про любовь не трезвонь. Это не просто семейная жизнь, это особое состояние души.

- А нас отчего-то замуж и не тянет, правда, Уля?

- Глупости все это! - отмахнулась Белла.

- Так вы же близнецы. А это тоже две половинки. Пока вы вместе, ни один мужик не втиснется.

Вот так Грушко! Умная тетка. Сколько он, Андреев, дум перебрал про этих неподатливых сестриц, а она вмиг определила суть. Завоевать сердца близнецов можно, только разлучив их.

Вечером режиссер нарушил свое многолетнее правило, и после репетиции проводил Грушко до дома, чем растрогал женщину до глубины души, еще верящей в чудо единственной встречи.

В тот год Борису Вячеславовичу исполнилось шестьдесят лет. Его лебединая песня любви, посвященная сестрам Шеромыжник, была исполнена мастерски. Энергичный режиссер сотворял обстоятельства, складывая их в свой сюжет.

На майские гастроли по сельским клубам ленинградской области народный театр отправился малочисленным составом. Без Беллы поездка была невозможна. В двух спектаклях она играла ведущие роли. А Ульяна? Ей не подписали отпуск в библиотеке, Андреев и не подумал похлопотать. И, кроме того, ее дублерша находилась в отличной фоме. Май выдался замечательно-теплым. Дивные вечера были наполнены запахами и звуками природы, откликнувшейся на страстную весеннюю пору. Песни соловья, шум реки, аромат молодой зелени... Можно ли придумать чудеснее обрамление для любви?

Впервые Белла была разлучена с сестрой на месяц. Несколько дней она буквально физически мучалась от ощущения неприкаянного одиночества. Ей нужно было постоянно с кем-то разговаривать, обсуждать увиденное и услышанное. И, если бы не чуткий, деликатный Борис Вячеславович, она бы ей-богу, сбежала с гастролей. Она даже и не представляла, какой он внимательный собеседник, заботливый друг, да, что там говорить, родная душа! Белла влюбилась. И с этой тайной она вернулась в город. Неужели прошло всего три недели? Все изменилось вокруг. Сестра показалась скучной и занудной. Работа библиографа - пресной и монотонной. Раздражало и утомляло все, где не было любимого человека.

Андреева напугал горячий порыв уже не молодой девицы. Пришлось срочно вносить коррективы в сюжет.

- Милая моя! Настоящие чувства проявляются в разлуке. Помнишь, как у классика: «Разлука для любви, что ветер для огня. Маленькую тушит, а большую раздувает еще больше».

- Мне проверять ничего не нужно, - серьезно отвечала Белла. - Я знаю, что ты у меня один-единственный на всю мою единственную жизнь.

Андреев выхлопотал в Отделе культуры бесплатную путевку в пансионат на море.

- Я дарю тебе, моя милая, море, солнце, упоительную сказку южного лета!

От подобного роскошного подарка Бела отказаться не могла. На перроне возлюбленный прошептал:

- Если будет возможность, я вырвусь к тебе на недельку.

- Как я счастлива! Как я счастлива! - повторяла Белла под стук колес, свысока глядя на всех женщин. Только ее любил самый достойный мужчина на Земле.

Ульяна же сильно удивилась, когда режиссер предложил прямо с вокзала отправиться на Таврическую улицу.

- Зачем?

- У меня есть для читки новая, совершенно потрясная пьеса, - в глазах Андреева полыхали костры. - Такое творческое нетерпение. Невозможно ждать завтрашней репетиции.

А потом, все было «делом техники», как довольно говаривал сам себе стареющий ловелас.

В течение полугода он морочил головы обеим сестрам. Наивные дурехи все больше влюблялись в соблазнительного злодея, и все дальше и дальше отстранялись друг от друга. И неизвестно, каких гигантских масштабов достигла бы пропасть отчуждения, если бы однажды Ульяна не заболела.

Легкое недомогание, гриппозный насморк потянули за собой высокую температуру и полуобморочное состояние. Сестра уговаривала больную принять какие-то микстуры и таблетки, чтобы облегчить страдания. Но Ульяна напрочь отказывалась. А, когда Белла уж слишком начала настаивать, вдруг выпалила:

- Да, отстань ты от меня со своей химией. Я беременна. И не желаю травить малыша.

Стакан выскользнул из рук заботливой сестрицы.

- Кто же отец?

Вот и пришло время исповедей. Сначала Ульяна поведала об упоительном романе. А, когда пришла очередь Беллы, выяснилось, что возлюбленный был не очень-то изобретательным. То, что говорил одной, слово в слово повторял другой, даже записочки, сейчас вытащенные из тайников на свет божий, были написаны, словно под копирку. Всю ночь сестры не спали. Плакали, молчали, говорили, вспоминали.

Обманутая женщина захлебывается от тоски и боли, потому что остается одна. Одна, растерзанная стихией беды. Но они-то были вдвоем! Два сердца, бившиеся в унисон. И, обнявшись, наверное, так же как в материнской утробе, сестры решили: забыть то, что было в прошлом. А в будущем у них будет, кого любить. Вот этому новому существу они и посвятят свою жизнь. Отныне Бориса Вячеславовича Андреева для них не существовало. На свет должен был явиться Борислав Андреевич Шеромыжник. По-домашнему - Славик.

- Ну, вот, сынок, теперь ты все знаешь!

Он сидел, не двигаясь, лишь тихо спросил:

- А где они сейчас?

- Кто они?

- Ну, бабка Азалия и этот, как его Андреев. Надо же в отчество мне его фамилию впихнули, чтобы никогда не забыть.

- Ничего не знаем ни про матушку, ни про режиссера. Ты родился, другие хлопоты начались, да, и мы, наверное, уже другими были.

- Больно вы гордые! Вот, что я вам скажу, - Славка залпом выпил рюмку.- Хорошенькое дело, влюбилась, ребенка родила. Счастлива и довольна. А о ребенке-то хоть подумали: каково ему без отца? Я всем пацанам во дворе, в школе завидовал. Пусть у кого-то отцы пили, ремнем стегали… Да, это же все ерунда по сравнению с тоской сердца. Я всегда тосковал по отцу. Эх, вы!

- История повторяется, - вздохнула Ульяна. - Мы вот так же горячо мать обвиняли. А, чтобы понять и простить, самим нужно было побарахтаться в море житейском, да своими слезами умыться.

- Ты ведь нам не простил черствой ревности, когда мы не захотели тебя девочке чужой отдать? Глупо и эгоистично. Жили бы сейчас большой семьей, может быть, малыш рядом бы рос… Помнишь, как ты любил Светлану?

- Почему любил? - Славка вскочил и с вызовом крикнул. - Люблю, и буду любить.

- Девчата! - вдруг раздался хриплый мужской голос. - Я мимо шел, слышу разговоры у вас громкие.

Калитку по-хозяйски открыл старичок в клетчатой рубахе и светлой полотняной кепке. На бронзово-коричневом лице, изрезанном глубокими морщинами, весело сияли по-детски добродушные голубые глаза, над которыми топорщились седые пучки бровей.

- О! Да, у вас гости! Вот радость-то! Уж никак сынки из города прикатили? А я вам на жареху грибов принес. Страсть сколько их в этом году навылазило. Смотри-ка, какие крепкие. И не брал бы, да сами под ноги выбежали, - он высыпал из небольшого, почти детского ведерка, прямо на стол красноголовики. - Богатыри! Как с картинки, - дедок улыбнулся, продемонстрировав халтурную работу протезиста, навтыкавшего вкривь и вкось темные металлические коронки.

- Мы, Петя, уже отобедали, - мягко сказала Ульяна. - За грибочки спасибо. Садись с нами, почаевничай.

- Это я с превеликим удовольствием. Особливо с конфетками-то городскими, - дед вперевалочку направился к рукомойнику.

Славка, уже изрядно захмелевший, посмотрел ему вслед и, усмехнувшись, ехидно спросил:

- У вас и здесь кавалер один на двоих? - опрокинув табуретку, он выскочил из-за стола и поспешил к калитке.

Он бежал по улице, сам не зная куда. Собаки, встревоженные чужими шагами, возмущенно лаяли за заборными изгородями. Наконец, дома закончились. Околица шумела вызревшими травами. Пошатываясь, Славка добрел до большой березы.

- Уф! - громко выдохнул и плюхнулся под сень чуть шелестящих, словно перешептывающихся листьев.

- Хватит дурковать-то! - Санька шлепнулся рядом. - Чего ты, как угорелый, понесся? Еле догнал тебя.

- А кто просил за мной бежать? - буркнул Славка. - Тошно мне, противно, понимаешь ты?

- Не-а, - помотал головой Санька. - Мать у тебя хорошая. Эх, если бы моя мамка жива была, я бы пылинки с нее сдувал.

- Да, заткнись ты! - Славке отчего-то стало стыдно.

Из-за фиолетового облака поднялась сочная круглая луна.

- Ишь ты, какая! - удивился Санька, - словно баба из бани.

- Как ты сказал? - захохотал Славка. - Баба из бани, - он смачно повторил, уже давясь от смеха.

Глядя на него, загоготал и Санька. Луна давно уже застенчиво спряталась, а они все смеялись так беспечно и беспричинно, как могут веселиться лишь очень молодые люди.

На следующий день сосед Петр Петрович разбудил пацанов на рыбалку, потом увел в лес по грибы. Саньку приводило все в восторг. Колючие ершики, маслята, брусника. Он по-щенячьи радостно скулил, подпрыгивал, кувыркался.

- Вот это жизнь!

- Здесь вовсе не скучно, правда, ребята? - спросила за ужином Славкина мать.

- Действительно, - поддакнула тетя Белла, - отчего люди так спешат деревенскую чистоту на городскую суету менять, не понимаю!

- И я не понимаю! - Санька громко хрустел огурцом. - Я бы так всегда здесь жил и не тужил. Вон дел-то сколько! Дядя Петя говорил, скоро его хрюша опоросится. Я свинушек маленьких никогда не видел. Меня очень интересует, с какими хвостиками они рождаются. Дядя Петя почему-то не обращал внимания. Или вот еще я, что хочу проверить, - Санька запустил руку в тарелку с крыжовником. - Правда ли, что, если курицу в воду холодную окунать, она начнет больше яиц нести. Я такое по телику слышал...

- Глупости! - Белла своих квочек любила, как маленьких девочек. - Зачем курочек такому стрессу подвергать?

- Во-во, - Санька захлопал в ладоши, - так и сказали, что стресс влияет на что-то...

- На яйценоскость, ученый-куровод и юный натуралист по совместительству, - Славка не больно щелкнул по крутому мальчишескому лбу.

- Шеромыжники! - донесся с улицы низкий женский голос и тут же затрещал велосипедный звонок. - Вам, телеграмма. Будьте любезны, распишитесь.

- Господи, - всплеснула руками Белла, - мы всегда, если и ждали почты, то только от Славика. А сейчас он с нами. От кого еще может быть?

Славка, пока спешил по тропинке к калитке, за которой маячил силуэт женщины с почтальонской сумкой, мысленно успел сам себя всякими нехорошими словами обозвать. Эгоист! Олух! Недотепа! Ведь даже к праздникам ленился пару строчек написать, а здесь все время ждали от него вестей.

- Сначала распишись! - седая, коротко-стриженная женщина в болоньевой куртке и резиновых сапогах лихо оседлала старенький велосипед, дождавшись, когда парень раскрыл телеграфный бланк, спросила:

- Ничего страшного? Порядок?

- Порядок!

- Ну, тогда бывайте. С приветом почтальон Шура, и велосипед резко рванул с места.

- Ну, что там? - Санька уже крутился рядом.

- Читай, - вздохнул Славка. - Забыли мы тут обо всем.

- Срочно работу комендант, - прочитал Санька по слогам, - и что это обозначает?

- А то, что загостились мы здесь, и завтра отбываем.

Провожать парней вызвались Белла, Ульяна, Петр Петрович, его внучка Дашка и за ней увязался черный пес по кличке Жук.

- Саня, ты сумку-то осторожнее неси, - беспокоилась Белла, - так скачешь, что все банки побьются.

- Да, вы не волнуйтесь, я хоть и шустрый, но толковый. Все стекляшки газетками переложил. Слышите, даже не звенит, - для убедительности он выразительно потряс большой сумкой.

- Мам, я как приеду, сразу напишу, - пообещал Славка.

- Чего писать-то, приезжай почаще, - Петр Петрович крепко пожал ему руку.

- Приедем, приедем! - ласковый Санька с удовольствием чмокал всех в щеки.

Славкина мать смахнула слезинку.

- До свидания, родные!

- Какой же я молодец, что с тобой поехал! - Санька высунул лохматую голову в окно. - Красотища какая! Ничего бы не узнал, не увидел, сидел бы рядом с занудой Маховым...

- Да, насчет Махова, - Славка с трудом оттащил парнишку от окна, за которым мелькал осенний нарядный лес.

- Слушай, давай ничего ему рассказывать не будем?

- Это почему же? - удивился Санька. - А я как раз хотел перед ним похвастать, как на блесну щучку подцепил. Потом про зайца в лесу рассказать, еще петухом кукарекнуть. Вот так, - он приложил рупором руки к губам и громко изобразил на весь вагон.

- Кукареку-уу!

Славка заткнул уши.

- Все, всех куриц разбудил? Голова садовая, я не про тебя толкую. Про фамилию ничего говорить не будем. Все факты говорят о том, что никакой я не наследник. Все выдуманное у меня - имя, отчество.

- Но фамилия-то бабкина, - резонно возразил вмиг посерьезневший Санька. - Может, это она во Францию укатила. На дочек своих обиделась, а тебя зовет.

- А откуда, она узнать могла, что я есть?

- Ты, что фильмы про разведчиков не смотрел?

Махов вышел из здания Главпочтамта не в духе. А вдруг эти молодые мерзавцы проигнорируют телеграмму? Что они там задумали? Вместо одного дня на целую неделю пропали? Может, старуха-француженка вызнала деревенский адрес, и они уже всем семейством пакуют чемоданы? А его, Вовку Ложкина, знающего спряжения нескольких французских глаголов в совершенстве, хотят оставить здесь?

- Подай, милок, на кусок хлебушка! - сгорбленная, с темным лицом старуха протянула навстречу хмурому взгляду Махова коричневую лодочку ладони.

Махов, собрав во рту побольше слюны, смачно плюнул в просящую руку.

- Получи и обрадуйся, лентяйка.

- Ах, ты мразь вонючая, отродье собачье! - старуха вдруг из немощной и почти умирающей нищенки превратилась в фурию, полную гнева и силы. Темные глаза засверкали, в голосе появились угрожающие нотки.

- Запомни минуту эту. Не меня ты обидел, а всех слабых в моем лице. Смерть примешь в огне. В муках корчиться будешь. Никто не поможет тебе. Все души ты от себя отворотил.

- Заткнись, старая! - мужчина ускорил шаг, чтобы не слышать страшных проклятий за спиной.

На Исаакиевской площади Махов вскочил в автобус, подвернувшийся очень кстати. В людской сутолоке постарался выбросить из головы мрачный образ старухи-колдуньи. Мало ли придурков на свете водится!

- Гореть будешь! - словно эхо повторило слова из беззубого старческого рта в тот момент, когда Махов вечером переступил порог своего общежитского царства-государства.

В холле суетились пожарные. Студентки, некоторые с чемоданами и авоськами, спешили на улицу.

- Что случилось? - рявкнул комендант.

- Возгорание произошло в комнате отдыха. Хорошо, что по своевременному звонку мои ребята подоспели. Пламя локализовали в считанные минуты, - доложил человек в форме. - Посчитаете сумму ущерба, составим акт, - человек выразительно посмотрел на коменданта. Они друг друга поняли. За небольшую мзду ущерб может быть значительно увеличен. Возмещать-то университету!

- Мои ребята постарались, - вздохнул пожарный. - Могли быть и жертвы.

- Могли быть! - комендант сверкнул глазами, опять вспомнилась противная старуха. Мрачно выругавшись про себя, он прикрикнул на студенток:

-Чего, как на вокзале с вещами толпитесь! Живо по комнатам! Через час экстренное собрание в холле второго этажа.

Ох, и настращал он своих жильцов в тот вечер! Запретил курить во всех помещениях, пользоваться электрочайниками, кипятильниками и вдобавок собрал с каждой комнаты штраф по двадцать долларов.

А потом вместе с ночью пришла одуряющая бессонница. Из всех щелей памяти выползали воспоминания. То мать с Антиповым укоряли его за непослушание, то кореш по нарам ножиком пугал, то влюбленная Елена Петровна умоляюще руки к нему тянула, то чокнутый преподаватель прижимал к себе кошку и что-то лопотал по-французски.

- Бред! Вся жизнь - бред! - скрежетал Ложкин зубами, пытаясь отыскать хоть маленькое воспоминание, которое немного бы успокоило душу.

А коварная память опять ему мерзкую рожу старухи подсунула. А рядом с ней пройдоха-пожарный с липовым актом в руках.

- Гады! Все от меня что-то хотят.

Ложкин поднялся, налил себе стакан водки, выпил, скривившись, и, достав из тайника деньги, стал пересчитывать. Это немного успокоило. Постепенно жгучее беспокойство и злая тоска отступили. А вскоре хмельная голова коснулась подушки, и мерный храп наполнил комнату.

Chapter 26

ПОЖАР

Лев Львович шел по Невскому проспекту. Все раздражало его. Спешащие навстречу юнцы и девицы пили пиво из бутылок и банок. Распустились! Замызганные старухи торговали сигаретами и спичками. Спекулянтки доморощенные! Неожиданно Махов увидел среди бледных лиц шоколадные щеки.

- А, так это же моя жиличка! Она меня заметила, но почему так перекосилось ее лицо? Спряталась за чью-то спину. Странно, обычно негритянка бойко болтала. А, как вернулась из своей занюханной Африки, стала сторониться, взгляд отводит, молчит. Что-то здесь нечисто. Нужно докопаться до причин изменения поведения черномазой. Компроматец никогда не помешает. - Махов развернулся и, прячась за спинами прохожих, пошел за Франсуазой.

Она же, довольная, что комендант-разбойник ее не заметил, вздохнула с облегчением и продолжала намеченный путь. Сначала зашла в пункт обмена валюты. Махов злился, что в маленьком помещении маячил лишь бугай-охранник. Значит, войти незамеченным не удастся и следовательно, он не узнает какую сумму поменяла негритянка. Франсуаза вышла, улыбаясь. Она предвкушала удовольствие от похода в магазин игрушек. Очень ей хотелось порадовать Настиного сынишку. В детском отделе, как всегда, царило оживление. Ребятишки с восхищением взирали на полки, заставленные куклами и машинками. Их родители озабоченно интересовались ценами, борясь с искушением. С одной стороны очень хотелось угодить своему чаду, с другой - жалко было отдавать за безделку сумму, на которую можно было купить несколько килограммов мяса. Франсуаза выбрала белоснежного медвежонка, потом стала рассматривать кукольные мордашки. Продавщица с белыми распущенными волосами и густо намалеванными ресницами с любопытством разглядывала негритянку.

- Вам, наверное, такая понравится? - блондинка, поднявшись по лесенке, достала с верхней полки коробку. Ловко вскрыв картонку, девушка извлекла куклу-негритянку.

- Ах! - всплеснула руками Франсуаза. - Какая милашка! Откуда в страну бледнолицых прибыло это кудрявое чудо?

Франсуаза прижала резиновую куклешку к груди. Если бы не любопытный взгляд продавщицы, она бы расцеловала игрушку. Так живо кудрявая красавица напомнила ей детство.

- Покупаю!

- Но она дорогая! - в светлых распахнутых глазах продавщицы по-прежнему горел огонек бабского интереса. Вот уж будет, о чем посудачить сегодня с подружками!

Махов, наблюдавший эту сцену, чуть не подавился от смеха. Он и не представлял раньше, что такими страхотными бывают куклы. Но, когда одна чумазая прижимает к себе свое резиновое подобие, тут ржать, да ржать. После магазина игрушек Франсуаза зашла в кондитерскую. Здесь она хотела купить что-нибудь вкусненькое, персонально для Зинки. Понравилась ей эта бабенка. Своим темпераментом, открытостью Зинаида напомнила негритянке женщин родной стороны. Странно, что она белокожая! Махов с удовлетворением хмыкнул, когда понял, что со всеми покупками Франсуаза направилась в сторону, противоположную общежитию.

- Вот и накрою у хахаля. Черный он или белый? - Махов поморщился. Как он презирал все эти, придуманные мелкими людишками страсти, любовь-морковь!

Франсуаза шла через пустырь, напевая.

- Эй, Фро! - из окошка киоска выглянула круглолицая девушка. - Насте привет передавай. Может, купишь, что у нас? Помоги план вытянуть.

- Ну, уговорила. Две бутылки минералки, - Франсуаза замешкалась, - бутылку пива, самого лучшего.

Отчего-то ей хотелось побаловать, как ребенка, грубую с обветренными руками женщину. Она уже знала, что Зинаида отсидела срок за убийство мужа, изувечившего маленькую дочь. «И правильно сделала»! - глаза Франсуазы сверкали гневом, когда директриса поведала шепотом историю своей подруги. Возле неприметного, двухэтажного здания, обнесенного невысоким заборчиком, негритянка покрутилась волчком, подняв руки к небу, что-то страстно произнесла.

- Чокнутая! - подумал Махов, - может, бога любви призывает.

Девушка постучала в дверь и почти мгновенно исчезла. Махов подкрался к крыльцу. «Дом ребенка». Эту вывеску он прочитал три раза.

- Вот хитрюги, черномордые. Как замаскировали Дом свиданий. Ну, я им сейчас устрою шмон, - он резко стукнул три раза по хлипкой дощатой двери.

Вслед за тяжелыми шагами раздался грубый женский голос:

- Кто там еще ломится?

- Милиция! - злобно рявкнул Махов.

Дверь распахнулась. Невысокая, широкая в бедрах женщина, набычившись, смотрела исподлобья.

- Чего надо? - недружелюбно спросила. - Документ покажи.

- Тля, - возмутился про себя Махов, - еще перед такой тварью расшаркиваться, в карман за документом лезть.

- Необходимо провести осмотр помещения, - произнес он мрачно, медленно раскрывая красную книжечку, по которой он значился внештатным сотрудником милиции.

Женщина, сплюнув себе под ноги, брезгливо поморщилась.

- Дай, поближе разгляжу.

Махов протянул руку:

- Зенки-то разуй!

И вдруг лицо женщины побагровело.

- Ах, ты, ублюдок, нашел меня!

Махов еще ничего не понял, что случилось, почему баба, как мегера, взвизгнув, вцепилась в его шевелюру. А, когда седой пышный парик оказался у Зинки в руке, она яростно заматерилась. И не медля ни минуты, схватила мужика, растерявшегося на какой-то миг от неожиданности, и впихнула его в чулан-кладовку, где хранились метлы, тряпки, еще какая-то хозяйственная утварь. Щелкнув задвижкой, Зинка злобно прошептала:

- Будешь стучать, орать, я настоящую милицию вызову. Пусть разберется, как это Вовка Ложкин стал Львом Маховым, и зачем он, лишаем порченую, голову чужим волосом покрывает?

По-прежнему, Ложкин ничего не понимал. Он сидел тихо, стараясь в темноте разглядеть, что его окружает. В висках стучала лихорадочно кровь. Откуда эта короста его знает? Сколько ни силился, не мог вспомнить, где и когда судьба сводила его с этой толстозадой коротышкой.

Зинка не могла успокоиться. Закурив, она подошла к двери чулана и яростно прошептала.

- Слушай, крыса бесхвостая, параша вонючая! Ручонку-то твою с рисуночком я на всю жизнь запомнила. Гришка-козел пристрелил твоего кобеля, нужно было и тебя до кучи. Меньше грязи на земле бы было.

Ложкин поднес к глазам руку. Давняя татуировка ему самому примелькалась, словно ее и не было. «Дурак, теперь ты меченый»! - как хлопок, над ухом прозвучал из прошлого хриплый голос надзирателя

Григория Антипова. Потом всплыл в памяти размытый образ толстозадой зэчки. Силуэт на картофельном поле. Собака вспомнилась, крупная морда, мягкие лапы. Но ни одна эмоция не шевельнулась в душе, где давно уже царил ледяной мрак.

- Во влетел! - от бессилия Ложкин сжал кулаки.

Что делать? Если рассудить здраво, в милицию баба не сунется. Он хорошо знал психологию тех, кто отмотал срок, легавые для них страшнее чумы. Значит, нужно искать путь, чтобы выбраться из каморки. Ложкин, пытаясь не шуметь, стал, крадучись, передвигаться по чулану. Неожиданно возле одной из стен он услышал голоса. Звуки доносились откуда-то сверху. Ложкин перебрался поближе. Глаза уже привыкли к темноте, и он смог разглядеть, что отверстие для вентиляции было заделано ветошью. Пока вытаскивал пыльные тряпки, раз десять чихнул, чертыхаясь и матерясь.

- Мы провели расследование и выяснили следующее.

Комендант узнал голос белобрысой жилички, соседки негритянки. Настя говорила отчетливо, как учительница, на диктанте.

- Мадам Дюваль, сообщаем вам, что ваш наследник действительно проживает в Санкт-Петербурге. Но он носит фамилию не вашего деда, Андрея Шеромыжника, а, если можно так выразиться, живет под творческим псевдонимом. Итак, Борислав Андреевич Любимов, родившийся двенадцатого апреля одна тысяча девятьсот шестьдесят девятого года, проживающий в детстве в Тихвинском районе, в деревне Алексеевка, по улице Луговой, дом один, перевезен после смерти няни Голубевой Зои Феофановны в Ленинград, в квартиру отца, на улицу Моховую. Сейчас живет на Васильевском острове. Борислав Андреевич работает преподавателем французского языка. Он очень милый, воспитанный человек. Когда мы сообщили ему о том, что в Ницце проживает его кровная родственница, представьте, он нисколько не удивился и сказал, что готов поехать в самое ближайшее время. К этому письму мы прикладываем фотографию Борислава. Конечно же, мадам Дюваль будет интересно посмотреть на своего внучатого племянника.

- Добавь еще, что Франсуаза, то есть я, ждет дальнейших указаний. Да, наверное, нужно еще что-то добавить про бандитов из общаги.

Заплакал ребенок. Девушки замолчали.

- Не может быть, - Ложкин стоял, ни жив, ни мертв. - Кто ошибся? Он или эти проныры? Как она там вещала? Любимов... Неужели? Но год рождения не тот, что указан в объявлении. Где потерялся десяток лет? При переводе или все перепутала старая французская перечница? Как там по-французски - семьдесят девять? - Ложкин наморщил лоб. - Ну, конечно, сначала идет цифра шестьдесят потом к ней прибавляется десять, а потом уже следующие цифры. - Ложкин заскрежетал зубами.

Перед глазами встал образ чудаковатого преподавателя, гоняющегося за кошками. Ложкин от отчаянья громко высморкался прямо себе под ноги.

- Этот ненормальный переводил мое письмо, я ведь его не проверил? Бежать к нему, срочно! Мало ли что он мог там накарябать!

Пленник с грохотом прыгнул к двери, и, что есть силы, шибанул по ней ногой.

- Сиди, не рыпайся! - прикрикнула Зинка, - я еще не придумала, какую муку тебе нести. Хочу, чтобы ты всю свою поганую жизнь Зинаиду Веселову вспоминал, как я тебя!

- Милая дамочка! - Ложкин вложил в обращение всю имеющуюся в наличии нежность. - Пойми, я ведь тогда еще пацаном был. Знала бы ты, как я пострадал. Остался без дома, без матери. Ну, понятное дело, связался со шпаной. Они, гаденыши, меня подставили. На нарах провел несколько лет. Сама знаешь, что эта была за житуха! Как меня обижали!

Никому не пожелаю. Теперь вот гнилой стал весь насквозь. Почки, печень, желудок - все поражено. Ох! - Ложкин убедительно застонал, - вот сейчас язва сжигает все внутри. Умоляю, дай глоток воды. Ты не бойся, я всю ночь готов ждать твоего решения. Виноват перед тобой. На коленях готов просить прощения. Я ведь действительно шел по заданию, да видно, адрес перепутал. А, может, судьба и привела, чтобы покаялся перед тобой, - в голосе мужчины слышались слезы отчаянья.

Пораженная до глубины души, Зинка замерла. Не ожидала женщина таких сердечных слов. Может, и правду говорит мужик? Тогда малолеткой был, чего понимать-то мог? Не зверь же она, в самом деле? Отказать в стакане воды! А вдруг он помрет от приступа? В последнее время мир Зинаиды был чист и ясен. Вокруг детишки, воспитательницы, как ангелы нежные, что Настя, что Наталья. Конечно, они бы пожалели горемыку. Зинка налила в стакан кипяченой воды из графина. «Может, что еще в аптечке посмотреть»? - мелькнула озабоченная мысль. Женщина открыла дверь, протянула стакан.

- Получай, тварь грязная! - кулак, отмеченный синей татуировкой, опустился ей на голову.

Зинка ойкнула и осела, как тяжелый мешок. Ложкин пнул женщину поддых. Стянув тряпку из ведра, запихнул бесчувственной женщине кляп. - Чтобы не сразу заорала. Хорошо бы еще связать руки и ноги, да некогда, спешу! - он плюнул Зинке в лицо. - Кто кого помнить будет, короста?

Комендант с грохотом открыл входную дверь и побежал в сторону метро. Окошечко освещенного киоска приоткрылось. Круглолицая продавщица решила, что к ней спешит покупатель.

- Пиво, сигареты или еще что-нибудь? - уставшая от молчания девушка рада была перекинуться с кем-нибудь парой словечек.

- Телефон имеется у тебя? - рявкнул Ложкин. Он знал, что в таких захолустных ларьках, хозяева снабжают продавцов мобильниками.

Круглолицая отрицательно покачала головой.

- Врешь! Я из милиции, насквозь тебя вижу, а ну отопри дверь, не то взломаю.

Испуганная девушка двигалась, как деревянная кукла. Звякнула щеколда.

Так и есть, новый телефон лежал рядом с книгой. Ложкин, не раздумывая, схватил трубку и побежал, набирая на ходу номер.

- А что я хозяйке скажу? - плаксиво проговорила девушка.

- За грехи нужно платить, а ты врешь, покупателей обсчитываешь, завтра вашу шарашкину контору прикроют, - заявил безаппеляционно. - Считай, что я тебя уволил.

Девчонка всхлипнула.

Мобильник преподавателя - кошатника отозвался мгновенно.

- Кто это? - истошно прокричал Борис. - У меня горе.

- Куда ехать? - без обиняков и вежливых представлений прохрипел Ложкин. Выслушав адрес, прогудел: - Будь спок. Скоро буду!

Как назло, улица, словно вымерла. Ни одного таксомотора. Наконец, возле голосующего Ложкина остановился на раздолбанной семерке седой старик.

- Жми, шеф, не поскуплюсь! - приказал Ложкин, подумав про себя, что нужно обязательно засечь номерок машины, да позвонить в налоговую инспекцию. Пусть поинтересуются, чем дышит предприниматель. Машина старика, несмотря на внешний убогий вид, двигалась мягко и легко.

- Я сам свою кормилицу ремонтирую, - гордо сообщил водитель. - А физиономию специально ей подпортил, чтобы не привлекала внимания. Машина, как и женщина, чем страшнее внешне, тем спокойнее жить, никто не позарится.

- Тоже мне философ! - хмыкнул Ложкин, решив рассчитаться со стариком зелеными фальшивками. Нужно же от них избавляться!

Но дед заартачился.

- Не привык и привыкать не хочу к ненашенским деньгам.

Ложкин вытащил горсть мелочи и брезгливо высыпал в руку водителя.

- Тогда любимые русские посчитай!

Тут же резко притормозила новая Волга, из нее выскочил преподаватель. Вид у него был, как у сумасшедшего. Лицо белое, глаза лихорадочно блестели, рот перекошен.

- Добрый вечер! - учтиво поклонился Ложкин. - Вы меня не узнаете?

Но Борис ничего не слышал. Задыхаясь, он прошептал: «Там»! И побежал вглубь дворов. Ложкин едва поспевал за светлым плащом. Над длинным дощатым строением курилось едкое облако дыма. В одном из окон сверкало пламя пожара.

- Сейчас пожарные приедут! - баба в молодежных джинсах-клеш в ужасе бегала по невидимой дорожке.

- Где мои крошки? - Борис с исказившимся лицом приблизился к женщине.

- Там, - она ткнула пальцем в сторону пожара.

- Спасать, живо, приказываю! - он рванулся вовнутрь.

- Стой! Куда ты? - Ложкин схватил полы длинного плаща. - Ты знаешь, что ты богат, и тебя ждет старуха во Франции?

- О чем вы говорите? - Болюнчик повернул сморщенное от страданий лицо. Он явно не понял смысла слов Ложкина. - Спасти нужно крошек от мучений.

- Я помогу! - комендант геройски выкатил грудь, - только скажи, возьмешь в долю?

- Все отдам за жизнь моих любимиц.

Оба мужчины уже были внутри, когда рухнула крыша. Женщина закричала. Пожарная машина прибыла через двадцать минут.

А в это время Настя с Франсуазой приводили в чувство Зинаиду.

- Спасибо Богу, что дал мне хорошие уши, - Франсуаза гладила по голове, лежащую на кровати женщину. - Я сразу услышала много непривычных звуков: мужской голос, чужие шаги. Дверь хлопнула, словно выстрелила. А потом, когда ты упала...

- Ох, гад! Девчонки голова раскалывается! - стонала Зинка. - Но теперь я бы точно его своими руками задушила. Это нужно же было рассиропиться от слов его змеино-лживых, - Зинка скрежетала зубами от бессильной ярости. - Но для чего он приходил? Зачем я ему нужна? Я ведь его случайно узнала. Вовка Ложкин - гаденыш из зэчного поселка. Постойте, у него в удостоверении другая фамилия была. Но, какая, хоть убейте, не помню. Парик! Я у него с головы содрала парик. Настя посмотри там, в коридоре.

- А фамилия его - Махов Лев Львович, - заявила Настя, брезгливо держа в руке знакомую седую шевелюру.

Франсуаза вскрикнула:

- Я тебе говорила, они бандиты. Теперь я поняла, он выследил меня. Он шел за мной, но, как я могла не почувствовать!

- Ясно почему, - усмехнулась Зинка, - он ведь срок отмотал. А там, всему научат.

- Так, - объявила Настя, - завтра же утром собираем вещи и съезжаем из общежития. От людей, связанных с криминалом, нам нужно держаться подальше.

- Девчонки, а давайте, его замочим, - Зинка не могла успокоиться.

- С ним Бог расправится, - неожиданно глубокомысленно произнесла Франсуаза.

Утром, проходя через пустырь, девушки удивились, что киоск, где работала их знакомка, был наглухо закрыт.

Серое здание общежития выглядело мрачным.

- Страшно входить! - Франсуаза вся передернулась, словно съела огромный лимон без сахара.

- Сохраняем спокойствие и делаем вид, что абсолютно ничего не знаем, - подала голос разумная отличница.

За столом сидел Славик и рядом, как всегда, крутился длинный Санька.

- А я соскучился! - он смотрел обожающим взглядом на Франсуазу. - Можно твою горячую ручку подержать?

- Пусти! - с возмущением произнесла негритянка парню, загородившему ей дорогу. - А не пущу, пусть сначала твоя подружка попляшет, ей письмо пришло.

Славка безучастно наблюдал за происходящим. И чего пацан так кривляется перед этими девчонками? Других же не задевает? На пятом этаже тоже темнокожие студентки живут. Неужели все люди так смешно и нелепо выглядят, когда влюбляются?

- Где расписаться? - спросила Настя. - Письмо мне Саша отдал.

Славик открыл журнал, который уже давно завел комендант, чтобы отслеживать студенческую корреспонденцию. Некоторые письма он, бывало, беззастенчиво вскрывал. « У нас в стране – цензура»!

- Вас Славиком зовут, а фамилия - Шеромыжник и жили вы на улице Таврической? - неожиданно спросила Анастасия.

- Да, - парень поднял удивленное лицо, - но откуда такая информированность?

- Я вспомнила, вспомнила, - просияла Настя. - Я ведь, когда в первый раз вас увидела, долго мучалась от мысли, почему мне кажется, что я где-то вас встречала. Таким знакомым показалось мне ваше лицо.

- И где же? - Славка лениво поинтересовался, - наверное, телевизор приходил ремонтировать?

- А вот и нет. Представьте себе, я видела ваше лицо на фотографии. Только на ней вы, как бы помягче выразиться, немного поплотнее, да и с другой прической.

- Хм, и на какой Доске почета я красуюсь? - попытался сыронизировать парень.

- Да, ну вас. Я с вами серьезно, - Анастасия задумалась, словно размышляя, продолжать дальше разговор или не стоит. - Нет, я все-таки должна сказать. Вы ведь знаете Светлану Аристархову? Так вот, она вас по-прежнему любит, и еще, еще у вас растет замечательный сын.

- Что, что ты сказала? - Славка вскочил. - Повтори, еще раз, прошу тебя.

...- Девчонки, что вы все время грустите? - Тамарка, самая толстая в палате, жевала булку с маком. - Разродились, радоваться нужно. Молоко нагуливать. Оно же у вас невкусным будет.

- Тома! Тома! - раздалось под окном.

- Ну, вот опять мой явился! Скучает, - заявила гордо. - Мы с ним только на эти четыре дня и расстаемся, пока я в роддоме, а так везде рука об руку ходим. Третьего родила, а любовь еще крепче стала.

К Насте приходила только Франсуаза. Она приносила фрукты, воду, весело щебетала об общежитских новостях.

- Вырастим, не переживай, - шептала Насте в ухо. - Потом ко мне поедем. Я уже родителям письмо накатала. Они нас ждут.

Настя благодарила подругу, еле сдерживая слезы. Даже ей она еще не сказала, что рожденному младенцу врачи поставили неутешительный диагноз.

Рядом с ней, на соседней койке лежала светленькая хрупкая женщина. Она не принимала участия в общих женских разговорах, о мужьях, диетах, не заговаривала с медсестрами. Молчала весь день, а ночью плакала. Однажды Настя и проснулась от этих горьких всхлипов. Молодые женщины слово за слово и разговорились. Прошептались всю ночь. Анастасия поведала свою историю. Ее приезд в город мечты, житье в доме художника, его пьяная любовь. А Светлана в свою очередь рассказала о своей любви, о коротком счастье, и о том, как любимый отказался от нее. Утром, когда принесли малышей на кормление, Светлану попросила ночную подружку объективно сказать, похож ли сынок на ее, горячо любимого Славика.

- Вылитый! - убедительно произнесла Анастасия, нисколько не покривив душой.

Малыш, чмокающий у нежной груди, был точной копией человека с фотографии.

- Я счастлива, - прошептала Светлана.

- Ты ему простила все? - удивилась Настя.

- Я об этом не думаю, я просто его люблю. А сейчас еще сильнее, он подарил мне свой живой портрет. Я и сына назову его именем. Славик, - она произнесла и улыбнулась.

Настя вздохнула. Ее сердце не изведало ни сладкой истомы, ни горьких мук от любви. Была только нежная жалость к существу, которое появилось на свет, и у которого, кроме нее, никого не было на всей огромной земле. Светочку выписали через неделю. Мальчик родился крепким, да и молодая мама справилась с задачей деторождения прекрасно. У Насти все было сложнее. Она провела в больнице несколько месяцев. А потом, по настоянию врачей, Ванечку определили в Дом ребенка, куда Анастасия и устроилась работать. Об этом Славику она, конечно, рассказывать не стала.

- И что дальше? - Славка умоляюще смотрел на девушку.

- Дальше? Мы переписываемся, вот и сегодня письмо я получила от Светы. Оно и высветило в памяти нужный уголок.

Славка жадно уставился на конверт.

- Ну, хоть разреши на буковки взглянуть, - потом вдруг спохватился, - но она же замужем.

- Была, - спокойно ответила Настя. - Она расписалась с человеком из интерната инвалидов, для того, чтобы у него была постоянная прописка в городе. Я знаю его. Вячеслав Иванович, очень достойный человек. Помогает Светланке до сих пор. Он, молодец, издает газету для инвалидов. Кстати, и живет он на Тверской, в квартире Светланы.

Перед глазами Славика поплыли образы из прошлого. Кухонька с крашеными стенами, узкий диванчик у окна, ландыши в дешевенькой вазе. И над всем этим глаза, милые, любимые, глаза бирюзового цвета.

- Что же ты молчала раньше? - он готов был расцеловать эту серьезную девушку.

- Честно признаться, я никак не могла связать воедино того примерного маменькиного сыночка и этого человека, связанного с криминалом. Ой! - Настя испугалась сама, что у нее вылетело неосторожное слово. - Где ваш главарь-то?

Славик нахмурился.

- Если ты имеешь в виду коменданта, то мы и сами не знаем. Как ушел вчера утром, так до сих пор не появлялся.

- А нам и без него хорошо! - Санька проводил Франсуазу до двери, вернулся и счастливый сообщил, - я ей дверь открыл, сумочку занес. Она в этот раз не сердилась, даже немножко улыбнулась.

Влюбленные Санькины глаза уже не раздражали Славика.

- Слушай, я вынужден срочно уехать. Если седой хрыч появится, скажи ему, что чихал я на его Францию, и деньги старухи мне не нужны. Пусть себе все заберет.

- А как же я, - заканючил Санька. - Я один пропаду.

- Верно. Тебе оставаться здесь нельзя. Поедем на Таврическую, это мое законное жилье. Выгоним квартиранта, там ты и поживешь.

Настя прислушалась к разговору.

- Ребята, мы тоже хотим уехать из общежития. Нет ли у вас знакомых, кто сдает жилье?

- Есть! - мгновенно откликнулся сметливый Санька. Поедем все вместе на Таврики. Там, такая классная комната. Закачаешься, как увидишь.

- Неплохой вариант, - задумчиво произнес Славик. - Нам всем на сборы ровно час. Нужно успеть до возвращения коменданта.

- Да, мы ему не рабы! - звонко выкрикнул довольный предстоящими переменами Санька.

Антиповна очень удивилась, когда на пороге квартиры увидела живописную группу с чемоданами. Саньку она вспомнила сразу, а вот девочки? Одна, ладно, беленькая, славная. Взгляд открытый, честный. Такая бы подошла Славику в женки. А подружка ее? Уж больно черна.

- Славочка, - поинтересовалась осторожно старая женщина, - вы, что же все вместе в одной комнате ютиться будете?

- Нет, Антиповна! Лично я уезжаю, жена меня с ребенком ждут.

Старуха аж от удивления рот забыла закрыть.

- Когда ж ты успел?

- Вы Лану мою помните?

- А то, я на память крепкая. И Азочку хорошо помню, словно вчера с ней на кухне толклись бок о бок у плиты.

- Так вот, я квартирантов выгоняю. Седой появится, сразу милицию вызывайте. Он здесь никто, и звать его никак.

- И то верно. Темный он человек. Глаза волчьи, разговор мутный. Лучше бы, чтобы его здесь не было. А вот по поводу девочек, пусть они в твоей комнате живут. А Саньку я к себе возьму. У меня две смежные комнатки. Получится, что у парня будет свой уголок.

Славик уже ее не слышал.

- Ладно, ладно, разберетесь сами. Не маленькие...

Побросав в спортивную сумку какие-то вещицы, Славик рванул на вокзал. Все сложилось, как нельзя лучше. И билет купил, и поезд ждал недолго.

- Моя станция в пять утра. На себя не очень надеюсь, разбудите, ладно? - попросил проводницу.

Та согласно кивнула.

- Непременно. Это же наша работа - комфорт пассажирам создавать. Вы спокойно спите, а я вахту несу! - заключила гордо.

В купе два мужика яростно спорили о политике, смачно закусывая солеными огурцами водку. За стенкой кричал ребенок. Где-то бренчала гитара. Ничего не раздражало Славика. Все казалось милым и приятным. Он едет к Лане! Она ждет его! С этими сладкими мыслями и заснул. Проснулся он внезапно. Вагон храпел, посапывал, досматривая ночные сны. Он еще не посмотрел на часы, но откуда-то изнутри пришел сигнал тревоги: проспал! Словно сто ос вонзились в тело. Соскочив с верхней полки, он прямо в носках побежал по коридору.

- Ну чего ты колошматишь? - проводница с опухшим со сна лицом, недовольно щурилась. - Какая тебе станция нужна? А, так уже проехали.

- Я же вас предупреждал? - Славка боялся, что расплачется сейчас перед этой равнодушной теткой.

- Предупреждал! - передразнила проводница, - вас много, а я одна. Забыла, закемарила чуток. У меня давление ниже нормы.

- Я стоп-кран сорву! - зло прошептал Славка.

- Ну и дураком будешь. Посреди леса выйдешь, пешком по грязи пошлепаешь. Как человеку, говорю, дождись Архангельска. Там с вокзала автобусов по всем направлениям полно.

Славка поплелся в тамбур. Здесь было холодно и шумно. Он опустился на корточки и стал горячо шептать:

- Я все равно тебя найду, найду, найду!

Проводница, как в воду смотрела, Славик выяснил на вокзале, что есть маршрут автобуса, который следует прямехонько в поселок, где живут Аристарховы. Только отправляется он ближе к вечеру. Всего один-единственный рейс. Впереди был день. Ночное отчаянье испарилось. Ликующая радость пузырилась внутри, как в бутылке праздничное шампанское. Ему нравился город, не суетный, со спокойным достоинством. В маленьком кафе Славик не спеша попил чаю с бутербродами. Официантка, светленькая, вся, словно пупсик, отмытая, ласково поинтересовалась:

- Приезжий?

- А, что у меня табличка на лбу?

- Да нет, - засмеялась девчонка, - сумка большая. - Она же объяснила ему, как добраться до переговорного пункта. - Заблудитесь, так вам подскажут. Поморы – народ отзывчивый.

Осенний день был свеж и светел. Славка с удовольствием брел по незнакомой улице. На душе давно уже не было так легко. Он даже поймал себя на мысли, что вот эти часы ожидания автобуса имеют свое особое очарование. Раньше ему ждать было нечего. Была впереди пустая бесконечность. А сегодня – все иначе. Вечером он увидит ту, без которой, словно бы и не жил все эти годы. С улицы он свернул на тропинку, петляющую среди берез. Прямо рощица посреди города, красота! Под кроссовками шуршали, будто шептались старческими голосами, желтые листья. Навстречу торопилась девчонка. Джинсы, короткий плащик, волосы в хвост на затылке схвачены.

- Не может быть! - он остолбенел. - Лана!?

- Славик! - она, словно и не удивилась, что они встретились здесь, в чужом городе. - Славик, - она прижалась к нему и всхлипнула, - папа умер. Я приехала навестить его, гостинцы привезла, а на кровати свернутый матрас, - она еще громче заплакала.

- Ну, будет, будет тебе, - он гладил ее по голове, и перед глазами вставали картинки из прошлой жизни, как он играл с Евсеем Евсеевичем в шахматы, как чинил инвалидную коляску.

- Что тебе сказали в больнице? - Славик никогда не сталкивался с подобными хлопотами.

- Дали адрес похоронного агентства, - Лана достала из сумочки листок бумаги. - Вот, там все - гробы, венки, так страшно...

- Пойдем! - произнес он твердо.

По дороге Славик, словно невзначай спросил:

- Сына с кем оставила?

- С Галей, она сутки работает, трое отдыхает. Мальчик у нас небалованный.

Она сказала « у нас», и Славик был уверен, что имела она в виду, себя и его. А, как же иначе! Разве есть более близкие люди, чем мать и отец. А, когда на скользкой тропинке, Светлана взяла его под руку, Славику показалось, что они и не расставались, а все время жили вместе. Потом было много дней, переполненных печальными хлопотами и делами, похороны, поминки, грустные разговоры и слезы прощания. Но было и другое, Славик поначалу и не понимал, что это за острое ощущение поселилось в груди. Пока однажды он сам себе не сказал: «Я живу!». И это обозначало то, что он не проходит через дни, недели бесчувственным манекеном, роботом в человеческом обличии, а проживает каждое мгновение бытия сердцем.

- Ты, пожалуйста, не уезжай никуда, - четырехлетний Славик, черноглазый и шустрый, - крепко держал Славку большого за руку. - А то соседский Петька меня обзывать опять будет «Безотцовщиной». Я бы врезал ему, да мамка не разрешает драться.

Мальчишка не желал расставаться с отцом ни на минуту. Он с восхищением наблюдал, как Славик строгал, пилил, что-то ремонтировал. Дел в доме без хозяина накопилась уйма.

- Как Павлика в армию проводили, Светка закрутилась вовсе, - тетка Галя строго смотрела на Славика. - В деревне без мужика туго живется. Огород, скотина. Как бы ты опять в город от трудностей не убежал.

- Разве ж это трудности, - хмыкал Славик, пересыпая картофель из ведер в деревянный ларь. - Трудно, когда в сердце ледяной мрак, а когда солнце светит, все в радость.

- Да, осень нынче загляденье, - пожилая женщина щурилась в небо, не подозревая, что Славкино солнышко крутится возле плиты, выпекая блины.

Молодые решили, что через год обвенчаются в маленькой старинной церквушке на веселом пригорке. Но Светлана попросила об одном условии, непременно съездить в гости к Славиной матери, чтобы получить от нее благословение.

- Конечно, - соглашался Славик. - Теперь все будет иначе, и времена другие, а самое главное, я другой.

- Да, какой же другой, - улыбалась Лана, - по-прежнему самый любимый и желанный.

На улице Таврической дела складывались тоже не самым плохим образом. Когда Анастасия объявила Сулейману, что настоящий хозяин комнаты отказывает ему в аренде, сириец даже обрадовался. Он уже и сам не понимал, зачем понадобился ему этот угол, за который ежемесячно приходилось выкладывать кругленькую сумму. С его девушкой Наташей произошли странные перемены. Однажды Суля зашел в Пассаж и очень удивился, что в обувном отделе на месте Наташи стоит полненькая брюнетка с игривыми глазами.

- Что вам угодно? - ласково проворковала продавщица, заметив респектабельного молодого человека, направляющегося прямо к ней.

- А где Наташа? - наивно поинтересовался влюбленный мусульманин.

Лицо брюнетки из хорошенького вдруг превратилось в отталкивающее.

- Ее уволили, за аморальное поведение в быту, и еще она воровка, ваша Наташа, ушла из отдела в новых, дорогих туфлях. Свои стоптанные и потные под прилавок бросила. Вот уж доберется до нее наша хозяйка.

- А где ее можно найти? - Сулейман чувствовал, что ничего подобного не могло произойти с его милой, простодушной подругой.

- Где, где? На панели.

- Я не очень понял.

- Ой, иди отсюда побыстрее, а то и меня, по твоей милости, уберут. Скажут еще, что контачу с иностранцами.

Сулейман расстроился, но еще больше он огорчился, когда увидел Наташу, стоящую на обочине дороги в короткой юбке, длинных сапогах и кофточке, из-под которой торчал голый живот. Она зазывно помахивала проезжающим автомобилям. Через десять метров стояла еще одна, очень похожая на Наташу девушка, потом еще и еще.

- Вон, они, ночные бабочки, вылетели за клиентом! - водитель посигналил одной из них и подмигнул.

Та в ответ сплюнула и выматерилась.

- Езжай, езжай мимо, с такой шелупонью не водимся!

Вот и получалось, что Сулейман в новом жилье тосковал один. Новую учительницу русского языка он еще не присмотрел. Поэтому он охотно собрался и переехал в свою комнату, где без него скучал земляк.

В университете начались занятия. Франсуаза и Анастасия уходили рано.

Санька весь день занимался ремонтом всевозможной техники. Он вновь отремонтировал трехпрограммник Антиповны, настроил ее старый телевизор и даже смонтировал пульт управления. Это новшество особенно обрадовало старую женщину.

- Я нынче, точно королева, возлежу на подушках и на кнопки нажимаю. Хочу сериал смотрю, а надоест, щелкну и передо мной уже новости. Красота!

Соседи быстро разузнали, что в седьмой квартире поселился мастер. И началось. Кто тащил сломанный магнитофон, кто лампу настольную. Антиповна поток посетителей решила упорядочить.

- У парня руки золотые, это верно. Но ему и кушать нужно, да из одежки справить кое-что, так что хватит расплачиваться морковками, да конфетками, у нас есть ценник.

Расторопная старушенция не поленилась и съездила в ремонтную мастерскую, где переписала все расценки. Жульничать она не умела, поэтому все цифры, показавшиеся ей очень высокими, урезала.

- Наш бизнес процветает! - радовался Санька, когда вечером Антиповна, надев очки и сделав строгое лицо, пересчитывала трудовые десятки.

- Вот смотри, Санек, в конверт складываю, потом под матрас. Там твои сбережения надежнее, чем в банке лежат.

По вечерам Санька, как правило, шел в комнату к девчонкам. Они вместе пили чай, балагурили. Иногда Франсуаза говорила:

- Ну, готов, ученик, заниматься? Кто-то клялся, что выучит французский язык.

- И выучу! - парень начинал повторять французские словечки, при этом строил рожи и гримасничал. И они оба, учительница и ученик, хохотали впокатку.

Франсуаза привыкла к Саньке, и он уже ей казался милым и симпатичным. Санька же крепче и крепче влюблялся в негритяночку. Ему нравилось в ней все: пружинки волос, большие выпуклые глаза, пряный запах кожи. Однажды он даже ей шепнул на ушко:

- Подрасту еще чуть-чуть и женюсь на тебе. Пойдешь за меня?

- У тебя паспорт есть, жених? - совсем не сердито, а ласково поинтересовалась Франсуаза.

- Через месяц получу, - солидно ответил Санька.

- Вот тогда и поговорим! - и опять они хохотали, как сумасшедшие.

Как-то в выходной день в квартире раздался телефонный звонок. Длинный и пронзительный.

- Междугородняя, - встрепенулась Франсуаза и понеслась к аппарату, который был прикреплен на стене в длинном коридоре.

- Алло! Это Париж. Фросенька, это ты? Очень приятно, а это Лидия. Не забыла еще? Сообщаю, что письмо ваше получили. Фотографию очень долго рассматривали. Очень милый молодой человек. Мадам Дюваль нашла портретное сходство с дедом. Так, что сейчас оформляем документы для приезда в Россию. Обе волнуемся. Я столько лет не была на родине. Узнаю ли, узнает ли она меня? А мадам, так вообще трясется от страха. Ее все беспокоит, русский мороз, коммунисты, белые медведи, - Лидия рассмеялась. - Это я шучу, а, если серьезно, то можете передать Бориславу Андреевичу, что к нему едет его французская тетушка. Думаю, недели через две прилетим. Точную дату сообщу попозже. А пока большой привет Анастасии.

Франсуаза вернулась в комнату немного озадаченная.

- Настя, звонила Лидия. Они скоро приедут.

- Вот и хорошо. Нужно навестить наследника.

- А куда пропал наш комендант?

- Непонятная история, в ректорате все удивлены. Он исчез, не написав никакого заявления. Пока назначили временного человека на место Махова. Ладно, давай-ка собираться, да пойдем, навестим Борислава Любимова.

Они долго звонили в дверь. Наконец, щелкнул замок и на пороге возник лохматый бледный человек.

- А можно нам увидеть Любимова? - вежливо поинтересовалась Настя.

Мужчина мрачно кивнул.

- Проходите!

В комнате царил полумрак. На тахте, под шелковым одеялом спал человек. Темные волосы растрепались по подушке. Лицо спокойное.

- Зачем вы? - прошептала Настя, - он отдыхает, мы не будем его тревожить.

- Болюнчик, Болюнчик, ну слышишь, к тебе барышни пришли. Ты ведь так хотел поехать во Францию.

- Не будите его, - Франсуаза с ужасом смотрела на незнакомца.

Но тот, словно не слышал ее слов, он подбежал к тахте, откинул легкое одеяло и схватил на руки спящего, одетого в кокетливую пижамку с рюшечками.

- Просыпайся, мой мальчик! - он начала кружиться по комнате, напевая вальс « Под небом Парижа».

Настя и Франсуаза спустились по лестнице в молчании. У подъезда стояла румяная женщина. Глаза ее смеялись, хотя губы изображали горестную складку.

- Видали, да? Он свихнулся. Как профессор сгорел, он куклу-копию заказал. И теперь тетешкается с ней.

- Простите, вы сказали, что кто-то сгорел. Вы имели в виду Любимова.

- Да, вот читай, я всем показываю, - дворничиха вытащила из кармана фартука засаленную газету. Одна информация была жирно обведена красным фломастером. «За прошедшие сутки пожарный наряд выезжал трижды по тревожным вызовам. В результате неосторожного пользования электроприборами сгорела деревянная постройка, в которой размещался приют для кошек. Служащая предприятия, пострадавшего от пожара, рассказала, что вызванный срочным звонком директор ООО «Кошачий дом» Любимов Б.А, бросился в горящее помещение для того, чтобы спасти несчастных животных. За ним вбежал неизвестный мужчина, невысокий, крепкого телосложения, с короткой седой стрижкой. Он был одет в кожаную куртку и черные брюки. Личность второго погибшего уточняется»

Настя перечитала информацию еще раз, посмотрев на дату выхода газеты, она тихо сказала Франсуазе.

- Неужели это наш Махов нашел настоящего наследника?

- Да, наш жилец богатый был, - дворничиха с любопытством смотрела на Франсуазу. - Когда хоронили, столько цветов было, будто весь цветочный магазин скупили. А гроб какой! Я сколько живу, не видала подобных. Лакированный, небесного цвета. Этот-то ненормальный, кого вы в квартире видели, памятник заказал. Во весь рост будет стоять наш профессор, ну, конечно, с кошкой на руках. А эти твари в день похорон, словно взбесились, такой концерт закатили. Мяукали так, что за три улицы слышно было. Вот, девки, какая история.

- А можно нам газетку взять?

- Ну за полтинник, пожалуй, отдам, - дворничиха опять уставилась на Франсуазу. - У негры, наверное, денег куры не клюют.

- Не клюют, - вздохнула Настя и отдала женщине деньги.

- Курам в Африке жарко, - вдруг выдала Франсуаза и состроила угрожающую гримасу, которой она выражала брезгливое презрение плохим людям.

- Как грустно закончилась наша история, - девушки брели по осенней улице, - сегодня же нужно позвонить Лидии. Сказать, что ехать не нужно. Нет наследника у мадам Дюваль.

До Парижа они дозвонились быстро. И слышимость была такой, словно Лидия находилась в соседней квартире. Выслушав сообщение Насти, Лидия помолчала немного, а потом сказала:

- Поездку мы отменять не будем. Встречайте нас тринадцатого января, - и назвала номер рейса.

Epilogue

В январе мадам Дюваль и Лидия прилетели в Россию. Снежная, морозная зима обрадовала Лидию и удивила мадам Дюваль. Она везде мерзла, повторяя одну и ту же фразу.

- Русские - это уникальная нация, раз они выживают в таких экстремальных условиях!

- Заметь, что они не только выживают, как ты выразилась, но и создают шедевры, совершают научные открытия, любят и рожают детей.

В первый же день парижанки, в сопровождении Анастасии и маленькой Франсуазы отправились на смоленское кладбище. «Борислав Андреевич Шеромыжник-Любимов», буквы, выбитые на черной плите, робко золотились под тусклым зимним солнцем. Над плитой на постаменте высился памятник в человеческий рост. Стремительная мужская фигура, словно замерла на мгновение. Невидимый ветер откинул волосы со лба, явив миру красивое, рельефное лицо. Высокий лоб, точеный нос, изящный рот. Взглянуть в глаза скульптурному мужчине было невозможно, потому, как взор его был направлен на котенка, который уютно пригрелся в больших руках.

- Вот он, какой необыкновенный, мой племянник! - Франсуаза положила на могилу букет роз. Анастасия пристроила к подножию памятника смешную плюшевую кошечку.

- Он их так любил, пусть позабавится…

За две недели пребывания в Санкт-Петербурге парижанки успели многое. Эрмитаж, Русский музей, дворцы и ансамбли, но, как не странно, самое глубокое впечатление произвел на них Дом ребенка, где работала Настя.

- Я теперь не могу спокойно спать, есть, дышать, - жаловалась мадам Дюваль. - Лида, нам нужно, что-то придумать. Эти дети, брошенные и беззащитные, не должны так жить.

И изобретательная Лидия Симбирцева придумала! Она решила вывезти весь Дом ребенка вместе с персоналом на Лазурный берег.

- Ты умница, - Франсуаза давно не испытывала такого душевного подъема. - Когда-то мой дед лечил в «Белом ангеле» девочек и мальчиков. История повторяется. И мне очень нравится этот благородный повтор.

- Да, сначала мы оформляем документы, как гостевой визит, а дальше посмотрим. У нас чиновники - странные люди. Они не желают заботиться о больных детях, но как только на горизонте появляется тот, кто готов взять на себя весь груз проблем, они тут же вставляют палки в колеса. «Не пущать»! и баста.

Опустим детали и подробности, как упрямая и упорная Симбирцева бегала по инстанциям, собирая нужные подписи и разрешения для того, чтобы вывезти в целебный край никому не нужных детей. Два-три чиновника хотели было пристроить к группе своих кровных детей, но ретировались и изменили решение, увидев маленьких несмышленышей из Дома ребенка. Наконец, «Белый ангел» принял под свое крыло странную компанию. Тринадцать больных детей, двух воспитателей - Наталью Николаевну и Анастасию, прачку, она же повар, Зинаиду Агеевну и руководителя группы или, как написали в документах, финансового менеджера, Людмилу Игоревну.

Мужской персонал отеля радушно встретил гостей. Как-то сразу образовались симпатии. Рыжий Альберт с удовольствием взял к себе в помощницы веселую Зинку. Вдвоем они управляются на кухне быстро и споро. Альберт, наконец, нарушил свое душевное уединение, и по вечерам отправляется на прогулку к морю под руку с женщиной. Зинка здесь похорошела. Ей очень к лицу загар и легкие светлые одежды. Англичанин Стив, который когда-то был болен клептоманией, и у которого знатные предки на Туманном Альбионе, с первого взгляда влюбился в Наталью Николаевну. Он утверждает, что именно такое нежное лицо с кроткими глазами, он видел в самых сладких своих снах. Маленькая горбунья растерялась от мужского внимания. Стив дарит ей цветы, книги, кольца и браслеты, посвящает стихи. Он даже выбросил свою горелую палочку, которую нюхал в расстройстве чувств. Хорошо смотрятся Фил и Людмила Игоревна. Оба высокие, крепкие, немногословные. Фил терпеливо обучает директрису иностранным языкам. Антонио по-прежнему хранит верность хозяйке отеля, он даже вывел новый сорт розы, который так и назвал «Франсуаза». У Анастасии тоже есть верный поклонник, молодой доктор из Парижа. Огюст Дюмон следит за здоровьем всех детишек, но, как бы он не скрывал, особенно он нежен с Ванюшкой, который встречает его улыбкой, и пытается даже что-то осмысленное произнести. Доктор верит, что мальчик обязательно поправится, а еще он мечтает, чтобы Анастасия стала его женой и родила бы дочь со светлыми глазами.

Кстати сказать, несколько супружеских пар из Ниццы и Канн уже оформляют документы на усыновление обездоленных маленьких россиян.

Шоколадная Франсуаза привезла на родину бледнолицего мужа. Высокий улыбчивый парень пришелся по душе всей родне негритянки. Франсуаза гордо носит большой круглый живот, ожидая, что у нее родится мальчик, похожий на Саньку. Он же хочет только девочку, такую же обворожительную, как мама.

Какие еще новости? В маленькой церкви обвенчались Славик и Светлана. Благословила их брак старшая игуменья - Анфиса, в миру Азалия Шеромыжник.

Вот и все. Хорошие люди обязательно должны быть счастливыми. А Белый Ангел позаботится об этом. Нужно только дождаться и услышать нежный голос проникновенной любви, который принадлежит ему.

CPSIA information can be obtained
at www.ICGtesting.com
Printed in the USA
LVHW022314070922
727806LV00001B/89